U0667621

Nanzi Zuo
Guiyin

张晓梅 著

男子作闺音

——中国古典文学中的男扮女装现象研究

人民出版社

目　录

序

晓梅的博士论文经过一年多的增删、润色、升华，终于就要付梓了，作为她的导师，我此时的心情颇近于二十多年前自己的第一部学术著作出版时的兴奋与激动。

记得八年前，晓梅选听我给研究生开的"文化诗学专题"课，在课堂讨论时她很喜欢发言，而且每发言必援引唐诗宋词，令我颇觉有趣，留下了较深的印象。一年后我指导硕士论文，我以为她虽是一个对文学颇有感觉、想象力丰富、记忆力好的学生，但理论思维能力一定有限，因此对她的论文并不看好。后来初稿拿来，果然条理不甚清晰，并有辞胜于理之弊。于是提了很多修改意见，嘱其认真考虑，然心下并不抱太大希望。但是两个月后她交来的论文修改稿却令我为之一振：不仅全部领会并吸收了我的建议，而且有些论证超出我的思考范围。于是我知道这是一个很有悟性的人，所谓一点就透，所谓举一反三。结果她的硕士论文不仅顺利通过答辩，而且得到很高评价。在后来，即2003年张晓梅就考到我这里读博士了。

在北京师范大学文艺学读博被公认为是一件苦差事。首先，两门必修课是要认认真真上下来的，其中一门由本学科掌门人、我的导师童庆炳先生亲自教授。每次三个小时绝不能无故缺席，即使童先生因开会耽误上课，也必定要补回来。另外本学科全体博士生导师联合开设一门"西方文论专题"课，每位老师讲两三次，也是郑重其事，不容丝毫懈怠。其次，博士生刚一入学就要布置给他们10本必读书目，并且在一年后严格考核。考核的方式是：在一间大教室里全体博士生进行笔试，同时在一间小教室里，七八位博导正襟危坐，面前置一椅，坐着一位博士生接受面试。考核内容均出自必读书范围，请学生提供两本自认为烂熟于心的,由老师们即席翻阅并提出问题。这 10 本必读书中赫然便有德国哲学阐释学的代表人物伽达默尔的《真理与方法》(洪汉鼎先生译本)上下两大册。由于该书学理深邃、涉及广泛,历来少有选者,但张晓梅却偏偏要选此书,在回答问题时又能滔滔不绝、一气贯通,毫无窒碍。后来我才知道,这部书她竟读过七遍之多! 由此可见张晓梅用功之勤。

　　"男子作闺音"是中国古代文学史上一种很有普遍性、很重要的现象,其源头可以追溯到《诗经》和《楚辞》,其余绪则延绵至于现代。然而对于这样一种文学现象学界却缺乏广泛关注与深入研究。张晓梅选这样一种中国特有的文学现象作为自己的研究对象可以说是很有见识的,再加上她本人自幼酷爱古典诗词,许多篇什均可诵之于口,也很适合作这样一个题目。毫无疑问她的研究是成功的。她的博士论文在他们这一届二十余位同学中是唯一一篇被评为"优秀博士学位论文"的。多年来北京师范大学文艺学学科一直在探讨被称为"文化诗学"的研究方法,其要点是通过梳理各种文化文本的相互关系及相通性来重建文化语境,进而在这种文化语境中探讨某种文学观念产生与演变的原因及其背后隐含的意蕴。晓梅这部在其博士论文基础上加工而成的书稿从文化语境、历史语境、社会心理、文人士大夫人格结构等不同角度对"男子作闺音"的文学现象进行了深入探讨,对这种现象的产生原因、所隐含的文化意蕴与人格冲突进行了揭示,其引证之丰富、辨析之精审、视野之开阔都给人留下了深刻印象。可以说,这是北京师范大学文艺学学科多年来所探讨的"文化诗学"研究方法的又一次较为成功的实践。

　　张晓梅博士是河北沧州人士,虽为女流,却颇有当年燕赵之士的豪迈与果敢。为人聪慧多才,兴趣广泛,不惟擅言辞,更有处理纷繁事务的能力。倘能沉潜内敛、执著向前,并无不可成之功。

李 春 青

2008 年 2 月 10 日于北京京师园

男子作闺音——研究起点与
文化诗学视野

一、男子作闺音界说

"男子作闺音"语出清代田同之的《西圃词说·诗词之辨》:"若词则男子而作闺音,其写景也,忽发离别之悲。咏物也,全寓弃捐之恨。无其事,有其情,令读者魂绝色飞,所谓情生于文也。"从中可以看出,"男子作闺音"就是指男性词人作女音,写闺情、抒闺怨、诉闺思。但只要翻检文学史就会发现,"男子作闺音"现象在诗赋创作中同样普遍,且奕代继作、迭见不鲜。这就使其超出了单纯的文体风格的论域,成为中国诗学一个普遍而独特的命题。大略而言,"男子作闺音"这种古代文人代妇女或借妇女立言、立心的书写实践可分为两类:一类是"言此意即此或若此",创作主体以模仿历史女性声口或代替现实女性抒发相思离忧,爱恨情仇,意向选择上带有明显的女性心理性格特征,内容上则多叙写女性的思慕与怨恚。另一类是"言此意彼",即所谓的"托志帷房","写怨夫思妇之怀,寓孽子孤臣之感"①。对于"男子作闺音"内涵的理解和厘定,有的学者将之称为"角色诗"②;有的学者认为是代言体③或是"化妆的抒情"④;而孟悦、

---

① 陈廷焯:《白雨斋词话》卷八。
② 参见蒋寅《古典诗学的现代阐释》,中华书局2003年版,第160—174页。
③ 参见杨义:《李白代言体诗歌的心理机制》,《海南师范学院学报》(人文社科版)2000年第2期。
④ 参见杨义:《李白代言体诗歌的心理机制》,《海南师范学院学报》(人文社科版)2000年第2期。

戴锦华则用"性别错指"①命名"男子作闺音"现象。国外的汉学界则更多地从性别的角度来关照这种现象：比如张小虹将之称为"性别越界"（gender crossing）②；孙康宜定义为"性别面具"③（gender mask）。除此之外，也有人提出"男人说女人话"、"男扮女妆"、"雌声学语"等说法。从以上种种界定我们可以看出，"男子作闺音"现象是一种以文学为主体，跨越政治、性别、身份立场的复杂呈现。

对于古典诗歌中大量存在的男子作闺音现象，对于文人士大夫何以要在诗歌创作中以姜妇自居，又为什么采取此种"迂回"的言说策略，已有学者试图对此作出恰切的阐释。总体说来有以下几种观点：

第一种观点是"寄托说"。这种观点认为，《诗经》以比兴抒情创其始，屈原的"香草美人"扬其波，到汉乐府诗歌，代抒闺怨的作品就渐渐发展为中国诗歌史上极为重要的题材，后来作为一种手法渐渐凝固转化为模式化的比兴思维，男性诗人可以很方便、很熟悉地借思妇的身世和口吻来表达他们自己的遭遇。到了唐宋词人手中，他们更常以男女情爱寄托政治活动中的郁郁不得志。而与之并行的文论史，也形成了以比兴说诗、发挥阐释其微言大义的传统。至于为什么能够形成此种"词近闺房，非言男女"的寄托传统，论者指出这是中国传统的文化心理结构的产物。认为君为臣纲、夫为妻纲的意识形态和社会构成带来了以夫妇关系比附君臣关系的思维定势。他们作为"人臣"的感受与女子在家庭中的感受相似，自然会产生与女性角色的心理认同。特别是当他们政治上无端失宠而成为放臣逐子的时候，自然会更加意识到自己的"闺中怨妇"的地位。所以当士大夫抒写这种悲怨而又忠爱缠绵的政治性情思时，拟托于弃妇贱妾表达对夫主的"忠敬"之情，就是自然而然的事了。

第二种观点可以称之为"文体说"。这种观点主要是针对词的创作来说的。

---

① 参见孟悦、戴锦华《浮出历史地表：现代妇女文学研究》"序言"，中国人民大学出版社2004年版。

② 参见张晓虹《性别越界：女性主义文学理论与批评》"序言"，台北联合文学出版社1995年版。

③ 参见[美]孙康宜《传统读者阅读情诗的偏见》，载于《文学经典的挑战》，百花洲文艺出版社1990年版，第297页。

论者认为词作为一种"音乐文学",它的审美效应必须靠歌伎的演唱来实现,为了适应这种女音演唱的要求,文人学士便纷纷"男子而作闺音"——直接以女性的身份口吻说话,在词里写女性题材,仿女性腔调,抒儿女柔情,从而使得词的主体风格柔化、女性化,归于艳丽婉转一路,促使男子作闺音的繁荣。在他们看来,唐宋词中存在着大量男性作家为女性代言的作品,与词最初诞生的酒宴歌席的环境及由女性歌手演唱的形式有密切关系,此种现象的产生实是词体"自律"要求所致。

第三种观点是"同情说"。这种观点是杨义在探讨李白的代言体诗歌时提出的。① 杨义认为,在古代中国,女性处于边缘地位,不过是男性的陪衬和附庸。她们不仅被剥夺了受教育和参与创作的权利,而且彼时女性的爱情生活是很不幸的:或远人长期不归,或郎君薄情背弃,凄楚哀怨、抑郁愁闷是其感情生活的主旋律。命运不幸而又兰心惠质的女性自然会赢得男性的怜爱与同情,进而产生为之代言的创作欲望,模仿其情态抒发柔情哀意。这种创作欲望使他们主动关心女性,设想其处境,主动为之代言。杨义指出,从某种意义上讲,这种"男扮女装"一方面自然出自对思妇、怨妇和弃妇的同情,而另一方面,又起了"填补空白"的作用,发出了一个被冷落了的群体的声音,宣泄了一种被压抑而郁积着的情感。

第四种观点可以称之为"双性情感说"。认为人的内心世界是丰富而且多层面、多质素的,每个人身上都存着阳刚、阴柔两种对立的基因,都具有男性和女性双重气质,即"双性人格"。当那些男性诗人文士们在化身为女子的角色而写相思怨别的诗歌时,往往无意间流露出他们自身所隐含的怨妇心态,一种如张惠言所说的"贤人君子幽咽怨悱不能自言之情","其引发联想之因素,无论是就文化语码方面而言,或者就感发本质方面而言,原来都是与作者隐意识中的一种'双性'的朦胧心态,有着密切的关系。"②要言之,此论断言,虽然士大夫们所写的怨妇诗歌是一种"为女性代言"的笔法,实际上他们创作的怨妇诗却往往存在着两个意义系统:一个是字面上的怨妇的处境、命运和心理状

---

① 参见杨义《李白代言体诗歌的心理机制》,《海南师范学院学报》(人文社科版)2000 年第 2 期。

② 叶嘉莹:《迦陵论词丛稿》,河北教育出版社 1997 年版,第 251 页。

态的系统；一个是潜在的诗人自身内在情感的凝聚。由于古人对这种"阴阳同体"之特质缺乏明确的认识，对这种文化现象又要作出合理的解释，于是只得发些"文章纯古，不害其为邪；文章艳丽，不害其为正。然世人或见人文章铺陈仁义道德，便谓之正人；若言及花草月露，便谓之邪人，兹亦不尽也"①云云的冠冕堂皇的强辩之词。或者像传统之词学家如常州派者将本无比兴寄托的作品，强指为有心托喻之作。

最后一种代表性的观点是"女权说"。马睿的观点最具代表性。② 她以女性主义文学批评的视线去重新审视此种话语策略。她认为男子作闺音的现象中包含着主流话语对"他者"的排斥和压制。首先是女性在文本中的物化和虚拟性。文本中的抒情主人公虽然是女性，却被迫女扮男装，诉说着男性诗人心中事；文本后的抒情主体分明是男性，却又男扮女装把自己的哀怨不平强加于女性，占据和取代了女性的表达和言说，使得"女性"落入双重假象的罗网：一方面女性的情感经验被父权话语和文本强行纳入合乎规范的模式，疏远了她自己的真实；另一方面这个不真实的文本形象，只不过是仕途坎坷的诗人的替代品，是他对自己的命运无能为力之时唯一可以操纵的傀儡。其次，马睿认为，"女性"话语的看似繁华之处，恰恰呈现出女性表达的荒芜、女性主体的缺失。一方面，男性诗人谙熟于以代言方式创作，并使他们选择的词句、意象和情绪，成为诗歌文本中女性情感的主流和正宗；另一方面，男性诗人以女性形象出场却只顾自言自语，实际上不仅仅是盗用了女性的表达，而且还掩盖了她们没有话语权这一事实。马睿又指出，男子作闺音是父权文本对女性的奴役和铸造。如果说在父权文化的宫廷形态、国家形态中他们是权力的对象，那么在父权文化的家庭形态、民间形态中，他们则是权力的化身。他们笔下的女性形象：无论是身居高门的贵族女子，还是栖身青楼的风尘女子，其生活的重心无一例外都是男子，得到男性的爱是她们唯一的希望，是她们生存的唯一意义。然而，正是这样的经典抒情文本，由于它在文学史上的地位和影响力，无

---

① （宋）吴处厚：《青箱杂记》（卷八），中华书局1985年版。
② 参见马睿《无我之"我"——对中国古典抒情诗中代言体现象的女性主义思考》，《西南民族学院学报》（哲学社会科学版）1999年第6期。

形中就把女性的社会角色和文学形象固定为男性的依附者和从属者,以至于历史上为数极少的女诗人的创作,也在无法逃避的语言罗网和文学传统中,认同了代言体闺怨诗的模式,以男性言说女性的方式来表达自己而不自觉,认同了父权话语制定的女性假象。

从上面的论述我们不难看到:研究者或者拘执于外部的视角,认为是古代中国特殊的社会伦理特征决定了男子作闺音的抒情方式;或者仅着眼于内部的视角,认为这种现象的产生是文学自律的结果。这种研究是我们不能满意的。一方面,文本的产生不是作家和历史语境的"函数",也就是说,并不是一定的环境就产生一定的行为,这不是简单的刺激—反应关系,持此理解就犯了庸俗社会学的错误;另一方面,认为这种现象是文学传统自身发展的结果,不考虑外在的语境的作用,这种类似于形式主义或者英美新批评的满足于文本和文学自足的方式显然也是狭隘的。同时,忽视或放弃对创作主体的创作动因及创作心理的考量,也必然使得对男子作闺音现象的阐释成为无源之水,无本之木。因此,我们认为,就男子作闺音现象而言,只有从创作主体的人格结构、审美心态、创作行为入手,将文本、作者与历史语境结合起来考察才会更具考察与解剖的效力。而布迪厄的"场域—惯习说"恰恰暗合了我们的思考。

作为一名杰出的反思社会学家,布迪厄在文学领域的贡献同样是杰出的。他同时对文学研究的两种主要方法进行发难:一种是所谓内部研究,即强调文学的文学性和自足性,强调文学规则的超历史、超社会、超民族、超道德的普遍价值;另一种是所谓的外部研究,即强调文学赖以发生的社会条件,如意识形态、社会成规等对文学创作的影响。布迪厄认为这两种方法非此即彼的二元对立是一种虚假的对立:内缘研究忽视了文学得以产生的社会语境,而文学外部论者又忽视了文学的相对自主性。基于这一考虑,布迪厄认为,要想保有上述两派各自的片面的真理,同时又避免其真理的片面,有必要走第三条道路:他以独特的关系思维的模式,"与本质主义思维模式相决裂,引导人们运用一些关系性来赋予某一要素的特征,这些关系性将此一要素与系统中所有其他要素加以联系,并且,通过这些关系性,此一要素才能获得其意义与功能"①正

---

① Boundieu,p.,*The logic of praetice*,standford:standfond university,1990.

是在此问题视域下他提出了"场域"（field）概念。对于布迪厄来说，文学场的隐喻不仅仅是对于文学与历史语境之间互动关系的一个阐释工具，更是洞悉文学作品的形式与内容、作者的文学观点与创作轨迹、文学的发展与变革动力的重要视角。文学场可以在内、外视角两方面调和上述内部与外部研究的二元对立。布迪厄说："在总体上来说，意味着大多数文学策略是由多重因素决定的，很多'选择'都是一石两鸟：其效果既是美学的又是政治的，既是内部的，又是外部的。"①

虽然布迪厄理论的法国性造成了它跨文化语境转换的有限性，但是，布迪厄直接从文本和创作行为入手，来考察个体行动者（作者）和世界（历史语境、场域规则）的关系。他将作者视为文学场中的"行动者"，种种社会制约因素塑造了作者的"习性"（习性强调的是客观环境的机遇和限制与行为者的倾向和选择之间的相互作用。详见后文）。他既反对一味强调行动者的主体性，也反对单纯用外部结构来解释行动者的实践。他的这些理论思考给我们打开了一扇新的理论"天窗"，从而使我们的研究对象在新的理论的烛照下显露出被遮蔽的诸多面向，而展示出新的意义维度。

二、文化诗学的阐释——症候阅读与审美视野

（一）文化诗学

韦勒克与沃伦的《文学理论》一书将文学研究方法区分为外缘研究与内部研究两类。前者包括文学的背景、文学的环境、文学的外因等研究；后者则集中于文学作品本身的分析和解释（一度在文学研究舞台上出尽风头的俄国形式主义，英美新批评、语义学、符号学、结构主义等都属此类）。当文学的内缘研究倾心于将文本放在理论的手术台上进行"学术与技术的断片"解剖时，也终于在使尽解数后，将自己的研究生命推向了穷途末路。于是，文化诗学（culture poetics）在这样的困境中"粉墨登场"，并开辟了文学研究新的努力方向。

---

① 引自朱国华《当代文论语境中的布迪厄》，《社会科学》2005 年第 12 期。

文化诗学的代表人物为格林布拉特。他强调将历史意识的恢复作为文化研究和文学批评的重要方法论原则,强调在历史意识、历史语境中解读文化文本或文化语码的现实意义,历史视野和文化审视使这一流派成为一种新的历史——文化诗学。文化诗学被引进到中国后,被业内学者作了中国化的吸收、转换和改造。比较有代表性的是童庆炳先生的文化诗学研究方法和业师李春青先生提出的文化诗学的研究路向。童先生认为文化诗学大体而言可分为"对内"与"对外"两个维度:对内的维度——文学的文化意义的考察,从文学的艺术文本的内部可以反观整个文化;对外的维度——文学与其他文体样式的相互影响的考察,即把文学置身于文化这一更大的系统中去考察。而李先生的文化诗学主张强调三个基本原则:一是重建文化语境;二是尊重研究对象固有的互文关系;三是将文本、体验、文化语境三个研究层面连为一体。这些研究方法的开拓、提炼和总结使国内的文学研究"柳暗花明"。但是,任何理论都有其局限和盲点,理论的思考永远不可能还原出历史经验的全部,不同的理论会导引研究者发现不同的研究领域,提出不同的问题。同时,任何研究方法都有一定的针对性和有效范围,也必定会在某些领域显示出它的无能为力。因此,我们不认为文化诗学的研究方法是"放之四海皆准"的。它作为对于已经僵化的旧的研究范式的阶段性反思,还有待于进一步完善。但是,文化诗学所开拓的宽泛的研究视野以及对于研究对象的适用性决定了这一研究思路的实践价值。

文化诗学的研究视野首先承认诗学问题与特定的文化语境是共生的,对于诗学问题的研究必须结合特定的文化背景,诗学的研究对象因此不是某一先验的、固定的理论或者简单的概念的规定,而应该是那些在特定的文化语境中生成的所有具有诗意性或诗学价值的文本。这就是说,文化诗学是一种诗学,这种研究思路不仅扩大了诗学的研究视野,同时也丰富了诗学的研究对象。在这样的一种研究视野中,那些长期以来不被认为是文学或者文学理论研究的领域具有了研究的价值与关注的必要。

(二)症候阅读

文化诗学展示的是一个总体性的宏阔的研究视野,就其研究的实践而言,还需要对文本的独特而敏感的认识与阅读思路。"没有一种阅读不包含着（至少是含蓄地）决定阅读性质的一种理论。"①我们认为，路易·阿尔都塞所提出的"症候阅读"法是在文化诗学的研究思路下应该采取的阅读策略。

"症候阅读"也被译为"征候读法"，这是阿尔都塞在阅读和研究马克思的《资本论》的时候提出的一种新的阅读方法。今村仁司对征候式阅读的解释简练精粹。他说："语言有空虚的时候，这空虚的场所就叫做'征候'。读懂这征候就是征候性解读。这种读法，使语言表层的连续性解体，或者是被朝两个方向撕开的语言状态表面化，从而诊断并解读空无和空虚的征候。"②阿尔都塞的症候式阅读法将阅读方式分为无辜的阅读和有罪的阅读。无辜的阅读也叫清白的阅读，是指日常生活层面的那种理想化的直接阅读。这种阅读方法和有罪的阅读（症候阅读）是相对立的。直接阅读是一种惯性阅读，是基于经验主义的想当然的阅读，由于对支配直接阅读的理论问题体系缺乏必要的反思，这种固定化的、概念化的理论体系视角局限了读者的阅读视野，所以直接阅读会使许多有价值的问题视而不见。"这些新的对象和问题在现存理论领域内必然是看不见的，因为它们不是这一理论的对象，因为它们是被理论拒绝的东西，因而必然是与这个总问题所规定的看得见的领域没有必然联系的对象和问题。"③这些被忽视的对象和问题在旧有的理论问题体系中只有在某种症候条件下才会以沉默、空缺、不在场的方式流露，有如看似一个正常的人的精神分裂症候在特定场合的流露一样。同理，对于文本而言，"在许多本书中包含的人的历史，并不是一本书中所写下的文字，而历史的真实也不可能从它的公开的语言中阅读出来，因为历史的文字并不是一种声音在说话，而是诸结构中某种结构的作用的听不出来、阅读不出来的自我表白"④。因此，症候阅读就是要通过转换问题体系，从而找出被压抑的沉默、空缺、不在场的症候，揭

① ［英］柯林尼可斯：《阿尔都塞的马克思主义》，远流出版公司1990年版，第43页。
② ［日］今村仁司：《阿尔都塞：认识论的断裂》，河北教育出版社2001年版，第292页。
③ ［法］路易·阿尔都塞、艾蒂安·巴里巴尔：《读〈资本论〉》，李其庆、冯文光译，中央编译出版社2001年版，第18页。
④ ［法］路易·阿尔都塞、艾蒂安·巴里巴尔：《读〈资本论〉》，李其庆、冯文光译，中央编译出版社2001年版，第6页。

示新的现象和问题机制。阿尔都塞写道："所谓征候读法（symptomatic）就是在同一运动中，把所读的文章本身中被掩盖的东西揭示出来并且使之与另一篇文章发生联系。"①读懂其他隐藏在表层的言说下面的言说是症候性解读，它给予被隐藏的言说以生命，并进行重构。② 从这个意义上说，对于男子作闺音现象，我们同样要进行的是一种双重阅读，换句话说，我们要阅读另一种阅读。

（三）审美视野

众所周知，近些年来，我们的文论研究追崇和使用的是理论舶来品。它以毫不谦逊的霸道姿态统治着文学研究领域几十年。而今，质疑的声音日益强烈。那么，古代文论研究应该采取一种什么样的研究态度呢？

为论述方便，这里，我们暂且将古代文论的研究态度"粗暴地"概括为两种：一种是"民族"模式，另一种是"科学"模式。

持第一种态度的研究者不反思古代文论印象式、点悟式的理论把握方式、零散而不系统的存在样式以及中国文论这个"潜体系"具有的概念含混不清、逻辑分析不够、体系化程度不高的缺点，而一味自说自话、以古解古、故步自封的态度自然是不可取的。③ 因为文学理论毕竟是理论，它必须将文学审美活动上升到形而上的思辨层次。在多元文化倡导的今天，在"现有文化基础上去选择、汲取异质文化中合乎需要的因素正是当下中国学人面对的最重要的任务，而且是无法推却的任务，除非他放弃言说的权利"④。因此，借鉴西方理论，对古代诗学作整体的、宏观的审辨，"从本土文化中去筛选、把握其中最富于生命力的东西，从新的角度，以新的方法去激发其中的理论因子"⑤，使其由原来的潜在形式变成直接形式是文论自身获得发展的必经之途。

---

① ［法］路易·阿尔都塞、艾蒂安·巴里巴尔：《读〈资本论〉》，李其庆、冯文光译，中央编译出版社 2001 年版，第 21 页。

② 参见［日］今村仁司《阿尔都塞：认识论的断裂》，河北教育出版社 2001 年版，第 231 页。

③ 叶朗对此曾有不同的观点。参见叶朗《中国美学史大纲》，上海人民出版社 1985 年版，第 14—15 页。

④ 李春青：《当前古代文论研究中的困惑及可能的对策》，《三峡大学学报》2002 年第 1 期。

⑤ 王晓路：《西方汉学界的中国文论研究》，巴蜀书社 2003 年版，第 347 页。

第二种研究态度的合法性"来自于言说者自身的一种根深蒂固的理性精神"①,认为"穷众口之辩",建立一个一劳永逸、雄视百代的理论大厦是文论研究的最高诉求。他们企图同时扮演"学术显微镜"和"理论望远镜"的角色,使其构建的宏大体系既能对绵长的古代文论传统作尽览无遗的鸟瞰,又能概括文论话语的每一个细微环节。但是,希图将古代文论这样的"精神流传物"中的诗性、体验、感悟等成分剔除干净,将研究对象化约为按照一定规则而形成的编码系统,绝对不是一种真正的科学态度。正如伽达默尔所言:"如果我们是以对于规律性的不断深化的认识为标准去衡量精神科学,那么我们就不可能正确地把握精神科学的实质。社会—历史的世界的经验是不能以自然科学的归纳程序而提升为科学的。"②"凡是在效果历史被天真的方法论信仰所否认的地方,其结果就只能是一种事实上的歪曲变形了的认识。"③

而今,纵使西方的理论家们也意识到了,纯粹的理论化、技术化的批评是不必然具有批评效度的。这一方面是因为理论的价值并不在于体系多么宏大精密,而是在于它所揭示的问题以及对问题的回答。"我们不可能靠着艺术品服从于逻辑规则来理解艺术品。一本诗学教科书不可能教会我们如何写一首好诗。因为艺术来自于更深的源泉。"④另一方面,也不存在绝对的、权威的、永恒的体系。因为没有一个理论敢断言说它"真确地涵盖了那川流不息、千变万化的存在经验。所有的理论都受到文化、历史的一定限制"⑤。应该说,对古代文论作出逻辑的、系统的、有现代意识的体系化努力是无可厚非的。但是,古代文学思想是中国特有的人文精神的体现。文学的价值象征着人的价值,对文学的体认就是古人对自身精神状态的体验。因此,体系应该是建立在关注体验基础上的体系;体验也应该是在体系条贯下的体验,"一相情愿去拜倒在细分的解剖的西洋思维方式的裙下是会伤及我们美感领域及生活风范

---

① 李春青:《走向阐释的文学理论》,《学术研究》,2001 年第 7 期。
② [德]伽达默尔:《真理与方法》,洪汉鼎译,上海译文出版社 1999 年版,第 4 页。
③ [德]伽达默尔:《真理与方法》,洪汉鼎译,上海译文出版社 1999 年版,第 386 页。
④ [德]卡西尔:《人论》,甘阳译,上海译文出版社 1985 年版,第 4 页。
⑤ 王晓路:《西方汉学界的中国文论研究》,巴蜀书社 2003 年版,第 274 页。

的根的"①。

正因如此,我们认为阐释的态度是迄今为止比较恰切的理论态度。这不仅是因为"文学"和"阐释"问题始终是文论研究的基本问题,同时也是由研究对象的性质决定的。无论是价值观念还是思维方式,"中国古代文论都是与作为整体的古代文化血肉相连的"。"对古代文论的阐释联系着对整个中国古代文化的阐释,而对古代文化的阐释又关联着人类生存的意义问题。这就是说,对古代文论的研究在最深层的意义上应该是对人的研究。"②因此,我们的阐释工作应该从两个方面展开:一方面,作为研究对象的文本不仅包括文论文本,还包括文论之外的文化文本。因此,只有将文论话语置于其赖以产生、存在及实现的具体文化语境中,只有在各类文本的"互文关系"中才能揭示其意义生成方式。另一方面,阐释文本的过程也就是与古人对话的过程,进入古人的精神世界的过程,把握古人的生存方式与生存智慧的过程。李春青先生指出:"这种阐释目的可以说并没有溢出古代文论的学科范围,因为只有进入到古代文论的言说主体研究之中,才能真正理解古代文论话语的奥妙所在。但从更大的范围来看,则这种阐释活动又的确具有远远超出学科范围的意义:古代文论的本真价值范畴与观念是今人的阐释主体与古代的言说主体在生存智慧上沟通的管道之一。"③是以,将研究对象作为一堆僵死的材料,试图建立亘古不变的一套号称权威的体系的做法是无法达到对对象的真理性认识的。因为真正的历史对象"是自己和他者的统一体,或一种关系,在这种关系中同时存在着历史的实在与历史理解的实在"④。

正如伽达默尔卓绝地指出的:"为了比现代科学的认识概念更好地对理解宇宙加以理解,它必须对它所使用的概念找寻一种新的关系。这种思考必将认识到:它自身的理解和解释绝不是一种依据于原则而来的构想,而是源自于流传下来的事件的继续塑造。因此,这种思考,不会全盘照收其所使用的概

---

① 叶维廉:《寻求跨中西文化的共同文学规律》,北京大学出版社1987年版,第83页。
② 李春青:《当前古代文论研究中的困惑及可能的对策》,《三峡大学学报》2002年第1期。
③ 李春青:《当前古代文论研究中的困惑及可能的对策》,《三峡大学学报》2002年第1期。
④ [德]伽达默尔:《真理与方法》,洪汉鼎译,上海译文出版社1999年版,第8页。

念,而是收取从概念的原始意义内涵中所流传给它的东西。"①古代文论的概念范畴"不应在思辨的概念里,而应在历史意识里,精神对于自身的认识才得以完成"②。

　　本书对"男子作闺音"的研究希望采用文化诗学内外统一、互相发明的方法,把强烈的问题意识贯穿研究过程,在问题情境之中揭示男子作闺音的文本、文论、文化的含蕴。在厘清有关既定话语及历史概念的基础上,寻找一种深度阐释的可能:一方面历史性地把握这种现象嬗变的轨迹;另一方面,共时性地从具体的历史语境入手考虑这种现象的精微细致之处,剖析历史中的文本和文本中的历史互相影响、互相制约的复杂机制,从而立体、宏观地对这种现象作出爬梳与探勘,并揭示作家在言志抒情时所涉及的社会约束、文化成规、主体选择及其心理动因。

---

① [德]伽达默尔:《真理与方法》,洪汉鼎译,上海译文出版社 1999 年版,第 20 页。
② [德]伽达默尔:《真理与方法》,洪汉鼎译,上海译文出版社 1999 年版,第 296 页。

第一章

男子作闺音的内涵及特征

翻阅诗骚乐府，检诸唐诗宋词，就像旧时戏曲中的女性角色总是由男优扮演一样，"男子作闺音"作为中国诗歌史上一个独特的存在也同样遍及文人写作的诸领域。所谓"男子作闺音"，简单地说，是指男性诗人（创作主体）代女性（抒情主体）设辞，假托女性的身份、口吻创作诗篇而言情抒怀的一种诗歌体式。它作为一种颇具个性与特色的诗歌创作模式和表现方式（或者说抒情策略），其历史之绵长，作者之普遍（上至帝王将相，下至仕子文人），作品数量之众，无不昭示其是诗学无法回避而且必须加以解释与反思的问题。

或许正如伽达默尔所言，我们对传统的认识中总是充满了我们得以进行理解的"真前见"与"由之产生误解的假前见"。[1] 如果没有一定的求实和质疑精神，由权威的威望产生的"假前见"就会取代我们自身的判断。对于男子作闺音现象的认识也是如此，比如，清初诗论家吴乔曾说："自六经子史以至诗余，皆是自说己意，未有代他人说话者。惟元人就古事作杂剧，始代他人说话。八比时文，虽阐发圣经，非注疏，亦代他人说话，故曰俗体也。"[2]无独有偶，"性灵说"的倡导者袁枚在《小仓山房尺牍》卷三《答戴敬咸进士论时文》中的论调与吴论可谓如出一辙："从古文章皆自言所得，未有为优孟衣冠、代人作语者。惟时文与戏曲则皆以描摹口吻为工。"[3]此二公的武断棒喝之论不

---

① ［德］伽达默尔：《真理与方法》，洪汉鼎译，上海译文出版社 2002 年版，第 383 页。

② （清）阮葵生：《茶余客话》卷十二"引"，中华书局上海编辑所 1959 年版。

③ 钱锺书：《钱锺书集》，三联书店 2001 年版，第 112 页。

加审谛很容易使人"误入歧途"。然而历史更不乏洞见,比如李渔《窥词管见》中有一段向来不被注意的重要论述:"词内人我之分,切宜界得清楚……或全述己意,或全代人言。"胡承珙《毛诗后笺》卷一"斡旋"中也有一段大致相同的论述:"凡诗中'我'字,有其人自'我'者,有代人言'我'者。"钱锺书先生有一段"拨乱反正"的话也可谓有理有据,言之凿凿。他说:"设身处地,借口代言,诗歌常例。貌若现身说法,实是化身宾白,篇中之'我'非必诗人自道。"[1]并在列举了诸如陆云《为顾彦先赠妇》[2]等诗作之后,指出这类"代言"、"代作"在词中更呈"天接云涛连晓雾"之势。

纷扰不止于此,对于此种现象,先哲时贤也纷纷从不同的视角为之冠名,可谓人言言殊。比如,有的学者从作者与抒情主人公的性别关系角度称之为"性别越界"、"性别面具"、"性别错指";也有学者从作者化身为另一角色,为女性(也包括男性,甚至动植物,详后)提刀弄笔的特点将之称为"角色诗"、"代言体"。这些概念与本文所言的男子作闺音的内涵有重合也有差异。所谓"名不正则言不顺",本章任务就是对男子作闺音的内涵作出厘定,并试图对该现象的特征进行简要的分析概括。

第一节　男子作闺音的内涵及特征

男子作闺音有其自身的鲜明特征。对读者视觉最大的"冲击"是诗作署名作者是男性,而诗歌的抒情主人公却是第一人称女性的性别反差。我们从诗歌的形式和内容两个方面作出更细致的描述。

---

① 钱锺书:《管锥编》第一册,三联书店 2001 年版,第 87 页。
② 《为顾彦先赠妇》:其一:"我在三川阳,子居五湖阴。山海一何旷,譬彼飞与沉。目想清惠姿,耳存淑媚音。独寐多远念,寤言抚空衿。彼美同怀子,非尔谁为心。"其二:"悠悠君行迈,茕茕妾独止。山河安可踰,永路隔万里。京师多妖冶,粲粲都人子。雅步裔纤腰,巧笑发皓齿。佳丽良可美,衰贱焉足纪。远蒙眷顾言,衔恩非望始。"其三:"翩翩飞蓬征,郁郁寒木荣。游止固殊性,浮沉岂一情。隆爱结在昔,信誓金石固。岂从时俗倾,美目逝不顾。纤腰徒盈盈,何用结中欵。仰指北辰星,浮海难为水。游林难为观,容色贵及时。朝华忌日晏,皎皎彼姝子。灼灼怀春粲,西城善稚舞。总章饶清弹,鸣簧发丹唇。朱弦绕素腕,轻裾犹电挥。双袂如霞散,华容溢藻幄。哀响入云汉,知音世所希。非君谁能赞,弃置北辰星。"其四:"问此玄龙焕。时暮复何言。华落理必贱。"

首先,从诗的标题上看,男子作闺音的诗歌多在标题中注有"代××"、"拟××"、"为××"、"效××"、"赋得××"等标志。举几个例子,比如晋陆机的《为陆思远妇作诗》①,梁王僧孺的《为何逊旧姬拟上山采蘼芜诗》②,唐李白的《代赠远》③、张九龄的《赋得自君出之矣》④、戴叔伦的《送裴明州郎中征效南朝体》⑤等。诸如此类诗作皆"光明磊落",读者一看题目遂知为"男子作闺音"了。

说到这里,有必要廓清两点:其一,是不是题目中没有标明"代"、"拟"、"为"等字的就一定不是男子作闺音呢?当然不是。单以《艺文类聚》卷三十、卷三十一、卷三十二的闺怨相思类诗歌为例就可见一斑。"集"中的《玉阶怨》、《婕妤怨》、《王昭君》、《寡妇赋》以及众多的以"闺怨"、"征怨"为题的诗歌,虽然没有上述标志,读者单从题目上也是能猜个八九不离十。比如孟郊的《怨诗》:"试君与妾泪,两处滴池水。看取芙蓉花,今年为谁死"、沈如筠的《闺怨》:"雁尽书难寄,愁多梦不成。愿随孤月影,流照伏波营"都可谓明证。这类作品,读者还能从题目上捕捉到"蛛丝马迹",更多的作品单从题目上无从断定,阅毕诗作才能明了。比如唐代诗人高适(一说托名高适)有一首《在哥舒大夫幕下请辞退托兴奉诗》:

自从嫁与君,不省一日乐。遣妾作歌舞,好时还道恶。

———————————

① 其诗曰:"二合兆嘉偶,女子礼有行。洁己入德门,终远母与兄。如何就时宠,游宦忘归宁。虽为三载妇,顾景媿虚名。岁暮饶悲风,洞房凉且清。拊枕循薄质,非君谁见荣。离君多悲心,瘝寐劳人情。敢忘桃李陋,侧想瑶与琼。"
② 其诗曰:"出户望兰熏,褰帷正逢君。敛容裁一访,新人讵可闻。新人含笑近,故人含笑隐。妾意在寒松,君心逐朝槿。"
③ 其诗曰:"妾本洛阳人,狂夫幽燕客。渴饮易水波,由来多感激。胡马西北驰,香鬃摇绿丝。鸣鞭从此去,逐虏荡边陲。昔去有好言,不言久离别。燕支多美女,走马轻风雪。见此不记人,恩情云雨绝。啼流玉箸尽,坐恨金闺切。织锦作短书,肠随回文结。相思欲有寄,恐君不见察。"
④ 其诗云:"自君之出矣,不复理残机。思君如满月,夜夜减清辉。"
⑤ 其诗曰:"沅水连湘水,千波万浪中。知郎未得去,惭愧石尤风。"这里的"南朝体"指南朝乐府(托女子口吻言情,多用双关的修辞手法是其特征)。戴诗亦语用双关,用"郎"称裴郎中,自己充当了女子角色。

不是妾不堪，君家妇难作。下堂辞君去，去后君莫错。

这首诗从题目上看不出任何名堂，读过诗歌才会清楚是诗人托意于妇人向夫婿下堂求去婉言向哥舒翰请辞。其二，是不是题目有此类标志的都属"男子作闺音"呢？二者当然也不是一一对应关系，反例同样俯拾即是。例如谢灵运的《拟〈邺中集〉八首》、王粲的《思亲为潘文则作》①，虽然题目中标有"为"、"拟"，但内容显然都与"闺音"无关。

此外，我们也有必要就此一特征说一下男子作闺音和代言体诗歌以及角色诗的区别。杨义先生如是描述诗歌中的代言体："代言体诗即代人言心或以人和物代己言心"，"为诗而采用代言体，乃是一种化妆的抒情"。② 不可否认，代言体诗歌以代女性立言为盛，但杨先生认为代言体还有更广泛的题材与旨趣。比如古代幕宾或幕僚制度的存在，就为相当一批文人提供为他人当"秘书"的饭碗。纵使潇洒如李白者，也不乏这种幕宾式的修养。比如他的文集中有一篇《为吴王谢责赴行在迟滞表》就是在安史之乱中，吴王接到朝廷命令，却耽误了行程，让李白为他代笔修表谢罪的。《为宋中丞自荐表》中，他又借宋中丞之口，历述自己的经历，称颂自己"文可以变风俗，学可以究天人"的才能，显然上述两首诗歌都是男性为男性代言。李白甚至还有一篇奇文《代寿山答孟少府移文书》，竟然代表一座山头写信，为山容山貌辩护。此外，历代也不乏文人们为动物、植物代言的上乘之作。从这个意义上说，代言体诗歌的外延比男子作闺音的单为女性代言宽泛得多了。借用数学上的"集合"概念，可以说男子作闺音是代言体诗的"子集"。

---

① 《为潘文则作思亲诗》："穆穆显妣，德音徽止。思齐先姑，志侔姜姒。躬此劳瘁，鞠予小子。小子之生，遭世罔宁。烈考勤时，从之于征。奄遘不造，殷忧是婴。咨于靡及，退守祧祊。五服荒离，四国分争。祸难斯逼，救死于颈。嗟我怀归，弗克弗逞。圣善独劳，莫慰其情。春秋代逝，于兹九龄。缅彼行路，焉托于诚。予诚既否，委之于天。庶我显妣，克保遐年。亹亹惟惧，心乎如悬。如何不吊，早世徂颠。于存弗养，于后弗临。遗衍在体，惨痛切心。形影尸立，魂爽飞沉。在昔蓼莪，哀有余音。我之此譬，忧实独深。胡宁视息，以济于今。岩岩丛险，则不可摧。仰瞻归云，俯聆飘回。飞焉靡翼，超焉靡阶。思若流波，情以坻颓。诗之作矣，情以告哀。"

② 杨义：《李白代言体诗的心理机制》，《海南师范学院学报》2000 年第 1 期。

蒋寅先生曾撰文①就作者与作品抒情主体不重合的现象，提出"角色诗"这一创作类型。认为作者是在扮演一个"异己"或者"类己"的角色，为角色配音，替角色抒情。他举了曹丕、曹植兄弟的《代刘勋妻王氏杂诗》②，说明二诗均托刘勋妻王宋的口吻，抒写被休弃的悲伤。题中的"代"即指代王宋陈情，抒情主体是王宋而非曹氏兄弟，即曹氏兄弟扮演了王宋的角色。但就此断言蒋寅的"角色诗"与男子作闺音"异名而同质"还为时尚早。因为接下来蒋先生又举了鲍照之妹鲍令晖的《代葛沙门妻郭小玉诗二首》和鲍照、李白等诗人众多"代"作为例证。鲍妹之例说明蒋文"将女子扮演另一女子角色"之诗也归入角色诗之列，而乃兄鲍照与诗仙李白的"代"作，事实上又不尽是男子作闺音。③ 如此道来，"角色诗"又只能说是男子作闺音的"交集"。

其次，从诗歌内容层面考虑，男子作闺音多采用第一人称的写法，诗中的抒情主人公多用"奴"、"妾"、"贱妾"、"侬"等来自称。比如，宋人华岳的《新市杂咏十首》："云鬟烟鬓缕双鸦，一搦宫腰柳带花。试问行云何处觅，画桥东畔是奴家。"唐王建的《思远人》："妾思常悬悬，君行复绵绵。征途向何处，碧海与青天。岁久自有念，谁令长在边。少年若不归，兰室如黄泉。"六朝诗人江总的《闺怨篇》："寂寂青楼大道边，纷纷白雪绮窗前。池上鸳鸯不独自，帐中苏合还空然。屏风有意障明月，灯火无情照独眠。辽西水冻春应少，蓟北鸿来路几千。愿君关山及早度，念妾桃李片时妍。"三诗抒情主人公均以"妾"、"奴"自称。清人毛俟园的《游刑园》一绝云："一溪春水一桥横，宠柳娇花夹岸迎。侬自过桥闲处立，放开来路让人行。"诗中女子便以"侬"自称。"长于妇人之手"的李煜写过一首《菩萨蛮》（疑为代小周后之作），将"奴"之风情万种写得活色生香："花

① 参见蒋寅《中国古典诗学的现代阐释》，中华书局 2003 年版，第 160—181 页。
② 曹丕诗云："翩翩床前帐，张以蔽光辉。昔将尔同去，今将尔同归。缄藏箧笥里，当复何时披？"曹植诗云："谁言去妇薄，去妇情更重。千里不唾井，况乃昔所奉。远望未为遥，踟蹰不得共。"
③ 如鲍照的《代鸣雁行》、《代雉朝飞》、《代陆平原君子有所思行》、《代东门行》，李白的《为宋中丞祭九江文》、《为宋中丞自荐表》等。

明月暗笼清雾，今宵好向郎边去，衩袜步香阶，手提金缕鞋。画堂南畔见，一向偎人颤。奴为出来难，教君恣意怜。"

但是，另一方面，诗中没有出现第一人称的"奴"、"妾"，而是出现诸如"君"、"郎"、"子"、"荡子"①、"良人"②、"佳人"、"美人"、"公子"等第二人称称谓一般也可断定为男子作闺音。比如张先的《卜算子》：

> 梦短寒夜长，坐待清霜晓。临镜无人为整妆，但自学、孤鸾照。
> 楼台红树杪。风月依前好。江水东流郎在西，问尺素、何由到。

词中未出现女子自称，但也可以断定抒情主人公是一个思念离人的少妇，寒夜漫长，难以入睡，楼头红树依依，风月姣好如旧，然而意中人飘然远行，往日欢好不再，只剩下女子独自一人临镜自怜。再如宋武帝刘裕《自君之出矣》："自君之出矣，金翠阁无精。思君如日月，回还昼夜生。"抒情主人公显然是一位女子，而诗中之"君"指该女之夫。东汉末年徐干《室思》："沉阴结愁忧，愁忧为谁兴？念与君相别，各在天一方。良会未有期，中心摧且伤。不聊忧餐食，慊慊常饥空。端坐而无为，仿佛君容光"；唐刘得仁《月夜寄同志》："支颐不语相思坐，料得君心似我心"；古诗十九首之《青青河畔草》"昔为娼家女，今为荡子妇，荡子行不归，空床难独守"中的"荡子"；唐王建的《春词》"良人朝早半夜起，樱桃如珠露如水"中"良人"；屈原《抽思》"数惟荪之多怒兮，伤余心之忧忧。愿摇起而横奔兮，览民尤以自镇。结微情以陈词兮，矫以遗夫美人"，《九章·思美人》"思美人兮，揽涕而竚眙。媒绝路阻兮，言不可结而诒。蹇蹇之烦冤兮，陷滞而不发。申旦以舒中情兮，志沉菀而莫达"中的"美人"；南朝刘铄《拟行行重行

---

① 指辞家远行、羁旅忘返的男子。

② 当然，良人也不专指女子对男子的称谓。良人在古代有以下几种含义：①见此良人，……见此粲者；《传》：良人，美室也。②《正义》：《小戎》云："厌厌良人"。妻谓夫为良人。③《汉书·外戚传》上记上官安"醉则裸行内，与后母及父诸良人侍御皆乱"，颜师古注："良人"谓妾也。④六朝乐府《读曲歌》："白帽郎，是侬良，不知乌帽郎是谁"，"良"即良人，所欢亦得称此，不必限于结褵之夫妻也。详见钱锺书《管锥编》毛诗正义之四十一《绸缪》篇，第120页。

行诗》"芳年有华月,佳人无还期。日夕凉风起,对酒长相思"中之"佳人"①;罗邺《长安惜春》"公子不能留落日,南山遮莫倚高台"中的"公子"②;等等。虽篇中未有"妾"、"奴"等字,很显然也都是"女子自道"。

这里,也要作两点补充说明:第一,并不是说题目中没有拟、代、为等明显标志,而诗作中又无第一人称"妾"、"奴",第二人称"君"、"郎"等字眼就可排除男子作闺音了。比如,唐袁晖《闺怨》诗中"蛾眉愁自绪,蝉鬓没情梳"、韩偓《闺怨》诗中"时光潜去暗凄凉,懒对菱花晕晓妆"、朱绛的《春女怨》"独坐纱窗刺绣迟,紫荆枝上惟黄鹂。欲知无限伤春意,尽在停针不语时",我们从诗作的内容照样可以判断必是男性诗人代思妇抒发离情别怨。有的男子作闺音之作甚为隐晦曲折,需要阅读者独具只眼,方可辨认。比如鲍照的《代鸣雁行》:"色芭鸣雁鸣始旦,齐行命旅入云汉,中夜相失群离乱,留连徘徊不忍散。憔悴仪容君不知,辛苦风霜亦何为?"此诗以雁的聚散比照女子与"君"的相聚和别离,在雁的意象中寄托了主人公深沉复杂的感情。张玉谷有云:"此闺怨诗也。前四,以雁为比,写聚而忽散之悲。后二,忽若自悔,而其实非悔,乃所以警游子也。托意深,运笔健。"③第二点需要说明的是,并非诗作中出现"君"字就一定是男子作闺音。比如刘禹锡的《答张侍御贾喜再登科后,自洛

---

① 古时男子亦可称"佳人"。如曹植《杂诗》五首其四云:"佳人在远道,妾身独单茕",此"佳人"即指男子。《种葛篇》咏弃妇云:"行年将晚暮,佳人怀异心",此又以"佳人"为丈夫。张华《情诗五首》其第二云:"明月曜清景,胧光照玄墀。幽人守静夜,回身入空帏。束带俟将朝,廓落晨星稀。寐假交精爽,觌我佳人姿。巧笑媚权厣,联媚眄与眉。寐言增长叹,凄然心独悲。""幽人"指男子,"佳人"指女子。而刘铄《杂诗》五首之"眇眇陵长道"其中有"佳人无还期"句,"佳人"也指男子。毛先舒《诗辨坻》卷四,竟陵诗解驳议条也有相似论述:谢诗"美人竟不来",友夏云:"自《离骚》多用美人、佳人、夫君称其友,入口无须眉气,只宜以我友、故人、君子字还之。"此谭非欲避《骚》,正避历下诸公家法耳,语大伧父。夫故人、我友,谁不解称,而设色审声,词各有当。《简兮》呼周室贤者为"美人",光武称陆闳为"佳人",桓彦则云"曹子丹佳人",又前秦苏蕙称其夫窦滔云"非我佳人,莫之能解","何必湘累便类巾帼者耶?"
② 《抛球乐》词曰:"珠泪纷纷湿绮罗。少年公子负恩多。当初姊妹分明道。莫把真心过与他。仔细思量着。淡薄知闻解好么。"
③ (清)张玉谷:《古诗赏析》,上海古籍出版社2000年版,第387页。

赴上都赠》①,诗中之"君"就是指张侍御;王粲的《杂诗》其一②中的"从君出西园","从君"之"君",据考证应该是指曹丕。此外还有一种情况值得注意,就是乐府诗歌中有很多诗作,开篇皆言"君不见"③或句中多有"请君"、"愿君"等,其"君"大都是泛指"你",没有特别的含义。

最后,从诗歌表现的角度来看,男子作闺音多采用代诗中的抒情主人公"叙述"、"言说"、"诉说"的表达方式,即直接抒写诗中主人公之眼中所见、耳中所闻、脑中所思、心中所感。诗人是完全站在抒情主人公的立场、角度,以抒情主人公的身份、心境、口吻、语气来言情述事。繁钦的《定情诗》全诗也都是从女主人公的角度,叙述其与人初识、热恋及被弃的经过和痛苦心情。再如李益《江南曲》"嫁得瞿塘贾,朝朝误妾期。早知潮有信,嫁与弄潮儿",崔颢《长干曲四首》(其一)"君家何处住,妾住在横塘。停船暂借问,或恐是同乡",全然是诗中的女主人公在诉说、言谈、询问,那种如泣如诉或委婉的悲苦陈述的笔调使诗歌产生一种特有的打动人心的艺术魅力。

在此,还有必要费点笔墨来区别一下男子作闺音与女性文学。我们认为,女性文学是个很含混的概念,它起码包括两大类,一类是"女性写的文学",这是从作者的性别来区分;一类是"写女性的文学",是着眼于作品的内容和题材,此类包括妇女写的女性和男性写的女性两类。男性写女性的文学一类又可分出两个子类:一是男子第三人称的客观描写,二是女子第一人称的男子作闺音。单就古典诗歌来看,人所共知的李清照、朱淑真的创作无疑是"女性写的文学";而"写女性的文学"所包含的两个子类第三人称客观描写与第一人

---

① 其诗为:"又被时人写姓名,春风引路入京城。知君忆得前身事,分付莺花与后生。"

② 原诗为:"吉日简清时,从君出西园。方轨策良马,并驱厉中原。北临清障水,西看柏杨山。回翔游广囿,逍遥波间。"木斋《论王粲与五言诗的成熟》一文认为,此诗明确出现的几个地理名称,都显示此诗写于归附曹操并且回到中原之后,"西园",是邺城铜雀台内的建筑,铜雀台于建安十五年冬建成,此组诗是春夏之间的景物,而曹丕与七子在建安十六年多有五言诗的写作唱和,故此诗应是建安十六年春夏之际在邺城西园所作,其中的"中原"、"清障水"等都可以为证;其次,此诗所显示的愉悦的、自由自在的心情,也正是王粲归曹之前前两年的一种心态。"从君"之君,应当指曹丕,是写王粲与曹丕从西园联骑而出,并驱于中原的方轨驿道上,去做"回翔游广囿,逍遥波间"的出游。

③ 例如鲍照的《君不见少壮从君去》,《拟行路难》之五、之十、之十一、之十五、之十六、之十七;李白的《将进酒》等诗。

称"变性"抒情这两个子类的区分,我们举两首同题《闺怨》诗作略作对比便知。先来看一首清代诗人董以宁的《闺怨》:

> 流苏空系合欢床,夫婿长征妾断肠。留得当时临别泪,经年不忍浣衣裳。

再看王昌龄的名作《闺怨》:

> 闺中少妇不知愁,春日凝妆上翠楼。忽见陌头杨柳色,悔教夫婿觅封侯。

毋庸讳言,两首诗歌虽然都是文人述闺怨,但前者是男子作闺音的手法,而后者是第三人称的客观描述。

应特别强调指出的是,有许多男子作闺音文本,情况是比较复杂的,表面看来是作者"代"抒情主人公"言",而实际上却是"抒情主人公"代"作者"言。例如,唐代诗人朱庆馀的《近试上张水部》诗:"洞房昨夜停红烛,待晓堂前拜舅姑。妆罢低眉问夫婿:画眉深浅入时无。"张籍的答诗《酬朱庆馀》:"越女新妆出镜心,自知明艳更沉吟。齐纨未足时人贵,一曲菱歌敌万金。"虽然诗人表面上写新妇为讨得公婆的喜爱妆毕悄声征求丈夫的意见,实际上是朱庆馀投石问路,向任水部郎中的张籍征求对考卷的意见。张诗也以其人之道还之,纯用比法,暗示他不必为考试担心。不妨再看北宋名相王安石的一首《君难托》:

> 槿花朝开暮还坠,忆昔相逢具少年。妾身与花宁独异。两情未许谁最先。感君绸缪逐君去,成君家计良辛苦。人事反复哪能知,谗言入耳须臾离。嫁时岁衣羞更着,如今始悟君难托。君难托,妾亦不忘旧时约。

神宗早年对王安石的改革给予最坚定的支持,于王安石可谓有知遇之恩。但后来却听信谗言罢免了王安石的相位。《君难托》可以说是王安石借一女子之口对神宗爱怨交加的情感表白。受中国社会传统的政教实用的文学逻辑的束缚与制约,此类作品充斥着古典诗歌的创作园地。本书第二章和第三章会对此进行详细的分析和论述,此处不赘言。

海内外很多学者都注意到男子作闺音的此种"楚雨含情皆有托"的层面,并结合当下的话语实践对之进行反思。值得一提的是孙康宜的"性别面具说",张晓虹的"性别越界"说,戴锦华、孟悦的"性别错指"说。对三家的观点作一简要概括,或许能加深我们对男子作闺音现象的认识。

孙康宜将通过虚构的女性声音所建立起来的托喻美学,称之为"性别面具"①(gender mask)。她之所以将之称为面具乃是因为男性文人的这种写作和阅读传统包含着这样一个观念:情诗或者政治诗是一种"表演",诗人表述通过诗中的一个女性角色达到必要的自我掩饰和自我表现。这一诗歌形式的显著特征是通过一首以女性口吻唱出的恋歌,男性作者可以公开而无惧地表达内心隐秘的政治情怀。孙康宜以《节妇吟》②为例来印证她的观点。她认为该诗"演员"是妾,"导演"却是张籍。该诗并不是真正的情诗,而是作者在政治上遭受困境时写出的一首托喻诗。此诗本题下注云:"寄东平李司空师道"。李师道是当时藩镇之一的平卢淄青节度使,又被冠以检校司空、同中书门下平章事的头衔,权倾一时,炙手可热。中唐以降,藩镇拥兵割据,采用各种手段,勾结拉拢文人或中央官员为其党羽。正因为政见上不同的原因,张籍坚决而又委婉地拒绝了李师道的拉拢。此诗正是这样一首为婉拒李师道拉拢而借闺情言志的诗歌。全诗通篇用比,诗人以"节妇"之口婉言陈述己意,表明他鲜明的观点与坚决的态度。

孙教授对古代男子的"面具"书写之无奈报以理解之同情。张晓虹和孟悦们就没有那么客气了,对同一现象的阐释与考察多了一点"火药味"。张晓虹在分析华裔美籍作家汤亭亭的作品《猴行者:她的伪书》(《女斗士》The Women Warrior 乃汤之成名作)中提出了"性别越界"③(gender crossing)的概

---

① 参见孙康宜《文学经典的挑战》,百花洲文艺出版社 2002 年版,第 292—304 页。

② 《节妇吟》诗曰:"君知妾有夫,赠妾双明珠。感君缠绵意,系在红罗襦。妾家高楼连苑起,良人执戟明光里,知君用心如日月,事夫誓拟同生死。还君明珠双泪垂,恨不相逢未嫁时。"

③ 详见张晓虹《性别越界:女性主义文学理论与批评》"序言",联合文学出版社 1995 年版。

念。作者认为汤亭亭在此作中凸显了男女性别对应与转换的各种关系,从文本层次上的性别错乱(阴性化的男人、阳性化的女人、雌雄同体的焦虑等)到叙述层次上的性别挣扎(女性作者/叙事者与男性角色间的权力消长),都显示出重新拆解、建构性别的可能。扮装或者变性的"男越女界"或"女越男界"牵动着截然不同的权力从属与惩罚机制,经由不断越界以充分表现认同的游移不定,从而转化"对立政治"(politics of opposition)为"差异政治"(politics of difference),开放各种性、性别、性倾向、权力、欲望的流通与互动。张之所以对汤亭亭赞赏有加,是因为她觉得这种"越界书写"本身提供了错乱父权文化的情别监控、瓦解性别/权力的霸权宰制、松动性别对立的僵化思考的可能。

孟悦、戴锦华对中国古代的男子作闺音的此一层面作了症候式阅读,借其提出的"性别错指"①概念向男权社会发难,发人深省。她们认为,"以女性形象、女性身份自喻,是中国古代文人的一个悠久传统,甚至可以说,从《离骚》一直沿袭到《红楼梦》","这种以性别之间的互指、混淆、重叠而抒发一己之慨的艺术设计,成为文人们广泛使用的一种修辞惯例和创作构思"。士大夫们以"芳草当须美人折"之类的象喻,以美人迟暮或被弃被妒的情境,寄寓怀才不遇、有志难酬的骚怨。然而,也正是此种表达,使"它们在象征和审美意义上,展示了封建社会对女性以及对两性关系的种种要求、想象和描述",从这个意义上说"再没有哪种角度比男性如何想象女性,如何塑造、虚构女性更能体现性别关系之历史文化内涵的了"。因为,此种现象恰恰揭示了我们历史文化的一个特点——领衔掌握文化符号体系操纵权者的性别特点。男性社会不仅以经济权、政权、法律、社会结构为标志,而且男性还拥有话语权,拥有创造密码、附会意义之权,有说话之权与阐释之权。它借此特权"将女性作为被强制对象的事实积淀在符号僵硬有序的坚甲之下,将女性觉醒的可能性封闭于历史文化之外,从而保持着父系文化的唯一合理性"②。因此,女性形象变成男性中心文化中的"空洞能指"(劳拉·穆尔维语),男性所自喻和认同的并

---

① 参见孟悦、戴锦华《浮出历史地表——现代女性文学研究》"序言",中国人民大学出版社 2004 年版。

② 以上引文参见孟悦、戴锦华《浮出历史地表——现代女性文学研究》,中国人民大学出版社 2004 年版,第 1—40 页。

不是女性的性别,而是封建文化为这一性别所规定的职能。这是一种神话性认同,它说明女性已作为能指被构入男性为自身统治创造的神话谱系之中,而女性真实的性别内涵则被剔除出这一神话之外,除了形象和躯壳之外,女性自身沉默并淹没于前符号、无符号的混沌之海。

三家之论,是古代文学现象的现代观照,他们借女性闺怨相思之作的繁华之有,揭示女性真实声音的荒芜之无,可以说是古典文学现象的现代阐释与反思。她们作为新一代历史语境下崛起的女性,从另一个角度警示我们,应该考虑男子作闺音现象背后所蕴藏的种种被遮蔽的层面。

第二节　男子作闺音的六种类型

日本学者松浦友和在《中国诗歌原理》一书中指出:"由男性诗人以女性观点进行爱情描写被确立为中国爱情诗的主要方法。""在中国诗史上确是典型现象乃至主流。"①此论便是针对中国古典诗歌中的男子作闺音现象而发。所谓男子作闺音是指男性诗人"拟地以置心",代女性设辞,假托、模拟、代替女性的身份、口吻创作诗篇而言情抒怀。从作者的创作动机来看,上面这句话中已经隐含着男子作闺音的三种类型,即代替(男代女言)、模拟(男拟女言)和假托(女代男言)。

一、"代"作

在中国古典诗歌中,"代"作是男子作闺音一种常见的类型。这种类型的诗歌主要是诗人"代"诗中的抒情女主人公"言",往往使用"予"、"我"、"余"、"吾"等第一人称或者"妾"、"贱妾"、"奴"、"侬"等词表明其女性身份。如"竦余身兮敬事,理中馈兮洛勤"(王粲《出妇赋》)、"我羁虏其如昨,……恐终风之我萃。……哀我生之何辜"(丁廙《蔡伯喈女赋》)、"妾十五而束带,辞父母而适人。……悦新婚而忘妾"(曹植《出妇赋》)等。代作一般是男性诗人受

---

① [日]松浦友和:《中国诗歌原理》,辽宁教育出版社1990年版,第43页。

女子托请或者为实事而作。"这类作品的创作动机和角色选择都是不自由的。"①比如骆宾王有《艳情代郭氏赠卢照邻》②、《代女道士王灵妃赠道士李荣》③。在这两首诗中,骆宾王分别以郭氏和王灵妃两位女子的身份、口吻言情。"妾向双流窥石镜,居住三山守玉人"(《艳情代郭氏赠卢照邻》)分明是

---

①　蒋寅:《古典诗学的现代阐释》,中华书局 2003 年版,第 163 页。

②　其诗曰:"迢迢芊路望芝田,眇眇函关恨蜀川。归云已落涪江外,还雁应过洛水瀍。洛水傍连帝城侧,帝宅层甍凤翼。铜驼路上柳千条,金谷园中花几色。柳叶园花处处新,洛阳桃李应芳春。妾向双流窥石镜,君住三川守玉人。此时离别那堪道,此日空床对芳沼。芳沼徒游比目鱼,幽径还生拔心草。流风回雪傥便娟,骥子鱼文实可怜。掷果河阳君有分,货酒成都妾亦然。莫言贫贱无人重,莫言富贵应须种。绿珠犹得石崇怜,飞燕曾经汉皇宠。良人何处醉纵横,直如循默守空名。倒提新缣成慊慊,翻将故剑作平平。离前吉梦成兰兆,别后啼痕上竹生。别日分明相约束,已取宜家成诫勖。当时拟弄掌中珠,岂谓先摧庭际玉。悲鸣五里无人问,肠断三声谁为续。思君欲上望夫台,端居懒听将雏曲。沉沉落日向山低,檐前归燕并头栖。抱膝当窗看夕兔,侧耳空房听晓鸡。舞蝶临阶只自舞,啼鸟逢人亦助啼。独坐伤孤枕,春来悲更甚。峨眉山上月如眉,濯锦江中霞似锦。锦字回文欲赠君,剑壁层峰自纠纷。平江森森分清浦,长路悠悠间白云。也知京洛多佳丽,也知山岫遥亏蔽。无那短封即疏索,不在长情守期契。传闻织女对牵牛,相望重河隔浅流。谁分迢迢经两岁,谁能脉脉待三秋。情知唾井终无理,情知覆水也难收。不复下山能借问,更向卢家字莫愁。"

③　其诗曰:"玄都五府风尘绝,碧海三山波浪深。桃实千年非易待,桑田一变已难寻。别有仙ıs
对三市,金阙银宫相向起。台前镜影伴仙娥,楼上箫声随凤史。凤楼迢递绝尘埃,鸾时物色正装回。灵芝紫检参差长,仙桂丹花重叠开。双童绰约时游陟,三鸟联翩报消息。尽言真侣出遨游,传道风光无限极。轻花委砌惹裙香,残月窥窗觇幌色。个时无数好妖妍,个里无穷总可怜。别有众中称黝帝,天上人间少流例。洛滨仙驾启遥源,淮浦灵津符远筌。自言少小慕玄元,只言容易得神仙。佩中邀勒经时序,箫里寻思复几年。寻思许事真情变,二人容华识少逝。漫道烧丹止七飞,空传化石曾三转。寄语天上弄机人,寄语河边值查客,乍可匆匆共百年,谁使遥遥期七夕。想知人意自相寻,果得深心共一心。一心一意无穷已,投漆投胶非足拟。只将羞涩当风流,持此相怜保终始。相怜相念倍相亲,一生一代一双人。不把丹心比玄石,惟将浊水况清尘。只言柱下留期信,好欲将心学松筠。不能京兆画娥眉,翻向成都骋骓引。青牛紫气度灵关,尺素艳鳞去不还。连苔上砌无穷绿,修竹临坛几处斑。此时空床独守,此日别那可久。梅花如雪柳如丝,年去年来不自持。初言别在寒偏在,何悟春来春更思。春时物色无端绪,双枕孤眠谁分许。分念娇莺一种啼,生憎燕子千般语。朝云旭日照青楼,迟晖丽色满皇州。落花泛泛浮灵沼,垂柳长长拂御沟。御沟大道多奇赏,侠客妖容递来往。宝骑连花铁作钱,香轮鸷水珠为网。香轮宝骑竞繁华,可怜今夜宿娼家。鹦鹉杯中浮竹叶,凤凰琴里落梅花。许辈多情偏送款,为问春花几时满。千回鸟信说众诸,百过莺啼说长短。长短众诸判不寻,千回百过浪关心。何曾举意西邻玉,未肯留情南陌金。南陌西邻咸自保,还嗟归期须及早。为想三春狭斜路,莫辞九折邛关道。假令白里似长安,须使青牛学剑端。苹风人驭来应易,竹杖成龙去不难。龙飙去去无消息,鸾镜朝朝减容色。君心不记下山人,妾欲空期上林翼。上林三月鸿欲稀,华表千年鹤未归。不分淹留桑路待,只应直取桂轮飞。"

以郭氏的身份在向卢照邻倾吐。同样,"君心不记下山人,妾欲空期上林翼"(《代女道士王灵妃赠道士李荣》),也是以王灵妃的口吻在向李荣诉怨。由于是代人言情,诗人将自己身份隐去,诗中的抒情主体转移为两位女子,诗人代她们向情人叙述相思怨慕之情。隋代王胄的《为寒床妇赠夫妇诗》①、苏轼的《菩萨蛮》②(词序即题曰:"西湖席上代诸妓送述古")都是词人模拟歌伎的声音、神态、心理作诗赋词。

出于对社会上某个或某类女性的不幸命运的同情或关注有感而发,主动为之代言抒情,以作闺音之方式表达的情况也很常见。与受人托请之代作较之,此种情况可以说是"自作多情"。举几例说明:建安七子阮瑀去世后,曹丕代其妻作《寡妇赋》,序中言及缘起:"陈留阮元瑜与余有旧,薄命早亡,每感其遗孤,未尝不怆然伤心,故作斯赋,以叙其妻子悲苦之情,命王粲等并作之。"诗作运用骚体句式,假托寡妇口吻,把寡妇独处的悲苦写得淋漓尽致。诗曰:

> 霜露纷兮交下,木叶落兮萋萋。候鸟叫兮云中,归燕翩兮徘徊。妾心感兮惆怅,白日急兮西颓。守长夜兮思君,魂一夕兮九乖。怅延伫兮仰视,星月随兮天回。徒引领兮入房,窃自怜兮孤栖。愿从君兮终没,愁何可兮久怀。

张玉谷《古诗赏析》卷八评此诗曰:"诗伤寡妇,而竟代寡妇自伤,最为亲切。就秋景说起,感时触物,苍莽而来。'妾心'八句,以心感字承醒起意,转入长夜思君之痛。星月回天,本赋夜景,然妇随夫唱,比意亦涵。跌出引领入房,自怜孤栖,喷醒题中'寡'字。夫寡妇之苦,何可尽言,而凉秋静夜,尤是凄凄,故只就此写意,正复无所不包。末二,结到从死忘愁,曲达深情,即隐坚其

---

① 《先秦汉魏晋南北朝诗》隋诗卷五,其诗为:"月净闺偏冷,更深夜转长。霜纨犹掩扇,露□未飘香。解带惭连理,引被愧鸳鸯。谁能未相识,还为守空床。"
② 其诗为:"娟娟缺月西南落,相思拨断琵琶索。枕泪梦魂中,觉来眉晕重。华堂堆烛泪,长笛吹新水。醉客各西东,应思陈孟公。"

贞也,何等宛至。"曹植亦有《寡妇赋》①表达对阮瑀之怀念和对友妻之同情,诗作缠绵凄怆,感人至深:

> 惟生民兮艰危,在孤寡兮常悲,人皆处兮欢乐,我独怨兮无依,抚遗孤兮太息,俯哀伤兮告谁,三辰周兮递照,寒暑运兮代臻,历夏日兮苦长,涉秋夜兮漫漫,微霜陨兮集庭,燕雀飞兮我前,去秋兮就冬,改节兮时寒,水凝兮成冰,雪落兮翩翩,伤薄命兮寡独,内惆怅兮自怜。

再看曹丕的《于清河见挽船士新婚与妻别》:

> 与君结新婚,宿昔当别离。凉风动秋草,蟋蟀鸣相随。冽冽寒蝉吟,蝉吟抱枯枝。枯枝时飞扬,身体忽迁移。不悲身迁移,但惜岁月驰。岁月无穷极,会合安可知。愿为双黄鹄,比翼戏清池。

此诗是作者作为"目击者",以"新娘"口吻发夫妇燕尔新婚便"会合安知"的"别离之悲"、劳燕分飞之恨。表达了妻子愿意与丈夫比翼双飞、永结同心的美好愿望。王夫之《船山古诗评选》卷四评曰:"无穷其无穷,故动人不已;有度其有度,故含怨何终。乃知杜陵《三别》,不足问津《风》《雅》。"

中国古代的"出妻"②(也称"离娘"或"休妻")是非常普遍的婚姻现象。女子无愆见弃,往往嗟冤无诉、茕独无恃。这类女子命运之悲苦凄凉早在建安时期就引起文人士子的广泛关注。曹丕、曹植、王粲皆作有《出

---

① 其诗为:"霜露纷兮交下,木叶落兮凄凄。候鴈叫兮云中,归燕翩兮徘徊。妾心感兮惆怅,白日急兮西颓。守长夜兮思君,魂一夕兮九乖。怅延伫兮仰视,星月随兮天回。徒引领兮入房,窃自怜兮孤栖。愿从君兮终没,愁何可兮久怀。"

② "七出"内容为:"不顺父母出,为逆;无子出,为绝世;淫佚出,为其乱族;疾(嫉)姑出,为其乱家;有恶性出,为其不可供粢;多口出,为其离亲;资窃出,为其反义。其中尤以不顺父母、无子、淫佚为重,只要犯此者,必当出弃之。"

妇赋》①，替妇申冤，代其描绘爱惠中零之摧颓失望，顾室长辞之郁结不平。张籍《离妇》诗曰：

> 十载来夫家，闺门无瑕疵。薄命不生子，古制有分离。托身言同穴，今日事乖违。念君终弃捐，谁能强在兹？堂上谢姑嫜，长跪请离辞。姑嫜见我往，将决复沉疑。与我古时钏，留我嫁时衣。高堂拊我身，哭我于路陲。昔日初为妇，当君贫贱时。昼夜常纺绩，不得事蛾眉。辛勤积黄金，济君寒与饥。洛阳买大宅，邯郸买侍儿。夫婿乘龙马，出入有光仪。将为富家妇，永为子孙资。谁谓出君门，一身上车归。有子未必荣，无子坐生悲。为人莫作女，作女实难为。

这首诗直接点明了这种"薄命不生子，古制有分离"、"有子未必荣，无子坐生悲"的不尽人情，并表达了作者对这种古制的强烈谴责以及对离妇命运的同情。而齐梁间诗人谢朓、何逊、刘孝绰、张正见都作有《铜雀台妓诗》②，也皆是出于对身遭不幸的妓女之同情。

---

① 魏陈王曹植《出妇赋》曰："以才薄之质陋，奉君子之清尘。承颜色以接意，恐疏贱而不亲。悦新昏而忘妾，哀爱惠之中零。遂摧颓而失望，退幽屏于下庭。痛一旦而见弃，心切但以悲惊。衣入门之初服，背床室而出征。攀仆御而登车，左右悲而失声。嗟冤结而无诉，乃愁苦以长穷。恨无愆而见弃，悼君施之不终。"
魏文帝《出妇赋》曰："思在昔之恩好，似比翼之相亲。惟方今之疏绝，若惊风之吹尘。夫色衰而爱绝，信古今其有之。伤茕独之无恃，恨胤嗣之不滋。甘没身而同穴，终百年之长期。信无子而应出，自典礼之常度。悲谷风之不答，怨昔人之忽故。被入门之初服，出登车而就路。遵长涂而南迈，马踌躇而回顾。野鸟翩而高飞，怆哀鸣而相慕。抚骖服而展节，即临沂之旧城。践糜鹿之曲蹊，听百鸟之群鸣。情怅恨而顾望，心郁结其不平。"魏王粲《出妇赋》曰："既侥幸兮非望，逢君子兮弘仁。当隆暑兮翕赫，犹蒙眷兮亲亲。更盛衰兮成败，思弥固兮日新。竦余身兮敬事，理中馈兮恪勤。君不笃兮终始，乐枯黄兮一时。心摇荡兮变易，忘旧姻兮弃之。马已驾兮在门，身当去兮不疑。揽衣带兮出户，顾堂室兮长辞。"
② 谢朓《铜爵台妓》诗曰："绩帷飘井干，尊酒若平生。郁郁西陵树，讵闻歌吹声。芳襟染泪迹，婵媛空复情。玉坐犹寂寞，况乃妾身轻。"何逊《铜爵台妓》诗曰："秋风木叶落，萧瑟弦管清。望陵歌对酒，向帐舞空城。寂寂檐宇旷，飘飘帷幔轻。曲终相顾起，日暮松柏声。"刘孝绰《铜爵台妓》诗曰："爵台三五夜，歌吹似佳期。定对西陵晚，松风飘素帷。危弦断更接，心伤于此时。何言留客袂，翻掩望陵悲。"张正见《铜爵台妓》诗曰："荒凉铜爵晚，摇落墓田通。云惨当歌日，松吟欲舞风。人疏瑶席冷，曲罢绩帷空。可惜年将泪，俱尽望陵中。"

"代"作之方式原先并非起于诗歌创作，而是发轫于古代君王发布诏令而令臣下代为拟写的情况。据《史记·鲁周公世家》记述，《尚书·牧誓》乃由"周公佐武王作"。另一篇《尚书·大诰》全文用的是周成王的口气，如"予惟小子，若涉渊水，予惟往求朕攸济"，给人以作者就是周成王的错觉。但此诰开篇即指明："王崩，三监及淮夷判，周公相成五，将黜，作大诰。"孔疏"予惟小子"一节曰："周公虽摄王政，其号令大事则假成王为辞。"所谓"佐武王作《牧誓》"、"假成王为辞"，说的就是这种"代"的方式。可以说，"代"的本领也是古代文人的"必修课"之一。比如，建安时期，君主和将领们往往让手下的文士代撰文辞，如王粲有《为刘荆州谏袁谭书》、《为刘荆州与袁尚书》，陈琳有《为曹洪与魏太子书》、《为袁绍讨檄豫州》等。

同样，诗歌起源于民歌，但民歌中女音却并非皆为男性代言。《吕氏春秋·音初》篇载：

> 夏后氏孔甲田于东阳萯山。天大风，晦盲，孔甲迷惑，入于民室。主人方乳，或曰："后来，是良日也，之子是必大吉。"或曰："不胜也，之子是必有殃。"后乃取其子以归，曰："以为余子，谁敢殃之？"子长成人，幕动坼□，斧斫斩其足，遂为守门者。孔甲曰："呜呼！有疾，命矣夫！"乃作为"破斧"之歌，实始为东音。禹行功，见涂山之女，禹未之遇，而巡省南土。涂山氏之女，乃令其妾候禹涂山之阳，女乃作歌，歌曰："候人兮猗"，实始作为南音。周昭王亲将征荆，辛余靡长且多力，为王右。还反涉汉，梁败，王及祭公抎于汉中，辛余靡振王北济，反振祭公。周公乃侯之于西翟，实为长公。殷整甲徙宅西河，犹思故处，实始作为西音。长公继是音以处西山，秦缪公取风焉，实始作为秦音。有娀氏有二佚女，为之九成之台，饮食必以鼓。帝令燕往视之，鸣若谥隘。二女爱而争搏之，覆以玉筐。少选，发而视之，燕遗二卵北飞，遂不反。二女作歌一终，曰："燕燕往飞"，实始作为北音。

这则材料充分说明，诗歌的"童年"是男女各言其情的。《诗经》中的《国风》，是我国古代最早的民歌选集，汇集了从西周到春秋约五百多年间流传于北方 15 个地区的民歌。《诗经》半是"愉悦或痛苦的心情的自由流露,有了这种心情,就要把它歌唱出来,心里才舒服"。

就代作一类来看,促发诗人操觚为文、代妇言情的动因,主要来自于"阅读"女性遭遇时一份情不自禁的感动。她们的身世境遇使作者"怆然莫不心为悲感",进而"怜而赋之",替妇伸冤诉怨。如曹植《愍志赋》就是为女子的不幸婚姻代言,序曰:"或人有好邻人之女者,时无良媒,有言之于予者,予心感焉。乃作赋曰:窃托音于往昔,迄来春之不从。""作者假拟为他人,依他作想,如说他人梦,借揣摩形容的想象功夫,曲写他人心事。……代笔代言,代人作语,如同戏剧。所谓类同戏剧,不仅指他们都有与戏剧相似的美学典型,非表现的,而是仿真的、表演的;更指他们共同具备了'戏的性质',所谓文字游戏、戏作、戏拟、戏弄。"①在《叙小修诗》中,袁宏道谈道:"古之为风者,多出于劳人思妇。夫非劳人思妇为藻于学士大夫,郁不至而文胜焉,故吐之者不诚,听之者不跃也……要以情真而语直,故劳人思妇,有时愈于学士大夫,而呻吟之所得,往往快于平时。"

但是也有一种情况,作者代拟的女性只是一个虚构的人物。诗中女子的遭遇虽然也能在生活中找到其原型,但诗人主导的创作动机却很可能只是出于对"欢愉之辞难工,愁苦之情易好"的抒情效果的追求。钱锺书先生在《七缀集》中对诗可以"怨"有一个很有意思的译法:"our sweetest songs。"认为诗人一旦意识到哀怨比快乐更容易打动读者,就很可能为文造情,有意作怨声来打动读者。先生精辟地论述道:"于是长期存在着一个情况:诗人企图不出代价或希望减价就能写出好诗。小伙子作诗'叹老',大阔佬作诗'嗟穷',好端端过日子的人作诗伤春悲秋。"②

当然,更不排除另一种情况,即奉命代作和文人游宴聚会时的逞才斗诗。《本事诗》"情感第一"有云:"朱滔括兵,不择士族,悉令赴军,自阅于毯场。有士子容止可观,进趋淹雅。滔自问之曰:'所业者何?'曰:'学为诗。'问:'有妻否?'曰:'有。'即令作寄内诗。援笔立成,词曰:'握笔题诗易,荷戈征戍难。

---

① 龚鹏程:《文化符号学导论》,北京大学出版社 2005 年版,第 171 页。
② 钱锺书:《七缀集》,三联书店 2002 年版,第 112 页。

惯从鸳被暖,怯向雁门寒。瘦尽宽衣带,啼多渍枕檀。试留青黛着,回日画眉看。'又令代妻作诗答,曰:'蓬鬓荆钗世所稀,布裙犹是嫁时衣。胡麻好种无人种,合是归时底不归?'滔遗以束帛,放归。"再如就刘勋"出妇"一事,曹丕、曹植、王粲分别作有《代刘勋出妻王氏》(二首)、《弃妇诗》、《弃妇赋》等;西晋陆机、陆云兄弟都作有《代顾彦先赠妇诗》,也是为了一较文学功底与才情的厚薄。

二、"拟"作

男子作闺音的拟作一类多为对他人文章的仿效,师法某一典范、模式、体制、风格的写作。"拟"的本义是"揣度"。《说文·手部》曰:"拟,度也。从手,疑声。"段玉裁注曰:"今所谓揣度也。""拟"又引申指"比拟、类似"的意思。《汉书·公孙弘传》:"侈拟于君。"师古曰:"拟,疑也,言相似也。""拟"字作动词用,常和"摹"字连用。《说文解字》:"摹,规也,从手莫声。"段注曰:"规者,有法度也。以法度度之亦曰规。……摹与模,义略通。"①

如果说代作是"为情而造文"的话,拟作就有点"为文而造情"②的味道了。梅家玲对这两类作品作如是区分:

> 一般而言,所谓的"拟作",乃是依据既有作品进行仿拟,其情意内涵和形式技巧皆须步武原作,并尽可能逼肖原作的体风貌,以求"乱真"。因此,它是一种以具有特定内容和形式的"书写品"为法式的模仿行为。"代言",则是"代人立言",所代言的内容和形式俱无具体规范可循,于是只能根据自己对所欲代言之对象的了解,以"设

---

① 《说文解字段注》,成都古籍出版社1981年版,第642页。

② 《文心雕龙·情采篇》言之曰:"夫铅黛所以饰容,而盼倩生于淑姿;文采所以饰言,而辩丽本于情性。故情者文之经,辞者理之纬;经正而后纬成,理定而后辞畅:此立文之本源也。昔诗人什篇,为情而造文;辞人赋颂,为文而造情。何以明其然? 盖风雅之兴,志思蓄愤,而吟咏情性,以讽其上,此为情而造文也;诸子之徒,心非郁陶,苟驰夸饰,鬻声钓世,此为文而造情也。故为情者要约而写真,为文者淫丽而泛滥。而后之作者,采滥忽真,远弃风雅,近师辞赋,故体情之制日疏,逐文之篇愈盛。"

身处地"、"感同身受"的方式,来替他说话。①

其实,古代也有人注意到这两类诗歌的区别,比如清人吴乔说:

> 凡拟诗之作,其人本无诗,诗人知其人与事而拟为之诗,如拟苏
> 李送别诗及魏文帝之《刘勋妻》者最善;其人固有诗,诗人知其人与
> 事与意而拟其诗,如文通之于阮公,子瞻之于渊明者亦可。②

此论虽不专对男子作闺音而发,却说明了"代"作与"拟"作的区别:代作
是"本无诗",而拟作是"固有诗";代作由特定的人物或事件引发,拟作往往是
由具体作品引起。也就是说,拟作一般是模拟古代既有的诗题,"它除了具有
风格意义上的模仿性质外,角色意识也是其主要特征,即承袭前人作品抒情主
体的身份进行创作,因而其视角是被限定的,只是生活情境可由作者创造性地
构想"③。细究起来,男子作闺音之拟作一类虽是大多由作品引起,却又可分
为两小类:"男拟女"与"男拟男"。拿汉成帝嫔妃班婕妤的本事来作一例证。
班婕妤从得宠(成帝厚爱之,从"同辇之邀"可见一斑)——失宠(赵飞燕姊妹
入宫,后进谗言)——退居长信宫——写《怨诗》寄怨的情节脉络人所共知。
婕妤的贞静自持、进退有度、哀怨知命,历来为文人称道。因此,自婕妤《怨
诗》"问世"后,晋代的陆机以《班婕妤》为题拟作,遂开文人拟作宫怨诗的先
河。后此,《班婕妤》、《婕妤怨》、《玉阶怨》、《怨歌行》等相类题目的同题诗作
历代绵延未绝。如果说陆机的《班婕妤》是"男拟女"的话,后代迭见不鲜的同
题拟作至少从表面看来就是"男拟男"了。简单地说,就是此代文人模拟前代
或同代文人的同题作品(虽然深层上还是男拟女)。比如梁代诗人姚翻《同郭
侍郎采桑诗》:"雁还高柳北,春归洛水南。日照茱萸领,风摇翡翠篸。桑间视
欲暮,闺里遽饥蚕。相思君助取,相望妾那堪。"即使斗酒百篇、磊落不群如李

---

① 梅家玲:《汉魏六朝文学新论——拟代与赠答篇》,北京大学出版社2004年版,第11页。
② 吴乔:《围炉夜话》卷二,见郭绍虞《清诗话续编》,上海古籍出版社1983年版,第156页。
③ 蒋寅:《古典诗学的现代阐释》,中华书局2003年版,第163页。

白者也还有许多拟《古诗十九首》之作。古诗《涉江采芙蓉》曰：

> 涉江采芙蓉，兰泽多芳草。采之欲遗谁，所思在远道。还顾望旧
> 乡，长路漫浩浩。同心而离居，忧伤以终老。

太白拟之曰：

> 涉江弄秋水，爱此荷花鲜。攀荷弄其珠，荡漾不成圆。佳期彩云
> 重，欲赠隔远天。相思无由见，怅望凉风前。

　　但是，所谓古诗渺渺，人代难详，《古诗十九首》的作者已是历史的悬案。
这样说来，古诗如果出自女子之手，李白的拟作就是"男拟女"，如果古诗是男
子所作，李白之作便是"男拟男"，如果古诗是男子的拟作，那么李白的诗作便
是"拟作之拟作"了。再如，温庭筠现存的 70 首词，大部分都属于拟作，孙光
宪《北梦琐言》卷四载："宣宗爱唱《菩萨蛮》词，令狐相国假其新撰，密进之，戒
令勿泄。"如果说温庭筠的《菩萨蛮》为男拟女的话，那么，令狐相国假手就为
男拟男了。
　　拟乐府诗和词是此类拟作的"重头戏"。这类拟作主要沿两条线索展开：
一条是对文人诗作的模拟，或者是对文人五言诗中的思妇文本的模拟。如何
堰拟《冉冉孤生竹》；谢惠连《七月七日夜咏牛女》与刘铄《七夕咏牛女》、颜延
之《为织女赠牵牛》、王僧达《七夕月下诗》、谢庄《七夕夜咏牛女应制诗》、鲍
照《和王义兴七夕》都是拟《古诗十九首》的《迢迢牵牛星》；或者是拟文人诗
歌，如拟曹丕的《燕歌行》、徐干的《室思》、张华的《情诗》等；①另一条是模拟
民间风谣，主要是汉乐府民歌、南朝乐府民歌及曲子词。这些民间歌谣大都是
匹夫庶妇的讴吟咏歌，嗔痴爱怨，原汁原味，朴质天然。虽然不能排除其中某

----

①　如曹丕的《燕歌行》的拟作南朝共有 4 首，谢灵运、谢惠连、萧子显、梁元帝 4 人各 1 首，
无一例外地都是写闺中妇女对远游不归游子的深情思恋的；徐干《室思》而来的《自君之出矣》，
南朝拟作共有 15 首，孝武帝、刘义恭、颜师伯、鲍令晖、虞羲、范云、贾冯吉各 1 首，王融 2 首，陈后
主 6 首。

些作品是男子代言的可能,但可以肯定,绝大多数还是"情动于中而形于言"的产物。① 这些桑间陌上的歌咏,融合了女子丰富的体验与情感:女子思而不得的幽叹,空闺独守的孤寂,怀春少女的情思,征妇戍妻的期盼,被弃女子的愤怨,都为文人代、拟提供了抒情咏叹的摹本。就像宋代唐庚指出的:"古乐府命题皆有主意,后之人用乐府为题者,直当代某人而措辞,如《公无渡河》须作妻止其夫之词。太白辈或失主,惟退之《琴操》得体。"②再如《江南曲》,拟作也多写女子多情,或男女幽会;《长门怨》、《班婕妤》、《宫怨》,多写女子被抛弃,或宫女的怨情;《自君之出矣》、《古别离》则以表现女子深婉相思,别后痛苦为主。这类作品的创作,或为模仿练习,如学书遍临古帖;或为与前人争长;或为托古讽今,动机比较复杂。"但是,题目一旦选定,角色从而决定。换句话说这类诗创作动机固然自由,角色选择却受到限制。"③依旧要照葫芦画瓢,多少含有替乐府曲面作歌词的意味。

这类拟作一个明显的特点是,在不同的时代,不同的诗人手中,同一题目的乐府诗表现的主题,抒情的模式都有着惊人的相似。这种状况用勒庞的理

---

① 南朝乐府的创始作品,大都本是民谣,也有些是文士所创,但后者也可认为是起自民间。一来"其歌词却不一定是他们的创作,其中有许多是被他们采撷修改了的民歌",有些"虽非由民歌发展而成,但也受到民歌的深重影响"。王运熙:《吴声西曲的产生时代》,载《六朝乐府与民歌》,第 8 页,中华书局上海编辑所 1961 年版。二来有些曲调虽然本为男子首创,但流行至民间后产生的作品亦为女子口吻。如《前溪歌》,《宋书·乐志(一)》称晋车骑将军沈充所制,但留存下来的不是沈充所作,而是女子口吻,如其一:"忧思出门倚,逢郎前溪度。莫作流水心,引新都舍故。"其他诸曲亦是。《碧玉歌》,或称孙绰所作,或称宋汝南王所作。《乐府诗集》卷四十五引《乐苑》称宋汝南王所作,《玉台新咏》称孙绰作,而流传下来的歌曲有女子口吻的,如"感郎千金意,惭无倾城色"云云。《桃叶歌》,《古今乐录》(《乐府诗集》卷四十五引)称晋王子敬为其妾桃叶而作,但现存民间之曲其一为:桃叶映红花。无风自婀娜。春花映何限,感郎独采我。是女子口吻。又如《西乌夜曲》,《古今乐录》(《乐府诗集》卷四十九引)称是宋元徽五年荆州刺史沈枚之所作,为发兵出征思归京师之歌,但民间之曲演化为爱情之曲。《乌夜啼》,《唐书·乐志》(《乐府诗集》卷四十七引)称宋刘义庆所作,相传歌曲为演唱爱情,故《唐书·乐志》又称"今所传歌辞,似非义庆本旨"。三来有些歌曲本不为男女交往而作,但在民间流行过程中演化为以女子口吻吟咏男女交往,如《读曲歌》其"念子情难有,已恶动罗裙,听侬入怀不"? 这是典型的女子口吻,《读曲歌》其余之作大致如此,但《宋书·乐志(一)》却载此曲本源是"民间为彭城王义康所作也"。以上内容参见胡大雷《宫体诗与南朝乐府》,《文学遗产》2001 年第 6 期。

② 唐庚:《唐子西文录》,见何文焕辑《历代诗话》上册,中华书局 1987 年版,第 441 页。

③ 蒋寅:《古代诗学的现代阐释》,中华书局 2003 年版,第 166 页。

论来说，就是社会传染的结果。勒庞在其《乌合之众——大众心理研究》一书中论证了传染对于群体心理的作用。他认为："各种观念、感情、情绪和信念，在群众中都具有病菌一样强大的传染力。"在《人及其社会》一书中又说："人就像动物一样有着模仿的天性。模仿对他来说是必然的，因为模仿总是一件很容易的事情。正是因为这种必然性，才使所谓时尚的力量如此强大。无论是意见、观念、文学作品甚至服装，有几个人有足够的勇气与时尚作对？支配着大众的是榜样。"以此衡量，很多文人的拟作创作动机比较简单，或许只是受到前人或同代人的"传染"，仅仅是对感情模式或是语言表达的模仿。

拟作与代作是两种难以分辨的体式，以至于有人将其合称为"拟代体"。不过，在更多情况下，代言和拟作有明显区别，我们不应混淆：一是"代"也有所拟，但模拟的是所代之人在特定境遇中的思想情怀；二是有的诗作题目为"代"，实则为"拟"，如谢惠连的《代古诗》："客从远方来，赠我鹄文绫；贮以相思箧，缄以同心绳；裁为亲身服，着以俱寝兴；别来经年岁，欢心不同凌；泻酒置井中，谁能辨斗升；合如杯中水，谁能判淄渑。"宋南平王刘铄《代收泪就长路诗》："耸辔高陵曲，挥袂广川渍；黄尘昏白日，悲风起浮云；萧条万里别，契阔三秋分；进往从朝露，年来惊夕氲；徘徊去芳节，依迟从远军。"对于标题中出现"代"字实为拟作的诗歌，我们可以采取换字法来判定其究竟是拟作还是代言之作，如标题中的"代"字可以置换成"为"字而其意义不变，则这篇作品为代言之作；反之，如果"代"字可以置换为"拟"、"学"、"效"字而意义不变，则这篇作品为拟作。

三、"托"作

陆时雍在其《古诗镜·总论》中说：

> 诗之妙在托，托则情性流而道不穷矣。……夫所谓托者，正之不足而旁行之，直之不能而曲致之。情动于中，郁勃莫已，而势又不能自达，故托为一意，托为一物，托为一境以出之。

袁枚《随园诗话》卷十四中有"闺情入诗"一目给陆论提供了一个新鲜恰

切的注脚,不妨照录如下:

> 写怀,假托闺情最蕴藉。仲烛亭在杭州,余屡为荐馆。最后将荐往芜湖,札问需修金若干。仲不答,但寄《古乐府》云:"托买吴绫束,何须问短长?妾身君惯抱,尺寸细思量。"宋笠田宰鸠江,官罢,想捐复,余劝其不必再出山,已而宰两当,以事谪戍,悔不听余言,亦札外寄前人《别妓》诗云:"昨日笙歌宴画楼,今宵挥泪送行舟。当时嫁作商人妇,无此天涯一段愁。"某明府欲聘陈楚南,以路远不决。陈寄《商妇怨》云:"泪滴门前江水满,眼穿天际孤帆断。只在郎心归不归,不在郎行远不远。"

一论一据揭橥了男子作闺音中大量存在的假托一类。而考虑文学史,托作一类的创作动机出于"写怨夫思妇之怀,寄孽子孤臣之感"①的比兴寄托之作更为常见。其诗作数量之众自是毋庸讳言,至于作者分布之广,田同之有过论述:

> 且有诗所难言者,委曲倚之于声,其旨愈远。所谓假闺房之语,通风骚之义,匪惟不得志于时者之所宜为,而通儒巨公亦往往为之。②

可以说,凡是因循儒家入世道路的文人,无论是娴熟楚辞汉赋,还是精通唐诗宋词,其文学创作都会和政治结下不解之缘。屈子"美人香草"③之喻肇其端,而后,这种比、兴手法的运用日臻普遍和成熟,且佳作迭出。"离骚托芳

---

① 语出陈廷焯《白雨斋词话》卷一,见《中国历代诗话词话选萃》,光明日报出版社1998年12月版。

② 田同之:《西圃词说》,参见唐圭璋《词话丛编》,中华书局1986年版,第1449页。

③ 王逸《楚辞章句》云:"《离骚》之文,依《诗》取兴,引类譬喻,故善鸟香草以配忠贞,恶禽臭物以比谗佞,'灵修''美人'以媲于君,'宓妃''佚女'以喻贤臣,虬龙鸾凤以托君子,飘风云霓以为小人。其词温而雅,其义皎而朗。"

草以怨王孙,借美人以喻君子,遂为六朝乐府之祖。古人之不得志于君臣朋友者,往往寄遥情于婉娈,结深怨于謇修,以抒其忠愤无聊,缠绵宕往之致。"①曹植的《美女篇》:"佳人慕高义,求贤良独难。……盛年处房室,中夜起长叹。"托辞于男女相思相悦之情,寄寓对君国的钟爱缠绵之意。罗隐的《赠伎云英》"我未成名卿未嫁,可能俱是不如人"、秦韬玉的《贫女》"苦恨年年压金线,为他人做嫁衣裳"寄托的是诗人才高命蹇的哀怨与悲凉;张籍的《节妇吟》"还君明珠泪双垂,恨不相逢未嫁时"是以烈女不事二夫喻忠臣不择二主;朱庆馀的《闺意献张水部》"妆罢低声问夫婿:画眉深浅入时无"是以美女能否取悦于人间卜仕途通蹇;黄升的《清平乐·宫怨》"当年掌上承恩,而今冷落长门"、夏完淳的《卜算子》"谁料同心结不成,翻就相思结"是以男女情变隐喻君臣关系的疏隔。此类诗作表面上是作者在设身处地地为抒情女主人公的命运结撰言词,是男代女言,实质上,抒情主人公是作者的代言人和传声筒,是女"代"男"言","剧中人"的"声音"与"剧作者"的"意旨"皆一一对应。正可谓:"放臣弃妇,自古同情。守志贞居,君子所托。"(陈沆:《诗比兴笺》)

至此,男子作闺音的三种类型的轮廓逐渐清晰起来。但是新的疑问也随之产生,这三种类型之间是不是水火难容、各行其是呢?

台湾学者梅家玲讨论汉魏六朝的拟代诗时的一段话确凿了我们对这个问题的思考。她说:

　　不论是拟作,抑是代言,都必须根据一既有的"文本"去发挥、表现;此"文本"不仅是以书写品形态出现的特定"原作",也包括一切相关的人文及自然现象。所不同者,仅在于拟作必须以一定的文字范式为据,代言于此则阙如。但后世论文者在讨论拟代诸作的相关问题时,往往将其一概而论,并未考虑到拟作、代言诸体基本性质的差异以及其间纠结错综的关系,以至对其多持以否定的态度。事实上,由于所依循之"文本"性质的差异,拟作、代言原自有分际,但在

---

① 朱鹤龄:《笺注李义山诗集序》,参见周振甫、冀勤编著《谈艺录读本》,上海教育出版社1992年版,第219页。

某些情况下,却又以"合一"的姿态出现。考诸汉魏以来的拟代之作,"纯拟作"、"纯代言"、"兼具拟作、代言双重性质",正是其三种最基本的作品类型;以此三类为宗,复有若干交糅错综之变化。①

在阅读实践中,我们发现,除了梅文提出的"兼具拟作与代言"的"亦代亦拟"一类,实际上也还存在"兼具拟作与寄托"的"亦拟亦托"一类以及兼具"代作与寄托"的"亦代亦托"一类。要言之,在上文提及的三类基本类型的基础上,至少还可以衍生出三个"副类",即:"亦代亦拟"类、"亦拟亦托"类、"亦代亦托"类。下面分别作简要的分析。

四、亦代亦拟

先来说说"亦代亦拟"一类。李白有一首《怨歌行》(全唐诗卷一百六十四),其诗为:

> 十五入汉宫,花颜笑春红。君王选玉色,侍寝金屏中。荐枕娇夕月,卷衣恋春风。宁知赵飞燕,夺宠恨无穷。沉忧能伤人,绿鬓成霜蓬。一朝不得意,世事徒为空。鹔鹴换美酒,舞衣罢雕龙。寒苦不忍言,为君奏丝桐。肠断弦亦绝,悲心夜忡忡。

从该诗序言"长安见内人②出嫁,友人令余代为之"表明李白创作此诗动机是受友人所"令",又为实事所感而代内人而作。但是其诗题《怨歌行》却是乐府旧题,最早见于汉代班婕妤(一说为颜延年所作),李白的代作选用乐府旧题分明又有仿拟的成分在,那么李白的这首诗可以说是"亦代亦拟"了。不

---

① 梅家岭:《汉魏乐府新论:拟代与赠答篇》,北京大学出版社2004年版,第44页。
② 内人有三层含义:一是古代泛指妻妾眷属。《礼记·檀弓下》:"今及其死也,朋友诸臣未有出涕者,而内人皆行哭失声。"后专用称自己的妻子。二是指宫人。《周礼·天官·寺人》"掌王之内人及女官之戒令"。郑玄注:"内人,女御也。"三是指唐代长安教坊歌舞伎进入宜春园的称内人。崔令钦《教坊记》"妓女入宜春院,谓之内人,亦曰前头人,常在上前也"。从诗作的内容看似应为宫女。

妨再看两首唐代的诗作,先看唐人崔颢《代闺人答轻薄少年》:

　　妾家近隔凤凰池,粉壁纱窗杨柳垂。本期汉代金吾婿,误嫁长安游侠儿。儿家夫婿多轻薄,借客探丸重然诺。平明挟弹入新丰,日晚挥鞭出长乐。青丝白马冶游园,能使行人驻马看。自矜陌上繁华盛,不念闺中花鸟阑。花间陌上春将晚,走马斗鸡犹未返。三时出望无消息,一去那知行近远?桃李花开覆井栏,朱楼落日卷帘看。愁来欲奏相思曲,抱得秦筝不忍弹。

再看唐五代时曹邺的一首《代罗敷诮使君》:

　　常言爱嵩山,别妾向东京。朝来见人说,却知在石城。未必菖蒲花,只向石城生。自是使君眼,见物皆有情。麋鹿同上山,莲藕同在泥。莫学天上日,朝东暮还西。

这两首诗从题目看是代“闺人”与“罗敷”抒她们对丈夫的抱怨,二人的丈夫,一个终日在外寻欢作乐,乐而忘返;一个“声东击西”、眠花醉柳、朝三暮四。但是明眼人不难看出,两首诗都有模仿乐府诗《日出东南隅》的痕迹,只不过前者有类“罗敷续集”——写罗敷婚后的生活,后者题目中的“代罗敷”倒不如改为“代使君妻”更恰当。无疑,这两首诗也可以归到“亦代亦拟”一类。

五、亦代亦托

次说“亦代亦托”类。下面这首诗出自唐代一位不为人注意的诗人归处讷的《代村妇咏边将》:

　　紫袍将军不须夸,动便经年镇海涯。争似我家田舍婿,朝驱牛去暮还家。

表面看来,这首诗是诗人代村妇抒情,但诗作却又分明借村妇之口寄托作者的"愿将万卷平戎策,换得东家种树书"的厌战情绪。写实与抒情,闺怨模式与反战的意义,有机地统一在这首诗里。这可谓是"亦代亦托"一类了。

白居易的《陵园妾》从内容看是一首代"三朝不识君王面"的守陵宫女咏叹自身悲怨命运的诗。但其诗小序云:"托幽闭,喻被谗遭黜也。"可见其诗真正用意在于借君王、陵园妾和妒猜者三角关系来讽喻奸臣向君王进谗,令贤者为君王所弃,遭黜外贬。再看唐代诗人张碣的《东都望幸》:

> 懒修珠翠上高台,眉月连娟恨小开。纵使冬巡也无益,君王自领美人来。

这首诗表层是代东都洛阳的宫女抒发无法得幸的悲哀,但实际又是作者自喻为东都宫女,将君王喻主考官高湘,将西都美人喻"走后门"的邵安石,抒发了胸中的不平,讽刺当时科举制度的徇私舞弊。归、白、张三诗或者从内容推断、或从诗序获悉、或者与本事互证,都可归入男子作闺音中"亦代亦托"一类。

再如鲍照《代陈思王京洛篇》诗云:

> 凤楼十二重,四户八绮窗。绣楠金莲花,桂柱玉盘龙。珠帘无隔露,罗帷不胜风。宝帐三千所,为尔一朝容。扬芬紫烟上,垂彩绿云中。春吹回白氏,霜高落塞鸿。但惧秋尘起,盛爱逐衰蓬。坐视青苔满,卧对锦筵空。琴瑟纵横散,舞衣不复缝。古来共歇薄,君意岂独浓。惟见双黄鹤,千里一相从。

诗中写一女子备受恩宠,但年长色衰,宠极爱歇。诗作可分为前后两个部分:前一部分铺写宫室的富丽,盛赞京洛的豪华,烘托出女主人的情感良辰;后一部分以"但惧秋尘起"转折,人老色衰之时,君王的恩宠也如同秋风中的转蓬一样飘然而逝,美景面目全非,心情一落千丈,往日真情成空。恩爱已绝,女子只有呆对一双千里相从的黄鹤以寄托无限哀思。诗歌转向女主人公忧郁、深沉的情感抒发。郭茂倩评之曰:"始则盛称京洛之美,终言君恩歇薄,有怨旷沉沦之叹。"

这首诗歌虽然感曹植所感,抒曹植之怀,但是,遥想鲍照出身寒微,虽终生奔走于仕途,但最终未曾得到重用,自身的才华及雄心壮志都无以施展,这样的苦闷显然是与曹植有着许多相似之处。在这个才色双全的女子始盛终衰的遭遇里,自然同样寄托了诗人自己对世事难料、前途渺茫的感慨。

亦代亦托作品的"批量生产"当是宋词的创作,宋代词坛大量的闺音之作虽然多是歌儿舞场的宴乐环境的产物,是词人代歌女所作,适应宋代"独重女音"的"乐坛"要求。但是,随着词的雅化的进程,更多的词人无疑是将"身世之感,一并打入艳词"。

六、亦拟亦托

至于"亦拟亦托"一类更可谓彬彬之盛。先看唐张九龄《自君之出矣》一诗:

> 自君之出矣,不复理残机。思君如满月,夜夜减清辉。

这是一首模仿乐府旧题的拟作。我们可以把它当做一首爱情诗来读,也可以把它当做一首政治抒情诗来读。张九龄开元中官至中书侍郎同平章事,迁中书令。后为李林甫所嫉害,贬荆州长史,此诗正值贬荆州时所作。"自君之出"暗指被贬,"不理残机"喻心绪不佳,"思君如满月"言虽遭贬谪,但仍忠厚不忘君主。这样说来,张作就是亦拟亦托了。

陈胤倩云:"士仕,女容,皆当每以自虞。"联系自身经历拟作古诗,尤其是描写宫女后妃的诗作甚多。早在汉代即有托名昭君的《怨旷思惟歌》问世,其入宫见妒和玉容埋没的命运既与文人寒士怀才不遇、忧谗畏讥,世族文人孤芳自赏、感时伤怀的心理息息相通,也与他们在政治旋涡中常怀忧生感世之嗟有关。因此,文人拟作甚多,比如西晋时石崇的《王昭君辞》、齐梁时沈约的《昭君辞》、梁时施荣泰的《王昭君》、陈后主的《昭君怨》等。也许正因为失宠的女子与文人都怀有性质相似的忧患,因此很多诗人陈陈相因的拟作本身就带有亦拟亦托的双重意味。

最早的以善写拟作著称的当首推陆机,此后,历代文人之所以对拟乐府、拟南朝民歌、对以旧题作宫怨诗等热情不减,这恐怕还不单单出于练笔或弄才使性,而是多带有"借他人酒杯浇心中块垒"的"亦拟亦托"的意味。正如明人敖英所言:"唐人宫词,或赋事、或抒怨、或寓讽刺、或其负才流落无聊,托以自况。"(《唐诗绝句类选》)

当然,男子作闺音实际的情况远为复杂,我们作出这种类别的划分也是为了给出一个大概清晰的框架。因为"'事实'永远是无限而杂多的,人们的知识要'以有涯逐无涯',在本质上便是不可能穷尽的。面对人类历史这一片浩瀚的汪洋,凭着个人的智力,最多也只能'取一瓢饮',针对一个特定的问题加以厘清。节省精力之道,便像'理念型'的建构般,必须'执简驭繁',找出最重要的特征来呈现整个典型"①。男子作闺音之现象的形成,是一繁复多端的历程。不过,也正因为它内蕴繁富,才使得我们在爬梳、探勘其形成因由的过程中,能够以更全面、开阔的视野,去了解这个以男性为创作主体、女性为抒情主体的现象以及由它发展出来诗学意味和文化内涵。

第三节　男子作闺音的三副面孔

明人郝敬说:"诗多男女之咏,何也? 曰:……情欲莫甚于男女,……声音发于男女者易感。故凡托兴男女者,和动之音,性情之始,非尽男女之事也。"对于男子作闺音而言,"诗人作创作主体在诗中并不露面,而是把自己淹没到对象里去"②。检视各种古代文学典籍,男子作闺音文本中,占有不同伦理地位的妇女以绝然相异的面貌出现,判然分明。"君行殊不返,我饰为谁容"、(徐干《情诗》)"忽见陌头杨柳色,悔教夫婿觅封侯"(王昌龄《闺怨》)是官宦妻子的感叹;"梳洗罢,独倚望江楼。过尽千帆皆不是,斜晖脉脉水悠悠,肠断白苹洲"(温庭筠《梦江南》)是富家千金的期盼;"苦恨年年压金线,为他人做

---

① 顾忠华:《韦伯〈新教伦理与资本主义精神〉导读》,广西师范大学出版社 2005 年版,第 63 页。

② [德]黑格尔:《美学》第三卷下册,商务印书馆 1981 年版,第 202 页。

嫁衣裳"(秦韬玉《贫女》)是贫家女子的哀怨;"念君昔之恩好,似比翼之相亲,惟方今之疏绝,若惊风之吹尘。夫色衰而爱绝,信古今其有之。伤茕独之无恃,恨胤嗣之不滋。……"(曹丕《思妇赋》)反映了女人因色衰与无子而被弃的无奈;"欲别牵郎衣,郎今到何处? 不恨归来迟,莫向临邛去"(孟郊《古别离》)表达了游子妇的隐忧;"边堠远,置邮稀,附与征衣衬铁衣。连夜不妨频梦见,过年惟望得书归"(贺铸《望书归》)透出了征人妻子的焦虑;"任君逐利轻江海,莫把风涛似妾轻"(刘得仁《贾妇怨》)抒发了商人妇的心声。这不仅仅是女性角色的等级和地位的差别,更反映了不同功能、领域的话语对同一个女性角色迥异的定位和逻辑。我们根据这些女子所执行的抒情功能的不同,可以把她们粗略地分为民间女子、贵族女子、青楼女子三种类型。

一、面孔之一:民间女子

古代社会人口总数中,女性居半,社会下层的贫苦女性又占了绝大多数。总体看来,诗文典籍中描述和刻画下层女子困苦生活的作品相对较少。但是,也有一些文人自觉地将关注的目光投向下层百姓的生活,将笔触伸向那些生活在广袤的乡村世界中的贫家女子,诉说她们的心声,呈现贫弱女性的孤苦哀穷。这其中,文人以民间女子口吻表达悲叹、余哀、相思、怨恨之情的文本,多是文人为这些没有受过教育和缺乏文学表达能力的下层女子代抒心曲,表达了文人悲天悯人的道德情怀。这其中既有孑了无依的老妇、中年失子的母亲、家贫难嫁的少女,又有哀愁怨悱的妻子和绝境无望的寡妇。唐代著名诗人元结在天宝末年所作的《贫妇词》描述了一位愁怨凄苦的妻子形象:

> 谁知苦贫夫,家有愁怨妻。请君听其词,能不为酸凄。所怜抱中儿,不如山下麀。空念庭前地,化为人吏蹊。出门望山泽,回头心复迷。何时见府主,长跪向之啼。

于濆《辛苦吟》中也感慨贫女的辛劳:"垄上扶犁儿,手种腹长饥。窗下抛梭女,手织身无衣。我愿燕赵姝,化为嫫母姿。一笑不值钱,自然家国肥。"

然而,在古代社会,虽然妇女们都是处于"第二性"的群体,但是其内部却

（清）焦秉贞·御制耕织图

存在着阶级的差异，并且这种差异从某种程度上远远超过两性之间的差异。邵谒《寒女行》中终日辛劳的蚕桑女凄苦悲哀，不劳而获的富家女却过着奢靡的富足的生活：

> 寒女命自薄，生来所微贱。家贫人不聘，一身无所归。养蚕多苦心，蚕熟他人丝。织素徒苦力，素成他人衣。青楼富家女，才生便有主。终日著罗绮，何曾识机杼。清夜闻歌声，听之泪如雨。他人如何欢，我意又何苦。所以问皇天，皇天竟无语。

杜荀鹤《蚕妇》中的贫家女子充满了对不公命运的困惑和诘问：

> 粉色全无饥色加，岂知人世有荣华。年年道我蚕辛苦，底事浑身着芝麻？

这些平民女子没有贵妇们娇媚的面容，也没有歌女们华丽的妆饰和婉转的歌喉，她们大都蓬鬓布裙、无衣少食。战争、赋敛、饥饿、贫病、死亡的阴影笼罩着她们贫寒的生活。而其中，政府不断增加的种种苛捐杂税是下层女性陷入生活困境的主要原因。据《旧唐书》的记载："故科敛之名凡数百，废者不削，重者不去，新旧仍积，不知其涯。百姓受命而供之，沥膏血，鬻亲爱，旬输月送无休止。吏因其苛，蚕食于人。凡富人多丁者，率为官为僧，以色役免，贫人无所入则丁存。故课免于上，而赋增于下。是以天下残瘁，荡为浮人，乡居地著者百不四五，如是者殆三十年。"①赋役不均，统治者又横征暴敛，下层女子终日纺织劳作，也依然是人不敷出。孟郊《织妇辞》写得尤为让人动容：

> 夫是田中郎，妾是田中女，当年嫁得君，为君乘机杼。筋力日已疲，不息窗下机。如何织纹素，自著蓝缕衣，官家傍村路，更索栽桑树。

诗歌以女子口吻抒情，表达农妇尽管昼夜勤作息，却由于沉重的赋税的盘剥而生计维艰的状况。《全唐文》卷八〇四（中）翰林学士刘允章曾上《直谏书》，指出国家有"九破"、民有"八苦"，认为天下百姓已经处在"哀号于道路，逃窜于山泽，夫妻不相活，父子不相救"的绝望境地。乾符元年翰林学士卢携在一封奏疏中也特别指出了关东地区的严重情形："臣窃见关东去年旱灾，自虢至海，麦才半收，秋稼几无，冬菜至少，贫者皑蓬实为面，蓄槐叶为蘑；或更衰羸，亦难收拾。常年不稳，常年不稳，则散之邻境。今所在皆饥，无所依投，坐守乡间，待尽沟壑。其蠲免余税，实无可征。而州县以有上供及三司钱，督趣

---

① （后晋）刘昫撰：《旧唐书·杨炎传》卷一一八，中华书局 1975 年版。

甚急,动如捶挞,虽撤屋伐木,雇妻瀚子,止可供所由酒食之费,未得至于府库也。或租税之外,更有他徭。朝廷倘不抚存,百姓实无生计。乞敕州县,应所欠残税,并一切停征,以俟蚕麦。"①在严重的自然灾害的打击下,农民已经濒临绝境,即使是卖儿卖女,也无法完税,民怨沸腾自在情理之中。唐末五代诗人贯休《偶作五首》就描述了一位充满怨恨的蚕妇:

> 谁信心火多,多能焚大国。谁信鬓上丝,茎茎出蚕腹。尝闻养蚕妇,未晓上桑树。下树畏蚕饥,儿啼亦不顾。一春膏血尽,岂止应王赋。如何酷吏酷,尽为搜将去。蚕蛾为蝶飞,伪叶空满枝。冤梭与恨机,一见一沾衣。

蚕妇辛苦劳作,却被赋税和贪官污吏搜刮殆尽,"冤梭与恨机,一见一沾衣",她仿佛要将所有的怨恨都织进布帛中,心中充满了怒火。此外,统治者积年累月的战争,致使国破家残、哀鸿遍野,也给普通女性及其家庭带来了巨大灾难。诗人戎昱《苦哉行五首》其二描绘了一位洛阳女子家破人亡的人生悲剧:

> 官军收洛阳,家住洛阳里。夫婿与兄弟,目前见伤死。吞声不许哭,还遣衣罗绮。上马随句奴,数秋黄尘里。生为名家女,死作塞垣鬼。乡国无还期,天津哭流水。

京都虽然收复,百姓却因此遭受一场浩劫,主人公叙述了丈夫兄弟被杀,自己又被掳掠远去的悲惨遭遇。

当然文人以民间女子口吻抒情的文本,也有一种情况除外,即特定情境下,一些未曾入仕的下层文人或有才之士渴望得到举荐,便会以贫女、新妇自托,抒发对"媒婆"(达官贵族)举荐的期盼,如秦韬玉《贫女》、孟郊《贫女词寄从叔先辈简》、张碧《贫女》、朱庆馀《闺意献张水部》、雍陶《感兴》均是抒发拟托良媒的渴念。下面,我们主要介绍民间女子中的征人妇和商人妇。

---

① (宋)司马光等编撰:《资治通鉴》卷二五二,中华书局1956年版。

（一）征妇

当我们徜徉在人类文明的长河中时，不得不面对一个残酷的事实，那就是战争与文明始终联袂而行。战争与人类是如此地相伴相随，成为人类挥之不去的噩梦。处于冷兵器时代的中国古代战争，无论是杀伐还是征讨，无论是政权更替还是朝代兴衰，几乎都是以战争为前奏、以兵燹为捷径的。战争双方需要投入大量的人力，需要把大量的男性调往前线作战，无论针对哪一方，无论对谁有利，给百姓带来的无一例外都是妻离子散、流离失所、流血流泪。战争之后，赤地千里，不闻鸡犬，饿殍辗转于沟壑，豺狼奔突于荒原。

中国古代有无数的战争，也有无数描写战争的诗歌辞赋。统治者们穷兵黩武，一方面使征人役夫有家难归，另一方面使无数的女子居家独守，甚至丈夫已命丧沙场，征妇却毫不知情，"可怜无定河边骨，犹是春闺梦里人"就是最凄惨、最现实的描述。而由于古代征人之妻受教育程度的限制，绝大多数反映征妇生活和情感的诗歌，都是男性作者从征妇的生活感受出发，立足于抒发她们的离愁别绪和忧伤彷徨。她们或者心系丈夫的冷暖安危："东家少妇婿从军，每听乌啼知夜分"，"殷勤为看初著时，征夫身上宜不宜"；或者表达刻骨的相思："不知肠断梦，空绕几山川"，"长夜孤眠倦锦衾，秦楼霜月苦边心"[1]，"惟有一寸心，长贮万里夫"[2]，"身轻愿比兰阶蝶，万里还寻塞草飞"[3]；或者信誓旦旦："生作闺中妇，死作山头石"[4]，"不如逐君征战死，谁能独老空闺里。"[5]

在中国古代诗歌史上，东汉末年陈琳所作的《饮马长城窟行》是文人第一首以征妇口吻写边塞题材的诗歌：

饮马长城窟，水寒伤马骨。往谓长城吏，慎莫稽留太原卒。官作自有程，举筑谐汝声。男儿宁当格斗死，何能佛郁筑长城。长城何连

---

[1]　陈陶：《水调词十首之七》，参见彭定求等编《全唐诗》卷七四六，中华书局1960年版，第8490页。

[2]　施肩吾：《效古体》，参见《全唐诗》卷四九四，第5585页。

[3]　钱珝：《春恨三首》之二，见《全唐诗》卷七一二，第8197页。

[4]　张籍：《寄衣曲》，参见《全唐诗》卷三八二，第4280页。

[5]　张籍：《别离曲》，参见《全唐诗》卷三八二，第4281页。

连，连连三千里。边城多健少，内舍多寡妇。作书与内舍："便嫁莫留住。善事新姑嫜，时时念我故夫子。"报书往边地："君今出语一何鄙！身在祸难中，何为稽留他家子。生男慎莫举，生女哺用脯。君独不见长城下，死人骸骨相撑拄。结发行事君，心意关。明知边地苦，贱妾何能久自全。"①

魏晋南北朝时期，征妇诗有了突出的发展，出现了大量优秀的文人创作。如乐府诗《燕歌行》引起文人的关注且颇多拟作。六朝时期，文人作征妇诗歌数量陡增。江总《乌栖曲》、《杂曲三首》之一、《长相思二首》之一②，温子昇《捣衣》，王僧孺的《捣衣诗》等，都是男性诗人替征妇抒情的佳作。只是此时期的诗人多没有边塞生活的经历，因此，征妇诗歌也多停留于绮怨相思，如江淹的《征怨》：③

　　荡子从征久，凤楼萧管闲。独枕凋云鬓，孤灯损玉颜。何日边尘静，庭前征马还。

诗歌表达了思妇的孤独寂寞和企盼丈夫早日归来的心情。
陈代江总的《闺怨篇》：④

　　寂寂青楼大道边，纷纷白雪绮窗前。池上鸳鸯不独自，帐中苏合还空然。屏风有意障明月，灯火无情照独眠。辽西水冻春应少，蓟北鸿来路几千。愿君关山及早度，念妾桃李片时妍。

诗歌中的征人之妻既念惜自己的青春虚度，又牵挂、思念远在边地的丈夫，这给她的孤独生活蒙上了浓浓的阴影。

---

① 郭茂倩：《乐府诗集》卷三八，中华书局 1979 年版，第 556 页。
② 逯钦立：《先秦汉魏晋南北朝诗》"陈诗"卷七，中华书局 1983 年版，第 2573、2575 页。
③ 《先秦汉魏晋南北朝诗》"梁诗"卷三，第 1568 页。
④ 《先秦汉魏晋南北朝诗》"陈诗"卷八，第 2596 页。

　　隋朝薛道衡有一首非常著名的《昔昔盐》,写的也是征妇情思,这首诗中"暗扇悬蛛网,空梁落燕泥"一联被认为是描写征妇孤寂落寞情怀的绝妙之笔。

　　值得大书特书的是唐代的文人征妇诗歌。唐代许多诗人如李白、杜甫、王昌龄、白居易、沈佺期、王涯、张仲素、施肩吾、陆龟蒙等等,都留下了情味隽永的诗作。从诗歌的内容上说,唐代文人征妇诗不再局限于春花秋月的个人哀怨,而是以边塞生活和社会现实作为广阔的时空背景,境界变得雄浑阔大。同时征妇诗歌对女性生活与心理反映的深度和广度,也都远远超越了同时代其他女性题材的诗歌。正如刘永济先生在《唐人绝句精华》中对张统的《闺怨》评论时所说:"此代征人妇抒情之作。唐人此类诗最多,大都各出新意,体贴入微,比观颇得启发之益。"①

　　在唐代初期,士兵服役多有一定的期限,士兵有盼归之日,征妇有迎夫之期。② 因此,诗歌还多是描写征妇的孤独、寂寞与相思。如初唐时期有崔液的《代春闺》、乔知之的《和李侍郎古意》、刘希夷的《春女行》、王易从的《临高台》等等。诗歌将历史和现实、边塞和闺怨完美地结合在一起,使其不仅有历史的高度,还具有感情的深度和力度。比如刘允济的《怨情》③:"玉关芳信断,兰闺锦字新。愁来不自抑,念切已含嚬。虚牖风惊梦,空床月厌人。归期倘可促,勿度柳园春。"诗歌五六两句刻画思妇的孤寂之情深刻生动、惟妙惟肖。再如苏颋的《山鹧鸪词》二首也较有代表性:④

　　　　玉关征戍久,空闺人独愁。寒露湿青苔,别来蓬鬓秋。
　　　　人坐青楼晚,莺语百花时。愁多人易老,断肠君不知。

　　这两首诗歌都描写闺中少妇在丈夫从军长期不归时的淡淡盼望和愁怨。

---

①　刘永济:《唐人绝句精华》,人民文学出版社 1981 年版,第 13 页。
②　《唐大诏令集》卷一一七《镇兵以四年为限诏》载:(开元五年正月)每见征戍,良可矜省,其有涉河渡碛,冒险乘危,多历年所,远辞亲爱。壮令应募,华首未归。每言劳止,期于折衷。但绩西诸镇,道阻且长、数有替易,难于烦扰,其镇兵宜以四年为限。一其诸军镇兵,近日递加年限者,各依旧以三年二年为限。仍并不得延留,其情愿留镇者,即稍加赐物,征人愿往,听复令行。
③　《全唐诗》卷六三,第 746 页。
④　《全唐诗》卷七三,第 814 页。

盛唐时期的闺怨诗很少实际地写思妇的忧伤和痛苦,主要是受当时社会环境的影响。胡震亨《唐音癸签》卷二七说:

> 唐词人自禁林外,节镇幕府为盛。如高适之依哥舒翰,岑参之依高仙芝,杜甫之依严武,比比皆是。中叶后尤多。盖唐制,新及第人,例就辟外幕,而布衣流落才士,更多因缘幕府,蹑级进身。

盛唐人的功名心是非常强烈的,受这种情绪的鼓舞,人们纷纷踊跃戍边,力求一展宏图。在这种趋势下,文人诗歌多沉浸在对边塞生活和功名富贵的向往与感叹中,即使征妇诗也不愿意去太多地关注和表现负面的东西。但是,随着边将的日益腐败和内地征兵的困难,戍边士兵如期归乡变得越来越难。征妇诗歌的内容开始发生变化。据《资治通鉴》记载:

> 开元二十六年(公元 738 年)春,正月,制边地长征兵,召募向足,自今镇兵勿复遣,在彼者纵还。①

战争频繁,战士不能按时"瓜代",征人不能如期回家。如果一个青年被征召入伍,他的妻子就差不多要守一辈子活寡。

《旧唐书》卷一一八《杨炎传》载:

> 旧制,人丁戍边者,镯共租庸,六岁免归。玄宗方事夷狄,戍者多死不返,边将恃宠而讳,不以死申,故其贯籍之名不除。至天宝中,王铁为户口使,方务聚敛,以丁籍且存,则丁身焉挂,是隐课而不出耳。

戍卒远死边塞,家庭还要遭受苛政勒索之苦,生活陷入困境,征妇忧愁绝望。因此,这一时期的征妇诗歌多了一些对战争的反思。张籍的《征妇怨》、《妾薄命》,刘禹锡的《望夫山》,元稹的《夫远征》、李白的《秋思》,都表达出了

---

① (宋)司马光:《资治通鉴》卷二一四,中华书局 2007 年版,第 2637 页。

这种倾向。如白居易的《闻夜砧》①，借怨妇之口抒发自己的感情及对现实的不满，表达对饱尝战乱、流离之苦的普通民众的深切同情。

安史之乱后，国家日渐衰落，敏感的文人关心女性生活和命运，征妇诗歌深入、细致地刻画了由于战争造成的女性生活的苦难，表现了浓重的悲苦情调。张祜的《金殿乐》、杜牧的《寄远》、许浑的《塞下》、薛逢的《追昔行》、温庭筠的《塞寒行》、罗邺的《征人》等，都是既反映现实生活的广度又有概括历史的高度的佳作。如李白的《春思》：②

　　燕草如碧丝，秦桑低绿枝。当君怀归日，是妾断肠时。春风不相识，何事入

萧惠珠·恨无知音赏③

①《全唐诗》卷四四二，第 4945 页。
②《全唐诗》卷一六五，第 1710 页。
③ 萧惠珠：《萧惠珠作品选》，天津人民美术出版社 2007 年版。

— 51 —

罗帷?

征妇在物质与精神都很贫乏的状态下几十年如一日地守候远行的丈夫,读来令人备感凄凉。

总体来说,征妇文本表现的情感内容主要有以下几个方面:

第一个内容是征妇对戍夫的思念:丈夫出征,征妇不仅要挑起生活的重担,养育子女,操持家务,照顾公婆,而且要终日担心征人的冷暖、安危、生死,默默忍耐独守空房的相思期盼。

施肩吾《代征妇怨》中的征妇夜深难眠,以泪相伴:

> 寒窗羞见影相随,嫁得五陵轻薄儿。长短艳歌君自解,浅深更漏妾偏知。画裙多泪鸳鸯湿,云髻情机峨泪垂。何事不看霜雪里,坚贞惟有古松枝。

长孙佐辅的《答边信》情深意长:

> 征人去年戍辽水,夜得边书字盈纸。挥刀就烛裁红绮,结作同心答千里。君寄边书书莫绝,妾答同心心自结。同心再解心不离,字书频看字愁灭。结成一夜和泪封,贮书只在怀袖中。莫如书字故难久,愿学同心长可同。

"嫁作征人妻,不得长相随"(刘驾《寄远》),边地路远难至,音讯难托,对征妇来讲,梦中能与丈夫团聚是最奢侈的事情,它能使征妇孤独痛苦之心得到些许虚幻的抚慰。比如下面三首诗歌。王建的《闺人赠还二首》诗云:

> 君行登陇上,妾梦在闺中。玉箸千行落,银床一半空。
> 织席春眠觉,纱窗晓望迷。朦胧残梦里,犹自在辽西。

张仲素《春闺怨》:

袅袅边城柳,青青陌上桑。提笼忘采叶,昨夜梦渔阳。

金昌绪《闺怨》云:

打起黄莺儿,莫教枝上啼。啼时惊妾梦,不得到辽西。

第二个内容是忧虑。"金戈玉剑十年征,红粉青楼多怨情"(屈同仙《燕歌行》)。士兵远辞亲爱,壮龄应募,征妇的忧虑主要分为两类:一类是忧虑青春的转瞬即逝。如王涯《闺人赠还五首》:"远戍功名簿,幽闺年貌伤",苏颋《山鹧鸪词二首》:"愁多人易老,断肠君不知。"另一类是忧虑丈夫征战无归。像王建的《送衣曲》、李白的《秋歌》、杜牧的《闺情》、张闳的《闺怨》、张仲素的《秋夜曲》等都表达了这种忧虑之情。

第三个内容是征妇的哀怨。哀怨也表现在两个方面:一是由丈夫将家庭、爱情放在第二位,而将功名放在第一位引起。丈夫为了追求事功,远赴边疆,"酣战"不休,征妇常年累月经受生活的重压,感情的煎熬,难免将一肚子怨气撒向丈夫。张籍《别离曲》说:

行人结束出门去,几时更踏门前路。忆昔君初纳采时,不言身属辽阳戍。

早知今日当别离,成君家计良为谁。男儿生身自有役,那得误我少年时。

不如逐君征战死,谁能独老空闺里。丈夫应征远戍辽阳,闺妇哀伤不已。

王昌龄《变行路难》说:"封侯取一战,岂复念闺阁。"丈夫有建功立业之志,妻子有鸳鸯比目之愿。丈夫为博取功名不顾儿女情长,妇人只能面对这种矛盾和无奈。张籍《妾薄命》:

薄命嫁得良家子。无事从军去万里。汉家天子平四夷,护羌都尉裹尸归。念君此行为死别,对君裁缝泉下衣。与君一日为夫妇,千年万岁亦相守。君爱龙城征战功,妾愿青楼歌舞同。人人各各有所欲,拒得将心入君腹。

征妇怨恨丈夫为追求事功而宁愿舍弃结发妻子,舍弃两情厮守的甜蜜生活;怨恨他只知在大漠边疆浴血奋战,啸傲沙场,却不曾理会自己的相思之苦。

而真正让征妇们感到悲哀的是丈夫的背信弃义。刘元淑的《妾薄命》里写一个赴渔阳的征人为当地关女所诱而变心的事实。征人之妻"闻雁叫而肠断,守空房以自怜"。

第四个内容是悲痛。丈夫战死沙场给思妇带来的打击可以说是毁灭性的。李白在《北风行》中描述了征妇的悲痛:

幽州思妇十二月,傍歌罢笑双蛾摧。倚门望行人,念君长城苦寒良可知。别时提剑救边去,遗此虎纹金鞞靴。中存一双白羽箭,蜘蛛结网生尘埃。箭空在,人今战死不复回。不忍见此物,焚之已成灰。黄河捧上尚可塞,北风雨雪恨难裁。

丈夫战死沙场,征妇睹物思人,悲痛欲绝。张籍《邻妇哭征夫》中征妇望眼欲穿盼来的却是丈夫的噩耗:"双鬟初合便分离,万里征夫不得随。今日军回身独段,去时鞍马别人骑。"

杨义先生指出:"为少妇思边代言的风气,于唐甚炽。其间的相思既注入生死恋的苦味,又展示关山云海的悲壮,在感情力度和艺术境界上都有所开拓。"①男子作闺音的征妇一类诗作反映了诗人对现实的高度关注,具有深广的社会内涵和现实意义。

(二)商人妇

以商人妇为抒情主人公的文人诗作到唐代出现并逐渐繁荣。唐朝的纺织、烧瓷、冶铸等手工业非常发达,城市繁华,商业繁荣,商人的数量较前代骤

① 杨义:《李白代言体诗的心理机制》,《海南师范学院学报》2000年第1期。

然增多。商人长年在外经商,留得商人妇在闺中独守。"黯然销魂者,惟别而已矣。"留守在家的女子们除了相思怨恨,就是焦虑担忧。丈夫的重利轻别让她们寒心:"嫁郎如未嫁,长是凄凉夜。情少利心多,郎如年少何";丈夫一去音讯杳无让她们望眼欲穿:"莫作商人妇,金钗当卜钱。朝朝望江口,错认几人船。"刘采春的《罗唝曲》很有代表性:

> 不喜秦淮水,生憎江上船。载儿夫婿去,经年又经年。

丈夫由海路离家远行,相见遥遥无期,商人妇思极生怨,竟迁怒于"秦淮水"和"江上船",原因是江水和船只曾经拉载夫婿离开自己。她纯真地以为,若没有水和船,她的丈夫便不会远行了。张潮的《江南行》中女子的丈夫也是从水路出家的:"茨菰叶烂别西湾,莲子花开不见还。妾梦不离江上水,人传郎在凤凰山。"痴情的她做梦时始终将丈夫的行踪跟江水联系在一起,可是"人传郎在凤凰山",别人知道丈夫的行踪,可独独丈夫不带个口信给她。虽然诗歌没有道出朝朝守空房的商妇盘郁于胸中的无限怨情,却是"此时无声胜有声"。

施肩吾《望夫词》中的少妇更是让人同情:

> 手爇寒灯向影频,回文机上暗生尘。自家夫婿无消息,却恨桥头卖卜人。

一个闺中独守的女子,思念丈夫,"日迟独坐天难暮",无心织布。晚上点上灯想打发孤独,可看看灯光中自己模糊的影子,越发孤独。日复一日,年复一年,苦苦的相思换来的却是遥遥无期的等待。山长水阔,音讯阻隔,离别之苦难熬。盼夫心切,便常去桥头占卜,以问佳音。"日日求人卜,回回道好音。"每一次都让她痴情的盼望落空。正是因为太想他(丈夫),所以才特别恨骗了她的卖卜人。

王建是一个以优柔之笔写妇女之事的高手,他的《镜听词》中的商妇占卜丈夫行踪,预测丈夫吉凶的方式则是偷偷地"听镜":"回身不遣别人知,人意丁宁镜神圣，怀中收拾双镜带，恐畏街头见惊怪，磋暖祭祭下堂阶，独自灶前来跪拜"，她态度虔诚羞涩："月明地上人过尽，好语多词皆道来。卷帖上床喜不定，与郎裁衣失翻正，可中三日得想见，重绣镜囊磨镜面"，占卜皆为吉言，女子喜不自禁，裁衣都弄错了反正，承诺三日之内占卜之语应验，必然重制镜囊，重磨镜面。

商妇形象塑造得最成功、商妇文本创作得最多的要数李白。李白一生浪迹江湖，行踪达大半个中国，经历丰富。他跟各个层次、各种身份的妇女都有过接触，深深地体谅她们的苦辣酸辛。《荆州歌》中的商人妇，终日对丈夫的平安忧心忡忡。"拨谷飞鸣奈妾何"表明了商人妇既担忧又思念的复杂感情；"麦熟茧成蛾"写出了物有盛衰而人无团聚的感情；"缫丝忆君头绪多"写因与丈夫久别而产生的烦乱和焦虑。《长干行》中，商妇新婚不久，丈夫便远行经商，杳无音讯，独居深闺的少妇盼夫归来，望眼欲穿，"自怜十五余，颜色桃李红。那作商人妇，愁水又愁风"，商人离家日久，妇人只能靠回味两人过去的幸福时光来抚慰自己的寂寞。《江

（清）费丹旭·仕女倚秋图

夏行》刻画了商人妇内心的痛苦。未出嫁时她希望的是能找一个如意郎君，夫妇厮守，美满生活。可是，不幸嫁给"年年逐利西复东"的商人为妻，青春在寂寞中消逝。她哀怜自己的不幸命运："谁知嫁商贾，令人却愁苦。自从为夫妻，何曾在乡土。"以至于后悔："悔作商人妇，青春长别离。"胡震亨曰："太白《江夏行》、《长干行》并为商人妇咏。……盖古者吴俗好贾，荆、郢、樊、邓间尤盛，男女怨旷，哀吟清商。……太白往来襄、汉、金陵，悉其人情土俗，因采而演之为长什。"①

二、面孔之二：贵族女子

文人以贵妇口吻抒情，在古代诗歌中保存的数量极为丰富。我们所说的贵族女子包括宫中女子（宫妃、宫女、公主）以及豪门贵族的妻妾。豪门贵族妇女虽然生活优越，锦衣玉食，却是"菟丝附女萝"，在家庭中没有独立的经济地位，其唯一的资本便是贞德和美貌。但事实又往往是"妾年四十丝满头，郎年五十封公侯"（陈羽《古意》）。利惹名牵，朝三暮四，眠花醉柳几乎是豪门公子的"通病"。因而，她们对自身美貌的珍重，对青春易逝的焦虑，对轻离轻散的担心就显得尤为突出。在这种"积恨颜将老"心态的影响下，贵妇们将对自身的忧虑投射为对丈夫的相思和依恋。刘宋汤惠休的《怨诗行》曰："明月照高楼，含君千里光。巷中情思满，断绝孤妾肠。悲风荡帷帐，瑶翠坐自伤。妾心依天末，思与浮云长。啸歌视秋草，幽叶岂再杨。暮兰不待岁，离华能几芳。愿作张女引，流悲绕君堂。君堂严且秘，绝调续飞扬。"全诗拟思妇口吻，"暮兰不待岁，离华能几芳"道出了贵妇对青春易逝的焦虑，"妾心依天末"表明贵妇对远在"天尽头"丈夫的依赖，而"思与浮云长"则是妇人对丈夫的痴心和缠绵。杜牧《送别》中的抒情女主人公在丈夫远行之时，折柳赠别，举手长牢牢："溪边杨柳色参差，攀折年年赠别离。一片风帆望已极，三湘烟水返何时？多缘去棹将愁远，犹倚危亭欲下迟。莫殢酒杯闲过日，碧云深处是佳期。"鲍照《拟行路难》其一曰："奉君金卮之美酒，玳瑁玉匣之雕琴。七彩芙蓉之羽帐，九华蒲萄之锦衾。红颜零落岁将暮，寒光宛转时欲沉。愿君裁悲且减思，听我

---

① 引自王琦注《李太白全集》，中华书局 1977 年版，第 447 页。

只恐風日損紅芳
壬申年秋 萧惠珠畫

萧惠珠·只恐风日损红芳

抵节行路吟。不见柏梁铜雀上,宁闻古时清吹音。"其二曰:"洛阳名工铸为金博山,千斲复万镂。上刻秦女携手仙,承君清夜之欢娱。列置帐里明烛前,外发龙鳞之丹彩。内含麝芬之紫烟,如今君心一朝异,对此长叹终百年。"诗歌描写一个幽禁深院的贵族女子在春花烂漫、莺啼婉转的季节百无聊赖。身居高门大院,过着荣华富贵的生活,却感到异常之孤独凄凉。此外,如汤惠休《杨花曲》"春人心生思,思心长为君","江南相思引,多叹不生音",颜师伯《自君之出矣》"思君如回雪,流乱无端绪"、刘义恭《自君之出矣》"思君如清风,晓夜常徘徊"、王融《古意》(其一)"妆容入朝境,思泪点春衣"、《奉和代徐诗》"思君如形影,寝兴未曾离"、"思君如明烛,中宵空自煎"、虞炎《玉阶怨》"思君一叹息,苦泪应言垂"、范云《自君之出矣》"思君如蔓草,连延不可穿",都是写贵族妇女们委婉含蓄、心音流动的相思之意。丈夫的远行远征,给贵族女子带来莫大的相思之苦。如杜牧《春思》:"岂君心的的,嗟我泪涓涓。绵羽啼来久,锦鳞书未传。兽炉凝冷焰,罗幕蔽晴烟。自是求佳梦,何须讶昼眠?"丈夫一去杳无音讯,"罗幕"不开,"兽炉"不燃,孤寂凄凉。古代大量保存的捣衣诗作,也表现了贵妇对远行在外的丈夫的关切。每当深秋岁末、月冷星灰之时,妇女们便"思欲侍衣裳,关心分万里"(何偃《冉冉孤竹生》)。她们往往借捣衣意象来表达对丈夫的关切之情,这时候,寒衣已经不是一件简单的物件,而是被相思深情浸染的爱情表征。比如柳恽《捣衣诗》:"念君方远谣,望妾理纨素"、"轩高夕杵散,气爽夜鸣砧"。沈佺期的名作《独不见》:"卢家少妇郁金堂,海燕双栖玳瑁梁。九月寒砧催木叶,十年征戍忆辽阳。白狼河北音书断,丹凤城南秋夜长。谁知含愁独不见,使妾明月照流黄。"张若虚《春江花月夜》:"可怜楼上月徘徊,应照离人妆镜台。玉户帘中卷不去,捣衣砧上拂还来。此月相望不相闻,愿逐月华流照君。"李白《捣衣篇》:"闺里佳人年十余,肇娥对影恨离居。忽逢江上春归燕,衔得云中尺素书。玉手开缄长叹息,狂夫犹戍交河北。万里交河水北流,愿为双燕泛中洲。君边云拥青丝骑,妾处苔生红粉楼。楼上春风日将歇,谁能揽镜看愁发。晓吹员管随落花,夜捣戎衣向明月。明月高高刻漏长,真珠帘箔掩兰堂。横垂宝握同心结,半拂琼筵苏合香。琼筵宝幢连枝锦,灯烛荧荧照孤寝。有便凭将金剪刀,为君留下相思枕。摘尽庭兰不见君,红巾拭泪生氤氲。明年若更征边塞,愿作阳台一段云。"白居易《闻夜砧》："谁家思妇秋捣帛，月苦风凄砧杵悲。八月九日正长夜，千声万声无了时。应到天明头尽白，一声添得一茎丝。"思妇们心物相接，感受频繁，真情激荡于中，而言词表达于外，其忧愁幽思、凄楚缠绵之情，动人心弦。

当她们的痴情最终换来的是丈夫的遗弃时，妇人则只有"恨无千日酒，空断九回肠"的悲苦怨愤和无可奈何。白居易《太行路》："太行之路能摧车，若比人心是坦途。巫峡之水能覆舟，若比人心是安流。人心好恶苦不常，好生毛羽恶生疮。与君结发未五载，岂期牛女为参商。古称色衰相弃背，当时美人犹怨悔。何况如今鸾镜中，妾颜未改君心改。为君熏衣裳，君闻兰麝不馨香。为君盛容饰，君看金翠无颜色。行路难，难重陈。人生莫作妇人身，百年苦乐由他人。行路难，难于山，险于水。"虽然此诗之旨为"借夫妇以讽君臣之不终也"，但诗中妇女的命运着实令人同情。妇人结婚不到五年，"妾颜未改君心改"，丈夫就移情别恋。

总体看来，弃妇遭弃原因普遍的是男子背弃婚约、停妻再娶，喜新厌旧。诗歌抒发的大多是弃妇生活环境的冷清萧索和内心深处的孤单寂寞；对往日情爱的追念、对自身命运的悲叹、对负心人的指责。如孟郊《去妇》诗写妇人无端遭弃的哀怨：[1]

> 君心匣中镜，一破不复全，妾心藕中丝，虽断犹牵连……一女事一夫，安可再移天。君听去鹤言，哀哀七丝弦。

李白《平虏将军妻》写的是对丈夫回心转意的希冀：[2]

> 平虏将军妻，入门二十年，君心自有悦，妾宠岂能专？出解床前帐，行吟道上篇，古人不唾井，莫忘昔缠绵。

---

① 《全唐诗》卷三七四。
② 《全唐诗》卷一八四。

《代赠远》①则宣泄了女子的悲愤：

> 燕支多美女，走马轻风雪。见此不记人，恩情云雨绝……织锦作短书，肠随回文结。相思欲有寄，恐君不见察。焚之扬其灰，手迹自此灭。

《寒女吟》②表达了一弃妇对喜新厌旧丈夫的责难以及与丈夫决裂的决心：

> 昔君布衣时，与妾同辛苦。一拜五官郎，便索邯郸女。妾欲辞君去，君心便相许。妾读蘼芜书，悲歌泪如雨。忆昔嫁君时，曾无一夜乐。不是君无堪，君家妇难作。起来强歌舞，纵好君嫌恶。下堂辞君去，去后悔遮莫。

《白头吟》可以说是它的姊妹篇：

> 独坐长门愁日暮。但愿君恩顾妾深，岂惜黄金买词赋。相如作赋得黄金，丈夫好新多异心。……两草犹一心，人心不如草。莫卷龙须席，从他生网丝。且留琥珀枕，或有梦来时。覆水再收岂满杯，弃妾已去难重回。古来得意不相负，只今惟见青陵台。

诗歌集中概括了封建女性屡遭厌弃的共同命运，揭露了"丈夫好新多异心"的薄幸世态，展现了女子愤怨与爱恋交织的复杂心情。

曹邺《弃妇》表达的是被弃归家恐遭邻人耻笑的忧虑："嫁来未曾出，此去长别离。父母亦有家，羞言何以归？……何人不识宠，所嗟无自非。将欲告此意，四邻已相疑。"戴叔伦的《去妇怨》，则直抒弃后的痛苦，写得凄婉动人。

---

① 《全唐诗》卷一八四。
② （清）王琦注：《李太白全集》，中华书局 1977 年版，第 1404 页。

诗云：

> 出户不敢啼，风悲日凄凄。心知恩义绝，谁忍分明别，下坂车辚
> 辚，畏逢乡里亲。空持床前幔，欲寄家中人。忽辞王吉去，为是秋胡
> 死。若比今日情，烦冤下相似。①

还有许多女子往往是未等红颜凋谢，就遭遇了被弃的命运。如白居易
《续古诗十首》之七："……容光示销歇，欢爱忽蹉跎。何意掌上玉，化为眼中
砂。"②白居易《太行路》："古称色衰相弃背，当时美人犹怨悔。何况如今鸾镜
中，妾颜未改君心改。"③即使女子"蝉鬓加意梳，蛾眉用心扫，几度晓妆成"，
最终还是"君看不言好"。

张潮《江风行》④叙述了丈夫荣达后给自己带来的厄运："婿贫如珠玉，婿
富如埃尘，贫时不忘旧，富日多宠新。"这类女子发出了"宁从贱相守，不愿贵
相离"的誓言(李益《杂曲》)。白居易的《母别子——刺新间旧》也是写武人
立功后弃旧迎新的故事，叙写了弃妇与亲子相别的惨境。诗中说：

> 母别子，子别母，白日无光哭声苦。关西骠骑大将军，去年破虏
> 新策勋。敕赐金钱二百万，洛阳迎得如花人。新人迎来旧人弃，掌上
> 莲花眼中刺。迎新弃旧未足悲，悲在君家留两儿。一始扶行一始坐，
> 坐啼行哭牵人衣。以汝夫妇新燕婉，使我母子生别闻。不如林中鸟
> 与鹊，母不失雏雄伴雌。应似园中桃李树，花落随风子在枝。新人新
> 人听我语，洛阳无限红楼女，但愿将军重立功，更有新人胜于汝！⑤

夫妇布衣之时虽然艰苦度日，却能相敬如宾，而今，男人刚刚成就功名，便

---

① 《全唐诗》卷二七三。
② 《全唐诗》卷四二五。
③ 《全唐诗》卷四二六。
④ 《全唐诗》卷一一四。
⑤ 《白居易集》卷四。

视妻子为眼中之刺。"洛阳迎得如花人"的行动对妻子而言是致命的打击。然而，"迎新弃旧未足悲"，更不堪忍受的是，"悲在君家留两儿"，她所面临的是与两个幼儿的生离死别。这让她肝肠寸断，哭诉无门，便把满腔怨恨发泄在新人身上："但愿将军重立功，更有新人胜于汝。"

张籍的《离妇》①诗说的则是无子遭弃的情况。女子从进入夫家开始便辛苦劳作，勤俭持家，"洛阳买大宅，邯郸买侍儿，夫婿乘龙马，出入有光仪"，却最终因"无子"被弃："十载来夫家，闺门无瑕疵。薄命不生子，古制有分离。托身言同穴，今日事乖违。念君终弃捐，谁能强在兹。……有子未必荣，无子坐生悲。为人莫作女，作女实难为。"

中国文学史上"弃妇"形象的大批涌现与专制的男权社会密切相关。《大戴礼记·解诂》卷十三："男者任也，子者孳也，男子者，言任天地之道，如万物之义也。故谓之丈夫。女者如也，子者孳也，女子者，言如男子之教；而长其义理者。故谓之妇人。妇人，伏于人也。"妇女在家庭中依附丈夫的地位使她们宁愿忍受屈辱，向丈夫祈求爱怜。《孟子·滕文公》说，"女子生而愿为之有家"，《孟子·离娄》说："良人者，所仰望以终身也。"古代女子的价值就在于得到男子的爱情。正因为如此，弃妇群像中还有一类是精神上的弃妇。比如杜荀鹤《春宫怨》："早被婵娟误，欲转妆镜慵。承恩不在貌，教妾若为容。"李商隐《无题》："八岁偷照镜，长眉已能画。十岁去踏青，芙蓉作裙衩。十三学弹琴，银甲不能卸。十五泣春风，背面秋千下。"王国维《虞美人》："妾身但使分明在，肯把朱颜悔？从今不复梦承恩，且日簪花坐赏镜中人。"

当感觉到丈夫另有新欢后，这些受冷落的精神弃妇们只有自怨自艾，"终日不成章，泣涕零如雨"，表现对脆弱的两性之爱的坚守与盼望、失望与幽怨。

由于古代中国家国同构的社会结构，夫弃和君弃之间往往能形成恰切的对应关系，因此，文人的弃妇诗很多都是借他人酒杯浇自己块垒的寄托之作。如杜甫的名篇《佳人》，吟唱了一个绝代佳人遭遗弃的故事："绝代有佳人，幽居在空谷，自云良家子，零落依草木。关中昔丧乱，兄弟遭杀戮。官高何足论，不得收骨肉。世情恶衰歇，万事随转烛。夫婿轻薄儿，新人美如玉。合昏尚知

---

① 《全唐诗》卷三八三。

时,鸳鸯不独宿。但见新人笑,哪闻旧人哭。在山泉水清,出山泉水浊。侍婢卖珠回,牵萝补茅屋。摘花不插发,采柏动盈掬。天寒翠袖薄,日暮依修竹。"①清人黄生认为这首诗是"偶有此人,有此事,适切放臣之感,故作此诗"。与一般弃妇诗篇专叙弃妇之哀怨不同,杜甫这篇诗作在用赋的手法描写佳人不幸遭遇的同时,也借助比兴的手法,赞美了她高洁自持的品格,表现了这位时乖运蹇的女子,虽然遭受社会的、家庭的、个人的纷至沓来的灾难,但依然像经霜雪而不凋的松柏和挺拔劲节的修竹,保持高尚的情操。杜甫借弃妇诗言说内心的痛楚,其中也隐寓着作者自身的感受。

反映宫女嫔妃生活的诗作主要集中在宫怨诗和宫体诗两类题材中。本书第二章会详细论述宫体诗,这里我们主要介绍宫怨诗。宫怨诗主要描写宫中女子的喜怒哀乐。得宠承恩、失宠幽闭、望宠妒幸、孤独郁闷、哀怜无奈等内容构成了宫中女子们独特的悲剧体验与悲剧生命。《诗经·小雅》中的"白华"可以说是宫女之怨的滥觞。据朱熹《诗集传》考证:"(周)幽王娶申女以为后,又得褒姒而黜申后,故申后作此诗。言白华为菅,白茅为束,二物至微,犹必相须为用,何子之远,而俾我独耶?"在漫长的封建社会,帝王们为了证明皇权至上和满足自己的私欲,宫女嫔妃充陈堂下。除正式的皇后和若干嫔妃外,还名正言顺地占有许多的宫女。

洪迈《容斋随笔》曰:

> 自汉以来,帝王妃妾之多,惟汉灵帝、吴归命侯、晋武帝、宋苍梧王、齐东昏、陈后主。晋武至于万人。唐世明皇为盛,白乐天长恨歌云"后宫佳丽三千人"、杜子美剑器行云"先帝侍女八千人"盖言其多也。新唐史所叙,为开元、天宝中,宫嫔大率至四万。嘻,其甚矣!隋大业离宫遍天下,所在皆置宫女。故裴寂为晋阳宫监,以私事高祖。及高祖义师经过处,悉罢之。其多可想。

宫女被选入宫,固然有被帝王恩宠的机遇,然而帝王仅一人,而后宫佳丽

---

① 《杜诗译注》卷五。

（唐）周昉·纨扇仕女图卷之一

无数,因此,许多宫女甚至终生无缘见君王一面。她们正常的生理、情感要求得不到满足,宫门如海,青春虚度,唯一可做的事情就是在等待、孤寂与失望中憔悴衰老。"树头树底觅残红,一片西飞一片东。自是桃花贪结子,错教人恨五更风"是宫女的幽怨;"雨露由来一滴恩,争能遍却及千门。三千宫女胭脂面,几个春来无泪痕"是宫女的悲叹;"未承恩泽一家愁,乍到宫中忆外头。求守管弦声款逐,侧商调里听伊州"是宫女的寂寞。宫女们深锁宫闱,失去了青春,得不到爱情,多数宫女一生只能在对花无语、对月感怀的孤独哀怨中度过凄凉一生。白居易著名的《新乐府·上阳白发人》就典型地描述了宫女的不幸遭遇和痛苦心理。白氏原注:天宝五载以后,杨贵妃专宠,后宫无复进幸矣。六宫有美色者,辄置别所,上阳是其一也。诗中的女主人公,16 岁入选即被潜配上阳宫,"一生遂向空房宿",年已 60 还不曾见得君王一面,实可谓是咫尺天涯。《后宫词》描述了宫女幽居深院、哀伤孤独、百无聊赖的生活状况:"泪湿罗巾梦不成,夜深前殿按歌声。红颜未老恩先断,斜倚熏笼坐到明。"张祜以精细的笔触描写了深宫女子的幽闭之苦、索居之恨。如:《宫词二首》(一)"故国三千里,深宫二十年。一声何满子,双泪落君前",诗人独具只眼,挖掘、展示了宫人心灵深处的难言之隐,替她们抒发压抑和酸楚,表达对她们的怜悯和同情。

李商隐《宫词》:"君恩如水向东流,得宠忧移失宠愁。"宫女嫔妃庞大的队伍中,即使少数得到君王恩宠的后妃宫女,面对如水的君恩,也往往是惶惶不可终日,这从陈阿娇和班婕妤的命运就可见知:

汉乐府歌辞《怨歌行》:

> 新裂齐纨素,皎洁如霜雪。裁为合欢扇,团团似明月。出入君怀袖,动摇微风发。常恐秋节至,凉飙夺炎热。弃捐箧笥中,恩情中道绝。

崔颢《长门怨》:

> 君王宠初歇,弃妾长门宫。紫殿青苔满,高楼明月空。夜愁生枕席,春意罢帘栊。泣尽无人问,容华落镜中。

陈阿娇和班婕妤,一个曾擅宠骄贵,被汉武帝"贮之黄金屋";一个曾是汉成帝的宠妾,恩幸犹恐不足。但是最终仍逃不掉失宠遭弃的厄运:一个被打入长门,一个退居长信。正所谓"一朝歌舞荣,夙昔诗书贱。颓恩诚已矣,覆水难重荐"。阿娇、婕妤尚且如此,遑论她人!后宫佳丽云集,得幸者九族升天,失宠者冷宫终年。得宠时,"姊妹弟兄皆列土,可怜光彩生门户"(白居易:《长恨歌》),"忆昔君前娇笑语,两情宛转如萦素。宫中为我起高楼,更开华池种芳树"(张籍:《白头吟》);失宠后,"美人初起天未明,手拂银瓶秋水冷"(张籍:《楚妃怨》),"春天百草秋始衰,弃我不待白头时。罗襦玉珥色未暗,今朝已道不相宜。扬州青铜作明镜,暗中持照不见影。人心回互自无穷,眼前好恶那能定。君恩已去若再返,菖蒲花生月长满"(张籍《白头吟》)。她们有抱怨:"宫中千门复万户,君恩反复谁能数?君心与妾既不同,徒向君前作歌舞。……白日在天光在地,君今那得长相弃"(张籍:《吴宫怨》)。但绝大多数是面对耿耿残灯,夜长无寐,无可奈何地做"沉默的羔羊"。

"君恩无常"的直接结果,造成了宫妃之间争风吃醋、互相排挤、明争暗斗,以致兵戈相见的宫掖残酷现实。戚夫人的悲惨结局就是一个典型的例证。刘邦在世时宠爱的戚夫人遭吕后嫉妒,刘邦死后,吕后做了太后,令戚夫人穿上囚衣,戴上铁枷,关于永巷舂米,戚夫人悲痛欲绝,乃作歌:"子为王,母为虏,终日舂薄暮。常与死为伍!相去三千里,当谁使告汝?"吕后盛怒之下,居然将戚夫人残为人彘。叙写甄后命运的《塘上行》概括了惨遭迫害的后妃的共同遭遇。"蒲生我池中,其叶何离离。傍能行仁义,莫若妾自知。众口烁黄金,使君生别离。念君去我时,独愁常苦悲。想见君颜色,感结伤心脾。念君常苦悲,夜夜不能寐。"曹丕称帝后宠郭皇后,郭后恃宠中伤甄皇后,甄后从此失宠。尽管甄妃含冤忍垢,意笃情深,最后等来的却是曹丕的赐死之命和"以发覆面、以糠塞口"的侮辱与凌虐。宫廷斗争的激烈,不独宫娥嫔妃命运如此,太子王爷也不堪此忧。单拿南朝来说,给人一个突出的印象是:朝代更替之频繁,内部倾轧之剧烈,虽说不能空前绝后,也可谓惊心动魄。《南史》有历朝王室成员的记载,算来算去,有几个是寿终正寝的呢?有的仅几岁就成了皇室内部斗争的牺牲品。尽管这些王孙公子出生于高门,享有荣华,也曾为世人艳羡不已,但是,他们的生活并不都是轻松快乐。宫廷内残酷的政治斗争使王孙公子们人人自危,朝不保夕。《宋书·刘子鸾传》载:"帝素疾子鸾有宠,既诛群公,乃遣使赐死。时年十岁。子鸾临死,谓左右曰:'愿身不复生王家。'"

张法在《中国文化与悲剧意识》一书中将怨弃文学划分为夫弃、君弃、世弃三种不同类型。夫弃之怨属日常生活的悲剧,世弃之怨是政治悲剧,而中国文人往往又把世弃之怨变成夫弃之怨写进作品,把政治悲剧转化为日常生活的悲剧。本来是男性的文人,但在作品中却以女子的形象出现,抒情主人公成了悲怨丈夫薄幸的怨妇。男子的"闺音"诗是其宣泄苦闷、抒发政治忧伤与怨愤的独特手段。这时候的女性,就或强或弱地成为抒情的符号或者载体。采用这种手段可以避免因言辞的激烈与不满引来的杀身之祸,在暗礁重重的政治环境中全身自保。清人李重华的《贞一斋诗话》总结道:"天地间情莫深于男女;以故君臣朋友,不容直致者,多半借男女言之。《风》与《骚》,其大较已。"

三、面孔之三:青楼女子

青楼女子的文本形象绝大多数是在词作中出现的。《西圃词说》谓:"词之体态如美人。"①的确,词的创作、演唱和青楼女子是分不开的。早期词为"应歌"而作,歌者多为女子,故男性词人往往男子作闺音,以女子口吻作代言体的创作,然后由妙龄歌伎演唱,以为"侑觞佐欢"之用。歌舞侑酒的歌伎制度为词的兴起与繁荣提供了广阔的社会文化背景,词人与歌伎交往的娱乐行为以及由此产生的特殊心态,是创作大量以歌伎为主角的词的直接动因,歌伎群体也就成为唐宋词中大量作品当然的抒情主人公和审美对象。

叶嘉莹先生在《论词学中之困惑与〈花间〉词之女性叙写及其影响》一文中,以花间词为例对词之美感特质作出了一些更为触及其本质的探讨,也从侧面说明了词与歌女的密不可分。首先,从词的文体形式方面来看,小词参差错落的形式在美感特质上有着很大的不同。诗歌之整齐的句式,宜于表现一种直接感发的气势之美;小词之参差错落的句式,则宜于表现一种低回婉转的姿势之美。其次,从语言特征来看,花间词的语言是一种典型的女性语言。诗歌意在言志,内容往往关乎行道、仕隐等主题,应属于所谓的男性语言,而花间词打破了"载道"和言志的文学传统,以女子心态叙写作者的伤春之情与怨别之思,其语言应当属于女性化语言。正是这种具有女性化特点的混乱而破碎的语言形式,形成了词曲折幽隐、引人生言外之想的特质。第三是《花间词》女性身份的独特性。她指出:《诗经》中的女性多是以写实的口吻表述的有明确伦理身份的现实生活中的女性;《楚辞》中的女性大多是由作者以喻托口吻写出的非现实中的女性;南朝乐府中叙写的多为恋爱中的女性,是以素朴的民间女子自言的口吻写出;齐梁宫体诗叙写的多是以刻画形貌的咏物的口吻表述

---

① 田同之:《西圃词说·曹学士论词》,参见唐圭璋《词话丛编》(第二册),中华书局1986年版,第1450页。

的男子眼光中的女性;唐人宫怨诗和闺怨诗中叙写的多是以男性诗人为女子代言的口吻写出的现实中具有明确伦理身份的女性。而词中所写的女性似乎是介于写实与非写实之间美与爱的化身,完全脱离了社会伦理之关系,而只以美色与爱情为其突出显著之特质,因而遂于无意中产生了一种引人生托喻之想的作用,这自然是使得小词特别具含了一种杳渺幽微之美感特质。

据武舟的《中国妓女生活史》,唐宋时代的歌伎,大致可分为官妓、市井艺妓和家妓。官妓隶属教坊,一般献艺不献身,主要向郡官府提供歌舞伎艺服务。家伎属蓄养她们的主人,以声色供家主娱乐。市井艺伎则活跃在柳陌花巷、茶坊酒肆,主要以歌舞伎艺为主,兼及出卖色相。周密《武林旧事》卷六则记载,南宋临安是:"每处各有私名妓数十辈,皆时妆玄服,巧笑争妍,又有小鬟,不呼自至,歌吟强聒,以求支分。……歌管欢笑之声,每夕达旦。"

以青楼女子为抒情主人公的诗歌到唐宋之后达到彬彬之盛。相比于其他伦理身份的女子,歌女们作为被"凝视"的对象,获得了更为细致生动的展现。她们花容月貌,体态窈窕:"眼如秋水鬓如云"(韦庄《天仙子》);"香面融春雪,翠鬟秋烟,楚腰纤细正笄年"(柳永《促拍满路花》);"眉长眼细,淡淡梳妆新绾髻"(苏轼《减字木兰花》)。她们金缕翠钿,宝髻摇簪,服饰华丽:"偏带花冠白玉簪,睡容新起意沉吟,翠钿金缕镇眉心"(张泌《浣溪沙》),"时妆袨服,巧笑争妍。夏日茉莉盈头,香满绮陌。凭槛招邀"①;她们含愁独倚、巧笑含嗔,情意绵绵,"忆君肠欲断,恨春宵"(温庭筠《南歌子》),"闲倚博山长叹,泪流沾皓腕"(韦庄《归国遥》),"半羞还半喜,欲去又依依"(韦庄《女冠子》);她们风流妙舞,樱桃清唱,技艺精湛,"花翻凤啸天上来,裴回满殿飞春雪。抽弦度曲新声发,金铃玉,相切。流莺子母飞上林,仙鹤雌雄唳明月"(李绅《悲善才》);她们善谈谑,事笔砚,有诗句。《北里志》载:"其中诸妓,多能谈吐,颇有知书言语者,自公卿以降,皆以表德呼之。其分别品流,衡尺人物,应对非次,良不可及。"她们居室华屋连楼、香艳精致,生活奢华豪侈。据王书奴的《中国娼妓史》一书所载,唐宋时京城里妓馆遍地。妓女分官妓、家妓、私

---

① 周密:《武林旧事》,山东友谊出版社 2001 年版,第 109 页。

妓多种,士大夫蓄家妓之风,不减前朝,其"豪侈放浪,亦觉骇人"①。文献载许敬宗"营第舍华僭,至造连楼,使妓走马其上,纵酒奏乐自娱"②。又载周光禄蓄养诸妓,极为豪华,"掠鬓用郁金油,敷面用龙消粉,染衣以沉香水,每月人赏金凤凰一只"③。《癸辛杂识》说:"淳祐间,吴妓徐兰擅名一时……其家虽不甚大,然堂馆曲折华丽,亭榭园池,无不具。至以锦缬为地衣,干红四紧纱为单衾,销金帐幔,侍婢执乐音十余辈,金银宝玉器玩、名人书画、饮食受用之类,莫不精妙,为三吴之冠。"④歌女社会地位虽然低下,但是为生存所需和市场需要,却大多才貌双全,举止文雅、娇羞婉约。她们或于歌楼妓院,或于富裕之家,周旋于风流才子、达官贵人之间,献艺樽前,歌舞佐酒,歌"侧艳之词",让文人们"饱赏声色之美,尽领宴饮之欢"⑤。携妓宴饮、赋词赠妓、游妓恋妓、逢场作戏,在古代尤其是唐宋两朝并非为不誉之事。

虽然歌伎们青春曼妙之时,多过着衣食无忧的生活,但"奴婢贱人,律比畜产"的卑微身份却是不移的事实。她们往往无法掌控自身的命运,或者是被主人随意地赠卖,或者是因年老色衰而门庭冷落,落得个"万家门户不容身如"的悲惨结局。《乐府杂录》载:"开元中,内人有许和子者……既美且慧,善歌,能变新声",因而深得玄宗宠爱。但在安史之乱中,她流落到扬州,只得以卖艺为生,最后终老于长安妓院。刘禹锡也曾在《泰娘歌》中描绘了一位歌伎泰娘的不幸遭遇。泰娘"本韦尚书家主讴者",韦尚书待之甚厚,"斗量明珠鸟传意,绀幰迎入专城居"。后随其进京,生活也是极其惬意。"从郎西入帝城中,贵游簪组香帘栊。低鬟缓视抱明月,纤指破拨生胡风。"尚书死后,她又随蕲州刺史张公子,但张随后谪居武陵郡。在偏僻的武陵郡,"举目风烟非旧时,梦寻归路多参差"。一位色艺超群的歌伎,一旦失去了赏识她的主人,便只有在"妆奁虫网厚如茧"、"更洒湘江斑竹枝"中度过残生。

她们当然希望永弃烟花巷里,跟自己的意中人白头偕老,但正所谓"泥中

---

① 王书奴:《中国娼妓史》,岳麓书社 1998 年版,第 103 页。

② 参见《新唐书·许敬宗传》,中华书局 1978 年版。

③ 参见冯贽《云仙杂记》,上海商务印书馆 1934 年版。

④ 周密:《癸辛杂识续集下·吴妓徐兰》,中华书局 1988 年版,第 167—168 页。

⑤ 刘扬忠:《唐宋词流派史》,福建人民出版社 1999 年版,第 73 页。

一客园榭逢旅中极□词聊以
数泥编当时我作陶谷者
何必尊前面发红　唐寅

（明）唐　寅·陶谷赠词图

莲子虽无染,移入家中未得无"(《北里志》)。以当时的社会观念来看,文人可以狎妓冶游、眠花宿柳,并作为风流韵事来谈论,但却不能对歌伎用情,更不用说娶其为妻,即使是双方情深意笃,迫于地位的悬殊差异,也最终是"一生赢得是凄凉,追前事,暗心伤"。据《夷坚志》所载:"周美成在姑苏,与营妓岳楚云相恋,后从京师过吴,则岳已从人久矣,因饮于太守蔡峦子高坐上,见其妹,作《点绛唇》词寄之云:'辽鹤西归,故人多少伤心事?短书不寄,鱼浪空千里。凭仗桃根,说与相思意。愁何际?旧时衣袂,犹有东门泪。'楚云读之,感泣者累日。"周邦彦与岳楚云的这段感情缠绵凄迷,但真正导致恋情未果的原因还是因为世俗观念所迫造成的。那些沦落风尘的私妓生活命运的动荡坎坷更是可想而知。妓女生活的"西曲"中,有两首诗便抒发了妓女的痛苦:"夜来冒霜雪,晨去凌风波。虽得叙微情,奈侬身苦何!"(《夜度娘》)"鸡亭故侬去,九里新侬还。送一却迎两,无有暂时闲。"

正可谓"女子固不定,士林亦难期",青楼女子歌辞中也有很多作品是"托兴男女者",然"非尽男女之事也"。歌女的遭际,使诗人"闻之为嘘唏"、"洒尽满襟泪",代妓抒情的同时也自然表达了"同是天涯沦落人"的感慨。如杜牧《代吴兴妓春初寄薛军事》:"雾冷侵红粉,春阴扑翠钿。自悲临晓镜,谁与惜流年?柳暗霏微雨,花愁黯淡天。金钗有几只,抽当酒家钱。"全诗以"吴兴妓"的口吻抒情。写吴兴妓与薛军事分别后,无人惜爱,临镜自悲,后生活陷入困顿,以金钗当酒的凄凉悲苦。既是对吴兴妓的同情,更是自己仕途坎坷失落心绪的宣泄。当词中打入作者身世之感时,艳词也就不再是淫冶讴歌之曲,而具有更深的社会意义了。歌伎和文人"双方都不承担道德、伦理、家族的责任,没有门第、宗法、贞节观念的束缚,所以妓女与恩客的关系较之封建家庭中丈夫与妻子、妾侍的契约,反而更纯洁更真挚,因而也就有可能更具有理想的色彩"[1]。歌伎也就更容易成为文人士大夫的红粉知己,而一旦怀才不遇,仕途坎坷,文人就更需这些红粉知己的真情体慰。"旧交新贵音书绝,惟有佳人,犹作殷勤。"(苏轼《醉落魄》)苏轼在不断遭受贬谪而知交零落的炎凉世态中感受到歌伎的可贵:"知音敲尽朱颜改,寂寞时情,一曲离亭,借于青楼忍

① 陶慕宁:《青楼文学与中国文化》,东方出版社1993年版,第20页。

泪听。"(《采桑子》)

歌伎之沦落风尘不被知音见采,与文人难为知己者用颇多相似之处。晏殊《山亭柳·家住西秦》:"家住西秦,赌博艺随身。花柳上,斗尖新。偶学念奴声调,有时高遏行云。蜀锦缠头无数,不负辛勤。数年来往咸京道,残杯冷炙漫销魂。衷肠事,托何人?若有知音见采,不辞徧唱阳春。一曲当筵落泪,重掩罗巾。"晏殊在歌女身上寄寓着自己深沉的身世之感。郑骞《词选》说是:"借他人酒杯,浇胸中块垒。"又以为"此词云西秦'咸京'当是知永兴军时作"。晏殊曾因在仁宗朝给李宸妃撰写墓志未言及宸妃生仁宗事而被贬,辗转在颖州、陈州、徐州各地,后来又知永兴军。"时同叔年逾六十,去国已久,难免抑郁。"筵席前这个难遇良人的歌女,就引起了自身不被君王信任遭贬受逐客居外乡的境遇的悲伤,深蕴其中的是知己难求才不见用的失宠心理。

宋代中期以后词人在艳情的主题中加入了作者个人来自现实生活的真切感受,从而使读者产生了超越于艳情的联想。如欧阳修《蝶恋花》:

庭院深深深几许?杨柳堆烟,帘幕无重数。玉勒雕鞍游冶处,楼高不见章台路。雨横风狂三月暮,门掩黄昏,无计留春住。泪眼问花花不语,乱红飞过秋千去。

沈际飞说此词"一若关情,一若不关情",颇费寻思。张惠言也说:"庭院深深,闺中既以邃远也;楼高不见,哲王又不悟也。章台游冶,小人之径,雨横风狂,政令暴急也。乱红飞去,斥逐者非一人而已……"无论二人品评多么穿凿附会,至少,身居显位的文忠公以这样一位"怨女"的口气写这样一首伤春的词,其中的隐情也提供给了说词者以合理误读的巨大空间。

在这些词中,他们一方面将女性作为美丽的"物化"对象来吟诵,另一方面又在对异性的观照中又隐含着对自身的观照。在书写女性的生命际遇时,隐约从男性词人的笔端流露出男性深层意识中女性化的愁怨情思,这种女性化愁怨情思与封建社会男子的怀才不遇、仕途被弃感有相通之处。男子难以言说之情,借女子之口暴露出自己内心的隐秘。叶嘉莹先生称之为双性情感:

有一件值得注意的有趣的事,那就是惟其因为"词"之写作,在早期词人的意识中,并不需存有"言志"的用意,所以有一些作者却反而在这种并不严肃的文学形式中,偶然无意地留下了他自己心灵中一些感发生命的最杳渺幽微的活动的痕迹,这种痕迹常是一位作者最深隐也最真诚的心灵品质的流露,因此也就往往更具有一种感发的潜力。这一类作品,纵然在外貌上所写的只是一些并不合于伦理价值的情诗艳词,可是就其本质所能带给读者的影响而言,有时却能唤起读者心灵中某些崇高美好之意念,而引起正面的伦理的感发。①

"当他们也尝试仿效女子的口吻来写那些相思怨别之情的时候,就产生了两种极值得注意的现象:其一是他们大多把那些恋情中的女子加上了一层理想化的色彩,一方面极写其姿容衣饰之美;一方面则极写其相思情意之深,而却把男子自己的自私和负心以及由此而引起的女子的责怨,都隐藏起来而略去不提。于是在他们的作品中之女子遂成为了一个忠贞而挚情的美与爱的化身,而不再是如敦煌曲中的充满不平和怨意的供人取乐和被人遗弃的现实中的风尘女子了。其二,当那些男性的诗人文士们在化身为女子的角色(persona)而写作相思怨别的小词时,遂往往于无意间就竟然也流露出他们自己内心中所蕴含的、一种如张惠言所说的'贤人君子幽约怨悱不能自言之情。这种情况之产生,当然可以说是一种'双性人格'之表现。而由此'双性人格'所形成的一种特质,私意以为实在乃是使得《花间》小词之所以成就了其幽微杳渺,具含有丰富之潜能的另一项重大的因素。"②

叶嘉莹先生还以"爱的共相"来作为解释以男女欢爱之情寄托君国忠爱之感的依据,她说:"人世间之所谓'爱',当然有多种之不同。然而无论其为君臣、父子、夫妇、朋友之间的伦理的爱,或者是对学说、理想、宗教、信仰等的精神的爱,其对象与关系虽有种种之不同,可是当我们欲将之表现于诗歌,而想在其中寻求一种最热情、最深挚、最具体而且最容易使人接受和感动的'爱'的意象,则当然莫过男女之间的情爱。所以歌筵酒席间的男女欢爱之辞,一变而为君国盛衰的忠爱之感,便也是一件极自然的事,因为其感情所倾

---

① 叶嘉莹:《迦陵论词丛稿》,河北教育出版社1997年版,第11页。
② 叶嘉莹:《迦陵论词丛稿》,河北教育出版社1997年版,第198页。

注之对象虽有不同,然而其表现于诗歌时在意象上二者却可以有相同之共感。"叶氏的"共相"、"共感"之说实在是独具慧眼。

从上面的论述我们可以看到,无论是民间女子、青楼女子,还是贵族女子,她们的情感和命运总是与悲苦、愁怨连在一起。文人笔下的三副女子面孔,共同演绎的两大情感主题便是相思与哀怨。

许瑶光《雪门诗钞》卷一《再读〈诗经〉四十二首》第十四首云:"鸡栖于桀下牛羊,饥渴萦怀对夕阳。已启唐人闺怨句,最难消遣是昏黄。"大是解人。男子作闺音充分继承了"日夕闺思"的原型和母题。比如《古诗十九首》直接描写思妇的诗作几占一半。例如,《明月何皎皎》中的女子思念客游他乡的丈夫,以至于"忧愁不能寐,揽衣起徘徊"。这种刻骨铭心的思念与期待,衬托出思妇的孤独与寂寞。《行行重行行》中的思妇则因思念丈夫而憔悴消瘦。《冉冉孤生竹》的女子由新婚妻子变为思妇,内心极其痛苦:"思君令人老,轩车来何迟。"《客从远方来》则描写思妇收到"故人"捎来绸布后的欢乐和满足。她在绸布上精心绣上"双鸳鸯",耐心裁剪成"合欢被",上写"长相思"。建安诗人徐干有《情诗》(高殿郁重重)与《室思诗》五首;曾为曹操主簿的繁钦有《定情诗》;曹丕的《燕歌行》二首、《清河作诗》皆写女子相思之苦。南朝的思妇形象更是繁多。"春林花多媚,春鸟意多哀。春风复多情,吹我罗裳开。"(《子夜四时歌·春歌》)多情的春风撩拨着少女的心扉。"夜觉百思缠,忧叹涕流襟。徒怀倾筐情,郎准明侬心?"(《子夜歌》),她们渴望爱人明白自己的心迹。"夜长不得眠,明月何灼灼。想闻散唤声,虚应空中诺"(《子夜歌》),相思的女子彻夜难眠。白居易《闺妇》云:"斜凭绣床愁不动,红绡带缓绿鬟低。辽阳春尽无消息,夜合花开日又西",胡应麟推此闺思为"中唐后第一篇"者。[①] 唐代如温庭筠的七首《南歌子》就全属模拟女性身份口吻而为其代言相思哀愁之作。牛峤《女冠子》中:"绿云高髻,点翠匀红时世,月如眉,浅笑含双靥,低声唱小词。"白居易《九年十一月二十一日感事而作》:"当君白首同归日,是我青山独往时",都是上乘的思妇文本。千百年来思妇形象在文学作品中不断出现,从而使思妇形象取得了独特的审美效应。

---

① 胡应麟:《少室山房类稿》卷一〇五《题白乐天集》,文渊阁四库全书本。

严羽《沧浪诗话·诗体》中把"怨"作为古诗体的一种:"以怨名者,古词有《寒夜怨》、《玉阶怨》。"钟嵘在《诗品》中评论作家作品时也多用"怨"字,如评班婕妤"怨深文绮",曹植"情兼雅怨",左思"立典以怨",沈约"长于清怨"等等。李贽《焚书》卷三《杂述·杂说》:

> 且夫世之真能文者,比其初皆非有意于为文也,其胸中有如许无状可怪之事,其喉间有如许欲吐而不敢吐之物,其口头又时时有许多欲语而莫可所以告语之处,蓄极积久,势不能遏。一旦见景生情,触目兴叹;夺他人之酒杯,浇自己之块垒;诉心中之不平,感数奇于千载。既已喷玉唾珠,昭回云汉,为章于天矣,遂亦自负,发狂大叫,流涕恸哭,不能自止。

你看,纵使狂傲如李贽,"发狂大叫,流涕恸哭",作诗时也要转怒为怨,"借古人之歌呼笑骂,以陶写我之抑郁牢骚",只能将志士的失意,常常在美人的幽居中比附,这就是孔子"怨而不怒"说的巨大统摄力。因此,男子作闺音中也同时存在着一条明显的感伤哀怨的情感线索。就如《白居易集》卷七十《序洛诗·序》所感叹的那样:"余历览古今歌诗……多因谗冤、谴逐、征戍、行旅、冻馁、病老、存殁、别离,情发于中,文形于外,故愤忧怨伤,通计今古十八九焉,世所谓'文人多数奇,诗人尤命薄',于斯见矣!"

第二章

男子作闺音现象的历史考察

刘勰在《文心雕龙·明诗》篇中说:"故铺观列代,而情变之数可监;撮举同异,而纲领之要可明矣。"正所谓不谋全局者不足以谋一域,不谋万世者不足以谋一时。对于古典诗歌中的男子作闺音一类亦有必要勾勒其历史的全貌。然而要在三千年沉积的典籍雾霭中清理出一条清晰可靠的历史脉络,必然是一项浩大的工程。因此,本文所能做的只能是对其历史形态通过列举典型的作家作品进行抽样排列,就其荦荦大者作一粗略的论述,希望借这个过程揭示男子作闺音这种文学现象的大致脉络。

第一节 先秦:诗经与楚骚

诗经和楚辞作为文学史上的"双峰",其意义恐怕不仅是中国古典诗歌的源头,更重要的是它们还决定着后代写什么与怎么写的问题。

"诗经之诗,今据古籍记载推考,当系先有采诗、献诗之积累,后由太师加以整理编辑而成。采诗几乎全属民歌,而献诗则多属士大夫之作。"①《诗经》的作者,除了少数篇什外,大多已无从考证。在 305 篇诗歌中,能够推测出以女性口吻创作的有 54 篇(风诗 49 篇,雅诗 5 篇),占《诗经》总数的 1/6 强。其中风为各地民歌,大都属于"男女有所怨恨,相从而歌。饥者歌其食,劳者歌其事"之作。虽然这些以女子口吻抒情的诗歌由于年代久远,渺瀚难稽,多数已无法确认作者的性别,但是有一点可以肯定:"采诗"或孔子"删诗"(无论

---

① 黄振民:《诗经研究》,台北正中书局 1982 年版,第 3 页。

是制作还是整理)过程中会使《诗经》受到某种程度的改写。此外,虽然《诗经》中女性声音是不是男子作闺音不能找到充足的自证,"旁证"却也蔚为大观。比如,明代冯元成就曾说《诗经》作品是诗人借里巷男女为言。清代李重华也说"三百篇所存淫奔,都属诗人刺讥,代为口吻,朱子从正面说诗,始云男女自言之"①;清代陈用光更具体地指出:"诗三百篇自周公、召公、卫武公、尹吉甫外,其余感叹伤喟之作,大抵皆人之代言,非必其所自为。"②俞文鉴进一步肯定:"三百篇中室家离别之感,思妇殷望之情,多系在上者曲体人情而设为之辞。后人闺怨等诗本此,而出语自有分寸。"③朱克敬也有类似看法:"三百篇中,皆诗人旁观感慨,美刺以示劝惩,非贤者自炫才良,荡妇自书供状也。故孔子曰思无邪,谓诗人之志专主劝惩,词或嫚褻,意则无他也。若谓其人自作,则选词叶韵,非可骤能,岂古之间剖小民,屈宋杜韩耶?"④没有理由说这些论述是毫无道理的主观臆测。

即使列举诸条论据后依然不能理直气壮地断言我们的判断"信而有征",还有两个不可否认的事实,是在研究男子作闺音现象时不能置《诗经》于不顾的:

一是《诗经》中的思妇诗和弃妇诗⑤对后世诗歌创作产生的巨大影响。比如,《卫风·伯兮》描绘了思妇闺中生活的几个细节:"自伯之东,首如飞蓬。岂无膏沐,谁适为容。其雨其雨,杲杲出日。愿言思伯,甘心首疾。"这首诗对后世的闺怨诗影响极大。这个母题被后世的诗人广泛采用,历代的模仿之作层出不穷,而且花样不断地翻新,一直贯穿了古代诗歌史。⑥ 单是郭茂倩的

---

① 李重华:《贞一斋诗说》,据王夫之等撰《清诗话》下册,上海古籍出版社 1978 年版,第 931 页。

② 陈用光:《太乙舟文集》卷六《白鹤山房诗钞序》,道光二十三年孝友堂刊本。

③ 俞文鉴:《考田诗话》卷一,道光四年犁笔山房刊本。

④ 朱克敬:《暝庵杂识》卷二,岳麓书社 1983 年版,第 33 页。

⑤ 康正果将《诗经》中反映女性生活的诗分为四类:婚歌、恋歌、思妇诗、弃妇诗,并认为这些诗篇表现了生命的两大基调:和乐之声和哀怨之音。

⑥ 由于思妇诗、弃妇诗所表现的温厚态度受到赞赏,温厚的情调便成为弃妇诗最得体的风格,这种标准对后世的"文人诗"产生了很大的影响。这不只因为它形象地传达了思妇的一种普遍心态,也与男性中心文学对这种"女为悦己者容"的欣赏有关。从后世大量的"自君之出矣"之类的拟作之盛可以看出。

《乐府诗集》（很可能是不完全记载）中记载的从刘宋迄唐的同题之作就有22首之多。①

二是先秦古籍中记载的彼时对《诗经》中女性文本的解读方式（以《左传》中记载的"赋诗言志"与"断章取义"的传统为最）、对《诗经》中女性口吻诗歌的"挪用"、对秦汉以降诗歌创作产生的巨大影响也需引起足够的重视。

我们先通过几个例子看看《诗经》中女性题材的诗歌在《左传》中是如何被"看待"的：

楚公子午为令尹，重新任命了一批官职。楚于是乎能官人。官人，国之急也。能官人，则民无觎心。《诗》云："嗟我怀人，置彼周行。"能官人也。（襄公十五年）所引之诗出于《周南·卷耳》，本是妇人思念远方丈夫的诗。因"周行"是"宽阔的道路"之意，故被引申为重要官职之意。

卫侯如晋，为晋侯所执。齐侯、郑伯联袂如晋为卫侯求情。齐相国景子赋《蓼萧》，郑相子展赋《缁衣》。之后，晋侯数卫侯之罪，国景子又赋"辔之柔矣"，子展赋"将仲子兮"。《将仲子》乃是年轻女子拒绝情人纠缠之诗，有"人

---

① 此题一说起于徐干的《室思诗》第三章"自君之出矣，明镜暗不治。思君如流水，无有穷已时"，之后仿作渐多：宋刘裕之同题诗曰："自君之出矣，金翠暗无精。思君如日月，回还昼夜生。"刘义恭诗曰："自君之出矣，筒锦废不开。思君如清风，晓夜常徘徊。"颜师伯诗曰："自君之出矣，芳帷低不举。思君如回雪，流乱无端绪。"鲍令晖："自君之出矣，临轩不解颜。砧杵夜不发，高门昼恒关。帷中流熠耀，庭前华紫兰。物枯识节异，鸿归知客寒。游取暮春尽，余思待君还。""自君之出矣，芳黄绝瑶厄。思君如形影，寝兴未曾离。""自君之出矣，金炉香不然。思君如明烛，中宵空自煎。"虞羲诗云："自君之出矣，杨柳正依依。君去无消息，惟见黄鹤飞。关山多险阻，士马少光辉。流年无止极，君去何时归。"《斋梁·范云》诗云："自君之出矣，罗帐咽秋风。思君如蔓草，连延不可穷。"陈后主六首"自君之出矣，霜晖当夜明。思君若风影，来去不曾停"，"自君之出矣，房空帷帐轻。思君如昼烛，怀心不见明。""自君之出矣，不分道无情。思君若寒草，零落故心生。""自君之出矣，尘网暗罗帷。思君如落日，无有暂还时。""自君之出矣，绿草遍阶生。思君如夜烛，垂泪著鸡鸣。""自君之出矣，愁颜难复睹。思君如檗条，夜夜只交苦。"贾冯吉诗曰："自君之出矣，红颜转憔悴。思君如明烛，煎心且衔泪。"隋陈叔达诗："自君之出矣，明镜罢红妆。思君如夜烛，煎泪几千行。"唐李康成诗："自君之出矣，梁尘静不飞。思君如满月，夜夜减容晖。"辛弘智诗："自君之出矣，弦吹绝无声。思君如百草，撩乱逐春生。"卢仝诗："自君之出矣，壁上蜘蛛织。近取见妾心，夜夜无休息。妾有双玉环，寄君表相忆。环是妾之心，玉是君之德。驰情增悴容，蓄思损精力。玉簟寒凄凄，延想心恻恻。风含霜月明，水泛碧天色。此水有尽时，此情无终极。"雍裕之诗："自君之出矣，宝镜为谁明。思君如陇水，长闻呜咽声。"张祜诗："自君之出矣，万物看成古。千寻葶苈枝，争奈长长苦。"

之多言,亦可畏也"之句。这里被用来劝诫晋侯,为纯粹的"断章取义"。

据《韩诗外传》卷十一和《说苑·奉使篇》的记载,失宠的魏太子击曾派他的使者苍唐以《晨风》一诗微讽他的君父魏文侯,当太子咏《晨风》至"如何,如何,忘我实多"之时,文侯遂有感悟,领会了儿子的怨慕之意。

我们列举以上三例意在表明:《诗经》在先秦不是简单地被看成具有审美愉悦性质的诗歌创作,而是被作为一种特殊的话语系统①看待的。"诗"作为贵族文化修养的主要内容之一受到人们的高度重视,并不意味着它仅仅是贵族身份的标志,更重要的是因为诗歌具有极为具体的实用价值——在政治、军事、外交等场合被作为表达意见、表明态度、传达信息的具有特定"符旨"的"行话"对待。在赋诗言志的特殊场合中,饱读《诗》书的贵族们习惯于借用男女言情之作来传达君臣朋友之间的情意。这种交流方式看重的是一首男女言情之作所流露的倾向和态度,是否与赋诗者想要传达的倾向和态度在性质上有相通之处。双方只要理解对方的"言外之意"、诗外之旨就够了。

至于《诗经》中是否确有以男女比君臣的诗篇,"三百篇"时代的士大夫是否已树立了这种自觉的创作意识,当年采诗之官采诗是否"别有用心"——备讽谏之用,对之"追认"与"较真"既无可能也没必要。学诗者是言必称"诗",

---

①　李春青先生的论述言简意赅,他认为:其一,《诗》在贵族社会是人人熟悉的通行话语。据《周礼》、《礼记》及其他史籍记载,在西周的贵族教育中,"诗"是主要的内容之一。春秋之时虽王室衰微,但各诸侯国大体上仍依周制。例如孔子教授弟子的功课即从西周的教育演化而来。可见"诗"在当时不是作为创作与欣赏的特殊精神产品,而是作为一种贵族文化修养而获得的。其二,《诗》是贵族阶层社会交往的重要手段。"诗"作为贵族文化修养的主要内容之一受到人们的高度重视,并不意味着它仅仅是贵族身份的标志,对于贵族阶层而言,"诗"具有极为具体的实用价值。在日常交往中,特别是在政治、军事、外交等场合,"诗"是表达意见、表明态度、传达信息一种特有的方式。观《左传》等史籍引诗,尽管引者所要表达的意思与诗句本身固有的意义往往风马牛不相及,往往极为隐晦难测,但听者却从不错会其意,而是立即就能准确地明白赋诗者所要表达的意念。这说明"诗"在当时的确是一种在贵族社会中具有普遍性的交往话语系统,每首诗,甚至每句诗都有某种不同原本意义,但又有较为固定的"交往意义",是贵族教育和具体的文化语境赋予了"诗"这种特殊的交往功能。其三,《诗》不具有现代意义上的审美功能。由于"诗"在贵族社会中成了一种通行的、具有固定"交往意义"的话语系统,因而也就失去了它本来应该具有的个体情感宣泄与审美体验的性质(就诗的发生而言,它应该具有这种性质,即使是"劳者歌其事,饥者歌其食"的"里巷歌谣"也是如此)。具有审美愉悦性质的诗歌创作与欣赏,是个体性精神活动,而贵族的"赋诗"却是纯粹的"公共活动",二者判然有别。

"不学诗,无以言"是不争的事实。这种"惯例"到汉儒那里便"更上一层楼"——他们将男女君臣的公式引入《诗经》的解释,把一篇诗可能引申出的意义夸大到完全代替了该诗原意的程度。例如描写妇人怀夫的《风雨》一诗便被毛、郑认为是思贤之作。业师李春青将之总结为一个三级跳的过程,他说:

> 明白了《诗》在社会交往领域这种重要作用,我们就不会诧异于后来的儒家何以会将先秦那些极为朴素、纯真,有的甚至颇有些"放荡"的诗歌当做神圣的经典了。从作为民歌(或破落贵族的怨恨之作,或少数民族史诗性质的作品)的"诗",到作为贵族交往话语的"诗",再到作为儒家至高无上之经典的"诗",这是一个"三级跳"的过程。作为贵族主要教育内容与交往话语的"诗"是对作为民歌的"诗"的"误读"(当然还有收集、整理过程中的选择与修改);而作为儒家经典的"诗"又是对作为贵族交往话语的"诗"的"误读"——儒家,特别是汉儒在解诗上多有"发明"。①

不妨这样表述:《诗经》中原在各诸侯国流行的男女言情的"风土之音",被先秦的王公贵族们强行拉上了"从军"、"从政"的征程,到汉儒那里又再变而为"风教"的工具,最后,当文人们对之"习以为常"时,就会作为一种思维定式长期支配他们对作品的反应。同时转而指导其创作——模仿男女言情的口吻去诉说士大夫仕途穷达感慨,并一直把这条男女/君臣的"创作纲领"贯穿于整个古代诗歌史。

从上面的论述可以看出,作为中国文学乃至文化源头的《诗经》中的这些女性题材作品对后世的创作确实产生了极大影响。而作为中国古典诗歌源头的《楚辞》同样是后世诗人模拟仿效的样板。接下来,我们简述一下,屈原文本中的男子作闺音又呈现出一种什么样的特质。

---

① 李春青:《在文本与历史之间:中国古代诗学意义生成模式探微》,北京大学出版社,第61页。

被刘勰《文心雕龙·辩骚》篇称之为"衣被词人，非一代"的屈原是一个彪炳文学史册的人物：是他开启了诗歌从集体歌唱到个人独立创作的新时代；是他以缤纷的物象创造了"香草美人"的文学传统；是他开创中国文学史上以男女喻君臣的抒情模式，为后世中国士大夫在君臣不遇的困境中，抒发心中的郁结不平构建了一套政治隐喻符码，为后代诗歌的创作提供了一个典型范例。

《离骚》中的抒情主人公，或以美人自喻，或以美人比君王，前者如"众女嫉余之娥眉兮，谣诼谓余以善淫"，后者如"惟草木之零落兮，恐美人之迟暮"。在这首长篇抒情诗中，屈原自拟弃妇，在"贤人失志"的背景下，展现了一种抗拒而不妥协、失望而不弃守的态度。《九歌》中大多数诗篇都包含有神与神或人与神相恋的情节。这些恋歌在诗中又都呈现会合无缘、彷徨怅惘的状态，与诗人自己人生失意、孤独凄凉的心情恰相比照。其中，《湘君》、《山鬼》都是诗人拟托女性（巫）身份、口吻和心理来写作的。被王世贞推许为"千古情语之祖"（《艺苑卮言》卷二）的《湘君》，描写了湘夫人思念湘君时的临风企盼，因久候不见湘君依约来会而怨慕神伤的心情。而《山鬼》中主人公虽是神的形象，却完全是人间少女的情感。她盛装打扮，前去与心上人幽会，情人却始终未来赴约，于是她陷入绝望的痛苦之中。尤其是最后一节："雷填填兮雨冥冥，猿啾啾兮狖夜鸣。风飒飒兮木萧萧，思公子兮徒离忧！"已经到了深夜，雷鸣电闪，风雨交加，落叶飘飞，猿鸣悲戚，山鬼依然留恋徘徊，不肯离去。诗作写得情景交融，凄婉感人。《九章》中的《思美人》、《抽思》等篇也是使用的这种男子"托体代言"的手法。《抽思》篇以美人代楚君："抽思者，思绪万端，抽之而愈长也。其意多在告君。而托之于男女情欲。"①怀王由最初的"结微情以陈词兮，矫以遗夫美人。昔君与我诚言兮，曰黄昏以为期"到"悔遁而有他"，使女子哀伤不已："怨灵修之浩荡兮，终不察夫民心。众女嫉余之娥眉

---

① 杨义：《楚骚诗学》，《杨义文存》第七卷，人民出版社1998年版，第397页。

兮,谣诼谓余以善淫",这同时也是诗人"忠不见察,信而见谤"的政治写真。而《思美人》中的"思美人兮,揽涕而竚眙。媒绝路阻兮,言不可结而诒。蹇蹇之烦冤兮,陷滞而不发",同样暗喻着诗人感士不遇的政治情怀,与《九歌》中《湘君》情人似的感伤、《山鬼》中"思公子兮徒离忧"的失望相同相类。

　　很多学者都认为,屈原装扮女神抒发"政治失恋"的抒情模式的形成,除了男女君臣的同构效应外,还是宗教、政治、爱情(同性恋情)合一的产物。[①]因为楚国是一个神巫合一、祭政合一的国度。《汉书·地理志》载:"楚人信巫鬼,重淫祀。""献祭于神,也就献祭于巫,献祭于王,取悦于神,也就是取悦于君。因而,那套神巫交接的宗教仪式的扮演,借助人神恋爱的歌舞演唱,表达的正是世俗的君臣遇合的情怀。只有这样,这套政治隐喻的置换关系才会最终得以完成。"[②]正是由于中国古代士大夫人生终极价值的实现建立在君主恩遇的基础上,在专制下主义政治环境中,便不能直接抒发自己的怨悲。因而香草美人的象征以其"曲笔无罪"成为古代诗人心有戚戚的表达方式而被一再重复。

第二节　汉魏六朝:代作·拟作·宫体

　　表现妇女的命运与心灵,塑造不同身份的妇女形象,是中国诗歌的一个传统。民间创作如《诗经》、乐府民歌、敦煌曲子等,其中的妇女题材一直是蔚为

---

　　① 1944年9月,孙次舟教授在《中央日报》发表文章《屈原是文学弄臣的发疑》,指出了屈原的同性恋者身份,在当时文坛引起巨大反响,并遭到多人围攻。孙次舟又撰文《屈原讨论的最后申辩》,坚持自己的观点。朱自清赞同孙次舟的观点,并请出闻一多教授参与论争。闻一多在《中原》杂志发表《屈原问题》,肯定了孙次舟的观点是楚辞研究的重大发现:"孙次舟以屈原为弄臣,是完全正确地指出了一桩历史事实。"闻一多进一步阐明了此说的历史背景和文化意义:在科举尚未施行的战国时代,文学家没有独立的社会地位和生存条件,他们只有依附于当时的国君与贵族才能生存,即成为"文学弄臣"。屈原在诗歌中自称"美人",对自己的仪表多有夸耀,在诗句中对同性爱情作大胆表白,并不出奇。屈原的故事由于记载的间断而有失真实,但根据有限的史料还是不难复原其生平。他盛年时姿容秀美,才艺超群,深得楚怀王的宠信,被委以重任。灵修是古时女子对恋人的专称,屈原以此称呼楚怀王,同性间之爱情昭然若揭。宫中之女并无政治权力,应该说与屈原不会有政治上的利害冲突,但她们嫉妒诗人的美貌,为争宠于楚怀王而不惜对诗人造谣中伤,可见屈原与怀王之间并非一般的君臣关系,而是带有性爱的成分。
　　② 参见熊良智《楚辞文化研究》,巴蜀书社2002年版,第129—131页。

壮观的一支。而文人创作又秉承民间创作所提供的基型,或代言、或模拟,从而导致了代作和拟作在汉魏六朝的兴盛与繁荣。以往论家习惯将魏晋六朝"熔一炉而炼之",笔者认为有失粗糙。因为考诸魏晋六朝的文学史实,每一个历史阶段呈现的都是面貌各异的文学景观,男子作闺音也难逃此律。因此,下文我们分汉魏、晋、六朝三个阶段分别概述男子作闺音的情况。论述采取面与点结合的方式,先综述总体特征,然后选取有代表性的作家作品详细展开。

一、汉魏代作:寡妇·弃妇·思妇

汉代的文学创作,据钟嵘《诗品序》称是"词赋竞爽,而吟咏靡闻",文人诗歌创作不甚流行。保存下来的为数不多的诗作中,男子作闺音作品就更少。汉代诗歌中涉及女性的,比较集中的是乐府诗。萧涤非认为汉乐府,"大部皆采自民间……故其中多社会问题之写真"。《汉书·艺文志》记载:"自孝武立乐府而采歌谣,于是有代赵之讴,秦楚之风,皆感于哀乐,缘事而发,亦可以观风俗,知薄厚云。"《汉书·艺文志》里,列有一批被冠以地名而无主名的歌诗,计十九郡国及地区、凡十五家,共计有二百余篇,这些作品大概就是从汉武帝时起,"乐府"官署所采集的各地风谣。这些乐府诗中以女性为抒情主人公的作品已经很难确定作者的性别和身份,但汉代乐府作为一种诗乐一体的艺术形式对于后世诗歌文本的影响也是很关键的。文人的男代女之作所留甚少,特列表如下:

作　者	作　品
司马相如	《长门赋》
张　衡	《四愁诗》、《同声歌》
蔡邕(一说陈琳)	《饮马长城窟行》
汉末文人	《古诗十九首》之:行行重行行、明月何皎皎、凛凛岁云暮、孟冬寒气至、客从远方来、庭中有奇树、青青河畔草、迢迢牵牛星

司马相如的《长门赋》是文学史上第一篇文人的"代言"之作,也是第一首宫怨题材的男子作闺音作品。其序言说:孝武皇帝陈皇后时得幸,颇妒。别在

长门宫,愁闷悲思。闻蜀郡成都司马相如天下工为文,奉黄金百斤为相如、文君取酒,因于解悲愁之辞。而相如为文以悟上,陈皇后复得亲幸。① 虽然后人对序言是否为托伪之作,司马相如是不是《长门赋》的作者,陈皇后是否买赋复宠的本事争论不休,但是汉代的陈皇后、班婕妤②成为后代宫怨诗吟咏不绝的"母题",却是文学史上毋庸置疑的事实。

张衡的《四愁诗》、《同声歌》,诗评家都认为是有所寄托之作。《四愁诗序》有这样的记载:效屈原以美人为君子,以珍宝为仁义,以水深雪雾为小人,思以道术相报,贻于时君,而惧谗邪不得以通。张衡的《同声歌》可以说是文学史上第一首以女性口吻抒发男欢女爱之情的五言诗。《乐府诗集》卷七十六杂曲歌辞收录此诗,并引《乐府解题》加以阐释:

> (《同声歌》)言妇人自谓幸得充闺房,愿勉供妇职,不离君子,思为莞簟,在下以蔽匡床;衾帱,在上以护霜露。缱绻枕席,没齿不忘焉。以喻臣子之事君也。

---

① 萧统编:《文选》卷十六,山东画报出版社 2004 年版,第 712 页。

② 班婕妤出身官宦之门,从小受到家学熏陶,学识博雅,才德兼备,是班固与班昭的祖姑。她于汉成帝初年入宫为婕妤,因才学出众,奏对称旨,举止得体又颇有见识,而深得成帝宠信。到鸿嘉年间,由于成帝宠爱赵飞燕姐妹,班婕妤恐久见危,于是自愿退守长信宫,供奉太后,据说在此时她创作了著名的悲怨之作——《自悼赋》和五言诗《怨歌行》(《团扇歌》)。五言诗不见于《汉书》,最早见于《昭明文选》,题为《怨歌行》。徐陵《玉台新咏》也收录此诗,名为《怨诗》,诗前序云:"西汉成帝班婕妤失宠,供养于长信宫,乃作赋自伤,并为怨诗一首。"诗曰:"新裂齐纨素,鲜洁如霜雪。裁为合欢扇,团团似明月。出入君怀袖,动摇微风发。常恐秋节至,凉飙夺炎热。弃捐箧笥中,恩情中道绝。"《文选》的李善注引《五言歌录》曰:"《怨歌行》,古辞,然言古者有此曲,而班婕妤拟之。"意谓《怨歌行》古辞早已有之,班婕妤失宠而遭冷落,借团扇以喻自身失意的命运,倾诉悲怨之情。这首诗被后人认为是文人拟作民间乐府的开始。但也有人对班婕妤是否为《怨歌行》的作者提出了质疑。刘勰在《文心雕龙·明诗篇》中指出:"至成帝品录,三百余篇;朝章国采,亦云周备,而辞人遗翰,莫见五言。所以李陵、班婕妤见疑于后代也。"近人梁启超、刘大杰先生认为此诗是伪作,感觉西汉不会产生这样成熟的五言诗。如刘大杰先生认为,西汉已有五言诗的产生,却不完美成熟,直到东汉班固的《咏史》之诗,五言诗体才正式成立。因而《怨歌行》不应为班婕妤所作。另外,逯钦立先生认为此首《怨歌行》是在曹魏时期写成的,是邺下文士关注女性存在,并开始盛行拟写《怨歌行》之类作品的风气而作的。但无论如何,班婕妤形象和陈皇后形象作为宫怨的母题为历代文人拟作的事实是不容置疑的。

蔡邕的《饮马长城窟行》诗中描写了妻子对远方丈夫的思念以及接到丈夫书信时的欣喜。马茂元称《古诗十九首》"不是游子之歌，便是思妇之词"①，其中"思妇之词"是文人用思妇口吻、代思妇立言，所涉及的角度虽有不同，但大都表现思妇的忧伤怨别之情。月下、庭中、春朝、冬暮，女子们的思念不舍昼夜：《冉冉生孤竹》托物以比，以女子为菟丝，为易萎的兰花，写新婚之际，便鸳鸯西东，新娘委婉含蓄的忧伤；《凛凛岁云暮》写与丈夫重温旧欢的梦境，醒来却"垂涕沾双扉"的失落；《孟冬寒气至》和《客从远方来》写思妇收到书札与端绮的欣慰，"三岁字不灭"、"裁作合欢被"的等待和痴情；《庭中有奇树》写思妇欲寄馨芳之花、相思之意却是山长水阔、路远莫至的感慨；《迢迢牵牛星》写女子忧思伤心，以泪洗面的多愁善感。刘勰《文心雕龙·明诗》评《古诗十九首》说："观其结体散文，直而不野；婉转附物，怊怅切情，实五言之冠冕也。"《古诗十九首》以其精湛的艺术魅力成为后世文人模拟的范本，曹植、陆机、陶渊明、鲍照等人都有这方面的作品传世。《古诗十九首》的魅力之所以历久不衰，正如沈德潜《说诗晬语》所言"大率逐臣弃妻朋友阔绝死生新故之感，中间或寓言，或显言，反覆低回，抑扬不尽，使读者悲感无端，油然善入"。

有学者推敲过建安诗风与汉人诗风的特点，认为"汉人作诗，带有自然创作的成分，为情感的成分多于为艺术的成分，吟咏情性、自我宣泄的成分，远多于竞艺、炫才的成分"，而建安之邺下，则变革此风，精心结撰，以诗为竞艺、炫才之途径，"实为专家诗之开端"，"乃至为中国近两千年文人诗史之开端"。建安时期有史可考的男子作闺音之作，多出自"邺下文人"之手，骆鸿凯《文选学》说："此则建安时代五言之蔚起，以及游览之作，公宴之篇，充盈艺苑，皆由

---

① 马茂元：《古诗十九首初探》，陕西人民出版社1981年版，第18页。

魏文、陈思所倡导,七子和之,新进复步其后尘,雷同祖构,由是丕然成一代之诗风也。"笔者选取代表性作家略作统计如下:

作　者	作　　品
曹　植	包括《杂诗》中两首,《七哀诗》中一首、《寡妇诗》、《种葛篇》、《代刘勋妻王氏杂诗》、《出妇赋》、《弃妇篇》、《妾薄命》(二首)、《美女篇》、《浮萍篇》、《妾薄幸》、《怨诗行》
曹　丕	《燕歌行》(二首)、《代刘勋妻王氏杂诗》、《塘上行》、《猛虎行》、《寡妇诗》、《于清河见挽船士新婚与妻别》、《见挽船士兄弟辞别诗》、《蔡伯喈女赋序》、《离居赋》、《钓竿行》
徐　干	《室思诗》(六首)、《情诗》(五首),《于清河见挽船士新婚与妻别》(一首)。
繁　钦	《定情诗》
曹　睿	《种瓜篇》
王　粲	《为潘文则作思亲诗》

正如刘勰《文心雕龙·时序》概括建安时期诗人个体生活与社会境况及诗风之间关系时所言:

> 自献帝播迁,文学蓬转,建安之末,区宇方辑。魏武以相王之尊,雅爱诗章;文帝以副君之重,妙善辞赋;陈思以公子之豪,下笔琳琅。并体貌英逸,故俊才云蒸。……傲雅觞豆之前,雍容衽席之上,洒笔以成酣歌,和墨以藉谈笑。观其时文,雅好慷慨,良由世积乱离,风衰俗怨,并志深而笔长,故梗概而多气也。

《三国志·魏书·王肃传》谓建安以来,"天下分崩,人怀苟且,纲纪既衰,儒道尤甚"①。随着社会的急剧动荡和个体生命意识的觉醒,对个体生命的关注成为一种时尚。在这样一个思想解放、文学觉醒的特殊时代,较之其他朝代的男子作闺音,建安文人的"借口叙事"最明显的特点是其笔下的女性更生活

---

① (晋)陈寿:《三国志·魏书·王肃传》,宋裴松之注,岳麓书社2005年版,第295页。

萧惠珠·晏殊采桑子词意①

化,更贴近其时女性的现实。弃妇的恐慌与哀怨,思妇的寂寞与感慨,寡妇的凄凉与无依,淑女的欣悦与渴望,都是建立在女性的生活现实的基础之上。建安时期的男子作闺音作品,主要表现在"代作"一类,女性形象大多是寡妇、弃妇(出妇)和思妇。同题分作是常见的形式。①

寡妇的苦痛与孤独具有浓郁的感伤色彩,在魏晋时期受到士人的广泛关注。

建安时期的寡妇文本,留存下来的有曹丕、王粲和曹植的三首《寡妇赋》,皆以第一人称代阮妻抒写孤寡无依、寂寞伤心的悲哀之情。曹丕《寡妇赋序》云:"陈留阮元瑜与余有旧,薄命早亡。每感其遗孤,未尝不怆然伤心,故作斯赋,以叙其妻子悲苦之情。命王粲并作之。"这段序言提供给我们三点重要信息:赋作中的寡妇乃阮禹之妻;这三首同题作品是"命题作文"的结果;阮妻进退有礼、闭门独居、母子相依,诗人怆然有感,欣然援笔。文人笔下的寡妇所表达的皆是痛苦、幽怨、孤寂等悲剧性的心理体验。比如王粲的《寡妇赋》就是从女性本真的生命体验出发,反映女性存在 真实深层状况。赋中刻画了一位携带幼子、独守空堂、孤苦伶仃的寡妇形象。她在丈夫去世后,独自品尝体悟着寂寞无依的痛苦。"观草木兮敷荣,感倾叶兮落时。人皆怀兮欢娱,我独感兮不怡。日掩暧兮不昏,明月皎兮扬晖。坐幽室兮无为,登空床兮下帏。涕流连兮交颈,心僧结兮增悲。"寡妇对外界环境的独特感受,生命短暂的焦虑,情感无依的哀怨,描绘得细腻感人。

出妇诗内容涉及妇女被弃的原因、弃妇的心态、弃妇对自身命运的认识等。

---

① 萧惠珠:《萧惠珠作品选》,天津人民美术出版社 2007 年版。

出妇被弃的原因很多，《大戴礼记·解诂》卷十三规定："妇有七去，不顺父母去，无子去，淫去，妒去，有恶疾去，多言去，盗窃去。"这就是所谓的"七去"，又称"七出"，妻子犯了其中的一条便可以休弃。孟子曾说："不孝有三，无后为大。"无子出妻在古代是天经地义的。曹植的《弃妇诗》："悲鸣复何为？丹华实不成。拊心长叹息，无子当归宁。有子月经天，无子若流星。天月相终结，流星没无精。"

建安末年，平虏将军刘勋因婚后无子休弃发妻王宋，引起文人的同情与关注。曹植、曹丕各写《代刘勋妻王氏杂诗》。曹丕诗云：

> 翩翩床前帐，张以蔽光辉。昔将尔同去，今将尔同归。缄藏箧笥里，当复何时披。

诗序曰：王宋，平虏将军刘勋妻也，入门二十余年。后勋悦山阳司马氏女，以（王）宋无子出之，还于道中作诗。序言交待了事情原委：一是刘勋喜新厌旧；二是王宋以"无子"遭弃。

曹植诗曰：

> 谁言去妇薄？去妇情更重。千里不唾井，况乃昔所奉。远望未为遥，踟蹰不及共。

妇人于绝望之中企盼丈夫有朝一日心回意转。曹丕、曹植、王粲还为此分别作《出妇赋》，亦为同题共作。与《代刘勋妻王氏杂诗》针对具体的哀悯对象有感而发不同，三篇《出妇赋》并非指向某个真实的人，而是指向"出妇"这一类女性。这三篇赋作都按照"婚后恩爱—疏绝被弃—伤心离去"的线索展开，寄予了对弃妇无限的同情。其中，以曹丕之作[①]情节最完整。赋作对弃妇被

---

① 《出妇赋》曰："思在昔之恩好，似比翼之相亲，惟方今之疏绝，若惊风之吹尘，夫色衰而爱绝，信古今其有之，伤茕独之无恃，恨胤嗣之不滋，甘没身而同穴，终百年之长期，信无子而应出，自典礼之常度，悲谷风之不答，怨昔人之忽故，被入门之初服，出登车而就路，遵长涂而南迈，马踌躇而回顾，野鸟翩而高飞，怆哀鸣而相慕，抚驷服而展节，即临沂之旧城，践麋鹿之曲蹊，听百鸟之群鸣，情怅恨而顾望，心郁结其不平。"

逐出家时情景的铺陈凄凉感人,把女子复杂的内心情感变化抒发得微妙细腻:"遵长涂而南迈,骏马踌躇;野鸟翩而高飞,哀鸣相慕;弃妇茕独无恃,眷眷回顾。"曹丕《出妇赋》①与汉乐府弃妇所表现的对负心人的直言谴责不同,尽管弃妇"承颜色而接意,恐疏贱而不亲",百般小心,谨慎服侍,但"君子"还是"悦新婚而忘妾","爱惠中零"。她虽然"恨无愆而见弃",但她却只有"推颜而失望"、"愁苦以长穷"。赋作注重对其悲哀心理的揣摩,集中笔墨写弃妇的内心的恐慌、哀怨、凄凉无助,拟想其被弃后矛盾、悲哀、恐慌、无可奈何的心理,揭示出弃妇客观的现实状况。此外,王粲的《出妇赋》、曹植的《弃妇篇》、《种葛篇》、曹睿的《种瓜篇》等也都采用代妇言情的方式,进行角色转换,揣摩抒情主体的环境和内心。恰如罗宗强先生所言:"建安人性的自觉使文人开始了内心的审视,他们好像发现了自己,发现了自己还有如此丰富细腻的感情活动,而且这种感情活动本身就是人生的一种必不可少的生活需要,甚至是一种美的体验、美的感受。"②

思妇的哀怨往往来自于丈夫宦游、征戍,远走天涯、为妻者不便偕行。于是,"由空间疏离阻隔而引起怀想不舍,由随时间流变而生猜疑忧思,遂一再于深闺幽居之妇女的心头涌现,朝朝暮暮,岁岁年年,一任四序纷回悠悠漫衍"③。繁钦的《定情诗》即是一例。《乐府解题》曰:"定情诗,汉繁钦所作也,言妇人不能以礼从人,而自相悦媚,乃解衣服玩好致之,以结绸缪之志。"④在描写思妇的诗歌中,当以曹丕《燕歌行》最为出色。此诗被王夫之《船山古诗评选》(卷一)誉为"倾情、倾度、倾色、倾声,古今无两。从'明月皎皎'入七解,径酣适,殆天授非人力。"诗歌中的抒情主人公是一位婉转妩媚、愁肠百结的闺中思妇。诗歌既全面叙述了女子对别离相思的感受,又调动各种艺术手法来写别离相思。诗歌先是以秋色衬托相思之情,责怪哀怨丈夫为何淹留不

---

① 其赋曰:"妾十五而束带,辞父母而适人。以才薄之碎质,奉君子之清尘。承顺色而接意,恐疏贱之不亲。悦新婚而忘妾,哀爱惠之中零。遂推颜而失望,退幽屏于下庭。痛一旦而见弃,心但以悲凉。衣入门之初服,背床室而出征。攀仆御而登车,左右悲而失声。含冤结而无诉。乃愁苦以长穷。恨无愆而见弃,悼君施之不终。"

② 罗宗强:《魏晋南北朝文学思想史》,中华书局 2004 年版,第 23 页。

③ 梅家玲:《汉魏六朝文学新论》,北京大学出版社 2003 年版,第 64 页。

④ 郭茂倩:《乐府诗集》,中华书局 1979 年版,第 1706 页。

归，继而叙述自己的忧伤，然后又以鸣琴歌吟来解忧，最后以牛郎织女的相隔来含蓄表达自己的无奈。将一份思念之情写得清莹娟秀、情味隽永。其《离居赋》表现了女子在夫妻分离后，独处空房，彻夜难眠，内心孤寂哀愁的感情，同样达到了幽怨缠绵、柔曼委婉的艺术效果："惟离居之可悲，塊独处于空床。愁耿耿而不寐，历终夜之悠长。惊风厉于闺闼，忽增激兮于中房。动帷裳之晻暖，彼对明烛之无光。"徐干的《室思诗》和《情诗》也都是写思妇。他的《室思诗》第二首"峨峨高山首，悠悠万里道。君去日已远，郁结令人老"句分别出自《饮马长城窟行》之"青青河畔草，绵绵思远道"和《行行重行行》之"相去日以远，思君令人老"句，因此被钟惺《古诗归》称之为"宛笃有十九首风韵"。全诗共六章，为思妇代言，写其对离家丈夫的思念，从各个角度摹写思妇的心理状况。第

王叔晖·执扇仕女图

三首写得清新动人，一往情深："浮云何洋洋，愿因通我辞。飘摇不可寄，徙倚徒相思。人离皆复会，君独无返期。自君之出矣，明镜暗不治。思君如流水，何有穷已时"。后世尤其是六朝诗人对这首诗的后四句赞赏有加，出现了许多拟作，如宋鲍令晖《题书后寄行人》、梁虞羲《自君之出矣》、宋孝武帝《拟徐干诗一首》、齐王融《代徐干》、宋刘义恭《自君之出矣》、梁简文帝《金闺思》、梁范云《拟自君之出矣》等，每首都有"自君之出矣"一句。可见这首思妇诗影响之大。与《室思》重在写心理、抒情感不同，他的另外一首《情诗》重在以环境的华丽衬托思妇的落寞，以懒得饰妆、无思饮食的行为来叙写相思的

痛苦。

通观这个时期的男子作闺音的诗赋作品,无论是受命作诗还是有感现实,都表现出诗人对社会现象的广泛关注。"敏感的诗人们怀着人道主义的同情和人性探索的兴趣,代妇人立言。"他们同情不幸妇女的遭遇,设想其处境,探索和揣摩其心情,"关怀社会上一个被冷落了的心灵角落,宣泄社会上一种被压抑而郁积着的心理情结"①。文人群体从社会良知出发关怀妇女命运发同题并作行为,形成了鲜明的如英国批评家艾略特所言的"非个人化倾向"。艾略特在其《传统与个人才能》一文认为,诗人和他的创作以及人们对其作品的评价,都是处在一个"传统"的链条中,诗歌创作,便是"诗人把此刻的自己不断地交给某件更有价值的东西"。故而,"诗歌不是感情的放纵,而是感情的脱离;诗歌不是个性的表现,而是个性的脱离"。诗人作为"感受经验的个人"和"进行创作的头脑","诗人的艺术越完美,在他身上的两个方面就会变得更加完全分离"。建安时期大量女性文本的出现,标志着此时期的诗歌,被诗人有意用来表现一种自己未经验的感情,标示了诗人作为"感受经验的个人"和"进行创作的头脑"的相互分离。这种倾向经建安诗人开辟,形成了一种源远流长的、影响了中国诗歌千年之久的书写传统。

二、晋代:拟作的盛行

晋朝统一全国后,造就了盛大的事业和短暂的繁荣,既不见饥民饿殍,也少有刀光剑影,明显地缺少了建安慷慨使气、磊落使才的风骨。换言之,如果说建安时期士人的审美心态是激流险滩的话,到西晋时期则可以说是小桥流水了。

徐公持《魏晋文学史》认为"对古代文学的从内容到形式的模仿,蔚然成风。西晋是中国古代文学史上模拟风气最盛时期之一"②。这一时期最显著的文学现象就是对汉乐府、《古诗十九首》的模拟。萧涤非认为晋乐府拟古,大约可分为两派:"一派借古题咏古事,如上章所叙之故事乐府;一派

---

① 杨义:《李杜诗学》,北京出版社2001年版,第217页。
② 徐公持:《魏晋文学史》,人民文学出版社1999年版,第254页。

是借古题咏古意，则大抵就前人原意，敷衍成篇。此种作品，视前者价值尤低。"又说"乐府至于西晋，愈失其社会之意义，指事铖时之作，视曹魏为尤少。其特征之可得而言者约有三：一是故事乐府之风行，一为文人拟古乐府之僵化，一即舞曲歌辞之发达"。① 《文心雕龙·明诗》篇中概括晋代创作时尝言："晋世群才，稍入轻绮，张、潘、左、陆，比肩诗衢，采缛于正始，力柔于建安，或析文以为妙，或流靡以自妍，此其大略也。"较之前代，如果说建安文人从社会良知出发关怀妇女命运，那么，晋代则偏重从抒一己之情怀的角度言及妇女题材。此一时期的文坛，以代作、拟作两种类型为盛，列简表如下：

作　者	作　品
傅　玄	《杂言诗》、《昔思君》、《短歌行》、《艳歌行》、《苦相篇》、《明月篇》、《秋兰篇》、《青青河畔草篇》、《朝时篇》、《历九秋篇诗十二首》（之三、九、十、十二）、《西长安行》、《秦女休行》、《车遥遥篇》、《班婕好》、《怨歌行》
陆　机	《为陆思远妇作诗》、《为顾彦先赠妇诗》（二首）、《为周夫人赠车骑诗》、《拟古诗》十二首之《拟西北有高楼》、《拟兰若生朝阳》、《拟行行重行行》、《拟明月何皎皎》、《拟迢迢牵牛星》、《拟青青河畔草》、《拟庭中有奇树》、《拟涉江采芙蓉》《塘上行》（一作《中妇织流黄》）、《燕歌行》、《班婕好》、《怨歌行》
陆　云	《为顾彦先赠妇往返诗四首》
潘　岳	《寡妇赋》
杨　方	《合欢诗》五首
张　华	《情诗五首》
石　崇	《王昭君辞》、《楚妃叹》

傅玄今存诗篇多模仿汉乐府民歌，其《艳歌行》模拟《陌上桑》，《青青河畔草篇》模拟《饮马长城窟行》，《有女篇》模拟曹植《美女篇》，《秋兰篇》模拟《离骚》，《西长安行》模拟《有所思》等。"改版"后的作品都加进了傅玄所一向推重的伦理道德内容。比如，汉乐府民歌《陌上桑》，记述罗敷拒绝使君引诱之

---

① 萧涤非：《汉魏六朝乐府文学史》，人民文学出版社 1998 年版，第 188、167 页。

事,而傅玄《艳歌行》记载此事时,在罗敷女拒绝使君的言语中加进了"天地正
厥位,愿君改其图"的说教字样。左延年《秦女休行》只是客观叙事,而傅玄
《秦女休行》则在诗末有一大段议论:"烈著希代之绩,义立无穷之名。夫家同
受其祚,子子孙孙咸享其荣。今我弦歌吟咏高风,激扬壮发悲且清。"陈祚明
《采菽堂古诗选》说:"休奕乐府力摹汉魏,神到之语,往往情长,时代使然,每
沦质涩,然矫建之气,亦几优孟之似叔敖矣。"

以模拟著称的还有陆机。他以"缘情绮靡"(《文赋》)的准则,将诗
歌进一步推向文人化、精致化,引导了华丽典雅的诗风。其拟"古诗"十
二首涉及女性生活者有《拟行行重行行》、《拟迢迢牵牛星》、《拟涉江采芙
蓉》、《拟青青河畔草》、《拟明月何皎皎》、《拟兰若生朝阳》、《拟东城一何
高》、《拟西北有高楼》、《拟庭中有奇树》九首。沈德潜《古诗源》卷七认
为:"士衡以名将之后,破国亡家,称情而言,必多哀怨,乃词旨肤浅,但
工涂泽,复何贵乎?"陆机的拟乐府诗,大多是严格按照乐府古题的题义、
仿照早期歌辞写作。陆机《班婕妤》、《塘上行》都是借历史题目、历史题
材,拟弃妇情感,抒发自己的感想。

晋代的男子作闺音作品除了拟古诗外,也有许多代言之作描摹现实生活
中的女子。但是值得一提的是晋代几位著名诗人共同的特征:其男子作闺音
作品与其人气质性格的巨大反差。[①] 举几例证之:

张溥首先揭示了傅玄作品与人格的悖论:"(休奕)独为诗篇,新温婉
丽,善言儿女。强直之士怀情正深,赋好色者何必宋玉哉。"(张溥《傅鹑
觚集题辞》)史称傅玄"天性峻急,不能有所容,每有奏劾,或值日暮,捧
白简,整簪带,竦踊不寐,坐而待旦。于是贵游慑服,台阁生风",其人
"性刚劲亮直,不能容人之短"。然而其代妇人立言之作却写得低回杳渺,
缠绵动人:有沿袭建安遗响,对苦命女子的同情与关注(《苦相篇》);有女
子盼望情人的如痴如醉(《杂言诗》);有昔如掌珠,今若沟渠的哀怨(《短

---

① 胡大雷将这种现象称为"逆反式抒情",即指诗人的个体生活与其诗恰恰形成一种逆反
关系,或者诗人选择的诗歌题材与诗人身世经历——个体生活的主要方面不相符合甚而时成逆
反关系,或者其诗的风格倾向与诗人气质性格的主要倾向不同甚而时成逆反关系,或者此二者
兼而有之。参见胡大雷《中古诗人抒情方式的演进》,中华书局 2003 年版。

歌行》）；有行愿携手、坐愿接膝的盼望（《秋兰篇》）；有女子思夫的痴迷（《雷隐隐》）；有"常恐新间旧，变故兴细微"的隐忧；有"昔君与我兮形影潜结，今君与我兮云飞雨绝"的悲哀。

张华，字茂先，为当世重臣，政治上很有作为。晋武帝时，是他力排众议，坚决主张伐吴，及吴灭，晋武帝下诏表彰赏赐他："尚书关内侯张华，前与故太傅羊祜共创大计，遂典掌军事，部分诸方，算定权略，运筹决胜，有谋谟之勋。其进封为广武县侯，增邑万户，封子一人为亭侯，千五百户，赐绢万匹。"晋惠帝时，又是他维持朝政，"贾谧与后共谋，以华庶族，儒雅有筹略，进无逼上之嫌，退为众望所依，欲倚以朝纲，访以政事，疑而未决，以问裴頠，頠素重华，深赞其事。华遂尽忠匡辅，弥缝补阙，虽当暗主虐后之朝，而海内晏然，华之功也"。而这样一个运筹帷幄之人，其诗恰恰是"儿女情多，风云气少"。如其《情诗》五首，叙写夫妇间离别后的思恋之情，感情的细腻缠绵为后世称道。

潘岳一生追求功名，史称其"性轻躁，趋世利，与石崇等谄事贾谧。每候其出，与崇辄望尘而拜"。他的母亲劝诫他："尔当知足而干没不已乎？而岳终不能改。"元好问《论诗绝句》讥诮他：心画心声总失真，文章宁复见为人。高情千古《闲居赋》，争信安仁拜路尘。就是这个奔走竞趋的"官迷"，他的悼亡诗和寡妇赋却写得曲折跌宕，动人心弦。其《寡妇赋》是代姨妹任子咸妻抒丧夫之痛和孤寡之悲。清人何焯赞之曰："促节哀音，一字一泪，不堪卒读。"诗篇将寡妇的悲痛、迷惘、忧惧的复杂感情表现得淋漓尽致，读来让人顿生哀怜。丈夫生前，女子"惧身轻而施重兮，若履冰而临谷"；良人捐背，妇人就如葛藤失去树木的依托，容貌顿悴，"闭门独居"，"与弱子相依"，漫漫寒夜抚枕嘘唏，泪迸沾衣，独自品味幽悲堂隅、独拜床垂的孤寂，承受黄昏雀飞、凝霜落叶的凄凉。

这可真是以文观人自古所难。钱锺书先生就此发了一通感慨：

> 知同时之异世、并在之歧出。……"心画心声"，本为成事之说，实先见之明。然所言之物，可以饰伪：巨奸为忧国语，热中人作冰雪文，是也。其言之格调，则往往流露本相；狷急人之作风，不能尽变为

澄澹,豪迈人之笔性,不能尽变为谨严。文如其人,在此不在彼也。①

玄言盛行,山水方兹是我们对东晋文学的大概印象。在玄、佛、儒三股思潮交融会的思想背景下,东晋名士呈现独特的心态与士风。玄言文学盛行于斯,山水文学萌芽于斯,山水理论滥觞于斯的确是此时期文学的主流。不过也夹有庸音杂调,比如孙绰的《碧玉歌》和王献之的《桃叶歌》。② 从此二人开始,文人模仿南方民歌的现象就零零星星地出现,经过鲍照、汤惠休到齐梁,成为一时之盛。

三、南北朝:宫体与艳情

六朝时期是一个文学总结的时代,也是一个文学开拓的时代。六朝文坛最让人瞩目的现象是《文选》、《玉台新咏》的编纂和宫体诗的盛行。《文选》、《玉台新咏》是现存最早且影响颇大的两部文学总集;宫体诗是六朝乃至整个中国文学史较为重要而又独具特色的文学现象。

近人刘师培《中国中古文学史》论及梁代宫体诗的起源时说:

> 宫体之名,虽始于梁;然侧艳之词,起源自昔。晋、宋乐府,如《桃叶歌》、《碧玉歌》、《白纻歌》、《白铜鞮歌》,均以淫艳哀音,被于江左。迄于萧齐,流风益盛。其以此体施于五言诗者,亦始晋、宋之间,后有鲍照,前有惠休。③

---

① 钱锺书:《谈艺录》,中华书局1999年版,第162页。

② 孙绰的两首《碧玉歌》其诗云:"碧玉小家女,不敢攀贵德。感郎千金意,惭无倾城色。碧玉破瓜时,相为情颠倒。感郎不羞赧,回身就郎抱。"关于诗的作者曾有不同说法。《玉台新咏》题晋孙绰作,《乐府诗集》谓宋汝南王作,碧玉是其妾名。据王运熙先生考证,宋无汝南王,《碧玉歌》应是孙绰为晋汝南王司马义爱妾碧玉所作。详见王运熙《六朝乐府与民歌》,中华书局1961年版,第71—75页。

王献之的三首《桃叶歌》为:"桃叶复桃叶,桃树连桃根。相怜两乐事,独使我殷勤。""桃叶复桃叶,渡江不用楫。但渡无所苦,我自来迎接(一作'我自迎接汝')。""桃叶复桃叶,渡江不待楫。风波了无常,没命江南渡。"

③ 刘师培:《中国中古文学史》,上海古籍出版社2000年版,第97页。

　　细究之,这段被人反复征引的话给我们提供了几条非常重要的信息,需要展开来论述:

　　第一,所谓"吐言止于轻薄,赋咏不出《桑中》"①,是说文人对南朝民歌的模仿是导致宫体诗的繁荣的主要原因之一。但是,宫体诗模仿民歌,表现艳情,非自梁始,刘宋皇室及其文人们已肇其端。刘永济《十四朝文学要略》指出晋宋乐府乃是刘梁间宫体诗产生的源头:"至淫艳一体,《齐书》虽特著明远,其源突出晋宋乐府。初为民间男女相悦之辞,后乃渐被于士林。"另据《晋书·乐志》载:"吴歌杂曲,并出江南,东晋以来,稍有增广,其始皆徒歌,既而被之管弦。"南朝和汉代一样设有乐府机构,负责采集民歌配乐演唱。为满足其娱乐消遣的需要,南朝统治者广泛采集民歌,甚至自制"淫哇"。《乐府诗集》卷六十一曰:"艳曲兴于南朝,胡音生于北俗,哀淫靡曼之辞,迭作并起,流而忘反,以至陵夷。原其所由,盖不能制雅乐以相变,大抵多溺于郑、卫,由是新声炽而雅音废矣。"②南朝乐府民歌今存近500首,全部收入郭茂倩《乐府诗集》,其中485首收入《清商曲辞》③,分为《吴声歌》、《神弦歌》、《西曲歌》三部分。只要翻开《乐府诗集》,就可以看到宫体诗作家对民间乐府中许多曲调都进行了大量的模仿:吴声歌④中的子夜歌、子夜四时歌、欢闻歌,团扇郎、桃

---

　　①　《资治通鉴》卷一六二梁武帝太清三年条载:侯景上武帝启指斥其为政之失,言及"皇太子珠玉是好,酒色是耽,吐言止于轻薄,赋咏不出《桑中》"。

　　②　(宋)郭茂倩:《乐府诗集》,中华书局1979年版,第884页。

　　③　郭茂倩说:"清商乐,一曰清乐。清乐者,九代之遗声。其始即相和三调是也,并汉魏已来旧曲。其辞皆古调及魏三祖所作。自晋朝播迁,其音分散,苻坚灭凉得之,传于前后二秦。及宋武定关中,因而入南,不复存于内地。自时以后,南朝文物号为最盛。民谣国俗,亦世有新声。故王僧虔论三调歌曰:'今之清商,实由铜雀。魏氏三祖,风流可怀。京洛相高,江左弥重。而情变听改,稍复零落。十数年间,亡者将半。所以追余操而长怀,抚遗器而太息者矣。'后魏孝文讨淮汉,宣武定寿春,收其声伎,得江左所传中原旧曲,《明君》、《圣主》、《公莫》、《白鸠》之属,及江南吴歌、荆楚西声,总谓之清商乐。"对该乐的历史发展情况作了简要的概括。(卷四四,清商歌辞题解)

　　④　吴声歌326首,皆在乐府诗集卷44—47,吴声歌中的乐府民歌有:子夜歌42首,子夜四时歌75首,(其中春歌20首,夏歌20,秋歌18首,冬歌17首),大子夜歌2首,子夜警歌2首,子夜变歌2首,上声歌8首,欢闻歌1首,欢闻变歌6首,前溪歌7首,阿子歌3首,团扇郎6首,七日夜女歌9首,长史变歌3首,黄生曲3首,黄鹄曲3首,碧玉歌3首,桃叶歌3首,长乐佳7首,欢好曲3首,懊侬歌14首,华山畿25首,读曲歌89首,黄竹子歌1首,江陵女歌1首。

叶歌,懊侬歌,华山畿等都被南朝文人大量仿作。① 西曲歌中的石城乐、乌夜啼、莫愁乐、夜度娘等也广为文人模拟。萧涤非先生《汉魏六朝乐府文学史》曰:"一方因音乐力量,一方又因对民歌自身之爱好,模拟乃成为极普遍之现象。形式内容,皆与民歌无大差异。浸侵而影响于当时之全诗坛,而有所谓'宫体诗'之产生。"②

需要强调指出的是,所谓的南朝乐府民歌实际上是"都市之歌"。"南朝民间乐府本不像两汉之采于穷乡僻壤,而乃以城市都邑为其策源地,如吴歌盛行之建业,西曲发源之荆、襄、樊、邓③,"其体制则率多短章,其风俗则懽桃而绮丽,其歌咏之对象,则不外男女相思,虽曰民歌,然实皆都市生活之写真,非所谓两汉田野之制作也。于时文人所作,大抵如此。"④因此,所谓民间实际是指市井。萧涤非先生又说:"若南朝乐府,则其发生皆在长江流域,山川明媚,水土和柔,其国民既富于情感。而又物产丰盛,经济充裕,以天府之国,重帝王之州,人民生活,弥复优越,故其风格内容,遂亦随之而大异","在此种幽美之天然环境中,男女风谣,自易发达。"⑤这些民歌大都表现男女情爱,而且十之七八出自妓女、商妇之口。

第二,宫体诗起源于晋宋时期文人对乐府民歌的模仿,以鲍照、汤惠休影响最大。鲍照的乐府诗主要是利用汉魏乐府旧题加以改造,此外也有一部分

---

① 西曲歌共 142 首,乐府诗集卷 47—49,内容亦几乎是表现男女的爱情生活。包括:石城乐 5 首、乌夜啼 8 首、莫愁乐 2 首、襄阳乐 9 首、三洲歌 3 首、采桑度 7 首、江陵乐 4 首、青阳度 3 首、青骢白马 8 首、共戏乐 4 首、安东平 5 首、女儿子 2 首、来罗 4 首、那呵滩 6 首、孟珠 10 首、翳乐 3 首、夜黄 1 首、夜度娘 1 首、长松标 1 首、双行缠 2 首、黄督 2 首、平西乐 1 首、攀杨枝 1 首、寻阳乐 1 首、拔蒲 2 首、寿阳乐 9 首、作蚕丝 4 首、杨叛儿 8 首、西乌夜飞 5 首、月节折杨柳歌 13 首。此外,在杂曲歌辞和杂歌谣辞中还收录了东飞伯劳歌 1 首、西州曲 1 首、长干行 1 首、苏小小歌 1 首。以上数字材料参见穆克宏《魏晋南北朝文学史料述略》,中华书局 1997 年版,第 187—197 页。
② 萧涤非:《汉魏六朝乐府文学史》,人民文学出版社 1998 年版,第 243 页。
③ 《晋书·乐志》载:"吴歌杂曲,并出江南。东晋以来,稍有增广。盖自永嘉渡江之后,下及梁、陈,咸都建业,吴声歌曲起于此也。"《古今乐录》云:"按西曲歌出于荆、郢、樊、邓之间。"建业是六朝首都,荆、郢、樊、邓皆当时的重镇。这些都邑,是南朝经济活动的中心。
④ 萧涤非:《汉魏六朝乐府文学史》,人民文学出版社 1998 年版,第 25—26 页。
⑤ 萧涤非:《汉魏六朝乐府文学史》,人民文学出版社 1998 年版,第 198 页。

模拟南方民歌的作品,如《吴歌》三首、《采菱歌》七首。以前也有诗人从诗歌体制、语言风格上模仿南方民歌,但明确标出吴声、西曲的歌名,鲍照还是最早的。鲍照作品中的男子作闺音之作约有 38 首,包括:《吴歌》三首,《采菱歌》七首,《采桑》、《幽兰》五首,《代白纻曲》二首,《拟行路难》之一、二、三、十,《代北风凉行》、《代春日行》、《代夜坐吟》、《拟古诗八首》(其七)、《绍古辞》七首,《学古诗》、《古辞》、《秋夕诗》、《秋夜诗》二首(其一),《代陈思王京洛篇》等。汤惠休现存作品只有 11 首,基本上都是委巷中歌谣,很明显地体现出吴声、西曲那种委婉妩媚的韵致。

第三,宫体之名,起于梁代,《梁书·徐摛传》讲述了"宫体"之称的来由,说:"摛文好为新变,不拘旧体。……文体既变,春坊尽学之,宫体之号,由斯而起。"

第四,宫体诗的特点是"淫艳哀音",多"侧艳之词"。表现"高楼怀怨,结眉表色;长门下泣,破粉成痕"①的女子情爱在宫体诗中占据了相当大的比重。宫体诗绝大多数是描写女性的作品,可分为历史女性和现实女性两大类。历史女性主要是模仿前代乐府诗歌中的女性,织女、秦罗敷、王昭君、班婕妤、秋胡妻等,南朝文人的拟作歌咏不胜枚举;另一类是现实女性,主要是模仿南朝乐府民歌中的商女、民女及妓女以及宫廷贵族的后妃、歌伎及舞女,描写这些女性的生活环境、所用器物,体貌、服饰和举止,歌舞、梳妆、睡眠,相思、怨愤、苦恼。

正因为宫体诗"清辞巧制,止乎衽席之间;雕琢蔓藻,思极闺闱之内"(《隋书·经籍志》),所以纵观古今,贬斥诋毁之声不绝于耳。魏徵《隋书·文学传序》中说:"雅道沦缺,渐乖典则……词尚轻险,情多哀思。格以延陵之听,盖以亡国之音乎!"李谔在《上高祖革文华书》中说:"江左齐梁……竞一韵之奇,争一字之巧。连篇累牍,不出月露之形;积案盈箱,唯是风云之状";白居易《与元九书》也以六朝诗歌"六义尽去"、"率不过嘲风雪、弄花草"而痛加贬斥。朱熹《清邃阁论诗》说"齐梁间人诗,读之使人四肢懒慢,不收拾";陆时雍《诗镜总论》说"梁人多妖艳之音,武帝启齿扬芬,其臭如幽兰之喷";沈德潜

---

① 萧纲:《答新渝侯和诗书》,据郁元、张明高《魏晋南北朝文论选》,人民文学出版社 1996 年版,第 353 页。

《说诗晬语》说"萧梁两代,君臣赠答,亦工艳情,风格日卑"。但是,这些批评之声恰恰一致肯定了宫体诗虽哀淫靡曼、争新怨衰,但在南朝迭作并起,流连忘返的特点。

第五,宫体诗至于梁代才"流风日盛"。在从东晋到南朝齐代的两百多年内,文人颇为热衷于模拟南朝民间歌谣。然而到了梁代,文人的模仿热情便突然衰退。究其原因,乃是此时文人已经不满足于模仿这种新声俗乐,而进一步去创制更符合他们口味的诗歌,从而导致了宫体诗在诗坛上的流行。宫体诗在梁代得以繁荣,除承继鲍照之流对南朝民歌的模仿余烈,当时文学"自律"①的倾向,梁代文人作文追求"新变"之外,萧梁统治者的参与与倡导是绝对不可忽视的。正如《南史·文学传序》所说:

> 自中原沸腾,五马南渡,缀文之士,无乏于时。降及梁朝,其流弥甚。盖由时主儒雅,笃好文章,故才秀之士,焕乎俱集。

萧涤非也指出:

> 溯自东晋开国,下迄齐亡,百八十年间,民间乐府已经达于其最高潮;而梁武以开国能文之主,雅好音乐,吟咏之士,云集殿庭,于是取前期民歌咀嚼之,消化之,或沿旧曲而谱新词,或改旧曲而创新调,文人之作,遂盛极一时。②

---

① 萧纲《诫当阳公大心书》说:"立身之道,与文章异:立身先须谨重,文章且须放荡。"此所谓"放荡",就是摆脱束缚的意思。若以一般的道德标准去衡量萧纲文学集团中的主要人物,其生活态度至少没有特别可以指责的地方。以萧纲本人而言,《梁书·简文帝纪》称其"养德东朝,声被夷夏,泊乎继统,有人君之懿",评价颇高,但他却带头创造轻艳萎靡的宫体诗。作为帝王,萧纲等人绝不是不重视道德对于维护其政权及社会统治秩序的作用,但在他们看来,文学纯属于个人感情的、审美的范畴,所以不妨"文章放荡"。对于诗文的评价,当时人也总喜欢从"性情"着眼,把有无强烈的情感,作为衡量文学的价值的重要标准。这些看法,较为彻底地排斥了将文学视为政教工具的观点。

② 萧涤非:《汉魏六朝乐府文学史》,人民文学出版社1998年版,第243页。

两论都指出宫体诗兴盛于梁与帝王的雅好辞章不无关系。以萧纲、萧绎为代表的梁代宫体诗人们,极力推崇并模仿南朝乐府民歌,他们君臣唱和,助澜推波。于是产自民间的俗歌艳曲便堂而皇之地走进了宫廷,并直接影响了南朝宫体诗的产生。沈德潜曰:"诗至萧梁,君臣上下,惟以艳情为娱,失温柔敦厚之旨,汉魏遗轨,荡然扫地矣。"

南朝历代帝王都比较重视文学,如宋文帝、宋孝武帝、梁武帝、梁简文帝、梁元帝、陈后主,都是杰出的文艺爱好者。于是形成了一个个以帝王为中心的文人集团,吟咏赋诗、赠答唱和、同题共咏。在帝王朝臣对诗赋热情的影响下,南朝人对于文学的热情是空前高涨,著诗弄才成为当时普遍的社会风尚。钟嵘《诗品》言及当时诗歌创作之盛曰:"今之士俗,斯风炽矣。才能胜衣,甫就小学,必甘心而驰骛焉。""女性"也成为诗人们磨炼诗艺所选择的物象之一。或以男性的视角观照女子身段行止容貌装饰之美,或化身女子,代女主人公立言,抒发的大多是闺怨、宫怨之情。

刘宋时期是宫体艳情诗歌的滥觞。《南齐书·萧惠基传》载:"自宋大明以来,声伎所尚,多郑卫淫俗,雅乐正声,鲜有好者。"①沈德潜《说诗晬语》云:"诗至于宋,性情渐隐,声色大开,诗运转关也。"②标志着"诗运转关"的两个重要人物便是上文所述鲍照和汤惠休。钟嵘《诗品》引述钟宪语曰:"大明、泰始中,鲍休美文,殊已动俗。"如其《代淮南王》之二:"朱城九门门九开,愿逐明月入君怀。入君怀,结君佩,怨君恨君恃君爱。筑城思坚剑思利,同盛同衰莫相弃。"《古诗源》评曰:"怨、限、爱并在一句中,是乐府句法。"《代陈思王京洛篇》艳丽蕴藉、华而不弱:"……但惧秋尘起,盛爱逐衰蓬。坐视青苔满,卧对锦筵空。琴瑟纵横散,舞衣不复缝。古来共歇薄,君意岂独浓。惟见双黄鹄,千里一相从。"惠休诗今所留不多,事涉闺闱,绮情艳思者占绝大多数。《宋书》卷七十一说:"时有沙门释惠休,善属文,辞采绮艳。"刘师培亦认为绮丽之诗,自惠休始。《玉台新咏》卷九录惠休《白纻歌》(其二)曰:"少年窈窕舞君前,容华艳艳将欲然。为君娇凝复迁延,流目送笑不敢言。长袖拂面心自煎,

---

① 萧子显:《南齐书》,中华书局 1972 年版,第 811 页。
② 沈德潜:《说诗晬语》,王夫之等编:《清诗话》,上海古籍出版社 1978 年版,第 7959 页。

愿君流光及盛年。"谭元春《古诗归》卷十二评曰:"无一毫比丘之气,安知艳逸幽媚之致,不是真禅。"裴子野指出:"宋初迄于元嘉,多为经史,大明之代,实好斯文。高才逸韵,颇谢前哲,流波相尚,滋有笃焉。"这种追崇"淫艳"的俗化趋势,在齐梁之世已经成为不可阻挡的时代潮流。

齐享祚仅二十三载。陆时雍《诗镜总论》则云:"诗丽于宋,艳于齐。物有天艳,精神色泽,溢自气表。王融好为艳句,然多语不成章,则涂泽劳而神色隐矣。如卫之《硕人》,骚之《招魂》,艳极矣,而亦真极矣。柳碧桃红,梅清竹素,各有固然。浮薄之艳,枯槁之素,君子所弗取也。"①吴淇《选诗定论》谓:"齐之诗,以谢朓为称首,其诗极清丽新警。"谢朓诗对女性心理的揣摩、对两性情思的把握极为到位,如其《赠王主簿》二首:"日落窗中坐,红妆好颜色。舞衣璧未缝,流黄覆不织。蜻蛉草际飞,游蜂花上食。一遇长相思,愿寄连翩翼。清吹要碧玉,调弦命绿珠。轻歌急绮带,含笑解罗襦。余曲诅几许,高驾且踟蹰。徘徊韶景暮,惟有洛城隅。"《咏邯郸故才人嫁为厮养卒妇》一诗中,运用对比的手法,一个恩情难再、憔悴苦楚的女子形象跃然纸上:"生平宫阁里,出入侍丹挥。开筒方罗毅,窥镜比娥眉。初别意未解,去久日生悲。憔悴不自识,娇羞余故姿。梦中忽仿佛,犹言承宴私。"它如《玉阶怨》、《王孙游》、《秋夜》②等作,也都是撰造精丽、风华映人。

沈约是南朝宫体艳情诗发展中承上启下的重要人物。葛晓音在《论齐梁诗的功过》一文中指出:"艳情诗在刘宋鲍照、汤惠休的作品中已经出现,在齐梁盛行则是沈约首开其风,后为萧纲推而广之。"其《长忆诗》现仅存四首,可为其艳情诗歌的代表作:

> 忆来时。灼灼上阶墀。勤勤叙别离。慊慊道相思。相看常不足。相见乃忘饥。

① 陆时雍:《诗镜总论》,据周维德集校《全明诗话》,齐鲁书社2005年版,第5111页。
② 《玉阶怨》:"夕殿下珠帘,流萤飞复息。长夜缝罗衣,思君何此极。"《王孙游》:"绿草蔓如丝,杂树红英发。无论君不归,君归芳已歇。"《秋夜诗》:"秋夜促织鸣,南邻捣衣急。思君隔九重,夜夜空伫立。北窗轻幔垂,西户月光入。何知白露下,坐视阶前湿。谁能长分居,秋尽冬复及。"

忆坐时。点点罗帐前。或歌四五曲。或弄两三弦。笑时应无比。嗔时更可怜。

忆食时。临盘动容色。欲坐复羞坐。欲食复羞食。含哺如不饥。擎瓯似无力。

忆眠时。人眠强未眠。解罗不待劝。就枕更须牵。复恐傍人见。娇羞在烛前。

诗歌通过捕捉美人微细的感情和微小的动作,烘托出一个温婉绰约、楚楚动人的美人形象。刘克庄评《六忆》道:"其亵慢有甚于香奁、花间者。"另外沈约还自制有乐府诗《携手曲》、《夜夜曲》等,皆为具有民歌风味的怨诗。《乐府解题》曰:"《携手曲》,言携手行乐,恐芳时不留,君恩将歇也","《夜夜曲》,伤独处也"。

　　章太炎《国故论衡》谓:"自梁简文帝初为新体,床第之言,扬于大庭。"①笔涉床帏之间是梁代艳诗创作中较为普遍的现象,这些诗歌与其说是对女子的欣赏、同情和怜悯,毋宁说是通过对女子之香艳与哀怨忧思的展示来玩味其中的风流韵致和幽约愁怨之美。《雕虫论》论及梁代诗风时说:"罔不摈落六艺,吟咏情性。学者以博依为急务,谓章句为专鲁。淫文破典,斐尔为功,无被于管弦,非止乎礼义。"除萧纲、萧绎外,萧衍的其他儿子昭明太子萧统、邵陵王萧纶、武陵王萧纪等人诗歌"尚好不出月露,气骨不脱脂粉"。徐氏父子和庾信也是此时文坛的风云人物。《周书·王褒庾信传》谓:"时肩吾为梁太子中庶子,掌管记;东海徐摛为左卫率;摛子陵及信,并为抄撰学士。父子在东宫,出入禁闼,恩礼莫与比隆。既有盛才,文并绮艳,故世号为'徐庾体'焉"。"当时后进,竞相模范。每有一文,京都莫不传诵。"陈沆《诗比兴笺》亦云:"令狐德棻撰《周书》,称子山文浮放轻险,词赋罪人。第指其少年宫体,齐名孝穆(徐陵)者耳。使其终处清朝(清明之朝,指梁朝),致身通显,不过黼黻(礼服上花纹,指穿礼服做大官)雍容,赓和绮艳,遇合虽极恩荣,文章安能命世。而乃荆吴(指梁)倾覆,关塞流离,冰蘖之阅既深,艳冶之情顿尽。"《升奄诗话》卷十九云"子山之诗,绮而有质,艳而有骨,清而不薄,新而不尖,所以为老成

―――――――――――――

① 章太炎:《国故论衡》,上海古籍出版社2003年版,第89页。

也"。但是,庾信前后期作品风格差异很大。前期多浮艳应和之作,后期羁旅长安,诗歌多同于女子伤嫁,沉郁蕴藉。

陈代的宫体艳情诗歌延及齐梁余绪,其不合时宜的靡丽放纵为历代才士诟病。《陈书》本纪云:"古人有言,亡国之主,多有才艺,考之梁、陈及隋,信非虚论。然则不崇教义之本,偏尚淫丽之文,徒长浇伪之风,无救乱亡之祸矣。"①陆时雍《诗镜总论》亦云"陈人意气阶跃,将归龄尽"。陈代艳诗作者和作品数量都较少,张正见、阴铿、江总、后主等颇为突出。张正见存诗九十余首,艳情诗占十分之一。朱奠培《松石轩诗评》云:"正见之作,如春播彩胜,金翠熠耀,联以珠玑,纬墙纤丽,裁剪铺缀,似非丈夫所为。"②阴铿之《班婕妤怨》、《和樊晋陵伤妾》、《秋闺怨》、《南征闺怨》等皆为怨情之作。陈后主:"生深宫之中,长妇人之手,既属邦国珍瘁,不知稼墙艰难。"③但其雅篇艳什却迭互蜂起。陈叔宝的艳情诗歌多为拟作前代乐府古辞和江南民歌,如《采桑》、《日出东南隅行》、《三妇艳词》十一首、《昭君》、《巫山高》、《有所思》、《梅花落》二首、《紫骢马》二首、《乌栖曲》三首、《东飞伯劳歌》、《长相思》二首、《折杨柳》二首、《采莲曲》、《自君之出矣》六首等。

江总的艳情诗歌多是抒情女主人公凄婉忧伤,倾诉怨情。据逯钦立《先秦汉魏晋南北朝诗》辑录,江总现存诗102首,艳情诗26首。其中乐府类包括《梅花落二首》其一、《紫骢马》、《妇病行》、《怨诗》二首、《乌栖曲》、《东飞伯劳歌》、《杂曲》三首、《梅花落》、《宛转歌》、《长相思》二首等,非乐府类有《七夕》、《和张记室源伤往》、《和衡阳殿下高楼看妓》、《赋得空闺怨》、《秋日新宠美人应令》、《新入姬人应令》、《闺怨篇》、《内殿赋新诗》、《姬人怨》、《姬人怨服散篇》等。姚思廉评价江总"好学,能属文,于五言、七言尤善。然伤于浮艳,故为后主所爱幸。多有侧篇,好事者相传讽玩,于今不绝。后主之世,总当权宰,不持政务,但日与后主游宴后庭,共陈暄、孔范、王缓等十余人,当时谓之'狎客'。由是国政日颓,纲纪不立,有言之者,辄以罪斥之,君臣昏乱,以至于灭"。

---

① 姚思廉:《陈书》,中华书局1972年版,第11页。
② 朱奠培:《松石轩诗评》,据周维德集校《全明诗话》,齐鲁书社2005年版,第460页。
③ (唐)姚思廉:《陈书》,中华书局1972年版,第119页。

（明）吴 伟·歌舞图

这里,我们主要分析四萧的男子作闺音作品。根据逯钦立先生《先秦汉魏晋南北朝诗》统计简表如下:

作　家	作　品
萧　衍	《有所思》、《拟青青河畔草》、《拟明月照高楼》、《子夜歌二首》、《子夜四时歌》(《春歌四首》、《夏歌四首》、《秋歌四首》、《冬歌四首》)《欢闻歌二首》、《襄阳蹋铜蹄歌三首》、《白纻辞二首》、《采莲曲》、《莫愁歌》、《捣衣诗》、《织妇诗》、《咏笔诗》、《代苏属国妇诗》、《团扇歌》、《欢闻歌》、《碧玉歌》、《上声歌》、《杨叛儿》
萧　纲	《采桑》、《乐府三首》(《蜀国弦歌篇十韵》、《艳歌篇十八韵》、《妾薄命篇十韵》)、《棹歌行》、《怨歌行》、《有所思》、《临高台》、《和湘东王横吹曲三首》(《折杨柳》、《紫骝马》、《鸡鸣高树颠》)、《明君词》、《怨诗》、《雉朝飞操》、《双燕离》、《贞女引》、《赋得当垆》、《半路溪》、《拟沈隐侯夜夜曲》、《代乐府三首》(《楚妃叹》、《乌夜啼》、《乌栖曲四首》)、《江南曲》、《龙笛曲》、《采莲曲》、《秋闺夜思诗》、《伤美人诗》、《倡妇怨情诗十二韵》、《金闺思二首》、《寒闺诗》、《倡楼怨节诗》、《和萧侍中子显春别诗四首》、《拟古诗》
萧　统	《有所思》、《饮马长城窟行》、《长相思》
萧　绎	《寒闺》、《春别应令四首》、《晓思》、《闺怨》、《戏作艳诗》、《代旧姬有怨》、《燕歌行》、《荡妇秋思赋》、《乌夜曲》、《班婕好》、《半路溪》、《采莲曲》

1. 萧衍

《梁书》"本纪"称萧衍"天情睿敏,下笔成章,千赋百诗,直疏便就,皆文质彬彬,超迈今古"。这段评价虽有过誉之嫌,但平心而论,作为"竟陵八友"之一的萧衍,其文学才能在南朝的确堪称一家。萧衍更以帝王身份提倡和组织文学活动,为梁代文坛的繁盛作出了积极贡献。姚思廉赞其"少而笃学,洞达儒玄。虽万机多务,犹卷不辍手,燃烛侧光,常至戊夜"。萧衍精通音乐,爱好民歌,现存诗歌共计106首,抒写男女相思之情为主旨的作品数量约50首。这些作品以拟古乐府和南朝乐府民歌为主,以女子口吻出之者约40首。萧衍诗的突出特征是颇具民歌风味。他仿作的吴声歌曲,或写相思,或表情爱,大都直露泼辣,而且模仿的惟妙惟肖,有些诗篇的仿真程度极高,置于民歌中难辨真伪轩轾,以至于对《东飞伯劳歌》、《西洲曲》等作品究竟是梁武帝所作还是乐府民歌至今还难以确认。陆时雍对梁武帝诗在模仿民歌方面的成就备极赞誉:"绝似《子夜歌》,累叠而成,语语浑成,风格最老。"①我们掇拾其中几首以窥其特色。比如《子夜歌》写对爱情的执著:"江南莲花开,红光复碧水。色同心复同,藕异心无异。"(《子夜四时歌·夏歌四首》之一)写女子的情窦初开:"阶上香入怀,庭中花照眼。春心一如此,情来不可限。"(《子夜四时歌·春歌四首》之一)许学夷《诗源辩体》卷九云:"梁武帝乐府五言,情虽丽而未甚靡,齐梁间乐府,惟武帝稍为有致。"

再看《捣衣诗》:

> 驾言易水北,送别河之阳。沉思惨行镳,结梦在空床。既痞丹绿谬,始知纵素伤。中州木叶下,边城应早霜。阴虫日惨烈,庭草复芸黄。金风祖清夜,明月悬洞房。袅袅同宫女,助我理衣裳。参差夕杼引,哀怨秋砧扬。轻罗飞玉腕,弱翠低红妆。朱颜日以兴,晒姝色增光。捣以一匪石,文成双鸳鸯。制握断金刀,薰用如兰芳。佳期久不归,持此寄寒乡。妾身谁为容,思君苦入肠。

这首诗沿用乐府捣衣母题,以水边送别入题,极言女子捣砧、裁裳、熏香之举,"沉思"四语,写捣衣以前之心;"中州"六句,绘捣衣以前之境。再看《织妇诗》:

> 送别出南轩,离思沉幽室。调梭辍寒夜,鸣机罢秋日。良人在万里,谁与共成匹。愿得一迴光,照此忧与疾。君情倘未忘,妾心长自毕。

诗人融入抒情主体的环境之中,在充分揣摩女性心理的前提下,设身处地地去体会织妇的情感状态,并以织妇之口述之。梁武帝萧衍以帝王之尊而如此爱好民歌,对梁代诗风的演变,无疑起了重要作用。除了仿作,他还依照西曲制作了《襄阳蹋铜蹄》、《江南上云乐》、《江南弄》等新曲。

---

① (明)陆时雍:《诗镜总论》,据周维德集校《全明诗话》,齐鲁书社2005年版,第5111页。

宋·琚正·纺车图　故宫博物院藏

2. 萧统

从史籍的记载看,萧统的个性特征给人的突出印象是宽容仁恕,谦和庄肃。本传称其"宽和容众,喜愠不形于色";招引才士,"赏爱无倦";史说他断狱"多所宽宥",故"每有欲宽纵者,即使太子决之";宫人赌博,按律当流放,他令有司减降;"闻远近百姓赋役勤苦,辄敛容色"等等,以至于"天下皆称仁"。儒家思想在萧统身上表现得也非常明显,其立身行事基本上是以儒家思想为准绳。因此,萧统的诗作中艳情较少,据《先秦汉魏晋南北朝诗》,以女性第一口吻写作的诗歌仅《有所思》、《饮马长城窟行》、《长相思》三首。

3. 萧纲

据逯钦立先生《先秦汉魏晋南北朝诗》,萧纲诗现存296首,四萧之诗,共560余首,萧纲一人之作即占了1/2强。萧纲的宫体诗共约140首,占全部诗作的45%,在数量上居各类题材之首。这些诗作正如其《闲愁赋》所坦言:"情无所治,志无所求,不怀伤而忽恨,无惊猜而自愁。"这些诗作分两类,第一类是多是以第三人称口吻对女子进行客观描写,也有少部分是以女性第一人称口吻叙写。如《鸡鸣高树颠》之"碧玉好名倡,夫婿侍中郎",《咏内人昼眠》之"夫婿恒相伴,莫误是倡家",《咏独舞》之"非关善留客,更是娇夫婿"。女性身份虽各不相同,但都是美貌绝伦的佳人靓女:有嫔妃(如《咏内人昼眠》)、有舞女(如《大垂手》、《小垂手》)、有妓女(如《东飞伯劳歌》)、有宫女(如《咏美人观画》)。这些容颜迤逦的女子或颦或笑,乍疑还喜,流盼之际,眉眼含情,婉转十分,长袖善舞。早在陈代何之元的《梁典·总论》中就有"……文章妖艳,窄坠风典。诵于妇人之口,不及君子之听。斯乃文士之深病,政教之厚疵"的说法,陆时雍也认为其诗"多滞色腻情,读之如半醉憨情,恹恹欲倦"。对萧纲这类诗而言,此论当不为过语。第二类是以女子口吻抒情的拟民歌之作。萧纲与其父萧衍一样,对当时流行的吴声西曲情有独钟。除此之外,萧纲还喜欢用乐府旧题抒情写意,如《艳歌曲》、《妾薄命》、《怨歌行》、《有所思》、《赋得当垆》等,看题目便知为拟思妇口吻。这类诗歌占他全部作品的近1/3,共37首。这些诗作中的女主人公多抒发自己的相思、怨忧、愁苦、孤寂。比如《春江曲》情致款款,微妙细致:"客行只念路,相争度京口。谁知堤上人,拭泪空摇手。"《乌夜啼》也是一首怨情诗作:"绿草庭中望明月,碧玉堂里对金铺。鸣弦拨扶发初异,挑琴欲吹众珠。不疑三足朝含影,直言九子夜相呼。羞言独眠枕下泪,让道单栖城上乌。"《半路溪》写女子淡淡的惆怅,委婉的相思;

《生别离》、《寒闺》写别后的生活寂寞无味,牵挂与思念之情。

萧纲还写有大量的咏物诗,但严格地说,这些咏物诗普遍存在重写人而轻写物的现象,"事实上已从写物转向写女性"①,因而可以看做是男子作闺音的一种变体。例如《咏蜂》:"逐风从泛漾,照日乍依微。知君不留晒,衔花空自飞。"显然是一个略带忧伤意识的女性形象的化身。《咏灯笼绝句》、《咏萤诗》等作也皆可作如是观。

萧纲以其特殊的政治地位大量创作宫体诗,致使"后生好事,递相仿习,朝野纷纷,号为宫体"(《隋书·经籍志》集部总论)。除了身体力行之外,萧纲还提出了著名的"立身须谨慎,为文且须放荡"的理论宣言。为了张扬自己的文学主张,萧纲还命徐陵编了一部诗歌总集《玉台新咏》②。"《玉台新咏》但辑闺房一体"(胡应麟语),且数量共达8700多首,专收自汉迄梁关于女性和男女爱情的诗歌,中心部分是当时的宫体诗。它不仅是我国最早的一部艳诗总集,也可以说是我国早期艳诗的集大成者。从《诗经》—《玉台新咏》—《花间词》—《香奁集》—元曲……从民间的艳歌到文人拟作的艳诗,构筑了一条言情文学之路。正如梁启超说:"《新咏》为孝穆承梁简文帝意旨所编,目的在专提倡一种诗风,即所谓言情绮靡之作是也。……欲观六代哀艳之作及其渊源所自,必于是焉。"③

4. 萧绎

《北史·文苑传序》云:"梁自大同以后,雅道沦缺,渐乖典则,争驰新巧。简文、湘东启其淫放,徐陵、庾信分路扬镳。"可见,湘东王萧绎与其兄萧纲在文学观念及创作风格上可谓比肩携手。他在《金楼子》"立言篇"中提出了"吟咏风谣,流连哀思……绮縠纷披,宫微靡曼,唇吻遒会,情灵摇荡"的为文标准。这也能从他的创作中得到印证。他的作品和萧纲比较起来,写女子的哀

---

① 罗宗强:《魏晋南北朝文学思想史》,中华书局2004年版,第421页。
② 《玉台新咏》卷十中说:"昔昭明之撰《文选》,其所具录采文而间一缘情。孝穆之撰《玉台》,其所应令咏新而专精取丽,舍此而求先乎此者,惟尼父之删述耳,将安取宗焉?"今案刘肃《大唐新语》云:"梁简文为太子时,好作艳诗,境内化之,浸以成俗,晚欲改作,追之不及,乃令徐陵撰《玉台新咏》以大其体。"
③ 转引自穆克宏:《玉台新咏笺注》,中华书局1985年版,第551页。

思之情分明占很高的份额。比如《寒闺》一首：

乌鹊夜南飞，良人行未归。池水浮明月，寒风送擣衣。愿织回文锦，因君寄武威。

寄送衣锦以表思念良人之情，是文人时常用的母题，而此类题材表现悲苦、哀怨之类的情感也最为集中。

《春别应令四首》其四：

旧暮徙倚渭桥西，正见凉月与云齐。若使月光无近远，应照离人近夜啼。

它如《别诗二首》、《戏作艳诗》、《班婕妤》、《闺怨诗》等，大多倾吐闺中女子感怀身世、哀愁自伤的情愫。显然，萧绎宫体诗创作的这一特点与其"吟咏风谣，流连哀思"的理论主张正相表里。张溥在《梁元帝集题辞》中说"帝不好声色，颇有高名，独为诗赋，婉丽多情。妾悲回文，君思出塞，非好色者不能言"。即使是咏物类的诗作也时刻不忘点染风情，融进了许多美人意绪。如"锦色悬殊众，衣香遥出群"、"思君此无极，高楼泪染衣"、"中江离思切，蓬鬓不堪秋"等。

《南齐书·王僧虔传》说：

今之《清商》，实由铜爵，三祖风流，遗音盈耳，京洛相高，江左弥贵。谅以金石干羽，事绝私室，桑濮郑卫，训隔绅冕，中庸和雅，莫复于斯。而情变听移，稍复销落，十数年间，亡者将半。自顷家竞新哇，人尚谣俗，务在噍杀，不顾音纪，流宕无涯，未知所极。排斥正曲，崇长烦淫。

王论所谓"排斥正曲，崇长烦淫"、"家竞新哇，人尚谣俗"，说的就是吴声西曲在上层社会竞相模仿的空前盛况。由于萧梁皇族的率先垂范，梁代绝大

多数诗人都受其导引而参与了宫体诗的创作,其中不乏模拟女性之作,此处不赘述,只列简表如下,以见其大概:

作　者	朝　代	作　品
陆　厥	齐	《中山王孺子妾歌》、《李夫人及贵人歌》
谢　眺	齐	《夜听妓二首》、《咏邯郸故才人嫁为厮养卒妇》、《铜雀台妓》、《玉阶怨》、《秋夜诗》、《和王主簿季哲怨情诗》、《王孙游》、《同王主簿有所思》、《咏风》、《咏落梅诗》、《咏墙北栀子诗》、《镜台》、《灯》、《席》、《咏竹灯笼》
王　融	齐	《少年子》、《奉和代徐诗二首》、《思公子》、《有所思》、《青青河畔草》
范　云	齐	《自君之出矣》、《送别》、《闺思诗》、《别诗》、《望织女》
沈　约	梁	《昭君辞》、《夜夜曲》、《团扇歌二首》、《塘上行》、《秋夜》、《织女赠牵牛诗》、《携手曲》
柳　恽	梁	《长门怨》、《度关山》、《起夜来》、《杂诗》、《捣衣诗》
王僧孺	梁	《秋闺怨》、《鼓瑟曲有所思》、《为何库部旧姬拟蘼芜之句诗》、《何生姬人有怨诗》、《为人伤近而不见诗》、《马治书同闻邻妇夜织诗》、《秋闺怨诗》、《姬诗》、《为人宠姬有怨诗》、《为姬人自伤诗》(诗《诗纪》作吴均)
吴　均	梁	《采菱曲》、《拟古四首》、《妾安所居》、《陌上桑》、《楚妃曲》、《梅花落》、《有所思》、《去妾赠前夫》、《行路难二首》之一、《闺怨》、《春怨》、《与柳恽相赠答诗六首》、《和萧洗马子显古意诗六首》
费　昶	梁	《长门后怨》、《采菱曲》、《有所思》、《长门怨》、《巫山高》、《芳树》
孔翁归	梁	《奉和湘东王教班婕妤》
何思澄	梁	《奉和湘东王教班婕妤》、《妾安所居》
刘孝绰	梁	《班婕妤怨》、《棹歌行》、《铜雀台妓》、《淇上人戏荡子妇示行事诗》、《爱姬赠主人诗》、《为人赠美人诗》、《咏姬人未肯出诗》、《夜听妓赋得乌夜啼》《遥见邻舟主人投一物众姬争之有客请余为咏》
陆　罩	梁	《闺怨诗》
刘孝仪	梁	《闺怨诗》
王　筠	梁	《有所思》、《楚妃吟》、《秋夜二首》、《游望二首》、《向晓闺情诗》、《咏灯檠诗》、《闺情诗》
萧子云	梁	《春思诗》
萧　纶	梁	《代秋胡妇闺怨诗》、《见姬人诗》

作　者	朝　代	作　　品
阴　铿	梁	《秋闺怨诗》、《南征闺怨诗》
何　逊	梁	《为人妾怨》、《昭君怨》、《拟轻薄篇》、《咏七夕》、《铜雀台妓》、《闺怨绝句二首》、《为人妾思二绝句》、《拟青青河畔草转韵体为人作其人识节工歌》
王台卿	梁	《陌上桑》、《郁郁陌上桑》、《子夜》
江　总	梁	《乌栖曲》、《闺怨篇》
庾　信	梁	《咏怀》、《王昭君》(玉台作昭君词)、《昭君辞应昭》、《怨歌行》、《乌夜啼》、《燕歌行》、《七夕诗》、《咏镜诗》
姚　翻	梁	《车遥遥》、《同郭侍郎采桑诗》、《代陈庆之美人为咏诗》
徐　陵	梁	《奉和咏舞》、《走笔戏书应令》、《王舍人送客未还闺中有望》、《为羊兖州家人答铜镜》、《折杨柳》等

第三节　唐代:闺怨·宫怨·香奁

正如初唐司马逸客《雅琴篇》所云:"朝野欢娱乐未央,车马骄闻盛彩章。"唐时经济的繁荣,社会的富庶,造就了唐代朝野多欢、诞节舞马、飘香堕翠、豪奢欢愉的文化娱乐氛围。在唐诗风神独具、挥洒豪迈的大潮中,诗人自然也会关注到溺桥的柳枝,西窗的烛影,宴前的檀板,月下的倩娘,更何况文学自身的延续性也不会因为改朝换代而戛然而止。张溥《汉魏六朝百三家集题词注》说:"唐人文章,去徐庾最近,穷形写态,模范是出。"男子作闺音发展到唐代,尤其是其中的宫怨和闺怨两类,无论是数量还是质量都蔚为大观。这句话包含两层意思:一是唐代的闺怨诗与宫怨诗是在充分继承前代的文学传统的基础上壮大起来的;二是后代的此类作品成就远不及唐代。就连狂放不羁、磊落不群的李白亦被王安石讥为"白诗多说妇人,识见污下"。元稹《叙诗寄乐天书》,追叙了自己居江陵贬所,应河东李景俭请求,将十六岁至元和七年间八百余首诗自编诗集的情况,其中包括百余首艳诗。白居易这位以优秀讽喻诗篇备受景仰的诗人,在宦海风波沉浮之后,也全身远祸,终老自适,放弃了"惟歌生民病"的诗歌理想、政治抱负,代他人伤情吟咏是他后期诗歌很重要的内容。杜牧在《唐故平卢军节度巡官陇西李府君墓志铭》中借机批评元白诗风之浮艳:"诗者,可以歌,可以流于竹,鼓于丝,妇人小儿皆欲讽诵,国俗薄厚,扇之于诗,如风之疾速。尝痛自元和以来,有元白诗者,纤艳不逞,非庄人雅士,多为其所破坏。流于民间,疏于屏蔽,子父女母,交口教授,淫言媟语,冬寒夏热,入人肌骨,不可除去。吾无位,不得用法以治之。"不过,这位一向以王佐之才自诩的诗人虽然恨不能将元白之流风雅罪人绳之以法,自己却也因不才明主弃而纵情声色,流连风月,在女子抒情重寄托自己的伤叹和淡淡的黍离之悲为行文方便起见,我们先言闺怨诗,次论宫怨诗。此外,香奁诗、花间词也是晚唐诗坛值得一谈的现象。

一、闺怨诗

较之前代,唐代的闺怨诗更加贴近女性的现实生活,对女性心理的挖掘更加深入细致。尤为引人注目的是"唐人集中多咏征夫、思妇,宋以后颇稀,盖意境为前人说尽也"①。由于唐代特殊的兵役制度②和不断爆发的"国际、国内战争"致使闺怨诗中的征妇之辞也陡然增多。经年累月的征戍,一方面使征人役夫有家难归,生死茫茫;另一方面使无数的女子居家独守,枉自幽怨。这类闺怨诗大多从征妇的生活感受出发,立足于抒发她们的离愁别绪和美好愿望。正如杨义先生所说:"为少妇思边代言的风气,于唐甚炽。其间的相思

---

① 陈伯海:《唐诗汇评》,引《诗境浅说续编》对张仲素《秋思二首》的评语,浙江教育出版社1995年版,第1851页。
② 唐代采用府兵制。府兵就是分别隶属于各个军府的常备兵。这种兵士的服役期极长。最初的规定是21岁入伍,年满60岁退役。武则天时改为25岁入伍,50岁退役。一个青年如果被征召入伍,他的妻子就差不多做一辈子寡妇。《新唐书·兵志》:"玄宗开元六年,始诏折冲府兵每六岁一简。"这些边兵的生命非常没有保证,如《资治通鉴》卷二三二记载:"天宝以后,山东戍卒还者十无二三。"原因是"山东戍卒,多膏缯帛自随,边将诱之寄于府库,昼则苦役,夜系地牢,利其死而没入其财"。这一切让远在家乡的妻子因为不知道内情而怨恼不已。在后来实行的募兵制度下,士兵的服役期限也很长,据《资治通鉴》卷二一四记载:"开元二十五年(737年)(五月)癸未,敕以方隅底定,令中书门下与诸道节度使量军镇闲剧利害,审计兵防定额,于诸色征人及客户中召募丁壮,常充边军,增给田宅,务加优恤"。开元二十六年(738年)"春,正月,制边地长征兵,募向足,自今镇兵勿复遣,在彼者纵还"。又加上因战争频繁,自然延长战士的服役期,不能按时"瓜代",征人照样不能如期回家。因此,兵士的妻子难免伤离怨别之情。

既注入生死恋的苦味,又展示关山云海的悲壮,在感情力度和艺术境界上都有所开拓。"①而且此类"代征人妇抒情之作,大都各出新意,体贴入微,比观颇得启发之益"②。可以说,这类作品中表现的怨与恨是盛唐气象的一个变调,它以极为特殊的方式为我们传达了昂扬向上的时代氛围中的另一种声音,呈现出与往代后世迥然不同的面貌。在概括唐代这类闺怨诗呈现的典型特征之前,有必要先简述一下征妇诗歌在唐前的"发展简史"。

　　描写思妇思念征人的这一主题在《诗经》中已经出现。《卫风·伯兮》对征妇因思念征战在外的丈夫而"首如飞蓬"、"甘心疾首"的痴情,《王风·君子于役》中征妇那"才下眉头、却上心头"的牵挂与盼望都可谓刻画细致入微。此外,《唐风·葛生》、《周南·卷耳》也都是佳作。"甚至在《出车》、《秋杜》这两篇作为王朝'政典'的诗歌中,竟也在对国家军事行动的描写中,嵌入了妇人的思夫之情,仿佛'岂不怀归'的将士与'忧心忡忡'的妇人在同台演出。"③但是,《诗经》中的这类作品是不是男子作闺音已无从论定。诗歌史上第一首文人以征妇口吻创作的作品应该是东汉末年陈琳所作的《饮马长城窟行》。该诗将征人妇"结发行事君,慊慊心意关。明知边地苦,贱妾何能久自全"④的坚贞执著表现得淋漓尽致。《古诗十九首》中的《行行重行行》、《青青河畔草》、《冉冉孤生竹》、《凛凛岁云暮》、《孟冬寒气至》、《客从远方来》、《明月何皎皎》等诗中虽然没有表明男性是征人身份,但那种因怀念远行人而产生的感情的寂寞和相思的难耐都已经被生动形象地描绘出来,在艺术表现上取得了很高的成就。

　　魏文帝曹丕所作的《燕歌行》不仅为七言冠冕,而且其描写思妇对行役不归的丈夫的思念之情也非常生动感人。曹丕在诗歌表现内容上开辟的征人思妇这一领域,为后人发扬光大。后代许多诗人如谢灵运、梁元帝、萧子显、北周的王褒、庾信等一直到明清两代,以《燕歌行》为名的同题诗作有 18 首之多,

---

① 杨义:《李白代言体诗的心理机制》,《海南师范学院学报》2000 年第 1 期。
② 刘永济:《唐人绝句精华》,人民文学出版社 1981 年版,第 13 页。
③ 李山:《诗经的文化精神》,东方出版社 1997 年版,第 110 页。
④ 郭茂倩:《乐府诗集》卷三八,中华书局 1979 年版,第 557 页。

其中以征妇口吻的入诗的就有10首。①

六朝以降,这类闺怨诗多了起来,且多着力描写战士妻子孤守残灯、霜月为伴的凄凉感情,如梁代江淹的《征怨》、萧纪的《闺妾寄征人》、江总的《闺怨篇》、《乌栖曲》、《杂曲三首》之一、《长相思二首》之一等都写得较为成功。隋朝因其历史短暂,诗歌成就不突出,但值得一提的是薛道衡的《昔昔盐》,这首诗歌深入细致地刻画了思妇因为丈夫从军长期不归导致的心路变化历程,其中"暗牖悬蛛网,空梁落燕泥"一联历来被认为是描写思妇孤寂情态的绝妙之笔。晚唐时期的赵缎以薛道衡诗每句为题作了《昔昔盐二十首》②,可见这首诗歌的影响之大。

描写征妇之怨的诗歌发展到唐代,从数量上讲,据笔者对《全唐诗》及其《外编》、《补编》的不完全统计,内容比较明显地属于此类的闺怨诗约有三百多首;从作家来看,唐代许多大作家如李白、杜甫、王昌龄、白居易、沈佺期、王涯、张仲素、施肩吾、陆龟蒙等,都有此类诗作传世;从诗作内容方面讲,唐代的此类诗歌虽然也一如前代以男女恋情为主题,但已把触角伸向更为广阔的社会生活领域。单拿李白来说,《李太白全集》中,关于妇女的诗歌共有八十余首,几乎占全部作品的1/10。李白关于妇女的诗歌中写得最多的是"思妇"。其中数量较多的一种就是从军戍边的征人之妻,比如《乌夜啼》、《子夜吴歌》、《塞下曲》、《捣衣篇》、《北风行》等。综观唐代闺怨诗,其特征表现在以下三个方面:

首先,女性形象更加贴近女性现实。汉魏六朝的游子妻、征人妇,无论是捣衣女、采桑妇抑或织锦妻,一般都是"口如含朱丹,指若削葱根","头上倭堕髻,耳中明月珰"、遍身罗绮的美艳少妇。而唐代诗人却将视线转移到民间那些"麻苎衣衫鬓发焦"(杜荀鹤《山中寡妇》)的蓬鬓荆钗、布裙如旧的女子,转移到"亦知戍不返,秋至试清砧"(杜甫《捣衣》)的"孟姜女"们身上。丈夫征战在外,她们必须挑起家庭的重担,"和衣卧时参没后,停灯起在鸡鸣前"(王建《织锦曲》)。这类闺怨诗与其他的闺怨诗之所以不同,"是因为作为征人妇不仅要饱尝思妇

---

① 这十首诗歌为曹丕、陆机、萧子显、萧绎、庾信、王褒、王韶之、郑刚忠(宋)、明清两代各一首等作;曹睿(魏)、陶翰(唐)、屈同仙(唐)、高适、贾至、张载、汪元量也都作《燕歌行》,观其内容主要描写战争,与男子作闺音无涉。

② 《全唐诗》卷五四九,第6340页。

所受的相思之苦、离别之恨,还要时刻牵挂远在边塞的丈夫的冷暖安危,承受的情感折磨格外沉重,因而这类诗写来也格外痴情"①。应该说,这些粗服乱发、不事修饰的贫妇寒女的憔悴、忧虑和劳累才是民间女子的"真面目"。

其次,女性立场与男性价值的差异。杜牧《寄远》诗就是典型的例证:"两叶愁眉愁不开,独含惆怅上层台。碧云空断雁行处,红叶已凋人未来。塞外音书无信息,道傍车马起尘埃。功名待寄凌烟阁,力尽辽城不肯回。"从少妇愁眉不展、感叹红叶凋零等诗句来看,少妇并不看重丈夫功成名就,唯愿夫妻鸳鸯双栖。而丈夫的价值观则恰恰相反,追求的是"功名待寄凌烟阁",因此,"力尽辽城不肯回"。张籍的《妾薄命》也同样反映了女性的"自私"心理:"与君一日为夫妇,千年万岁亦相守。君爱龙城征战功,妾愿青楼欢乐同。人生各各有所欲,讵得将心入君腹。"

盛唐时代,整个社会氛围充满积极进取的浪漫气息,效命疆场、马革裹尸被普遍认为是"大丈夫当如是也"的壮举。开国之初唐太宗对当时人民的从军热情非常自得:"…炀帝无道,失人已久,辽东之役,人皆断手足以避征役,玄感以运卒反于黎阳,非戎狄为患也。朕今征高丽,皆取愿行者,募十得百,募百得千,其不得从军者,皆愤叹郁邑,岂比隋之行怨民哉。"②受这种社会大气候的影响,征妇们或许最初也会抱着对功名的盲目崇拜而支持丈夫立功边陲。然而长期的担心、焦虑,无涯的期盼渐渐使她们的态度变得消极:如李频的《春闺怨》中的征人之妻,开始有了"自怨愁容长照镜"③的抱怨,而王昌龄的《闺怨》中的少妇在目睹柳色新新那一瞬间,触发了她心中埋藏已久的"虽言千骑上头居,一世生离恨有余"④的懊悔。更多的妇女则一开始就持有与男性截然不同的价值观念,寄语丈夫"莫逞雕弓过一生"⑤,"为传儿女意,不用远封侯"⑥。和六朝时期的征妇诗作一比较,这一点会更明显。六朝文人以征妇口吻所作的

①　张明非:《读唐代闺怨诗》,《古典文学知识》1998 年第 3 期,第 10—19 页。
②　(宋)司马光:《资治通鉴》卷一九七,中华书局 2007 年版,第 2396 页。
③　《全唐诗》卷五八七,第 6808 页。
④　耿沣:《古意》,《全唐诗》卷二六九,第 3003 页。
⑤　陈陶:《水调词十首》之三,《全唐诗》卷七四六,第 8490 页。
⑥　常理:《古别离》,《全唐诗》卷七七三,第 8766 页。

此类诗歌,内容多是表现对青春逝去的惆怅和哀怨:"独枕凋云鬓,孤灯损玉颜"①、"愿君关山及早度,念妾桃李片时妍"②。从某种意义上,可以说是六朝贵族文人"出于一种主观的嗜好,把思念作为一种优雅的情调去品味"。

再次,将征妇之怨、征人生活和边塞景色融为一体。唐人在描写战争给闺中妻子带来的愁苦和悲伤,给家庭生活带来的影响和负担时,特别注意把边塞的景色、征人的生活与思妇的闺怨结合起来描写。如李峤的《倡妇行》③就是一例,诗人将边塞的生活写入闺怨诗,比起以前的闺怨诗,境界阔大了许多。再如张籍的《征妇怨》:"九月匈奴杀边将,汉军全没辽水上。万里无人收白骨,家家城下招魂葬。妇人依倚子与夫,同居贫贱心亦舒。夫死战场子在腹,妾身虽存如昼烛。"④这首闺怨诗不仅表现思妇命运的悲惨,而且也写出了边境战争的残酷景象。唐代"说征妇者甚多,渗淡经营,定推文昌此首第一"⑤。

二、宫怨诗

宫女是封建社会君王特权——嫔妃制度的产物,相对于其他身份的女子来说,宫女可是说是最让人羡慕又最让人同情的特殊群体。女子被选入宫,意味着有机会和最高统治者亲密接触,但是也同时意味着,她们要做好抛却自由、幸福,让青春在孤寂煎熬中萎缩殆尽的充分准备。张海鹏在《宫词小纂》(丛书集成初编本,页一)中曾道:"南朝而降,递尚清辞;唐代以还,遂传宫怨。"这坐实了宫怨诗在唐朝的繁盛。宫怨题材滥觞于《诗经》,萌芽于汉。汉武帝时班婕妤退处冷宫后自悼之作《怨歌行》,是宫怨诗的"原型"。司马相如代失宠的陈皇后向汉武帝婉转陈情的《长门赋》则当推为文人宫怨诗的发轫。

① 逯钦立:《先秦汉魏晋南北朝诗》"梁诗"卷十九,中华书局1983年版,第1900页。

② 逯钦立:《先秦汉魏晋南北朝诗》"陈诗"卷八,中华书局1983年版,第2596页。

③ 其诗曰:"十年娼家妇,三秋边地人。红妆楼上歇,白发陇头新。夜夜风霜苦,年年征戍频。山西长落日,塞北久无春。团扇辞恩宠,回文赠苦辛。胡兵屡攻战,汉使绝和亲。消息如瓶井,沉浮似路尘。空余千里月,照妾两眉峭。"见《全唐诗》卷六一,第725页。

④ 《全唐诗》卷三八二,第4279页。

⑤ 陈伯海:唐诗汇评,引《唐诗笺要》,浙江教育出版社1995年版,第1895页。

后此，以歌咏陈皇后、班婕妤为母题①的宫怨诗奕代继作，至有唐一代篇帙纷呈。"我们甚至可以说，所谓宫怨诗，最初主要就是咏这两个失宠者的诗。"②全唐诗中，以《班婕妤》、《婕妤怨》、《长门怨》、《雀台怨》、《昭君怨》、《怨歌行》、《玉阶怨》、《长信怨》、《长门》、《长门烛》、《长门失宠》、《阿娇怨》、《长信宫》、《长信秋词》、《长信宫中树》、《代班姬》等为题的诗作比比皆是。再加上以"宫怨"③、"宫词"④、"春怨"等为题的诗作，宫怨诗的数量保守统计也在五百首以上。这些宫怨之作大都出自男性之手⑤，自初唐至晚唐的许多著名诗人如沈佺期、王昌龄、李白、王维、崔颢、李商隐、陆龟蒙、罗隐、王建、白居易、杜牧、杜荀鹤等都留下了此类作品。从整体上看，这些男子作闺音的诗作，深刻形象地表现了宫廷女子的生活、思想、愿望、等待、孤寂、愁怨，塑造了宫廷女子"少年入内教歌舞，不识君王到老时"的悲哀；"将心托明月，流影入君怀"的痴情；幽闭深闺、羊车望幸的寂寞；长锁掖庭、铜雀分香的苦恼；宠极爱歇、妒深情疏的恐惧。描述了民间女子入宫与亲人生离死别的痛苦；入宫后的如履薄冰、战战兢兢；陵园妾的"供奉朝夕，具盥栉，治衾枕，事死如事生"的非人生活；以及托意红叶、渴望幸福，"只插荆钗嫁匹夫"的愿望。

考诸唐代的宫怨诗总体的创作面貌，主要呈现以下几个特点：

一是宫女形象的类型化。唐代以前的宫怨诗，除咏铜雀台姬一类外，大多如俞陛云《诗境浅说续编》所云："凡写宫怨者，皆言独处含愁"，多是为个别宫人的怨忧而作。而唐代宫怨诗往往只是诗人臆想中的宫女形象。一如康正果在《风骚与艳情》中指出的，那些超乎平庸的唐代宫怨诗，"严格说来，都是作者的主观抒情之作，而非对宫女现实处境的忠实反映"⑥。

---

① 这里的母题是借用西方文学研究常用的一个术语，指"一个主题、人物、故事情节、或字句样式。其一再出现于文学作品里，成为利于统一整个作品的有意义线索"。参见李达三：《比较文学研究之新方向》，联经出版事业公司1978年版，第313页。

② 康正果：《风骚与艳情》，上海文艺出版社2001年版，第190页。

③ 以"宫怨"为诗题始见于唐代，唐诗以《宫怨》为题者八首。

④ 宫词主要以古代帝王宫廷日常生活琐事为题材，常表现宫女抑郁愁怨的情怀。一般为七言绝句。唐代诗人王建作有《宫词》百首，开创以"宫词"作诗题的先例。

⑤ 台湾学人郑华达统计说唐代宫怨诗343首，属于女诗人作者的有27首，仅占总数的7.8％。与笔者阅读实践有出入，不清楚以何版本为据此论。

⑥ 康正果：《风骚与艳情》，上海文艺出版社2001年版，第191页。

二是以宫女之失宠望幸寄托诗人之失意失遇。宫怨诗中的宫女之怨虽内容不同，但都是"复数"的宫人面对"单数"的君王。士人与宫女相似的地位往往使其能做"他人有心，予忖度之"。再则唐人论诗、解诗、写诗都常自觉承继男女君臣的传统，①因此，士子们在叙写宫女哀愁及命运时，便会或隐或显地借诗自况，或寄寓自身不为国君所用的怨意，或由宫人失宠后的凄凉无奈抒发自身对君弃的恐惧和忧虑。但这种"怨意的流露主要还是按照'安分安命'、'怨而不怒'的法则而表现；这种怨意的节制，除显示出女性对男性的顺服外，最终亦表现了士子对君权的驯服"②。

三是对文学传统的继承、借鉴与创新。宫怨文学萌芽于汉魏，成长于六朝，③至唐而大盛。从创作源流上来看，唐代宫怨诗在题材、内容方面多是沿用乐府旧题。以《长门怨》为诗题的最早作者是梁代的柳恽和费昶。④ 唐袭旧例，单以《长门怨》作诗题的就有 34 首，以《宫词》为题的又有 160 多首。在艺术风格和表现技巧方面，宫怨诗中反复出现的"镜"、"烛"、"帘"、"萤"、"苔"、"扇"、"阶"等意象都是沿袭六朝诗文而来。虽说在竞相创作的过程中也不乏

---

① 就论诗而言，托名贾岛的《二南密旨》有"论例物象"，其中云：天地、日月、夫妇，君王也明暗以判体用。至于解诗，据范摅的《云溪友议》记曰："明皇幸岷山，……李龟年曾于湘中采访使宴上唱："红豆生南国，春来发几枝，愿君多采撷，此物最相思。"又"清风朗月苦相思，荡子从戎十载余，征人去日殷勤嘱，归雁来时数附书。"此词皆王右丞所制，至今梨园唱焉。歌阕，"合座莫不望行幸而惨然。"李龟年唱《相思》、《伊州歌》，而旁人"望行幸而惨然"，此歌者在听众间引起共鸣，心领神会其男女比喻君臣的意味。至于唐人作诗，直接表明以男女喻君臣的，亦不乏其例，如白居易《太行路》一诗，其序云："借夫妇以讽君臣之不忠也。"

② 郑华达：《唐代宫怨诗研究》，台北文津出版社 2000 年版，第 292 页。

③ 六朝虽然也有一些宫怨创作，更多的则是我们前面所述的宫艳诗，它毋宁说是南朝市民乐府诗歌与文人逞辞弄藻品性以及贵族文人宫廷生活的一种"杂交"品种。

④ 《汉武帝故事》曰："武帝为胶东王时，长公主嫖有女，欲与王婚，景帝未许。后长公主还宫，胶东王数岁，长主抱置膝上，问曰：'儿欲得妇否'长公主指左右长御百余人，皆云'不用'。指其女问曰：'阿娇好否？'笑对曰：'好，若得阿娇作妇，当作金屋贮之。'长公主乃苦要帝，遂成婚焉。"《汉书》曰："孝武陈皇后，长公主嫖女也。擅宠骄贵，十余年而无子，闻卫子夫得幸，几死者数焉，元光五年废居长门宫。"《乐府解题》曰："长门怨者，为陈皇后作也。后退居长门宫，愁闷悲思，闻司马相如工文章，奉黄金百斤，令为解愁之辞。相如为作《长门赋》，帝见而伤之，复得亲幸。后人因其赋而为《长门怨》也。"《长门怨》梁柳恽诗为："玉壶夜愔愔，应门重且深。秋风动桂树，流月摇轻阴。绮檐清露溽，网户思虫吟。叹息下兰阁，含颦奏雅琴。何由鸣晓佩，复得抱宵衾。无复金屋念，岂把长门心。"费昶《长门怨》为："向夕千愁起，自悔何嗟及。愁思且归床，罗襦方掩泣。绛树摇风软，黄鸟弄声急。金屋贮娇时，不言君不入。"

构思雷同、窠臼前人的平庸之作，但是类似题目，同一人物的不同处理，常常能够反映出不同时代的旨趣。比如说班婕妤、陈皇后的母题在唐代就出现了新的特征。唐代诗人笔下的班婕妤已不再是向来以贤淑自持、进退有度见称的贤德、知命的形象，而是遭受到"共辇岂关羞"①的诘问以及"指辇竟何辞"②的批评。退居长信宫的班婕妤不像魏晋六朝的婕妤形象愁来自抑、晓帐幽闭，而是一门心思求得复宠，甚至表现出对朝阳殿的艳羡。这当然与唐代士人以功名自诩、不求谦让恬退、不尚空谈高风亮节的文化精神的有关。③ 唐代关于陈皇后的诗作也出现了新的"动向"：一是对阿娇之妒的谴责，二是对求宠买赋的同情与肯定。④ 不少宫怨诗还将长门与团扇对举、班姬共阿娇并现⑤，而且草蛇灰线，隐而不显。细究起来，唐代诗人在班婕妤与陈皇后身上频做文章，尤其对陈皇后的买赋求宠和班婕妤的为文自伤、争风朝阳大加褒扬，除了与唐人以诗文求仕、热衷仕途有关外，陈后的仰赖文学、赏识高才、量金买赋的行为无形中抬高了文人的价值、文学的地位；而婕妤的不甘寂寞，也与唐人汲汲于名利的心态相吻合，此二者恐怕也是不可排除的因素。陈皇后、班婕妤两个母题，自汉魏六朝至唐代，一直是宫怨诗的热门话题，然而在不同时代还是表现出迥异于前代的风貌不能不引起研究者的关注。

唐代之所以会出现宫怨诗创作的繁荣局面，激起诗人写作热情的最主要的原因应该说是诗人往往以借抒宫怨为名，表达自己内心的情愫；其次，恐怕与唐代的后宫制度密切相关。《新唐书·宦官列传》序中说：开元、天宝中，宫嫔大率至四万。李唐王朝虽然有过几次释放宫人的行动，但是大量宫女"一生遂向空房宿"、"空悬明月待君王"压抑和痛苦的局面并没有多大改观。更

---

① 《玉阶怨》(《全唐诗》卷二六二)："长门寒水流，高殿晓风秋。昨夜鸳鸯梦，还陪豹尾游。前鱼不解泣，共辇岂关羞。那及轻身燕，双飞上玉楼。"

② 《相和歌辞·班婕妤》："贱妾如桃李，君王若岁时。秋风一已劲，摇落不胜悲。寂寂苍苔满，沉沉绿草滋。荣华非此日，指辇竟何辞。"

③ 薛天纬《干谒与唐代诗人的心态》指出：唐代士子对仕进的热心是空前的，诗人更是得风气先，差不多都不安分仅仅做诗人(况且当时并无诗人这一社会职业)而祈求仕途的显达。

④ 诗人对陈皇后买赋的同情可见于魏奉古《长门怨》、乔备《长门怨》、沈铨期《长门怨》、柯崇《宫怨》其二。

⑤ 比如李百药的《妾薄命》(《全唐诗》卷二四)："团扇秋风起，长门夜月明。羞闻拊背人，恨说舞腰轻。太常应已醉，刘君恒带醒。横陈每虚设，吉梦竟何成？"

值得同情的是那些经事前朝的无子宫人被遣置陵园"未死此身不令出"的凄苦命运。此外,恐怕还得益于唐代较为宽松的政治现实。宫怨诗事涉宫闱,很多诗作还要对君王有所埋怨,讽谏以致指责,即使吟咏往朝,也难免会有影射之嫌。如果没有较为宽松的政治环境,这种高产场面是没有产生的土壤的。当然,也存在一种情况,诗人写宫怨诗未必一定有所寄托,也不一定真正同情现实中的宫女或有意讽喻当代的君主。诗人们沿袭旧题旧事,"更醉心于创造哀艳的意境,他们并不关心其中的事实"①,为作诗而作诗的情况也是存在的。

三、香奁与花间

唐代的男子作闺音现象,除了见于上文所言的闺情诗与宫怨诗两大类之外,还有一类艳情诗词其数量之多与作者之众也同样值得注意。

魏晋以前,在正统的诗文领域,以爱情、女性为主要内容的作品并不多见。魏晋以降,随着人的主体意识的觉醒,文学也突破传统礼教的束缚,开始关注并描写女性,风靡一时的梁陈"宫体诗"就是很典型的例子。中唐时期,对女性爱情生活与情感的关注,对女性恋情思绪、爱恨情怀、姿容情态的描写,在元稹、白居易、李贺、晚唐李商隐、韩偓等人的艳情诗作的推动下,形成了又一次创作高潮。男性诗人设身处地地体味女性的内心世界,为闺人侍妾、歌姬宫娥写心立言,比较引人注目的是李商隐和韩偓。李商隐的诗歌,前人之述已备,这里主要说一下韩偓的创作。

被李商隐称为"雏凤清于老凤声"的韩偓,可以说是晚唐诗人中男子作闺音的高产作家。《新唐诗·艺文志》载:韩偓有两部诗集:一部是《翰林集》,另一部便是闻名于当时和后世的《香奁集》。这部诗集中的"香奁诗"百首记载了诗人早年的诗酒风流生活,其内容全为抒写男女偷情密约的感受以及对妖艳的女性的描写。宋代严羽《沧浪诗话·诗体》说:"香奁体,韩偓之诗,皆裾裙脂粉之语。"《唐音癸签》卷八云:"韩致尧冶游情篇,艳夺温李。"二论并不苛刻,这从《香奁集》自序就可以得到证明:"自庚辰辛巳之际迄己亥庚子之间,所著歌诗,不含千首,其间以绮丽得意者,亦数百篇。……遐思宫体,未敢称庚

---

① 康正果:《风骚与艳情》,上海文艺出版社2001年版,第191页。

信工文,却诮玉台,何必请徐陵作序。粗得捧心之态,幸无折齿之惭。柳巷青楼,必尝糠秕,金闺绣户,始预风流。"他在序言中公然将自己的创作与南朝宫体诗相比。在这类以女性为抒情主体的艳情诗里,女主人公一律是愁绪满怀,企盼相思,孤独失眠。清人刘熙载《艺概》云:"齐梁小赋,唐末小诗,五代小词,虽小却好,虽好却小。盖所谓'儿女情多,风云气少'也。"他把唐末小诗跟五代小词相提并论,并概括出它们的共同特性,韩偓的诗也不例外。韩偓对男女相爱相思愁肠百结的心境、刻骨铭心的眷恋的情感体验把握得细致入微。《四库提要》评其为"虽其词皆艳冶,千变万化,不出于绮罗脂粉之间,于风骚正规未能有合,而就诗论诗,其记诵之博,运用之巧,亦不可无一之才矣"。且看其《厌花落》:"书中说却平生事,犹疑未满情郎意。锦囊封了又重开,夜深窗下烧红纸。红纸千张言不尽,至诚无语传心印。但得鸳鸯枕臂眠,也任时光都一瞬。"《偶见》:"千金莫惜旱莲生,一笑从教下蔡倾。仙树有花难问种,御香闻气不知名。愁来自觉歌喉咽,瘦去谁怜舞掌轻。小叠红笺书恨字,与奴方便寄卿卿。"

但是也有人认为《香奁集》中的诗,表面上看吟咏的虽是男女私情,但内蕴却是隐喻他和昭宗的君臣际遇。清代末年,有一位满族诗人震钧在《香奁集发微》中就持此论:"今集中诗凡有年之可考者,均在贬官以后,即《翰林集》亦始于及第之年,未及第前,无一诗之在,抑又何也?以此见《香奁集序》乃故为迷谬之词,用以避文字之祸,都非正言也。"为此,他还专门写了一本《香奁集发微》。书中,他把韩偓比之屈原,指出"《香奁》之所以同于《离骚》,以其同是爱君也。所以异于《离骚》,《离骚》以美人比君,《香奁》以美人自比。如第一首《幽窗》,纯描怨女之态,而实以写羁臣也。大抵致尧素性修洁,不肯同流合污,故以静女自方"。在他的阐释视域中,《香奁集》俨然又是一部有政治比兴意味的集子了。不过,读韩偓集中"自吟自泣无人会"、"平生心绪无人识"、"绛帐恩深无路报,语徐相顾却酸辛","光阴负我难相遇,情绪牵人不自由"、"光景旋消惆怅在,一生赢得是凄凉"等诗句也确实引人猜思。朱奠培《松石轩诗评》云:"韩偓之作,情思沦洽而气骨优柔,其《香奁集·序》,似非端人介士所为,岂值时多难,概将是自婉耶?"①

———————

① 朱奠培:《松石轩诗评》,据周维德集注校《全明诗话》,齐鲁书社 2005 年版,第 468 页。

晚唐另一部词集《花间集》可以说是《香奁集》的姊妹篇。它的产生与发展与香奁体有着非常密切的渊源关系。宋人林景熙曾言:"唐人《花间集》,不过香奁组织之辞。"①田耕宇也认为:"《花间集》就是《香奁集》的长短句表现形式。"②只要对照两部集子的序言,就会发现《花间集》的序言与《香奁集》的理论宣言的确如出一辙。《花间集序》中说:"……则有绮筵公子,绣幌佳人,递叶叶之花笺,文抽丽锦;举纤纤之玉指,拍按香檀。不无清绝之词,用助娇娆之态。自南朝之宫体,扇北里之倡风。"无疑,"刻意伤春复伤别"(李商隐《杜司勋》)是二集的共同主题。

"花间词派"得名于后蜀赵崇祚编的《花间集》,该集共收录晚唐五代词人18家词作500首,包括温庭筠、皇甫松、韦庄、薛昭蕴、牛峤、张泌、毛文锡、牛希济、孙光宪、魏承班、毛熙震、李珣等人的词作,其中男女艳情之作几乎都是以女性为抒情主体,着力于女性生活、女性情怀的描写。"词之初起,事不出于闺帏。"(清人先著《词洁》卷二)打开第一部文人词的总集《花间集》,女性相思离愁,思恋怨别之作占据了500首词中的4/5。触目皆是女性的服饰装扮、容貌体态和内心情绪的描写。以"花间鼻祖"温庭筠为例,温词的绝大部分词作中的主角都不是词人自己,而是那些孤独的女性主演的一幕幕"都市情感独幕剧"。在陈设华美的室内,这些姿容姣好、意态慵懒、装饰华丽的女子表达着她们深闺独居的寂寞、爱情失意的伤心、青春虚度的忧愁。这些作品,已经偏离了言志传统诗教观念,其中逞才使气,追求消遣娱乐的心态十分显著。

艳情诗与艳情词在晚唐同时出现,取决于晚唐社会环境和时代的"精神气候"。晚唐繁荣发达的城市商业经济背景,秦楼楚馆、娼妓行业兴盛对当时人们的思想观念、生活习惯乃至整个社会风气的影响都产生了巨大的影响,也为花间词的滋生与盛行提供了适宜的社会土壤与文化环境。李肇《唐国史补》记载:"长安风俗自贞元侈于游晏。"王定保《唐摭言》描述了进士及第后大

---

① 林景熙:《胡汲古乐府序》,据金启华等主编《唐宋词集序跋汇编》,江苏教育出版社1990年版,第301页。

② 田耕宇:《晚唐诗研究》,巴蜀书社2000年版,第290页。

宴于曲江的景况:"行市罗列,长安几乎半空。公卿家率以其日拣选东床,车马阗塞,莫可殚述。"上层社会日趋华靡奢侈的风尚直接催生了人们的内心的欲望,文人们的创作心理与审美倾向与初盛唐相比发生了很大的转变,文人的视野由对社会现实的关注转而投向秦楼楚馆、花间酒边。花间派其他词人也如温庭筠一样,在享乐意识、情爱意识驱使下,迷花逐酒、放纵情欲,借女子之口尽情表达着男欢女爱、离情别绪、春愁秋怨。

花间词的创作主体多是达官贵人、清客幕僚,但抒情主体却是思妇、妓女。这些作品以角色转换的方式,让女子作言行、情感的主体来表达夫君远行、所嫁非人、遭受薄幸或良偶难求等种种爱情失意时的孤独、悔恨、怨悱之情,把自身对女性的揣摩和体验加以间接化、对象化、意象化的表达。这些缠绵哀怨的词作大盛于晚唐,是由两种因素的合力所致:一是受晚唐艳情诗和敦煌民间词的影响;二是词和乐可歌、娱宾遣兴,侑酒佐欢的特点使得迷恋宫苑楼台、平康巷陌的词人为"助娇娆之态"、"资羽盖之欢"而"被动"为之。温庭筠的词作就证明了这一点,如范摅《云溪友议》载:"裴郎中諴,举子温歧……二人又为新添声《杨柳枝》,饮筵竞唱其词而打令也。"这种即兴创制的男子作闺音,词人只是代替这些女性抒发情怀,词中女子的情感大都不是词人的真实情感,抒情主人公的生活及其心理状态与词人并无牵涉,词人以"我"观"她",从自己的生活经验、审美情趣出发,揣摩和体验他们心目中的女性的生活情态和心理状态,表现的是一种无"我"之境。苏珊·朗格认为:"每一种艺术都以不同程度的纯粹性和精巧性表现了艺术家所认识到的情感和情绪,而不是表现了艺术家本人所具有的情感和情绪。它表现的是艺术家对感觉到的事物的本质的洞察,是艺术家为自己认识到的机体的情感和想象的生命经验画出的图画。"①花间词的闺音之作与这种观点颇为相合,它表现的不是词人本人的情感和情绪,而是词人认识到的女性的情感和情绪。在这样的心理动机驱使下的闺音作品,女子的处境和心理状态与词人经历身世很难说有多少直接的关联。词作中的女性也谈不上是词人政治品格和伦理思想的载体。詹安泰说:"唐五代之词,虽镂玉雕琼,裁花剪叶,绮绣纷披,令人目眩,而不必有深大之

---

① [美]苏珊·朗格:《艺术问题》,滕守尧译,中国社会科学出版社1983年版,第87页。

寄托。"①施蛰存也认为:"唐五代人为词,初无比兴之义,大都赋叙闺情而已。"②比起敦煌曲子词中的思妇歌伎的质实特点来,花间词中明确用美人、谢娘或女子抒情的对象——公子等称谓的词作并不多见,大多数作品的女性主体身份需要读者通过词中具体物象的暗示和指代辨认。比方说女性的容貌衣饰如蝉鬓、娇眼、朱唇、皓腕,罗襦、金钗、香囊、凤鞋等;或者是女性所用的器具如珠帘、秀帷、香车、雀屏、鸳枕、鸾镜等;或者是女子所处的环境如画堂、金闺、玉楼、绮窗等。例如毛熙震《何满子》:

> 几度香闺眠过晓,绮窗疏日微明。云母帐中偷惜,水晶枕上初惊。笑面嫩疑花坼,愁眉翠敛山横。相望只教添怅恨,整鬟时见纤琼。独倚朱扉闲立,谁知别有深情。

这首"艳丽亦复温文,更不易得"的词,抒情主人公的性别身份——一位惆怅绮怨、相思不得的少妇形象,就要通过容貌、衣饰、器物、环境等多种物象组合成的闺阁氛围来确定。而且这样的作品在《花间集》中极为普遍。应该指出的是:花间词中的抒情女主人公,无论是青楼歌女还是富家闺秀,人物的年龄、身份等一系列具体因素在词中都没有明确的交待,无论是从形象、情感还是表达方式来看,抒发的都是一种类型化了的女性失意之情,具有较明显的趋同性。日本学者村上哲见评温庭筠词时说:"几乎没有一个女性的形象具体地浮现在眼前,主题不是'孤独的女性',而是'孤独的女性的心情'。连心情几乎全部是背景的叙述或情景的描写,一切只是心情的表象。"③刘熙载也如是评价温词:"温飞卿词精妙绝人,然类不出乎绮怨。"在花间词人"集体无意识"的创作中,对女性的偏嗜与反复描写使这些作品难免有类型化的痕迹,但也显然透现出他们对女性生活的关注、对女性美的审视、对女性内心的体味

---

① 詹安泰:《詹安泰词学论稿》,广东人民出版社1984年版,第120页。
② 施蛰存:《读温飞卿词札记》,载《词学研究论文集》,上海古籍出版社1982年版,第238页。
③ [日]村上哲见:《唐五代北宋词研究》,杨铁婴译,陕西人民出版社1987年版,第105页。

以及浓厚的女性意识。作为成熟的文人词总集,《花间词》以其女性化的情调、富艳华美的形式、柔婉绮丽的整体风格奠定了词为"艳科"的传统,对宋词的创作产生了直接而显著的影响。

但是,对于充溢于《花间集》中的男欢女爱、柔情绮思、风花雪月的题材,人们往往颇多微词。从南宋的陆游一直到当代,批评责难的声音此起彼伏。有的说它是满足感官的刺激,有的说它是低级趣味,有的说它不过是淫巧侈丽之词。当然,也有评论者为之张目。比如叶嘉莹先生就认为,"以《花间集》为代表的早期词的创作,即以表达男女相思怨别之情为主。但其中的佳作却都艳而不淫,深微幽隐,富涵人生言外之联想的潜能。"①在叶氏看来,正如代言诗歌一样,花间词人在代人言情的同时,也包含着借人代己言情的潜隐的心理动机。词中女子的闺怨情怀与文人自己受压抑的生存处境和受挫折的政治命运暗合。因此,词中所叙写的虽是一种纯乎闺中伤离怨别之情,但可引发读者对放臣逐子之"幽约怨悱不能自言之情"的联想。清代的常州词派更是推波助澜,将花间词上溯为屈原以来香草美人之喻的承继。如张惠言认为:"唐之词人,温庭筠最高,其言深美闳约。"②陈廷焯也以为:"飞卿菩萨蛮十四章,全是变化楚骚,古今之极轨也。徒赏其纤丽,误矣。"③

第四节　宋代:俗艳·闲雅·骚雅

黑格尔说:"遇到一件艺术作品,我们首先见到的是它直接呈现给我们的东西,然后再追究它的意蕴和内容。前一个因素——即外在的东西——对于我们之所以有价值,并非由于它所直接呈现的;我们假定它里面还有一种内在的东西,即一种意蕴,一种灌注生气于外在形状的意蕴。……文字乃至于其他媒介,就算尽了它的能事,而是要显现出一种内在的生气、情感、灵魂、风骨和

---

① 参见叶嘉莹《对常州词派张惠言与周济二家词学的现代反思》,据《中国词学的现代观》,岳麓书社1988年版。

② (清)张惠言:《词选序》,据唐圭璋《词话丛编》本,中华书局1986年版,第1617页。

③ (清)陈廷焯:《白雨斋词话》卷一,据唐圭璋《词话丛编》本,中华书局1986年版,第3778页。

精神,这就是我们所说的艺术作品的意蕴。"①黑格尔的这段话对于评价南唐到北宋词坛的整体风貌是基本适合的。

一、南唐迄宋初

前面我们已经谈到,作为男子作闺音式的代言,花间词人的主体意识几乎完全缺席。南唐词人虽然秉承了花间"艳科"传统,但是与花间女性的单纯抒发绮怨相思情怀的闺音之作比较起来,他们的作品虽然也多是以女性为词作的抒情主人公,写相思离别、怀人念远的抑郁、感伤之情,但词作却有了黑格尔所言的一种"内在的东西"和"深层意蕴"。花间词的"以艳为美"的风尚与绮丽词风,词作中的脂粉香艳气在南唐词人那里得到了一定程度的"淡化",他们将闺怨离愁融进了伤时悼乱的感慨和国事凋残的凄凉。这使词作更富于兴发感动的质素,更富有一种人类共同的情感特质。举南唐君臣为例证之。

先来看冯延巳。冯煦在《唐五代词选序》中评价冯延巳的词:"鼓吹南唐,上翼二主,下启欧晏,实正变之枢纽,短长之流别。"冯煦的评论充分肯定了冯延巳在晚唐到北宋词风转变中所起的作用。陈廷焯《白雨斋词话》说:"正中意余于词,体用兼备,不当作艳词读。"所谓的"意"指的正是词中深蕴的人生忧患。冯延巳的闺音之作,大都本于女性情感又超越了单纯的女性情感,包蕴着盛时难久、好景不常的人生慨叹。王国维说:"冯正中堂庑特大,与中后二主词皆在花间范围之外。"②由于他的词具有感发之质素,因此,很多人认为他的词有比兴之义。近代学者张雨田《曼陀罗瞻词序》也曾说:"正中身仕偏朝,知时不可为,所为《蝶恋花》诸阕,幽咽惝恍,如醉如迷,此皆贤人君子不得志发愤之所为作也。"冯煦在《阳春集序》中评论冯正中,说是:

翁俯仰身世,所怀万端,缪悠其词,若显若晦,搛之六义,比兴为多,若《三台令》、《归国谣》、《蝶恋花》(即《鹊踏枝》)诸作,其旨隐,其词微,类劳人思妇、羁臣屏子,郁伊怆怳之所为。

---

① 黑格尔:《美学》第三卷,商务印书馆1981年版,第190页。
② 王国维:《人间词话》,据唐圭璋《词话丛编》本,中华书局1986年版,第4243页。

又云：

　　周师南侵，国势岌岌，中主既昧本图，汶暗不自强，……翁负其才略，不能有所匡救，危苦烦乱之中，郁不自达者，一于词发之。

　　香港著名学者饶宗颐对冯正中的几首《鹊踏枝》都给予了政治的解读，如他认为"不辞镜里朱颜瘦"一句是"鞠躬尽瘁，具见开济老臣怀抱"；又以为"为问新愁，何事年年有"是"进退亦忧之义"，更以为"独立小桥"二句，是"岂当群飞刺天之时而能自保其贞固，其初罢相后之作乎？"还有另一首"惊残好梦"，饶氏以为"似悔讨闽兵败之役"，又以为"谁把钿筝移玉柱"，是"叹旋转乾坤之无人矣"。

　　与冯延巳词一样，南唐二主描写闺愁相思、离情别绪的作品也不完全是花间词的复制和翻版，它们的词作同样含有丰厚的蕴涵。李璟"折北不支，至于蹙国降号，忧悔而殂"（《续资治通鉴》卷第二，宋纪二），李煜"尝怏怏以国蹙为忧，日与臣下酣宴，愁思悲歌不已"[1]。这些记载为我们提供了一个事实：他们虽贵为人主，但出于强邻压境、大厦将倾、国破身危的特殊环境，词作中具有一份无法消除的悲苦与忧思，很容易引发人生发一种盛时难驻、人生苦短的感慨。李璟现存词仅4首，皆是以暮春残秋之景写哀怨之情的思妇词，《浣溪沙》可为代表。词以思妇为抒情主人公，深刻细腻地表现了一种怀人念远的寂寞，流露出韶华不返、青春易逝的生命之思。王国维曾经说过："南唐中主词'菡萏香销翠叶残，西风愁起绿波间'，大有众芳芜秽、美人迟暮之感。"又曾说："后主则俨有释迦基督担荷人类罪恶之意。"南唐词的特色，就在于能够带着直接的兴发感动的力量造成一种意境。不管是冯延巳，还是李煜、李璟的闺音词，都是恋情思绪与生命意识的结合体，在艳情的外壳下充溢着深沉的人生慨叹。艳情词的这种新内涵伴随着词向北宋前期的过渡，也随之输入到晏欧等人的词中。王国维说："冯正中词，虽不失五代风格，而堂庑特大，开北宋一

---

① 参见欧阳修《新五代史·南唐世家》，中华书局1974年版。

代风气。"①晏欧并为宋词婉约派的开山始祖,他们的词作在内容和风格上都沿袭南唐遗风,尤承冯延巳词。词话里有许多关于他们的词风相近的言论,如"冯延巳词,晏同叔得其深,欧阳永叔得其俊"②。承续冯延巳"堂庑特大"的词风,北宋前期词人以艳歌小词来抒写一种带有忧患色彩的士大夫意识,既有与伤春悲秋所引发的时光流逝之感相关的闲情之作,又有以男女的离情别怨为主要内容的艳情之作。宋前期词人大都是朝中的达官贵人(柳永另当别论),他们在享受眼前富贵风流的生活时,又有人生短暂、盛筵难久的隐忧;时光飞逝、伤春悲秋的感叹,他们的这种情感心态自然而然流泻于对男女情事的体味描写中,使人感受到意生言外,秘响旁通。李之仪《姑溪词》说:"晏欧风流闲雅,超出意表,语尽而意不尽,意尽而情不尽。""富贵优游五十年,始终明哲保身全"(欧阳修《晏元献公挽辞》)的晏殊,一生不可谓不达,可他在长夜之饮、笙歌艳舞的极兴中,时常有着一份难以释怀的心情,他的词作在男女的相思离别之情中融入词人的生命感受、人生体验。张惠言评其《鹊踏枝》三首:"忠爱缠绵,宛如《骚》、《辨》之义。"③黄蓼园评晏殊《玉楼春》词说:"言近而旨远者,善言也。'年少抛人',凡罗雀之门,故鱼之泣,皆可作如是观。"④欧阳修的闺音之词,在其表面所叙写的遣玩艳赏中也往往具有深远的含蕴。叶嘉莹先生精准地概括了这种特点,她说:"在欧阳修那些风月多情的作品中,我们可以体会出他心性中所具有的对人间美好事物的赏爱之深情与对生命之苦难无常的悲慨,以及他在赏爱与悲慨交杂的心情中对人生的感受和态度。"⑤要之,如果说南唐君臣的"亡国之音"所体现的忧生忧世之心,那么北宋初期诸公的词作体现的就是风流闲雅之姿。

二、北宋中后期

晚唐五代的花间词人,他们的词作大多抒写风花雪月、别恨离愁,多用男

①　参见王国维《人间词话》,据唐圭璋《词话丛编》本,中华书局 1986 年版,第 4243 页。

②　(清)刘熙载:《艺概·词曲概》,上海古籍出版社 1978 年版,第 107 页。

③　(清)张惠言:《词选》,据唐圭璋《词话丛编》本,中华书局 1986 年版,第 1613 页。

④　(清)黄蓼园:《蓼园词选》,据唐圭璋《词话丛编》本,中华书局 1986 年版,第 3043 页。

⑤　叶嘉莹:《唐宋词名家论稿》,河北教育出版社 1997 年版,第 5 页。

子作闺音的方式,词中女子爱情的失意多呈现类型化、普泛化的特征。南唐、北宋前期的冯延巳、晏殊、欧阳修等人的艳情词在闺怨思恋之中,开始不自觉地融入词人个体生命的忧思。但是词发展到北宋中期,无论是美学风貌、主体意识、价值取向还是心理动因都呈现出与晚唐、五代直至北宋前期不同的特征。北宋中期的词坛,柳永和苏轼尤为值得关注。

薛励若先生说:"假使中国词学不经柳氏的改造,则充其量仍不过模仿温韦冯等人的作品罢了。其势亦成末流,必致陈陈相因,黯然无复生气。"①这实在是切中肯綮之论。柳永虽然也是专力创作男欢女爱、闺情离恨,但是他既没有重复花间旧调,也没有像晏欧那样追慕南唐。如果花间词人的闺音词作呈现出"艳"的特征,南唐北宋的词家诸作呈现"雅"的特征,那么,柳永艳冶风情之作的"俗"实在是文人词中的另类。北宋建都之后,"中原息兵,汴京繁庶,歌台舞席,竞赌新声"。伴随着社会的安定、都市经济的繁荣,市民阶层日益壮大,市民文化、世俗文化兴起。然而多数士大夫却固守风雅的成见,对于市井俗流不屑一顾。他们虽也创作令词,但女性的言语及心理,都被不同程度地"士大夫化"了,或者说雅化了。② 柳永出身儒宦世家,也曾汲汲功名,奔走朱门,志在兼济,心系进用,但却因其词名不为君主所喜,重臣所容,屡挫于科场廊庙。因此,柳永索性以纵情畅意的狂游来弥补功名不就的心理失衡,以对青楼生活的执著、迷恋来代替统治阶级的"白衣卿相"。在"不愿穿绫罗,愿倚柳七哥;不愿君王召,愿得柳七叫;不愿千黄金,愿得柳七心;不愿神仙见,愿识柳七面"(祝穆:《方典胜览》卷十一"人物")的风月场中获得替代性满足。仕途失意而流连坊曲的柳永突破了那种保守的士大夫意识,"他把自己降到一个浪子的身份去迎合市民阶层的庸俗心理之需要"③,《乐章集》里的大量闺音之作,女主人公都是世俗化、市井化的。她们个性鲜明、敢爱敢恨;她们热烈地追求情欲,注重自己的实际利益,蔑视封建礼法,她们坦率地表白心灵深处的苦痛和愿望。

---

① 薛励若:《宋词通论》,上海书店 1985 年版,第 106 页。
② 参见刘扬忠《唐宋词流派史》,福建人民出版社 1999 年版,第 218 页。
③ 杨海明:《唐宋词史》,江苏古籍出版社 1987 年版,第 20 页。

　　刷新北宋词坛风貌的另一个关键人物就是"一洗绮罗香泽之态,摆脱绸缪婉转之度"的苏轼。王灼《碧鸡漫志》云:"词至东坡,指出向上一路,新天下耳目,弄笔者始知自振。"苏轼"句句警拔"、"横放杰出"的风格开拓始于对词坛专注于描写儿女柔情、离愁别绪的男子作闺音的不满,希望引诗入词、尽废淫靡。然而他的"别调"、"变格"与词坛主流比较起来又实在是曲高和寡。能像他那样做到"清丽舒徐,高出人表"者寥寥无几。而实际上即使东坡本人也并没有"一洗",更没有"摆脱"。在《东坡乐府》中,描写儿女情、妇女态的柔婉妩媚之词仍然占有相当大的比重。北宋中后期词坛,以晏几道、秦观、贺铸、周邦彦等人的创作为代表又回归到"柔情曼声,幕写殆尽"的创作模式。① 与小晏同为"伤心词人"的秦观,善写男女之情。但是虽作艳语,终有品格。② 秦观一生十分凄凉,他强志盛气、方正贤良与坎坷不遇、人生蹇偃的命运形成巨大的反差,"故所为词,寄慨身世,闲雅有情思,酒边花下,一往而已"③。他的许多词作,如《水龙吟》、《千秋岁》、《八六子》都将"身世之感,一并打入艳情"④。在女子相思离情、怀人念远的抒情中灌注了词人怀才不遇的惆怅苦闷、韶华易逝的伤感无奈,转徙流离的艰辛困顿。爱情失意的哀愁与薄宦飘零的"士大夫生命之忧郁"⑤紧紧地交织在一起。其实,这种以男女间的离情别绪寄寓词人个体的社会生活和政治生活的感受,不独秦观专美,它在北宋后期艳词中是很普遍的现象。贺铸的《青玉案》抒发词人追寻一位幽独美人而不得的浓重"闲愁",但在那种可望而不可即的怅惘和美人迟暮的怨叹中,寄寓着这位有英武之气的词人仕途蹭蹬、怀才不遇的身世苦痛。黄蓼园认为:"此词作于退休后。自有一番不得意,难以显言处。"⑥道出了这首词中蕴涵的深

---

　　① (明)何良俊:《草堂诗余序》,据孙克强《唐宋人词话》,河南文艺出版社 1999 年版,第306 页。

　　② 王国维:《人间词话》,据唐圭璋《词话丛编》本,中华书局 1986 年版,第4246 页。

　　③ (清)冯煦:《蒿庵论词》,据唐圭璋:《词话丛编》本,中华书局 1986 年版,第3586 页。

　　④ (清)周济:《宋四家词选眉批》,据唐圭璋《词话丛编》本,中华书局 1986 年版,第1652 页。

　　⑤ 孙维城:《宋韵——宋词人文精神与审美形态探论》,安徽大学出版社 2002 年版,第144 页。

　　⑥ (清)黄蓼园:《蓼园词评》,据唐圭璋《词话丛编》本,中华书局 1986 年版,第3057 页。

意。《东山词》中那些描写美人与情爱的篇章,大都哀怨无端,别具一种骚情雅意。

晏几道少经繁华、富贵风流,后遭盛衰之变,身世沧桑,因此,他的闺音之作,在女子悲欢离合的抒写中融入了一己身世的深沉感受。夏敬观说:"叔原以贵人暮子,落拓一生,华屋山丘,亲身经历,哀丝豪竹,寓其微痛纤悲。"①北宋中后期的词人既去花间之绮艳,又舍柳词之俗艳。他们不着意于专为浅斟低唱、剪红刻翠之作,也不对男欢女爱、柔情蜜意的情欲作津津乐道的描写,他们承续南唐及北宋前期词的传统,从注重人物的容饰情态、物象环境的描写逐渐转向心曲意绪的表现。在绮罗香泽、绸缪婉转之中融入了词人自我的悲欢离合、情趣思致。较之于花间、南唐及北宋前期的闺音之作,具有"蓄艳其外,醇至其内"的情感内涵。这一方面是由于北宋中后期的矛盾尖锐、党争剧烈的社会现实使很多文士与世沉浮,仕路难测,才志难展,理想幻灭,因此普遍弥漫着遭贬处穷和贬中忧生的双重情景。② 另一方面,摹写儿女柔情在北宋中后期还是词的创作的主流倾向,士大夫文人从自己的或者歌儿舞女的爱情失意或受阻之中,体验与观照自我人生命运的悲凉落拓,宣泄内心积郁的悲哀愁思。男子作闺音给他们提供了一个恰到好处的发泄渠道。

三、南宋:闺怨情与英雄气

靖康之变,神州遭难,国土沦丧,二帝蒙尘,尖锐的民族矛盾激发了士大夫压抑已久的爱国之心、立功之志。可是奉行投降路线的赵宋统治集团却与金人连续签订了"绍兴和议"、"隆兴和议",而且对抗金行为进行严厉的压制和打击。文人志士虽然感慨时世、磨刀霍霍,却是复土救民、英雄失路。"文变染乎世情,兴废系于时序。"(《文心雕龙·时序》)"靖康之难"不仅使庞大的北宋王朝摇摇欲坠,也同时扭转了词坛浅斟低唱、剪红刻翠的创作主潮,改变了词的功能与命运。但是,对南宋文人词坛悉心检阅,便会发现词集中并不乏

---

① 夏敬观:《评小山词》跋,据龙榆生《唐宋名家词选》,上海古籍出版社 1980 年版,第 100 页。

② 沈松勤:《北宋文人与党争》,人民出版社 1998 年版,第 118 页。

女性的伤春孤独、离愁别怨之情,只是这些作品的审美意蕴、创作特征、情感指向、创作主体的身份角色都发生了根本性的转变。

清人王士祯《倚声初集序》云:"有诗人之词,唐、蜀、五代诸人是也。有文人之词,晏、欧、秦、李诸君子是也。有词人之词,柳永、周美成、康与之之属是也。有英雄之词,苏、陆、辛、刘是也。"王氏认识到南渡及南宋前期词人的身份已经迥异于晚唐五代及北宋词人可谓颇有见地。王兆鹏先生在论唐宋词内涵结构的各个层次的流变时也持相同的观点,他认为词的抒情主人公的转换经历了从佳人到文士再到志士这样的过程。① 南渡之前的文人词,词的抒情主人公不外乎闺人思妇,歌儿舞姬,而词的创作主体基本上都属于文人士大夫的行列:花间词的创作主体大都是政治上无所作为、纵情声色的风流词客;南唐及北宋前期词的创作主体多是高居庙堂的名臣巨公;中期词坛霸主柳永是功名不就、纵游狎邪的多情浪子;后期词的创作主体大都是仕途蹭蹬的文人才士,如苏轼、秦观、周邦彦等。可是南渡之后,词的创作主体却一变而为心怀国难、有志不获的英雄志士。创作主体身份的改变又带来了代言体词作创作特征的变化。在抗金复国、忧时伤世的社会主旋律下,英雄志士的这类词作,"色貌如花,肝肠似火",他们的失意不是直率的抒发,不是激烈的宣泄,而是托闺情而出之的"寄深于浅,寄厚于轻,寄劲于婉、寄直于曲"②。作者之性别与作品抒情主人公之性别的巨大反差,使女性的情思之中别具一种抑郁不平的深婉情怀。

从晚唐五代一直到南渡之前,以叙写美女与爱情为内容的词作,从情感内涵而言,经历了一个发展转变的过程。花间艳情词表现的是普泛化的女性爱情的失意之情,与创作主体自身的生活经历并无直接的联系;南唐、北宋前期的闺音词于女性的伤离惜别之情中开始融入盛世难久、繁华易逝的深沉意绪;北宋中后期的艳情词"将身世之感,打并入艳情",于男女之间的离情别绪、伤逝怀人之中寄寓了词人个体社会生活和政治生活的感受。但是总体看来,北宋的闺音之作还局限于表现类型化的与个体化的情感,并不能映见出与时代

---

① 王兆鹏:《唐宋词史论》,人民文学出版社 2000 年版,第 57 页。
② (清)刘熙载:《艺概·词曲概》,上海古籍出版社 1978 年版,第 121 页。

政治形势相关的社会化的内容。而正是在这个方面,南渡之后的艳情词显示了新的趋向。南渡与南宋前期的闺音词不单寄寓了词人个体的情怀,而且还常常隐含着一种超越了个体情怀的与南宋局势息息相关的家国之感。这个时期,辛弃疾、刘克庄、陆游、范成大、陈亮、张元干都是代表性词人。

　　自称"老子平生,笑尽儿女恩怨"(《沁园春》)的辛弃疾不是一位传统意义上的文人,而是一位"以气节自负,以功业自诩"①的志士英雄。写男女恋情、相思离别的词作在辛词中多达 70 首,占总数的 1/10 强。但这些词作却明显地寄深意于剪红刻翠之中,女性的幽怨诉说中灌注着英雄失意的苦闷悲慨。《青玉案》(东风夜放花千树)和《祝英台近》(宝钗分)是他的两首名作。《青玉案》中那位远离喧嚣、自甘寂寞的佳人形象寄托了词人政治失意后的幽独情怀,暗喻着词人不随流俗、高洁自赏的品格。《祝英台近》同样"借闺怨以抒其志"②,闺中女儿"昵狎温柔,魂消意尽"③的孤寂愁苦中潜隐着词人遭受压抑、不被重用的磊落不平。清人张惠言说:"点点正红,伤君子之弃。'流莺',恶小人得志也。'春带愁来',其刺赵、张乎。"④两词都是"写怨夫思妇之怀,寓孤臣孽子之感"(陈廷焯:《白雨斋词话》)的有意寄托之作,前词以闺怨寄托自己政治失意,功业难成的抑郁心情;后词以借美人失意来寄托词人的亡国之痛,所以显得"深情幽怨,意旨微茫"。

　　辛派主将陈亮不屑于儿女恩怨,有"安能规行复矩步,敛袂恹恹作新妇"之论,⑤他的《水龙吟》于闺中女子伤春念远的深情幽怨中寄托了词人对故土沦丧、国事凋残的感叹。清人刘熙载敏锐地意识到了词中蕴含的伤时忧世之感,他以为:"'恨芳菲世界,游人未赏,都付与,莺和燕',言近旨远,直有宗留守大呼渡河之意。"⑥

　　陆游的《夜游宫·宫词》:

――――――――

　　① 范开:《稼轩词序》,据金启华《唐宋词集序跋汇编》,江苏教育出版社 1990 年版,第 172 页。

　　② (清)黄蓼园:《蓼园词评》,据唐圭璋《词话丛编》本,中华书局 1986 年版,第 3060 页。

　　③ (清)沈谦:《填词杂说》,据唐圭璋《词话丛编》本,中华书局 1986 年版,第 630 页。

　　④ (清)张惠言:《张惠言论词》,据唐圭璋《词话丛编》本,中华书局 1986 年版,第 1615 页。

　　⑤ 参见刘过《龙洲集》附录一,上海古籍出版社 1978 年版。

　　⑥ (清)刘熙载:《词概》,《词话丛编》本,中华书局 1986 年版,第 3694 页。

　　独夜寒侵翠被。奈幽梦、不成还起。欲写新愁泪溅纸。忆承恩，叹恰生，今至此。簌蔽灯花坠，问此际、报人何事？咫尺长门过万里。恨君心，似危栏，难久倚。

　　词从表面上看，词写的是闺妇的寒夜怨情，实际上，词也是以闺怨寄托词人空怀恢复大计而壮志难酬的悲戚以及对南宋统治者立场不坚、反复无常的痛心。

　　范成大《秦楼月》共五首，每一首写的都是春闺少妇怀人念远之情，且都作于范成大辞官归家养病的时期。他虽远离朝政，忧国之心却从未消减，多次上书言事。《秦楼月》并非实写闺情，而是借少妇的怀人之情寓托自己的爱君忧国之意。① 张元干《石州慢》(寒水依痕)篇借男女之间的离别愁恨来发泄心中的忧患愁苦，把一片忠贞爱国之心寄于象外。

　　以上诸作无一不是"托志帷房，眷怀君国"②。所谓"声音发于男女者易感"③，自屈原《离骚》开创了"香草美人，以喻君子"的传统以来，古代诗歌就常借男女之情以托意，往往通过女性的伤春惜春、相思别怨来寄寓文人志士的政治失意或人生失意的情怀。清人李重华论诗云："天地间情莫深如男女，以故君臣朋友，不容直致者，多半借男女言之。"④冯浩也认为："古之人不得志于君臣朋友，往往寄遥情于婉娈，结深怨于塞修，以序其缠绵宕往之致。"⑤这种借男女之情以托意之说尤为清代的常州词派所推重。张惠言："极命风谣里巷男女哀乐，以道贤人君子幽约怨悱不能自言之情。"⑥

　　文学传统的浸染与熏陶，再加上闺情别怨与君臣遇合、个人政治得失的"事异而情同"，使南宋词人对这种寓托手法产生了深深的心理认同。南渡后

---

①　唐圭璋编：《唐宋词鉴赏辞典》(南宋、辽金卷)，上海辞书出版社 1988 年版，第 1410 页。

②　庄棫：《复堂词序》，据刘庆云《词话十论》，岳麓书社 1990 年版，第 136 页。

③　(清)陈廷焯：《词则·雅集》卷二，据孙克强《唐宋人词话》，河南文艺出版社 1999 年版，第 613 页。

④　(清)李重华：《贞一斋说诗》，据王夫之《清诗话》，上海古籍出版社 1978 年版，第 931 页。

⑤　冯浩：《玉生诗笺注》，上海古籍出版社 1979 年版，第 832 页。

⑥　(清)张惠言：《词选序》，据唐圭璋《词话丛编》本，中华书局 1986 年版，第 1617 页。

的词人纷纷"借花卉以发骚人墨客之豪,托闺怨以寓放臣逐子之感",把他们在现实生活中积蓄的种种愤慨、抑郁、忠爱、渴望之情经过一定的乔装和改换而发泄于女性与爱情的词作中,在女性爱情的失落中品味自己的感慨,使之成为一种"有意味的形式"。

当然,这种寓托手法在南宋词坛复兴还有时代和社会的原因。詹安泰说:"及至南宋,则国势陵夷,金元继迫,忧时之士,悲愤交加,随时随地,不遑宁处,而时主昏庸,权奸当道,每一动笔,动遭大僇,逐客放臣,项背相望,虽欲不掩抑其辞,不可得也。故词至南宋,最多寄托,寄托亦最深婉。"①据宋人曾敏行《独醒杂志》卷九记载:"绍兴讲解既成,上自执政大臣,下至台谏侍从,以为非是者稍稍引去。于是登显位、据要途者,皆阿附时宰以为悦,外之监司、郡守,或倾陷正人以希进,流入,逐客之落南者,其迹益危。"严酷的政治现实迫使主战志士"敛雄心,抗高调,变温婉,成悲凉"②,借儿女之情暗喻君臣之事和英雄志士备受压抑的情怀,通过比兴寄托的方式来委婉含蓄地传情达意,以避文字之祸。

词与诗相比,尚婉媚深切,又多述男女艳情,自然容易引起借美人香草寄其缠绵悱恻之思的言外之联想。可是,并不是所有的描写男女之情的作品都是托意之作,如温庭筠《菩萨蛮》、欧阳修《蝶恋花》等就并不像常州词派词家所说的一字一句都有托意。实际上,艳情词中自觉地、有意地运用"香草美人,以喻君子"的方法并较为显著者,多见于南渡以后。

钱锺书先生在《宋诗选注·序》中说:"宋代五七言诗讲'性理'或道学的多得惹厌,而写爱情的少的可怜。"钱先生用语很审慎,宋诗中的爱情诗少的可怜,并不代表没有。比如韩驹《九绝为亚卿作》,就是从女方着笔。其诗曰:

> 君住江滨起画楼,妾居海角送潮头。潮中有妾相思泪,流到楼前更不流。

---

① 詹安泰:《詹安泰词学论稿》,广东人民出版社1984年版,第120页。
② (清)周济:《宋四家词选目录序论》,据唐圭璋《词话丛编》本,中华书局1986年版,第1643页。

妾愿为云逐画樯,君言十日看归航。恐君回首高楼隔,直倚红楼过夕阳。

再如南宋叶茵《香奁体》云:

倚楼目断暮江边,约定归期夜不眠。香篆有烟灯有晕,笑移针线向床前。

好议论确为宋诗特色之一,但未必尽皆如此,这首诗中的思妇得知丈夫归来的消息,便倚楼期盼,望穿双眼。直至深夜,不见丈夫身影,转身入室,辗转难眠,看到"香篆有烟灯有晕",以之为喜兆,重又打起精神,挑灯补衣,耐心等待。诗作活灵活现地刻画出了这位思妇望夫归来的急切心情。像这样的作品在宋诗中也不在少数。

第五节 元明清:百年香艳未断绝

元代很多散曲作家笔下的女性抒情主人公,多是下层妇女、小家碧玉和青楼女子,她们有着爽直泼辣、敢爱敢恨的性格特点,故而曲作"语意则直出肺肝,不加雕刻,俱男女相与之情,⋯⋯其情尤足以感人也"(况周颐《蕙风词话》)。李开先《市井艳词序》也说:"按曲品⋯⋯其佳者语多真至,政自难得。子犹诸曲,绝无文采,然有一字过人,曰真。"

元代散曲作者多为下层失意文人,他们混迹于市井倡优之间,对于市民阶层真率泼辣的性格特点以及世俗化的审美趣味有着较多的认同与体验。因此,他们为这些妇女代言时便能淋漓酣畅地表现抒情主人公的种种情思意绪,摆落云烟,情态宛然,念不旁分,语无外假。如商挺的《潘妃曲》把少女偷情私约的心理表现的活灵活现:"戴月披星担惊怕,久立纱窗下,等候他,蓦听得门外地皮儿踏,则道是冤家,原来风动荼蘼架。"曾瑞《闺中闻杜鹃》描摹少妇口吻抒写情思,如见其人:"无情杜宇闲淘气,头直上耳根底,声声聒得人心碎,你怎知,我这里,愁无际。⋯⋯把春醒唤起,将晓梦惊回,无明夜,闲赌噪,厮禁持。我几曾离这绣罗帏？没来由劝我道'不如归'，征客江南正着迷，这声儿好去对俺那人啼！"《闺怨》中的女子刚正泼辣、凛然难犯："当时欢喜言盟誓，今日阑珊说是非，世间你是负心贼，休卖嘴，暗有鬼神知。"赵君祥的《闺情》声口毕肖，情态俱佳："无言自忖，难解悔志诚心，怎消磨生死誓，强打握凄凉运。一行思坐盹，免不得侍儿嘲，遵不得严母训，顾不得旁人论。"刘熙载《艺概·词曲概》指出："古乐府中之至语，本只是常语，一经道出，便成独得，词得此意，则极炼如不炼，出色而本色，人籁悉归天籁。"

　　元代创作闺音散曲数量最多的作家之一为徐再思。例如其《题情》以自嘲自解的口吻，写少女为了爱情，甘心情愿承受相思之苦的折磨，表现了少女的一片痴情真意："多才惹得多愁，多情便有多忧。不重不轻症候，甘心消受，谁教你会风流。"《醉扶归》中的女主人公心直口快，果敢干脆，没有丝毫的矫情与伪饰："有意同成就，无意大家休，几度相思几度愁，风月虚遥授。你若肯时肯，不肯时罢手，休把人空巡逗。"《私欢》表现了年轻女子对爱情和幸福的大胆追求："梧桐画栏明月斜，酒散笙歌歇，梅香走将来，耳畔低低说，后堂中正夫人沉醉也。"《春情》中的女子表露其内心的真迹坦率大方，没有丝毫的遮遮掩掩："平生不会相思，才会相思，便害相思。……症候来时，正是何时？灯半昏时。月半明时。"《闺怨》写商妇怀人思远、怨爱交集、自悔自叹："妾身悔做商人妇，妾身当逢薄幸夫。别时只说到东吴，三载余，却得广州书。"这些闺情散曲皆痛快淋漓，肆意畅情，"直说明言"，不留余韵。正如王骥德《曲律·杂论》说："作闺情曲，而多及景语，吾知其窘矣。此在高手，持一'情'字，摸索洗发，方绝之不尽，写之无穷，淋漓渺漫，自有余力。何暇及眼前与我相二之花鸟烟云，稗掩我真性，混我寸管哉。"

　　张伯雨曰：

　　　　元诗之兴，始自遗山。中统、至元而后，时际承平，尽洗宋、金余习，则松雪为之倡。延祐、天历间，文章鼎盛，希踪大家，则虞、杨、范、揭为之最。至正改元，人材辈出，标新立异，则廉夫为之雄。而元诗之变极矣！明初，袁海叟、杨眉庵辈皆出自铁门。钱牧斋谓铁体靡靡，久而未艾，斯言未足以服铁崖也。

这段话将元代和元末明初的著名词人"一网打尽"。我们摘举元遗山和杨维桢略作分析。元遗山是金元之际著名的诗人、文学评论家,他留下来的闺情诗词温婉缠绵,洗净粉泽,以雅正之思,写男女之情,"情真而调逸,思深而言婉"①。试举《清平乐》一词为例:

> 离肠宛转,搜觉壮泉浅。飞来飞去双燕语,消忽知郎近远? 楼前小雨珊珊,海索帘幕轻寒。杜宇一声春去,树头无数青山。

词的上片写闺妇思念丈夫,容颜消瘦。燕子成双飞来,情语呢喃,而闺妇却形影相吊,真是人不如燕;燕子冬去春来,丈夫了无消息,女人"深锁春光一院愁",惆怅伤感。下片写"小雨珊珊","帘幕轻寒",思妇伫立楼头,惟见树头之外无数青山,将无限情思打入景中,含不尽之意于言外,有缠绵婉转之度,无纤巧软媚之态。

遗山自35岁出仕以来,经历在朝、外任、入朝三个阶段。46岁时由聊城移居山东冠氏县,开始过他的晚年遗民生活。期间,遗山也有一些词借男女之情抒兴亡离合、忠君爱国之意,栖迟零落、惓怀幽怨之心。况周颐《蕙风词话》卷三云:

> 元遗山以丝竹中年,遭遇国变……卒以抗节不仕,憔悴南冠二十余捻。神州陆沈之痛,铜驼荆棘之伤,往往寄托于词。《鹤冲天》三十七阕,泰半晚年手笔,其《赋隆德宫》及《宫体》八首、《薄命妾辞》诸作,蕃艳其外,醇至其内,极往复低佪、掩抑零乱之致。而其苦衷万不得已,大都流于不自知。

的确,遗山此时之作大都哀婉缠绵,寄意深厚。以《鹤冲天·薄命妾辞》三首为例证之。其一云:

---

① 参见谢章挺《赌棋山庄词话》卷四,据唐圭璋《词话丛编》,中华书局1986年版,第3366页。

复纂重帘十二楼,而今尘土尽西州。香云已失全铅草,小景犹残画扇秋。天也老,水空流,吞山供得几多愁。桃花一簇开无主,尽著风吹雨打休。

此词以女子之孤苦无依,喻自己遗臣零落栖迟的惨淡遭际,忠爱缠绵之意含蕴深厚。其二云:

颜色如花画不成,命如叶薄可怜生。浮萍自合元根爷,杨柳谁教管送迎。云聚散,月亏盈,海枯石性古今情。鸳鸯只影江南年。肠断枯荷夜两声。

以女子无依无主,却忠于爱情、生死不渝寄怀词人"系念君国"的衷肠。其三云:

一日春光一日深,眼看芳树绿成阴。烤碎卢女娇无奈,流落秋娘搜不禁。右塞阔,海烟沉,燕鸿何地更相寻。早教会得琴心了,醉尽长门买从金。

全词以春日无多,美人迟暮,渴望早求佳偶,而终因霜塞辽阔海烟沉沉而两处茫茫皆不见,来寄寓词人企望复金而故国难寻之惆怅、憾恨。作者之思真与薄命女子之悲深交融一体,相互发明。

总之,元遗山词作能够寓诗人法度于男女情爱之中,而使纤艳萎靡之词具雅正疏宕之气,缠绵悱恻,终不乏骨力;深婉动人,不失之委琐,"极风骚之趣,穷高迈之致"[1]。刘熙载《词概》谓:"金元遗山,诗兼杜、韩、苏、黄之胜,俨有集大成之意。以词而论,疏快之中,自饶深婉。亦可谓集两宋之大成者矣。"

杨维祯登泰定丁卯进士,曾居吴山铁冶岭,故号铁崖。以风流自命,与东南才俊之士,造门纳屦,笔墨横飞,铅粉狼藉,殆无虚日。著书数百卷,《古乐

---

[1]　(清)陈廷焯:《词坛丛话》,据唐圭璋《词话丛编》本,中华书局1986年版,第3727页。

府》尤盛行,盖一百二十四首,皆为有感而发,为后人称道不已。其乐府词妇女形象亦非常丰富,有商妇、征妇、离妇、思妇、农妇、妓女等。如《杀虎行》序曰:"刘平妻胡氏,从平戍零阳。平为虎擒,胡杀虎争夫。千载义烈,有足歌者。犹恨时之士大夫其作未雄,故为赋是章。"词曰:

　　夫从军,妾从主。梦魂犹痛刀箭瘢,况乃全躯饲豺虎。拔刀誓天天为怒,眼中于菟小于鼠。血号虎鬼冤魂语,精光夜贯新阡土。可怜三世不复仇,泰山之妇何足数。

《乌夜啼》序曰:"古乐府《乌夜啼》者,宋王义庆妓妾报赦之词,予为补之,而少见规诚之义云。"词曰:

　　茏葱高树青门西,夜夜栖乌来上啼。报君凶,报君喜,愿君高树成连理。啼乌夜夜八九子,莫使君家高树移,乌生八九乌散飞。

《南妇还》序曰:"南妇有转徙北州者,越二十年复还。访死问生,人非境换。有足悲者,为赋之。"词曰:

　　今日是何日?怆返南州岐。汨汨东逝水,一日有西归。长别二十年,休戚不相知。去时蚕发青,归来面眉黧。昔人今则是,故家今则非。脱胎有父母,结发有夫妻。惊呼问邻里,共指冢累累。访死欲穿隧,泣血还复疑。白骨满丘山,我逝其从谁?

此外如《西湖竹枝歌九首》、《吴下竹枝歌七首》、《女贞木杨氏》等都是很典型的拟乐府辞。值得指出的是,杨维桢作为一名遗老,还有一些词作以女子贞节寓臣子节义,广为称道。比如,洪武二年,明太祖遣翰林詹同奉币征维桢,召其纂修礼、乐书志,谢曰:"岂有八十岁老妇,就木不远,而再理嫁者邪!赋《老客妇词》以进,以明不仕两朝之意。"词曰:

　　老客妇,老客妇,行年七十又一九。少年嫁夫甚分明,夫死犹存旧箕帚。南山阿妹北山姨,劝我再嫁我力辞。涉江采莲,上山采蘼。采莲采蘼,可以疗饥。夜来道过娼门首,娼门萧然惊老丑。老丑自有能养身,万两黄金在纤手。上天织得云锦章,绣成愿补舜衣裳。舜衣裳,为妾佩古意,扬清光,辨妾不是邯郸娼。

　　维祯又有诗曰:"皇帝书征老秀才,秀才懒下读书台。商山本为储君出,黄石终期孺子来。太守枉于堂下拜,使臣空向日边回。老夫一管春秋笔,留向胸中取次裁。"宋景濂诗云:"不受君王五色诏,白衣宣至白衣还。"盖记其实也。

　　在人类文化史上,男权社会把女性驱赶到一个有别于男性的生活空间,如家庭、厨房、闺房,美国人类学家阿登那夫妇将其称为失声的"野地"。中国古代的女性便是这片野地上生长着的"含羞草"。如前所述,女性的失声包含着两个方面的意思:一是女性成为男人抒情的符码,一是女性的声音被男人改写而"失真"。但是,这种状况到明代发生了历史性的转变。伴随着经济发展的冲击,礼教的式微,启蒙思潮的萌芽,明代文学界掀起了追求个性解放、反对理学、肯定情欲的思潮。一批具有叛逆精神和革新思想的文学家,如李贽、汤显祖、徐渭、冯梦龙等,相继登上文坛,他们蔑视虚伪的伦理道德,肯定人的自然欲求。因此,"反映民间性情之响,遂不列于诗坛"的民歌受到文人的广泛关注,很多作家开始对其进行搜集整理,并且成为明代文坛一道独特的文学景观。明人陈宏褚在《寒夜录》中引友人卓珂月的话说:"我明诗让唐,词让宋,曲让元,庶几吴歌:挂枝儿、罗江怨、打枣竿和银绞丝为类,为我明一绝耳。"在众多的民歌整理者中,冯梦龙的影响最大。作为晚明反封建的斗士,冯在"三言"、《情史》等书的编撰中反复凸显他的以"借男女之真情,发名教之伪药"的"情教"观。冯梦龙曾搜集整理流行于江苏吴县等地的山歌编成《山歌》集。(亦称《童痴二弄·山歌》),共10卷,383首。《山歌》采自吴地街头里巷,所传唱的皆为文人雅士所不齿的男女私情。冯梦龙在其《山歌·序》中称:"为诗坛不列,荐绅学士不道,歌者之权愈轻,歌者之心愈浅。今所盛行者,皆私情谱耳。"冯梦龙认为山歌表现了真性情,因此,在进行搜集整理时保留其作的原汁原味,并不因为出自女性之口和有大量的情爱描写而加以删改。因此,沉默了几千年的古代女性,终于揭开盖头,出来说真话了。《山歌》中的女主人公们挣脱束缚了几千年的男性话语模式的锁链,直率袒露地把女性隐秘的精神世界大大方方地展示出来。这些山歌多用第一人称的口吻来叙事抒情,抒情主人公多采用"奴"、"小阿奴奴"、"我"、"姐"、"小阿姐"等自称,表现了女性对自身欲望的肯定、对人性的大胆追求。其内容丰富多彩:有对情感自由的期待;有对美好爱情的执著;有对礼教旧规的蔑视;有对夫权的反抗;有对封建礼教的男尊女卑的地位的颠覆。出于对女性地位的重新认定和对女性自然欲求的发现与肯定,有不少吴地的下层文人还拟作过山歌。在《捉奸·又》后,冯梦龙清楚地说明这是"其友苏子忠新作"。《挂枝儿》里收录有丘田叔、米万钟、董斯张、李元实、南元史、张伯起等人的拟民歌之作。冯梦龙自己也曾拟作过山歌。如《山歌》卷一的《捉奸》条,冯梦龙在附言中说:"弱者奉乡邻,强者骂乡邻,皆私情姐之为也,因制二歌歌之。"

　　清人陈廷焯云:"词至于明,而词亡矣!"近人吴梅村在《词学通论》中亦称"词至明代,可谓中衰之期"。词至明代,确难与唐宋高峰平起平坐了。因此,明词在各种文学史著作中难觅一席之地,然而,"一代之词,亦有不可尽废者"。被誉为"词家功臣"的杨慎对词的贡献便不容忽视。今存杨慎词涉及男女恋情的约有110多首,占其词作总数的1/3,其词以美女、离情、闺怨、性爱等题材为主,词藻华丽,灿若编贝,在内容和风格上和五代西蜀的花间词一脉相承。史志称"杨慎戍永昌,遍游诸郡,所至携倡伶以随"(《云南通志》),"与人游,不问贵贱,酒间吟次,时命声妓,佐之舞裙歌扇,笑拥弥日,不知者有登徒子之讥"(《四川志》)。其友刘绘说他"独于脱略礼度,放浪形骸,陶情于艳曲,耽意于美色,乐疏旷而惮拘检。此天下后生往往惑之,抱尺寸者又从而讥讪"。

　　明代词坛另外一个备受瞩目的人物是吴伟业。时人谓伟业词"本以香奁体入手,故一涉闺房之事,辄千娇百媚,妖艳动人"①。吴伟业的闺音之作多产

----

① (清)赵翼:《瓯北诗话》(卷九),见郭绍虞《清诗话续编》,上海古籍出版社1983年版,第1290页。

生于崇祯十四五年"蹑屐东山"之后，是其特定人生遭际的产物。徐钪《本事诗后集》记载："梅村先生蹑屐东山，纵情声色。当歌对酒，只字流传，人争购写。论者以为杜枚风情，乐天才思，不是过也。"①这些作品大致分三种类型：吟咏酬赠之作、寄羡调笑之作及拟作。拟作中仿齐梁体的《子夜歌》最为典型。这类诗共计26首：包括《子夜词三首》、《子夜歌十三首》、代友人答闽妓的《子夜歌六首》和《新翻子夜歌四首》。较之晋宋齐梁时期子夜歌的真率质朴，他的拟作主要体现了情与欲的靡艳。如《子夜歌十三首》之五："双缠五色缕，与欢相连爱。尚有婉转丝，织成合欢带"，《子夜歌六首》其一："白玉绛罗围，枝头荔子垂。待侬亲用手，缓缓褪红衣"，都带有明显的色欲成分。明代中后期以降，商品经济的发展、都市的出现、经济生产关系的变化以及新的商品意识和市民阶层的产生，无不对社会思想、文化及时代风气产生强烈影响。名士公子们大多喜欢征歌逐色、生活放浪。吴伟业处在这样的时代氛围，自然同流合污，甚至50年后，李宗孔回忆起来还感慨万千："思五十年前辟疆先生及牧斋、梅村、芝麓诸君子独擅风流，不愧王谢，人间乐事观止矣。"

在从明诗到清诗的转变过程中，钱谦益起了关键性的作用。《清史稿·文苑传》序云："明末文衰甚矣。清运既兴，文气亦随之而一振。谦益归命，以诗文雄于时，足负起衰之责。"徐世昌《晚晴簃诗汇》云："牧斋才大学博，主持东南坛坫，为明清两代诗派一大关键。"

钱谦益的闺音之作受吴中诗人艳体诗风的影响很大。赵翼云："吴中自祝允明、唐寅辈，才情轻艳，倾动流辈。……世运升平，物力丰裕，故文人学士得以跌宕于词场酒海间，亦一时盛事也。"②"世运升平、物力丰裕"的客观条件和"跌宕于词场酒海间"的生活方式，催生了吴中诗人向艳的诗风倾向。如祝允明"效齐梁月露之体，高者凌徐、庾，下亦不失皮、陆。……《祝氏集略》别有《金缕》、《醉红》、《窥廉》、《畅哉》、《掷果》、《拂弦》、《玉期》七集。集各有小序，题曰《祝氏小集》。是京兆篋笥中物。好事者多传写之，亦韩致光《香

---

① （清）徐钪：《本事诗》（卷八），四库禁毁丛书，集部第九四册，第611页。

② （清）赵翼著，王树民校证：《廿二史札记校证》，中华书局1984年版，第783—784页。

奁》之流也"①。又如缪侃"年少有俊才,诗工玉台小体";徐庸"吟咏大抵长于香奁,亦膏粱之余习也";徐祯卿早年"沉酣六朝散华流艳,'文章烟月'之句,至今令人口吻犹香";孤松秀"富于才藻,采撷六朝,多所沾丐"等都是六朝宫体、晚唐言情诗两种艳体诗风在吴中广为传播的例证。钱谦益在《列朝诗集小传》乙集"李祭酒懋"中感叹"大率前辈别集,经人撰定,每削去闲情艳体之作,而存其酬应冗长者,殊可叹也"。在远离党争的中心,居家闲居的岁月中,钱谦益放浪于红粉青山的诗酒生涯,创作了不少闺音闲情之作。如《次韵茅孝若无题二首》:

曲房砥舍夜珠来,璧月分明入镜台。网户有情丝幕,穿帘无分燕低回。

眉头黛簇双心结,酒面花浮并口杯。玉树作枝君未见,疏窗先亚一株梅。

旧恩今宠故依然,桃叶杨枝尽可怜。兰坼芳心因晓露,柳含啼眼为朝烟。

天涯荡子轻红粉,日夕佳人惜翠钿。但得容华并桃李,春风长肯在花前。

《有学集》卷四《读梅村宫詹艳诗有感书后四首》小序中说:

余观杨孟载论李义山《无题》诗,以为音调清婉,虽极秾丽,皆托于臣不忘君之意,因以深悟风人之旨。若韩致尧遭唐末造,流离闽越,纵浪香奁,亦起兴比物,申写托寄,非犹夫小夫浪子沉湎流连之云也。顷读梅村宫詹艳体诗,见其声律妍秀,风怀恻怆,于歌禾赋麦之时,为题柳看花之句,彷徨吟赏,窃有义山、致尧之遗憾焉。雨窗无俚,援笔属和。秋蛩寒螀,吟噪咽嘶。岂堪与间关上下之音,希风说

① (清)钱谦益:《列朝诗集小传》丙集,《祝京兆允明》,上海古籍出版社1983年版,第299页。

响乎?《河上》之歌,听者将同病相怜,抑或以为同床各梦,而辗尔一笑也,时岁在庚寅玄冥之小春十五日。

　　题、序中所提到的"梅村宫詹艳体诗",指的是吴伟业为卞玉京而作的《琴河感旧》四章。① 吴诗前小序云:

　　　　枫林霜信,放棹琴河。忽闻秦淮卞生赛赛,到自白下,适逢红叶,余因客座,偶话旧游,主人命犊车以迎来,持羽觞而待至。停骖初报,传语更衣,已托病疮,迁延不出。知其憔悴自伤,亦将委身于人矣。予本恨人,伤心往事。江头燕子,旧垒都非;山上蘼芜,故人安在?久绝铅华之梦,况当摇落之辰。相遇则惟看杨柳,我亦何堪;为别已屡见樱桃,君还未嫁。听琵琶而不响,隔团扇以犹怜,能无杜秋之感、江州之泣也! 漫赋四章,以志其事。

　　根据小序,吴伟业这四首诗,确有"江头燕子,旧垒都非;山上蘼芜,故人安在。久绝铅华之梦,况当摇落之辰"的寄托。不过,钱谦益的和作却无限上纲到"臣不忘君之意"。他说:"余有《听女道士卞玉京弹琴歌》及《西江月》、《醉春风》填词,皆为玉京作,未尽如东涧所引杨孟载语也。此老殆借余解嘲。"②和诗为:

　　　　上林珠树集啼乌,阿阁斜阳下碧梧。博局不成输白帝,聘钱无藉赍黄姑。
　　　　投壶玉女和天笑,窃药姮娥为月孤。凄断禁垣芳草地,滴残清泪到蘼芜。
　　　　灵琐森沉宫扇回,属车辎辘殷轻雷。山长水阔欺鱼素,地老天荒信鸩媒。

①　(清)吴伟业:《梅村家藏稿》卷六,四部丛刊影印董氏新刊足本。
②　《梅村诗话》,见王夫之《清诗话》,上海古籍出版社1978年版,第72页。

袖上唾成看绀碧,梦中泣忍作琼瑰。可怜银烛风添泪,留取高僧认劫灰。

挝鼓吹箫罢后庭,书帏别殿冷流萤。宫衣蛱蝶晨风举,画帐梅花夜月停。

衔璧金缸怜旖旎,翻阶红药笑娉婷。水天闲话天家事,传与人间总泪零。

银汉依然戒玉清,行宫香烬露盘倾。石碑衔口谁能语,棋局中心自不平。

禊日更衣成故事,秋风纨扇是前生。寒窗拥髻悲啼夜,暮雨残灯识此情。

清代词坛高手寥寥,值得一提的是纳兰性德。纳兰性德不惟是清代词坛,也是中国古代词学史上的一个另类。梁启超《中国韵文里所表现的情感》就曾指出:"这个人有他特别的性格。他是当时一位权相明珠的儿子,是独一无二的一位阔公子,他的父母很钟爱他,就寻常人眼光看来,他应该没有什么不满足,他不晓得为什么总觉得他所处的环境是可怜的。……批评这个人,只能用两句旧话说:'古之伤心人,别有怀抱。'他的文字常常表现出这种狂热的怪性。"夏承焘指出:"性德生长华阀,是清廷的外戚,是权相明珠之子;可是他诗词大都低沉婉转,充满抑郁哀伤之情。"纳兰出身高贵,而性格却多情善怨,其词作中充满幽悲、伤感、哀怨、沉痛的情调,透露着令人疑惑不解的忧愁、疲惫、厌倦的情绪。陈其年言其"《饮水词》,哀感顽艳,得南唐二主之遗"。这从占其词作1/5的边塞词中就可窥一斑。他的边塞词情调哀婉,悲苦凄怆,多"女性气",少豪迈气魄,柔情四溢,哀感不绝。总体说来,明清以来,文学重心向俗文学转移,小说、戏曲成为一代文学之盛,诗词不再是主导的文学样式,明清诗词中的男子作闺音文本数量较之前代大大减少。男子作闺音突出表现为戏曲中的性别反串表演,并受到普遍的认可。

行文至此,我们大概梳理出从先秦到明清男子作闺音的概貌。从中可以看到,男子作闺音文本在每个朝代如何地呈现出相似或者独特的面孔。

第三章

"双声"话语与政治修辞

第二章简要描述了文学史各个阶段的男子作闺音现象,对散佚在文学典籍中的此类文本进行了史的梳理。通过这种"速写",我们看到,由男性诗人代拟的思妇、怨女、弃妻形象充斥着古代诗歌典籍,构成了古典诗歌源远流长的抒情传统。学界对抒情主人公——"我"及文本的注释、考评和阐发已是连篇累牍。但是,对于中国文学为什么会形成这种模式化的、重复率极高的男子作闺音文本却乏人关注。本章我们要追问的是:文人士大夫何以要采用男子作闺音的抒情方式? 这种抒情方式又何以成为一种创作模式而代相沿用? 男子作闺音现象是始于创作传统还是始于阐释传统,抑或是二者的"双管齐下"? 当我们确定一首诗歌是假男女之情、托风骚之意时我们依据的标准是什么? 又根据什么来确定一首男子作闺音的诗作是单纯的代作和模拟? 本章,我们希望将这些问题置于中国古代的解释、创作传统、文化成规、文人审美心态、社会结构等的文化"连环套"中来考察,摘下诗人戴着的性别"面具",看清它的文化真相。

第一节 寄托之作的历史演绎

综观中国文学,女性形象被符号化为臣子形象在古典诗歌中比比皆是,男女情感与君臣际遇具有对应性:相思意味着渴望效忠;美人迟暮暗示怀才不遇;受到宠幸等同于为君重用;良人薄情影射仕途偃蹇;弃妻为之嘘唏隐喻放臣为之悲叹。这样,臣为君思与妇为夫容、待价而沽与择良而嫁、美人迟暮与英雄失落、文韬武略与色艺双绝等等都建立了固定的"条件反射"关系,文人士大夫们通过不同类型、不同身份的女性形象之口，抒发着他们经国济世的政治理想、如履薄冰的臣妾心态以及感士不遇的仕进情结。以女性作为比兴意象，并借助文化和文学的成规（cultural and literary conventions）在"象"和"意"之间建立固定的联系，假夫妇闺闱以言朋友君臣的"惯伎"以其独具的抒情手法、政治寓意和文化内涵，弥漫于中国古典诗歌之中，铸就了中国古代文学一道独特的文学景观。

美国历史哲学家科林伍德曾有一句名言："历史的知识是关于心灵在过去曾经做过什么事的知识，同时它也是在重做这件事，过去的永存性就活动在现在之中。"①在古典诗歌史上，以男女情比君臣意的寄托之作，当是从《楚辞》就开始出现并在其后逐步得到发展的一种抒情表现手法。游国恩在其《楚辞女性中心说》中说："文学用女人来作比兴的材料，最早是《楚辞》。"楚辞的出现，是中国文化史上的特殊现象，屈原是践履并发展楚辞的一位焦点人物。在其代表作《离骚》中，男女喻君臣是重要的表现手法之一。《离骚》之"离"本身便有"遭弃"的意思，在先秦时期，女子被弃而走，就叫"离"。②而"骚"则表达诗人遭到污蔑诽谤，伤楚王昏聩，被迫离开朝廷的复杂心情。《楚辞章句·离骚经序》云："离，别也；骚，愁也；经，径也；言己放逐离别，中心愁思，犹依道径，以风谏君也。"《史记·屈原列传》载："屈原者，名平，楚之同姓也。为楚怀王左徒。……入则与王图议国事，以出号令；出则接遇宾客，应对诸侯，王甚任之。……（上官大夫）谗之曰：'王使屈平为令，众莫不知。每一令出，平伐其功，曰以为非我莫能为也。'王怒而疏屈平。"楚王的不明就里、"怒而疏平"，让屈原忧愤至极。因而《离骚》前半部分，诗人以弃妇的口吻自述身世、志趣，倾吐自己的满腔怨愤；以美人悔言改道，喻楚王抛弃自己，改而他求。以男子在黄昏迎亲中忽然改道、怀有他心，比喻楚王的亲小人、远贤臣，

---

① ［英］科林伍德：《历史的观念》，中国社会科学出版社1986年版，第247页。

② 《诗经·中谷有》云："中谷有，叹其干矣，有女仳离，慨其叹矣，慨其叹矣，遇人之艰难也。"《毛诗序》解其诗意曰："夫妇日以衰薄，凶年饥馑，室家相弃耳。"正义谓："妇既见弃，先言其重，然后倒本其初，故章首二句先言干。""仳离"，毛传注云："仳，别也。"郑笺云："有女遇凶年而见弃，与其君子别离。"据《说文解字》："仳"字之字形，其意明显是一人与两人分开，亦即一人从多人的家庭中分开。含有女子被赶出家门之意。"仳"与"离"连用，则"离"义亦当"仳"解也，具有"女子遇凶而见弃"之义。

对诗人始信而终弃。《史记·屈原贾生列传》说:"屈平正道直行,竭忠尽智以事其君,谗人间之,可谓穷矣。信而见疑,忠而被谤,能无怨乎?"因此《离骚》"通篇多用虚笔,以抑郁难遏之气,写怀才不遇之感"①。

《离骚》最引人注目的是香草和美人两类意象的使用。诗人使用大量的篇幅描绘了鲜美芳菲、扑朔迷离的幻想世界以及极富女性魅力的自我形象。"扈江离与辟芷兮,纫秋兰以为佩"、"制芰荷以为衣兮,集芙蓉以为裳"。然而,这样一位绿衣红裙、飘逸婀娜、容貌娇美的女子,却遭致了众多俗女子的嫉妒和谣陷,遭到了心上人的抛弃:"众女嫉余之蛾眉兮,谣诼余以善淫";"指九天以为正兮,夫惟灵修之故也。曰黄昏以为期兮,羌中道而改路";"初既与余成言兮,后悔遁而有他,余既不难夫离别兮,伤灵修之数化!"但是,"《离骚》以灵修、美人目君,盖托为男女之辞而寓意于君,非以是直指而名之也"②。乃是"灵修美人以媲于君,宓妃佚女以譬贤臣,虬龙鸾凤以托君子,飘风云霓以为小人"(《楚辞章句·离骚经序》)。屈原借男女之情喻指君臣之义的"香草美人"手法,对后世文学创作影响深远,"他的作品几乎含有宗教的魔力,变成神圣不可侵犯的著作"③。以至"整个中国文学都'楚'化了"④。曹植、陶渊明、李白、杜甫、李贺、李商隐、刘禹锡、柳宗元、苏轼、陆游、辛弃疾、曹雪芹等都无法摆脱"屈原模式"的潜在吸引。屈原的遭遇是中国封建时代正直的文人士子普遍的经历,因此屈原独立不迁、上下求索的人格,砥砺不懈、特立独行的节操也得到后代文人的广泛认同与效仿。这种现象即布鲁姆所说的"影响"。考斯特斯(Jan Brandt Corstius)在《影响的概念》一文中,如此定义影响:"影响就是他人创作的某一作品变成作者内在世界的一个重要部分,或者成为作者创造性过程的重要因素。"⑤衡量经典的一个重要指标就是看它的影响力,看它能否经得起历史的筛选,是否拥有巨大的读者群,是否不断地被模仿、改写

① 李景星:《四史评议》,济南精艺公司刊印 1932 年。
② 朱熹:《楚辞集注》,上海古籍出版社 2001 年版,第 10 页。
③ 陆侃如:《宋玉评传》,《努力周报》副刊《读书杂志》1923 年第 17 期。
④ 姜亮夫:《楚辞今译讲录》,北京出版社 1981 年版。
⑤ Corstius. Jan Brandt, *The Comparative Study of Literature*, New York: Random House, 1958, p.179.

和续作。由于屈原浓郁的个人魅力和楚国文化的独特性,使得楚辞的香草美人模式具有了一种种神秘的力量,一种克里斯玛的特质。

自从屈原托意男女之辞而寓意君臣以来,以夫妻或男女爱情关系比拟君臣以及其他社会关系便成了古典诗歌创作的惯例,"义关君臣朋友,辞必托诸夫妇"(明·何景明:《明月篇序》),缠绵凄迷的闺思妇怨纷纷披上政治的外衣。这种自拟于女子处境的腔调,首先被汉人自觉采用。在"美人喻君臣"象征传统的发展过程中,张衡的《同声歌》、《四愁诗》、《定情赋》等作品起着重要的承启作用。《同声歌》是一首真挚缠绵而完整的五言诗。全诗以一个新婚女子的口吻,叙述了她与丈夫相识、结婚及婚后的生活:

> 邂逅承际会。得充君后房。情好新交接。恐慄若探汤。不才勉自竭。贱妾职所当。绸缪主中馈。奉礼助蒸尝。思为苑蒻席。在下蔽匡床。愿为罗衾帱。在上卫风霜。洒扫清枕席。鞮芬以狄香。重户结金扃。高下华镫光。衣解巾粉御。列图陈枕张。素女为我师。仪态盈万方。众夫所希见。天老教轩皇。乐莫斯夜乐。没齿焉可忘。

这个新婚女子是幸福的也是幸运的,她和丈夫一见钟情,并顺利结为夫妇。她恪守妇道,竭尽全力侍奉夫君;她那么真挚热烈地爱着丈夫,愿为丈夫奉献一切;她与丈夫心心相印,达到了"同声自相应,同心自相知"的乐美境界(傅玄:《何当行》)。

然而很多人都认为此诗另有深意在。唐吴兢《乐府题解》曰:

> 同声歌,汉张衡所作也。言妇人自谓幸得充闺房,妇人自谓幸得充闺房,愿勉供妇职,不离君子。思为茺簟,在下以蔽匡床;衾绸,在上以护霜露。缠绻枕席,没齿不忘焉。以喻臣子之事君也。

张衡的《四愁诗》也是效"屈原以美人为君子,以珍宝为仁义,以水深雪雾为小人"之法写就的:"我所思念在太山,欲往从之梁文艰,侧身东望涕沾翰。

美人赠我金错刀,何以报之英琼瑶。路远莫致倚逍遥,何为怀忧心烦劳?……"诗歌借男女之情,表达一种思念君王、欲接近君王、但中间有着重重艰险阻隔的失意之情。因为"路远莫致","美人"赠他"金错刀"、"琴琅"、"貂襜褕"、"锦绣段",自己欲报之以"英琼瑶"、"双玉盘"、"明月珠"、"青玉案"都难以实现。如诗中自序所云:"思以道术相报贻于时君,而惧谗邪不得通。"将抒情和政治巧妙地结合在一起。《文选·四愁诗序》云:"……时天下渐弊,(张衡)郁郁不得志,为《四愁诗》,依屈原以美人为君子,以珍宝为仁义,以水深雪雾为小人,思以道术报贻于时君,而惧谗邪,不得以通。"

　　《怨诗》残篇片简表达了女主人公幽怨哀伤的情思:"猗猗秋兰,植彼中阿。有馥其芳,有黄其葩。虽曰幽深,厥美弥嘉。之子云远,我劳如何?"佚文还有:"我闻其声,载坐载起。""同心离居,绝我中肠。"《定情赋》残文云:"夫何妖女之淑丽,光华艳而秀容。断当时而呈美,冠丽匹而无双。叹曰:大火流兮草虫鸣,繁霜降兮草木零。秋以为期兮时已征,思美人兮愁屏营。"然而,这两首诗的创作也是"言在此而意归于彼"。《太平御览》卷九百八十三评《怨诗》云:"秋兰咏嘉人也,嘉而不获用,故作是诗也。"陶渊明《闲情赋序》云:"张衡作《定情赋》,蔡邕作《静情赋》,检逸而宗澹泊。始则荡以思虑,而终归闲正,将以抑流宕之邪心,谅有助于讽谏。"张衡有着和屈原极为相似的"嘉而不获用"的遭遇和"郁郁不得志"的心态,他的创作也自觉继承了屈原美人喻君臣的象征传统,把自己的心境幽曲地隐于女主人公的背后。以"贱妾"、"我"、"妖女"喻己,表现了忠勤佐君、希求重用以及遭谗后悲愤有节的心情。但是,与屈原辞赋相比,张衡明显地规避了屈原"露才扬己,显暴君过"的过激言行,而是恪守"发乎情,止乎礼义","乐而不淫,哀而不伤"、"温柔敦厚"的诗教原则。

　　东方朔在《七谏·怨世》把自己比为西施:"西施媞媞而不得见,嫫母勃屑而日侍",严忌(又名庄忌)《哀时命》有诗句"璋珪杂于甑窐兮,陇廉与孟娵同宫"(美人和丑人放在一起,君王偏去宠幸那位丑八怪,却把美人弃置在一边);刘向《九叹·愍命》云:"蔡女黜而出帷兮,戎妇人而彩绣服",《思古》云:"西施斥于北宫兮,仳蠵倚于弥楹。"(自己就如那美女一样,遭到难堪的抛弃与羞辱)

之后,曹植的《七哀诗》、《杂诗》七首之《西北有织女》、《南国有佳人》等寄托了他在昔蒙恩,忽获罪尤,恩情中断,仍祈任用的弃妇感慨。繁钦的《定情诗》、阮籍的《咏怀诗》、张华的《情诗》五首,张载的《拟四愁》,杨方的《合欢诗》五首之三等,南北朝时期,王融的《有所思》、《芳树》,庾信的《闺怨诗》等都是承袭张衡的象征模式来委婉地表达遥深的意旨。钟嵘的《诗品》、刘勰的《文心雕龙》①也都描述了魏晋六朝人对这一传统的继承。

逮唐,骆宾王的《上兖州崔长史启》中,把自己比成"霜栖之寒女",希望崔某"惠以余光"加以引荐。张九龄《自君之出矣》②,表面是一首典型的思妇诗,但实际上是表达张九龄仕途抑郁。"自君之出"暗指被贬,"不理残机"喻心绪不佳,"思君如满月"言虽遭贬谪,但仍忠厚不忘君主。李白供奉翰林失意之后,作《玉壶吟》:"君王虽爱蛾眉好,无奈宫中妒杀人。"《梁甫吟》又云:"雷公砰訇震天鼓,帝旁投壶多玉女",寄托自己才志美好,冀得明君相知的渴望。白居易犯颜直谏,被皇帝逐渐疏远,于是作了一首悲愤的《太行路》,以"妾颜未改君心改"自况,痛陈"人生莫作妇人身,百年苦乐由他人","不独人家夫与妻,近代君臣亦如此。君不见,左纳言,右纳史,朝承恩,暮赐死。行路难,不在水,不在山,直在人心反复间"。杜甫的《佳人》表面上看是一首较为典型的弃妇诗,被弃的原因一是兄弟遭丧无所依托,二是丈夫喜新厌旧,但被弃的佳人并未因此而染上尘俗,而是依然保持着高洁贞正的情操,清杨伦笺曰:"此因所见有感,亦带自寓意。""每饭不忘君国"的杜甫以"佳人"自况,抒写自己不随波逐流、不染浊流的高尚品德,抒发对世情的忧虑与哀感。晚唐李商隐的《无题》诗以"男女情思"来影射时政,以"东家老女嫁不售"表明不得令狐陶理解的悲怨之情。"无题诸诗,大抵祖述美人香草之遗,以曲传不遇之感,故情真调苦,足以感人。"③

陈子昂的《与东方左史虬修竹篇序》云:"仆尝暇时观齐梁间诗,采丽竞

---

① 《文心雕龙·诠赋》说:"赋也者,受命于诗人,拓宇于楚辞也。汉初词人,顺流而作,陆贾扣其端,贾谊振其绪讨其源流,信兴楚而盛汉矣。"《时序》云:"爰自汉室,迄于成哀,虽世渐百龄,辞人九变,而大抵所归,祖述楚辞,灵均余影,于是乎在。"

② 诗歌曰:"自君之出矣,不复理残机。思君如满月,夜夜减清辉。"

③ 参见张采田《玉溪生年谱会笺》,上海古籍出版社1983年版,第312页。

繁,而兴寄都绝,每以咏叹也。"在他的倡导下,唐诗中还出现了大量以宫怨寄托身世君国之情的作品。不过这种宫怨诗的性别扮演却"隐含了权力的施受关系,因此会形成某种具有'定义'、或说'控制'效用的'话语形构',而在社会上名正言顺地施行。在'话语形构'之下,谈什么或不谈什么,当然早已经过筛选;而选择谈论对象的同时,必定也考虑到怎么去谈、如何去写的方式;于是透过说什么、怎么说,话语建构者在其中规范了一种'看'世界的方法"①。

宋代的文学寓托观念更加自觉,并把"写怨夫思妇之怀,寓孽子孤臣之感"(陈廷焯《白雨斋词话》)的比兴传统广泛地运用到诗词文的创作和评论中。吴曾《能改斋漫录》卷十一记载了曹衍以"新嫁娘"自比,向皇帝请官的迫切心愿:

> 曹衍,衡阳人。太平兴国初,石熙载尚书出守长沙,以衍所著《野史》缴荐之,因得召对。袖诗三十章上进,首篇乃《鹭鸶》、《贫女》两绝句,盖托意也……贫女云:"自恨无媒出嫁迟,老来方始遇佳期。满头白发为新妇,笑杀豪家年少儿。"太宗大喜,召试学士院,除东宫洗马、监泌阳酒税。

宋代王安石的《君难托》、苏轼的《贺新郎·乳燕飞华屋》、辛弃疾《摸鱼儿》也同样是"写怨夫思妇之怀,寓孽子孤臣之感"。恰如朱自清在《诗言志辨》中也说"艳情之作以男女比主臣,所谓遇不遇之感"。

元代蒋平仲《山房随笔》曰:"金国南迁后,国浸弱不支。又迁睢阳,某后不肯播迁,宁死于汴。元遗山诗:桃李深宫二十年,更将颜色向谁怜,人生只合梁国死,金水河边好墓田。"作为亡国之臣,元好问写下这首诗作,其用意在于借助为"宁死于汴"的后妃之口,表明自己对于金帝的臣妾之患。后来,他成了金国的一位遗民,以搜集保存巾帼文化为己任,度过晚年。元亡之后,明太祖派人去征召杨维桢。他作《老客妇谣》明志。而明末吴伟业在《贺新郎·病中有感》词里,自我剖析:"故人慷慨多奇节。为当年沉吟不断,草间偷活",

---

① 叶舒宪:《性别诗学》,社会科学文献出版社1999年版,第169页。

"脱屣妻孥非易事，竟一钱不值何须说"。"忍死偷生廿载余，而今罪孽怎消除？受恩欠债应填补，总比鸿毛也不如。"表达自己内心深处"夫死犹存旧箕帚"，尤其是"辨妾不是邯郸娼"的女性意识和臣妾之忠。

明清诗词同样多有含蓄蕴藉之作。比如陈廷焯就盛赞清人庄械云："匪独一代之冠，实能超越三唐两宋，与风骚汉乐府相表里，自有词人以来，罕见其匹。"其《篙庵词》四阕《蝶恋花》又被陈廷焯举为"托志帷房，惓怀身世"的代表之作。《白雨斋词话》卷五第二七条云："篙庵《蝶恋花》四章，所谓托志帷房、惓怀身世者。首章云：'城上斜阳依绿树。门外斑雅，过了偏相顾。玉勒珠鞭何处住，回头不觉天将暮。'回头，七字，感慨无限。下云：'风里余花都散去。不省分开，何日能重遇。凝眺窥君君莫误，几多心事从君诉。'声情酸楚，却又哀而不伤。次章云：'百丈游丝牵别院。行到门前，忽见韦郎面。欲待回身钗乍颤，近前却喜无人见。'心事曲折传出。下云：'握手匆匆难久恋。还怕人知，但弄团团扇。强得分开心暗战，归时莫把朱颜变。'韬光匿采，忧谗畏讥，可为三叹。三章云：'绿树阴阴晴昼午。过了残春，红粤谁为主。宛转花播勤拥护，帘前错唤金鹦鹉。'词殊怨慕。次章盖言所谋有可成之机，此则伤所遇之卒不合也。故下云：'回首行云迷洞户。不道今朝，还比前朝苦。'悲怨已极。结云：'百草千花羞看取，相思只有侬和汝。'怨慕之深，却又深信而不疑。想其中或有谗人间之，故无怨当局之语。然非深于风骚者，不能如此忠厚。四章云：'残梦初回新睡足。忽被东风，吹上横江曲。寄语归期休暗卜，归来梦亦难重续。'决然舍去，中有怨情，故才欲说便咽住。下云：'隐约遥峰窗外绿。不许临行，私语还相属。过眼芳华直太促，从今望断横波目。'天长地久之恨，海枯石烂之情，不难得其缠绵沉着，而难其温厚和平。"词中的抒情主角是娇媚幽怨婉转缠绵的少妇，而创作者却是一个仕途奔兢的男性官僚，他先觉得前途有"可成之机"而又"韬光匿采，忧谗畏讥"，终于确有"谗人间之"，致使"伤所遇之卒不合"，直到不能不"决然舍去"，仍然"深信而不疑"。

通过上面的描述，我们可以看到，寄托之作的每个文本都是"男女声二重唱"。这个特点恰如格式塔心理学所揭示的图底关系理论。所谓图底关系，就是图形和背景的关系。那些从背景中凸显出来的"形"（form）就是"图"；反之，仍然留在背景中的就是"底"。根据图底关系的原理，凸起的部分容易被

看成图,凹下去的部分容易被看成底。然而这一视觉经验还可以随着观看者的注意视点的转移而转移。比如左图这幅著名的"巫婆与少女",我们观看此图时,式样中的那两张脸的公共轮廓线就会随着我们把它归属于不同的脸而发生巨大的变化。当我们把它归属到左边的脸时,它就是凸起的、积极的,是美丽的少女,当我们把它归属于右边的脸时,它就便成了凹进的,被动的,是可恶的巫婆。

寄托之作,也是如此,表面看来,诗歌是在写女人,而深层又是在写士人,选择不同的解释和观察视角,我们就会得到不同的结论,或者是抒情的,或者是政治的;或者是女人在"说",或者是女人在替男人"说"。

第二节 男女君臣之喻的文化谱系

任何古典作品的剖析,都必须包容作品存在的历史厚度,穿透作品植根的特定社会环境和具体文化背景。也就是说不仅要阐释文本,而且也要梳理文本话语的历史渊源和演化脉络,从历史文化语境的透视中发现文本话语的文化支撑。楚辞作为一个深潜于文学史童年的密码,那些充盈着祈祷、占卜的神话意象、宗教因子的缤纷艺术话语,那些人神交接、男欢女怨的性恋虚拟到底该怎么解释?"《离骚》所谓蹇修、姚姒,古诗所谓美人君子,皆托比之词"该如何评价?为什么诗作里会出现抒情主人公扑朔迷离的性别转换?男女情恋是诗人情感的自我写实,还是诗人对楚文化本身就存在的巫风淫习的复写?屈原自拟女性陈情达怨的起源与根由是什么?这些历史的悬案要给予恰切的解释并不是一件轻而易举的事情。对于楚辞男女君臣之义的解读,最基础的工作需要对其文本产生的历史文化语境尽量进行逼真的还原。楚文化的还原虽然表面上看似一种文本本体之外的文化追寻,然而从根本上看,却是文本深层渊源的探讨。康定斯基在他那篇著名的文章《关于艺术的灵魂》中写道:"每一个时代都有自己的艺术自由尺度,即使最有创造力的天才,也不能超越这个自由的界限。"①

一、香草美人:巫神→男女→君臣

文学本质上是文化的一种形态,对文学现象成因的考察在很大程度上需要我们有人类文化学的视野。屈原的《离骚》差不多是可以辨认的男子作闺音中寄托一类的滥觞。在这篇华丽的赋中,屈原以目不暇接的香草美人的丰富意象,隐喻自己不为重用的愤懑。但是,就楚辞的男女寄托而言,我们有必要保持清醒的认识,即楚辞扑朔迷离、隐晦多义、变换不居的性别符码并非屈原的首创。屈原的《离骚》借用了两种资源:一是宗教话语资源,一是社会日常生活话语资源。对于前者,正像一些楚辞专家指出过的,这些符码来自一个真实存在过的文化世界,是那个辉煌世界的再现。那个世界就是楚文化的巫风世界。许多资料证实,《离骚》的确与楚国巫风意识形态存在着多方面的、密不可分的内在关联。如果不是巫风的熏染,《离骚》的抒情方式,男女虚拟关系等承载诗人情感的艺术符码很可能不存在或是另外的样子。著名楚辞专家姜亮夫先生在《楚辞学论文集·简论屈原文学》中指出:屈原文学"其实并非浪漫,盖其理想主义中,含大量之历史文化教育思想,其触及浪漫故事之处,乃南楚民间所习闻之故事,非屈原自为创造者也。"②

许多古籍资料显示,楚国文化深厚的浪漫主义特质,楚民族理解世界,认识自然和历史的原始宗教方式,恰恰是屈原创作其辉煌诗篇的源泉。先秦时期的楚国是一个"信巫祝之道"、"隆祭祀,事鬼神"、巫风弥漫的国家。《汉

---

① [瑞士]卡尔·荣格等:《人类及其象征》,张举文等译,辽宁教育出版社1988年版,第232页。

② 姜亮夫:《楚辞学论文集》,上海古籍出版社1984年版,第230页。

书·郊祀志下》:楚怀王隆祭祀,事鬼神,欲以获福助,却秦师,而兵挫地削,身辱国危。《礼祀》对楚国"淫祀"如此界定:"非其所祭而祭之,名曰淫祀。淫礼无福"。《楚语》云:"古者民神不杂,民之精爽不贰者,而又能齐肃哀正。……如此,则神明降之。在男曰觋,在女曰巫。"在楚文化中,巫觋是一种专事沟通人神的人。巫字本身就透露了这种历史信息。"巫"字上"一"视为天、为阳;下"一"视为地、为阴;"丨"表示天地间的阴阳界;"丨"左右有二"人",左为阳,右为阴,表示阳中之人能与阴中之人相互沟通,或忽而是阳忽而是阴,同时在阴阳界来去自如。故"巫"是通天晓地、随时进出阴阳的人。所谓巫、觋之分只是更详尽地分离出男女性别在巫风娱神情景中各自不同的职责和具体面对的神灵对象,即朱熹《楚辞辩证》说的"以阴巫下阳神,或以阳神接阴鬼"。只有男女巫觋扮演诸神,巫觋与神灵在祭典中形成一种人神的虚拟情爱关系,才能在热烈的歌舞氛围中迎来神灵的降临。因此,性恋关系不仅是降神巫术中人神沟通的前提和基础,也是祭祀仪式中人神相娱的本质内容。而且,更重要的是,它还是楚辞将之转化为男女君臣的艺术表达方式的关键因素。很显然,《离骚》就是通过对这种仪式语言的挪用,来表达诗人内心幽怨郁愤的情感世界的。此外,其他篇章中这种手法的运用也绝非偶然。《九歌》中几乎所有篇章都包含了人神相恋、神神相思的性恋内容:《湘君》、《湘夫人》是两曲情爱思慕的绝唱。《湘君》"望夫君兮未来,吹参差兮谁思"、"横流涕兮潺湲,隐思君兮陫恻";《湘夫人》"登白薠兮骋望,与佳期兮夕张",《云中君》"思夫君兮太息。极劳心兮忡忡";《少司命》"满堂兮美人。忽独与余兮目成",《山鬼》"怨公子兮怅忘归,君思我兮不得闲"、"风飒飒兮木萧萧,思公子兮徒离忧"等都描述了巫与神欢愉浪漫的情景。钱锺书在《管锥编》卷二"九歌"条解释道:巫觋降神时,与神的关系是"忽合为一,忽分为二,合为吾我,分相示彼,而隐约参乎神与巫之离坐斋立者……青出一口,宛若多身。叙述搬演,杂用并施,时而巫语称'灵',时而灵语称'予',交错以出"。因所降接之神只是一种幻想对象,所以在表演过程中必须同时把非实体性的神祇实体性地表演出来,这样就出现了巫觋一人两性、忽男忽女的情况。屈原的诗歌正是通过对楚国巫史艺术的加工和改造,通过这种从巫风艺术到文学艺术的升华和转移,最终脱离宗教范畴中的人神恋内容,而向文学的审美方式过渡,使楚辞乃至楚国文化获得了恒久的文学生命力。不过，尽管《离骚》抒情形式和表现手法上明显存留着巫祀语言的痕迹，但内容上却很明显是别有寄托。因此，如果我们仅从字面上把它当做宗教语言来读的话，那么，文本呈现的是巫神—男女关系；如果把它当做抒情言志的文学语言来读的话，文本呈现的则是君臣—男女关系。换句话说，作者"上线"呈现的是作者的情感内涵，是臣（屈原）对君（楚怀王）说话；而当作者"隐身"时，凸显的就是楚文化的祭祀仪式语言，是巫（女）对神（男）说话。

屈原的创作也借用了先秦的日常生活的话语资源。"以男女喻君臣"从屈原时代楚国人们的日常言谈中也可以见到。据韩婴的《韩诗外传》①记载：

> 宋玉因其友以见于楚襄王，襄王待之无以异。宋玉让其友。其友曰："夫姜桂因地而生，不因地而辛；妇人因媒而嫁，不因媒而亲。不因嫌而亲子之事王未耳，何怨于我？"

（明）文徵明·湘君湘夫人图

---

① 韩婴撰、许维遹校释：《韩诗外传集释》，中华书局1980年版，第259页。

这里,友人以女喻臣,女不因媒而得幸于夫君,臣也不因荐者而得幸于君主。不管所记宋玉之事是否属实,但可以肯定的是,把臣子比为"妇人",君王比为"丈夫",将引荐者比为媒人这一"比兴"方式,在屈原时代楚国的日常生活中,是常见的现象。再看下面的几个例子:

> 若狄公子,吾是之依兮,镇抚国家,为王妃兮。(《国语·晋语三》)

韦昭注曰:"言重耳当伯诸侯,为王妃偶。"即霸主重耳为王妃偶,犹夫妇相偶。

> 故天有三辰,地有五行,体有左右,各有妃偶。王有公,诸侯有卿,皆有贰也。(《左传·昭公三十二年》)

所谓"有贰",即王与公相配,公为王之偶;诸侯与卿相配,卿为诸侯之偶。君臣相配,犹夫妇相偶。

> 楚人有两妻者,人诱其长者,长者詈之;诱其少者,少者许之。居无几何,有两妻者死。客谓诱者曰:"汝取长者乎?少者乎?""取长者。"客曰:"长者詈汝,少者和汝,汝何为取长者?"曰:"居彼人之所,则欲其许我也;今为我妻,则欲其为我詈人也。"(《战国策·秦策三》)

张仪为排除异己,向秦惠王诬陷陈轸,说陈轸仕秦后欲复投楚。陈轸以用情不专的少妇自况,说明自己投秦背楚,若再投楚,则必不见容于楚的道理,在秦惠王面前戳穿了张仪的谎言。

> 甘茂亡秦,且之齐。出关遇苏子曰:"君闻夫江上之处女乎?"苏子曰:"不闻。"曰:"夫江上之处女,有家贫而无烛者,处女相与语,欲去之。家贫无烛者将去矣。谓处女曰:'妾以无烛,故常先至,扫室布席,何爱徐明之照四壁者?幸以赐妾,何妨于处女?妾自以有益于处女,何为去我?'处女相语以为然,而留之。今臣不肖,弃逐于秦而

出关,愿为足下扫室布席,幸无我逐也"。苏子曰:"善,请重公于齐。"(《战国策·秦策二》)①

在这里甘茂以贫女自比,以贫女与处女的关系比附自己与苏子的关系,希望苏子能够收留他,并在君主面前推荐自己。

汉代黄宪撰《天禄阁外史》卷三《留贤》篇中也有类似记载:

> 征君闻之,遗齐王曰:"夫上为天下靖纷排难,而立功于国家者,岂徒受人之爵,谋人之禄而利其子孙乎哉? 忠不可隐,道不可没,故去一壑之乐而羁于斯也。以士之初心,得天下之贤王,而建明之,何功之不成。然士之所以必俟贤王之礼貌而定去就者,岂饰戒于世哉? 士之委身于君,犹女之结发于夫也。礼不具而求媾,则女耻之;恭不崇而求遇,则士耻之。孟子曰:'君子岂不欲仕哉,又恶不由其道。'……贤王知其然,隆之以礼貌,养之以厚禄,声色不盅于其志,谗佞不奸于其心,则天下士亦倾肝胆以报于上,效牛马之劳,履难死节而不辞也。臣虽不才,数奉谒于王之左右矣。今左右无椒兰之谗,而臣蒙不礼之辱,虽结发于贤王而朝夕以心事之,恐四方之诸侯皆以妾妇畜臣也。畜臣以妾妇,其如贤王何此臣所以必行而不可留也。"

在这则故事中,征君与齐王的君臣关系,也是用男女夫妇关系来象喻。这样的记载在历代文献中都不难发现。这表明:屈原之前留存下来的典籍文献中,以男女之情暗示君臣关系、人伦纲常、政治秩序的例子并不鲜见。男女夫妇拟示君臣关系早在先秦就有着广泛的文化心理认同。

追溯比兴寄托现象的文化渊源,从纯粹的文学文本来看,我们不能否认屈

---

① 刘向集录:《战国策》,上海古籍出版社 1978 年版,第 158 页。

原以香草美人自比①的象征手法、以男女关系象征君臣关系的达情方式,对后此诗歌的抒情模式有着奠基意义。自此之后,"半托香奁,以寓感愤"的比兴寄托之作几乎占据了古代抒情诗歌的半壁江山。恰如美国当代美学家迪基在《何为艺术》中指出的那样:"艺术就是一种'惯例'的产物,艺术世界的活动都是在习俗惯例的水平上进行的。"②上面已经讲过,在《离骚》中,作者表面上是为美人哀叹,而实际上是借"美人"来写自己,"我"在为"她"说话,"她"也在为"我"说话,文本同时负载了"美人"与作者两个人的感情,表面的"男女情"与深层的"君臣意"使语言成为"双声语言"③(double-voiced discourse),文本成为"对话"文本。如巴赫金所言:"这个言语成为双声的言语,它替两个说话人服务,同时表达两种意图:说话者的直接意图和被折射出来的作者意图。这个言语中有两种声音,两种意义和感情。"④虽然屈原当时采用的这种手法很可能还是无意识的,就像许多学者考证的那样,无论是以"美人"喻君王还是自喻,《离骚》中的香草美人意象在更深层次上都与巫觋有关,保留着楚人"信巫鬼,重淫祀"的风俗痕迹。但是,这一艺术手法先天具备的象征和隐喻性质使得香草美人意象从诞生之日起便被"黄袍加身"为一种创作"原型"。此后,"香草美人"与"男女君臣之喻"成为了中国政治抒情诗千年不变的表达

---

① 屈原以"美人"为寄托之处较多,其具体含义是不同的。洪兴祖认为:"屈原有以美人喻君者,'恐美人之迟暮'是也;有喻善人者,'满堂兮美人'是也;有自喻者,'送美人兮南浦'是也。"(洪兴祖:《楚辞补注》卷一,中华书局1983年版)游国恩的《楚辞女性中心说》一文认为《楚辞》中"美人"二字凡四见:一是《离骚》的"恐美人之迟暮",二是《思美人》的"思美人兮览涕而竚眙",其余两处便是《抽思》的"矫以遗夫美人"及"与美人抽怨兮"。这四个"美人",后面三个都是指楚怀王。而第一个却是指他自己。"众女嫉余之娥眉兮,谣琢谓余以善淫"、"初既与余有约兮,后悔遁而有他。"屈原将自己拟做楚王之妾。

② [美]M.李普曼:《当代美学》,光明日报出版社1986年版,第111页。

③ 双声言语是巴赫金的重要概念,他说:一句话,具有双重的指向——既针对言语的内容而发的,又针对另一个言语而发。(见巴赫金:《诗学与访谈》,河北教育出版社1998年版,第225页)它的本质就是"两种意识,两种观点,两种评价在一个意识和语言的每一个成分中的交锋和交错,亦即不同声音在每一内在因素中交锋。"(见巴赫金:《诗学与访谈》,第287页)巴赫金说的双重指向与两种意识便是双声言语的两种基本特点:双客体性与双主体性。在同一语句中暗含两种判断、指向就是双客体,暗含着说者与他人话语的是双主体。(见董小英:《再登巴比伦塔——巴赫金与对话理论》,三联书店1994年版,第28页。)

④ 吕正惠:《文学的后设思考》,见马耀民《作者、正文、读者——巴赫金的对话论》,正中书局1991年版,第68页。

式,对后世文学产生了巨大的影响。屈原也顺理成章地成为后世文人的人格样板。① 每当文人士大夫们仕途受挫、宦海浮沉、意有所感、情有所触时,"他们便会自觉不自觉地把自己比做屈原,自觉接受香草美人的传统"②,会情不自禁依附着"原型"进行抒情形式的挪用与"复制"。当他们也像屈原那样戴上"美人面具"的时候,"观者发现他自己投身其中的美感对象世界也是'他的'世界;……他安住在这世界之中。他领悟到作者所流露的感染性,因为他自己就是这感染性,一如艺术家就是他自己的作品"③。他们的心境情怀与屈原感同身受、相谐相洽,他们对屈原之"写"进行"心灵的重演"与情感的等量代换,他们的文本中同时深深浅浅地折射出"美人"与屈原的"侧影"。

朱鹤龄《笺注李义山诗集序》中有言:"离骚托芳草以怨王孙,借美人以喻君子,遂为六朝乐府之祖。古人之不得志于君臣朋友者,往往寄遥情于婉娈,结深怨于塞修,以抒其忠愤无聊,缠绵宕往之致。"作为中国文学史源头上布鲁姆所说的"强势诗人"④,屈原的抒情模式形成了坚固的体式规格,使得一代

---

① 从发生学意义上说,最成功和最受人赞誉的人物往往构成该群体所有成员所仰慕的"人格样板"。而且,相对于社会文化的变迁,共同人格是相对稳定的。从这个意义上说,弄清屈原的人格也就成了我们理解中国传统文人文化人格的一把钥匙。

② 叶嘉莹:《常州词派比兴寄托说之新检讨》,见《中国古典诗歌评论集》,广州人民出版社1982年版,第160—201页。

③ 转引自乌夫冈·衣沙尔:《阅读过程中的被动综合》一文,岑溢成译,见郑树森编:《现象学与语文学批评》,东大图书公司1984年版,第114页。

④ 布鲁姆:《影响的焦虑》,徐文博译,三联书店1992年版。布鲁姆在书中提出很多新见,他认为"诗的历史是无法和诗的影响截然区分的"(序言)。诗歌的出现"并不像里尔克所说的那样是对时代的一种反应,而是对于其他诗篇的反应。"(第105页)天才是强者,他的力量使得步其后尘——而不是使他自己——筋疲力尽。后代诗人就像染上了文学领域的"流行感冒","一旦受到天才诗人的影响,他的思想就不再按照原有的天生思路而思维,他的胸中燃烧着的不再是他自己原有的天生激情,他的美德也不再真正属于他自己。甚至他的罪孽——如果世界上存在罪孽的话——也是剽窃来的。他完全成了另一个人奏出的音乐的回声,一位扮演着为他人而设计的角色的演员"(序言)。在天才诗人强势影响下,后代诗人所作的就只是类似于"子承父业"的行为。"以一种神秘的认同作用——以'生存',以走前人的老路的方式。与父亲的联系,对父亲的'模仿',扮演父亲的游戏,以及向更高更成熟的'父亲替代者'之图像的移转"(第54页)但是天才诗人作为弱势诗人的"榜样","以其本身而被人爱——那是一种最伟大的例外。对于绝大多数人来说,当他们爱某一个人时,其实他们爱的只是他们借给这个人的:他们自己的自我,他们版的他"(第51页)。

代诗人萧规曹随。诗人们"或以抒下情而通讽喻,或以宣上德而尽忠孝"①,递相祖述,互相摩习。屈原的个人情感在这个前赴后继的过程中也转换为一种"集体情感"。如荣格指出的:"原始意象(按:原型)可以被设想为一种记忆蕴藏,一种印痕或者记忆痕迹,它来源于同一经验的无数过程的凝缩。在这方面它是某些不断发生的心理体验的沉淀,因而是它们的典型的基本形式。"②

行文至此,我们似乎可以定论,屈原以美人之幽独喻恩弃于夫君的抒情策略开启了后世以闺情表忠爱的寄托传统。但是,也正如陈寅恪先生所言:"解释古典故实,自当引用最初出处,然最初出处,实不足以尽之,更须引其他非最初而有关者,以补足之始能通解作者遣辞用意之妙。"③这里,对屈原的政治抒情模式,我们需要特别注意两个被忽略了的但又极其重要的问题:一是,为什么这种浪漫瑰奇的方式单单出现在楚辞,特别是《离骚》中,而不见于时间上比它略早的《诗经》三百篇呢? 这就使我们不得不考虑中国文化的复杂性。梁启超在《中国古代思潮》一文中,从更宏观的角度申言:"凡人群第一期之文化,必依河流而起,此万国之所同也。我中国有黄河扬子江两大流,其位置性质各殊,故各有其本来之文明,为独立发展之观,虽屡相调和混合,而其差别相自有不可掩者。"中国文化是一个内涵极为丰富的概念,它不仅有时间上的演变发展:周朝不同于商周,魏晋有别于两汉,明清相异于唐宋;更有空间上的巨大差异,所谓杏花春雨江南,铁马秋风塞北。南方文化较北方文化有着更重的女性偏向色彩,即相对来说,南方文化较多阴柔,北方文化更具阳刚。反映在文学上,有唐人魏徵云:"江左宫商发越,贵于清绮;河朔词义贞刚,重乎气质。气质则理胜其词,清绮则文过其意。理深者便于时用,文华者宜于咏歌。此其南北词人得失之大较也。"这种南北文化的差别,体现在哲学思想、政治制度、宗教习尚、文学艺术等各个方面。比如,从哲学观念来看,先秦时代南北文化差异在抽象形态上的表征,则体现为哲学认知领域的不同,即以孔子、孟子为代表的儒家思想与以老子、庄子为代表的道家思想的不同。有着楚文化基因

---

① 班固:《两都赋序》。

② [瑞士]卡尔·荣格:《荣格文集》第 15 卷,普林斯顿大学出版社 1997 年版,第 443—444 页。

③ 陈寅恪:《柳如是别传》上册,上海古籍出版社 1980 年版,第 7 页。

的道家对阴阳和谐理论的阐发更注重阴柔,大力赞美张扬虚静柔韧的女性特质,把"贵柔守雌"尊崇为世间万物产生的根本。老子学说中就明显留有极浓的阴柔化色彩,这种阴柔性的审美取向,不仅在以楚辞为代表的南方的文学中有典型体现,就是在男性外貌的评判上也有所反映。

《墨子·尚贤》说,"且夫王公大人,有所爱其色而使之,其心不察其知,而与其爱。是故不能治百人者,使处乎千人之官。不能治千人者,使处乎万人之官。此其故何也?"曰:"若处官者,爵高而禄厚,故爱其色而使之焉。"《战国策·秦策》中有一段记载了这样一件事:晋献公想进攻虞国,但怕虞国名臣宫之奇的存在,于是荀息就建议献公送美男给虞侯,并且在虞侯面前说宫之奇的坏话。这个计策实现了,宫之奇劝谏虞侯,虞侯不听,只好逃走。虞侯失去了股肱之臣,最后亡于晋。由此看来,在那个时代男子同样可以以美色诱人。从这个意义上说,屈子辞赋的"男人说女人话",《离骚》中的"维草木之零落兮,恐美人之迟暮"、"余既滋兰之九畹兮,又树蕙之百亩"、"众女嫉余之娥眉兮,谣诼谓余以善淫"之类比兴意象,遍体花香,奇衣丽服的"诗人"形象实在是"地势使之然,由来非一朝"。

与之相关的第二个问题是,"君为臣纲"乃是儒家"三纲"(君为臣纲,父为子纲,夫为妻纲)文化的一项重要内容,但这是汉儒提出而为当时及其后的封建统治阶级认同的政治观念和道德观念。史料可证,先秦,特别是春秋之前,并没有像秦汉以后那样强烈而不可移易的阳尊阴卑、阳贵阴贱的观念。那么,屈原作为一个生长于巫风炽盛的南国的文人,作为楚怀王的宠臣,当他理想不竟、仕途困顿时,自觉(或自发)地对香草美人模式挪用,为何会成为后世生活于专制制度下的士人们竞相效仿的表达式?屈原所提供的一种文学表达式从可能转换为必然的深层原因究竟是什么?屈原的男扮女≈臣对君如何被理直气壮地偷换成是君臣=男女?男女/君臣的比喻在一种什么样的历史语境下才获得了不可质疑的合理性与合法性?当黄河流域理性精神和儒家学说的繁荣,使楚国巫风这种以诗性神话思维为内核的宗教文化丧失了存在根基,趋向泯灭与消亡的时候,为什么屈原的香草美人模式单单顽强地保存下来了呢?当这些问题进入我们的思考视野的时候,我们发现,仅仅从楚辞文本和楚文化中来寻找答案,似乎就有点捉襟见肘了。要回答这些问题,我们有必要花大力气梳理君臣尊卑观念的历史变奏和女性历史地位的演变轨迹。

二、阴阳秩序·一阳独动·君臣尊卑

我们知道,屈原虽同楚怀王有君与臣、上与下之别,但那时的君臣,尚未赋予阳(君)与阴(臣)的属性,谈不上绝对服从君命。屈原对怀王,卑而不失尊。这从屈原的《天问》之末"放言无惮,为前人所不敢言"(鲁迅《摩罗诗力说》)便可见一斑。我们认为,男女君臣的表达模式的定型,后世文本中的女子被符号化为抒情的符码,除了香草美人表达式的影响外,还受两个条件的限制:封建宗法制度的确立使女性的地位沦落为一个绝对的"他者";男性(士大夫)社会角色的变迁使得他们产生了和屈原相似的士不遇情节凸显,进而沿用香草美人、比兴寄托的方式表情达意。但是,要说清楚这两个问题,首先必须交待清楚中国传统的阴阳思维方式。因为对于任何一个领域一个论题的研究,起源问题往往是最有持久的魅力的。它是一个事物发展过程的开端,决定了后续事件的发展方向和发展性质,而男女君臣之喻能够成立恰恰就是建基于阴阳位势演变的基础之上。

男女与君臣产生逻辑上的对应关系,究其源头,来源于阴尊阴卑观念。但是,阴阳观念在先秦时期是非常素朴的,并没有汉代以后政治意义上的尊卑之分。换句话说,阴阳观念不是天然地包含着"政治因素",而是经历了一个由自然话语到哲学话语再到政治伦理话语的历史悠久的转变过程。

阴阳观念最初来自先民们对自然现象的直观观察和初步的认识。"阴",繁体为"陰",异体为"隂"。形声字,从阜,会声。《说文解字》:"陰,暗也。山之北,水之南也。""陰"的金文从阜,从山,从水。"阜"为土山,地面高起的部分。山在上,水在下,中间由"一"隔开,古以左为东,右为西,上为北,下为南,则山的北面、水的南面为"陰"。水处于河岸下方,自西而东流入大海,太阳照射不到水的南岸下方;山平地而起,高可万仞,太阳自东而西偏南运行,山的北面永远没有阳光。所以,《说文解字》注释说:"阴,闇(闇,即暗的意思)也。""阳",繁体为"陽"。形声字,从阜,易声。"陽"由阜、旦、月组成:"阜"为山丘,也表示范围;"易"为上日,下月,中间"一"组成——"日"为白天,为太阳;"月"为晚上,为月亮;"一"为白天与晚上的分界线。"陽"从阜、从日、从一,

从月。意为白天有太阳,晚上有月亮能光照的地方为阳。"阳"的繁体是
"陽",从阜,从昜。甲骨文的"昜"字下面是一个表示日光下泄的符号,金文则
添了二三道斜撇,用来强调阳光的照射。"阳"的本义是山的南面,水的北面。
远古的时候,日升日落这样的自然现象启发了人们的方位意思,人们总是看到
太阳照在南面的山坡上,所以山的南面叫做"阳"。如以河流为参照物,在峡
谷中人们总是看见太阳照在河的北岸,南岸却照不到太阳,因此,河的北岸称
"阳"。《穀梁传·僖公二十八年》:"山南为阳,水北为阳。"《尔雅》:"山东曰
朝阳,山西曰夕阳。"中国的山大都是东西走向,所以山的东面是太阳升起后
照射的地方,山的西面是太阳落下的方向。《周礼·柞氏》:"利刊阳木而火
之。"生长于山的南面的树称为阳木。冯友兰先生甚表赞同:"阳字本是指日
光,阴字本是指没有日光。到后来,阴阳发展成为两种宇宙势力或原理,也就
是阴阳之道。阳代表着阳性、主动、热、明、干、刚等,阴代表阴性、被动、冷、暗、
湿、柔等。阴阳二道相互向左,产生宇宙的一切现象。"①

周人开始用阴阳概念解释自然现象,如伯阳父将地震成因归于"阳伏而
不能出,阴迫而不能蒸"。《国语·周语》说:"阴阳分布,震雷出滞。"是说宇宙
自然界阴阳两种物质力量的分化布散的变化,而产生了雷电现象,其中震响之
雷声出于密滞的乌云。并认为"阴阳次序,风雨时至",即是说自然界的气候
变化之所以有时令、节气的正常变化,就在于阴阳的物质运动具有一定的规律
和秩序。可以看出,阴阳概念至此已经超出了朴素的理解,而发展到认为阴阳
本身实际代表着两种相反的物质力量,而且彼此之间发生着作用,从而导致了
自然变化的产生,并且还认识到自然界的阴阳运动都有着一定的秩序和规律,
当其规律发生紊乱,就会发生某些变异或灾害。

《晏子春秋》有阴有阳,但未连用,也无尊卑、主从的含义。老子提出万物
负阴而抱阳,把阴阳看做是天地万物皆内涵着的两种对立的势力,阴阳才第一
次上升为哲学范畴,但是在老子的哲学体系中,老子显然是贵阴而贱阳的。
《老子·四十二章》说:"万物负阴而抱阳,冲气以为和。"其中,"负阴",即指
万物凭借阴而向阳。"负"似当解为"依托"、"凭借","阴"处于主动的态势。

---

① 冯友兰:《三松堂全集》第六卷,河南人民出版社 2000 年版,第 23 页。

《老子》"贵柔"、"守雌",言"玄牝之门,是谓天下根"(《六章》)。其"阴"犹"牝",乃是滋生万物之母。

《易传》第一次将阴阳上升为最高的哲学范畴,以此建立了一个完整的思想体系。《易传》认为自然界和人类社会的万事万物无不由阴阳组成,相摩相荡,刚柔相济,不断变化,以至无穷。阴阳这对哲学范畴在古代中国广泛运用于人生、社会、自然各个方面的,表现于天地则乾为阳、坤为阴,表现于人类则男为阳、女为阴。不仅自然现象中的气有阴阳,天地、风水、火山有阴阳,社会现象的君臣父子夫妇有阴阳。《系辞》云:"男女构精,化生万物"、"乾道成男,坤道成女"。万物都要不断处在阴阳对立之中,并且也只有经由阴阳对立,才能不断孕育出生命。同时,处在任意阴阳系统中的对立两物之间并非是同等地位而毫无秩序的。《易传》说:

> 乾知大始,坤作成物。(《系辞上传》)
>
> 成象谓之乾,效法谓之坤。夫乾,天下之至健也,夫坤,天下之至顺也。(《系辞下传》)
>
> 天尊地卑,乾坤定矣,卑高以陈,贵贱位矣……乾道成男,坤道成女……乾,阳物也;坤,阴物也。阴阳合德,刚柔有体……夫乾,天下之至健也……夫坤,天下之至顺也。(《易·系辞上》)
>
> 立天之道曰阴与阳,立地之道曰柔与刚,立人之道曰仁与义……乾为首,坤为腹……乾,天也,故称乎父;坤,地也,故称乎母……乾为圆、为君、为玉、为金……坤为地、为母、为布、为釜。(《说卦》)
>
> 有天地然后有万物,有万物然后有男女,有男女然后有夫妇,有夫妇然后有父子,有父子然后有君臣,有君臣然后有上下,有上下然后礼义有所错。夫妇之道,不可以不久也,故受之以恒。恒者,久也。物不可以久居其所,故受之以遁。(《序卦》)

上面的话可以概括成下表:

阳乾｜天日｜君男父夫｜高贵刚……

| 阴 | 坤 | 地 | 月 | 臣 | 女 | 子 | 妻 | 卑 | 贱 | 柔…… |

《易经》构建了尊卑、内外、主从的二元分离的等级秩序中的定位观念，并赋予了阳刚阴柔的定性观念，乾道代表之君、父、男、夫支配坤道之臣、子、女、妻被视为天然合理。简单地说，就是乾为主导，坤为从属，阳为主，阴为从，阳者强，阴者弱。《黄帝内经·阴阳应象大论篇》曰："阴阳者，天地之道也，万物之纲也，变化之父母，生杀之本始，神明之府也。"意思是说阴阳是宇宙间的规律，是一切事物的纲领，是万物发展变化的起源，是生长、毁灭的根本。可以说，所有古代中国的知识，都是建立在阴阳关系的基础上的。王朝的更替、天道的运行、男女的尊卑、社会的秩序、中医的理论，一切动静、刚柔、虚实、奇偶、盛衰、消息、张弛、进退等等，都是阴阳的不同体现。

同时，阴阳之间自势而言的力量强弱、主从关系又是与一定的空间上下关系相对应的。也就是说，具备势力差异的阴阳双方同时还反映为一定空间的差异。在《周易》中，阴阳的空间上下关系称为"位"。《易传》说："天地设位而易行乎其中矣！"（《系辞上传》）一方面，不仅一般阳居"上"位，阴居"下"位，而且与势一致，位同样也是为阴阳自身所固有的。阴阳对立于孕育生命的过程中，势的差异指二者在力量上的强弱以及主导与从属差异，并且往往是阳强阴弱，阳居主导、阴为从属的；而位的差异则是指二者在空间上的位置上下差异，并且一般是阳居上位而阴居下位的。《周易》不仅强调"阴阳相对"的差异性，还强调由此而成立的"阳主阴从"秩序性，正是在这个理论前提下，阴阳位势秩序的哲学话语就这样不动声色地转换为阴阳"尊卑"、"贵贱"的伦理学话语。

如坤卦六三《文言》说："阴虽有美，含之；以从王事，弗敢成也。地道也，妻道也，臣道也。"

涉及夫妻、君臣、天地三对不同区域、不同范围地关系自然而然地具有了同构关系，被熔一炉而炼之。家人卦《象传》说："女正位乎内，男正位乎外，男女正，天地之大义也。家人有严君焉，父母之谓也。父父、子子、兄兄、弟弟、夫夫、妇妇，而家道正；正家而天下定矣！"这样，"天道"、"地道"与"人道"具有了与生俱来地伦理关系，君臣如父子，夫妻似君臣。

再如《六五·爻辞》：

六五,贯鱼,以宫人宠,无不利。(六五,鱼贯而入,像率领内宫之人顺承君主那样得到宠爱,就不会有什么不利的情况发生)

《剥·六五》中也是以隐语体现男女象喻君臣。《象》曰:"以宫人宠,终无尤也"。意思是像率领内宫之人顺承君主那样得到宠爱,最终当然不会有什么过失。六五爻辞以男女象喻君臣的方式,表现出阴阳相济而又重阳抑阴的思想观念。"贯鱼"象征宫人,即后、夫人、嫔、妃、妾;"鱼"为隐语,象征女性。六五阴居尊位,自身及其以下之四阴爻承阳,象喻王后率领宫嫔承宠于君王。因此,虽处《剥》而无所不利。

汉代大儒董仲舒,将道家所讲的宇宙法则和儒家所讲的人伦秩序作为话语资源,又糅进阴阳家的学说,从而创造出一套君权神授、君尊臣卑的因果关系链,为汉武帝的"罢黜百家,独尊儒术"奠定了理论基础,并将《周易》(经与传)推上儒家"六经"之首的宝座。故《汉书·五行志上》说:"兴,承秦灭学之后,景、武之世,董仲舒治《公羊春秋》,始推阴阳,为儒者宗。"

董仲舒强调"天"的主宰性。认为天为"百神之长、万物之祖"。他说:"天者,万物之祖,万物非天不生。"(《春秋繁露·顺命》)"天地者,万物之本,先祖之所出也。"(《观德》)"天者,百神之大君也,王者之所最尊也。"(《郊义》)

在董仲舒看来,"天"还是人之成为人的本原和依据,人就是天的"副本"。"为生不能为人,为人者天也。人之为人本于天,天亦人之曾祖父也。"(《为人者天》)人是"天"依阴阳五行而成的最优之物,天地之精所以生物者,莫贵于人。"人受命乎天也,故超然有以倚。……为人独能偶天地。"(《人副天数》)"天有五行,人有五脏;天有四时,人有四肢。以类合之,天人一也。"(《阴阳义》)"天地之符,阴阳之副,常设于身。身犹天也,数与之相参,故命与之相连也。"(《人副天数》)

在他看来人世间的一切都是在天的名义下进行的。"君之所受命,天之所大显也。"(《郊语》)人类社会中的政治一统、王权一统是符合天道的。"王者,天之所予也。"(《尧舜不擅移,汤武不专杀》)为说明这一点,董仲舒还动用文字的潜在政治力量。比如,关于"王",他说:"古之造文者,三画而连其中者,通其道也。取天、地与人之中,以为贯耳参通之,非王者孰能当是?"(《春秋繁露·王道通三》)如此,王成为不可怀疑的权威的符号。他由此推出:"凡物必有合……而合各有阴阳……君臣、父子、夫妇之义,皆取诸阴阳之道。君为阳,臣为阴;父为阳,子为阳;夫为阳,妻为阴……王道之纲可求于天。""天子"代天立言,为人世间的最高主宰,惟天子受命于天,则"天下受命于天子,一国则受命于君",天执其道为万物主,"君执其长为一国主"(《天地阴阳》),因此,臣民对君主应当"犹众星之拱北辰,流水之宗沧海也"(《观德》)。

董仲舒还把阴阳五行与天道人伦、忠孝等观念结合为一体。伦常生活的贵贱逆顺是天地之情在人世的明确表现。董仲舒说:"阳,天之德;阴,天之刑也。阳气暖而阴气寒,阳气予而阴气夺,阳气仁而阴气戾,阳气宽而阴气急,阳气爱而阴气恶,阳气生而阴气杀。是故阳常居实位而行于盛,阴常居空位而行于末。天之好仁而近,恶戾之变而远,大德而小刑之意也,先经而后权,贵阳而贱阴也。"(《阴阳义》)他把仁、义、礼、智、信与阴阳五行相比附,将君臣、父子、夫妇与天地、阴阳结合在一起,认为这些纲常伦理的尊卑就像天地一样,是永恒不变的,"天为君而覆露之,地为臣而持载之;阳为夫而生之,阴为妇而助之;春为父而生之,夏为子而养之,秋为死而棺之,冬为痛而丧之,王道之三纲,可求于天"(《基义》)。"故四时之行,父子之道也;天地之志,君臣之义;阴阳之义,圣人之法也。"(《王道通三》)"是故人之受命天之尊,父兄子弟之亲,有忠信慈惠之心,有礼义廉让之行,有是非逆顺之治,……为人道可以参天。"(《王道通三》)正因为"王道之三纲,可求于天",故以"君为臣纲、父为子纲、夫为妻纲"为核心的贵贱尊卑的道德之序就有了"天不变,道亦不变"的根据。董仲舒在把阴阳五行与君臣父子之道结合在一起的时候,特别强调"阳"的决定作用和主导地位,认为万物的生长变化固然是由阴阳的相互运转助化,但是阳在其中却起着决定的作用,占绝对主导的地位。"阳而出入,天下之草木随阳而生落。"(《天辨在人》)"阳始出,物亦始出;阳方盛,物亦方盛;阳初衰,物亦初衰;……以此见之,贵阳而贱阴也。"(《阳尊阴卑》)

在自然界中阳气占据着主导地位,在人类社会中,阳也居于统治地位,所以"君为臣纲,父为子纲,夫为妻纲"天经地义。胡安国说:"有夫妇然后有父子,有父子然后有君臣。夫妇,人伦之大本也。"社会中一切人际关系皆从男女开始,而夫妇之伦乃在"父子、君臣"诸伦之前,视为人伦之大本。"君臣之道,端于夫妇","夫为妻纲"可以延伸扩大为"父为子纲"、"君为臣纲",三者在实质上是乾坤不易的"异质同构"。如此,则臣道如妇道,始终处于从属地位,毫无主体意识可言,"臣不奉君命,虽善以叛"、"妻不奉夫之命,则绝"。董仲舒就是运用这套形而上学的理论来确立统治者与被统治者的地位,来维护封建社会的统治秩序。于是,源于先秦的"阴阳和合"说变为帝王的"一阳独动"说,从而使阴阳理论取得"跨越式"发展,它实现的社会功能之一就是在几千年的统治秩序和文学表达之间架起了一条"绿色通道"。

三、士:从帝师心态到臣妾心态

从上面的论述,我们看到,阴阳一旦地位巩固为一种深层的民族心理结构,就成为一种心理定势,一种"无内容的形式"。这种"无内容的形式"便会反过来决定和制约具体"精神流传物"的创造和繁衍过程。阴阳尊卑观念,在具体社会结构中的表征便是礼的观念的实行。周公制礼作乐翻开了中国历史、文化史的"首页",而分封诸侯,又从根本上改变了殷商的政治体制,使中央和地方的关系建立在血缘和亲情的基础上,即以"礼"为中心的封建宗法制度之上(从周代繁杂细微的礼仪记载就可以想见,礼在当时是如何使人们的行为形式化、规范化,从而将人们的生活纳入到一个统一的规则之中的)。同时,礼所实现的另一功能就是使已经存在的社会等级获得确认,即获得合法性。法国著名汉学家汪德迈说:"礼治是治理社会的一种很特别的方法。除了中国以外,从来没有其他的国家使用过类似礼治的办法来调整社会关系,从而维持社会秩序。这并非说礼仪这种现象是中国独有的,此现象是很普遍的,任何文化都具有。可是只有在中国传统中各种各样的礼仪被组织得异常严密完整,而成为社会活动中人与人关系的规范系统。"这种以"礼"为中心的家国同构的政体结构,其典型的特征就是"家国一体"、"忠臣孝子一体"。家是缩小了的国之模型,国即是放大了的家;男女是家庭的君臣,君臣是国家中的男女。就如班昭在《女诫》中所言:"(女人)事夫如事天,与孝子事父、忠臣事君同也。"家的系统中以父、夫为核心,强调子对父孝,妇对夫从;国的系统中以君为核心,强调臣对君忠。"中国人把自己看做是属于他们家庭的,而同时又是国家的儿女。在家族之内,他们不是人格,因为他们在里面生活的那个团结的单位,乃是血统关系和天然义务。在国家之内,他们一样缺少独立的人格;因为国家内大家长的关系最为显著,皇帝犹如严父,为政府的基础,治理国家的一切部门。"①君臣关系如同父子关系,父子关系可用君臣关系去解释。宗法制"借家将血缘的家庭伦理原则与社会国家的政治伦理原则同构,造成了一个高高在上的绝对君权……任何臣民都必须绝对服从……同时,阴阳五行的哲学观天长地久地作用于人们的心理,便无形地使得所有中国男性在代表阳刚的君主(以及身份高于自己的其他男性)面前,逐渐地形成了一种阴柔的心理定势。"②许慎在《说文解字》中对"臣"的解释为"事君也",也就是说为君主服务的人被称做"臣"。《春秋繁露》第十七卷《天地之行》第七十八:"是故君臣之礼,若心之与体,心不可以不坚,君不可以不贤,体不可以不顺,臣不可以不忠。心所以全者,体之力也;君所以安者,臣之功也。"《天道施》第八十二:"名者所以别物也,亲者重,疏者轻,尊者文,卑者质,近者详,远者略,文辞不隐情,明情不遗文,人心从之而不逆,古今通贯而不乱,名之义也。男女犹道也。"朝中文武百官尽管权势炙手可热,但在帝王面前也只能卑躬屈膝,采用具有"奴隶"含义的卑贱称谓——"臣"。然而,和阴阳位序的演变一样,"臣"的这种附庸地位也经过了一个比较长的历史时期的酝酿。

在漫长的君主集权的政治格局中,臣的主体构成是士。士的概念来源甚早。在西周早期,士是一种社会等级的称谓,即是指贵族社会的最低一等。《孟子·滕文公下》:"士之失位也,犹诸侯之失国家也","士之仕也,犹农之耕也"。《墨子·尚贤上》说:"士者所以为辅相承嗣。"到春秋后期,因为私学的兴起,具有知识分子身份含义的士人开始出现,并在战国时代发展成一股蓬勃的社会、政治力量,这就是人们习称的先秦"游士"。在先秦士、农、工、商四民中,士阶层是思想最为活跃、流动性最大的社会阶层。③尤其是战国时代,那

---

① [德]黑格尔:《历史哲学》,王造时译,三联书店1956年版,第165页。

② 参见胡邦炜、冈崎由美:《古老心灵的回音》,四川文艺出版社1991年版,第283页。

③ 余英时:《士与中国文化》,上海人民出版社2003年版,第76页。

些富有政治才能的士人在一个诸侯国的去留,通常对该国的强弱兴衰具有不可忽视的意义。春秋末期,贵族政治体制的崩坏、政治的多元化以及社会的无序状态使"志于道"、"无恒产而有恒心"的士人阶层一下子获得了巨大的话语建构的空间。而各诸侯国在政治、经济、军事、外交各个方面激烈的竞争的境况下,对具有真才实学的士人的需求也空前的强烈。这大大激发了士人阶层以天下为己任,环顾宇内,舍我其谁的宏大气魄、非凡自信。由于双方各自利益的需要,士与君之间就结成了一种"合则来,不合则去"的双向选择关系。《史记》卷四十四《魏世家》载:"田子方不为礼。子击因问曰:'富贵者骄人乎?且贫贱者骄人乎?'子方曰:'亦贫贱者骄人耳。夫诸侯而骄人则失其国,大夫而骄人则失其家。贫贱者,行不合,言不用,则去之楚越,若脱躧然,奈何其同之哉!'子击不怿而去。"这段对话说明养士与养主的关系并非是绝对服从关系,而是一种"君使臣以礼,臣事君以忠"①,"君之视臣如犬马,则臣之视君如国人"②的松散关系。先秦士人的思想和行为方式,从根本上铸就了中国传统士人的基本性格,而"致君尧舜上",遂成为中国古代士人的政治理想和终极目标。

但是,秦汉以后,士人与君权的关系由"卖方市场"转为"买方市场"。先秦时期一直游离于社会体制之外、以个体的"游士"状态存在的士人们,作为古代社会帝国官僚最重要的来源被纳入了大一统的专制主义社会结构之中。游士变成士大夫,而士的这种士大夫化,在相当程度上就是被体制化了。③ 虽然统治者接受士人作为自己的政治同盟军,但是先秦时期士人那种平交王侯、为王者师的风光已经成为历史尘封的记忆。大一统的政治局面的形成,士人学成文武艺、货与帝王家的单一价值取向,使得士人的"就业"形势空前的紧张。帝王可以用之为虎,也可以弃之为鼠;可以仰之在青云之上,亦可任意贬之于重渊之下。以"朕一人"或"余一人"为中心的一元集权化结构,使士大夫依附于皇权生存,本身不具备独立性。陆贽在德宗第一次向他询及国事时,他

---

① 《论语注疏》卷三《八佾》,《十三经注疏》,中华书局1980年版。
② 《孟子注疏》卷八上《离娄下》,《十三经注疏》,中华书局1980年版。
③ 参见于迎春《秦汉士史》"引言",北京大学出版社2000年版。

的内心活动在《论两河及淮西利害状》中表露无遗:"臣质性凡钝,闻见陋狭。幸因乏使,簪组升朝,荐承过恩,文学入侍,每自奋励,思酬奖遇,感激所至,亦能忘身。但以越职干议,典制所禁;未信而言,圣人不尚。是以循循默默,尸居荣近,日日以愧,自春徂夏,心虽怀忧,言不敢发,此臣之罪也,亦臣之分也。(臣)职居禁闱,当备顾问,承问而对,臣之职也;写诚无隐,臣之忠也。"①在权力金字塔中,君王高居塔尖,他秉天命而御寰宇,号称天子,至高无上,不容挑战和怀疑。面对绝对权威的帝王,士人所能选择的人格姿态只能是低伏的、被动的、阴柔的。即使在政治遭际与自己的人格信仰发生根本性冲突,尽管在他们的内心充满了矛盾、挣扎和冲突,也往往还是甘于雌伏。男子在这样一种伦际关系中处于非常特殊的地位,就其在男女、夫妇关系中说,他们是阳,而就其作为人子、人臣的地位而言,他们只能属阴,其心理定位与家庭中妾妇的体验有着极大的相似性("臣妾"一词,很能说明他们的这种地位)。当男人受到王权统治中心的压抑时,这种受压抑的处境就使他们被贬入以女性作为参照系的妾妇的地位,从而产生心理的"位移"。可以说,臣妾式的写作姿态是政治教化的君臣夫妇之礼向文学领域的自然延伸,从而导致阴柔作为一种审美风格和范型,在两汉以后的中国古代文学中成为一脉流传的传统。

在中国传统文化中,社会文化为男子们设定了一种尴尬的处境。一方面,男子以阳刚为美,除了专制君主以外的任何男子,却不可能真正地实践这种美;另一方面,崇奉孟子所谓大丈夫人格标准,社会文化又有使他们不得不丧失这种人格境界。在这种两难的处境中,男子们普遍处于一种情感的困境里。正如弗洛伊德所说,由于十足暴戾的父亲的存在,儿子有一种被阉割的感觉。一般来说,一个士人自我实现的期望值越高,这种"阉割情节"就越严重。性别的文化规定使得他们陷入了一个难以自拔的精神怪圈。郝敬《读诗》谓"男女生人,至情恒人,心绪牢骚,则托咏男女,而为女子语常多。盖男子阳刚躁扰,女子阴柔幽静。性情之秘,钟与女子最深,而辞切妇女,最优柔可讽"。男人在内心抑郁不平之时,借助女人之怨,找到了愉悦身心,释放失意、惶恐、焦虑的负面情绪,从而实现了本我、自我与超我之间的平衡。

---

① (唐)陆贽:《翰苑集》,台北文渊阁四库全书本。

四、从女神到女奴：女人成为他者

在男女喻君臣的寄托之作中，虽然不能否认，屈原的香草美人模式肇其端绪。然而，在后世的寄托之作中，不仅失落了楚辞的浪漫瑰奇的风格一变而为中规中矩，而且也少有屈原的独立不改、傲岸不屈，而一变为隐忍沉郁。这种情况下，男与女绝不是简单的生理性别或者社会角色代码，而是本身就包含着一种社会关系、一种社会结构、一种等级关系。文人对女性话语的盗用，本身就表达了女性在菲勒斯中心社会的等级位势，而且这种状况不是在任何国度、任何朝代都具有普适性，而是一种具体的社会文化的规定。美国文化人类学家玛格丽特·米德女士指出，性别人格的选择可以有多种方式，在不同的历史时期，不同的民族文化中，可能截然相反。一个社会可以仅以一种人格类型作为自己的社会标准人格。在这种社会中，男女两性取相同的社会标准，他们既可以是阳刚的，也可以是阴柔的，无所谓男子汉气或女人气的分别。而文化的另一种选择方式则兼容几种不同的气质或者人格类型，但将其分配到不同的年龄、性别、等级或者职业的群体之中。比如中国传统文化对性别的人格定位就是男尊女卑，男主外、女主内，男子阳刚、女子阴柔。而有一种文化，却大相径庭，男子多愁善感，依赖他人，把多数时间消耗在向女人卖弄风情、搔首弄姿是正常的；而对于女子，社会则要求她们敏捷主动，承担管理的责任，注重实际而不受感情的驱使。有了这种文化成规，便自然会产生男性话语、女性话语的分别。

从历史上看，中国女性也曾有过辉煌的过去。中国也像世界其他许多地方一样，曾长期存在着母系社会，女性享有崇高的地位和威望，是氏族社会的主人。曾有人把中国妇女生活史分为女神时代、女奴时代、女人时代。所谓"女神时代"指的就是原始的母系氏族社会。女性在人类文明史上曾经占据着主流的地位，男性一度作为无名的群体保持着沉默，"姓"字就昭示了这一点。《说文解字》对"姓"的解释是："人所生也，古之神圣，母感天而生子，故称天子。从女，从生，生亦声。"在中国文化典籍中，母亲感天生子的传说流布很广。从上古时代的神话传说来看，圣人都是有母无父的。比如，伏羲的母亲华胥氏因踩上了巨人的脚印，奇迹般地受孕有娠，怀胎十二年生下伏羲；后稷的母亲姜嫄也是在参加高禖之祀时看到了巨人的脚印,"践之而身动,如孕者",生下周始祖后稷。《诗经》赞之曰:"厥初生民,时维姜嫄。生民如何,克禋克祀,以弗无子。履帝武敏歆,攸介攸止,载震载夙,载生载育,时维后稷。"神农氏(炎帝)之母任姒则是"游华阳,有神龙首感,生炎帝"。颛顼的后裔女修在纺织的时候,看到"玄鸟陨卵,女修吞之",生下秦赵之祖嬴姓之先大业。无独有偶,简狄也是吞下了一枚玄鸟蛋生下商族的祖先契。《史记》对此也有记载:"诗传曰:'汤之先为契,无父而生。契母与姊妹浴于玄丘水,有燕衔卵堕之,契母得,故含之,误吞之,即生契。契生而贤,尧立为司徒,姓之曰子氏。'子者兹;兹,益大也。诗人美而颂之曰'殷社芒芒,天命玄鸟,降而生商'。商者质,殷号也。文王之先为后稷,后稷亦无父而生。后稷母为姜嫄,出见大人迹而履践之,知于身,则生后稷。姜嫄以为无父,贱而弃之道中,牛羊避不践也。抱之山中,山者养之。又捐之大泽,鸟覆席食之。姜嫄怪之,于是知其天子,乃取长之。尧知其贤才,立以为大农,姓之曰姬氏。姬者,本也。诗人美而颂之曰'厥初生民',深修益成,而道后稷之始也。孔子曰:'昔者尧命契为子氏,为有汤也。命后稷为姬氏,为有文王也。'"

这种被《春秋公羊传》称为"圣人皆无父,感天而生"的现象我们还可以列出长长的名单:女枢感虹光而生颛顼;附宝见大电绕北斗而生黄帝;女节接大星而生少昊;庆都遇赤龙而生尧;握登见大虹而生舜;修己吞神珠薏苡而生大禹;扶都见白气贯月而生汤等。从文化人类学的角度考察,同姓的人都出自同一位女性祖先,远古的八大姓:姜、姬、妫、姒、嬴、姞、姚、妘皆从"女"旁。而汉族的女娲造人神话、瑶族的密洛陀造人神话、拉祜族的厄莎用葫芦育九个民族的神话及其变形文本,共同再现了民知有母、不知有父的远古风景。汉字中代表女神名字的"娲、媊、姐"等"女"旁字,都是中国妇女生活史上最辉煌时代的见证。学界认为,古代有许多著名的姓如"姚"、"姒"、"姬"、"姜"、"妫"、"姞"、"嬴"、"妘"等,之所以皆从"女",都与上古时"民知有母而不知有父"的渊源有关。

感天生子的神话,初时集中于圣人的诞生,后来泛化到凡人百姓的诞生。《吕氏春秋·恃君览》中曰:"昔太古尝无君矣,其民聚生群处,知母不知父,无亲戚兄弟夫妻男女之别,无上下长幼之道,无进退揖让之礼,无衣服履带宫室蓄积之便,无器械舟车城郭险阻之备。"男女群婚,无嫁娶之礼,民只知有母,不知有父。生殖观念上的男性缺席无可置疑地天然奠定了女权中心地位,形成了中国早期社会价值系统中的女性权威,漫长的人类文明史的早期,响彻的是女性的而不是男性的声音。

但是,随着父权制取代母权制,历史的车轮驶过女神时代而到女奴时代时(男权时代),来自先前母系社会的观念和神话遭到了父权制度的颠覆、扭曲和消解。"高举圣杯的女神及其雕像消失了,代替她们的是手握利剑的威严的男性神祇,女神杯降低成了男神的妻妾或姘妇。"①父权制亦称"父系氏族制",即以父亲的血缘关系结成原始社会基本单位的制度。人类进入父权制,按照艾勒斯《圣杯与剑》的说法,男女之间的关系就由母系氏族的伙伴关系有(有母系但无母权)变为统治关系。进入父权制之后,在专制主义制度下,从家庭到国家,在社会系统各个层次的决策位置上,基本上都是男性掌权,女性处于依附和服从的地位。闻一多《高唐神女传说之分析》指出,当人类社会从母系转向父系之后,随着权力崇拜移位,人们甚至在生育观上把生民的主权也移归给男人。鲧腹生子的神话来源于男性独体生殖的崇拜,当是来源于父权上升时的产物。该观念通过原始土著的"库瓦德"也就是"产翁",即男人仿效产妇坐月子习俗折射出来:"这种习俗,显然是象征性地体现男子愿望的一种仪式,它企图破坏妇女做母亲的权威,剥夺妇女天经地义的荣誉,赋予男子强行建立的主宰权力以更大的说服力,使人们相信男子不仅能创造生命,而且能支配生命。虽然这种风俗滑稽可笑,但是从现代的观点来看,它无疑在确立父权制方面起过重要的社会心理作用。"

在特定的意义上,宗法制度和专制制度是父权制的延伸。中国先秦社会的宗法制度是原始血亲氏族行政统治的变体。宗法制度的核心是礼。礼法讲究差别等级从男女开始,把对妇女的压迫作为其统治关系模式建立的最基本的一步。《礼记·婚义》说:"男女有别,而后夫妇有义。夫妇有义,而后父子有亲。父子有亲,而后君臣有正。""妇人,从人者也。幼从父兄,嫁从夫,夫死从子。……夫妇共牢而食,同尊卑也。故妇人无爵,从夫之爵。坐以夫之齿。"(《礼记·郊特牲》)周礼的核心内容和实质是等级制,它将人按照阶级、

---

① 闵家胤:《阳刚与阴柔的变奏》"前言",中国社会科学出版社1995年版,第6页。

血缘与性别划分为若干等级。性别等级也被当做一个重要的问题来明确。妇女的社会地位、家庭等级地位全由婚姻所系的性地位而决定。在政治生活中，周礼是严格限制妇女直接介入的。正是由于贵族男女在政治、经济、宗教生活中的等级差别，自然导致男尊女卑的价值认同。《诗经·小雅·斯干》："乃生男子，载寝之床，载衣之裳，载弄之璋。……乃生女子，载寝之地，载衣之裼，载弄之瓦。"周代父权制度已经基本确立，从婚姻上严格的外婚制，继嗣上的嫡子继承制到男外女内、男耕女织的性别分工，都为父权的强化奠定了基础。周代礼制思想等级观念和周易哲学构成了西周主流的意识形态，它们直接或者间接影响着当时的性别规范和观念。

秦统一中国后，采取法家提供的社会秩序的理论设计，旧的宗法制度崩溃了。中央专制主义集权建立了。但是，与宗法制度相比，其统治关系却是"换汤不换药"。中央专制主义集权制的建立，只不过改变了旧的血亲共同体对个人的支配关系，国家成为支配家庭与个人的唯一力量。男女尊卑的观念进一步得到发展。

到了汉代，董仲舒提出"罢黜百家，独尊儒术"，确定了儒家伦理纲常的独尊地位，男尊女卑的社会格局逐渐形成，并建立了一整套强化父权、强化女诫的理论和方法，女人的历史也进入到女奴时代。在以专制主义为具体形式的统治关系模式下，压抑和束缚妇女，似乎是天经地义的。而女子对这种统治关系也深深地认同。班昭就是一个杰出的例子，她创造性地将三纲五常的统治秩序转换为"三从四德"的女教理论，从而将父权制男尊女卑的理念转变成为具体的实施细则，给之后几千年帝制时代的女性戴上了"紧箍咒"。班昭的《女诫》共七篇，卑弱、夫妇、敬慎、妇行、专心、曲从、叔妹。中心思想是讲男尊女卑，女子要心甘情愿扮演好社会奴仆的角色。《女诫》在"敬慎"篇中还讲道："阴阳殊性，男女异行，阳以刚为德，阴以柔为用，男以强为贵，女以弱为美。"叶维廉先生对此感叹道："用阴阳观念解释男女之别是中国统治关系模式下的理论家们惯用的伎俩。男女分阴阳，上下分阴阳，中国特色的专制主义与其统治秩序也似乎成了不言自明的道理。"①女性们主动配合男权文化完成

---

①　叶维廉：《叶维廉文集》第二卷，安徽教育出版社 2003 年版，第 182 页。

了对女奴时代女子社会角色的界定:女子要卑弱,"忍辱含垢,常若畏惧,是谓卑弱下人也";女子要忠贞,"夫有再娶之义,妇无二适之文";女子要谨慎恭敬,"非礼勿视,非礼勿听,非礼勿言,非礼勿动"。

这种思维定势从汉字女旁字也可知全豹。萨巫尔曾说:"语言的背后是有东西的,而且语言不能离开文化而存在,所谓文化就是社会遗传下来的习惯和信仰的总和,由他可以决定我们的生活组织。"汉字是世界上历史最悠久的文字之一,"表意性"是其最为突出的特点,从汉字的构形上,不仅可以分析先民的造字理据,而且还可以揭示其本身蕴涵的丰富文化内涵。

女旁字在汉字中占有很大的比例。《古文字类编》记载的甲骨文中,"女"旁汉字只有40多个,到《说文解字》已增至258个,《汉语大字典·女部》收字957个,其中用"女"作义符的字就有685个。在《说文解字》中,女部字是全书最大的部类之一。其安排顺序是由姓氏到亲属称谓,由赞美到否定,从具体行为到抽象道德品质。具体类别大概可以分为四大类。如表示姓氏名字的:姓、姜、姬、嫄、娥;表示亲属称谓的:姑、婆、嫂、妹;表示女性容止德行的:姝、媄、嬬、媒、媱、媥、嫉、妒、奸;表示婚姻生育:娠、媒、妁、嫁、娶、婚、姻、娉等。

许慎生活于"独尊儒术"的汉代,他在说文解字的时候,自然摆脱不了彼时的时代精神和价值观念。它们也必然或多或少地构成其认知诠释汉字形体、读音和意义的"前见解"。他的《说文叙》可作为注脚:"盖文字者,经义之本,王政之始;前人所以垂后,后人所以识古。"其子许冲在《上〈说文解字〉表》中也说:"盖圣人不空作,皆有依据。今《五经》之道昭炳光明,而文字者,其本由生,自《周礼》《汉律》皆当学六书,贯通其意。恐巧说邪辞使学者疑,慎博问通人,考之于速,作《说文解字》。六艺群书之话,皆训其意。"显然,许慎是将弘扬儒家传统作为其说解汉字的价值旨归。《说文解字》是要达到文字明则《六艺》立,《六艺》立则王道生的经学目的。正因如此,《说文解字》中对女旁字的解释,使我们不仅可以获得女子社会地位的变迁,古代社会的审美取向,还可以了解婚姻制度中不同身份的女子的处境,女子所受到不公平待遇等各种文化信息。正是从这个意义上说,女部字表面看来只是文字学的问题,实际上涉及社会、心理、法律、政治、历史、语言文化、风俗习惯等诸多领域的内容。

首先,从造字理据到解字理据来看,《说文·女部》话语的中心指向都是维护男权的既得利益和统治秩序。比如,"女"字是象形字,甲骨文像一女性两手交叉于胸前(也有人认为像双臂反绑),屈膝跪坐的姿态。荷兰著名汉学家高罗佩认为:女字是作跪踞状,其突出的部分是一对大得不成比例的乳房,强调了女性的外在性别特征。徐中舒《甲骨文字典》认为:"女,象屈膝交手之形。妇女活动多在室内,屈膝交手为常见姿态,取以女性为特征,以别于力田之为男性之特征也。"如果"女"字字形只是突出女性的女性特征,倒也无可厚非,如果女字字形像某些学者所解释的像双臂被反绑形,那么,这个字是否具有性别歧视的意义,是否表明了古代女性的臣服地位,就大有追究考索的意义了。"晏",《说文解字》为"安也,从女从日"。段玉裁认为日在上,为阳、为男子,女在下,为阴,合起来字义是"妇从夫则安"。这个字体现了古代以女子出嫁成家才安全、安稳的观念。甲骨文"安"字的外面是一座房子,房中坐着一位面朝左的女子,顾"字"思义,即为"女居室中为安"。从这个字的解释可以看到,在古代,妇女的行为受到严格的限制,妇女要严守男女有别、防隔内外的道德规定。宋代《女论语》说:"内外各处,男女异群,莫窥外壁,莫出外庭,出外掩面,窥必藏形",指的就是闺中女子应该恪守的妇道。正因女子只能待在深闺庭院中,自然就决定了依附男子的卑下地位。"妥",也是个会意字,甲骨文"妥"字的左上部是一只手(爪),右边跪着一个妇女,本义是制服妇女以求安。《说文解字》:"妥,安也。从爪、女。妥与安同义",同样折射着浓重的男权统治的色彩。

其次,我们还可以发现,《说文解字》540个部首里,与"女"相对的表示性别标示的部首不是"男"部而是"人"部。《说文解字·男部》只有2个字。《汉语大字典·女部》也因用"男"作部首的字太少而只设了《说文解字·父部》,共收字17个,其中异体字3个。造字者在造表示男性名字、称谓、品性、情态等字时,选用"人"作为表义符号。比如"僮"字,"僮,未冠也"。古代男子成年后施冠礼,未冠者自然是指男童。再如"倩"字,为"男子美称"。在汉字部首系统中,"女"与"人"相对,保持着两性的平衡,是很值得反思的。你想,当一个社会的政治、经济、文化等主要活动只允许男人出现时,人的视野里不可能有女性的位置。专造女部字以区别于"人",昭示着这样一个意义:这个部首是用来标示社会生活中非主流的、特殊的、个别的一类人的思想及活动的。造字者、编纂者、诠释者的性别歧视无意识昭然若揭。

下面,让我们试着从《说文解字·女部》字的几个小类,详细究察一下从造字和解字两个方面如何塑造了女性所应该恪守的文化成规,这种文化成规又如何规范了女子的言行,并经过长期的实践,这种语言的政治如何内化为古代女性自身的价值诉求。先来看表示婚姻嫁娶类的女部字。

比如,"奴"字,左边是个"女"字,右下部是一只大手(又),表示抓住了女人。

"娶",本作"取",娶、取古今字。《说文解字》:"娶,取妇也。从女从取。取亦声。取,捕取也,从又从耳。《周礼》'获者取左耳'。"古代打仗,抓住了俘虏或杀死了敌人,割下他的左耳作为记功的凭证。而"取"字左耳右手,正是像用手割取耳朵的样子。"取"的本义当为"以武力获取","娶"字从女从取,透露出的信息便是:妻子的获得与强抢、掠夺行为有关。而这种行为之所以能够明火执仗地进行,又与古代的婚姻礼仪有关。段玉裁《说文解字》:"婚,妇家也。礼:娶妇以昏时,妇人,阴也,故曰婚。"《说文解字》注:"昏,日冥也",说明当时娶亲是在日落天黑之后。这时候,男子劫归女子为妻,女方家族往往来不及抵抗,男方便很容易得手。这种抢婚、日落之后娶亲的习俗,至今在我国某些地方仍有仪式般地保留。

"姻",《说文解字》释为"女之所因","因"为"就",即女性所归顺、依靠的男方的家。段玉裁认为"婿之父母为姻,妇之父母婿之父母,相谓为婚姻"。《白虎通》:妇人因夫而成,故曰姻。"嫁"《说文解字》曰:"女适人也。"段玉裁注为:"嫁者,家也,妇人外成以出适人为家。按,自家而出谓之嫁。"也就是,女子离开自己出生成长的家,至夫之家叫做"嫁"。正如《女论语·事夫》所言:"女子出嫁,夫主为亲,前生缘分,今世婚姻,将夫比天,其义匪轻。""嫁"与"贾"语音相近,具有同源关系。上古音"嫁"、"贾"两字皆为见母鱼部,"贾"字基本义为"买卖",而"嫁"在上古亦具有类似意义,《韩非子》:"天饥岁荒,嫁妻卖子者,必是家也。"此中之"嫁",实当训"卖"。由此可知,"嫁"字之所以被赋予类同"贾"字之音,是由于在先民心目中,"嫁"本与"贾"有类同的含义。

女子结婚之后,便成为男人之妻、之妇。"妻"和"妇"的造字同样反映了女子的被动、依从地位。《说文解字》说:"妇,服也。从女持帚,洒扫也。"女子嫁到夫家,其主要职责就是"奉箕帚"、"供洒扫"。以"服"训"妇",说明了妇在家庭中的地位,昭示了男尊女卑的家庭秩序。段玉裁《说文解字注》说:"妇人伏于人也,是故无专制之义,有三从之道。"关于事夫之道,《礼记·仪礼》说:"妇人以顺从为务,贞洁为首,故事夫有五:一是平日缨笄而相,则有君臣之严;二是沃盟馈食,则有父子之敬;三是报反而行,则有兄弟之道;四是规过成德,则有朋友之义;五是惟寝席之交,而后有夫妇之情。"这就是说,女子对待丈夫不仅要如朋友、如兄弟,而且要像子对父、臣对君那样,那么女子的地位可想而知。《大戴礼记·本命》:"妇人,伏于人也。"《白虎通·纲六纪》:"妇者,服也。以礼屈服也。"《白虎通·嫁娶》:"妇者,服也。服于家事,事人者也。"

妻,甲骨文像以手持发加笄之形。古代女子 14 岁行笄礼,表示已经成年,可以出嫁了。《说文解字》:"持事妻职也。"有人认为,妻又可称"帤"。《说文解字》:"帤,金币所藏也。""巾"乃是一种织物,曾充当过等价物的角色,这种看法认为妻字从某个侧面反映出,女子如金钱财货一样,娶妻纳妾,可以钱财易之。陆宗达先生指出:"氏族社会中,处置战败敌人的男女有所不同:男子被杀死,妇女则作为妻子被收养入族,其实也就是奴隶。妇女在这种家庭中,是与奴隶或牲畜同等看待的。"

《说文解字》:"妾,有罪女子给事之得接于君者。"妾最初指的是罪人,是奴隶。其实在古代,妾与奴隶往往是合而为一的。在许多文献中,妾都是可以用金钱随意买卖的"物品",毫无地位可言。观察"妾"的甲金文字形,上面为"辛",刑具,构形表意,妾就是女奴,既服刑又满足主人淫乐。"妾"字在甲骨文中就已出现,说明远在殷商时期,男子纳妾已很普遍了。《礼记·曲礼》:"公侯有夫人,有世妇,有妻有妾。"正妻称嫡,妾称庶。今字"妾"由立和女构成,意为立着的女人,妻在妾不敢坐,地位低下。《广雅·释亲》:"妾,接也。"古人对"妾"的观念,认为"妾"不过是"妻"的"替补",一补妻的生育之限,二补妻的色相之衰。妾在家庭中的地位便可想而知了。

与妾比较而言,地位更加卑下的是婢。《说文解字》:"婢,女之卑者也",《广韵·纸韵》:"婢,女之下也。"《说文解字·女部》:"嫔,服也";《释名·释亲属》:"嬖,卑贱,婢妾媚以色事人得幸者也。"虽然妻、妾、婢、嫔、嬖的地位略有不同,但其伏于男子的命运却并无二致。

《大戴礼记·本命》曰:"男者,任也。子者,孳也。男子者,言任天地之道,如长万物之义也。故谓之丈夫。丈者长也,夫者扶也,言长万物也。""女者,如也。子者,孳也。女子者,言男子之教,而长其义理者也。故谓之妇人。妇人,伏于人也。"大概规定了女子的地位、行为规范。界定圈死女子地位的字和"女子居内,深宫固门都是一种画地为牢的行为。二者的暴虐意义完全是一样的。语言的规范和行为的规范,经过长久重复的印染、渍染作用,逐渐成为一种习惯,一种麻木,而使用语言的人忘记这些字所拥抱的暴虐,习以为常。"①这从班昭的《女诫》和宋若化的《女论语》的一些话,便可以明白语言的暴虐渍染之深。譬如关于男女地位之分别:儒学家们著书立说阐发经义,字书编撰者索形释义追根探源,都为维护世俗社会的男人利益而强调女子对男子的顺从、服帖、忠贞,无视妇女的独立人格,无视她们的社会存在和精神世界,将妇女沦为男性的从属、奴仆,甚至玩物。正如恩格斯所说:"母权制的被推翻,乃是女性的具有世界历史意义的失败。丈夫在家中也掌握了权柄,而妻子则被贬低,被奴役,变成丈夫淫欲的奴隶,变成生孩子的简单工具了。"②

再来看表示女子德行的女部字。

中国传统文化的核心是儒家思想。从孔子的"君君、臣臣、父父、子子",到孟子的"父子有亲、君臣有义、夫妻有别、老幼有叙、朋友有信"五伦观念,再到汉儒董仲舒为维护封建专制制度而创造出的"君为臣纲、父为子纲、夫为妻纲"三纲五常,儒家用"礼"来规范的上下尊卑等级秩序日益得到强化,而儒家的妇女观正是建立在儒家尊卑秩序的大系统基础上的。这种等级秩序所要求的女子德行便是顺从。最高的妇德便是顺从听话,此外妇女还得忠贞守节、庄重文静、乖巧伶俐。"女"旁字中有十几个字有"顺从"之意。

《说文解字》:"如,从随也。从女,从口。"徐楷曰:"女子从父之教,从夫之命,故从口会意。"段注认为"从随即随从也,随从必以口从女者。女子从人者也。幼从父兄,嫁从夫,夫死从子"。它比较典型地反映了当时女子的社会地位。

---

① 叶维廉:《叶维廉文集》第二卷,安徽教育出版社2003年版,第202页。

② 《马克思恩格斯选集》第4卷,人民出版社1972年版,第52页。

《说文解字》："委，随也。从女，从禾。"言妇女委随如禾谷垂穗委曲之貌。"委"字义为"委随"，谓委曲，并与"妇"解作"服"相合。妇虽主随从服侍于夫任家内洒扫之事。

婉，《说文解字·女部》："顺也。从女，宛声。"宛为标音、示源符号，以宛得声的字往往有圆义或曲义。"婉"的本义是"屈曲"，由此引申出"顺从"之义。《左传·昭公二十六年》："姑慈而从，妇听而婉：礼之善物也。"杜预注："婉，顺也。"再引申为"美好"。《诗·郑风·野有蔓草》："有美一人，清扬婉兮。"毛传："婉然，美也。"

娓，《说文解字》："顺也。从女，尾声。"《玉篇·女部》："娓，美也。"《诗·陈风·防有鹊巢》："谁鹊予美。"唐陆德明《以典释文》："美，《韩诗》作娓，音尾，娓，美也。"

孟子说："以顺为正者，妾妇之道也。"(《孟子·滕文公下》)对女性来说，顺从才是正道，柔弱就是美德。这种"顺从、驯服、听话"的内在美德形诸于外在的仪表美便是形体上的柔弱纤细，安娴贞静。《说文解字·女部》收描写女性体态形貌美的字近 40 个，其中有近 20 个是表示女性柔顺娴静之美的。比如：

嫈，《说文解字》："小心态也。从女，娑省声。"《广雅·释话一》："嫈，好也。"

女弱，《说文解字》："从女，从弱。"朱骏声《通训定声》："弱亦声。"

嬮《说文解字》："好也。"张舜微《说文约注》："女子以安详为美，故训嬮为好耳。"

与所褒扬的相对，表示不顺从，即女子暴躁易怒、品行不端的字占了多数。如婩（诿也）、婬（私逸也）、婼（疾捍也）、嫭（不顺也）、佞（巧调高才也），他如妨，妗、媢、媕、婆、嬇、嫳等。《说文解字》中女部字表示贬义大约 60 个字，约占女部字的 1/4，其内容也包罗万象，如嬒（女黑色也）、媰（老女也，丑也）、娷（姿也，丑也）、嬒（愚憨多态也）、孊（迟钝）。

《说文解字·女部》中描写女性容貌、姿态的字计 42 个。如：媛（美女也）、妩（媚也）、媚（说也）、婠（体德好也）、婉（好眉目也）、嫣（长貌）、娴（雅也）、娃（色好也）、姹（美妇也）、媌（目里好也）、嬐（好也）、嬬（静好也）、妍

（静也）、娿（婉也）等。此外，姝、姣、嫢等字都训为"好"也，都是用来形容美好之女子。女部字中也有许多表示美好意思的字，如好、娥、婉、娟、妙、妡、媚、娴、媛，这些字表现了对女子美好形象、美好品德的赞美，有些字还透露了古人的审美观念。"好"，《说文解字》训为"美"。段玉裁进一步指出："好，本谓女子，引申为凡美之称。"还有"媚"，甲骨文是面朝右跪着一个女人，头部有只大眼睛，眼睛的上部是弯曲的两根眉毛，表示好看。李孝定的《甲骨文集释》解释说："女之美莫如目，故契文特于女首著一大目又并其眉而象之。""女畜，媚也"，段玉裁认为"畜"有"媚悦"的意思，就是"顺于道不逆于伦"，即符合伦理道德。这些字表明，美貌是古代社会女性重要价值所在。但是，封建社会中女子的美貌，仍是以取悦男性为目的，女性必须以男性的审美标准来塑造美，这就是所谓的"女为悦己者容"（司马迁《报任安书》）。妭、妡、媚、婷、娕、姣、婠（体德好）各种关于对女性美的赞美从容颜、体形、姿态到女德的赞美，一方面是男性的"看"，表达出对女性的审美期盼；另一方面也明显地隐含着一种规范女性、重塑女性的功利目的。男人要求女人按他们的审美标准和意志塑造自己、装扮自己。

在男权社会制度之下，由于女性的地位低下，由轻视女性到贬斥女性也就成为必然。尤其值得注意的是，女部字除了真实揭示女性地位、处境外，还有很多字带有明显的性别歧视和偏见。比如：表示不良行为的奻，《说文解字》："奻，讼也。从二女。"段玉裁注："讼者，争也。"如《周易·睽传》所说："二女同居，其志不同行。"所指为两个女人在一起时的互相攻伐。再如嫯（侮易也）、姄（不肖）、嫚（侮易）、姗、（诽也）、嫖（轻也）。

表示不良心态的字如嫉、妒、妎、媢等字。无论"嫉贤曰嫉"，还是"嫉色曰妒"，无论是"妇妒夫"的"妒"字，还是"夫妒妇"的"媢"字，均不分青红皂白，以女旁造字。但说起来，这种不良的心理并非女性的"专利"，而是男女皆所不能避免，是人类性情之中的一种必然。

表示不良品性，如"婪"字从女林声，意谓女子本性贪婪；"妄"字从女亡声，训为，乱也；"佞"字从女，意为巧言献媚也。如婟（疾言失色）、嬐（含怒）、嫌（不平于心）、媮（巧黠吉）。"嬈"，《说文解字》注为"苛也，一曰扰也，戏弄也"，就是烦扰、戏弄的意思；《说文解字》释为："嫸，巧谄高材也，"意味女子总是说别人坏话,陷害才能比自己高的人。"姧"为私奸妻之婢,本为男性的不良行为,竟然也加了女字头;"奸"指不正当的男女关系,事关双方,却由女部构成;《说文解字·女部》:"姦,姦邪也",三个女人在一起,就会奸邪,就会干坏事;"奸,犯淫,从女从干,干亦声",犯淫之事皆为女性所为,把淫乱之事全部推到女性身上。从这些字我们可以看到,几乎所有为人不齿的坏事、丑事都与妇女有关。在《说文解字》中带有鄙视、贬斥意义的女部字有 60 多个,这些字实际上是对女性人格、品德的彻底否定,奸淫、傲慢、贪婪、懒惰似乎成为女性的代名词。把这一系列陷害、巧辩、打扰、怀疑、贪污、不平等表示不好的行为动作,都与女性相联系。可见,这些字已经反映出封建社会对女性的偏见和轻视。

作为儒家经典之一的中国最早的一部系统完备的字书,《说文解字》在中国古代受到普遍重视,也使女性"为这意义架构所代表的权力架构服役,使她们麻醉于那些文字所含的权力的专横而不自知"①。对女旁字的结构进行文化剖析,一方面揭示了汉字的创造与传统文化、思维、价值观念的内在联系,另一方面也使我们从文字学的角度重新审视了中国妇女在历史上的尊卑嬗变,从而对封建社会歧视女性的思想观念有进一步的认识。

从上面对女旁字的梳理,我们看到,在社会历史中,男性居于主导和决定地位,女性处于被主导和被决定地位,而女性的这种历史和现状是由男性的需要和利益决定形成的,女性因而成为"第二性"、"他者",也就是说在父权制文化(男权社会)中,女人成为了客体、工具、中介物。波伏娃在《第二性》一书中揭示了这种性别差异的本质:女性之所以是他者、对象、客体和物,这种处境并不是女性自己选择的,而是由男性决定的,更准确地说应该是由整个父权制文化决定的,因为在我们的人类文明进程中,用以思考世界的那些范畴,是男性根据他们的观点,作为绝对确立起来的。② 她从处境(主要指传统习俗、法律规范等)对女性的心理、行为方式的塑造上,揭示造成对女性歧视的社会文化根源,批判父权制文化,并鲜明提出"女人并不是生就的,而宁可说是逐渐形

①　叶维廉:《叶维廉文集》第二卷,安徽教育出版社 2003 年版,第 182 页。
②　[法]西蒙娜·德·波伏娃:《第二性》,陶铁柱译,中国书籍出版社 1998 版,第 295 页。

成的"①观点。在"作者序"中,她以对"人"(man)一词的词源词义分析第一次涉及"他者"概念,并指出:"人就是指男性,男人并不是根据女人本身去解释女人,而是把女人说成是相对于男人的不能自主的人。女人完全是男人所判定的那种人,所以她被称为'性',其含义是,她在男人面前主要是作为'性'存在的。对他来说,她就是性——绝对是性,丝毫不差。定义和区分女人的参照物是男人,而定义和区分男人的参照物却不是女人。她是附属的人,是同主要者(the essential)相对立的次要者(the inessential)。他是主体(the subject),是绝对(the absolute),而她则是他者(the other)。"②波伏娃认为,在一个父权制的文化氛围里,男性或男性化是积极的、标准的和正当的,而女性或女性化是消极的、非主要的、反常的和不正当的,总之是他者。在所有的社会生活领域,在所有的思维活动部门,人们都把妇女看成是另一种人——他者。女性必须根据自我而不能根据与男人相关的他者来定义自己,女性和男性之间存在一种附属和支配、次要者和主要者、客体和主体、他者和自我的关系。

在这样的一种伦际关系中,女性形象便只能是被男性的所创造和勾画,虽然不否认有少数女性作家的作品得以流传,但是,女性真实的声音却是文学史上的"休止符"。这使我们不得不极其自然地联想到伊萨克·迪尼森在她的短篇小说《空白之页》中所叙述的那个数代流传的故事。葡萄牙某地的一个修道院里,一群修女种植亚麻,来制作精美的亚麻布,做为国王们新婚时使用的床单。新婚之夜后,这块被郑重其事地向公众展览,以验明王后是否是处女。接着这块床单中间印有处女之血迹的床单被送还修道院,然后被装裱好,被镶上框,标上它所属王后的名字,然后被挂在一个长长的陈列室里,它将作为那个"王后名誉的证人"。然而,这其中居然有一条没有标明所属王后名字的"空白之页",其他王后都没有僭越这个天经地义的规则。这个故事破译了菲勒斯作为君临一切的化身,把女性贬为一个他者的文化真相,女子是一种"缺席的出现",或者"出现的缺席"。恰如乔纳森·卡勒所指出的那样,女性要想正常"进入这种为男性把握为男性服务的话语体系",只有"借用他的口

---

① [法]西蒙娜·德·波伏娃:《第二性》,陶铁柱译,中国书籍出版社1998版,第309页。
② [法]西蒙娜·德·波伏娃:《第二性》,陶铁柱译,中国书籍出版社1998版,第11页。

吻,承袭他的概念,站在他的立场,用他规定的符号系统所认可的方式发言,即作为男性的同性进入话语"①。"典律一经确定,便会以永恒不变的面目出现,或者准确点说,它以单向的线性方法建立学科内的概念时间,使得目前的各种践行与原初的各类历史文本,有直接的联系。……在这种线性历史观下,早期的作者与其现代的讨论者距离拉近了。"②

第三节　说诗·用诗·采诗

如果说男女君臣传统在抒情手法方面是始作俑者的话,那么,在绝大多数学者看来,由汉儒开始的以《诗》附史、妄生美刺的解读方式,则是文人"以情爱寄托忠爱"抒情模式的理论起源。它广泛、深入地规范并控制着此类诗歌文本的形态和走势,使得后世的诗歌创作严格遵循照应男女—君臣的模式。正如姚斯(H. R. Jauss)所说:"第一个读者的理解将在一代又一代的接受之链上被充实和丰富,一部作品的历史意义就是在这个过程中得以确定,它的审美价值也是在这个过程中得以证实,在这一接受的历史过程中,对过去作品的再欣赏是同过去艺术与现在艺术之间、传统评价与当前的文学尝试之间进行着不间断的调节同时发生的。"③

一、别有用心的说诗

中国诗歌史源远流长,诗骚之后,诗苑词林中以男女象喻君臣的男子作闺音文本不可胜数。同时,诗话词话中将"男女比君臣"作为笺释评价诗歌的固定模式的著作更不罕见。《毛诗序》就是一个典型的例子,其最大的特点就是钻了《诗经》比兴语言的空子,将抒情文本予以历史化、政治化、伦理化,换句话说,集体寓言化的解读。说诗者"制定出一种新的阅读类型,即寓意,这种

---

① [美]乔纳森·卡勒:《作为妇女的阅读》,载张京媛《当代女主义文学批评》,北京大学出版社1992年版,第50页。

② 参见白维文《解除典律的论述——文本分析与经济思想史》,王丽珠、刘传伟译,载《社会科学的措辞》,麦克洛斯基著,三联书店2000年版,第218页。

③ [德]姚斯:《接受美学与接受理论》,辽宁人民出版社1987年版,第25页。

阅读引导他们在诗人创造的形象外衣下'设想'一种理论的'教益'","一方面,这些词句极富文学隐喻,诗中所提及之物无一不是新鲜的,诗人在此是与陈词滥调打交道;另一方面,人们通过感知到其中的政治隐喻读懂这首诗"①。

从《国风》开篇《关雎》开始,阐释权威们或者将先民的歌谣进行政治伦理的改写,将其中大凡写男女的诗歌进行意义置换,为之置入"经夫妇、成孝敬、厚人伦、美教化、移风俗"的主题,将整个文本"招安"、整合到宗法制的政治伦理秩序之中;或者暴力般扭转文本的性别、性欲取向,将先民直诉情感的诗歌视做淫奔之作②,"并借此把女性情欲的释放与张力逆转为父族反情欲的刺诗"③。比如,《毛诗序》评《关雎》:"关雎,后妃之德也";评《桃夭》:"后妃之所致,不妒忌,则男女以正,婚姻以时。"同样地,《狡童》、《褰裳》等女性的歌吟也被认为是有一定历史背景的政治寓言。

从汉至清,经学家解诗大都囿于《毛传》的说诗方式,将民间风谣进行"消毒处理":凡《诗》中所说男女之事,不是说男女,皆是说君臣。陈沆的《诗比兴笺》和方玉润的《诗经原始》将此解诗之法推向极端,除了那些显而易见的再也不能牵强附会的诗以外,大凡事关男女之情、夫妇之爱的诗都被改变了主题:《草虫》,思君念切也。此盖人论男女情以写君臣念耳;《摽有梅》:讽君相求贤也;《泽陂》,大抵臣不得于其君,子不得于父,皆可借此以抒怀……

---

① [法]于连:《迂回与进入》,杜小真译,三联书店2003年版,第185页。

② 这种观点以朱熹为代表,他认为诗经中女性文本大多为"淫者自述"。以"氓"为弃妇自道,他所言"此淫妇为人所弃,而自叙其事,以道其悔恨之意也"(《集传》)。朱熹肯定女性大胆的情欲和对自己命运的悲叹,看起来更贴近文本的本意,但他又把原本的感情扭曲,十分专断地把对始乱终弃者的怨叹反加在被弃者自己身上。"把女性欲望的歌咏夺回到父权手中,并把它扭转到它的相反项,成为对自己的批判,甚或背叛。"(童若雯《火焰考古:中国女性文学传统起源与疑难》,《中国文化》1997年第1期)在道学家朱熹看来,只要读者按既定的解释去理解,主观上把它当做"君臣之事"的诗阅读,就能抵制"淫诗"的感染,从而生发出自我完善的道德感。反之,若只就该诗字面上的意思作出反应,心中潜在的淫邪之念便会受到刺激和诱发,以致产生不堪设想的后果。汉儒的"刺诗"说和朱熹的"淫诗"说引发了《诗》学史上著名的汉宋之争。争论的焦点主要是诗歌作者的性别,汉儒认为诗歌皆为男性诗人的"代言",而朱熹却认为是女子的"自言"。(可参见廖群《"代言"、"自言"与"刺诗"、"淫诗"——有关〈国风〉的两种阐释》)。实际上,诗经作为先民的歌谣,它到底有无政治寄托,承载言志载道的任务本身就是历史展开的一场拉锯战。

③ 童若雯:《火焰考古:中国女性文学传统起源与疑难》,《中国文化》1997年第1期。

这种阐释的直接结果就是将阅读诗歌变成一个定向翻译的过程。经由这样一个不断确认的过程,"相互承继发扬的解经学逐渐自成一个并行于文本而独立的传统,并透过特技式的解读,转化朴素的歌谣而成为另一难以识别的文本"①。汉儒们"致力于挖掘作者意图的作法,促使典范趋向单声道。②……那种寻求作者权威意义的做法,亦强调了单一的作者的声音。身在过去的他们,现在正向我们说话。……结果,有一系列的特定文本践行去提升这样的诠释立场,然而很少文本会申辩为什么这样做。树立了一个有清晰明确的分析目标的作者权威存在,就可以合理化一些推论。后者又可以用来统合所提出的分析诠释。可是这些推论知识简单地基建于这样的理由之上:作者的脑袋里已经具有了这个隐设的模型"③。

这种阐释模式的流风所及,其理论的号召力和影响力之大,甚至连娱宾遣兴的宋词也难逃劫数。皮锡端的《经学通论》指出了阐释诗词时的"过激"行为:

> 即如李商隐之《无题》,韩偓之《香奁》,解者亦以为感慨身世,非言闺房;以及唐宋诗余,温飞卿之《菩萨蛮》,留蜀思唐;冯延巳之《蝶恋花》,钟爱缠绵;欧阳修之《蝶恋花》,为韩范作,张惠言《词选》已明释之。此皆词近闺房,实非男女,言在此而意在彼,可谓接近风人者。……以托意男女儿据为实言,正以言害词,以辞害志,而不知以意逆志者也。

---

① 童若雯:《火焰考古:中国女性文学传统起源与疑难》,《中国文化》1997 年第 1 期。

② 在巴赫金看来,经典就是把充满异质因素的鲜活历史凝固起来,进而使对古老文本的解读,从多声道解读(multi-voiced reading)走向单声道解读(single-voiced reading)从多声道话语(multi-voiced discourse)走向单声道话语(single-voiced discourse)。经典化就是瓦解异质杂鸣的过程,它最终促成朴素的单声道解读。(参见季广茂:《隐喻理论与文学传统》,北京师范大学出版社 2002 年版,第 209 页)。

③ 白维文:《解除典律的论述——文本分析与经济思想史》,王丽珠、刘传伟译,《社会科学的措辞》,麦克洛斯基著,三联书店 2000 年版,第 218 页。转引自季广茂《隐喻理论与文学传统》,北京师范大学出版社 2002 年版,第 226—227 页。

以清代张惠言为代表的常州派对词的比附索引①可以说是《毛诗序》以政治伦理解说爱情诗的方法在笺释词这种题材上的翻版。《词选序》提出了所谓"缘情造端,兴于微言"、"极命风谣里巷男女哀乐,以道贤人君子幽约怨悱不能自言之情","少侧隐盯愉,感物而发,触类条鬯,各有所归,非苟为雕琢曼词而已"的理论宣言。张氏希望通过义有隐微的解读方式"塞其下流,导其渊源,无使风雅之士惩于鄙俗之词",用心可谓良苦。其解说温庭筠的艳情词即为著名的例证之一。为使温词和政治伦理扯上关系,张惠言采用了经学家惯用的比附手法,胶柱鼓瑟地运用男女比君臣模式来重写词旨。比如他评价温词是深美闳约的"骚人之歌"(《词选序》),认为《菩萨蛮》写感士不遇(《词选》,卷一),首章《菩萨蛮》之下片"照花四句"有"离骚初服之意"等。此后,周济又推波助澜,将张惠言的解词规则转化为"非寄托不入,专寄托不出"的创作规则。②

---

① 晚唐五代的词本为在酒席上供侑欢之用,并无以艳情寄寓君臣之意。直至北宋,艳词并无托意。到了南宋,宋君沉迷于偏安局面,使士人的恢复之志无从实现。于是他们便将感士不遇的骚怨,借花卉以发骚人墨客之豪,托闺怨以寓放臣逐子之感。(见刘克庄《后村题跋·题刘叔安感秋八词》)。

② 关于这种政治解读"无中生有,穿凿附会"的缺陷,钱锺书先生在《管锥编》中有很风趣的讽刺:《明诗综》卷一载儿谣:"狸狸斑斑,跳过南山"云云,即其一例,余童时邻居尚熟聆之。闻寓楼庭院中六七岁小儿聚戏歌云:"一二一,一二一,香蕉苹果大鸭梨,我吃苹果你吃梨";又歌云:"汽车汽车我不怕,电话打到姥姥家。姥姥没有牙,请她啃水疙瘩!哈哈!哈哈!"偶睹西报载纽约民众示威大呼云:"一二三四,战争停止!五六七八,政府倒塌!""汽车、电话"以及"一二三"若"一二三四"等,作用无异于"妖女"、"池蒲"、"上邪",功同跳板,殆六义之"兴"矣。《三百篇》中如"匏有苦叶"、"交交黄鸟止于棘"之类,托"兴"发唱者,厥数不繁。毛、郑诠为"兴"者,凡百十有六篇,实多"赋"与"比";且命之曰"兴",而说之为"比",如开卷之《关雎》是。说《诗》者昧于"兴"旨,故每如项安世所讥"即文见义",不啻王安石《字说》之将"形声"、"假借"等作"会意"字解。即若前举儿歌,苟列《三百篇》中,经生且谓:"盖有香蕉一枚、苹果二枚、梨一枚也";"不怕"者,不辞辛苦之意,盖本欲乘车至外婆家,然有电话可通,则省一番跋涉也。騤钻牛角尖乎?抑蚁穿九曲珠耶?(参见钱锺书《管锥编》第一册,中华书局1979年版,第62—65页。)。《诗笺》自序曰:"梅圣俞有《金针诗格》,张无尽有《律诗格》,洪觉范有《天厨禁脔》,皆论诗也。及观三人所论,皆取古人之诗穿凿扭捏,大伤古作者之意。三书流传,魔魅后人,不独可笑,抑复可恨。不知诗人托寄之语,十之二三耳,既云托寄,岂使人知?若字字穿凿,篇篇扭捏,则是诗谜,非诗也。《三百篇》中有比、有兴、有赋,尽如圣俞、无尽、觉范所言,则《三百篇》字字皆比,更无赋、兴,千古而下,祇作隐语相猜,安能畅我性情,使人兴观群怨哉!"明万时华《诗经偶笺·序》曰:"今之君子知《诗》之为经,而不知《诗》之为诗,一蔽也。"朱东润《诗三百篇探故》曰:"经生治《诗》,知有经而不知有诗。"三家都言之津津,足破腐儒窠臼。

我们看到,《毛诗序》作为《诗经》批评的代表作,当他们把"男女/君臣"的公式引入《诗经》的解释时,这样的解释原则能动地影响了诗人的创作方向。简单地说,解诗的原则变为写诗的律条,经过了这样几个步骤:首先,赋诗者借情诗传达君臣朋友之间的感遇;其次,说诗者错误地把赋诗者的本事与该诗的本义混为一谈;随着这种解释原则的传播,人们习惯于把凡是男女的诗都理解为说君臣;最后,以男女比君臣逐渐成为文人遵循的创作方向。① 经过这样的一个"和平演变"的过程,经生们理直气壮地将他们的道德逻辑定为一种批评标准对后世的作者提出要求,使之后的种种换妆(cross-dressing)书写带有政治寓意成为一种"天经地义"的行为。用拉康的镜像理论来审视这个过程是很有意思的。拉康认为人对自己的原初认识,发生在一个婴儿6—8个月生长中的镜像阶段,这是一个构造"我"——伪自我中心起始的本体建构过程。婴儿看到镜子中自己的影像就误将这个"他者"(小写的他者a)认同为自我。在他看来,初始的"我"是一个"空位",一个不是我的"他物"事先强占了我的位置,使我无意识地认同于"他",并将这个他物作为真实的自我加以认同。因此,在拉康看来,主体最初的自我认同就是镜像中的异化认同,是一种自恋式的虚假认同。按照这样的逻辑,"我"只是一种外部性的被询唤,在这种被询唤中,我被建构成为一种格式塔的拓扑场。以此类推,生活在传统社会中的古代士人,从出生的那一刻起,就陷进了一个被政教功利的文化逻辑所左右的"骗局",自我是一种对篡位的小他者——政治无意识之假我——镜像的心像自居。它(Es)后来被小写他者和大写他者(意识形态的文化教化)相继篡位。就像拉康所常说的"人的欲望就是大写他者(Other)的欲望",只不过,古代士人不仅无法意识到这种假象,反而自动臣服于这个"他者"。这一点很关键,阿尔都塞形象地揭示了"他者"的统摄本质:

> 个体被询唤为(自由的)主体,以后他将(自由地)屈从主体的诫命,也就是说,他将(自由地)接受他的沉浮地位,即他将完全自动(all by himself)做俯首帖耳的仪态和行为。他们被安顿在意识形态

---

① 康正果:《风骚与艳情》,上海文艺出版社2001年版,第53页。

国家机器的仪式所支配的实践中,他们承认现存事物的状态,承认"事情是这样的而不是那样的,这就是真实",承认他们须服从于上帝、服从良知、服从神父、服从戴高乐、服从老板、服从工程师,要"爱人爱己"。①

由于读经、解经是士人的进身之阶,汉儒对诗经的"过度阐释"为男子作闺音打下了牢固的理论地基,并形成了后代士人的"前理解",士人们不仅深信不疑地遵循"闺房琐屑之事,皆可作忠孝节义之事"的阅读模式,而且毕恭毕敬地进行文学践履。批评模式影响创作实践,创作实践又反过来强化确认了这种批评模式。"诗语言的倾斜性就这样归结于言外之意的政治适应;而这种文人与权力之间的和解在中国得到的赞同令人震惊。因为,在两千多年中,人们从未停止重复这个公式。"②经学关于诗经的阐释,形成了传统文论中的主要范畴和基本阐释模式主宰和塑造了文学对自身价值的选择与定位。其间,虽然也出现过一些"不和谐的音符",但其地位却始终稳如泰山。正是在这个意义上,王国维才慨叹:

> 自谓颇腾达,立登要路津。致君尧舜上,再使风俗醇。非杜子美之抱负乎?"胡不上书自荐达,坐令四海如唐虞。"非韩退之之忠告乎?……如此者,世谓之大诗人矣!……所谓"诗外尚有事在"……我国人之金科玉律也。呜呼! 美术之无独立价值也久矣。此无怪历代诗人,多托于忠君爱国劝善惩恶之意,以自解免,而纯粹美术上之著述,往往受世之迫害……③

胡晓明指出:"比兴之作为一种中国诗学之基因,更因为其中含有一种中国文艺思想先天之痛苦。所谓先天,即早在真正成熟的文艺之自觉以前,即伏

---

① [法]阿尔都塞:《列宁与哲学》,台北远流出版公司 1990 年版,第 199、99 页。
② [法]于连:《迂回与进入》,杜小真译,三联书店 2003 年版,第 185 页。
③ 王国维:《论哲学家与美术家之天职》,自《王国维文集》,燕山出版社 1997 年版,第 243 页。

下一样因缘;所谓痛苦,即政治与审美之间的张力。"①这是很有见地的看法。中国文学的创作主体首先是接受主体,其创作正如欣赏时那样,每一次都在不同程度地重温、感受着以往阅读的经验。饱读诗书的中国文人,其艺术感受的过程即伴随着对前代经典、精品的尊崇。因此,诗歌创作中的审美价值取向也必然朝着"承君政治善恶,述己志而作诗"的方向看齐。

汉儒对《诗经》的阐释与《诗经》字面上读出来的意思相距甚远。那么,是不是据此可以断言汉儒是一群闭门造车、"不约而同"大放厥词的浅陋狂悖之徒呢? 如果评论者只停留于对汉儒深文罗织的讥讽詈骂,是不是又可以说,这同样是后人妄议古人、推测古事的"委巷之见"呢? 我们认为,汉儒的这种说诗方式绝非空穴来风,它是对先秦儒家说诗的进一步发挥。② 以往,我们只是看到《论语》、《孟子》、《荀子》等先秦儒家典籍的引诗与为数不多的说诗,难以理直气壮地说汉儒说诗一定是在其基础上发展的。现在,已经有足够的论据证明,汉儒说诗是孔子肇端的儒家诗学言说系统的一个环节。2002 年上海书店出版的《上博馆藏战国竹书研究》一书中的有关文章,将竹书中大量关于《诗经》作品的论述定名为《孔子诗论》,并确定竹书成书不晚于战国中叶。从考古学和古文字学家整理出的释文看,《孔子诗论》涉及《诗经》具体作品的论述有五十余条,其言说方式与《诗序》相近,都是用简洁的语句概括诗旨。江林昌在《上博竹简〈诗论〉作者及其与今传本〈毛诗序〉的关系》一文认为:

> 竹简《诗论》的基本观点大多为《毛诗》序所继承,竹简《诗论》很可能是学术史上所传说的子夏《诗》序,是目前所知的《毛诗》序的最早祖本。

---

① 胡晓明:《中国诗学之精神》,江西人民出版社 2001 年版,第 35 页。
② 事实上,从孔子开始,儒家就已经开始借助整理、教授、引用、解释等方式对《诗经》进行价值的赋予了。孔子的话语建构工作的一个很重要的方面就是整理《诗》。孔子自己说:"吾自卫反鲁,然后乐正,《雅》、《颂》各得其所。"(《论语·子罕》)朱熹注曰:"鲁哀公十一年冬,孔子自卫反鲁。是时周礼在鲁,然诗、乐亦颇残缺失次。孔子周游四方,参互考订,以知其说。晚知道终不行,故归而正之。"

如果认可这个结论,那么,我们就可以说,先秦儒家早已将说诗的基本路向牢牢确定在政治、道德的框架之中了——无论是诗的本义如何,都要发掘出它所隐含的政治、道德的意义来。汉儒说诗只不过是在孔子说诗基础上的规矩行步,而不是大多数人所鄙夷不齿的向壁臆造。只不过,《孔子诗论》对那些关于男女情爱的风诗只是指出其中的政治、道德方面的意义,并没有落实其所言何事、所指何人。而汉儒却一一拘实,甚至以为"政治盛衰"、"道德优劣"、"时代早晚"、"诗篇先后"这四件事情是完全一致的。①

但是,要对汉人的阐释观念品头论足,又要求我们必须怀着温情与敬意,将汉儒的诗学置于特定的文化历史语境中予以考察,方为客观公正。下面,我们略作分析。

毋庸置疑,汉儒所遭遇的是一个特殊的历史语境——大一统的政治局面与推崇儒学的文化氛围,使汉儒大展宏图的进取精神与政治热情空前高涨。但是,汉儒却又处身于一个十分矛盾的现实条件中,统治者虽在理论上认可了儒学在国家意识形态中的主导地位,但是由于大一统的政治局面的形成,士人在君主面前再也不像春秋战国时期那样受到礼遇了——先秦士人那种择主而事的自由与荣光已彻底失去了。汉武帝一方面推崇儒学,一方面又实行高压政策,士大夫动辄得咎,常常惨遭屠戮。在这样的情况下,士大夫坚持自己的政治立场就要采取一种迂回的策略了。郑玄尝言:

> 诗者,弦歌讽喻之声也。自书契之兴,朴略尚质。面称不为谄,目谏不为谤,君臣之接,如朋友然,在于恩诚而已。斯道稍衰,奸伪以生,上下相犯。及其制礼,尊君卑臣。君道刚严,臣道柔顺。于是箴谏者稀,情志不通。故作诗者以诵其美而讥其过。②

从汉儒所处的具体文化历史语境来看,汉儒从实际的政治目的出发,将三

---

① 顾颉刚:《论〈诗经〉所录全为乐歌》,据《古史辨》第三册下编,上海书店《民国丛书》影印版,第 654 页。

② 郑玄:《六艺论》,据孔颖达《毛诗正义》"引",《十三经注疏》本,中华书局影印本 1980 年版。

百篇当做谏书来读,一一指实为某人某事所作,也实在是时代氛围使然的莫可奈何之举。今人刘光义又指出:

> 而如谓西汉之儒,其解诗也,去诗之本义甚远,即纯为汉儒有心为之,亦绝非至公持平之论。……当其解经之时有二种不可抗拒之力……其一,即春秋与战国时期,儒家之圣者、贤者。于诗所作之宏论高言;其二,即春秋迄乎战国时期各阶层与诗之应用。①

这段论述可谓独具慧眼。《诗经》并不是像许多学者认为的那样是在汉儒推崇为经之后才荣登经典的殿堂的。《诗》早在西周初年周公制礼作乐后就渐渐获得某种权威性,甚至神圣性。在春秋之时,诗的这种权威性和神圣性依然得到普遍的认可。春秋时期,赋诗观志的用诗方式、断章取义的引诗风习就是力证。并且,孔子就是在西周时期具有仪式性、政治性的用诗传统以及春秋时期"赋诗言志"这种对诗歌的独特使用的基础上对《诗》进行言说的。孔子"解诗"与春秋"用诗"的关系非常密切。顾颉刚先生把当时的"用诗"方式概括为四种类型:一是典礼,二是讽谏,三是赋诗,四是言语。② 在这四种用诗的类型中,"赋诗"是最为典型的一种用诗方式。当时的诸侯、卿大夫在政治外交活动中常常朗诵或咏唱《诗》或《诗》中的某些章句来委婉地表达自己的思想意愿。这又使得我们不得不花点笔墨来回顾一下西周至春秋时期的用诗情况。

二、风靡一时的用诗

《诗经》作为我国最早的一部诗歌总集,具有很强的文学色彩和抒情特征,它能和政治外交联姻,这在现代人看来实在有点匪夷所思。但是恰恰在春秋时期,它在政治外交舞台上扮演过一段最为风光的"一号"角色。《文心雕

---

① 刘光义:《汉武帝之用儒及汉儒之说诗》,台北商务印书馆1968年版,第20页。
② 顾颉刚:《古史辨》,《论〈诗经〉经历及〈老子〉与道家书》一文,上海书店《民国丛书》影印本。

龙·明诗》篇云："春秋观志,讽诵旧章,酬酢以为宾荣,吐纳而成身文。"在宴飨、订盟、聚会等外交场合,"外交官"们用吟诵《诗经》中诗章的形式酬酢周旋。在记录我国春秋历史的《左传》中,记载的这种赋诗外交事件达八十余起之多。这里不妨看两个例子,再现一下当时列国朝聘皆赋诗以相命的浪漫景象:

> 秋七月,齐侯、郑伯为卫侯故,如晋,晋侯兼享之。晋侯赋《嘉乐》。国景子相齐侯,赋《蓼萧》。子展相郑伯,赋《缁衣》。叔向命晋侯拜二君曰:"寡君敢拜齐君之安我先君之宗祧也,敢拜郑君之不贰也。"国子使晏平仲私于叔向,曰:"晋君宣其明德于诸侯,恤其患而补其阙,正其违而治其烦,所以为盟主也。今为臣执君,若之何?"叔向告赵文子,文子以告晋侯。晋侯言卫侯之罪,使叔向告二君。国子赋《辔之柔矣》,子展赋《将仲子兮》,晋侯乃许归卫侯。叔向曰:"郑七穆,罕氏其后亡者也。子展俭而壹。"(《左传·襄公二十六年》)

两诗分别用"既见君子,我心与兮"(已经见到君子了,我的心里真高兴)、"适子之馆兮,还予授子之粲兮"(回到你的公馆里,回来为你把饭备)表达希望晋侯放还卫侯之意。经过这番"犹抱琵琶"的委婉求情,"晋侯乃许归卫侯"。情意绵绵的诗句在政治场合居然发挥了如强大的政治功用!

让我们感兴趣的正是这种"微型对话"的过程。微言相感①和断章取

---

① 《汉书·艺文志》卷三十云:"昔仲尼没而微言绝,七十子丧而大义乖。"传曰:"不歌而诵谓之赋,登高能赋可以为大夫。"言感物造耑而,材知深美,可与图事,故可以为列大夫也。古者诸侯卿大夫交接邻国,以微言相感,当揖让之时,必称《诗》以谕其志,盖以别贤不肖而观盛衰焉。故孔子曰"不学《诗》,无以言"也。春秋之后,周道浸坏,聘问歌咏不行于列国,学《诗》之士逸在布衣,而贤人失志之赋作矣。大儒孙卿及楚臣屈原罹谗忧国,皆作赋以风,咸有恻隐古诗之义。其后宋玉、唐勒、汉兴、枚乘、司马相如,下及杨子云,竞为侈俪闳衍之词,没其讽喻之义。是以杨子悔之,曰:"诗人之赋丽以则,辞人之赋丽以淫。如孔氏之门人用赋也,则贾谊登堂,相如入室矣,如其不用何!"自孝武立乐府而采歌谣,于是有代赵之讴,秦楚之风,皆感于哀乐,缘事而发,亦可以观风俗,知薄厚云。序诗赋为五种。

义①的手法是当时的上层人物政治外交活动中经常使用的。但是,只有《诗经》成为贵族阶层的"公共课",才能避免误解对方的"断章取义",同时保证对方也能从自己所赋之诗中领会没有直接说出的意思。《汉书·艺文志》卷三十云:"古者诸侯卿大夫交接邻国,以微言相感。当揖让之时,必称诗以喻其志。"这一记载真实地反映出春秋时代诸侯卿大夫在外交场合赋诗言志的实况。班固说,微言即以"不言言之"②,也就是要于文字外寻绎诗句的象征性意味。而微言相感,即赋诗者不直陈其志,而通过所赋之诗的感发,主观上使原诗衍生出某种象征意味,并以此来暗示对方。所谓断章取义,就是以所赋之诗为媒介,割裂、曲解篇义而赋予新义。即赋诗者受诗中所蕴蓄之感情的感发,将原诗固有的诗义,引申、联想成具有象征性意味,可以神遇却不可以言求。这里可以看一个例子:

> 季文子饯之,私焉,曰:"大国制义,以为盟主,是以诸侯怀德畏讨,无有贰心。谓汶阳之田,敝邑之旧也,而用师於齐,使归诸敝邑。"今有二命,曰"归诸齐"。信以行义,义以成命,小国所望而怀也。信不可知,义无所立,四方诸侯,其谁不解体? 诗曰:女也不爽,士贰其行。士也罔极,二三其德。七年之中,一与一夺。二三孰甚焉。士之二三,犹丧妃耦,而况霸主? 霸主将德,是以而二三之,其何以长有诸侯乎? 诗曰:犹之未远,是用大简。行父惧晋之不远犹而失诸侯也,是以敢私言之。(《左传·成公八年》)

---

① "赋诗言志"语出《左传·襄公二十八年》:齐庆封好田而嗜酒,与庆舍政,则以其内实迁于卢蒲嫳氏,易内而饮酒数日,国迁朝焉。使诸亡人得贼者,以告而反之,故反卢蒲癸。癸臣子之,有宠,妻之。庆舍之士谓卢蒲癸曰:"男女辨性,子不辟宗,何也?"曰:"宗不余辟,余独焉辟之? 赋诗断章,余取所求焉,恶识宗?"癸言王何而反之,二人皆嬖,使执寝戈而先后之。

② 白公问孔子问:"人可与微言乎?"孔子不应。白公问曰:"若以石投水,何如?"孔子曰:"吴之善没者能取之。"曰:"若以水投水何如?"孔子曰:"淄、渑之合,易牙尝而知之。"白公曰:"人故不可与微言乎?"孔子曰:"何为不可? 惟知言之谓者乎! 夫知言之谓者,不以言言也。争鱼者濡,逐兽者趋,非乐之也。故至言去言,至为无为。夫浅知之所争者,末矣。"白公不得已,遂死于浴室。(《列子·说符》第八)

《氓》本为弃妇诗,谓女子毫无过失,始终不渝地忠于爱情,而男子却是负心汉,婚前婚后判若两人。汶阳之田,原为鲁国领土,后来被齐国占领。鞌之战后,晋逼齐归还鲁国领土,而后晋侯又让鲁国将汶阳之田归还齐国。鲁执政季文子引《氓》来埋怨晋侯的反复无常,以女子喻指鲁国,用变心的男子喻指失信的霸主晋。

又如《左传·昭公十六年》所记的晋郑之会,郑国的六卿为晋使韩宣子饯行。宣子希望他们皆赋诗以显郑志:

> 夏四月,郑六卿饯宣子于郊。宣子曰:"二三君子请皆赋,起亦以知郑志。"子赋《野有蔓草》。宣子曰:"孺子善哉! 吾有望矣。"子产赋《郑之羔裘》。宣子曰:"起不堪也。"子大叔赋《褰裳》。宣子曰:"起在此,敢勤子至于他人乎?"子大叔拜。宣子曰:"善哉,子之言是! 不有是事,其能终乎?"子游赋《风雨》,子旗赋《有女同车》,子柳赋《萚兮》。宣子喜曰:"郑其庶乎! 二三君子以君命贶起,赋不出郑志,皆昵燕好也。二三君子数世之主也,可以无惧矣。"宣子皆献马焉,而赋《我将》。子产拜,使五卿皆拜,曰:"吾子靖乱,敢不拜德?"宣子私觐于子产以玉与马,曰:"子命起舍夫玉,是赐我玉而免吾死也,敢不藉手以拜?"(《昭公十六年》)

这一段是郑六卿与韩宣子相互赋诗以寄志,《野有蔓草》,取其"邂逅相遇,适我愿兮"之意;《羔裘》取其"彼其之子,舍命不渝"、"彼其之子,邦之司直"、"彼其之子,邦其彦兮"诸句赞美韩宣子。赋《褰裳》,以诗中"子惠思我,褰裳涉溱。子不思我,岂无他人"之句试探晋国的态度;赋《风雨》"即见君子,云胡不夷",以喻君子虽居乱世,不变改其气节;赋《有女同车》"洵美且都"句赞美宣子之志;赋《萚兮》,"倡予和女",言宣子首倡,已将和之,因此韩宣子评价为"皆昵燕好也"。最后宣子为酬答众人所赋之意,而赋《我将》。这种离开诗的主旨而赋予原诗以象征意义的达意方式,双方均能领会无误。

"微言相感"、"断章取义"可以派生象征意味的方式不仅影响了汉儒说诗,而且诗人在此方式启迪下,将它加以升华而运用于诗歌创作中,使男子作闺音成为远轶春秋时代"赋诗言志"模式的文学变体。

不过,这里还有一个问题必须回答,春秋时期贵族们不需要借助任何辅助性的说明,就能够准确地揣摩和理解对方的情感意愿和态度。那么,在什么条件下这种独特的言说方式才具备可能性呢?要回答这个问题,我们又必须上溯到西周时期的礼乐文化与用诗之间的关系。

自周公制礼作乐、分封诸侯以后,礼成为贵族身份的一个标志。作为一个贵族,如果不懂得礼仪,将寸步难行。《诗》作为礼乐仪式中唯一一种以话语形式存在的构成因素,其重要性自然不可忽视。西周时,凡是大型的公共活动都有一定的仪式,凡有仪式,必有乐舞伴随,有乐舞就有诗歌。"《诗》在西周贵族阶层的政治文化生活中的重要性对后人来说甚至是难以想象的——它是沟通人与神、君与臣、卿大夫之间乃至夫妇之间极为重要的言说方式。"[1]其使用范围之广,所起作用之大,恐怕后代任何一个时期的诗歌都无法比拟。同时,查阅记载西周及春秋时代历史事件的史籍我们就会发现,诗作为"礼"的仪式系统中不可或缺的组成部分,在彼时的贵族教育中同样占有极重要的位置。每一位受教育者都对那些进入官方文化系统的诗歌极为熟悉,甚至人人诵之于口。正是这种"背景"为人们利用《诗》这种独特的言说方式赋诗言志、表达意见提供了可能性。时至孔子之时,尽管出现"礼崩乐坏"的普遍情况,但在各诸侯国,贵族身份与贵族意识依然受到社会普遍的认同。那种不娴于诗的应对或错用礼仪的现象依然会受到鄙视和嘲笑。[2] 春秋时期贵族阶层已经走向没落,在"用诗"方面还有让后人如此艳羡的表现,可以想见,西周鼎盛时期之贵族用诗该是何等的辉煌灿烂。伽达默尔写道:"艺术的万神庙并非一种把自身呈现给纯粹审美意识的无时间的现实性,而是历史地实现自身的人类精神的集体业绩。所以,审美经验也是一种自我理解的方式。但是,所有自我理解都是在某个于此被理解的他物上实现的,并且包含这个他物的统一性和同一性。只要我们在世界中与艺术作品接触,并在个别艺术作品中与世

---

① 李春青:《诗与意识形态》,北京大学出版社 2005 年版,第 260 页。

② 据《左传·襄公二十七年》载,齐国秉政的大夫庆封出使鲁国,鲁国贤大夫叔孙豹招待他,庆封饮食间失礼,叔孙豹遂为之赋《相鼠》一诗,讥其无耻,而叔孙豹却不能领会其意,因此,受到贵族的轻视。

界接触,那么,这个他物就不会是我们一霎那间陶醉于其中的陌生的宇宙。"①

三、考正得失的采诗

《诗经》正如朱熹所说:"凡诗之所谓风者,多出于里巷歌谣之作,所谓男女相与咏歌、各言其情者也。"但是,《诗经》中的女性文本之所以成为后世文人的抒情模式和诗教规则,解诗者之所以能将其附会成政治诗篇,并赋予男女君臣的含义,这种政治解读之所以能够成为传统诗学的主要范畴和基本阐释模式并规范和引导文人们的阅读、创作,还跟上古的采诗制度有着隐秘的姻亲关系。

汉儒言古有"采诗观风"制度,言周王乃有使者岁以时入诸侯之国采诗以观其风的习惯,《诗经》的部分诗篇就是在周室王官采诗的基础上选编而成的。比如,《礼记·王制》云,西汉时期,"天子五年一巡守(狩),……觐之诸侯,问百年者就见之,命太师陈诗以观民风"。刘歆《与杨雄书》甚至认为采诗之事,自三代至秦,不为周代所独有:"三代、周、秦轩车使者,𨗓人使者,以岁八月巡路,求代语歌谣,僮谣歌戏。"《国语·周语上》就有这样一段记载:周励王"得卫巫,使监谤者。以告,则杀之"。邵公劝谏他说:"为川者决之使导,为民者宣之使言。故天子听政,使公卿至于列士献诗,瞽献曲,史献书。"这段记载说明了采诗的动机是通过民间诗歌来听取人民的呼声。在东汉,班固《汉书·艺文志》中说:"古有采诗之官,王者所以观风俗,知得失,自考正也。孔子纯取周诗,上采殷,下取鲁,凡三百五篇。"②许慎《说文解字·丌部》、何休《春秋公羊传解诂》宣公十五年注与郑玄《诗谱》及郑玄孙魏侍中郑小同所编《郑志》所载郑玄答张逸问言之也都有记载。上海博物馆所藏战国竹简《孔子诗论》的问世,又将汉儒所传"王官采诗之说"上溯到孔子之时。简文第三支说:"《邦风》其纳物也博,观人俗焉,大敛材焉。"马承源先生认为,"敛材"指收集"邦风佳作","敛材"者大概就是何休所说的那些由官府供养而为官府采

---

① [德]伽达默尔:《真理与方法》,洪汉鼎译,上海译文出版社2002年版,第6页。
② (汉)班固撰,(唐)颜师古注:《汉书》,中华书局1962年版,平装本,第6册,卷30,第1708页。

诗的"老而无子者"。

　　采诗的时间,文献记载语焉不详,且多有龃龉。从何休《春秋公羊传解诂》宣公十五年注文来看,大约在每年的十一月、十二月行之:"五谷毕入,民皆居宅,……从十月尽,正月止,男女有所怨恨,相从而歌,饥者歌其食,劳者歌其事。男年六十、女年五十无子者,官衣食之,使之民间求诗。乡移于邑,邑移于国,国以闻于天子。故王者不出户牖,尽知天下所苦,不下堂而知四方。"①采诗的目的主要是方便为君者考察地方政治,也可能作为选拔人才的一种参考。②《汉书·食货志》所云:"孟春之月,群居者将散,行人振木铎,徇于路以采诗,献之太师,比其音律,以闻于天子。故曰,王者不出户牖而知天下。"③采诗的主要内容即为男女相从之歌。"饥者歌其食,劳者歌其事。"《诗大序》云:"风,风也,教也。风以动之,教以化之",大概说的就是国人相从于郊室,以诗歌讽其怨,而乡老乃依其所讽而晓之以诗教也。故其文复曰:"上以风化下,下以讽刺上,主文而谲谏,言之者无罪,闻之者足以戒,故曰风。"《周礼·地官·乡大夫》也写道:乡人"三年则大比,考其德行道艺,而兴贤者能者,乡老及乡大夫帅其吏与其众寡,以礼礼宾之"。孔子说:"小子何莫学夫诗。诗,可以兴,可以观,可以群,可以怨。迩之事父,远之事君;多识于鸟兽草木之名。"孔安国解"群"为"群居相切磋",又解"怨"为"怨刺上政"。④ 从男女相从之歌中能够读出"事父"、"事君"的含义来,才算值得称道的善于婉饰和微讽的贤人。正是从这个意义上说,孔子把不学《周南》和《召南》比喻成面墙而立。朱熹解之曰:"《周南》、《召南》,《诗》首篇名。所言皆修身齐家之事。正墙面而立,言即其至近之地,而一物无所见,一步不可行。"⑤

　　可见,采诗之制,不仅是其后赋诗、用诗蔚为大观的缘起,还是婉而成章的

---

① （汉）公羊寿传,（汉）何休解诂,（唐）徐彦疏,《春秋公羊传注疏》,北京大学出版社2000年,卷十六,第418页。
② 孔子所谓"兴于诗",有学者指出,其意并非指诗歌的审美感化作用,而是指言庶人常以习诗而获用,故其后乃能立于礼而成于乐。如《周礼·地官·大司徒》郑玄注曰:"兴犹举也。""兴"就是举贤,这里,就将"兴"解释成政治上的举用。
③ （汉）班固:《汉书》,第四册,卷二十四上,中华书局1962年版,第1715页。
④ （清）刘宝楠:《论语正义》下册,卷二十,中华书局1990年版,第689页。
⑤ （宋）朱熹:《四书章句集注》,中华书局1983年版,第178页。

诗歌抒情标准的源头。它奠定了中国文学"隐"的审美传统。在《周易》卦、爻辞中保存的西周初年或更早的民间谣谚中,有为数不少的隐语。隐语在先秦时以其超以言外的隐喻特质对文学艺术产生了深远的影响。无论是西周春秋贵族的用诗,还是孔子、汉儒的说诗都是通过一种符码的转换实现的。凡是从诗歌的字面意义上看不出政治意义的一律加之以文来"过度阐释"确立合法性。而这种符码转换的可能便是《诗经》的比兴语言提供了一种"隐"的可能。之后,对隐作出明确的理论阐释的是刘勰。他在《谐隐》篇中的表述证明了这一点:

> 夫隐之为体,义生文外,秘响旁通,伏采潜发,譬爻象之变互体,川渎之韫珠玉也。故互体变爻,而化成四象;珠玉潜水,而澜表方圆。始正而末奇,内明而外润,使玩之者无穷,味之者不厌矣。

《隐秀》篇中,刘勰又写道:

> 隐也者,文外之重旨者也;秀也者,篇中之独拔者也。隐以复意为工,秀以卓绝为巧。斯乃旧章之懿绩,才情之嘉会也。

隐在这里又被刘勰概括委婉转含蓄,巧词曲达的作诗原则,之后被历代奉为圭臬。宋姜夔《白石道人诗说》出提出:"语贵含蓄。东坡云:'言有尽而意无穷者,天下之至言也。'……若句中无余字,篇中无长语,非善之善者也;句中有余味,篇中有余意,善之善者也。"

清吴乔《围炉诗话》卷一也以为:"诗贵含蓄不尽之意,尤以不著意见、声色故事、议论者为最上。"

吴景旭《历代诗话》卷三十八曰:"凡诗恶浅露而贵含蓄,浅露则陋,含蓄则旨,令人再三吟咀而有余味。""微不宛,经情直发,不可为诗;一览而尽,言外无余,不可为诗。"

刘熙载《艺概》说:"词之妙莫妙于以不言言之,非不言也,寄言也。如寄深于浅,寄厚于轻,寄劲于婉,寄直于曲,寄实于虚,寄正于余,皆是……"求隐成为历代诗人和诗评者的审美追求,恰如布鲁克斯所言:"文学最终是隐喻的,象征的"。①

汉乐府采诗执行的也是观风俗、知得失的政治功能。《汉书·艺文志》有一段话说:"自孝武立乐府而采歌谣,于是有赵代之讴,秦楚之风。皆感于哀乐,缘事而发,亦可以观风俗,知薄厚云。"司马迁在《史记·乐书》中也记载了汉武帝"立乐府,采歌谣"的政治目的:"以为州异国殊,情习不同,故博采风俗,协比声律,以补短移化,助流政教。"应劭《风俗通》甚至认为采诗乃为政之要:"为政之要,辨风正俗最其上也。"《后汉书·李郃传》记载:"和帝即位,分遣使者,皆微服单行,各至州县,观采风谣。"在汉代,不仅朝廷"观采风谣",地方官吏在处理日常事务时也很重视歌谣所反映的人情风俗及社会现状。《汉书·韩延寿传》记载了这样一件事:"颖川多豪强,难治,国家常为选良二千石。先是,赵广汉为太守,患其俗多朋党,故构会吏民,令相告许,一切以为聪明。颖川由是以为俗,民多怨仇,延寿欲改之,教以礼让。恐百姓不从,乃历召郡中长老为乡里所信向者数十人,设酒具食,亲与相对,接以礼仪,人人问以谣俗,民所疾苦,为陈和睦亲爱消除怨咎之路。"颜师古注:"谣俗,谓闾里歌谣,政教善恶也。"官府可以通过采诗体察下情,并依此作为制定、修改统治策略的依据。可见,汉乐府是政治功利性与民歌结缘而孕育出来的一种文体,它直接影响到后世拟乐府的创作,并为诗学批评提供了丰富的话语资源。

综上所述,楚辞所创造的"本文"与"模式"之间的垂直对照关系,《诗》教理论的规范与熏染,强大的文化传统和审美传统的支持,意识形态的力量,种种因素的共同作用将文学文本变为政治文本,将女性物化为政治符码,使男子作闺音的比兴寄托一类由单数繁殖为历代绵延的复数形式。女性在这个流程中处于一种既中心又异化的位置,女性的幽怨背后隐秘指涉的是诗人感伤时命、嗟悯不遇、哀叹沦谪的情感激流。因此,我们解读这些女性文本的时候,就要超越文本自身表明的意义——超越那种以"它确切说的是什么",而去"寻求显意背后的隐意","用更基本的阐释符码、更有力的语言去重写文本的表

---

① [美]克林思·布鲁克斯:《形式主义批评家》,龚文庠译,赵毅衡编选,《新批评文集》,中国社会科学出版社1988年版,第487页。

面范畴"①,去解码女性意象如何经由诗人的编纂而被赋予了象征信息,进而增值为政治寓言;去阐释隐含在文本中的意识形态的遏制和文本内部的"政治无意识"。"一切事物都是社会的和历史的,事实上,一切事物'说到底'都是政治的。"②詹姆逊的这句诗学断言用于古典诗歌寄托文本的分析一点也不过分。

第四节 "何余心之烦错,宁翰墨之能传":曹植的"政治失恋"

曹植(192—232),字子建,曹丕同母弟。曹植天资颖慧,才高八斗③,十余岁时即能出言为论,下笔成章。钟嵘《诗品》说:"陈思之于文章也,譬人伦之有周孔,鳞羽之有龙凤,音乐之有琴笙,女工之有黼黻。俾尔怀铅吮墨者,抱篇章而景慕,映余晖以自烛。故孔氏之门如用诗,则公干升堂,思王入室,景阳潘陆,自可坐于廊庑之间矣。"观之陈思文学成就,当不为过誉之词。加之他"生乎乱,长乎军"(《陈审举表》),幼年即随父四方征战的经历,少年便以"戮力上国,流惠下民"(《与杨德祖书》)自期,深得曹操宠信。曹操曾经认为曹植在诸子中"最可定大事"(《三国志·魏书·陈思王传》注引《魏武故事》)。《三国志·魏志》本传说:"(曹)植既以才见异,而丁仪、丁廙、杨修等为之羽翼。太祖狐疑,几为太子者数矣。"然而曹植又有致命的弱点:他浪漫不羁、恃才傲物,"任性而行,不自雕励,饮酒不节"(《三国志·陈思王植传》),屡犯法禁,渐渐引起曹操的不满。④ 而其兄曹丕又颇能矫情自饰,"在政治上是个——尤其他晚期——有才干、有雄心、有城府,并善于忍让韬晦的'精明人'"⑤。终

① Fredric Jameson,*The Political Unconscious*,Routledge Classics, 2002. p.45.
② [美]詹姆逊:《政治无意识》,中国社会科学出版社1999年版,第11页。
③ 晋宋之交的谢灵运虽恃才傲物,自命不凡,对曹植却评价甚高:"天下才有一石,曹子建独占八斗,我得一斗,天下共分一斗。"(语出无名氏《释常谈·斗之才》)
④ 曹操曾言:"自临淄侯植私出开司马门至金门,令吾异目视此儿矣。"又"(建安)二十四年,曹仁为关羽所围,太祖以植为南中郎将,行征虏将军,欲遣救仁,呼有所敕戒。植醉不能受命,于是悔而罢之。"(《三国志·魏志·陈思王传》注引《魏武故事》)
⑤ 胡明:《关于三曹的评价问题》,《文学评论》1993年第5期。

于在立储斗争中渐占上风,并于建安二十五年曹操病逝后继魏王位,不久又称帝。曹丕称帝后,对曹植进行一系列的打击与迫害,先是诛杀曹植心腹丁仪、丁廙兄弟,后又接二连三将曹植贬爵移封,曹植虽位为藩侯,实形同囚徒。曹叡即位后,曹植曾多次上书,希望能有报效国家的机会,但都未能如愿。故而终岁汲汲无欢,终于在忧愤中死去,年仅 41 岁。因此,曹植的生活和创作也以曹丕继位(220 年)为界分为截然不同的前后两期。前期作品多表现他贵公子的优游生活以及经国济世的政治抱负和对于建功立业的热烈向往,而后期作品多为男子作闺音,集中地表现了自己有志不得伸的悲愤哀怨以及不甘被弃置、希冀用世立功的执著愿望。

一、立言不齿,立功成梦:曹植的认同危机

《三国志·魏志》卷十九《陈思王传》中说:

> 陈思王植字子建。年十岁余,诵读诗、论及辞赋数十万言,善属文。太祖尝视其文,谓植曰:"汝倩人邪?"植跪曰:"言出为论,下笔成章,顾当面试,奈何倩人?"时邺铜爵台新城,太祖悉将诸子登台,使各为赋。植援笔立成,可观,太祖甚异之。[1]

曹植《登台赋》倚马可待,使曹操惊讶兴奋。曹操因此很赏识曹植,一度寄予厚望:十九年,徙封临菑侯。太祖征孙权,使植留守邺,戒之曰:"吾昔为顿邱令,年二十三。思此时所行,无悔于今。今汝年亦二十三矣,可不勉与!"曹植少年时颇具任侠之气,向往"扬声沙漠垂。仰手接飞猱,俯身散马蹄"(《白马篇》)之立功边陲、决战沙漠的人生经历;心怀"愿得展功勤,轮力于明君"的壮志(《薤露行》)。曹植"无愿为世儒"(《赠丁翼诗》),自认为此生功业挥就。再加上曹操对其"骋我径寸翰,流藻垂华芳"(《薤露行》)的欣赏和偏爱,因此陈思王自恃握灵蛇之珠。荆山之玉。在《与杨德祖书》中,他写道:"文之佳丽,吾自得之。后世谁相知定吾文者邪?吾常叹此达言,以为美谈。

---

[1] (晋)陈寿:《三国志》,中华书局 1959 年版,第 557 页。

人各有所好尚。兰茝荪蕙之芳,众人之所好,而海畔有逐臭之夫。……辞赋小道,固未足以揄扬大义,彰示来世也。昔扬子云,先朝执戟之臣耳,犹称'壮夫不为'也;吾虽薄德,位为藩侯,犹庶几戮力上国,流惠下民,建永世之业,流金石之功,岂徒以翰墨为勋绩,辞颂为君子哉?"可以看出,曹植的价值取向是立身为王,"铭功景锺,书名竹帛"。这与曹丕"文章经国之大业,不朽之盛事"的论调恰恰相反。但是,"植后以骄纵见疏",关键时候"掉链子":"太祖以植为南中郎将,行征虏将军。欲遣救仁,呼有所敕戒。植醉不能受命,于是悔而罢之。"《魏氏春秋》曰:"植将行,太子饮焉,逼而醉之。王召植,植不能受王命,故王怒也。"曹操对曹植的散漫行为大为光火,遂立曹丕为太子。曹丕即位之后,即"诛丁仪、丁廙并其男口",曹植自此命运一落千丈,坎坷困顿,颠沛流离,处处遭到曹丕父子的排斥打压。曹植《迁都赋》自言:"余初封平原,转出临淄,中命鄄城,遂徙雍丘,改邑浚仪,而末时适于东阿。号则六易,居实三迁。连遇瘠土,衣食不继。"11 年中而三徙都,频繁的转封、迁徙,使曹植生计难维。这还不够,曹植还经常遭受无中生有的诬陷,如黄初二年,"监国谒者灌均希指,奏'植醉酒悖慢,劫胁使者'",致使曹植差点被处以极刑,幸亏卞太后极力庇护,才获幸免。曹植的功名、理想、亲情、友情至此灰飞烟灭。在这样恶劣的政治气候下,曹植却不能调节自己的角色,当外部条件发生变化的时候,他依然坚守少年时的梦想,不甘居子臧之庐,宅延陵之室,几次三番拜表陈情。直到生命的最后时刻,他还残存着"功勤济国,辅主惠民"的希望。这从他的几次上书历历可见:

223 年,责躬上疏曰:

> 臣自抱衅归藩,刻肌刻骨,追思罪戾,昼分而食,夜分而寝。诚以天罔不可重离,圣恩难可再恃。窃感相鼠之篇,无礼遄死之义,形影相吊,五情愧赧。以罪弃生,则违古贤"夕改"之劝,忍活苟全,则犯诗人"胡颜"之讥。①

---

① (晋)陈寿:《三国志》,中华书局 1959 年版,第 562—565 页。

228 年,植常自愤怨,抱利器而无所施,上疏求自试曰:

> 臣闻士之生世,入则事父,出则事君;事父尚于荣亲,事君贵於兴
> 国。……今臣无德可述,无功可纪,若此终年无益国朝,将挂风人
> "彼其"之讥。是以上惭玄冕,俯愧朱绂。…使名挂史笔,事列朝策。
> 虽身分蜀境,首县吴阙,犹生之年也。如微才弗试,没世无闻,徒荣其
> 躯而丰其体,生无益于事,死无损于数,虚荷上位而忝重禄,禽息鸟
> 视,终于白首,此徒圈牢之养物,非臣之所志也。①

231 年,复上疏求存问亲戚,因致其意曰:

> 执鞭珥笔,出从华盖,入侍辇毂,承答圣问,拾遗左右,乃臣丹诚
> 之至原,不离于梦想者也。②

231 年,植复上疏陈审举之义,曰:

> 窃揆之于心,常原得一奉朝觐,排金门,蹈玉陛,列有职之臣,赐
> 须史之问,使臣得一散所怀,摅舒蕴积,死不恨矣。③

我们罗列这么多材料是想充分证明曹植的"角色固着",在志或郁结、命
运吁嗟转蓬的情况下,他依然"怀屑屑之小忧,执无己之百念",始终"欲逞其
才力,输能于明君"。在几次三番"论及时政,幸冀试用,终不能得"后,曹植怅
然绝望,郁郁而终。曹植生命的后半期,自我认同发生了严重的危机。加拿大
哲学家查尔斯·泰勒(Charles Taylor)在《自我的起源——现代认同的形成》
(*Source of the Self*,1989)中指出:

---

① (晋)陈寿:《三国志》,中华书局 1959 年版,第 566—568 页。
② (晋)陈寿:《三国志》,中华书局 1959 年版,第 569 页。
③ (晋)陈寿:《三国志》,中华书局 1959 年版,第 573 页。

（认同）经常同时被人们用这样的句子表达：我是谁？但在回答这个问题时一定不能只是给出名字和家系。如何回答这个问题，意味着一种对我们来说是最为重要的东西的理解。知道我是谁就是了解我立于何处。我的认同是由承诺和自我确认所规定的，这些承诺和自我确认提供一种框架和视界，在这种框架和视界之中我能够在各种情景中尝试决定什么是善的，或有价值的，或应当做的，或者我支持或反对的。换言之，它是这样一种视界，在其中，我能够采取一种立场。①

在泰勒看来，认同问题关系到一个个体的安身立命，是判断是非的标准，是确定自身身份的尺度。只有有了这个自我确认的标准，人在环境和世界中就有了明确的方向定位；反之，认同危机的表征则是失去了这种方向定位，对自己的身份产生质疑，从而产生了不知所措的感觉：

人们经常用不知他们是谁来表达（认同危机），但这个问题也可以视为他们的立场的彻底的动摇。他们缺少一种框架或视野，在其中事物能够获得一种稳定的意义。某些生活的可能性可以视为好的东西或者有意义的，另一些是坏的或不重要的，所以这些可能性的意义是不确定的，易变的，或者未定的。这是一种痛苦的和恐惧的经验。②

在处境艰难、身不能保的情况下，曹植所追求的依然是"名挂史笔，事列朝荣"。"虚荷上位而忝重禄"绝非曹植之志，但是环境又迫使他不得不过一种"生无益于事，死无损于数"的禽息鸟视式的生活。他屡次上表，却疑不见用，"犬马之诚不能动人，譬人之诚不能动天"。因此，曹植产生了内部认同的

---

① ［加］查尔斯·泰勒：《自我的起源——现代认同的形成》，韩震等译，译林出版社2001年版，第39—40页。

② ［加］查尔斯·泰勒：《自我的起源——现代认同的形成》，韩震等译，译林出版社2001年版，第37页。

分裂,进而导致政治身份、社会身份甚至性别身份的危机。按照埃里克森①的身份理论,曹植是在生命发展的第五个阶段,心理与社会发生了激烈的冲突而调节失败,患上了严重的抑郁症。我们来看埃里克森的心理发展理论:

埃里克森心理发展理论的八个阶段

1							完善&失望
2						繁殖&停滞	
3					亲密&孤独		
4	时间前景&时间混乱	自我肯定&自我意识	角色试验&角色固定	训练&工作瘫痪	同一性&同一性混乱	性别极化&性别混乱	领导和服从&权威混乱	意识形态&价值混乱
5				勤奋&自卑	任务自居作用&无用感			
6			主动性&罪疚		角色期待&角色抑制			
7		自主性&羞怯疑惑			成为自己&自我怀疑			
8	信任&不信任				互相承认&我向孤独			
	1	2	3	4	5	6	7	8

埃里克森认为,认同是贯穿一生的自我的心理社会的同一能力,正是人

---

① [美]埃里克森(1902—1994),又译为埃里克松、爱里克森、艾瑞克逊,美籍德国心理学家。他根据精神分析创始人弗洛伊德理论中的"identification"——"个体潜意识地向别人模仿的历程",进而提出了"认同"问题。

的认同决定了他的生存感。生命的每一阶段都有一个与某种重要的冲突有关的人格危机。其中有些是正面特质，有些是负面特质。成功地解决这些危机需要在正面特质和负面特质之间取得平衡，即让正面特质占优势。如果冲突得到满意的解决，个体将形成健康的人格，否则就会妨碍自我的健康发展。经由上表我们看到，曹植在人格发展的关键阶段，也就是19—25岁时，先后是太子之位旁落他人，之后是政治上遭到毁灭性打击。曹植在角色期待、任务自居作用、同一性、成为自己等方面都经历了巨大的冲突，这场政治灾难使他的理想与现实将面临终生都不可能消弭的鸿沟。但他却不能进行适度的心理调节，渡过这个危险期。荣格认为，情结是通往无意识的忠实道路。一旦当情结被触发而产生去作用的时候，不管人们是否意识到，情结总是能够对人们的心理和行为产生极具感情强度的影响，甚至主导性的作用，强烈的爱和恨，快乐和伤心，感激或者愤怒等情绪，总是会伴随着情结的初级而发作；而这个时候，人们往往已经不能再理智地表现本来的自己，而是完全被情结所占据和控制。在这种意义上说，情结类似于一种心理本能，触发后就按照它自身的固有规律来自动行事。于是，受某种情结所困的人，往往也就表现出由情结所支配的心理和行为。从临床的意义上来分析，情结多属于心灵分裂的产物。创伤性的经验，情感困扰或道德冲突等等，都会导致某种情结的形成。于是，若是一个人认同自己的情结，那么也就往往会表现出某种特定的心理病症。[①] 而对于曹植而言，倾心追求的政治理想早已化为了他的一种"情结"。就像他给杨修的信中所说的，曹植本身并不把写作视为人生价值的实现，像其父曹操那样"功勤济国，辅主惠民"才是他的人生目标。但是正如曹植在《赠白马王彪》中所言的"天命与我违"，命运似乎偏偏要捉弄于他。先是让他与皇权失之交臂，无法续现初衷；继之报国无门，陈情无人，成为骨肉兄弟摧抑的圈牢之养物。基于这种遭遇，他后期大部分诗作带有浓郁的感伤、凄凉、愤慨、恐惧的基调。下面，我们来分析曹植后期诗歌中的男子作闺音文本。

---

① 申荷永：《心理分析：理解与体验》，三联书店2004年版，第136页。

二、"弃妇"与"佳人":陈思王的"影子"

被钟嵘称为"情兼雅怨,体被文质"的曹植,流传下来的诗歌共有 110 多首,其中有 15 首为男子作闺音。这些诗歌又分为三类:第一类是承继《古诗十九首》的抒情传统和汉魏六朝乐府旧题拟作的风气,模仿女性口吻抒写其相思与哀怨,如《弃妇篇》、《出妇赋》、《叙愁赋》、《代刘勋妻王长杂诗》、《妾薄命》、《闺情》等;第二类作品则是为借男女之辞、托君臣之意的寄托之作,如《美女篇》、《七哀诗》、《种葛篇》、《浮萍篇》、《杂诗》(南国有佳人、西北有织妇、揽衣出中闺)等,诗人在弃妇身上看到自身命运的翻版,于是这些作品从各个角度借妾之口道臣之心,借美人遭弃来隐喻作者功业难就的悲哀和知音不遇的寂寞;第三类可以称之为"双性"文本,以其名作《洛神赋》为代表,这类作品沿袭香草美人的传统,洛神作为一个抒情符码,即可理解为作者通过对美人的追求来表现自己对理想的追求,也可以理解为作者将美人视为道德情操的体现。

这里,我们主要分析曹植的第二类作品。先看其《七哀诗》:

> 明月照高楼,流光正徘徊。上有愁思妇,悲叹有余哀。借问叹者谁?言是宕子妻。君行逾十年,孤妾常独栖。君若清路尘,妾若浊水泥。浮沉各异势,会合何时谐? 愿为西南风,长逝入君怀。君怀良不开,贱妾当何依!

这首诗借一个思妇对丈夫的思念和哀怨,曲折表达出诗人在政治上遭受打击后的愤懑与不平。丈夫弃家多年不归,月照高楼,妇人秋夜独守,相思心切。思妇感慨自己盛年不再,哀怨君怀不开,无所归依。全诗处处从思妇的哀怨着笔,又句句暗寓诗人的遭际,弃妇的爱情失意与曹植的政治失恋互为表里,气氛的凄清冷寂与曹植的落寞伤感相互映照。诗篇意旨含蓄,笔致深婉。刘履评此诗曰:"子建与文帝同母骨肉,今乃浮沉异势,不相亲与,故特以孤妾自喻,而切切哀虑之也。其首言月光徘徊者,喻文帝恩泽流布之盛。以发下文独不见及之意焉。"(《选诗补注》卷二)赵幼文注曰:"尘泥本一物,因处境不同,遂出差异。丕与植俱同生,一显荣,一屈辱,故以此比况。其意若欲曹丕追念骨肉之谊,少予宽待,乃藉思妇之语,用申己意。"①因为与曹丕的特殊关系,曹植在诗歌中只能以曲折隐晦的方式进行抒情。诗人自比丈夫外出十余载的"宕子妻",以思妇与丈夫的离异来比喻他和身为皇帝的曹丕之间的"浮沉异势,不相亲与"。"愿为西南风,长逝入君怀",暗吐出思君报国的衷肠;而"君怀良不开,贱妾当何依",则对曹丕的绝情寡义表示无可奈何。

再看其《美女篇》:

美女妖且闲,采桑歧路间。柔条纷冉冉,落叶何翩翩。攘袖见素手,皓腕约金环。头上金爵钗,腰佩翠琅玕。明珠交玉体,珊瑚间木难。罗衣何飘飖,轻裾随风还。顾盼遗光彩,长啸气若兰。行徒用息驾,休者以忘餐。借问女安居,乃在城南端。青楼临大路,高门结重关。容华耀朝日,谁不希令颜?媒氏何所营?玉帛不时安。佳人慕高义,求贤良独难。众人徒嗷嗷,安知彼所观?盛年处房室,中夜起长叹。

《美女篇》在《乐府诗集》中被收入于《杂曲歌·齐瑟行》卷六十三,被清人叶燮推为"汉魏压卷",并且说:"《美女篇》意致幽眇,含蓄隽永,音节韵度皆有

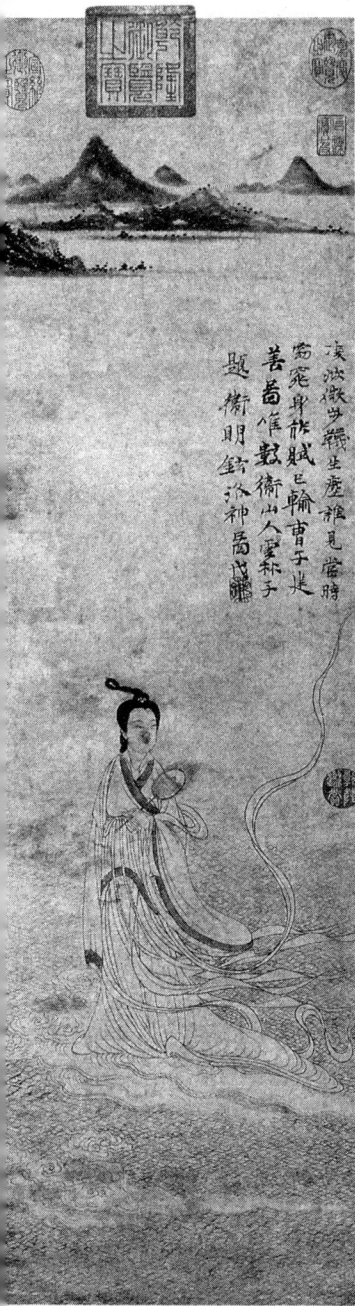

(元)卫九鼎·洛神图

---

① 赵幼文:《曹植集校注》,人民文学出版社 1984 年版,第 314 页。

天然姿态,层层摇曳而出,使人不可仿佛端倪,固是空千古绝作。"郭茂倩评价说:"美女者,以喻君子。言君子有美行,愿得明君而事之。若不遇时,虽见征求,终不屈也。"

阅读《美女篇》,不难发现,曹植明显是借用乐府中采桑的母题来抒发他怀才不遇的苦闷。至少表面看来,这位妖且闲的女子就是罗敷的"复制"。与罗敷一样,她婀娜风流,服饰华丽,光彩照人,动作娴雅,令行徒息驾,休者忘餐。但是,"美女"也向我们传达了迥异于罗敷的信息。这位美且闲的女子,她素手皓腕,珠光宝气,罗衣飘飘,其卓尔不群的装束,若非仙人,也应该是一个贵族名媛。但是这位袅娜高贵的女子却"采桑歧路间";她虽住在"高门结重关"的青楼之上,其青楼却坐落于人迹熙攘的城南大路之旁;她美丽的容颜如朝霞般灿烂,却无媒人眷顾;她渴望贤良、高义,可垂涎她的只有行徒和休者。白日的长啸和中夜的长叹,表明了她的孤独与寂寞。她珍视自己的卓绝,执著于自身精神与美质,通过高楼重门,精心修饰将自己与芸芸众生区隔开来。她是超脱的,她又是拘谨的。她头戴贵重金钗,腰佩无瑕美玉,全身以明珠、珊瑚点缀,通身上下溢彩流光,不甘青楼的寂寞来到桑间濮上,希望自己的美丽得到世俗的认可。她苦苦找寻理想中的"贤良"和"高义",而歧路间又只能见到行者与耕夫,这注定美女求贤独难的尴尬,她不但不可能随心如愿,反而因此得罪了她所睥睨的嗷嗷众人。

我们只要考虑到诗人"功名存于竹帛,名光于后嗣"的人生理想(《求自试表》),联系到在曹丕父子两朝中多次上表陈述美政而终不见纳、空抱利器而无所施的遭遇,就不难从这位身份"可疑"(我们无法判断美女的确切身份,她的穿戴不像是一个采桑女子,或者不能从采桑的行为判断她的身份;她是一个贵族女子,为什么还要住在人来人往的大路边)的女子身上看到诗人的影子;不难判断出《美女篇》是直接以女性之口来诉说自己"不见答于君,窃独自伤"的不平与感伤,其中蕴涵着极深的政治与人生的慨叹。恰如清人王尧衢所言:"子建求自试而不见用,如美女之不见售,故以为比。"(《古唐诗合解》卷三)作品以绝代美人比喻自喻,高贵的门第和美丽的容颜隐喻诗人自己的身份和才能;美女不嫁,比喻诗人的怀才不遇,曲折地表现了诗人以才德自负的心理和抱负不得施展的哀怨之情。元人刘履在《选诗补注》中对之进行了详细的分析论述：

　　彼指佳人实自谓也,子建志在辅君匡济,策功垂名,乃不克遂。虽授爵封,而其心犹为不仕。故托处女以寓怨慕之情焉。其言妖闲皓素以喻才质之美,服饰珍丽以比己德之盛。至于文采外着,芳誉日流,而为众所希慕如此况,谓居青楼高门近城南而临大路则非疎远而难知者,何为见弃? 其实为君所忌,不得亲用。今但归咎于媒荐之人,盖不敢斥言也。且古之贤者,必择有道之邦然后入仕。犹佳人之择配而慕夫高义者焉。惟子建以魏室至亲,义当与国同其休戚。虽欲他求,其可得乎? 此所以为求贤独难,而其所见亦岂众人所能知哉。夫盛年不嫁将恐失时,故惟中夜长叹而已。孟子所谓不得于君则热中,其子建之谓欤。

身世飘零,孤独无依,曹植只有借助翰墨表达"心之烦错"。曹植的其他同类诗作也都是以不同的故事唱着同一首主题歌。《杂诗》三曰：

　　西北有织妇。绮缟何缤纷。明晨秉机杼。日昃不成文。太息终长夜。悲啸入青云。妾身守空闺。良人行从军。自期三年归。今已历九春。飞鸟遶树翔。嗷嗷鸣索群。愿为南流景。驰光见我君。

刘履《选诗补注》二评之曰：

　　此自言才华之美而君不见用,如空闺织妇服饰既盛,而良人从军久而不归者也。然则虽秉机杼,实何心于劾功。惟终夜悲叹而已。至于感鸣鸟之索群,则其愿见之心为何如哉! 张铣曰："日光远近皆同,人无不见。故愿托为此驰往见君,以自明也。"

《杂诗六首》之四情调也是如此：

南国有佳人。容华若桃李。朝游江北岸。夕宿潇湘沚。时俗薄朱颜。谁为发皓齿。俛仰岁将暮。荣曜难久恃。

这位南国的佳人拥有桃李般美丽的容颜和不同流俗的气质,她傲视流俗,"朝游江北岸,日夕宿湘沚",绝然不与被她鄙薄的流俗相处。但她和《美女篇》中的绝色女子一样,俛仰期待她值得"发皓齿"的意中人,全诗都透露出唯恐容颜衰落的焦虑。刘履评之曰:此亦自言才美足以有用今。但遊息闲散之地不见顾重于当世,将恐时移岁改功业未建遂湮没而无闻焉。故借佳人为喻以自伤也。

李善认为,杂诗六首是"并托喻伤政,急朋友道绝,贤人为人窃势"之作。的确,曹植的这类作品大多叹息世路多艰,身不由己,壮志难酬,报国无门的慷慨悲怨。这种政治托喻诗就如著名评论家列奥·施特劳斯所说,在政治迫害(persecution)严重之时,人们只得被迫"在字句之间斟酌写作"(writing between the lines),一切考虑均要特别谨慎。①

这种"言在于此,而意在于彼"的手法也见于《浮萍篇》和《种葛篇》,两诗都以"浮萍"、"葛"比喻弃妇地位,通过弃妇的今昔对比哀叹自己今不如昔。同样是"南国妖姬,丛台妙伎,事虽涉于篇什,实不接于风流",《乐府诗集》还载有曹植《妾薄命》二首:

携玉手,喜同车,北上云阁飞除。钓台寒产清虚,池塘观沼可娱。仰泛龙舟绿波,俯擢神草枝柯。想彼宓妃洛河,退咏汉女湘娥。(其一)

日月既逝西藏,更会兰室洞房。华灯步障舒光,皎若日出扶桑,促樽合坐行觞。主人起舞娑盘,能者穴触别端。腾觚飞爵阑干,同量等色齐颜。任意交属所欢,朱颜发外形兰。袖随礼容极情,妙舞仙仙体轻。裳解履遗绝缨,俯仰笑喧无呈。览持佳人玉颜,齐举金爵翠

---

① 转引自孙康宜:《文学经典的挑战》,百花洲文艺出版社2002年版,第302页。

盘。手形罗袖良难,腕若不胜珠环,坐者叹息舒颜。御巾糚粉君傍,中有霍纳都梁,鸡舌五味杂香,进者何人齐姜,恩重爱深难忘。召延亲好宴私,但歌杯来何迟。客赋既醉言归,主人称露未晞。(其二)

萧涤非先生对此诗评价甚高,他说:

> 六言诗,任子云始自汉谷永,然今不传。传者有孔融所作三首,无可观。后之为六言者,若傅玄《董逃行历九秋篇》,庾信《怨歌行》,王褒《高句丽》等,盖皆出于子建。至唐乃变为韦应物、刘长卿、王建诸人之《调笑令》与《谪仙怨》。①

刘履也说:

> 子建志在辅君匡济,策功垂名,乃不克遂,虽授爵封而其心犹为不仕,故托处女以寓怨慕之情焉。

如果说以男女关系喻君臣肇端于屈原,那么曹植是第一个明确以夫弃表达君弃的文人。屈原之后,是曹植将文人诗歌的创作引向了"准妇女题材"和"伪妇女题材"的方向,他是男子作闺音中托作一类当之无愧的继承人和发扬者。"有明显而确切的托喻和寓意,大概只有在曹植的作品中才有。"②可以说弃妇情结和怨而不怒的表达手法在曹植的诗歌中得到了最典型、最集中的体现。"往古皆欢愉,我独困于今",面对严酷的政治斗争,曹植不得不隐讳其词,委婉地诉说自己的遭遇。因此,后期的大部分作品他都自觉地采用了男子作闺音的表达方式,借女子来寄托他个人的政治遭遇。曹植的创作为借男女之情表达"政治失恋"的情怀确立了两种类型:以待嫁之女托喻渴求入仕之士;以弃妇比逐臣。

---

① 萧涤非:《汉魏六朝乐府文学史》,人民文学出版社 1998 年版,第 145 页。
② 康正果:《风骚与艳情》,上海文艺出版社 2001 年版,第 132 页。

第四章

文本"编织物"与审美修辞

检索诗歌典籍,男子作闺音除了大量的以女性为抒情主人公的比兴寄托一类外,为数众多的"摈落六艺"、"留连哀思"的代作与拟作同样占有相当的份额。文学史上的几部诗集前后辉映,为我们提供了"路标":

《玉台新咏》作为文学史上第一部情诗总集,是对"经夫妇,成孝敬,厚人伦,美教化,移风俗"的传统诗学观的一种"叛逆"。它既是汉魏六朝情诗的总汇,又起着上承《诗经·国风》、下启唐代情诗的作用,并对影响有宋一代词风的花间词人起过重大作用。该集序言中交待了选篇的主要内容:

> 至如东邻巧笑,来侍寝于更衣;西子微颦,得横陈于甲帐。陪游馺娑,骋纤腰于《结风》;长乐鸳鸯,奏新声于度曲。妆鸣蝉之薄鬓,照堕马之垂鬟。反插金钿,横抽宝树;南都石黛,最发双蛾;北地燕脂,偏开两靥。

明人沈逢春评价《玉台新咏》的一段话颇能概括选集主旨:

> 盖闻诗本人情。"情之所钟,正在我辈。"……今之人知有唐,唐以前其接"三百篇"之脉者,汉魏六朝诸篇故在也。即知汉魏六朝者,亦类于"选"诗中概其一斑。然而统大所选,大都以气格胜,窃狭其以选文之法选诗,而未竟乎诗之情也。夫诗之情通于气之先,游于格之外,以气格范情,非其至情,不为气格役而妙乎气格,则其至者也。夫是以统大而后徐孝穆有《玉台新咏》集,诗不一代,代不一人,

人不一诗,总之,情不为气格役而妙乎气格者,斯罗括焉,虽略气格而
第言情可也。

　　唐末五季诗人黄滔在《答陈磻隐论诗书》中论及晚唐诗坛时云:"咸通、乾
符之际,斯道隙明,郑、卫之声鼎沸,号之曰今体才调歌诗,援雅音而听者懵,语
正道而对者睡。"①晚唐五代,朝代更迭,儒家观念式微,忠君思想消弭。值此
乱世,上至帝王,下至文臣,纷纷纵情声色,流连歌舞,以风流自命,以放荡为
尚。"诗人们认同了娱乐性而非载道和唯美性的价值取向,实际上已将诗从
言志的本位推向与娱情的歌、词相连的边缘。"②《才调集》、《花间集》、《香奁
集》就诞生在这样的社会背景下。

　　细检韦縠《才调集》,其所选诗歌主要分闺怨诗、宫怨诗、艳情诗三类。大
量收入以写艳情闻名的元白、温李等名家的男子作闺音诗作。尤其值得注意
的是,李白受到韦縠的特别推崇。集中所入选的李白诗作无一不是闺情宫怨
之作,比如《才调集》卷六选其诗 28 首:《长干行二首》、《古风三首》、《长相
思》、《乌夜啼》、《白头吟》、《捣衣曲》、《寒女吟》等,或者写弃妇的哀怨,征妇、
商妇的思夫,或描绘宫女生活,都是涉及妇女情感的作品。清初冯舒、冯班二
兄弟将《才调集》与《玉台新咏》作为授课教材,吴兆宜又将二书一并作笺注足
以表明二著在题材、风格方面的"神似"。

　　《四库全书总目提要》评价韩偓"内预秘谋,外争国是,屡触逆臣之锋,死
生患难,百折不渝,晚节亦管宁之流亚,实为唐末完人"(卷一五一)。但其《香
奁集》却"皆裙裾脂粉之语"(严羽《沧浪诗话·诗体》)。胡震亨《唐音戊签》
称其"冶游诸篇,艳夺温李"。《香奁集序》坦言:

　　　　遐思宫体,未敢称庾信工文。却诮《玉台》,何必倩徐陵作序。
　　粗得捧心之态,幸无折齿之惭。柳巷青楼,未尝糠秕。金闺绣户,始
　　预风流。咀五色之灵芝,香生九窍。咽三危之瑞露,春动七情。如有

---

① 《全唐文》卷八二三,中华书局 1982 年影印本,第 8672 页。
② 罗时进:《咸乾歌诗及其才调歌诗》,《文学评论》2003 年第 1 期。

责其不经,亦望以功掩过。①

李泽厚则从时代精神的角度对唐末这类诗的出现作出裁断:"拿这些共同体现了晚唐五代时尚的作品与李白杜甫相比,与盛唐的边塞诗相比,这一点便十分清楚而突出,时代精神已不在马上,而在闺房,不在世间,而在心境。"②

现存的第一部词集《花间集》中,18 位作家的 500 首词作,几乎都是歌吟宫愁闺怨、男女之情。欧阳炯《花间集序》曰:

> 名高白雪,声声而自合鸾歌;响遏行云,字字而偏谐凤律。杨柳大堤之句,乐府相传;芙蓉曲渚之篇,豪家自制。莫不争高门下,三千玳瑁之簪;竞富樽前,数十珊瑚之树。则有绮筵公子,绣幌佳人,递叶叶之花笺,文抽丽锦;举纤纤之玉指,拍案香檀。不无清绝之词,用助娇娆之态。自南朝之宫体,扇北里之娼风。何止言之不文,所谓秀而不实。

欧阳炯酣畅淋漓地道出了词人的创作心态,勾勒了词赖以生活的社会环境,阐述了词的社会文化功能。《花间集》又开宋词之先河,充斥宋代词坛的名目繁多的诗余、琴趣,大家耳熟能详,无需罗列。

另一部值得注意的选集是宋代郭茂倩的《乐府诗集》,这部诗集"上际唐虞,下迨叔季"且十之八九是文人拟作的怨女思妇之辞。"凡歌词之典雅纯正,曲调之清新靡丽,媟辞俚语长谣短歌鲜不该尽","虽樵夫野叟妇人女子羁孤庶孽怵迫无聊之态,侈靡华恶之习,莫不备具"(《乐府诗集序》)。诗集风格也同样是以缠绵见长。

王国维的《人间词话》中的一段话可以视为对男子作闺音中代拟之作的概括,他说:

---

① 《全唐文》,卷八二九,中华书局 1982 年影印本,第 8739 页。
② 李泽厚:《美的历程》,文物出版社 1981 年版,第 155 页。

读《花间》、《尊前集》,令人回想徐陵《玉台新咏》,读《草堂诗余》,令人回想韦縠《才调集》。①

胡应麟云:"建安以还,人好拟古,自三百、十九、乐府、铙歌,靡不嗣述,几于汗牛充栋。"②考诸文学史,诗歌抒发男女相思悲怨之情大概经历了三起三落。第一次是在汉代。"汉人尊《诗》为经,变《骚》为赋,使诗骚的艺术传统在汉代失落了。同时还由于时代风尚及社会文化方面的原因,使汉代的儒生文士阶层缺失了这个阶层应有的素质——诗性精神。这与后世的士大夫阶层普遍重视诗歌艺术、崇尚诗情的现象形成了鲜明的对比。"③其后是汉末文人五言诗的成熟和魏晋拟代现象的初兴;第二次是东晋时期。其时玄风日炽,"东晋诗歌,非但诗中的名理与传统的诗歌主题很不一样,就是奇藻,也不是沿袭汉魏诗歌的语言艺术传统,而是较多地接受了清谈的艺术风格"④。刘勰《文心雕龙·明诗篇》也指出:"江左篇制,溺乎玄风,嗤笑徇务之志,崇盛忘机之谈。"随之而起的是六朝时期拟乐府的兴盛与宫体诗的繁荣。第三次是宋代。宋诗的道学气惹人生厌,严羽《沧浪诗话·诗辨》就批驳宋人"以文字为诗,以才学为诗,以议论为诗"的习气;而与其并行而盛的宋词却恰恰别开洞天,以其先天带有的娱乐性站到了言志载道的诗文的对立面。词的娱乐性决定着"不着些艳语,又不似词家体例",(沈义父,《乐府指迷》),"他们的不能诉之于诗古文的情绪,他们的不能抛却了的幽怀愁绪,他们的不欲流露而又压抑不住的恋感情丝,总之,即他们的一切心情,凡不能写在诗古文辞之上者,无不一泄之于词"⑤。

上面介绍的这些诗集词作中有很大一部分属于男子作闺音的拟作。诗人们先是女性文本的"读者",继而对之进行"近似的重演"——模拟、创造或改写出另一个女性文本。这类作品绝大多数都在标题中冠以"拟"、"代"、

---

① 王国维:《人间词话》卷下《未刊手稿》,上海古籍出版社1998年版,第27页。
② 胡应麟:《诗薮》外编卷一,中华书局1958年版,第131页。
③ 钱志熙:《魏晋诗歌艺术原论》,北京大学出版社1993年版,第7页。
④ 钱志熙:《魏晋诗歌艺术原论》,北京大学出版社1993年版,第378页。
⑤ 郑振铎:《插图本中国文学史》,上海人民出版社2005年版,第474页。

"效"、"依"、"学"、"绍"等字样,"于每篇之前一一标题所拟者为何篇","无不显然示人,是以谓之'拟'"。① 不过,也有作品虽然没有"拟"名却秘响旁通而具拟实。比如南朝文人所作《罗敷行》、《日出东南隅行》、《明月照高楼》是模仿《陌上桑》,《半路溪》、《去妾赠前夫》模仿《上山采蘼芜》,《相逢狭路间》模仿《相逢行》等等,题目不同或稍异,实际上是对同一乐府题的模拟。这类拟作绝大部分都是拟乐府民歌。主要分为两类:一种是依旧曲作新歌②,主要是依照古乐府命题的"主意"设辞;另一类是"取往古名篇,规摹其意调"③,即所谓的"拟篇"乐府④,其基本特点是以某一诗歌作为"模子"。这个"模子"规定了拟作的意象、题材、风格以及主题。在使用这样的"模子"时,不同的拟作对"模子"进行变化增减的程度也各不相同。有的拟作只是对原作的个别词句和意象进行置换增减,"句仿字效,如临帖然",侧重于语言风格与抒情技巧上的创新;⑤有的则是对叙写内容或叙写层次进行增删、改写,以此来凸显"己意"。⑥

---

① 汪师韩:《诗学纂闻》,见昭代丛书广编卷第四十一,光绪刻本。

② 曹植《擎舞歌》序:"故依前曲,改作新歌五篇"(见逯钦立:《先秦汉魏晋南北朝诗》上册,中华书局 1979 年版,第 427 页)。钱志熙也有指出:"在诗乐分流之后,以纯粹的书面创作的形式去模拟生长于音乐母体中,具有歌辞、舞词等功能的原始乐府诗,保持原始乐府诗的某些基本特点。"他将此类称之为"拟调"乐府。参见钱志熙:《齐梁拟乐府诗赋题法初探——兼论乐府诗写作方法之流变》,载《北京大学学报》(哲社版)1995 年第 4 期。

③ 《诗学纂闻》,(清)汪师韩撰,见《昭代丛书》,广编卷第四十一,(清)张潮辑,光绪刻本。

④ 钱志熙:《齐梁拟乐府诗赋题法初探——兼论乐府诗写作方法之流变》,《北京大学学报》(哲社版)1995 年第 4 期,第 60 页。

⑤ 如陆机的拟古诗《拟行行重行行》,诗中写道:"悠悠行迈远,戚戚忧思深。此思亦何思,思君徽与音。音徽日夜离,缅邈若飞沈。王鲔怀河岫,晨风思北林。游子眇天末。还期不可寻。惊飙褰反信。归云难寄音。伫立想万里。沉忧萃我心。揽衣有余带。循形不盈襟。去去遗情累。安处抚清琴。原诗为:行行重行行,与君生别离。相去万余里,各在天一涯。道路阻且长,会面安可知? 胡马依北风,越鸟巢南枝。相去日已远,衣带日已缓。浮云蔽白日,游子不顾返。思君令人老,岁月忽已晚。弃捐勿复道,努力加餐饭。"

⑥ 如傅玄《艳歌行》模拟的是乐府古辞《陌上桑》,拟作中有的地方是照搬原诗,只将个别的字词进行改换,如开头四句:而原诗中描绘罗敷采桑以及行人见罗敷美貌的反应那一段,拟作中有大幅度删减;原诗罗敷盛夸夫婿,斥责使君的情节,拟作中则变为节烈之妇的慷慨陈词:"斯女长跪对,使君言何殊。使君自有妇,贱妾有鄙夫。天地正厥位,愿君改其图。"在这种改写中,原作对罗敷的美貌与机智的铺陈被忽略,而作者进行道德劝诫的意图却被大力凸显。这一诗题到了宫体诗人的拟作中,他们又将描写罗敷美貌的内容踵事增华。吴均拟之曰:袅袅陌上桑,靡

正所谓前不启辙,后将何涉? 前不示图,后将何摹? 因此,要解释男子作闺音中的拟作现象就有必要先追溯文学史上拟诗传统的形成及演变。

第一节　拟作体式的源流正变

从广义上说,中国古代文学创作中的模拟,最早可追溯到三百篇。"之子于归"、"万寿无疆"、"二三其德"、"行道迟迟"、"悠悠苍天"等句子、句式屡见于不同篇章,《鄘风·柏舟》与《邶风·柏舟》、《郑风》中的《叔于田》和《大叔于田》也明显是辞异而意近。这种情况到楚辞中愈发显而易见。宋玉《九辩》大张旗鼓地模屈原之辞,拟屈子之意,如"何时俗之工巧兮,背绳墨而改错"、"圆凿而方枘兮,吾固知其鉏铻而难入"、"众踥蹀而日进兮,美超远而逾迈"等句,不仅模仿屈骚的体式句法,而且去职失志的感怀也是步趋屈子。不少文论家都注意到汉赋对楚辞的传承,如《文心雕龙·诠赋》说:"赋也者,受命于诗人,拓宇于楚辞也。汉初词人,顺流而作,陆贾扣其端,贾谊振其绪……讨其源流,信兴楚而盛汉矣。""拟"字用指文学创作,最早见于《汉书·扬雄传》:

> 先是时,蜀有司马相如,作赋甚弘丽温雅,雄心壮之,每作赋常拟之以为式。又怪屈原文过相如,至不容,作《离骚》,自投江而死,悲其文,读之未尝不流涕也。以为君子得时则大行,不得时则龙蛇,遇不遇命也,何必湛身哉! 乃作书,往往摭《离骚》文而反之,自山民山投诸江流以吊屈原,名曰《反离骚》;又旁《离骚》作重一篇,名曰《广

陌复垂塘。长条映白日,细叶隐鹂黄。蚕饥妾复思,拭泪且提筐。故人宁如此,离恨煎人肠。(《乐府诗集》卷二十八)拟诗中的罗敷已演变为一个伤春怀思的女子。又如刘邈的《采桑》:"倡妾不胜愁,结束下青楼。逐伴西城路,相携南陌头。叶尽时移树,枝高乍易钩。丝绳提且脱,金笼写仍收。蚕饥日欲暮,谁为使君留?"诗中罗敷又成为出入青楼的歌女。而陈后主的《采桑》:春楼髻梳罢,南陌竞相随。去后花丛散,风来香处移。广袖承朝日,长鬟碍聚枝。柯新攀易断,叶嫩摘前萎。采繁钩手弱,微汗杂妆垂。不应归独早,堪为使君知。(《乐府诗集》卷二十八)罗敷又被改编成一个弱不禁风的病态美人。

骚》；又旁《惜诵》以下至《怀沙》一卷，名曰《畔牢愁》。①

这段历史提供了扬雄对屈原仿依驰骋的确凿记载。东汉时王逸也注意到时人"拟则"、"祖式"屈原作品的情况，《楚辞章句序》说："自终没以来，名儒博达之士，著造辞赋，莫不拟则其仪表，祖式其模范，取其要妙，窃其华藻。"他认为后人就是通过对屈文"仪表"、"模范"、"要妙"、"华藻"四个方面的模仿来积累创作经验的。

自东汉起，仿效前人作品的现象逐渐增多。枚乘的《七发》之后，"汉魏以下文人，几无不作七"②。东汉时就有傅毅、刘广世、李龙、桓鳞、崔琦、刘梁、桓彬、马融、张衡等人仿作；建安之际，又有崔缓、曹植、徐干、王粲、刘邵等人的继作。他们或"承其流而作之"，或"引其源而广之"。③ 宋人张表臣《珊瑚钩诗话》卷一说：

> 古之圣贤，或相祖述，或相师友。生乎同时，则见而师之；生乎异世，则闻而师之。扬雄作《太玄》以准《易》；《法言》以准《论语》，作《州箴》以准《虞箴》；班孟坚作《二京赋》拟《上林》、《子虚》；左太冲作《三都》拟《二京》；屈原作《九章》，而宋玉述《九辩》；枚乘作《七发》，而曹子建述《七启》；张衡作《四愁》，而仲宣述《七哀》；陆士衡作《拟古》，而江文通述《杂体》。虽华藻随时，而律体相仿。

这类模拟虽多是以"斟酌群言"为主，但已经表现出了文人们对诗歌主旨立意、语言风格、表达技巧的自觉追求。

此外，汉人对乐府民歌也给予了极大的仿作热情。李善在《文选·怨歌行》后注曰："《歌录》曰：'怨歌行古辞'。然言古者有此曲，而班婕好拟之。"

---

① （汉）班固：《汉书》卷八十七上，（唐）颜师古注，中华书局1962年版，第3515页。

② 范文澜：《文心雕龙注》卷三，"杂文第十四"，注三，人民文学出版社1958年版，第258页。

③ （晋）傅玄：《七谈序》，见《全上古三代秦汉三国六朝文》之《全晋文》卷四十六，严可均编，中华书局1958年版，第1723页。

萧涤非在《汉魏六朝乐府文学史》中说:"西汉文人制作甚多……其袭用当时民间乐府五言体而自作汉诗者,惟一班婕妤而已。"①这应该是有据可查的文人第一首拟乐府诗,它开启了后代模拟的风潮。在其影响之下,后世"长门怨"、"阿娇怨"、"婕妤怨"、"长信怨"、"蛾眉怨"、"昭君怨"、"明君怨"、"明妃怨"、"玉阶怨"、"雀台怨"、"楚妃怨"等形成了中国古典诗歌中"怨"声不绝的主题。

进入建安时期以后,前有《诗经》、《楚辞》,后有汉乐府和文人五言诗,诗歌创作可资借鉴的传统资源大为丰富,前人的模拟行为对此时文人模仿的自觉意识又起了催化的作用。萧涤非在《汉魏六朝乐府文学史》中指出:

> 乐府自东汉以来,文士始多仿制,然大都不过一二篇,其风未盛也。而"魏武以相王之尊,雅爱诗章;文帝以副君之重,妙善辞赋;陈思以公子之豪,下笔琳琅。"(《文心雕龙·明诗》)故前此文人所斥为郑声淫曲者,今则适为唯一之表现工具。前此所不甚著意经营者,今则韵全力以赴之。三祖陈王,所作皆多至数十篇,文人乐府,斯为极盛。②

汉魏文人模仿乐府诗,既有以新辞新调创作的,也有从内容、形式、音调上效仿原诗的,而后者在早期更为多见。清王士禛在《带经堂诗话》卷四亦云:"乐府别是声调,体裁与古诗迥别。至曹氏父子兄弟,往往以乐府题叙汉末事,虽谓之古诗亦可。"《诗薮》内编卷一云:"乐府自魏失传,文人拟作,多与题左,前辈历有辩论,愚意当时但取声词之谐,不必词义之合也。其文士之词,亦未必尽为本题而作。"可以见出,魏以后,文人拟作乐府更是"不必词义之合"了。冯班《钝吟杂录·古今乐府论》说:"古诗皆乐也,文士为之辞曰诗,乐工协之于钟吕为乐。自后世文士或不闲乐律,言志之文,乃有不可施于乐者,故诗与乐画境。文士所造乐府,如陈思王、陆士衡,于时谓之'乖调'。"

---

① 萧涤非:《汉魏六朝乐府文学史》,人民文学出版社 1998 年版,第 102 页。
② 萧涤非:《汉魏六朝乐府文学史》,人民文学出版社 1998 年版,第 124 页。

拟古诗的出现是在魏晋之际。我们现在所能找到的曾被冠以"拟古"之名的最早的诗,大概要算魏何晏所作的《言志诗》。而在何晏之前,魏明帝曹叡有一首乐府诗《种瓜篇》应该算做文学史上第一篇男子作闺音的拟作:

> 种瓜东井上。冉冉自逾垣。与君新为婚。瓜葛相结连。寄托不肖躯。有如倚太山。菟丝无根株。蔓延自登缘。萍藻托清流。常恐身不全。被蒙丘山惠。贱妾执拳拳。天日照知之。想君亦俱然。

胡应麟《诗薮》谓其"全仿傅毅《孤竹》,而袭短去长,拙于模拟甚矣"。傅毅《孤竹》即《古诗十九首》之"冉冉孤生竹"。《冉冉孤生竹》收于《乐府诗集》"杂曲歌辞"十四,《种瓜篇》收于同书"杂曲歌辞"十七。《乐府诗集》"杂曲歌辞"题解云:"杂曲者,历代有之……有名存义亡,不见所起,而有古辞可考者……复有不见古辞,而后人继有拟述,可以概见其义者……或因意命题,或学古叙事。"曹叡的这篇,大概就属于"学古叙事"一类。从其所用的意象、取譬、题旨及抒情结构来看,确实是步趋了《冉冉孤生竹》。不过,对曹叡来说,这种拟作只是偶一为之,并且由于原题已失(《种瓜篇》只是后人所加),我们无从知道当时的诗题中是否曾提示过与《冉冉孤生竹》的关系,即是否曾将"规摹前作"之意显然示人。

"无诏伶人,故事谢丝管"①的同期模拟之作,应该以曹植最为典型。《美女篇》在描写层次与表现手法上沿袭《陌上桑》,只不过去掉使君纠缠的情节改为"佳人慕高义,求贤良独难。众人徒嗷嗷,安知彼所观。盛年处房室,中夜起长叹"的别有怀抱的寄托。他的《浮萍篇》也明显有仿自古辞《塘上行》的痕迹。② 胡应麟《诗薮》内篇卷二指出:

> 子建《杂诗》,全法《十九首》意象。又云:"人生不满百,戚戚少欢娱"即"生年不满百,常怀千岁忧"也。"飞观百余尺,临牖御棂轩"

---

① 刘勰:《文心雕龙·乐府》。
② 《塘上行》首句为"蒲生我池中",曹植此诗即题为《蒲生行·浮萍篇》。

即"两宫遥相望,双阙百余尺"也。"借问叹者谁?云是荡子妻"即"昔为娼家女,今为荡子妇"也。"愿为比翼鸟,施翮起高翔"即"思为双飞燕,衔泥巢君屋"也。子建诗学《十九首》,此类不一。①

在诗题中标以"拟"字,提示与前人作品的模仿关系的诗是到了傅玄手里才出现的,傅玄也是第一个着意创作拟古诗的人。傅玄现存诗中有三篇在题中标有"拟"字:《拟楚篇》、《拟马防诗》和《拟四愁诗四首》。乐府诗作中《艳歌行》拟《艳歌罗敷行》;《青青河畔草篇》拟古辞《饮马长城窟行》("青青河畔草"即《饮马长城窟行》的首句)。但是,细究起来,陆机则不仅是以"拟古"为题的第一人,而且是整个魏晋时期创作拟古诗最多的人。他在诗题中公然标明"拟××",申明对"古诗"的推崇。留存下来的20多首拟作中一部分是以组诗形式拟汉末古诗,共14首②;一部分是拟汉及建安文人的乐府,如《塘上行》拟古辞及曹植《浮萍篇》,《燕歌行》拟曹丕同题之作等。陆机拟作非常注意语言风格和艺术技巧上的藻饰,可谓"造怀指事,不求纤密之巧;驱辞逐貌,唯取昭晰之能"③。

至士衡以降,拟作古诗蔚为繁兴,并一直延续至齐梁诗坛。晋宋之际,一方面拟作作品众多,当时的重要作家都加入这一行列,如陶渊明、袁淑、鲍照、江淹、刘烁等人均有拟作诗传世;另一方面,汉乐府和汉魏文人诗中表现男女之情的作品成为这一时期的主要模拟对象,如乐府古辞《长安有狭斜行》(刘砾拟之为《三妇艳诗》),《艳歌何尝行》(吴迈远拟之为《飞来双白鹄》);古诗《行行重行行》、《孟冬寒气至》、《明月何皎皎》、《青青河畔草》(刘烁、鲍令晖拟作),《冉冉孤生竹》(何惬有拟作),曹植的《七哀诗》(汤惠休以《怨诗行》拟之),徐干的《室思诗》(刘骏、刘义恭、颜师伯、鲍令晖等均有拟作,题为《自君之出矣》)。

---

① (明)胡应麟:《诗薮》内编卷二,《古体中·五言》,上海古籍出版社1979年版,第30页。

② 《文选》只收录了十二首,另外两首,有学者指出应是陆机集中的《驾言出北网行》(拟《驱车上东门》)和《邀游出西城》(拟《迥车驾言迈》)。参见许文雨:《钟嵘诗品讲疏》,成都古籍书店影印本1983年版,第22页。另钟嵘《诗品》论古诗时也说"陆机所拟十四首"。

③ 刘勰:《文心雕龙·明诗》。

需要特别指出的是,在魏晋南北朝时期"拟"体是一种至为重要的诗歌创作现象,其模拟的情况也十分复杂:从模拟的体裁看,乐府、古诗、辞赋、铭箴等各种体裁几乎尽有;从模拟对象看,有直接于文题或文序中说明被模拟对象的,也有没有说明但可以很清楚判断属于模拟作品的,还有说明是模拟之作但却与原作看不出任何关系的;从模拟的目的来看,有的意在模拟原作的立意或主题,有的意在模拟原作的语言风格等。随着模拟队伍的不断壮大,拟作也成为一种固定的抒情模式而沿袭下来,作诗不一定再要经过"情动于中",然后构思表达的过程,而是可以直接套用前人已构思好的"模子",隐喻自己的某种情志,或者仅仅是为了写作而写作,一逞自己的诗技辞艺。

进入唐代以后,拟古诗创作才又开始活跃起来。从初唐到晚唐,都有拟古诗作留存,唐人的拟古诗作在唐诗庞大的创作数量中虽然所占比例很小,但其绝对篇数亦算不少。据粗略的统计,唐代的各种冠以"古意"、"拟古"、"学古"、"续古"、"古兴"、"效古"、"讽古"、"感古"之名以及"拟(效)某某篇"、"拟(效、学)某某体"的诗歌约有260多首,其中,拟篇之作约有30余首,拟体之作也近30首,大部分则为没有确切模拟对象的托古之作。汪师韩《诗学纂闻》云:"今观唐以后诗,凡所谓'古风'、'古意'、'古兴',与夫'览古'、'咏古'、'感古'、'效古'、'绍古'、'依古'、'讽古'、'续古'、'述古'者,都不知其所分别。古人名作惟鲍明远《拟古八首》、陶靖节《拟古九首》,未尝明言所拟何诗。然题曰'拟古',必非若后人漫然为之者矣。"

第二节 审美修辞的组织类型

南宋张表臣《珊瑚钩诗话》卷一云:"生乎同时,则见而师之;生乎异世,则闻而师之。"①这句话说明了拟作的两种类型:历时模拟和共时模拟。所谓历时模拟,即拟古,指将前人作品作为拟作对象,或者对前人的拟作再进行模拟;所谓共时模拟,即拟今,即以同时代的文本为拟作对象。无论拟古还是拟今,又都可以细分为两大类:一类是对经典作品的模拟,一类是对民间作品(主要

① (宋)张表臣:《珊瑚钩诗话》卷一,历代诗话本,中华书局1981年版,第450页。

詳細看，大都離不逐炎涼 晉昌唐寅

秋來紈扇合收藏 何事佳人重感傷 請托安情

（明）唐　寅·秋風纨扇仕女圖

是民间乐府诗歌)的模拟。所谓对于经典作家作品的模拟,是指拟作者选取那些历史上或同时代的已有定评的文学经典来模拟。比如,晋人认识到《古诗十九首》的巨大艺术成就,于是竭力学习模仿。拟古一类另一项重要的内容是对前代乐府诗歌的模仿。钱志熙将"拟乐府"的"拟"分为两类,一是依旧曲调造新词,于旧题之外别出新义,主要是指汉末建安的乐府诗,可以称之为"拟调"乐府;二是模拟某篇具体作品,称之为"拟篇"乐府。

拟篇乐府的基本特点是以某一先行作品作"母版"。它不仅在立意、题材上与"母版"吻合,而且在具体的叙写层次上也亦步亦趋。① 如果我们将被拟作品称为"母本",将模拟作品称为"拟本"的话,拟篇乐府有以下几种情况:首先,拟本可以模拟母本的内容。例如潘岳《寡妇赋序》云:"乐安任子咸有韬世之量,与余少而欢焉,虽兄弟之爱,无以加也。不幸弱冠而终。良友既没,何痛如之! 其妻又吾姨也。少丧父母,适人而所天又损,孤女藐焉始孤,斯亦生民之至艰,而荼毒之极哀也。昔阮瑀既殁,魏文悼之,并命知旧作《寡妇》之赋;余遂拟之,以叙其孤寡之心焉。"②显然,主题的相似确立了曹丕、潘岳二人作品的仿拟关系。其次是拟本可以拟母本的形式。比如说,陆机的《拟古诗》12首都是典型的拟作,在主题、体式、意象甚至遣词造句等方面都和《古诗十九首》中的作品有明显的对应关系。叶梦得《石林诗话》曰:"尝怪两汉间所作骚文,初未尝有新语,直是句句规模屈、宋,但换字不同耳。至晋宋以后,诗人之辞,其弊亦然。若是,虽工亦何足道? 盖当时祖习,共以为然,故未有讥之者耳。"③

我们来看陆机《拟古诗》12 首之《拟兰若生春阳》:

古诗:

---

① 黄初至西晋时,"拟篇"乐府的模拟对象主要是乐府古辞,迨至南朝,"拟篇"乐府模仿的兴趣往往放在魏晋诗人的同题作品上,汉代古辞在南朝被模仿较多的只有《长安有狭斜行》和内容与之相近的《相逢行》,以及《饮马长城窟行》。这种"拟篇"乐府同拟古徒诗中"取往古名篇,规摹其意调"的那一类,基本上没有什么差别。

② (清)严可均校辑:《全上古三代秦汉三国六朝文·全晋文》卷九十一,中华书局 1958 年版,第 1985 页。

③ 叶梦得:《石林诗话》卷下,丛书集成初编本,中华书局 1991 年版,第 27 页。

兰若生春阳,涉冬犹盛滋。愿言追昔爱,情款感四时。美人在云端,天路隔无期。夜光照玄阴,长叹念所思。谁谓我无忧,积念发狂痴。①

陆机拟作:

嘉树生朝阳,凝霜封其条。执心守时信,岁寒终不凋。美人何其旷,灼灼在云霄。隆想弥年月,长啸入风渺。引领望天末,譬彼向阳翘。②

陆机拟作"句句规模"、"但换字不同",在题材、主题、句式、句数甚至用语方面与原作如出一辙。自陆机《拟古诗》12 首以降,许多作家纷纷进行了拟古诗歌创作的尝试,拟古诗作至此臻于大兴。

当然,在使用"母版"时,不同的拟作程度也各有不同。部分拟作在置换个别词句之外,还对各个叙写层次进行增删或改写,以此来凸显"己意"。有的拟作改变母本的内容。例如陆机《日出东南隅》拟汉乐府古辞《陌上桑》,但是"古辞言罗敷采桑,为使君所邀,盛夸其夫为侍中郎以拒之",有完整的故事情节,作品的叙事性较强,而陆机之作"但歌美人好合,与古词始同而末异"③。又如萧纲《采桑》后半部分云:"年年将使君,历乱遣相闻。欲知琴里意,还赠锦中文。何当照梁日,还作入山云。重门皆已闭,方知留客袂。可怜黄金络,复以青丝系。必也为人时,谁令畏夫婿。"④立意出自《陌上桑》,但是将《陌上桑》中美丽坚贞的采桑女,置换成为一个接受使君挑逗的风流少妇,体现了宫体诗的色情倾向。

也有的拟作改变原诗格调。如李白善于把思妇题材的乐府诗中凄婉感伤的情调点化为动荡雄浑,如《北风行》,《乐府诗集·杂曲歌辞》录鲍照、李白所

---

① 《先秦汉魏晋南北朝诗·汉诗》卷十二上册,第335 页。
② (晋)陆机:《陆机集》卷六,中华书局1982 年版,第59 页。
③ (宋)郭茂倩:《乐府诗集》卷二十八,中华书局1979 年版,第410 页。
④ 《先秦汉魏晋南北朝诗·梁诗》卷二十下册,第1902 页。

作各一首,解题曰:"皆伤北风雨雪,行人不归。"鲍照之诗以"北风凉,雨雪雰"起兴,全诗的主体是通过"京洛女儿多严妆"的场面和闺中人"沉吟不语"的对比来传达孤寂之苦、相思之情和红颜难驻的悲哀。李白诗句则作了散文化的处理:"日月照之何不及此,唯有北风号怒天上来","念君长城苦寒良可哀",诗句变缠绵为俊快,化凄婉为雄浑,思妇之苦被赋予了动魄凄绝的力量。

拟篇乐府中也包括对同代作品的模仿。比如,南朝民歌以《吴歌》、《西曲》为代表。《乐府诗集》中有:"《晋书·乐志》曰:'吴歌杂曲并出江南。东晋以来稍有增广。其始皆徒歌,既而被之管弦。盖自永嘉渡江之后,下及梁、陈,咸都建业,吴声歌曲,起于此也。"又说:"《西曲歌》出于荆、郑、樊、邓之间。而其声节送和,与《吴歌》亦异,故因其方俗而谓之《西曲》。"可知《西曲》主要是湖北一带的歌谣,而以江、汉二水为中心,所以在这类作品中,充满着水上船边的情调以及旅客商妇的别情。鲍照的拟作《吴歌》三首是现存南朝文人诗歌中第一组明确标明"吴歌"的拟作:

> 夏口樊城岸,曹公却月戍。但观流水还,识是侬流下。
> 夏口樊城岸,曹公却月楼。但见流水还,识是侬泪流。
> 人言荆江狭,荆江定自阔。五两了无闻,风声那得达。

诗作清丽婉转,情感真挚,带着鲜明的民歌气息。

相对于拟篇乐府来说,拟调乐府的情况比较复杂。在汉代,乐府只是一个音乐机关的名称,后世所说的汉代乐府诗在班固《汉书·艺文志》中一律被称为"歌诗"。乐府诗歌从发生学的角度而言,最早是入乐的歌辞。①《乐府诗

---

① 实际上,在早期的诗歌中,诗与乐府的区分并不太严格。胡应麟《诗薮》内编卷一古体上杂言条中说:"《三百篇》荐郊庙,被弦歌,诗即乐府,乐府即诗。"又说:"如'青青园中葵',易异古风,'盈盈楼上女',靡非乐府。"纵观全部诗歌流变史,"歌诗"一直占主导地位。原始诗歌是以歌的形式出现的,先秦两汉诗歌几乎皆为歌诗。即使是战国以后,诗与乐逐渐分了家,诗歌不被管弦之后,每个新的历史时期,每当一种新的音乐出现,便要产生一种"依声填词"的新歌诗,乐府、词、曲就是这样形成的。

集·新乐府辞》小序云：

> 凡乐府歌辞有因声而作歌者,若魏之三调歌诗,因弦管金石,造歌以被之是也。有因歌而造声者,若清商、吴声诸曲,始皆徒歌,既而被之弦管是也。有有声有辞者,若郊庙、相和、铙歌、横吹等曲是也。有有辞无声者若后人之所述作,未必尽被于金石也。新乐府者,皆唐世之新歌也,以其辞实乐府,而未常被于声,故曰新乐府也。

这段话告诉我们,乐府歌辞有两种情况:声辞结合者,包括因声作歌之三调,因歌造声之清商、吴声,有声有辞之郊庙、相和、铙歌、横吹,均为配乐歌辞;有辞无声者,包括后人拟作和新题乐府两类。有辞无声者皆为不被于管弦的“乖调”。梁代裴子野《雕虫论》说宋齐以来的诗歌“淫文破典,斐尔为功,无被于管弦,非止乎礼义”。这里所说的“无被于管弦”,乃是汉魏以后诗人篇什的共同特点。清代冯班《钝吟杂录》总结说:“总而言之,制诗以协于乐,一也;采诗入乐,二也;古有此曲,依其声为诗,三也;自制新曲,四也;拟古,五也;咏古题,六也;并杜陵之新题乐府,七也。古阅读并无此七者矣。”此中五、六、七,都是不合乐的拟作。随着音乐与文学的各自发展,歌辞逐渐脱离音乐,音乐的成分不再被人注意,拟作更是品次第生。不过,拟调乐府还是要照题面“规定”赋词。如《饮马长城窟行》从古辞开始就具有相思、征战两种主题,历代诗人的拟作大致非此即彼,无出其外。《燕歌行》古意是写妇女对从军北地的丈夫的思念的。《乐府诗集》引《乐府解题》曰“晋乐奏魏文帝‘秋风’、‘别日’二曲,言时序迁换,行役不归,妇人怨旷无所诉也。”又引《题》曰“燕,地名也,言良人从役于燕,而为此曲。”由是,魏文帝的《燕歌行》、晋陆机的《燕歌行》,也都拟思妇口吻而作。到南朝宋,有谢灵运、谢惠连二人拟作,梁代有元帝、萧子显二人拟作。虽然表现手法有变化,但是在诗的主题上也均是表现思妇哀愁的。再如《陇西行》,《乐府诗集》卷三十七引《乐府解题》曰:“古辞云‘天上何所有,历历种白榆’,始言妇有容色,能应门承宾,次言善于主馈,终言送迎有礼。……若简文帝‘陇西四战地’单言辛苦征战,佳人怨思而已。”后代的拟作主题也都是描写佳人怨思。不过,拟调乐府袭用旧有题名,虽然要遵守曲调规则,但借古题而叙时事,因旧曲以申今情的也不在少数。以鲍照《代雉朝飞》为例。崔豹《古今注》曰:"《雉朝飞》者,犊牧子所作也。齐宣王时,处士泯宣,年五十无妻。出薪于野,见雉雄雌相随而飞,意动心悲,乃仰天叹大圣在上,恩及草木鸟兽,而我独不获。因援琴而歌,以明自伤。"而鲍照仿作的《代雉朝飞》则用拟人手法,将雌雄雄双飞来比拟现实中的恋人,由那种得不到伴侣的孤独无奈的沮丧心情演变到丧失配偶的悲哀绝望的复杂情境,使得情感显得更为凄婉、悲壮。

此外,拟作中还有一类,从题目上看都是模拟古人的作品,但却未标明所拟对象为何。这类拟作多是借古事、托古人以抒情,在拟古的标题下出新意,抒情怀。如鲍照《绍古辞》其一还能看出由《古诗·橘柚垂华实》中来:

> 橘生湘水侧,菲陋人莫传,逢君金华宴,得在玉几前。三川穷名
> 利,京洛富妖妍,恩荣难久恃,隆宠易衰偏。观席妾凄伦,睹翰君注
> 然,徒抱忠孝志,犹为井菲还。

钱仲联注云:"古诗:'橘柚垂华实,乃在深山侧。闻君好我甘,窃独自雕饰。委身玉盘中,历年冀来食。芳菲不相投,青黄忽改色。人倘欲我知,因君为羽冀。'明远此篇,命意隐绍古诗。"[1]而《绍古辞》第二首就无法找到明确的线索了:

> 昔与君别时,蚕妾初献丝,何言年月驶,寒衣已捣治,绦绣多废
> 乱,篇帛久尘淄。离心壮为剧,飞念如悬旗,石席我不炎,德音君
> 勿欺。

这首诗摹画了因丈夫外出长期不归、妻子在家孤守的凄凉愁苦之景,开头"昔与君别时,蚕妾初献丝"交代了丈夫离家的日子,但时间不知不觉地流逝,

---

① (宋)鲍照:《鲍参军集注》,上海古籍出版社1980年版,第348页。

丈夫还是没有回来。"绦绣"二句,表现出女主人公独自在家、无心他顾的情状,后四句则写这种离别之情、思念之情的沉重以及女主人公的心声,写得深沉、悲婉。

乐府诗歌从"歌诗"发展成为诗歌的过程大致可以分为三个阶段:曹魏时期、晋宋时期、齐梁时期。建安时代,曹氏父子主盟文坛,前有《诗经》、《楚辞》,后有汉乐府和文人五言诗,诗歌创作可资借鉴的传统资源大为丰富,文人创作的自觉意识也大大增强,"拟古"乐府的创作大盛,出现了大批借旧题旧调作新歌的模拟,即"拟调"。拟古乐府在西晋较为兴盛。汉乐府和汉魏文人诗中表现男女之情的作品成为这一时期拟篇之作的主要模拟对象,且大部分拟作摇荡性情、细致入微。傅玄和陆机,一个作为西晋华美诗风的先导,一个作为"结藻清英,流韵绮靡"的晋世才子的代表,他们的拟古诗创作尤为醒目。待谢灵运、鲍照等人步入文坛之后将拟乐府诗歌创作推向高峰,并延续至齐梁诗坛。根据逯钦立先生《先秦汉魏晋南北朝诗》与宋郭茂倩的《乐府诗集》粗略统计,南朝文人拟作有千首左右。裴子野《雕虫论》曾说:"宋初迄于元嘉,多为经史。自是闾阎少年,贵游总角,罔不摈落六艺,吟咏情性,学者以博依为急务,谓章句为专鲁,淫文破典,斐尔为曹,无被于管弦,非止乎礼义,深心主卉木,远致极风云,其兴浮,其志弱,巧而不要,隐而不深,讨其宗途,亦有宋之遗风也。"

应当说明的是,模拟不等于复制,母本和拟本的距离有一个"度"的问题。黄侃《文心雕龙札记·通变篇》云:"大抵初学作文,于模拟昔文有二事当知:第一,当取古今相同之情事而试序之;第二,当知古今情事有相殊者,须斟酌而为之。"①同时,拟作者在选择拟作对象的时候,也不是盲目随意。他们或者是出于个人的审美与情感的偏好,或者是出于从众的心理。王逸在叙述汉人对《离骚》的拟作时指出:"其词温而雅,其义皎而朗。凡百君子,莫不慕其清高,嘉其文采,哀其不遇,而愍其志焉"。拟作对象的选择还关涉着社会文化心理、审美理想、审美规范的"公约数"。比如,魏晋以来,社会动荡,战乱频仍,"文温以丽,意悲而远"的古诗,成为人们喜欢拟作的对象之一;南朝"自宋大

---

① 黄侃:《文心雕龙札记》,中华书局 1962 年版,第 104 页。

明以来,声伎所尚多郑、卫,而雅乐正声鲜有好者"。一直被视为郑声淫曲的新声乐府,在"凡百户之乡,有市之邑,歌谣舞蹈,触处成群"的社会风气中受到了时人的广泛模拟。此外,拟本的发生还受制于拟作者对母本"写什么"和"怎么写"的理解,在此基础上经过斟酌取舍,选取自己的拟作角度。刘骏《伤宣贵妃拟汉武帝李夫人赋序》云:"朕以亡事弃日,阅览前王词苑,见《李夫人赋》,凄其有怀,亦以嗟咏久之,因感而会焉。""嗟咏久之"表明,一方面,拟作者在阅读活动中对原作认识最为深刻的地方,将成为他拟作的重点;另一方面,拟作者的创作目的,也决定他要在拟作对象身上寻找最切合自己的审美情感需要的地方。换句话说,是指拟作者"居进作者的位置、看到他所看到的视域、体验他所感知的种种,同时,也使'我'与'他'的视域交融。于是,即或原本是'他'的视域、'他'的经验,也因'我'的进入和诠释,彼此交融互渗,成为一种新的经验内容"①。这个过程的完成,拟作者要扮演多种角色,他既是一个阅读者、一个评论者,也是一个体验者和创造者。

第三节 典型文本的"超级链接"

翻检严可均《全上古三代秦汉三国六朝文》②和逯钦立《先秦汉魏晋南北朝诗》③,我们可以看到,汉魏六朝文学中的拟作者代有其人,拟作品比邻接屋。单是在诗题或诗序中标明了拟作类型的魏晋六朝拟古诗就有 369 首之多。萧统《文选》专立"杂拟"一类,录此类诗歌 63 首,数量居各类诗歌第二位。这些诗,或者按照诗题的标示,"取往古名篇,规摹其意调",或者泛言"拟古"、"效古"。魏晋南北朝的作家,如曹植、陆机、陶渊明、谢灵运、鲍照、江淹等名家,都有拟作传世。

对于拟作现象的解释,第一种观点认为"一代之文,每与一代之乐相表里"(吴梅《中国戏曲概论》)。诗歌要借助音乐传播,就要适应不同性别、场

---

① 梅家玲:《汉魏六朝文学新论——拟代与赠答篇》,北京大学出版社 2004 年版,第 48 页。
② 参见严可均《全上古三代秦汉三国六朝文》,中华书局 1999 年版。
③ 参见逯钦立《先秦汉魏晋南北朝诗》,中华书局 1998 年版。

合、乐调、风格，即使后来文人拟作不入乐，也依然保留着创作的"惯性"①，这一点从前面第一节、第二节的分析便可以见出。

第二种观点认为拟作是一种剿窃或者学舌行为，是艺术创造力衰退的代名词。② 从古至今，为这种观点摇旗呐喊的似乎不在少数。列举数条便知：

宋代洪迈认为拟作弊在不能超然别立机杼，"皆屋下架屋，章摹句写"，"规仿太切，了无新意"③。

王世贞也对拟作不以为然："正变云扰，剿窃雷同，信阳之舍筏，不免良篇，北地之效颦，宁无私议？"④

公安派袁宏道认为："文之不能不古而今也，时使之也。……夫古有古之时，今有今之时，袭古人语言之迹，而冒以为古，是处严冬而袭夏之葛也。"⑤

顾炎武《日知录》卷十九"文人模仿之病"条云："近代文章之病，全在模仿。即使逼肖古人，已非极诣，况遗其神理而得其皮毛者乎？""效《楚辞》者必不如《楚辞》，效《七发》者必不如《七发》。盖其意中先有一人在前，既恐失之，而其气力复不能自遂，此寿陵余子学步邯郸之说也。"⑥卷二十一"诗体代降"条又云："一代之文沿袭已久，不容人人皆道此语。今且千数百年矣，而犹

<hr>

① （宋）郑樵《通志·乐略一》对诗与乐得关系有一段重要的论述：乐以诗为本，诗以声为用。古之诗曰"歌行"，后之诗曰"古、近二体"，歌行主声，二体主文。诗，为声也，不为文也……凡律其辞则谓之诗，声其诗则谓之歌。作诗，未有不歌者也《通志》卷四十九《乐府总序》说："古之诗，今之词曲也。若不能歌之，但能诵其文而说其义理可乎？"《四库全书总目》卷一百九十九《碧鸡漫志提要》说："宋词之沿革，盖三百篇之余音，至汉而变为乐府，至唐而变为歌诗。及其中叶，词亦萌芽。至宋而歌诗之法渐绝，词乃大盛。其时士大夫多娴音律，往往自制新声，渐增旧谱。故一调或至数体，一体或有数名，其目几不可殚举。又非唐及五代之古法。"清成肇麐《唐五代词叙》说："十五国风息而乐府兴，乐府微而歌词作。"清许宗彦《莲子居词话序》说："自周乐亡，一易而为汉之乐章，再易而为魏晋之歌行，三易而为唐之长短句。要皆随音律递变，而作者本旨无不滥觞楚骚，导源风雅，其趣一也。"萧涤非《汉魏六朝乐府文学史》说："一代有一代之音乐，斯一代有一代之文学，唐诗宋词元曲，皆所谓一代之音乐文学也。"朱谦之《中国音乐文学史》也认为是音乐的变化催生了文学的变化。中国古代的诗歌一直是可以演唱的，周代的歌诗、楚辞、汉乐府、魏晋南北朝乐府民歌都是如此。诗词曲都经历了一个诗乐结合到诗乐分离的过程。
② 参见游国恩等《中国文学史》，人民文学出版社1991年版。
③ （宋）洪迈：《容斋随笔》卷七上册，上海古籍出版社1978年版，第88页。
④ （清）王世贞：《艺苑厄言》卷五，历代诗话续编本，中华书局1983年版，第1024页。
⑤ 钱伯城：《袁宏道集笺校》卷十八，上海古籍出版社1981年版，第709页。
⑥ 参见黄汝成《日知录集释》卷十九中册，上海古籍出版社1985年版，第1462—1465页。

取古人之陈言——而模仿之,以是为诗,可乎?"

潘德與《养一斋诗话》论陆机、谢灵运、江淹拟诗云:"舍自己之性情,肖他人之笑貌,连篇累牍,夫何取哉? ……晋取江诗,反覆细读,如《拟左记室诗》只是数史中典故,《拟郭宏农诗》,只是砌道书景物,《拟谢临川诗》,只是状山水奇奥,此为神似,吾亦能之,何必五色笔也? 若《拟陶征君诗》,气味去之亦远,惟取陶集'东皋舒啸'、'稚子候门'、'或命巾车'、'种豆南山下'、'带月荷锄归'、'浊酒聊自持'、'但道桑麻长'、'闻多素心人'诸字句,能为貌似而已,岂独不似李都尉哉? 文通一世离才,何不自抒怀抱,乃为质古之作,以供后人嗤点。"

贺贻孙《诗筏》说得更明白:"每一才子出,即有一班庸人从风而靡,舍我性灵,随人脚跟,家家工部,人人右丞,李白有李赤敌手,乐天即乐地前身,互相沿袭,令人掩鼻……嗟夫,由吾前说推之,则为凌驾前辈者所误;由吾后说推之,又为羽翼前辈者所误。彼前辈之诗,凌驾而羽翼之,尚不能无误,乃区区从而刻画模仿之,吾不知其所终也! 嗟夫,此岂独唐诗哉? 又岂独诗哉?"

钱锺书先生在《宋诗选注》的序中谈到该书的选诗标准时亦言:"大模大样地仿造前人的假古董不选,把前人的词意改头换面而绝无增进的旧货充新也不选;前者号称'优孟衣冠',一望而知,后者容易蒙混,其实只是另一意义的'优孟衣冠'。"他这里所说的虽然未必全是针对拟诗,但拟诗显然也难逃指摘。

第三种观点认为拟作是学诗与逞才的结果。比如,王瑶先生《拟古与作伪》一文指出拟作是一种学习属文的方法[1],并说:"前人的诗文是标准的范本,要用心地从里面揣摩、模仿,以求得其神似。所以一篇有名的文字,以后寻常有好些人底类似的作品出现,这都是模仿的结果。"[2]首先,文人作诗就如小学生按照例题做练习题一样,需要从模仿入手。模拟向篇,不仅有助于学古人之长,而且也有利于发展自己的风格。模拟"能够将另一位诗人的实质或财富转化为我所用的东西。选择一位超越其他人的大师,向他学习,一直到自己

---

[1] 参见王瑶《中古文学史论》,北京大学出版社1986年版,第196—211页。
[2] 王瑶:《中古文学史论》,北京大学出版社1986年版,第73页。

达到能与这样一位大师乱真的程度"①。其次,拟作有与前人争锋的味道。"欲丽前人,而优游清典,漏幽通矣。班生彬彬,切而不绞,哀而不怨矣。""欲丽前人",就是与前人争锋。陆机《文赋》说:"必所拟之不殊,乃笱合乎囊篇。虽杼轴于予怀,休他人之我先。苟伤廉而愆义,亦虽爱而必捐。"②钱锺书先生释此段云:"若佴色揣称,自出心裁,而睹其冥契'他人'亦即'囊篇'之作者,似有蹈袭之迹,将招盗窃之嫌,则语虽得意,亦必刊落。"③当然,并不是任何人的拟作都能达到"丽前人"的目的。陆云在《与兄平原书》中就说:"古今兄文所未得与校者,亦惟兄所道数都赋耳。其余虽有小胜负,大都自皆为雄耳。"在陆氏兄弟看来,拟作并非易事,只有像他们那样有杰出才华的作者才可以胜任。

此外,也存在一种情况,一些人将拟作作为树立个人声誉的手段。如陆云曾劝陆机模仿《九歌》,他说:"视《九歌》便自归谢绝。思兄常欲其作诗文,独未作此曹语。若消息小往,愿兄可试作之。兄复不作者,恐此文独单行千载。"④仿拟经典,意味着将自己与经典放在同一个层次上,可以借权威抬高自我。这在皮日休《九讽系述序》中表述得最为清楚:"在昔屈平既放,作《离骚经》。正诡俗而为《九歌》,辨穷愁而为《九章》。是后辞人,擦而为之。皆所以嗜其丽辞,揎其逸藻者也。至若宋玉之《九辩》,王褒之《九怀》,刘向之《九叹》,王逸之《九思》,其为清怨素艳,幽快古秀,皆得芝兰之芬芳,莺凤之毛羽。……大凡有文人,不择难易,皆出于毫端者,乃大作者也。……故复嗣数贤之作,以九为数,命之曰《九讽》焉。呜呼!百世之下,后有修《离骚章句》者乎?则吾之文未过不为《广骚》、《悼骚》也。"⑤

但是,如果我们进一步追问:拟作者"于每篇之前一一标题所拟者为何篇","无不显然示人,是以谓之'拟'。"⑥ 这种不以为耻、反以为荣的现象该如

---

① 转引自哈罗德布鲁姆《影响的焦虑》,上海三联书店 1989 年版,第 27 页。
② (晋)陆机:《陆机集》卷一,中华书局 1982 年版,第 3 页。
③ 钱锺书:《管锥编》第三册,中华书局 1979 年版,第 1199 页。
④ (晋)陆云:《陆云集》卷八,第 139 页。
⑤ (唐)皮日休:《皮子文薮》卷二,上海古籍出版社 1981 年版,第 11 页。
⑥ (清)汪师韩撰:《诗学纂闻》,光绪刻本。

何评价？魏晋南北朝是一个在文学创作上不断推陈出新的时代，拟作折射的是何种审美趣味抑或诗歌理想？原作与拟作之间是不是简单"流入"（influx）

的关系？要回答这些问题，我们发现，用上面提及的三点论据释之，就有点捉襟见肘了。布鲁姆在《诗歌与压抑》中锐敏地指出了这一点：

　　那种"常识性"观念认为诗歌文本是自足的，它有一种可以确定的意义或者不涉及其他诗歌文本的种种意义。……不幸的是，诗歌不是物品，而只是指涉及其他词语的词语，而那些词语又进一步指涉及别的词语，如此下去，诗歌处于文学语言的"人口过密的"世界之中。任何一首诗都是一首互指诗（inter-poem），并且对一首诗的任何解读都是一种互指性解读（inter-reading）。

　　布鲁姆的意思是说，拟本和母本绝对不是简单的母子关系，而是相互作用、相互模仿、相互影响、相互关联或暗合，即有着更深的互文性的意味。说到这里，我们就不能不提及到互文性理论。

（明）尤　求·西园雅集图

　　"互文性"英语"intertextuality",法语为"intertextualit",二者均来源于拉丁文的"intertexto"一词。前缀"inter"的意思为互相的、彼此之间的;后缀"texto"本意为织物、编织品。因此,该词的拉丁文原意即为纺织时线与线的交织与混合。有趣的是,"互"、"文"二字汉语的解释也奇妙地包含了上述含义。"互",《说文解字·竹部》解作"可以收绳者也",因绞绳时将绳子交错地收在一起,故引申为交错。"文",《说文解字·文部》解作"文,错画也"。《释名》说,"文者,会集众彩,以成锦绣,合成众字,以成辞义,如文绣然也"。

　　"互文性"概念首先由法国符号学家、女权主义批评家朱丽娅·克里斯蒂娃在其《符号学意义分析研究》:一书中提出:"任何作品的文本都是像许多行文的镶嵌品那样构成的,任何文本都是其他文本的吸收和转化。"①其基本内涵是说,任何文本都不是孤立存在的,每一个文本都与以前的文本和同时代的其他文本有着千丝万缕的联系,是对其他文本进行吸收和转化的结果。每一个文本都是其他文本的镜子,每一文本都与其他文本相互参照,彼此牵连,形成一个潜力无限的网络。

　　之后,法国的罗兰·巴特、热拉尔·热奈特等学者也对此进行了探讨,并形成了广义与狭义的互文性之分。狭义的定义认为互文性指一个文本与可论证存在于此文中的其他文本之间的关系。"文本是使直接瞄准信息的交际话语与以前的或同时的各种陈述文发生关系,并重新分配语言顺序的贯语言实体。"②被研究或被阅读的甲文本叫做"文本"、"主文本"、"中心文本"、"当前文本",所征引、召唤、暗示、戏仿、改造、重写的乙文本叫做"互文本"。而广义的互文性认为:"所有文学作品都是从社会、文化等因素构成的——大文本中派生而来的,它们来自共同的母体,因此它们之间可以互涉、对比。"③当互文性理论进入我们的阐释视野的时候,拟作现象的沉默空缺之处被统统"激活"了。它提醒我们对拟作的研究,不要将注意力仅仅放在业已形成的以结果态存在的文本,而要放到文本形成的动态过程中,去寻求文本生成的内在机制。

---

　　① ［法］朱丽娅·克里斯蒂娃:《符号学:意义分析研究》,引自朱立元《现代西方美学史》,上海文艺出版社 1993 年,第 947 页。

　　② Julia Kristeva, *The Bounded Text*, Clumbia University Press, 1980.

　　③ 罗婷:《克里斯蒂娃的互文性理论》,《国外文学》2001 年第 4 期。

以狭义的互文性理论观照拟作现象,我们发现,母本与拟本都不是单文本的存在,而是一种很特别的复合文本。法国符号学家米歇尔·里费特尔在《自足的文本》中说:"意义是建立在文本所提供的结构基础上,每个原来的破译都是这个结构的变体。"在他看来,"一种本文并不像另外一个人那样地对我们讲话。我们这些努力寻求理解的人必须通过自己让本文讲话。但是我们却发现这种理解,即使本文讲话,并不是一种任意由我们主动采用的方法,而是一个与期待在本文中发现的回答相关的问题。"①同时,对一个文本的每一种补充本身已经受到先前话语对那个文本的"污染"以及其他相关文本的"污染"。

就拿宫怨诗来说吧。据《全唐诗》统计,题为《婕妤怨》、《班婕妤》、《长门怨》、《雀台怨》、《昭君怨》、《昭君辞》、《长信怨》等的宫怨诗就有三四百首,再加上题为《宫词》、《春怨》、《怨诗》、《妾薄命》等的一部分诗歌,唐代宫怨诗约有 500 首之多,其中咏班婕妤、王昭君的就占了约总数的 70% 。不但她们的身世命运成了一再吟咏的固定题目,她们的名字和有关她们的典故也成为诗中常用的意象。比如,西晋以来,几乎历朝艺术家都对昭君表现出极大的热情,都有歌咏昭君的诗作传世。这些拟作的主题大多是悲悯王昭君的玉容埋没、斥责毛延寿的背信弃义。

晋石崇的《王明君》大意是拟昭君的口吻叙述昭君由汉入匈奴身处异邦的忧郁和思乡之情。揣摩昭君心理细腻传神,如:"殊类非所安,虽贵非所荣。父子见凌辱,对之惭且惊。杀身良不易,默献以苟生。"

宋鲍照和梁施荣泰各有《王昭君》一首。鲍照的《王昭君》:"既事转蓬远,心随雁路绝。霜秤旦夕惊,边笳中夜咽。"体制短小,比之石崇之作,不能过多地展开,但也下足了工夫,不仅写了昭君身如转蓬的哀怨,而且能用景物描写一种悲凉的气氛语词健壮,感情深沉。

南朝梁陈的作品,较之晋宋之作,显得华丽和冶艳,打个比方来说:晋宋诗如农家少女,素朴淡雅;梁陈诗却如同宫中美妇,富贵妖娆。梁简文帝萧纲的

---

① 　[德]伽达默尔:《真理与方法》(第二版)"序言",载朱立元《现代西方美学史》,上海文艺出版社 1993 年版,第 864 页。

《昭君词》,所咏虽然还是昭君入塞之事,但侧重点不是昭君的命运,而是极力渲染昭君的外貌:"玉艳光瑶质,金锢婉黛红。一去葡萄观,长别披香宫。"

唐代白居易认为昭君的悲剧应该归罪于汉帝而不是画工,而且他的同类诗作都贯串了这一观点。南宋罗大经《鹤林玉露》卷八评之曰:"故今赋昭君词多矣,唯白乐天云:'汉时却回凭寄语,黄金何日赎蛾眉?君王若问妾颜色,莫道不如宫里时。'前辈以为高出众作之上,亦谓其有恋恋不忘君之意也。欧阳公《明妃词》,自以为胜太白,而实不及乐天。"

清人赵翼《瓯北诗话》卷十一总结道:

> 古来咏明妃者,石崇诗:"我本汉家子,将适单于庭。昔为匣中玉,今为粪上英。"语太村俗。惟唐人"今日汉宫人,明朝胡地妾"二句,不着议论,而意味无穷,最为绝唱。其次则杜少陵"千载琵琶作胡语,分明怨恨曲中论"。同此意味也。又次则白香山"汉使若回烦寄语,黄金何日赎蛾眉?君王若问妾颜色,莫道不如宫里时",就本事设想,亦极清隽。其余皆说和亲之功,谓因此而息戎骑之窥伺。有曰:"祸胎已入房廷去,玉关寂寞无天骄",有曰:"妾身虽苦免主忧,犹胜专宠亡人国",有曰:"冶容若使留汉宫,卜年未必盈四百",此皆好为议论,其实求深反浅也。

虽然我们无法确定这些拟作者是否借思古幽情将失宠宫女比附失志之臣而抒发"为臣良独难"的忧虑和愤慨,但王昭君的美不见幸与士大夫怀才不遇、仕途坎坷的相似性,还是很容易引起后人对他们创作无意识的种种揣测。这正如爱新觉罗·弘历的观点:"凡效古、拟古之作,皆非空言,必中有所感,借以寄意。故质言之不得,则以寓言明之,正言之不可,则反其辞以见意。……读者以意逆志,得其言外之旨可也。"[①]南宋范烯文《对床夜语》卷五评之曰:

---

① (清)爱新觉罗·弘历:《御选唐宋诗醇》卷八,四库全书本,上海古籍出版社1987年版,第199页。

刘长卿《王昭君歌》云:"白怜骄艳色,不顾丹青人。那知粉绘能相负,却使容华翻误身。上马辞君嫁骄虏,玉颜对君啼不语。北风雁急浮云秋,万里独见黄河流。纤腰不复汉宫宠,双蛾长向胡天愁。琵琶弦中苦调多,萧萧羌笛声相和。谁怜一曲传乐府,能使千秋伤绮罗。"《铜雀台》尾句云:"春风不逐君王去,草色年年旧宫路。宫中歌舞已浮云,空指行人来往处。"皆反复包蓄,得占风体。

我们看到,拟本不是"寄生"于在他之前的文本之中,而是和母本叠映、重复、倒置或对照,成为集众多文本内涵、语境、语意为一体的意义的"集合体"。拟本不仅是母本的"格式化"(字摹句肖),同时它也在"格式化"母本(重写)。这就如同管弦乐队的乐谱,既有着历时性展开的旋律,同时又有着共时出现的和声。只有同时把握其横纵两条轴线上的活动,才能真正理解它的意义。

再举鲍照《代白头吟》为例证之。《白头吟》原作是妻子谴责丈夫负心的诗。《西京杂记》曰:"司马相如将聘茂陵二女为妾,文君作《白头吟》以自绝,相如乃止。"辞云:

皑如山上雪,皎若云间月。闻君有两意,故来相决绝。今日斗酒会,明日沟水头。蹀躞御沟上,沟水东西流。凄凄复凄凄,嫁娶不须啼。愿得一心人,白头不相离,竹竿何袅袅,鱼尾何簁簁。男儿重意气,何用钱刀为!

而鲍照的《代白头吟》则颇有深意:

直如朱丝绳,清如玉壶冰,何惭宿昔意?猜恨坐相仍。人情贱恩旧,世议逐衰兴,毫发一为瑕,丘山不可胜。食苗实硕鼠,玷白信苍蝇。免鹤远成美,薪刍前见陵。申黜褒女进,班去赵姬升,周王日沦惑,汉帝益嗟称。心赏独难恃,貌恭岂易凭。古来共如此,非君独抚膺。

诗中,前四句用丝和冰作比,说明自己"直"且"清",并没有什么过错却无端受到猜恨,接下来的四句猜测嫉恨的缘由恐怕在于人心厌旧、听信谗言。最后八句说明这种弃旧怜新之情从古至今都是如此。对于此诗,郭茂倩《乐府诗集》引《乐府解题》说:"若宋鲍照'直如朱丝绳',陈张正见'平生怀直道',唐虞世南'气若幽径兰',皆自伤清直芬馥,而遭烁金点玉之谤,君恩以薄,与古文近焉。"①指出鲍照此诗是遭谤后的自伤之词。吴伯其有评云:"《白头吟》始于卓文君,而篇内所引班去赵升,乃后来故事,拟乐府者特借古题模拟耳。恩谓情,旧谓义。恩与旧尚不足恃,直与清又何足恃乎?"又刘坦之有评"毫发喻少,丘山喻多也。此殆明为人所间,见弃于君,故借是题以咏所怀。篇末如《卫风》所云:'我思古人,俾无忧兮旦。'"②丁福林在《鲍照年谱简编》中认为此诗作于鲍照被出为株陵令之时,他认为,鲍照的见疏获罪,比较明显的有两次,一是在大明年间鲍照任永安令时,另一次则是由太学博士兼中书舍人出为株陵令时,而根据诗中所描写的情形与后者非常相合,因此定于此时所作。③ 认为诗是以一女子口吻叙说自己由恩宠转为被猜恨疏远来隐喻自己的政治遭遇,诗句里的妻为夫所弃就是鲍照"为人所间,见弃于君"的指代。

再如《拟行路难》其九:

> 到聚染黄丝,黄丝历乱不可治。我昔与君始相值,尔时自谓可君意,结带与君言,死生好恶不相置。今日见我颜色衰,意中索寞与先异,还君金权琅瑙替,不忍见之益愁思。

这首诗把昔日的两情相悦、不离不弃之情景与今日颜色衰退、君心变异相比照,使人悄然动容、顿生同情。但陈沆认为此诗已经越出抒写男女情爱的层面,有对自身遭遇、对政治环境、对人生感悟的慨叹之深意:"此为故旧之臣恩遇不终者赋也。徐、傅、谢晦之流,倚恃恩旧,专擅骄态,自取夷灭,固不足惜。

---

① （宋）郭茂倩:《乐府诗集》,中华书局 1979 年版,第 599—600 页。

② （宋）鲍照:《鲍参军集注》,钱仲联增补集说校,上海古籍出版社 1980 年版,第 599—600 页。

③ 刘跃进、范子烨编:《六朝作家年谱辑要》,黑龙江教育出版社 1999 年版,第 364 页。

然宋文因是疑忌益深。道济宿将,自坏长城。明远工文,谬托累句。故于此时已预忧之。'洛阳'章言恩宠之难恃,此章言见机之宜早也。"①

首先,从以上二例可以看到,母本并不是毫发无损地被移植入拟本,而是在当下语境中进行再生产,从而实现了拟本与母本的视域融合,使母本产生了增值效应。罗兰·巴特指出:"单一文本不是靠近(即归于)一种模式,而是从一种网系进入无数入口;沿着这种进入过程,并不是从远处注视一种合法的规范与差异结构即一种叙事或诗学规则,而是从远处注释一种前景(一种由片断带来的前景,一种由其他文本、其他编码引起的前景),然而,这种前景的逝点却不停地返回,并且神秘地开放:每个(单一的)文本都是无止境地返回而又不完全一样的这种闪动即这种区别的理论本身(而又不仅仅是范例)。"②也就是说,每一个文本在它诞生的时候,不仅借用了前人的词句,而且构成文本的每个语言符号也都与文本以外的其他符号相关联,只不过是在细微的差异中显出了自己的价值。毛先舒《诗辨坻·鄙论》对拟作的看法实在精彩:

(模拟)犹孺子行步,定须提携,离便僵仆。故孺子依人,不为盗力,博文依古,不为盗才。上溯玄始,以迄近代,体既屡变,备极范围,后来作者,予心我先,即有敏手,何由创发?此如藻采错炫,不出五色之正间;爻象递变,不离八卦之奇偶。出此则入彼,远吉则趋凶。占占喋喋,伎俩颇见。岂若思古训以自淑,求高曾之规矩耶?若乃借旨酿蜜,取喻成金,因变成化,理自非诬。然采取炊冶,功必先之,自然之效,罕能坐获。要亦始于稽古,终于日新而已。

其次,互文性理论还强调每一个母本都不会是孤立的存在,它总是要被拟本所利用和征引,以求与母本形成互文关系,从而利用母本的意义及其表达方式来抒写自己的思绪、情感和思想。从这个意义上说,拟作绝非原作的翻版和复制,在拟作者束身奉古,亦步亦趋的过程中,原作的"视域"也同时得到了强

① (宋)鲍照:《鲍参军集注》,钱仲联增补集说校,上海古籍出版社1980年版,第236页。
② [法]罗兰·巴特:《巴特随笔选》,百花洲文艺出版社1995年版,第162—163页。

化。拟作者之所以常常标明所拟对象,实际上是企望借已经被普遍接受的作品来唤醒读者的阅读记忆,让读者在一种似曾相识的体验和刺激中来感受、认知拟作者的视域。因此,拟本虽然"翻案另出新意"①,但却奇妙地都起到了一种勾旧连新的效果。换句话说,拟本既映照了母本的视域,又非常省力地实现了自己的抒情目的。

如古诗《青青河畔草》云:"青青河畔草,郁郁园中柳。盈盈楼上女,皎皎当窗牖。娥娥红粉妆,纤纤出素手。昔为娼家女,今为荡子妇。荡子行不归,空床难独守。"

陆机《拟青青河畔草》云:"靡靡江篱草,熠熠生河侧。皎皎彼姝女,阿那当轩织。集集妖容姿,灼灼华美色。良人游不归,偏栖独只翼。空房来悲风,中夜起叹息。"②

吴淇评价:"词虽句句模拟原诗,而义迥不同。原诗是刺,此诗是美。……原诗写娼妇,故用岸草园柳、青青郁郁、一片艳阳天气,撩出他如许态度,如许话说。此诗正用靡靡江篱、一草起兴,偷引起悲风云云,言之子一腔心事,只如车轮在心头暗转,不是空房悲风逼得他紧,并此一声叹也迸不出来。"③

再如李白和鲍照的同题之作《夜坐吟》。鲍照《夜坐吟》曰:

冬夜沉沉夜坐吟,含情未发已知心。霜入幕,风度林。朱灯灭,朱颜寻。体君歌,逐君音。不贵声,贵意深。

李白拟《夜坐吟》:

冬夜夜寒觉夜长,沉吟久坐坐北堂。冰合井泉月入闺,青釭凝明照悲啼。青釭灭,啼转多。掩妾泪,听君歌。歌有声,妾有情,情声合,两无违。一语不入意,从君万曲梁尘飞。

---

① (明)胡震亨:《唐音癸签》卷九,上海古籍出版社 1981 年版,第 87 页。
② (晋)陆机:《陆机集》卷六,中华书局 1982 年版,第 58 页。
③ (清)吴淇:《六朝选诗定论》卷十,四库全书存目丛书补编本,齐鲁书社 1983 年版,第 211 页。

（唐）张　萱·捣练图局部

二诗均以闺情为旨,显示这位女子不肯苟容、狷介高傲的性格。但抒情却有微妙之别,鲍诗情深意长,李诗格调高雅。

再如李白拟作《捣衣篇》,詹本《李白全集》谓"此篇不载《乐府诗集》……然谢灵运已有《捣衣诗》,梁武帝有《捣衣篇》,诗意均与此诗同,故李白为此仍承六朝《捣衣》诗意"。李白诗除"捣衣"情节外,诗中还加入了归燕寄书、揽镜独愁等场景。但是,因为"捣衣"在前人的描写中已凝固为具有特定含义的意象,因此,虽然李白对捣衣轻描淡写,但读者还是会自然而然地联想到其他的捣衣诗作。

事实上,在每个民族文化的发展过程中,都会留下许多作用于人们心理的文化意象,文本的创造就是对以往的文化意象复制和重新组合的过程。这种文化意象一旦经过引用,文本作为能指的功能就被激活了,从而替代作者传达更多的无法直说或无须直说的情感。罗兰·巴特在《文本的欢悦》(1973 年)一书中,通过对普鲁斯特的作品的分析印照了这一点:"我体会着这些套式无处不在,在溯本求源里,前人的文本从后人的文本里从容地走出来。……普鲁斯特的作品不是'权威',它只是一段周而复始的记忆。互文正是如此:在绵延不绝的文本之外,并无生活可言——无论是普鲁斯特的著作,是报刊文本,还是电视节目:有书就有了意义,有了意义就有了生活。"他又说:"文本并不是发出唯一一个神学意义的一串词句,而是一个多维空间,其中各种各样的文字互相混杂碰撞,却没有一个字是独创的。"①从历时的角度看,每一个文本都可能隐藏着一个文化传统,后代的作者在记录自身的生命和生存体验的同时,也不知不觉地同时接受、转述、化用了前人的生命和生存的体验,既注释着前人,也评价着前人。

广义的互文性进一步扩大了互文性的内涵和外延,认为文本是"由一个多维空间组成的,在这个空间中,多种写作相互结合,相互争执但没有一种是原始写作:文本是由各种引证组成的编织物,它们来自文化的成千上万个源

---

① 马驰:《叛逆的谋杀者——解构主义文学批评述要》,中国人民大学出版社 1990 年版,第43 页。

点"①。这里的多种写作是匿名的,它们已没有传统意义上的作者,如果非要说出它们的作者,那只能说它们的作者是文化,是无迹可循的、已被阅读、重写过无数次的整个人类文化。就像巴特说的那样,文学作品就像是一颗葱头,"是许多层(层次或系统)构成,里边到头来没有心,没有内核,没有隐秘;没有不能再简约的本原,惟有无穷层的包膜,其中包着的只是它本身表层的统一"②。

我们以汉魏六朝的拟作为例,看看六朝拟作如何地"不仅包含文化及意识形态的意义,而且超越了语言代码、概念的中立意义"③;先前文化的文本和周围文化的文本又是如何地组成一个新的编织体。

罗宗强先生指出:

> 魏晋时期,天下陵夷,礼崩乐坏,儒学衰微,返归自然以乐情怡性的思想开始占上风,人性开始觉醒。这表现为人性的摆脱束缚和自由发展,个体自由意识的觉醒。此时,文人开始把视线由对政治、功名的追求,自身品德的提高转向了内在心灵的窥视,内在情感的发掘。重感情、重个性、重才能、重自我成了一种普遍的心理趋向。④

经过东晋末年的战乱频仍,中国进入了一个相对安定的时期。《宋书·孔季恭传论》说:"江南之为国盛矣。……地广野丰,民勤本业,一岁或稔,则数郡忘饥。会土带海傍湖,良畴亦数十万顷,膏腴上地,苗值一金,鄠、杜之间,不能比也。荆城跨南楚之富,扬部有全吴之沃,鱼盐杞梓之利,充仞八方,丝绵布帛之饶,覆衣天下。"⑤此时期的江南自然环境优美、经济条件富足,在这种情况下,统治者也逐渐丧失了宏图远略,以保持安定承平为治国的大政方针。《南史·循吏列传》也说:"宋武起自匹庶,知人事艰难,……黜己屏欲,以俭御

---

① [法]罗兰·巴特:《文本三悦》,屠友祥译,上海人民出版社2002年版,第52页。
② 转引自张隆溪:《20世纪西方文论述评》,上海三联书店1986年版,第159—160页。
③ 参见王一川《语言乌托邦》,云南人民出版社1994年版,第33页。
④ 罗宗强:《玄学与魏晋士人心态》,浙江人民出版社1991年版,第36页。
⑤ (梁)沈约撰:《宋书》,中华书局1974年版,第1540页。

身。……家给人足,即事虽难,转死沟壑,于时可免。凡百户之乡,有市之邑,歌谣舞蹈,触处成群,盖宋世之极盛也。……永明继运,垂心政术,……都邑之盛,士女昌逸,歌声舞节,祛服华妆,桃花绿水之间,秋月春风之下,无往非适。"①

彼时,朝野上下所感兴趣的,只是凭借富裕的生活条件和深厚的文化积累去领略自然界的秀美,咀嚼人世间的悲欢,在声色中寻求感官的刺激。正如裴子野在《宋略》中所说:整个社会趋向于一种淫靡之象:"扰杂子女,荡悦淫志,充庭广奏,则以鱼龙靡漫为环玮,会同享欺,则以吴趋楚舞为妖妍。纤罗雾縠侈其衣,疏金镂玉砥其器。在上班赐宠臣,群下亦从风而靡。王侯将相,歌伎填室;鸿商富贾,舞女成群。竞相夸大,互有争夺,如恐不及,莫为禁令,伤风败俗,莫不在此。"②

这是一个个人的觉醒的时代,更是一个文学自觉的时代。正所谓"一时代有一时代之环境,斯一时代有一时代之文学"。从文学观念的发展来看,曹丕的《典论·论文》无疑是文学批评史上的转捩点。该著评建安七子时以气势与个性为标准,肯定文学独立存在的价值。陆机《文赋》则从纯文学的角度,提出了"诗缘情而绮靡"说,完全脱离了儒家的教义。诗歌不用彰君子之志,不用实现美刺劝惩,王化之本。诗歌的抒情功能得到空前的重视。这个时期拟诗的大量出现,就是在这样的文学主张的条件下发展起来的。它标注着诗人自觉探索艺术发展道路的开始,标志着魏晋诗人诗歌意识的真正觉醒,对诗歌本体的真正关注。

但是,文学真正从儒家的诗学体系的禁锢中解脱出来,是在南朝时代。萧纲在《答张缵谢示集书》中说道:

> 纲少好文章,於今二十五载矣,窃尝论之,日月参辰,火龙黼黻,尚且著於玄象,章乎人事,而况文辞可止,咏歌可辍乎,不为壮夫,扬

---

① (唐)李延寿:《南史》,中华书局 1975 年版,第 1695—1697 页。
② 《太平御览》卷五六一—九引梁代裴子野《宋略》。

雄实小言破道,非谓君子,曹植亦小辩破言,论之科刑,罪在不赦。①

他讥讽扬雄前恭后倨,少时好赋,老而翻悔,斥为文乃雕虫篆刻;鄙视曹植言与志反,以诗赋名世,却仍念念不忘"建永世之业,留金石之功。岂徒以翰墨为勋绩,辞赋为君子哉"(曹植,《与杨德祖书》),标榜自己能守志不移,持之以恒。萧纲反对文学宗经的倾向,反对把吟咏情性的东西搞得"平典似道德论"。他说:"未闻吟咏情性,反拟《内则》之篇;操笔写志,更摹《酒诰》之作;迟迟春日,翻学《归藏》;湛湛江水,遂同《大传》。"不惟不须宗经,文学也与思想道德没有任何关系。萧纲放言:"立身之道与文章异。立身先须谨重,文章且须放荡。"②文学创作应该自由无拘地抒发性情,尤其是男女之情。文学的美感"惟须绮縠纷披,宫征靡曼,唇吻遒会,情灵摇荡。"③他把女性美和艳情捧到至高无上的位置:

　　双鬓向光,风流已绝;九梁插花,步摇为古。高楼怀怨,结眉表色;长门下泣,破粉成痕。复有影里细腰,令与真类;镜中好面,还将画等,此皆性情卓绝;新致英奇。④

他的同盟萧绎也在《金楼子·立言》中提出有韵之文应当"吟咏风谣,流连哀思"的观点⑤(其风谣主要指清商曲中的吴声歌曲和西曲歌,这些民间歌谣,多歌咏男女相思相恋之情,哀怨动人)。他们不仅是风谣中这些哀思女子的忠实听众,而且还亦步亦趋进行模仿创作,其模仿之作"是一种纯粹的民歌

① 郁沅、张明高:《魏晋南北朝文论选》,人民文学出版社1996年版,第353页。
② 郁沅、张明高:《魏晋南北朝文论选》,载萧纲《诫当阳公大心书》,人民文学出版社1996年版,第354页。
③ 郁沅、张明高:《魏晋南北朝文论选》,载萧绎《金楼子·立言》,人民文学出版社1996年版,第368页。
④ 郁沅、张明高:《魏晋南北朝文论选》,载萧纲《答新渝侯和诗书》,人民文学出版社1996年版,第355页。
⑤ 郁沅、张明高:《魏晋南北朝文论选》,载萧绎《金楼子·立言》,人民文学出版社1996年版,第368页。

传统与精英(男性)对'纯真'(女性化的)传统开掘的有趣交织。重要的是,在宫廷诗人对于女子'表层'客体的兴趣与这一时期的沙龙诗歌相融合的过程中,这些歌曲助长了艳情诗风的形成"①。萧梁皇族一系列文学主张和"笔墨之功,曾何暇豫。至于心乎爱矣,未尝有歌"②的不辍热情不仅对传统的文学观念形成了强烈冲击,而且由于他们的帝王之尊使得"天下向风,人自藻饰,雕虫之艺,盛于时矣"③。于是,"文学也就乘着这个解放自由的好机会,同儒学宣告独立了","由汉代的伦理主义,变为魏晋的个人主义,再变为南朝时代的唯美主义了"④。受此种理论的影响,以女性为中心的艳情讴歌之作也应运而生。

至此,我们看到,只有当文学具备足够的条件从政教中脱离出来时,只有文学观念由外在的口号变为文学的内在审美要求和创作规范时,文学才能去追求属于自身的东西;也只有在承认文学审美特性的基础上,才会对男女之情做更单纯的关注;只有对男女之情的关注和认可,才会出现后来对女性美及其情感的认同和描摹。但是,"男性扮声"在汉魏六朝蔚然成风,又绝不只是文学传统和文学观念新变因素单纯作用的结果。所谓"文变染乎世情",六朝时的社会风习、审美习惯,士人心态也是我们必须考虑的因素。如丹纳所言:"要了解一件艺术品,一个艺术家,一群艺术家,必须正确地设想他们所属的时代的精神和风俗概况。这是艺术品最后的解释,也是决定一切的基本原因。"⑤我们认为,历史语境并不仅仅由政治史、思想史组成,它们形成的只是历史的骨架,要使历史真正的血肉丰满起来,还必须关照人们日常的琐碎生活、习俗道德等方面,而这些对文学现象可能更具解释效力。

首先,通脱是魏晋六朝的特点之一。当此际,人们"从过去那种伦理道德和传统思想里解放出来,无论对于宇宙、政治、人生或艺术,都持有大胆的独立

① [加拿大]方秀洁:《论词的性别化——她的形象与口吻》,《词学》第14期,华东师大出版社2003年版。
② (唐)姚思廉:《梁书·刘孝绰传》,中华书局1973年版,第481页。
③ 郁沅、张明高:《魏晋南北朝文论选》,《雕虫论》,人民文学出版社1996年版,第325页。
④ 刘大杰:《魏晋思想论》,上海古籍出版社1998年版,第131、134页。
⑤ [法]丹纳:《艺术哲学》,见傅雷译《丹纳名作集》,河南人民出版社1998年版,第35页。

的见解"①。人们的思想观念、生活方式和审美趣味也出现了新的趋向和特点。士人们生活放诞,意气豪迈,喜游猎之乐、逐声色之欢。他们不再峨冠博带、规矩行步,而是洒脱不羁、行为放荡;他们不再重视儒学经术,而是弄笔醮墨、磊落使才。比如曹操"每与人谈论,戏弄言诵,尽无所隐,及欢悦大笑,至以头没杯案中,肴膳皆沾污巾帻,其轻易如此"(《三国志·魏书·武帝纪》)。曹操的礼法观念也很淡薄,认为"妇人德不足称,当以色为主"②。曹丕、曹植的生母卞氏"本倡家。年二十,太祖于谯纳后为妾"③。杜氏、尹氏也都是有妇之夫,她们的受宠并不是因为礼法修养上有突出之处,而是其外貌极为美丽迷人。而曹丕为了炫耀甄氏的美貌,在与王粲、刘桢、徐干等府中宴饮,酒酣耳热之际,不止一次让夫人甄氏抛头露面和文友们相见。

晋代更加以越名教、任自然为尚,放达名士受到众人的追慕:

> 魏末阮籍嗜酒荒放,露头散发,裸袒箕踞。贵族子弟阮瞻王澄谢鲲胡毋辅之徒,皆祖述于籍,谓得大道之本,故去巾帻、脱衣服、露丑恶、同禽兽。甚者名之谓"通",次者名之谓"达"。④

比这种聚首玄谈、祖裼相见,以裸体为衣、陈露性器更有甚者:"晋惠帝元康中,贵游子弟相与为散发保身之饮,对弄婢妾。"(《宋书·五行志》)礼教的废弛使身体获得了前所未有的意义。人们关注自己的身体,甚至以游戏的态度来随意塑造自己的身体,践踏前代社会中被建构起来的士人身份。这其中尤可注意的一个方面就是他们他们用女性化来确认自我、表达自我,刻意颠覆自己的文化性别身份。其行为举止主要表现在三个方面:一是对女性化服饰、装扮的追求;二是对女性化容貌、外表的追求;三是对女性化心态、情感的

---

① 刘大杰:《魏晋思想论》"前言",上海古籍出版社 1998 年版。

② (晋)余嘉锡:《世说新语笺疏》,《世说新语·惑溺》第三十五,上海古籍出版社 1993 年版,第 918 页。

③ (晋)陈寿:《三国志》卷五,《魏书·武宣卞皇后传》,中华书局 1959 年版,第 156 页。

④ (晋)余嘉锡:《世说新语笺疏》,《世说新语·惑溺》第三十五,上海古籍出版社 1993 年版,第 24 页。

追求。

《荀子·非相》篇说：

> 今世俗之乱君，乡曲之儇子，莫不美丽姚冶，奇衣妇饰，血气态
> 度，拟于女子；妇人莫不愿得以为夫，处女莫不愿得以为士，弃其亲家
> 而欲奔之者，比肩并起。

这段论述用到魏晋六朝同样恰如其分。在废名教、崇自然的魏晋玄风中，飘忽不定、趋骛竞同的服饰风尚流行于市井，颠覆了衣着作为性别与文化身份的标志。东晋葛洪《抱朴子·讥惑篇》对当时服饰风尚作如下陈述：

> 丧乱以来，事物屡变，冠履衣服，袖裤财制，日月改易，无复一定，
> 乍长乍短，一广一狭，忽高忽卑，或粗或细，所饰无常，以同为快。①

史书载梁冀其人"为人鸢肩豺目"，耸肩似鹰，目凶如豺。长相阴险凶恶，而且"逸游自恣，性嗜酒，臂鹰走狗"。但他却很是以风流自命，精心制作了各种各样的巾服冠带，引起时人的竞相模仿；《后汉书·梁冀传》说："冀亦改易舆服之制，作平上耕车，埤帻狭冠，折上巾，拥身扇狐尾单衣。"其妻孙寿"色美而善为妖态，作愁眉啼妆，堕马髻，折腰步，龋齿笑，以为媚惑。"夫妻二人，一唱一和，丈夫引导服装潮流，妻子引领美容时尚。遥想当年，二人定可算得不可一世的"超新星"了。夫妻二人能够掀起一场美容旋风，可见，当时人们对服饰潮流是多么关注。

比较极端的例子是何晏。《三国志·何晏传》裴松之注引《魏略》云："晏性自喜，动静粉白不去手，行步顾影。"而《宋书·五行志》云"魏尚书何晏好服妇人之服"②。"行步顾影"已经显示出一种自怜自恋的倾向；好服女装则充分显示了其女性化的心理。

---

① 《诸子集成》第八册，上海书店 1986 年版，第 151 页。

② （梁）沈约：《宋书》，《五行志》，中华书局 1974 年版，第 886 页。

其次,是魏晋六朝士人对女性化仪容的热衷。《后汉书》对名士的仪容风度津津乐道:"马融……为人美辞貌","郭泰……身长八尺,容貌魁伟","卢植……身长八尺二寸","郑玄……身长八尺……秀眉明目,容仪温伟","荀悦……性沉静,美姿容","赵壹……体貌魁梧,身长九尺,美须豪眉,望之甚伟"。这些名士都风度翩翩、伟岸超群,他们的言行举动都会产生一种"名人效应"。《后汉书》卷六八《郭泰传》中的一则记载饶有趣味:

> (郭泰)后归乡里,衣冠诸儒送至河上,车数千辆。林宗唯与李膺同舟而济,众宾望之,以为神仙焉。
>
> (郭泰)尝于陈梁间行,遇雨,巾一角垫,时人乃故折巾一角,以为"林宗巾",其见慕如此。①

郭泰和李膺都潇洒飘逸、声姿畅朗,这两人同行让几千个送行的男人望尘而拜;郭泰偶然的遮雨行为竟引得时人"效颦"。又可见,时人对美色风仪是如何倾心追慕。

东汉中后期的这种重容貌的风气,对魏晋时期产生了重要影响。一代枭雄曹操就很重视自己的外貌,甚至经常"被服轻绡,身自佩小香囊,以盛手巾细物"。据《世说新语·容止》记载:

> 魏武将见匈奴使,自以形陋,不足雄远国,使崔季珪代,帝自捉刀立床头。既毕,令间谍问曰:"魏王何如?"匈奴使答曰:"魏王雅望非常,然床头捉刀人,此乃英雄也。"魏武闻之,追杀此使。

曹操因自己长相不出众很是自卑,接见"外宾"时居然不惜用"美男计"瞒天过海,以人代己,甘为"珪"侍。

曹植比起乃父来丝毫不逊色。《三国志·王粲传》裴松之注引《魏略》云:

---

① (南朝宋)范晔:《后汉书》,李贤注,中华书局1965年版,第2225页。

植初得淳甚喜,延入坐,不先与谈。时天暑热,植因呼常从取水,自澡讫,傅粉。①

邯郸淳是名重当时的才士,曹植深谙"首因效应"的心理学定律,为了给邯郸淳留下好印象而敷粉梳妆、精心修饰。容貌在当时人们生活中受到的关注程度可见一斑。

在这样一个重视美、追慕美的社会大气候里,相貌丑陋甚至会影响到前途运命。王粲就是一个例子。张华《博物志》卷六云:

初,粲与族兄凯避地荆州,依刘表,表有女。表爱粲才,欲以妻之,嫌其形陋,乃谓之曰:"君才过人而体陋,非女婿才也。"凯有风貌,乃妻凯,生叶,即女所生。

王粲才华出众,却因为容貌丑陋而不得不眼睁睁看着如意婚姻与锦绣前程化为泡影,做了时代审美观念的牺牲品。无独有偶,《三国志》卷十九记录了才士丁仪的相似遭遇:

(太祖)闻仪为令士,虽未见,欲以爱女妻之,以问五官将。五官将曰:"女人观貌,而正礼目不便,诚恐爱女未必悦也。以为不如与伏波子茂。"太祖从之。②

丁仪的长相应该还算过得去眼,只是因为"独眼龙"的缺陷而与曹操爱女失之交臂,功名富贵自然也就成了水中月镜中花。

不过,总体看来,汉末三国时期,人们推崇的还是壮美。虽然也有何晏之流追求女性化美的倾向,但这种阴柔之美在当时是遭到鄙弃的。《后汉书·李固传》(卷九十三)记载:

---

① (晋)陈寿:《三国志》卷二一,中华书局1998年版,第255页。
② (晋)陈寿:《三国志》卷二一,中华书局1998年版,第237页。

初，顺帝时诸所除官，多不以次，及固在事，奏免百余人，此等既怨，又希望翼旨，遂共作飞章，虚诬固罪曰："……大行在殡，路人掩涕，固独胡粉饰貌，搔头弄姿，盘旋偃仰，从容冶步……"

余英时先生就此事论曰：

按此虽飞章诬奏，未可全信，但李固平时必有此顾影自怜之习气，故得加之以罪。纵使李固本人不如此，当时士大夫中亦有此类行为之人，诬奏者始能据以状固，则可以断言。由是观之，魏晋以下士大夫手持粉白，口习清言，行步顾影之风气悉启自东汉晚季，而为士大夫个体自觉高度发展之结果也。①

虽然诬者不免夸大事实，但将李固的"胡粉饰貌，搔头弄姿"作为主要的罪状也可见当时这种阴柔之美并没有得到普遍认可。

但是，时至晋代，对"柔美"的竭力追求发展到了如痴如狂的地步。《世说新语·容止》篇记载：

潘岳妙有姿容，好神情，少时挟弹出洛阳道，妇人遇者莫不连手共萦之。左太冲绝丑，亦复效岳游邀，于是群妪齐共乱唾之，委顿而返。②

妇女们无论是对安仁的围观还是对左冲的唾弃都是出于一种单纯的有点可爱的想法——对如"宁馨儿"般的男性美的赏悦。

不过，潘岳的"人气指数"比起卫玠来就有点小巫见大巫了。《晋书·卫玠传》中说：(玠)"总角乘羊车入市，见者皆以为'玉人'，观者倾都。"

---

① 余英时：《士与中国文化》，上海人民出版社 2003 年版，第 323—324 页。
② 余嘉锡：《世说新语笺疏》，《世说新语·惑溺》第三十五，上海古籍出版社 1993 年版，第 608 页。

《世说新语·容止》又载，骠骑将军王济是卫玠的舅父，俊爽有风姿，然见玠辄叹曰："珠玉在侧，觉我形秽。"玠之娘舅虽然也相貌出众，在外甥面前还是觉得有瓦砾与玉石相较之自卑。但是，这样一位玉人却"素抱羸疾"，丞相王导见卫玠，曰："玠居然有羸形，虽终日调畅，若不堪罗绮"，他的死亡原因，更是亘古罕见：

> 卫玠从豫章至下都，人久闻其名，观者如堵墙。玠先有羸疾，体不堪劳，遂成病而死。时人谓"看杀卫玠"。（《世说新语·容止》）

就是这样一位弱不禁风、只能乘坐"羊车"的人物，居然可以倾国倾城，当时人们对这种女性美持什么态度也就可想而知。

追慕的同时自然就是模仿，晋时人们无不有意无意流露女性的行为举止，比如揽镜自照、顾影自怜等。《晋书·王戎传》（卷四十三）载王衍：

> 尝因宴集，为族人所怒，举樏掷其面。衍初无言，引王导共载而去。然心不能平，在车中揽镜自照，谓导曰：尔看吾目光乃在牛背上矣。

王衍之美也是公认的。据说竹林七贤之一的山涛初见他时，就为其神情明秀、风姿俊雅所倾倒，叹良久，目送而艳羡曰："何物老妪，生宁馨儿！"这位可人儿实在是关注自己的外在形象，即使出门也不忘随身携带一面镜子。

《颜氏家训·涉务篇》一段话可算作对梁代男性容止女性化的总结：

> 梁世士大夫，皆尚褒衣博带，大冠高履，出则车舆，入则扶侍，郊郭之内，无乘马者。周弘正为宣城王所爱，给一果下马，常服御之，举朝以为放达。至乃尚书郎乘马，则劾之。及侯景之乱，肤脆骨柔，不堪行步，体羸气弱，不耐寒暑，坐死仓猝者，往往而然。①

---

① 《诸子集成》第八册，《颜氏家训》，上海书店 1986 年版，第 25 页。

从东晋发展到南朝，男性的女性化倾向愈演愈烈，到齐梁时达到极致。在《三国志》、《晋书》、《宋书》、《南齐书》、《梁书》、《陈书》、《魏书》中记载男性美貌的有二三百处之多。状貌似女受到极大的赞美与肯定：

《南史·王峻传》：太子美风姿，善举止。

《南史·宋本纪下》：(宋顺帝)姿貌端华，眉目如画，见者以为神人。

《南史·太宗十一王传·萧大雅》：少聪警，美姿仪，特为高祖所爱。

《陈书·卷二十·韩子高传》：子高年十六，容貌美丽，状似妇人。

《陈书·卷二十八·宜都王叔明传》：叔明仪容美丽，举止和弱，状似妇人。

《颜氏家训·勉学篇》云：

梁朝全盛之时，贵游子弟，多无学术，至于谚云，上车不落则著作，体中何如则秘书。无不熏衣剃面，傅粉施朱，驾长檐车，跟高齿屐，坐棋子方褥，凭斑丝隐囊，列器玩于左右，从容出入，望若神仙。①

男性有绰约女姿、"傅粉施朱"、"熏衣剃面"、娇柔妖媚、多愁善感、"情无所冶，志无所求；不怀伤而忽恨，无惊猜而自愁"（梁简文帝《闲愁赋》）的女性化外表受到时人的青睐。儒家思想建构起来的社会结构和文化秩序一旦遭到破坏，思想意识、审美风习，甚至连性别的角色成规都会发生相应的变化。在当时，一副美妙的仪容，足以使自己身价倍增、平步青云。《南齐书·卷三十二·阮韬传》载："宋孝武选侍中四人，并以风貌，王彧，谢庄为一双，韬与何偃

---

① 《诸子集成》第八册，《颜氏家训》，上海书店1986年版，第13页。

为一双。"①

《南齐书·卷十六·百官志》载：

> 魏、晋选用，稍增华重，而大意不异。宋文帝元嘉中，王华、王昙首、殷景仁等，并为侍中，情在亲密，与帝接膝共语，貂拂帝手，拔貂置案上，语毕复手插之。孝武时，侍中何偃南郊陪乘，銮辂过白门阙，偃将蜀，帝乃接之曰："朕乃陪卿。"齐世朝会，多以美姿容者兼官。②

在南朝，美姿容成了做官的一个条件。"王公大人……未知尚贤使能为政也。亲戚则使之，元故富贵，面目姣好则使之……国家之乱，既可得而知矣。且夫王公大人，有所爱其色而使，处若官者，爵高而禄厚，故爱其色而使之焉。"(《墨子·尚贤》)

这种同性之间的欣赏、爱恋又牵涉到当时风行的同性恋现象。当我们看到色美者得意扬扬，色逊者自惭形秽，以及美貌能提高人物的社会地位、增加升职机会时，隐约就会感到其中的同性恋的因素在发挥着作用。士族中以柔弱为美，戴色彩鲜艳的羽冠，以贝饰带，敷粉施朱，作娇柔态的现象，也和当时

甘肃麦积山石窟·男侍童

---

① (梁)萧子显：《南齐书》，中华书局1972年版，第586页。
② (梁)萧子显：《南齐书》，中华书局1972年版，第322—323页。

社会男色之风的影响不无关系。《宋书·五行志》记载：

> 自咸宁、太康之后,男宠大兴,甚于女色,士大夫莫不尚之,天下
> 皆相仿效,或有至夫妇离绝,怨旷妒忌者。

这段话是这一时期南风的集中写照。同性恋是所有时代、所有社会、所有文明中均普遍存在的文化现象。早在先秦时代,历史典籍里就记载了卫灵公与弥子瑕、魏王与龙阳君的著名事例。此外还有楚王与安陵君、赵王与建信君等。春秋时期被后世儒家指责为春秋淫乱,桑间濮上常有许多不合礼法规范的现象发生,如有些学者认为诗经中的《郑风·山有扶苏》、《狡童》、《褰裳》、《扬之水》①都包含着同性恋的色彩。秦汉时期是"佞幸"时代,著名的同性恋事件主要发生在帝王和他们的幸臣之见,如汉高祖与籍孺,文帝与邓通,武帝与韩嫣、李延年,成帝与张放,哀帝与董贤等。

魏晋南北朝时期战乱频仍,人生譬若朝露,社会上从高门到寒士都崇尚清玄,讲究风度,竭力摆脱各种礼教的束缚。在这种大环境中,同性恋也更加发达。所谓上有所好,下必效之。这段时期有史可考的同性恋人物很多,比如《艺文类聚》卷三十三所引《魏志·曹毗曹肇传》记载他们的同性恋关系:曹肇有殊色,魏明帝宠爱之,寝止恒同。尝与帝戏赌衣物,有不获,辄入御帐,服之径出,其见亲宠类如此。《宋书》记载王僧达与朱灵宝、王确的同性恋关系;《南史》记载文学家庾信与萧韶的同性恋关系;沈约在其《忏悔文》中叙述的自己的同性恋行为;等等。也有学者认为宋人谢惠连的《豫章行》、《代古》都是写给其男宠杜德灵的。

汉魏六朝士人女性化的追求与女性化的审美心态迁移到文学领域就是模拟女声的蔚然成风。上至贵为君王隆尊的曹丕、刘宋皇帝、萧梁帝王、陈后主等,下至落魄文人都加入这个拟作队伍。此时期,无论拟篇、拟调之作大都偏好轻巧体裁和闺情题材,大多专注于表现日常生活中女子的情思,以纤细的景物描写加上幽怨的相思,展现出柔媚的情调,模拟的女子类型也极为丰富,有

---

① 郝志达主编:《国风诗旨纂解》,南开大学出版社1990年版,第310页。

眼泪横流、触处成悲的思妇,有年老见弃、空自嗟叹的怨妇,还有艳光四射、卖笑求欢的妓女。流风之盛,即使描写同怀情谊,也刻画得缠绵近似夫妻。如嵇康在《酒会诗之二》中以鸳鸯偕游描状友谊:

> 婉彼鸳鸯。戢翼而游。俯唼绿藻。托身洪流。朝翔素濑。夕栖灵洲。摇荡清波。与之沉浮。

又如曹植《送庆氏之二》以比翼齐飞比量友情:

> 清时难屡得。嘉会不可常。天地无终极。人命若朝霜。愿得展嬿婉。我友之朔方。亲昵并集送。置酒此河阳。中馈岂独薄。宾饮不尽觞。爱至望苦深。岂不愧中肠。山川阻且远。别促会日长。愿为比翼鸟。施翮起高翔。

要之,时代塑造了男性的女性化特征,男性又塑造了大量的女性文本。六朝士人阶层任诞、自由的精神崇仰,爱美尚柔的女性情怀在文学领域得到有力的表征。当六朝文人拟作女性文本时,他们摹写的对象似乎就是自我的延伸,似乎就是面对另一个我。他们既能以女性化的审美心态来体会女性的一举一动、一颦一笑,又能在诗中自充女性角色,抒发伤春迟暮、相思怨恚的感慨;他们通过拟女性来获得某种替代性满足。按照弗洛伊德的欲望理论,女性对于他们来说就是一个欲望的对象,但这个对象是被自恋似地爱着,然后将她变成一种回归自我的心象。打个比方说,他们写女性,就好比喜欢在橱窗里挂着的裙子,其实,她并不是喜欢裙子这个外在对象,而是将这个裙子变成一种自恋的心象,想象将这条裙子穿在自己身上时的感觉。他们在女性身上看到自己的影子、第二个自我、镜中的倒影。

因此,六朝文人借助文学形式的惯性进行"易性扮演"不费吹灰之力。罗兰·巴特(Roland Barthes)说:

> 自有历史以来,匮缺的论述恒是由女人执行的:女人棲定,男人

狩猎、旅行;女人坚贞(等待),男人朝三暮四(扬帆他去,四海为家)。女人赋形予匮缺,为它编造故事,因为她有的是时间;她一面纺织,一面吟唱,织出来的歌同时表达了滞定(透过嘎嘎作响的纺织)和空缺(在远方,行旅时疾时缓,潮涌,车骑簇拥)。这么说来,任何一个男人只要一开口抒怀慕远,就必然倾吐女性的心情:这个等待中的、深受等待之苦的男人,很奇妙的,变成了女人。

美国学者乔纳森·卡勒在《符号的追寻》一书中对狭义与广义的互文性作了全面的阐释和总结。他说:"互文性有双重焦点。一方面,它唤起我们注意先前本文的重要性,它认为文本自主性是一个误导的概念,一部作品之所以有意义,仅仅是因为某些东西先前就已被写到了。然而就互文性强调可理解性、强调意义而言,它导致我们把先前的文本考虑为对一种代码的贡献,这种代码使意指作用(signifliation)有各种不同的效果。这样互文性与其说是指一部作品与特定前文本的关系,不如说是指一部作品在一种文化的话语空间之中的参与,一个文本与各种语言或一种文化的表意实践之间的关系。因此,这样的文本研究并非如同传统看法所认为的那样,是对来源和影响的研究;它的网撒得更大,它包括了无名话语的实践、无法追溯来源的代码,这些代码使得原来文本的表意实践成为可能。"①广义的互文性理论将互文性置于纵横交错的文化空间,也为拟作现象提供了再阐释再发挥的余地。

我们看到,互文性当然建基于对传统的符号学和结构主义的一种批评,但是,却"墙分香气与芳邻",对拟作现象起到了重要的理论启示作用。由拟作构成的阅读与创作的链条始终处于一种动态的延展之中。一方面,每一时代的拟作者以前代作品作为自身的起点与依据,文学传统的延伸接续,构成文学的历史的运动轨迹;另一方面,拟作作为作家个体创造与时代审美趣尚的产物,又以其自由性与自足性形成超历史的存在方式。孟悦在《本文的策略》中说:"一切都已经存在:本文储藏着一个永远不露面的意义,对这个所指的确

---

① [美]乔纳森·卡勒:《符号的追寻》,康奈尔大学出版社1981年版,第103—104页。

定总是被延搁下来,被后来补充上来的替代物所重构。"①

第四节　"善言儿女"与"义多规镜":
傅玄的代作与拟作

傅玄,字休奕,北地泥阳人,世代为宦,幼年丧父,身世坎坷,博学善属文。魏末,举秀才,除郎中,历任安东卫军参军、温令、弘农太守,领典农校尉。傅玄的一生跨越了整个魏代以及晋初。入晋时,傅玄已有 49 岁,所以他与曹魏后期的文士王弼、何晏、阮籍、嵇康皆为同辈人。傅玄生活在玄风日盛的曹魏后期,却未受到时代风气的影响,恰恰相反,他始终保持着正统儒者的人格风范。傅玄以自己鲜明的人格特征在魏晋之际的士林中拔出流俗;傅玄大量的拟、代之作在西晋文坛上独树一帜。

一、文与人悖:"刚隘罾台"与"善言儿女"

选择傅玄作为研究个案,引起我们兴趣的首先是傅玄刚劲亮直的个性特征与其大量的代拟之作的新丽温婉所形成的巨大反差。《晋书·傅玄传》说:

> 玄天性峻急,不能有所容;每有奏劾,或值日暮,捧白简,整簪带,竦踊不寐,坐而待旦。于是贵游慑伏,台阁生风。

这段话给我们一个鲜明的印象,傅玄是一个敢于面谤目斥于朝堂、眼中不揉半点沙子的耿介敬业之人。他的"补阙弼违,谔谔当朝,不忝其职"(傅玄传)令那些"峨大冠、托长绅"、"醉醇醲而饫肥鲜","吏奸而不知禁,法敺而不知理"的禄蠹之徒非常不舒服。但是,傅玄又是个"暇士之累",这主要表现为两点:一是傅玄的性急暴躁,忍耐性差,"心非其好,王公不能屈",从性格类型上讲属于胆汁质。以这样的性格混迹官场,其"人缘"可想而知。二是他"不能有所容",有两件事很具代表性:一件是泰始三年(267 年)与皇甫陶在朝堂上彼

---

① 孟悦等:《本文的策略》,花城出版社 1988 年版,第 72 页。

此争论而被免官之事："初，玄进皇甫陶，及入而抵，玄以事与陶争言喧哗，为有司所奏，二人竟坐免官。"傅玄与皇甫陶本来关系不错，他还曾经向晋武帝引荐过皇甫陶，这次在朝堂之上的争吵自然使二人的关系宣告结束。第二件是骂坐一事，《傅玄传》也有记载：

> 献皇后崩于弘训宫，设丧位。旧制，司隶于端门外坐，在诸卿上，绝席。其入殿，按本秩在诸卿下，以次坐，不绝席。而谒者以弘训宫为殿内，制玄位在卿下。玄恚怒，厉声色而责谒者。谒者妄称尚书所处，玄对百僚而骂尚书以下。御史中丞庾纯奏玄不敬，玄又自表不以实，坐免官。

傅玄气量狭小，过于计较个人名分，且不顾场合。《全晋文》中《傅子》补遗记录了傅玄对名位问题的如下看法："辨上下者，莫正乎位；兴国家者，莫贵乎人；统内外者，莫齐乎分；宣德教者，莫明乎学。"又曰："国典之坠，犹位丧也，位之不建，名理废也。"又曰："贵有常名，而贱不得冒；尊有定位，而卑不敢逾。"在傅玄眼里，名位不仅事关个人荣辱，而且表明了上下尊卑的等级秩序，这种等级秩序又是封建国家的立国之本。因此，傅玄觉得自己受到了"非礼"待遇，大发雷霆亦理直气壮。因此，他盛怒之下在殿堂上"对百僚而骂尚书以下"，事后"又自表不以实"。他的这种"乏弘雅之度，骤闻竞爽"的做法自然免不了"为物议所讥"（《傅玄传》）。

但是，就是这位令贵戚敛手、让台阁生风的刚隘之士，却以写风格清丽、感情细腻的代作和拟诗见长，这实在是应了钱锺书先生的评论："以文观人，自古所难。……巨奸为忧国语，热中人作冰雪文。"[1]明人张溥评论到："休奕天性峻急，正色白简，台阁生风。独为诗篇，辛婉温丽，善言儿女，强直之士，怀情正深，赋好色者，何必宋玉哉。"[2]他的刚直个性与女性文本形成了强烈的对比，这种现象胡大雷将之命名为"逆反式抒情"。但是他没有揭示促使傅玄关

---

① 钱锺书：《谈艺录》，中华书局 1999 年版，第 163 页。
② （明）张溥：《汉魏六朝百三名家集·傅鹑觚集》"题辞"，江苏古籍出版社 2002 年版。

注女性,大量创作模拟女性诗歌的原因。下面,我们通过分析傅玄的男子作闺音的诗歌文本来揭示傅玄"为女性言"的内在原因。

二、"义多规镜":傅玄代作、拟作的价值取向

清人沈德潜说:"(玄)大约长于乐府而短于古诗。"作为生活于魏晋之交的一位重要作家,傅玄以乐府创作见称于世。傅玄现存诗歌约130篇,其中乐府诗96首。傅玄对于妇女的生活及命运非常关注,也是当时创作妇女诗最多的作家,其乐府诗中的代作和拟作占有很大的分量。粗略统计,傅玄作品中的代作和拟作包括:《短歌行》、《艳歌行》、《豫章行苦相篇》、《饮马长城窟行》《青青河畔草篇》、《艳歌行有女篇》、《怨歌行朝时篇》、《明月篇》、《秋兰篇》、《董逃行历九秋篇》、《西长安行》、《车遥遥篇》、《杂言诗》等。代作一类自觉继承了汉魏以来文人同情妇女的传统写作手法,直接以女子口吻抒写,对当时女性的处境和情感生活进行严肃深锐的思考,艺术感染力很强。傅玄的拟作类作品多以歌咏妇德、宣传教化为目的。《文心雕龙·乐府》中说:"逮于晋世,则傅玄晓音,创定雅歌,以咏祖宗。"胡应麟《诗数·内编》卷一也评价说:"至魏武乃言长生,陆机则感时运,傅玄复托夫妇。"

傅玄的代作或者借古乐府题写时事,或者自制新题。我们先来看他的《苦相篇》:①

　　苦相身为女,鄙陋难再陈。男儿当门户,坠地自生神。雄心志四海,万里望风尘。女育无欣爱,不为家所珍。长大逃深室,藏头羞见人。垂泪适他乡,忽如雨绝云。低头和颜色,素齿结朱唇。跪拜无复数,婢妾如严宾。情合同云汉,葵霍仰阳春。心乖甚水火,百恶集其身。玉颜随年变,丈夫多好新。昔为形与影,今为胡与秦。胡秦时相见,一绝逾参辰。

① 此篇又名《豫章行》,《诗纪》作《豫章行苦相篇》。

傅玄此篇"言尽于人,终以华落见弃,亦题曰《豫章行》"①。女子出生、成长到嫁人、被弃的整个过程中浓缩在短短的 100 个字中,高度凝练地揭示了妇女地位的卑下及"百年苦乐由他人"的命运。正如《女诫》所说:"古者生女三日,卧之床下,弄之瓦砖,而斋告焉。卧之床下,明其卑弱,主下人也。弄之瓦砖,明其习劳,主执勤也。"女子自出生起便卑陋难陈、不为家珍,成长生活圈子狭隘,不能抛头露面;出嫁后,又终日战战兢兢,孤寂压抑;色衰后,丈夫喜新厌旧,终遭身弃。傅玄作为一个身处封建社会的文人士子,能够为妇女代言,为她们的命运鸣不平,实在是难能可贵。② 所以萧涤非在《汉魏文朝乐府文学史》称赞此诗说:"傅玄此作,实为仅见。时至今日,犹觉读之有余悲也。"③

《历九秋篇·董逃行》和《明月篇》都是通过以往日恩爱与今日情绝的强烈对比,丈夫对"我"判若两人的态度,反映了妇女婚姻生活的不幸。

历九秋兮三春,遣贵客兮远宾,顾多君心所亲。乃命妙伎才人,炳若日月星辰。

序金罄兮玉筋,宾主递起雁行,杯若飞电绝光。交筋接危结裳,慷慨从乐万方。

奏新诗兮夫君,烂然虎变龙文,浑如天地未分。齐讴楚舞纷纷,歌声上激青云。

穷八音兮异伦,奇声靡靡每新,微披素齿丹唇。逸响飞薄梁尘,精爽吵吵入神。

坐成解兮沾欢,引柑促席临轩,进爵献寿翻翻。千秋要君一言,愿爱不移若山!

---

① （唐）吴兢:《乐府古题要解》卷下,见丁福保集《历代诗话续编》,中华书局 1983 年版,第 46 页。

② 傅玄关注妇女命运与傅玄特殊的身世不无关系。他自幼丧父,由母亲含辛茹苦地抚养成人。据《三国志·魏武帝纪》注引《九州春秋》,谓傅玄之父"终于丞相仓曹属",那么傅干在曹丕代汉之前便已去世,假定傅干之卒年在建安二十四年（219 年）,则傅玄此时刚刚三岁。又据《晋书》本传:"玄少时避难于河内,专心诵学"。傅玄母孤儿寡母被迫背井离乡,外出求生,母子相依为命,艰辛程度可想而知。

③ 萧涤非:《汉魏六朝乐府文学史》,人民文学出版社 1984 年版,第 193 页。

君恩爱兮不竭,譬若朝日夕月,此景万年不绝。长保初酸结发,何忧坐成胡越!

携弱手兮金环,上游飞阁云间,穆若鸳凤双莺。还幸兰房自安,娱心极意难原。

乐既极兮多怀,盛时忍逝若颓,寒暑革御景回。春荣随风飘摧,盛物动心增哀。

妾受命兮孤虚,男儿堕地称珠,女弱虽有若无。骨肉至亲更疏,奉事他人托躯。

君如影兮随形,贱妾如水浮萍,明月不能常盈,谁能无根保荣,良时冉冉代征。

顾绣领兮含辉,皎日回光则微,朱华忽尔渐衰。影欲舍形高飞,谁言往思可追!

莽与麦兮夏零,兰桂践霜逾馨,禄命悬天难明,妾心结意丹青,何忧君心中倾!

明代张溥《傅鹑觚集题辞》称此诗为"诚诗家六言之祖"[1]。这首诗全部用六言写成,共十二章。作者在四季的更替与女子命运的变迁中建立起一种异质同构的关系,叙述女子从新婚的美满幸福、信誓旦旦、恩爱不竭到往思难追,受命孤虚、贱如浮萍的凄苦。唐代吴兢《乐府古诗题解》卷上称此诗"具叙夫妇别离之思"。赵以武认为"前六章从新婚妻子的感受角度,写出婚姻的美满幸福;后六章刻画眼前'盛时忽逝'后的凄凉情景"[2]。清人陈祚明称赞此诗说:"托兴杂集,纷来无端,可谓善写繁忧。"[3]

叙述婚姻中忧愁之思的《明月篇》也较典型:

皎皎明月光,灼灼朝日晖。昔为春蚕丝,今为秋女衣。丹唇列素

---

① (明)张溥:《汉魏六朝百三名家集·傅鹑觚集题辞》,江苏古籍出版社 2002 年版。

② 赵以武:《傅玄评传》,南京大学出版社 1996 年版,第 335 页。

③ (清)陈祚明:《采菽堂古诗选》,上海古籍出版社 1995 年版,第 30 页。

齿,翠彩发娥眉。娇子多好言,欢合易为姿。玉颜盛有时,秀色随年
衰。常恐新旧间,变故兴细微。浮萍本无根,非水将何依? 忧喜更相
接,乐极还自悲!

这首诗描写的是新婚女子在结婚时的心理。她面对眼前的欢乐景象,联
想到自己年老色衰之后的情景,不免悲从中来。傅玄敏感地触摸到了妇女婚
恋生活的特有心态,意识到了失意被弃的阴影充斥于她们的生活,给她们造成
极大的精神负担,因此在诗中也弥漫了这种感觉,即使在表达爱情甜蜜时也抹
不去类似的担忧。

傅玄的代作类还有几首自己创造的乐府题目。唐吴兢《乐府古题要解》
卷下指出,傅玄乐府诗《有女篇》、《秋兰篇》、《车遥遥篇》、《昔思君》等皆是自
为乐府之作。这几首作品共同的特点是"形"、"影"之比和"萍"、"水"之喻,
充分显示了妇女之于男子的依附地位。"昔君与我兮形影潜结"(《昔思
君》),"君如影兮随形,……影欲舍形高飞"(《历九秋篇》),"君安游兮西入
秦,愿为影兮随君身。君在阴兮影不见,君依光兮妾所愿"(《车遥遥篇》),
"浮萍本无根,非水将何依"(《明月篇》)。

傅玄的拟作最大的特点就是普遍采用一个模式:叙事 + 抒情 + 说教。
《艳歌行》、《西长安行》、《美女篇》、《有女篇》、《青青河畔草》等则是亦步亦趋
的模拟之作。试看《艳歌行》:

> 日出东南隅。照我秦氏楼。秦氏有好女。自字为罗敷。首戴金
> 翠饰。耳缀明月珠。白素为下裙。丹霞为上襦。一顾倾朝市。再顾
> 国为虚。问女居安在。堂在城南居。青楼临大巷。幽门结重枢。使
> 君自南来。驷马立踟蹰。遣吏谢贤女。岂可同行车。斯女长跪对。
> 使君言何殊。使君自有妇。贱妾有鄙夫。天地正厥位。愿君改
> 其图。

显然,《艳歌行》(日出东南隅)模拟汉乐府《陌上桑》和曹植《美女篇》。
前四句只有一字与《陌上桑》不同,对罗敷居处的描写挪用曹植《美女篇》"借

问女何居,乃在城南端,青楼临大路,高门结重关"的诗句。但《艳歌行》在人物形象的塑造上与"原版"有很大不同。原诗中罗敷夸赞夫婿的内容被省略,改为"贤女"的"跪对"陈辞,语气也由不卑不亢改为乞求规劝;最明显的就是结尾添加了两句说教的内容,来宣扬傅玄所一贯坚持的儒家伦理价值观。明人谢榛说:"傅玄《艳歌行》全袭《陌上桑》,但曰:'天地正厥位,愿君改其图。'盖欲辞严义正'以裨风教'。"①可以看出,让傅玄感兴趣的不是对原作词句的模拟,也不是对罗敷美貌的关注、机智的夸张,而是更重视凸显和强化罗敷的伦理品德。其中的"贱妾"和"鄙夫"隐含着男子要行为规矩、女子要恪守礼义的含义。因此,原作由有点轻喜剧色彩的叙事变为颇含正统训诫和道德说教意味,而这正是傅玄拟做树立罗敷这个典型的价值旨归。

再看《青青河畔草篇》②(饮马长城窟行)

> 青青河畔草。悠悠万里道。划生在春时。远道还有期。春至草不生。期尽欢无声。感物怀思心。梦想发中情。梦君如鸳鸯。比翼云间翔。既觉悟寂无见。旷如参与商。梦君结同心。比翼游北林。既觉悟寂无见。旷如商与参。河洛自用固。不如中岳安。回流不及返。浮云往自还。悲风动思心。悠悠谁知者。悬景无停居。忽如驰驷马。倾耳怀音响。转目泪双堕。生存无会期。要君黄泉下。

这首诗模仿的是《古诗十九首》和乐府诗歌《饮马长城窟行》,拟作情景交融,既写了对良人久出不归、音信杳无的期盼情态,又写了"甘心要同穴"、"要君黄泉下"的爱情誓言,尤其是女子思念丈夫的心理描写细腻生动。"倾耳怀音响,转目泪双堕",女人偶然听见一丝音响,以为是夫君回来的声音,跑出去却空无一人,不禁悲从中来,百感交集。她的思念如痴如狂,以至于产生了幻视幻听。很明显,傅玄抹去了女主人公"昔为倡家女"的身份,极写其思夫的缠绵深情,也是为了突出女子的性情之正。

---

① (明)谢榛:《四溟诗话》卷一,《历代诗话续编》,中华书局1983年版,第137页。
② 《诗纪》作《饮马长城窟行》。

接下来看《西长安行》：

> 所思兮何在。乃在西长安。何用存问妾。香橙双珠环。何用重
> 存问。羽爵翠琅玕。今我兮闻君。更有兮异心。香亦不可烧。环亦
> 不可沉。香烧日有歇。环沉日自深。

《西长安行》模拟汉乐府《有所思》(《乐府诗集》卷十六)，但傅玄有意去掉了原作中所写的幽会，突出女子得知心上人变心时"香亦不可烧，环亦不可沉。香烧日有歇，环沉日自深"的欲爱不成、欲恨不能的矛盾与痛苦。

傅玄的拟乐府之作更多的是对乐府诗有裨风教的社会功能的复归。这一点《美女篇》表现得更为直接：

> 美女一何丽，颜若芙蓉花。一顾乱人国，再顾乱人家，未乱犹可
> 奈何！

此诗模仿汉李延年歌"北方有佳人，绝世而独立。一顾倾人城，再顾倾人国，宁不知倾城与倾国？佳人难再得"。但是拟作改"倾"为"乱"，将对一个倾城倾国的女子美貌的赞美的主题"改编"为为谨防美色乱国的教诲与警示。

明人陆时雍《诗镜总论》说傅玄拟作"妙于思虑之先"，实为洞见。傅玄的拟作动机不单纯是"学诗"，雕润词藻，更重要的是来源于他对乐府诗"观风俗、知得失"的政治功能的认同。希望自己的拟作借诗与乐的结合达到传播四方，教化大众的目的，从而张扬儒家人生观和儒家文风。正如刘勰评价："傅玄篇章，义多规镜。"

此外，需要强调指出的是，傅玄之所以要创作大量的拟作来规范世人，除了和建安以来的创作传统有关系之外，和西晋时期的社会现实和傅玄一以贯之的儒学主张也是分不开的。

西晋时，士人崇尚豪奢，生活奢侈，沉溺享乐，广蓄妓妾，社会上浮华之风日炽，居家为妻者饱尝失意被弃之苦。《晋书·礼志》载："王昌父毖，本居长沙，有妻息，汉末使入中国，值吴叛，仕魏为黄门郎，与前妻息生死隔绝，更娶昌

母。"夫妻生死茫茫,音讯隔绝,再娶妻室还算情有可原。实际上,更多的人纳妾是出于喜新厌旧的生活态度。张华《甲乙问》曾记载:"甲娶乙为妻,后又娶景,既不说有乙。居家如二嫡,无有贵贱之差",这自然引起女子的担忧焦虑,而世多怨女。因此,傅玄在他的代作中集中反映了妇女的不幸命运。

而问题的另一方面则是,由于社会的动荡和思想界的革故鼎新,妇女的生活状况大为改观,她们可以频繁地介入各种社交活动。葛洪《抱朴子·外篇》有一段文字记录了西晋妇女的交游之风:

> 今俗妇女,休其蚕织之业,废其玄纮之务。舍中馈之事,修周旋之好。更相从诣,之适亲戚,承星举火,不已于行。多将侍从,晔晔盈路。婢使吏卒,错杂如市,寻道褒谲,可憎可恶。或宿于他门,或冒夜而反。游戏佛寺,观视渔畋,登高临水,出境庆吊。开车褰帏,周章城邑,杯觞路酌,弦歌行奏。转相高尚,习非成俗。①

这里,且不去评价葛洪疾谬的道学气息,从这段记载我们可以看到,西晋真是一个极为浪漫的时代:妇女们再也不愿意密潜户庭、恪守妇业,她们无拘无束,任情纵性,不仅经常走亲访友、聚会周旋,而且晚上经常成群结队在外面闲逛招摇。或者夜半才回家,或者干脆夜宿别处。此外,她们还经常出入佛寺,观看渔耕,参加各种典礼哀宴;周游街市时,觥筹交错,纵酒高歌,塞路街衢,嬉笑盈耳;她们可以大胆地与男士交际,其亲密甚至到了"促膝之狭坐,交杯觞于咫尺"的程度;若是途中遇到貌赛潘安者,就毫不掩饰对美貌的企慕,热情地围追堵截"连手萦绕,投之以果"(《晋书·潘岳传》)。

干宝《晋纪总论》云:

> 其妇女,壮节织纤皆取成于婢仆,未尝知女工丝枲木之业、中馈酒食之事也。先时而婚,任情而动,故皆不耻淫溢之过,不拘妒忌之恶。有逆于舅姑,有反易刚柔,有杀戮妾媵,有黩乱上下,父母弗之罪

---

① 《诸子集成》第八册,(晋)葛洪:《抱朴子·外篇》,上海书店1986年版,第148页。

也,天下莫之非也。又况责之闻四教于古,修贞顺于今,以辅佐君子者哉?妇女不再讲究妇德、妇容、妇工、妇言而且被社会认可,父母弗之罪也,天下莫之非也。①

《阮籍传》记载:

> 阮公(籍)邻家妇有美色,当垆沽酒。阮常从妇饮酒,阮醉,便眠卧其妇侧。夫始殊疑之,伺察,终无他意。

这些都证明,西晋妇女不大在意名教礼制,可以频繁地出入社交场合。"男女无行媒不相见、不杂坐、不通问、不同衣服、不得亲授。姊妹出适而反,兄弟不共席而坐。外舍不入,内舍不出。妇人送迎不出门,行必拥蔽其面。道路男由左,女由右"②的繁文缛节在西晋早就"松动"了。

此外,未婚女子还可以不顾及"父母之命、媒妁之言",自由选择意中人。在西晋诸多的爱情故事中,最为著名的大概就是"贾午韩寿之恋"。据《晋书·贾充传》记载,贾午"光丽艳逸,端美绝伦",韩寿"美姿容,善容止",贾午对韩寿可谓一见钟情,寝食不安,"遂潜修音好,厚相赠结,呼寿夕入。寿劲捷过人,逾垣而至,家中莫知,唯充觉其女悦畅异于常日"。身为西晋达官的贾充,对女儿的越轨之举并无半点指责,而是顺水推舟地玉成了女儿的婚事。恐怕现代社会,保守的家长也做不到。西晋徐邈的女儿,也是在其父接见部下时,选中姿容美貌、疏通亮达而又博涉坟典的王濬的。此外,已婚妇女可大胆表露对美貌男子的倾慕,《世说新语·排调》记载,西晋王浑与妻共坐,见儿子从庭前走过,欣然谓妻曰:"生儿如此,足慰人意!"妻笑曰:"若使新妇得配参军,生儿故可不啻如此。"

西晋妇女如此不成体统,在正统保守的儒士看来自然是违理悖情的,尤其是对于傅玄这样的崇儒重德之人。武帝刚即位,傅玄便上疏曰:

---

① (清)严可均:《全晋文》,干宝之《晋纪总论》,商务印书馆 1999 年版,第 1368 页。
② 《诸子集成》第八册,(晋)葛洪:《抱朴子·外篇》,上海书店 1986 年版,第 148 页。

　　臣闻先王之临天下也,明其大教,长其义节:道化隆于上,清议行于下,上下相奉,人怀义心。亡秦荡灭先王之制,以法术相御,而义心无矣。近者魏武好法术,而天下贵刑名;魏文慕通达,而天下贱守节。其后纲维不摄,而虚无放荡之论盈于朝野,使天下无复清议,而亡秦之病复发于今。陛下圣德,龙兴受禅,弘尧舜之化,开正直之路,体夏禹之至俭,综殷周之典文,臣永叹而已,将又奚言!惟未举清远有礼之臣,以敦风节,未退虚鄙,以惩不格,臣是以犹敢有言。(《晋书·傅玄传》)

　　他认为玄学思潮盈于朝野,致使风气大坏,实在应该加大力度整顿治理。傅玄的这次上疏得到武帝首肯,于是积极性愈发高涨,不久他又再次上疏曰:

　　……夫儒学者,王教之首也。尊其道,贵其业,重其选,犹恐化之不崇:忽而不以为急,臣催日有陵迟而不觉也。仲尼有言:"人能弘道,非道弘人。"然则尊其道者,非惟尊其书而已,尊其人之谓也。贵其业者,不妄教非其人也。重其选者,不妄用非其人也。若此,而学校之纲举矣。(《晋书·卷四十七》)

　　傅玄在《傅子》一书中系统地论述了他的崇儒主张。比如《傅子·礼乐》中提出的君臣、父子、夫妇"三本者立,则天下正:三本不立,则天下不可得而正,天下不可得而正,则有国有家者巫亡……"的观点。
　　从上面的材料我们可以看到,基于西晋的社会现实,傅玄作为一个排斥玄学妄谈,关注社会现实,积极推行儒学正统观念的人物,他的代作与拟作除了向前人学习属文方法、接受写作经验、提高自身创作水平的因素之外,更重要的是希望自己的作品在传播过程中能够起到"补察时政、泄导人情"的目的。

第五章

特定文体的证例:宋词的切片观察

正所谓"文章气运,与世推移",宋代诗学是以理学流行的时代精神氛围为底色的。萧华荣在《中国诗学思想史》中将中国传统诗学思想的发展分为前后两期。以宋代为界,宋前是"情"与"礼"的冲突,宋后是"情"与"理"的冲突。① 他认为宋代理学的兴起使情理冲突代替了情礼冲突。"宋代由于理学的盛行和时代精神、审美趣味的变化,对唐诗抱着疏离与不满的态度,犹如人到中年以后,对少年的激情、风流、华彩的隔膜与厌倦。"②宋人不满唐诗浅薄的抒情,于是变议论为说理;不满唐诗描风绘景、逞词弄藻的"不知道"而变为意在笔先,以文为诗;不满于唐人的善用比兴、情数诡杂而变为枯燥的"白战"。

如果说宋诗是"理"的代表,那么,宋词则可以说是"情"的象征。钱锺书先生在《宋诗选注·序》中说:"据唐宋两代的诗词看来,也许可以说,爱情,尤其是在封建礼教眼开眼闭的监视下那种公然走私的爱情,从古体诗里差不多全部撤退到近体诗里,又从近体诗里大部分迁移到词里。"③词在宋代的繁盛,当然是由于宋代社会经济和社会的发展所致。较之前代,宋代礼乐文武大备,呈现出朝野多欢的太平气象,城市社会面貌和社会生活展现出许多新的特征。

---

① 与其说是情与理的冲突不如说是情与理的并行。因为理学的发展和张扬情欲的宋词的发展在整个宋代保持了很有意思的步调一致:北宋前期,当周敦颐、张载等承续理学先驱而发展理学之时,词坛上,柳永、晏殊、欧阳修等人的词作崭露头角;北宋中后期,二程及其弟子广大并完善理学思想体系,词坛上,苏轼、秦观、贺铸、周邦彦等则以不同的方式革新、推进词体;南宋中期,理学鼎盛,词坛上辛姜两大词派掀起了宋词创作的另一轮高潮。

② 萧华荣:《中国诗学思想史》,华东师范大学出版社1995年版,第13页。

③ 钱锺书:《宋诗选注》,人民文学出版社1979年版,第10页。

正如著名汉学家谢和耐所言:"(宋)政治风俗、社会、阶级关系、军队、城乡关系和经济形态均与唐朝贵族的仍是中世纪中期的帝国完全不同。一个新的社会诞生了,其基本特征可以说已是近代中国特征的端倪了。"①《东京梦华录》、《梦粱录》、《都城记胜》、《西湖老人繁胜录》和《武林旧事》等笔记小说都详细记载了北宋都市八荒争凑、万国咸通、商贾云集、百业兴盛以及朝歌暮舞、弦管填溢的繁华景象。② 与城市经济与文化娱乐消费同时发展起来的是大量的反映城市市民生活的话本、南戏、曲子词、诸宫调等文艺样式。其中,词是宋代尤其是北宋社会文化消费的热点。在"太平无事多欢乐"的社会风气下,"家家帘幕人归晚,处处楼台月上迟",歌伎们争艳卖笑,一个个"娉婷秀媚,桃脸樱唇,玉指纤纤,秋波滴溜,歌喉婉转。道得字真韵正,令人侧耳听之不厌"。而"观众"则"随意命妓歌唱,虽饮宴至达旦,亦无厌怠也"。北宋王朝,上至帝王,下至市井百姓皆沉迷于听曲填词。流风之下,"沛都三岁小儿,在母怀饮乳,闻曲汗捻手指作拍,应之不差。"③"佳人盼影横哀柱,猥客分光缀艳诗"④,为了侑酒佐欢,满足歌姬的应歌需要,长于赋诗言理的文人士大夫们纷纷戴上一副歌姬的"面具"簸风弄月,逞才弄华。即使"宗工巨儒,文力妙天下着,犹祖其遗风,荡而不知所止。"(鲖阳居士:《复雅歌词序》)歌词在北宋找到了最适宜的生存土壤,迅速滋生、繁衍。

---

① 谢和耐:《中国社会史》,江苏人民出版社1997年版,第257页。北宋统一之后,农业生产力大大提高、商业与手工业空前发展。以东京为中心的城市经济的繁盛,激发了不少新兴市镇的产生和旧有市镇的兴旺。阡陌市井、酒楼茶肆、勾栏瓦舍、坊院池苑、诸色杂卖、百戏伎艺构成了宋代市镇生活的风景画。同时,严重的土地兼并、自由土地买卖和商品经济的发展又打破了以往封建地主和农民之间的较为单一的阶级关系,出现了由自耕农、小商贩等新的社会人口组成的城市市民大军的新生力量。

② 下面这段反复被人引用的记载出自宋人孟元老的《东京梦华录》,他作为宋代都市生活的亲历者为我们提供了一幅鲜活的都市生活画面:不识干戈。时节相次,各有观赏。灯宵月夕,雪际花时,乞巧登高,教池游苑。举目则青楼画阁,绣户珠帘,雕车竞驻于天街,宝马争驰于御路,金翠耀目,罗绮飘香。新声巧笑于柳陌花衢,按管调弦于茶坊酒肆。八荒争凑,万国咸通。集四海之珍奇,皆归市易;会寰区之异味,悉在庖厨。花光满路,何限春游;箫鼓喧空,几家夜宴。技巧则惊人耳目,侈奢则长人精神。参见孟元老《东京梦华录》,北京,中国商业出版社1982年版。

③ 董希平:《宋初百年间词之功能的推移——宋代文化建构中的宋词》,《文学评论》2003年第4期。

④ 穆修:《烛》,《河南穆公集》卷一,《四部丛刊》初编本。

宋词中男子作闺音现象的鼎盛是由诸多复杂交错的因素构成的。从外在角度说，自然受市民文学的兴起和歌姬出现的影响；从内在角度看，又跟词传播的途径和词所承担的娱乐功能有关；从创作主体这一维来看，歌姬索词的促发，士林享乐意识的浓厚以及士人性爱心理的兴起都是促使词成为一代之文学的重要因素。"正是在这种都市享乐文化的肥厚土壤里，通过艳丽女性——歌伎演唱的以女性、女色为中心内容的曲子词，恰好充分地适应和满足了广大接受者的消费需要。创作者——都市各阶层文人需要通过描写女色来麻醉自己和宣泄内心的性要求，接受者——市广大市民更需要欣赏女音女色来满足自己的享乐之欲。"①

但是，学界一直忽略这样几个问题：盛唐时期燕乐已经走向繁荣，但是歌词创作却一直是民间的一股"暗流"，没有引起文人的创作热情，一直到宋代，曲子词才显示出其勃勃生机。燕乐的繁荣与歌词创作高潮的到来之间何以打了一个"时间差"？在文以载道、文以明道为文坛的"主题歌"的情况下，词被视为小道末技，那么，宋代的文人士大夫们在创作词的时候是一种什么样的心态？为什么文人士大夫热衷于填词，却又轻视贬低词体？这种"翻手为云，覆手为雨"的态度基于一种什么样的审美判断与价值选择？回答这些问题，只考虑社会语境和文体规范，而不考虑语境和规范的执行者——创作主体，不仅是片面偏颇的，而且必定会使阐释捉襟见肘。因为，正如布迪厄所说："场域形塑着习性，习性将场域建构成一个充满意义的世界，一个被赋予和感觉和价值的世界，作为场域中的行动者，既不是某个主体或某种自觉意识，也不是某种功能的简单实现者。"②也正是在这一点上，布迪厄的场域——习性和趣味——区隔理论给我们提供了一个很好的观照视角。不过，正像鲁迅先生《摩罗诗力说》所说的："首在审己，亦必知人，比较既周，爰生自觉"，对于文学的阐释在很大程度上是取决于视角的选择与确立。同样的一堆材料，缺乏新的视角就不会发现新的问题，也就无法揭示新的意义。从这个意义上说，我们

---

① 刘扬忠：《北宋时期的文化冲突与词人的审美选择》，《湖北大学学报》1998 年第 3 期。
② ［法］皮埃尔·布迪厄、［美］华康德：《实践与反思：反思社会学导引》，李猛、李康译，中央编译出版社 2004 年版，第 173 页。

借鉴布迪厄的学术见解，并不是以它为标准来衡量我们的文论话语，更不是用中国的文学现象印证他者观点的普适性。我们是想在异质文化的启发下形成新的理论视点。因为，任何一种新的理论的出现，其所提示的新的观念，都可以对旧有的各种学术研究投射出一种新的光照，使之从而可以获得一种新的发现，并作出一种新的思考。①

　　基于这样的考虑，本章希望借助布迪厄的概念工具，将男子作闺音现象置于宋代具体的历史语境、士人的身份特征、文学场的规则和价值标准三者的关系之中，以关系思维的视角，去考察该现象产生的社会语境、原则趣味、文化内涵和心理机制。由于南宋和北宋相比，社会历史背景发生了比较大的变化，为了论述的方便，这里，我们只对北宋的男子作闺音现象作系统的论述。第一、二、三、四节分别介绍词赖以生成发展的社会政治语境；文学场域的规则与区隔；词的创作主体——文人士大夫的习性特征，心理矛盾。将男子作闺音现象置于这几者缠夹互渗的关系中参酌并观之，尽我们所能作出合理深入的阐释。简单点说，我们不是要探究男子作闺音是什么，而是要考察什么使男子作闺音成为可能？最后一节希望借柳永的个案研究，印证前面几节的阐述。

第一节　北宋政治场：右文・劝乐・崇理

　　对北宋的历史语境，尤其是士大夫所跻身的政治场域作出必要的、重点的描述是阐释宋代男子作闺音现象的基础工作。正如伽达默尔指出的那样："我们要对任何文本有正确的理解，就一定要在某个特定的时刻和某个具体的境况里对它进行理解，理解在任何时候都包含着一种旨在过去和现在进行沟通的具体应用。"②

　　"华夏民族之文化，历数千载之演进，造极于赵宋之世。"③在中国古代社

---

①　叶嘉莹：《迦陵论词丛稿》，河北教育出版社1998年版，第223页。

②　[德]伽达默尔：《真理与方法》"译者序言"，洪汉鼎译，上海译文出版社2002年版，第9页。

③　陈寅恪：《金明馆丛稿二编》，《邓广铭〈《宋史・职官志》考证〉序》，三联书店2001年版，第277页。

会文化发展历程中,宋代是一个远承汉唐、近启明清的重要变革和转型时期,城市经济的发展,文官政治的确立,学术思想的发达,理学的建立等都呈现出与前代不同的精神面貌,并引起了世风的巨大转变。宋型文化的特点当然不是一两句话能够概括的了的。本章只就与论文相关的几个方面作重点论述。

一、右文政策

《宋史·文苑传序》记曰:"艺祖(按:赵匡胤)革命,首用文史,而夺武人之权。"鉴于五代武人跋扈,拥兵自重,权臣悍将争权夺利,致使政权频繁更迭的历史教训,再加上赵匡胤本人便是以武臣身份夺取后周政权的亲身体验,宋太祖对武人充满了警惕。因此,即位之初,即"用天下之士人,以易武臣之任事者"①。太祖曾对赵普说:"五代方镇残虐,民受其祸。朕今选儒臣干事者百余,分知大藩,纵皆贪浊,亦未及武臣一人也。"②所以,太祖一再强调"宰相须用读书人",明确表示要与士大夫共治天下。《宋史·文苑传》"序言"中又云:"自古创业垂统之君,即其一时之好尚,而一代之规模,可以预知矣。艺祖(宋太祖)革命,首用文吏夺武臣之权,宋之尚文,端本乎此……自时厥后,子孙相承,上之为人君者,无不典学;下之为人臣者,无不擢科,海内文士彬彬辈出焉。"随着"重文轻武"政策的推行,大量凭科举入仕的士人成为宋代社会的中坚,上自中书门下为宰相,下至县邑为薄尉,其间台省郡府公卿大夫③,可谓满朝朱紫贵,尽是读书人。④

其一,为笼络人心,宋太祖制定实施了一系列保护文臣的措施。他曾立有三条戒规,其中一条便是"不杀士大夫"⑤,并明令"不欲以言罪人"⑥。同时,高其官职,厚其俸禄。钱穆先生指出:

① (元)脱脱:《宋史·陈亮传》,中华书局1977年版,第12940页。
② (明)陈邦瞻:《宋史记事本末》卷二,中华书局1997年版,第10页。
③ (宋)柳开:《河东集》卷八,台北商务印书馆1965年版。
④ (宋)张端义:《贵耳集》卷二,中华书局1985年版。
⑤ (清)王夫之:《宋论》(卷一),中华书局1995年版。
⑥ (宋)程颐、程颢:《二程集》,中华书局1981年版,第548页。

　　宋室优待官员的第一见端，即是官俸之逐步增加。当时称"恩逮于百官，惟恐不足；财取于万民，不留其余"。可以想见宋朝优待官吏之情态。官吏俸禄既厚，而又有祠禄，为退职之恩礼。又时有额外恩赏。①

　　这种以高官厚禄来笼络官员的做法，作为宋代的一项"基本国策"代相传递。继太祖之后的太宗、真宗及历代嗣君，也都继承了崇文礼士、以文治国的大政方针。赵翼《廿二史札记》卷二十五论"宋制禄之厚"时，列举了《宋史·职官志》所载俸禄之制②后说：

　　　　此宋一代制禄之大略也。其待士大夫，可谓厚矣。惟其给赐优裕，故入仕者不复以身家为虑，各自勉其治行。观于真、仁、英诸朝，名臣辈出，吏治循良，及有事之秋，犹多慷慨报国。绍兴之支撑半壁，德裕之毕命疆场，历代以来，捐躯殉国者，惟宋末独多，虽无救于败

---

　　① 钱穆：《国史大纲》，商务印书馆1996年版，第543—544页。
　　② 《宋史·职官志》载俸之制：京朝官宰相、枢密使，月三百千，春冬服各绫二十匹，绢三十匹，绵百两。参知政事、枢密副使，月二百千、绫十匹、绢三十匹、绵五十两。其下以是为差。节度使月四百千，节度、观察留后三百千，二百千，绫绢随品分给，其下亦以是为差。凡俸钱并支一分见钱，二分折支，此正俸也。其禄粟则宰相、枢密使月一百石，三公、三少一百五十石，权三司使七十石，其下以是为差。节度使一百五十石，观察、防御使一百石，其下以是为差。凡一石给六斗，米麦各半。熙宁中，又诏县令、录事等官，三石者增至四石，两石者增至三石，此亦正俸也。俸钱、禄米之外，又有职钱，御史大夫、六曹尚书六十千，翰林学士五十千，其下以是为差。（职钱惟给京朝官，外任者不给，因别有公用钱也。）元丰官制行，俸钱稍有增减。其在京官司供给之数皆并为职钱，如大夫为郎官者，既请大夫俸，又给郎官职钱，视国初之数已优。至崇宁间，蔡京当国，复增供给食料等钱，如京仆射俸外又请司空俸，视元丰禄制更倍增矣。俸钱、职钱之外，又有元随傔人衣粮，（在京任宰相、枢密使，在外任使相至刺史，皆有随身，余止傔人。）宰相、枢密使各70人，参知政事至尚书左右丞各50人，节度使百人，留后及观察使50人，其下以是为差。衣粮之外，又有傔人餐钱，（中书、枢密及正刺史以上，傔人皆有粮，余止给餐钱。）朝官自二十千至五千凡七等，京官自十五千至三千凡八等，诸司使副等官九等。此外又有茶酒厨料之给，薪蒿炭盐诸物之给，饲马刍粟之给，米面羊口之给。其官外者别有公用钱，自节度使兼使相以下二万贯至七千贯凡四等，节度使自万贯至三千贯凡四等，观察、防、团以下以是为差。公用钱之外，又有职田之制，两京大藩府四十顷，次藩镇三十五顷，防、团以下各按品级为差。选人使臣无职田者别有茶汤钱。建炎南渡，以兵兴，宰执请俸钱禄米权支三分之一；开禧用兵，朝臣亦请损半支给，皆一时权宜，后仍更渡制。

亡,要不可谓非养士之报也。①

其二,士大夫组成成分的改变。为了巩固统治,赵宋皇权还致力于对士大夫阶层组成成分的彻底改造,选官以世家贵族为主改为以"寒族"为主。这种改变,主要体现在科举录取制度之中。

首先是科举取士更加公平合理。隋唐以来的科举取士,虽然打破了魏晋南北朝时期高门世家子弟"平流进取,坐致公卿"的用人制度,为庶族寒门子弟踏入仕途提供了机会和可能,但多数时间依然是"贡举猥滥,势门子弟,交相酬酢,寒门俊造,十弃六七"②。高官达贵、门阀世族通过政治经济等各种手段插手科场,控制"指标"。爰及宋代,为了杜绝科考中的请托舞弊之风,落实"一切以程文为去留"的公平竞争原则,严格考试制度,给考生一个相对公平的竞争环境,宋代废除了"公荐"制度,打破士庶界限,改唐代"朝廷选官,须公卿子弟为之"③的录取风习为"取士不问家世",并推行弥封、誉录之法,最大限度地防止了考场内外的徇私舞弊活动。完善的科举制度,严格的考试过程,门阀世族没有半点入仕优势可言。相反,一些出身寒微而又卓有才干的士人却乘势而起,凭真才实学通过科举考试实现了"一举首登龙虎榜"的人生理想。贵族子弟已不可能靠门第或祖荫而仕途通达。比如,晏殊权倾当时,却不能庇荫他的儿子,以至于晏几道一生仕途蹭蹬,地位低微,晚境凄凉。正如郑樵《通志·氏族略》序所指出的那样:"自五季以来,取士不问家世,婚姻不问阀阅。"

其次是取士政策向"贫困生"倾斜。为了能够替中下层知识分子拓清仕进之路,宋代帝王的作为甚至在不同程度上违背了"公平"原则。比如,开宝元年(968年)三月,因翰林承旨陶之子陶邴试进士合格,名列第六,太祖"遽命中书复试",并诏曰:"自今举人凡关食禄之家,委礼部具析以闻,当令复试。"④个中缘由一方面是有意抑制"势家"形成,结党营私;另一方面,也的确

---

① (清)赵翼:《廿二史札记》卷二十五,中华书局1963年版,第485页。
② (后晋)刘昫:《旧唐书·王起传》,中华书局1975年版,第4278页。
③ (宋)欧阳修:《新唐书·选举志》,中华书局1975年版,第1159页。
④ (宋)李焘:《续资治通鉴长编》卷九,中华书局1986年版,第77页。

瞩意孤寒、用心良苦。开宝八年(974年)二月,太祖在殿试时对举人们说:"向者登科名级,多为势家所取,致塞孤寒之路,甚无谓也。今朕躬亲临试,以可否进退,尽革畴昔之弊矣。"①太宗雍熙二年(985年)三月,殿试得进士179人,"宰相李之子宗谔、参知政事吕蒙正之从弟蒙亨、盐铁使王明之子扶、度支使许仲宣之子待问,举进士试皆入等。上曰:此并势家,与孤寒竞进,纵以艺升,人亦谓朕为有私也,皆罢之"②。在帝王的有意抑制之下,北宋初期的达官贵族的子弟甚至都不敢参加科举考试。如《石林燕语》卷五载:范杲是宰相范质的侄子,"见知陶、窦仪,皆待以甲科,会有言世禄之家不当与寒争科名者,遂不敢就试"。通过科举取士,宋代帝王有意地让下层知识分子进入仕途,让他们成为士大夫阶层中的主体力量,在国家政治生活中发挥重要作用。如太宗时的宰相张齐贤,"孤贫力学,有远志";名臣王禹偁"世为农家,九岁能文";真宗、仁宗时的宰相王曾"少孤,鞠于仲父宗元,从学于里人张震,善为文辞";名臣范仲淹"二岁而孤,母更适长山朱氏";欧阳修"家贫,至以荻画地学书。幼敏悟过人,读书辄成诵"③。《宋史·宰辅表》列宋宰相133名,科举出身者高达123名,占92%。这些来自草根阶层的士子进入仕途,布衣卿相的仕宦经历决定了他们必定会报效皇恩,忠心耿耿。

再次是科举取士不断"扩招"。为了拓宽文人入仕的途径,宋王朝也采取了一系列措施。首先就是增加录取名额。宋代每年录取的进士名额一般二三百人,最多时达五六百人。宋太宗即位3个月后,一次贡举取士就达五百多人,宋真宗时一次录取竟达1638人之多,宋仁宗时又规定一次录取以400人为限。此外,还增加殿试,由皇帝亲自主持。又很注意照顾屡次没有考中的举子的情绪。如宋太祖开宝三年(970年),诏令录取参加过十五次科考落第的举子106人;太宗太平兴国二年(977年),又取科考十至十五次落第者180人赐进士出身。石介在《庆历圣德颂序》中说道:"选人之精、得人之多、进人之速、用人之尽,实为希阔殊尤,旷绝盛事。"统治者还利用"招生简章"吸引士

---

① (宋)李焘:《续资治通鉴长编》卷十六,中华书局1986年版,第128页。
② (宋)李焘:《续资治通鉴长编》卷二十六,中华书局1986年版。
③ 以上引文均见《宋史》本传,中华书局1986年版。

人:"书中自有千钟粟"、"书中自有黄金屋"、"书中车马多如簇"、"书中有女颜如玉"。(《古文真宝》卷首,真宗《劝学文》)在这种号召下,报名参加"公务员考试"的人数连连上升。"为父兄者,以其子与弟不文为咎;为母妻者,以其子与夫不学为辱"。

二、劝乐政策

宋太宗曾说:"国家若无外忧,必有内患。外忧不过边患,皆可预防;惟奸邪无状,若为内患,深可惧也。帝王用心,常须谨此。"①因此,宋朝统治者为了稳固政治统治,除了废武右文之外,还鼓励官员们"多积金"、"市田宅",追求声色之娱。宋太祖说:

> 人生如白驹之过隙,所为好富贵者,不过欲多积金钱,厚自娱乐,使子孙无贫乏耳。尔曹何不释去兵权、出守大藩,择便好田宅市之,为子孙立永远不可动之业。多置歌儿舞女,日饮酒相欢以终其天年。我且与尔曹约为婚姻,君臣之间两无猜疑,上下相安,不亦善乎。②

统治者竭国库之力为士大夫享乐提供"俸给宜优"的坚实经济后盾。《孙公谈圃》记载:

> 真宗一日晡时宣两府于崇政殿,众疑今日别无奏事,少顷乃赐食。比暮,召入禁中,每人设一小阁子,令易衫帽,上曰:"太平无事,与卿等饮酒为乐。"左右列宫人,上曰:"卿等家亦有之否?"独王旦对曰:"无有。"上以二人赐之,及罢,又赐香药,皆珍宝也。宫人解红绡金项帕,系于袖中,拜赐而出。

而对于那些"老脑筋"的大臣还不遗余力拉他们"下水"。《师友谈

---

① (宋)李焘:《续资治通鉴长编》卷三十二,中华书局1986年版,第277页。
② (元)脱脱:《宋史·石守信传》,中华书局1977年版,第8810页。

记》载:

> 曾诚存之尝曰:近见少师韩持国,云仁皇一日与宰相议政,既罢,因赐坐,从容语曰:"幸兹太平,君臣亦宜礼相自娱乐,卿等各有声乐之奉否?"各言有无多寡,惟宰相王文公正不逊声色,素无后房姬滕。上乃曰:朕赐曾细人二十,卿等分而教之,俟艺成皆送旦家。一时君臣相悦如此。①

城市和商业的发达,为士大夫提供了滋生和蔓延的丰沃土壤;优厚的官俸,又为之纵情享乐提供了最根本的物质保障,上层统治者的鼓励纵容,来自宫廷的耽乐之风,又助长膨胀了士人们追求肉池酒林、歌舞享乐的士林风会。这在宋人笔记中有许多记载,列举几例便知:

> 寇准好舞《柘枝》,会客必舞《柘枝》,每舞必尽日,时谓之"柘枝颠",他在知邓州时,"每饮宾客,常阖扉辍骖以留之。尤好夜宴,剧饮未尝点油,虽涸轩马厩,亦烧烛达旦。每罢宴去,后人至官舍,见厕溷间,烛泪凝地,往往成堆"②。
>
> 张者既贵显,尝启章圣,欲私第置酒,以邀禁从诸公。既昼集尽欢,曰:更毕今日之乐。于是罗帷翠幕,稠叠围绕,高烧红烛,列坐蛾眉,及其殷情。每数杯,则宾主各少歇。如是者凡三数。诸公但讶夜漏如是之永,暨撤席出户,则已再昼夜矣。③
>
> (宋祁)晚年知成都,带《唐书》于本任刊修。每宴罢,开寝门,垂帘燃二椽烛,滕婢夹侍,和墨伸纸,远近皆知为尚书修《唐书》,望之如神仙焉。多内宠,后庭曳绮罗者甚众。尝宴于锦江,偶微寒,命取半臂,诸婢各执一枚,凡十余枚俱至。子京视之茫然,恐有厚薄之嫌,

---

① (清)徐士銮:《宋艳》,浙江古籍出版社1987年版,第26页。
② (宋)沈括:《梦溪笔谈》卷五,《四部丛刊续编》子部,上海涵芬楼影印明刊本。
③ (清)潘永图:《宋稗类钞》,书目文献出版社1985年版,第152页。

竟不敢服,忍冷而归。①

又如宰相词人晏殊家有众多歌儿舞女,"每有佳客必留,亦必以歌乐相佐"②;欧阳修家中也常有"朱唇白玉肤"的妙龄歌伎"八九姝"。张先到了85岁,还蓄声伎,"多爱姬"。士大夫文人追求歌舞享乐、流连坊曲、竞蓄声伎成为一时风尚,甚至那些性俭约、"非礼勿视"的人物也难以破除色戒。

苏辙《龙川别志》中记载:

> 真宗临御岁久,中外无虞,与群臣燕语,或劝以声妓自娱。王文正公性俭约,初无姬侍。其家以二直省官治钱,上使内东门司呼二人者,责限为相公买妾,仍赐银三千两。二人归以告公,公不乐,然难逆上旨,遂听之。盖公自是始衰,数岁而捐馆。初,沈伦家破,其子孙鬻银器,皆钱塘钱氏昔以遗中朝将相者,花篮火筒之类,非家人所有。直省官与沈氏议,止以银易之,具言于公,公嗫嚅曰:"吾家安用此?"其后姬妾既具,乃呼二人问:"昔沈氏什器尚在可求否?"二人谢曰:"向私以银易之,今见在也。"公喜,用之如素有。声色之移人如此!张公安道守金陵,二直省官有一人自南方替还,具为公道此。

赵吉士《客中闲集》中也有一段记载与此相类:

> 赵阅道为铁面御史,乃悦一营妓,令老兵夜召之,又令促之。范文正守鄱阳,属意小妓,既去,乃以诗寄魏介而取之。其事皆与其人绝不相类,当是色戒未易破除。宋璟正色立朝,而善羯鼓赋梅花,又极似风流人物,尤不可晓。

享乐意识的追求是宋代文化中的一个突出特点。从上层士大夫到下层文

---

① (宋)魏泰:《东轩笔录》卷十五,中华书局1985年版。
② (宋)叶梦得:《避暑录话》,中华书局1985年版。

士、庶族百姓,都表现出对物质享受和精神享乐的双重渴求。统治者还为此下诏"开绿灯"。真宗景德三年,就下诏曰:群臣不妨职事,并听游宴,御使勿得纠察。仁宗时候"两府两制家内各有歌舞,官职稍如意,往往增置不已"。享乐的环境给歌词发展提供了良性土壤,文人士大夫与歌伎接触,很少受到舆论的监督和非议,这使得士大夫填词有了制度化的保障,再加上"满耳笙歌满眼花,满楼珠翠胜吴娃"的享乐风气,从而使词在北宋找到了滋生繁衍的温床。

三、崇德归儒

赵宋王朝一方面"右文"、"劝乐",一方面又紧锣密鼓地崇德复儒。这看起来两相龃龉的做法恰恰就在北宋王朝并行而施。宋代是在经历了唐末五代的军阀混战之后建立的。连年的军阀混战,不仅使武夫专横跋扈,拥兵割据,而且也使思想文化失序,伦理道德颓落。于是北宋统治者从立国之初,就极力倡导"兴文教,抑武事"的文化政策。他们一方面抑武事以消除心腹之患,对士大夫恩待唯恐不足,并用劝乐政策瓦解他们的意志,转移其注意力,巩固统治;另一方面兴文治以解决世风败坏的当务之急。宋太祖认为"欲理外,先理内;内既理,则外自安"。赵宋统治者清醒地意识到国家的兴亡系于道德的重建与道统的延续。而"安内"的关键就在于缔造士大夫道德修养与政治修养融为一体的政治人格。因此,一方面,统治者大力提倡名节忠义,以重塑儒家伦理道德观;另一方面,他们又努力将这种伦理道德观贯彻到士大夫日常的行为举止之中。理学就是在这种政策导向下悄然兴起,并成为宋代轻外重内、轻事功重道德、轻功利重精神的社会思潮的集中体现。

理学作为官方意识形态,虽然只是在南宋的最后半个世纪才得到朝廷的正式认可,但是,作为民间意识形态,它却一直潜移默化地影响并规范着整个宋代士大夫们的思想和言行。理学家的主张虽各如其面,但同讲"天道",同论"本心",教人"正心诚意"、"穷理尽性"、成贤作圣,达到人格的自我完善这一目标却是一致的。臻于此境界的途径便是"存天理,灭人欲"。"天理"也就是"道心";"人欲",指情欲、物欲、功利之欲、耳目感官之欲,人欲也就是"人心"。而存天理,灭人欲,就是通过内在心灵自觉来约束、控制人的本能欲望而达到士人们所追求的人格精神。天理、人欲之辨就成了理学的重要内容。

朱熹认为"天理"与"人欲"截然相悖、互为水火:"人之一心,天理存,则人欲亡;人欲胜,则天理灭。未有天理人欲夹杂者。"①这样一来,如何处理情与理的冲突就成为理学面对的焦点问题。正是从这个意义上,理学家们与老庄、墨家一样否定表达情欲的文学艺术的价值。只不过与老庄、墨家否定文学的出发点不同②,宋明理学是从建构精神文化价值的立场来崇性理而抑文艺的。理学家们推认"敬以直内"的人生态度和修养方法,热衷于心性的自我锤炼和自我提升,希望借此达到"反身而诚,乐莫大焉"的境界。因此,他们认为作文害道、作诗用功甚妨事③,认为吟咏诗文会玩物丧志,有损于内圣境界的塑造。比如程颐就认为"以博闻强记、巧文丽辞为工。荣华其言,鲜有至于道者"④。

在理学家眼里,正统文学运命尚且如此,天生就与情、欲相亲,与理、道相悖,有"隐私文学"之称的词的地位自然就可想而知了。词因其"艳丽放浪、迷痼沉溺","怨月恨花、嫦红偎翠"而被理学家们斥为坏人心术的淫哇郑声。填词无异于"劝淫",而欣赏词也就是在消受情欲,二者都是"德不足"的表现。因此,词遭到道学家们不遗余力地攻击。比如王柏《雅歌序》说:"予尝谓郑卫之音,《二南》之罪人也;后世之乐府,又郑卫之罪人也。凡今词家所称脍炙人口者,则皆导淫之罪魁耳,而可一寓之于目乎!"其轻视词体、鄙视词体、排斥词体的态度堪为典型。

由上面的论述,我们可以知道,"文德致治"、"与士大夫共治天下"、"以儒立国"的政治构架使儒道的载体文人士大夫进入了一个光辉灿烂的隆盛时代。但是,同时也使北宋的文人士大夫面临着前所未有的矛盾处境:统治者给士大夫歌舞狎妓以制度的保证和经济的支持,却又极力提倡忠孝节义,推崇道德修养;一方面君臣以填词为尚,另一方面又从意识形态方面对之进行贬斥;一方面生活上鼓励放荡,另一方面又从思想上严格约束。那么,这样的一种社

---

① 《朱子语类》卷十三,《文渊阁四库全书》子部一,儒家类。

② 李春青师指出:在中国思想史上,明确否定文学艺术价值的大致有三派,一是老庄之学,二是墨家学派,三是宋明理学。墨家以极端功利主义态度看待文学艺术,以其无实用价值,故予以否定。老庄之学从文化虚无主义立场出发,反对一切人为的精神文化,文学艺术亦在其中。

③ (宋)程颢、程颐:《二程遗书》卷十八,上海古籍出版社 2000 年版,第 291 页。

④ (元)脱脱:《宋史·程颐传》,中华书局 1977 年版,第 12719 页。

会氛围和政治场域型塑了士大夫怎样的习性? 士大夫的习性又如何作用于文学场域呢? 这是我们下节要回答的问题。

第二节　士大夫习性:双重角色·双重话语·双重价值

　　怀特在《文化科学》中说:"每个人都降生在一个先他而存在的文化环境之中,这一文化自其诞生之日起便支配着他,并随着他成长和成熟的过程,赋予他以语言、习俗、信仰和工具。"①其中,特定的"文化环境",就是布迪厄所说的场域,而"语言、习俗、信仰"就是布迪厄所说的习性。在布迪厄看来,场域不是一个"冰凉凉的"小世界,场域型塑着惯习,惯习构成了某个场域。布迪厄认为,客观性的场域和主观性的惯习之间是密不可分的:第一,场域和习性是共生的。布迪厄认为,场域不是一个实体,而是一种社会空间,但这个空间并不是青冥浩荡不见底的东西,而是由实实在在的习性填满。也就是说,客观性的场域和主观性的惯习不是两条永不相交的平行线,而是一种相互涵涉的双重存在。场域是具有惯习的场域,没有惯习的场域是不存在的;惯习是场域的惯习,脱离场域的惯习也是不存在的。因此,布迪厄认为,要同时考虑外在性的内在化和内在性的外在化的双重过程,"社会现实是双重存在的,既在事物中,也在心智中;既在场域中,也在惯习中;既在行动者之外,又在行动者之内"②。在考量行动者的实践行为时,既要重视该场域的客观结构,又要关注该场域的惯习。第二,在同一个场域内部,惯习与产生它的场域之间基本上是"吻合的关系"。一般说来,在一个场域内部,场域与惯习之间存在"本体论的对应关系"(ontological correspondence)。第三,场域和习性是相互制约(conditioning)、相互作用的。场域是一种社会结构,惯习是一种心智结构。一方面,场域型塑着惯习,惯习构成了某个场域;另一方面,习性是场域赖以发生

① 　[美]L. A 怀特:《文化科学》,山东人民出版社1988年版,第162页。
② 　[法]皮埃尔·布迪厄、[美]华康德:《实践与反思:反思社会学导引》,李猛、李康译,中央编译出版社2004年版,第172页。

功效的条件,同时,习性也是场域作用的一个结果。第四,场域与惯习之间不是简单的"决定"与"被决定"的关系,而是一种通过"实践"为中介的"生成"或"建构"的动态关系。布迪厄强调:"惯习这个概念,揭示的是社会行动者既不是受外在因素决定的一个个物质粒子,也不是只受内在理性引导的一些微小的单子(monad),实施某种按照完美理性设想的内在行动纲领。社会行动者是历史的产物,这个历史是整个社会场域的历史,是特定子场域中某个生活道路中积累经验的历史。"①所以,场域与惯习之间不是简单的"决定"与"被决定"的关系,"性情倾向在实践中获得,又持续不断地旨在发挥各种实践作用;不断地被结构形塑而成,又不断地处在结构生成过程之中。"②第五,此场域的惯习与彼场域之间存在着"不吻合"现象。布迪厄认为,一个社会是由许多亚场域(subfield)构成的,不同的亚场域之间具有相对独立性;不同的亚场域具有不同的惯习,各种亚场域的惯习之间是难以通约的。把在此场域形成的惯习简单地"移植"到彼场域去必然会造成"水土不服",产生各种"不合拍"现象。

场域和惯习的关系体现了社会与个体、主观和客观的辩证关系。场域从外部规定和结构行为,惯习在个体内部生成实践。人们生活在场域中,就是生活在关系中,只有从关系的角度才能把握一个人在场域结构中的准确位置,也才能理解一个人在场域中的各种行动、策略。以此观之,北宋特殊的历史语境(场域)塑造了士大夫的习性,而这种习性决定着士大夫词创作的书写实践和价值取向。因此,本节我们要搞清楚的是在北宋这个特殊的历史语境下士大夫的习性,他们从历史中继承了什么,他们生活的时代又赋予了他们哪些新的质素,是什么样的习性决定了他们填词时做这样的而不是另外的选择。

一、士大夫的双重角色

在社会心理学中,人格被定义为是个体在与环境的交互作用过程中形成

---

① [法]皮埃尔·布迪厄、[美]华康德:《实践与反思:反思社会学导引》,李猛、李康译,中央编译出版社2004年版,第181页。

② [法]皮埃尔·布迪厄、[美]华康德:《实践与反思:反思社会学导引》,李猛、李康译,中央编译出版社,2004年版,第165页。布迪厄对有些人用"结构产生惯习,惯习决定实践,实践再产生结构"的公式化语言归纳他的学说特征很不满意,认为这种"极端决定论"的理解是对他的理论的曲解。

的一种内在的独特的身心组织，通过个体的心理行为表现出来。社会角色被定义为是与个体的社会地位相一致的一整套行为模式，是社会对处于某种特定社会地位的人们的行为期待。个体社会角色的获得与人格的塑造是在同一过程——个体的社会化过程中实现的。一方面，作为个体内在身心结构的人格，总是要通过某种途径表现于外，而不同的社会角色也为个体全方位、多角度地展现自身人格提供了现实的渠道；另一方面，社会角色决定了个体人格的现实样态。个体选择某种社会角色的同时，也就是选择承担某种社会角色的期待，接受该角色的社会行为约束。① 那么，搞清楚北宋士大夫角色的特质也就很容易弄清士大夫的人格结构了。

---

① 但是在实际使用中，角色这个概念又常常被人们和身份混为一谈。角色英文为 Role，而身份为 identity，据目前的中文译介又有"同一性"、"统合"、"认同"等译法。那么二者的区别何在？先说角色。在社会心理学中，社会角色是指个体在现实社会关系和生活环境中所处的地位、身份，规定的这个个体应该具有的心理和行为，意即由人们的社会地位决定的行为模式。如家庭中的父亲角色、丈夫角色，工作中的领导和下属都是不同的角色。所有的社会角色都不是自己或他人随便来认定的，而是由客观社会及其相应的文化所赋予的。角色包括三种含义：一是有一套特定的社会行为模式；二是体现在群体生活和社会关系中所特有的位置和身份；三是角色个体实现社会规定的权利和义务的行为规范。此外，多种角色可以集中在一个人身上，如一个人同时承担着母亲、医生、主任、工会会员、兼职教授等多种角色。在此意义上说角色具有不确定性和变异性，强调的是社会性的一维。社会角色一般不会发生混同，如果发生那就叫角色刻板（角色固执），比如在单位做领导的人在家里同样发号施令。再看身份。加拿大哲学家泰勒在《自我的起源——现代认同的形成》中指出：身份经常同时被人们用这样的句子表达：我是谁？知道我是谁就是了解我立于何处。它主要是指人对自我身份的确认，如何回答这个问题，意味着一种对我们来说是最为重要的东西的理解，并由此而引申出社会认同、性别认同、文化认同、认同危机等衍生概念。我的认同是由承诺和自我确认所规定的，这些承诺和自我确认提供一种框架和视界，在这种框架和视界之中我能够在各种情景中尝试决定什么是善的，或有价值的，或应当做的，或者我支持或反对的。换言之，它是这样一种视界，在其中，我能够采取一种立场。福克玛、蚁布斯夫妇的著作《文学研究与文化参与》指出身份的复杂性与多重性：一个人身份在某种程度上是由社会群体或是一个人归属或希望归属的那个群体的陈规所构成的。一个人可以属于不止一个群体，而且一般来说都是如此。……从心理学上说，存在一个时而激活此一种时而激活彼一种的对群体的忠诚或身份的自我。个人身份就是由他或她的生理条件和智力以及由社会群体或是一个人归属或希望归属的那个群体的成规所构成的。既然在不同的环境下必须要激活不同群体的成规，那么当一个人由追随一个群体而转向另一个时，他的身份看来会发生很多变化。在一个异质文化激烈冲突的时代里，个体在与各种文传统的对立、冲撞中最容易产生身份认同的危机，甚至会出现一个群体内部的认同的分裂。总之，角色强调的是自身与外部世界的关系，而身份更强调的一种内在的体验性，是自身与自身的和解。

中国士大夫是一个"专事承担精神文化赓续发展责任的社会阶层"①。《辞源》为"士大夫"这一语词提供的解释中包含这样两个义项:"居官有职位的人"及"文人"。"士大夫"既是"居官者",又是"文人"。对士大夫所拥有的这种双重角色,任何初通中国历史的人都不会感到陌生,但是,只有在"他者"的目光中,我们才会对自己民族习焉不察的文化因子有一种"陌生化"的新鲜感觉。日本学者吉川幸次郎说:

> 在一般的时代里文学被认为是人类生活的必须部分。至少,知识人是把参与文学活动——不只是作为读者参与,而是作为作者参与——作为其必须的资格与任务的。不过还有并行的条件。作为取得知识人的资格的任务,同时还要求参与政治,参与哲学活动;参与文学创作这两者相并列,是三位一体的要求。三者中即使少一项,也不能算是知识人。
>
> 一般说来,任何形式的官吏经历都没有的文学者是稀少的……仅仅作为文学专门家的人是不存在的,这是社会的体制,即使存在少数几个,也不受尊敬。换言之,文学创作不是特殊的职业,而是普遍必须的教养。②

在英语中,"士大夫"一词的译法有 scholar-official(学者、官员)、scholar-bureaucrat(学者、官僚)、literati and officialdom(文人、官员)等。我们看到,英语中需要用两个词才能较好地表达中文中"士大夫"这一个词的意义,仅仅"官员"或"官僚"一个词不足以传达其整体内涵。这也提示我们,一个具有双重角色的"士大夫"可能是中国古代社会的"特产"。

美国学者赖文逊对中国的士大夫还有一个很有趣的称呼:amateur。此词的原义兼指业余爱好者以及外行,与专业人员或专家意义相对。他说:

---

① 赵士林:《心学与美学》,中国社会科学出版社1992年版,第140页。
② [日]吉川幸次郎:《中国诗史》,章培恒译,复旦大学出版社2001年版,第3—4页。

如同八股文的极端美文主义所显示的那样,中国的官员在履行官务上是 amateur,这一情况到明代较此前更甚。他们受过学院式教育,(绝大多数)经过书面考试,但却没有受过直接的职业训练。……学者的人文修养,是一种与官员任务略不相及的学问,但它却赋予了学者以承担政务的资格,这种学问的重要意义并不在于需要技术效率之官员职能的履行方面(在此他倒颇有些妨碍),而在于为这些职能提供文化粉饰方面。①

随后,赖文逊为中国的士大夫写了如下评语:

在政务之余他们是 amateur,因为他们所修习的是艺术。而其对艺术本身的爱好也是 amateur 式的,因为他们的职业是政务。他们的人文修养中的职业意义,就在于它不具有任何专门化的职业意义。②

换句话说,古代社会体制下,"中文系"的"毕业生"全部去搞"行政管理"了。这种"所习非所用"的现象之普遍和持久自然引起了这位生活于西方现代社会的学者的特别注意。

外国学者对士大夫之双重角色的敏感,具有两方面的意义:首先这既涉及中外差异又涉及古今差异:许多民族历史上没有出现过类似的阶层;现代社会知识分子和职业官僚的角色已经专门化了。因此,中国古代士大夫的"一身二任"制度赋予了其功能的混融性和角色弥散性。韦伯对中国士大大的论断更是众所周知的:

中国缺少专家政治,士大夫基本上是受过古老文学教育的一个有功名的人;但他丝毫没有受过行政训练,根本不懂法律,但却是写

____

① 阎步克:《士大夫政治演生史稿》,北京大学出版社 1996 年版,第5—6页。
② 阎步克:《士大夫政治演生史稿》,北京大学出版社 1996 年版,第6页。

文章的好手,懂八股,擅长古文,并能诠释讲解。在政治服务方面,他不具有任何重要性。……拥有这样官吏的一个国家和西方国家多少有些两样的。

韦伯因此匠心独运地偷换《论语·为政》中"君子不器"的表达来概括士大夫之"非专家特质"。①

但是,将士大夫视为文人与官僚的结合,是个极其简单的说法。"官员"和"文人"这二者实际上是有机地融合在一起的,士大夫不仅涉身于纯粹行政事务和纯粹文化活动,他们还是儒家正统意识形态的承担者。李春青师在其著《诗与意识形态》中提出了一个"社会中间人"的说法,精辟独到。他认为,在中国古代两千多年的历史长河中,儒家之所以能够成为唯一获得话语霸权的思想系统,是统治者与被统治者"双向选择"的结果。儒学能够战胜道、法、墨等思想传统,成为国家意识形态有它历史的必然性。在一个存在着统治与被统治两种力量的社会共同体中,完全站在任何一方的思想系统都会引起社会矛盾的激化而不利于共同体的长期存在,都无法成为这个共同体的整体意识形态。一种主流的意识形态的作用应该是能够将双方的利益整合为共同体的整体利益,意识形态要起到这种作用必须在维护统治合法性的前提下尽量照顾社会各阶层的利益,这样,它就要扮演双重角色:向上规范君权,向下泄导人情。而只有儒家能够扮演共同体双方的导师和教育者的身份,扮演"中间人"和"调解员"的角色。这样一来,古代的士人阶层作为儒家意识形态的建构者,也就理所当然地成了社会"中间人"的承担主体。他们既是文化的传承者,又担负着道继天下之重,为往圣继绝学,为万世开太平的社会责任;他们对上要主文而谲谏,对下要做榜样和典范。这样,士大夫虽然身兼文人和官僚两种身份,但是他们被百姓认可的社会角色是官吏,对于广大士大夫文人来说,要在政坛立足,就要在社会公众场合维持着自己作为朝廷命官与孔孟之徒的形象,其核心规范便是"内圣外王之道":内足以资修养,外足以资经世;要政绩卓著、重义轻利;要"孝友忠信,恭俭正直,居处有法,动作有礼",要有深湛

---

① 阎步克:《士大夫政治演生史稿》,北京大学出版社1996年版,第6—11页。

的儒学教养和完美的人格风范。一旦他们进入仕途,就必须忘记自己的文人角色。自觉按照这个身份成规①进行"印象整饰"②,以符合社会的期待。"士人学子们在思考自我的时候所考虑的不是自己'是'一个什么样的人,而是自己应该'做'一个什么样的人。是一个人就是面对自己,以自己的本来面目出现在世人面前;而做一个人是为了获得别人的好评去'做'出好的行为举止。这样,在封建士大夫身上'是'一个人与'做'一个人是相背离的。在他们看来'做'一个人比'是'一个人更重要,他们不是根据自己的需要,自己的意愿去说、去做,而是根据社会所规定的尺度、根据他人可能作出的评价去说去做。"③也就是说,士大夫身兼文人和仕人双重角色,文学写作虽然是一种非职业性的工作,但是却是一种普遍的修养。"参与政治者必然应该参与文学活动;参与文学活动者应该参与政治,至少应具有参与政治的欲望。"④这样,文人士大夫在进行词的创作的时候,就必然要处理文人的翰墨风流和"名教中人"和"礼法中人"之间的张力。

---

①　成规在社会心理学中又叫刻板印象或定型。人们通过自己的经验形成对某类人或某类事较为固定的看法叫刻板印象。这是社会知觉中表示凝固性与偏向性的概念。如果刻板印象是针对某一群体成员则称定型。对某一群体成员特征的认知,带有价值倾向的概括化印象即是定型。刻板印象与定型的积极作用是使社会知觉过程简化。其消极作用是容易形成偏见。在有限经验基础上形成的定型往往具有负面性质,会对某些群体的成员产生偏见,甚至歧视。

②　印象整饰是社会心理学的一个术语,亦称印象管理,即个体以一定方式去影响他人对自己的印象。个体进行自我形象的控制,通过一定的方法去影响别人对自己的印象,使他人印象符合个体期待。印象整饰与印象形成的区别是,印象形成对认知者来说是信息输入,是形成对他人的印象;而印象整饰是信息输出,是对他人印象形成施加影响。印象整饰是个体适应社会生活的一种方式。在现实生活中,在不同的情境,每一个体都承担着许多不同的社会角色。而在每一种情境中,个体要为他人、公众与社会所接受,其行为必须符合社会期待。为了更好地适应,个体要实施有效的社会整饰。印象整饰的策略包括:按社会常模或以对方的好恶整饰自己。隐藏自我;个体的真实自我也许不受公众或者他人的欢迎,为使他人对自己产生良好的印象,形成良好的人际关系,个体常常把真实的自我隐藏起来,好比戴上一副面具;按社会期待整饰自己,使自己的行为符合角色的社会规范、投人所好:个体为了得到他人的好评,形成良好印象,往往投其所好,采取自我暴露,附和、谄媚、施惠等手段。

③　冯必扬、孙霞:《士思维》,上海人民出版社1991年版,第10页。

④　[日]吉川幸次郎:《中国诗史》,章培恒译,复旦大学出版社2001年版,第4页。

（五代）顾闳中·韩熙载夜宴图卷

二、双重话语

人作为一个复杂的社会存在,必然又包括两个自我:一个是自然天性的自我,一个是社会理性的自我。李春青先生认为:

> 宋代士人的主体精神具有三方面的价值维度:一是寻求人生存在的最高价值依据,即探索人何以为人、如何为人的问题;二是关心世事,力求凭自己的努力来重新安排社会秩序;三是对个体生命价值的高度重视,向往着心灵自由的境界。①

这种复合型的人格结构也就决定了其在政治生活和政事以外的日常生活两人不同活动领域里的不同的价值取向。对于宋代的士大夫来说,他们能够将这三者的关系做较为通脱的处理。我们看到:"有笔头千字,胸中万卷,致君尧舜,此事何难",反映出宋代士人人格观念中"官僚"和"学者"的一面;"为向青楼寻旧事,花枝缺处余名字",又恰好反映了宋代士人人格观念中"才子"的一面。例如,我们在《宋史》中看到一批又一批的宋代文臣们慷慨激昂地发表政见,而读着诸如《岳阳楼记》(范仲淹)、《朋党论》(欧阳修)、《谏院题名记》(司马光)等散文和《河北民》(王安石)、《荔枝叹》(苏轼)、《金错刀行》、《关山月》(陆游)等诗篇,我们又看到了他们在诗苑文坛上也相当认真地扮演着作为关心政治与民瘼的士大夫文人之社会角色;而在日常生活中,个性主体又可以自由追求生命欲望的满足。沈松勤在《宋代文学主体论纲》一文中指出:"文人士大夫既'持国是,规君过,述民情,达时变',体现出传统儒学所倡导的群体主体的社会责任感和历史使命感,明显具有崇高或高雅的一面;追求个性主体的生命欲望的满足,明显具有平民化和世俗化的一面。唐宋文学首先在庶族知识分子与生俱来的雅俗两极的主体性纬度上获得了生存和发展的空间。"其最具有代表性的外化形态是词,出现在艳情词中的文人形象实已和活跃在社会公众场合的官僚、学者形象产生了巨大的反差。这两种情感

---

① 李春青:《宋学与宋代文学观念》,北京师范大学出版社 2001 年版,第30页。

作为宋代文学主体的双重性格的体现,统一在作为庶族知识分子固有的雅俗两极的文化性格之中。换句话说,在宋代,词的繁荣本身就表明怜香惜玉、风花雪月的私人话语获得了某种程度的合法性。

这样,士人阶层的文化产品就主要分为两大方面:一是主流意识形态话语,基本上以向上之"美刺"与向下之"教化"为主要内容;二是私人话语,表现为自家心灵之呈露,不负载任何外在的责任与义务。诗文创作自先秦以降始终处于这两种价值倾向的争夺之中,时而偏向"治教政令",时而偏向"吟咏情性"。① 吴世昌《唐宋词概说》说:许多人奇怪,为甚么宋诗中几乎没有爱情诗? 为甚么宋诗中没有形象思维? 这理由也就在眼前:原来宋代的"诗神"把爱情诗委托"词神"去主管。在诗神的王国里,大家只是发牢骚、讲道理、谈学问、咏史事,乃至叹老嗟贫,描写风景,却不许谈情说爱、描写女性美或相思之苦。也就是说,在宋代的文学场域中,诗和词有着明确的分工,诗文这样正统的文学样式担负着"治教政令"、"世道人心"的重任;而词来表达在诗文中不宜表达的情绪与意念。换言之,诗文中所表达的是主流话语、通行话语,而词中表达的乃是私人话语。

三、双重价值

宋代文人具有"一种能够将现实关怀与个体精神享受融为一体的新型文化人格"②,声色之好与他们的品节道德、理想责任并不互相冲突。他们既关注个体的社会政治价值,又重视个体的精神享受;他们一面肩负着神圣的道德责任,一面又流连歌舞、寄情声色,追求内在的情感满足;他们在朝堂之上是官僚政客,在朝堂之外则是风流文人;他们"早食可凛然谈经史节义及政事设施,晚集则命妓劝饮,尽饮而罢"。

一方面,随着科举取士取向的变化与最高统治者"以儒立国"、"右文"政策的推行,与前代相比,大批出身贫寒、门第卑微的知识分子得以成为官僚队伍的主体,士大夫现实境遇及社会地位得到很大的改变。这直接刺激了他们

---

① 李春青:《宋学与宋代文学观念》,北京师范大学出版社 2001 年版,第 281 页。
② 李春青:《宋学与宋代文学观念》,北京师范大学出版社 2001 年版,第 276 页。

经帮济世、舍身保国的热情。钱穆先生尝论宋代士人这种进取精神曰:

　　宋朝的时代,在太平景况下,一天一天的严重,而一种自觉的精神,亦终于在士大夫社会中渐渐萌出。所谓"自觉精神"者,正是那辈读书人渐渐自己从内心深处涌现出一种感觉,觉到他们应该起来担负着天下的重任(并不是望进士及第和作官)。范仲淹为秀才时,便以天下为己任。他提出两句最有名的口号来,说:"士当先天下之忧而忧,后天下之乐而乐。"这是那时士大夫社会中一种自觉精神之最好的榜样。①

　　范仲淹之后,重操守、尚志节、自我约束、守义不牵,渐渐成为一种普遍的精神风尚。北宋大多数名儒巨公,为人为政都表现出严格的道德自律精神。同时,他们又身体力行,"言政教之渊流,议风俗之厚薄,陈圣贤之事业,论文武之得失"②,他们可以抵制、拒不执行皇帝的命令,可以干涉皇帝家事。宋真宗曾遣使持手诏来见宰相李沆,欲封刘氏为贵妃。李沆竟当着使者的而将手诏焚烧,并让使者传话:"但道臣以为不可!"③真宗终是无可奈何。

　　宋太祖曾迷惑于一女色,在群臣批评后决意摆脱,竟借该女熟睡之际亲手杀之。韩琦在审阅《二朝圣政录》时发现此事,大为不满:"此岂可为后世法!己溺之,乃恶其溺而杀之,彼何罪? 使其复有嬖,将不胜其杀矣!"遂删去。(《韩忠献公遗事》)。

　　据《邵氏闻见录》载:

　　伯温尝得老僧海妙者言:仁宗朝,因赴内道场,夜闻乐声,久出云霄间。帝忽来临观,久之,顾谓左右曰:"众僧各赐紫罗一疋。"僧致谢,帝曰:"来日出东华门,以罗置怀中,勿令人见,恐台谏有文字

---

① 钱穆:《国史大纲》,商务印书馆 1996 年版,第 558 页。
② (宋)范仲淹:《范文正公集》卷七,《奏上时务书》,商务印书馆 1937 年版,第 101 页。
③ (元)脱脱:《宋史》卷二八二,《李沆传》,中华书局 1977 年版,第 9538 页。

论列。"

又如史籍载,程颐为经筵侍讲时:

> 一日讲罢未退,上(按宋哲宗)折柳枝,先生(按:程颐)进曰:"方春发生,不可无故摧折。"讲书有"容"字,哲宗藩邸嫌名,中人以黄绫覆之。讲毕,进言曰:"人主之势,不患不尊,患臣下尊之过甚,而骄心生尔,此皆近习养成之,不可以不戒,请自今旧名、嫌名皆勿复避。"①

在北宋,士大夫不仅继承并高扬了先秦士人那种以道自任、胸怀天下和为帝王师的主体精神,而且一改唐末五代以来文士"恬然以苟生为得"②的积弊,开启了奋励敢言、"矫厉尚风节"的议政之风,体现出一种积极有为的士人风貌。

另一方面,由于宋代官员大多出身贫寒,他们自然也会把"功名"和"富贵"联系在一起,希望政事之余能够享受荣华富贵及舒心适意的生活。沈括《梦溪笔谈》记载:

> 晏殊因为是时贫甚,不能出,独家居与昆弟讲习。一日选东宫官,忽自中批除晏殊。执政莫谕所因,次日进覆,上谕之曰:"近闻馆……臣若有钱,亦须往,但无钱不能出耳。上益嘉其诚实,知事君体,眷注日深。仁宗朝,卒至大用。"③

而晏殊获选东宫官后知南京时,也带领幕客王琪、张元和"诸妓"泛舟湖中(孔平仲:《说苑》)。《钱氏和志》载:

---

① 见(明)黄宗羲:《宋元学案》卷十五,《伊川学案上》,中华书局1986年版,第590页。
② (宋)欧阳修:《新五代史》,《死事传序》,中华书局1999年版,第235页。
③ (宋)沈括:《梦溪笔谈》卷九,北京燕山出版社2001年版,第179页。

宋庠在政府,上元夜在书院读《周易》,闻小宋点花灯拥歌伎醉饮。翌日谕所亲令俏让云:"相公寄语学士,闻昨夜烧灯夜宴,穷极奢侈,不知记得某年上元同在某州州学内吃斋煮饭饭时否?"学士笑曰:"却须寄语相公不知某年同某处吃斋煮饭是为底甚?"①

宋庠一句苦读"为底甚"赤裸裸地揭示了士人读书为官的目的。薛砺若曾把宋代的社会意识总结为"现实的享乐思想"和"女性的沉湎"②是非常准确的。据宋范敏正《遁斋闲录》载:

浦传正知杭州,有术士请谒,盖年逾九十而有婴儿之色。传正接之甚欢,因访以长年之术。答曰:"某术甚简而易行也,他无所忌,唯当绝女色欲也。"传正俯思良久曰:"若然,则寿虽千岁,何益?"

浦传正的话再一次印证了薛砺若的观点,同时也道出了宋代文人的享乐意识、性爱意识的觉醒。李春青师总结道:

宋代士人既承担了士人阶层已经承担了千百年的历史责任,又充分享受了作为知识分子所应具有的精神生活之乐趣;既尽到了自己对君主、对苍生的义务,又对得起作为个体生命存在的自己;既承担了一体化国家意识形态的建构,又创造了生动活泼的个体精神乌托邦。他们平和闲适、从容不迫,立朝为官则刚正切直、义正词严,退而还家则温文尔雅、潇洒风流。是传承了上千年的精神文化以及可遇不可求的历史情境使宋代士人得以成就如此丰富的人格结构与精神世界。他们可以说是比较全面发展的人,比较完整的人。③

① (清)潘永因:《宋稗类钞》,刘卓英校,书目文献出版社1985年版,第152页。
② 薛砺若:《宋词通论》,上海书店1985年版,第27页。
③ 参见李春青《宋学与宋代文学观念》,北京师范大学出版社2001年版,第30页。

可是,话又说回来,道德自觉自律本身意味着舍彼而就此的价值选择,而这种选择往往与人的本能要求相背反,这必然是宋代士人面临的又一组难题。这组难题在文学领域的表征就是如何看待传道补世的诗文与缀风弄月的歌词,而当他们参与到词的创作中时,又应该采取一种什么样的审美价值取向的问题。回答这些问题,我们又要搞清楚文学场的逻辑。

第三节 北宋文学场:区隔·趣味·规则

宋代市民文学的兴起导致了适合市民阶层欣赏口味的文学样式的兴盛,作为宋代一代之文学的词也在文化舞台上扮演了越来越重要的角色。但是,一方面,在文学的等级秩序中,与正统的诗文相比,词品厥卑;另一方面,同为"男子作闺音"的柔婉之作,却引起了贯穿整个宋代的"雅俗之辨",也就是说,在遵循同样的"创作规则"的情况下,却引出了一场旷日持久的"窝里斗":词品的高雅/尘俗之争;思想内涵和文化意蕴的深厚/浅薄之分。就如王国维在《人间词话》中指出的,同是写闺情,清真和晏欧游相比,却有娼妓和淑女之别。

一、"其次有立言":文化场的逻辑

《左传·襄公二十四年》春秋时鲁大夫叔孙豹说:"豹闻之,太上有立德,其次有立功,其次有立言,虽久不废,此之谓不朽。"叔孙豹的"三不朽"说成为中国历代士人尊崇的人生价值秩序。这三不朽中,立德最高,其次立功,最后立言。这种等级安排在古代宗法社会是非常自然的。而对"立言"而言,统治者也制定了一套文化的等级秩序,在此秩序中,文学是叨陪末座的,文学的地位不仅低于哲学,还低于史学。① 而这个"座次表"的实质是将政治权力不动声色地转化为符号权力。"强加各种现实建构原则的特定符号权力——在特

---

① 著名史学家郑樵也极力澄清文学家与史学家的界限,他说:"修书自是一家,作文自是一家;修书之人必能文,能文之人未必能修书。若之何后世皆以文人修书?"转引自钱锺书:《管锥编》第四册,中华书局 1979 年版,第 1275 页。

定的社会现实中——就是政治权力的一个主要向度。"①什么是符号权力呢?
布迪厄论述道:"符号权力是通过言语构建给定事物的能力;是使人们视而可
见和闻而可信的权力;是确定或者改变对于世界的视界,因而确定或改变了对
于世界的行动乃至于世界自身的权力;是一种几乎是魔术的权力,借助于特殊
动员手段,它可以使人获得那种只有通过强力(无论这种强力是身体的还是
经济的)才可以获得的东西的等价物。作为上述权力,它只有被认同的时候,
也就是说,作为任意性被误识的时候,才能发生功效。"②质言之,布迪厄认为
权力介入文化场域是通过符号暴力来实现的,具有类似于意识形态的效果,被
社会成员信奉为天然如此。这样的一套符号秩序在历代不断地得到生产与再
生产之后,就变得合法化,普遍化、自然化了。

宋代强焕在《片玉词序》代表了宋人对待文学的普遍心态:

> 文章政事,初非两途。学之优者,发而为政,必有可观;政有其
> 眼,则游艺于咏歌者,必其才有余辩者也。③

文学的地位如此,文人的地位自然可想而知。王充在《论衡》中描述了世
儒和文儒地位差异:

> 著作者为文儒,说经者为世儒,二儒在世,未知何者为优? 或曰:
> 文儒不如世儒。世儒说圣人之经,解贤者之传,义理广博,无不实见,
> 故在官常位,位最尊者为博士,门徒聚众,招会千里,身虽死亡,学传
> 于后。文儒为华淫之说,于世无补,故无常官,弟子门徒,不讲宜人,
> 身死之后,莫有绍传,此其所以不如世儒者也。④

---

① [法]皮埃尔·布迪厄、[美]华康德:《实践与反思:反思社会学导引》,李猛、李康译,中
央编译出版社 2004 年版,第 87 页。
② 转引自朱国华《符号暴力与性别统治》,《社会理论论丛》第二辑,南京大学出版社 2004
年版。
③ 转引自吴则虞校点《清真集》,中华书局 1981 年版,第 118 页。
④ (汉)王充:《论衡》,《诸子集成》第七册,上海书店 1991 年版,第 274 页。

宋人陆文圭的《秋夜》诗恰好给文人的命运做了个注脚："六十无官职,诗书有弟兄。雕虫真末技,潦倒负平生。"

"纯"文人不仅地位卑微,与功名富贵无缘,而且文人习气也往往为大雅君子所不齿。曹丕说:"观古今文人,类不护细行,鲜能以名节自立。"(《全三国文》卷七,曹丕《与吴质书》)杨遵彦说:"古今辞人,皆负才遗行,浇薄险忌。"①宋人刘挚教育子孙要"先行实,后文艺。"常常对子女说:"士当以器识为先。一号为文人,无足观矣。"②清人陆蓥的《问花楼词话》更是对文人进行无情的攻击:

> 文人轻薄,动以文字为戏。其流也,揭帖构污,艳词宣秽,词曲一道,风雅扫地矣。……他如山谷绮语,被呵于老僧。元相梦游,含酸于末路。大雅君子,所当切鉴者矣。

再看历代文人如何看待文学的价值:扬雄悔其少作,认为那是自己少不更事时的"雕虫篆刻";曹植在《与杨德祖书》中表达了自己"辞赋小道,固未足以揄扬大义,彰示来世也"的价值观;《宋书·范晔传》载范晔"常耻作文士",又说自己"无意于文名";欧阳修采取的策略更典型:"学者求见,所与言,未尝及文章,惟谈吏事,谓文章止于润身,政事可以及物。"③统治阶级借用政治权力所建构的这一套符号秩序已被文人们无条件接受,内化成自身习性的一部分。铺观各代,论调如出一辙。

二、不关风化体,纵好也徒然:文学场的逻辑

文学场是布迪厄文学理论的一个关键词。布迪厄认为,文学实践从来不

---

① (北齐)魏收:《魏书·温子升传》,中华书局 1974 年版,第 1876 页。

② (元)脱脱:《宋史·刘挚传》。有一种极端的说法认为文学家的人品之恶劣,与其写作本身的特点有本质上的联系:"有一朋友谓余曰:天下唯一种刻薄人,善作文字。后因阅《战国策》、《韩子》《吕氏春秋》,方悟此法。盖摹写物态,考核事情,几于文致、傅会、操切者之所为,非精密者不能到;使和缓、长厚,多可为之,则平凡矣。"转引自钱锺书:《管锥编》第四册,中华书局 1979 年版,第 1388 页。

③ (元)脱脱:《宋史·欧阳修传》,中华书局 1977 年版,第 10381 页。

隔绝于社会的政治权力运作、社会历史语境。在他看来以区隔的原则来把握政治权力对文学的影响显然同样是最为有力的途径之一。权力在文学场的作用方式是通过给符号产品和符号系统排座次的方式来实行的。就像我们上面论述的那样,采取一种比较温婉的方式,把权力符号代换为适合文学场内部规律的一套符号系统,规定了一些文学实践是合法的、主流的,而另外一些是非法的、边缘的;一些是趣味风格是高雅的,另外一些是粗俗的。同时,将这套文学的等级秩序借助不断的生产与再生产转换为文学家们习性的一部分,提供给他们一种"假记忆",即相信等级标准的天然合法性。"权力拥有者把符合自己利益的统治性话语冒充成普遍性话语,在文学家内部构建两种区隔:即对那些能够服从官方意识形态,能够将这些外部压力转化成一种自觉性追求,转化成自身的一种使命或责任的文学家授予一定的政治、经济或符号资本;同时将拒绝承担这种道义承诺的文学家打入另册,予以符号排除,使其处于丧失合法性的匿名状态,甚至诉诸国家暴力加以迫害。"①在中国古代,文化是有等级秩序的,文学被置于文化符号叙事的最底层。同时,在文学场内部结构又呈现一个差序系统。具备"通政教,察风俗"②的实用功能、"经夫妇、成孝敬、厚人伦、美教化、遗风俗"的载道劝惩功能;"主文而谲谏"(《诗大序》)的美刺功能的才可以称得上是正统文学。而词、戏曲、小说被裁定为一种低级形式的写作,遭到不同程度的符号排斥,而被视为异端文学或者边缘文学。按照这个逻辑,对于宋代而言,诗文可以淳化世风、雅正民心,上接乎六经、下附乎风骚,有补于世用,巩固和维护统治地位,因而被赋予符号权力,是主流文学;与载道言志的诗文相比,词是酒宴歌欢时娱乐游戏的产物,只是实现佐酒清欢、满足欣赏者的情色需要的功能,大都是"朝谒之暇,颇得自适"之作,"于不朽之业,最为小乘",因而是边缘文学。恰如布迪厄所言:"强加一个区隔的视域的权力,也就是说,使原本固有的社会区隔清晰可见的权力,乃是最重要的政治权力:

---

①　朱国华:《古典时代的政治权力与文学》,《天津社会科学》2003 年第 6 期。朱国华还认为,这两种文学之间的界限是非常模糊的,我们将要分析的实际上主要是前现代社会文学世界的两个想象的端点,因为不借助于这一理想化的理论模型,我们就无法有效地把握它们之间的关系。在此两端点之间,存在着广阔的过渡、交叉地带。

②　(宋)徐铉:《徐公文集》卷十八,《四部备要·集部·宋别集》。

它是制造集团的权力,是操纵社会的客观结构的权力。"①

三、男子作闺音:词的场域规则

作为一种倚声而作、合乐可歌的抒情文体,词在宋代繁荣是多种条件综合作用的结果。吴熊和指出:"许多事实表明,词在唐宋两代并非仅仅为文学现象而存在。词的产生不但需要燕乐风行这种具有时代特征的音乐环境,它同时还涉及当时的社会风习,人们的社交方式,以歌舞侑酒的歌伎制度,以及文人同乐工歌伎交往中的特殊心态等一系列问题。词的社交功能与娱乐功能,在相当长的时间内是同它的抒情功能相伴而行的。不妨说,词是在综合上述因素在内的历史背景下产生的一种文学——文化现象。"②

而词所以采取男子作闺音的方式,又带有先天的"被迫"的成分。宋人王炎《双溪诗余自序》中说:"予于诗文本不能工,而长短句不工尤甚,盖长短句宜歌不宜诵,非朱唇皓齿无以发要眇之音。……今为长短句者,字字言闺阃事,故语懦而意卑。"③王炎的意思是说,"朱唇皓齿"是对词的传播主体提出的特殊要求。北宋政和年间,李方叔曾就一老翁唱词作《品令》一首发表感慨:

> 唱歌须是玉人,檀口皓齿冰肤,意传心事,语娇声颤,字如贯珠。
> 老翁虽是解歌,无奈雪鬓霜须。大家且道,是伊模样,怎如念奴?

虽说是插科打诨的调笑之作,却也表明词要由女声演唱的要求。正如王灼说的"古人善歌得名,不择男女……今人独重女音,不复问能否"④。在宋代,从歌楼酒馆、瓦舍市井中的新声巧笑、按管调弦到雅致的达官贵人的家宴,演唱者都是清一色的女性。这就决定着词要以"妇人态"的绮艳柔婉为本色。

章学诚《文史通义·妇学》中有一段话为男子作闺音现象辩护:

---

① P. Bourdieu, *In Other Words*, Stanford: Stanford University, 1990, p. 138.
② 吴熊和:《唐宋词通论》,浙江古籍出版社1989年版,第466页。
③ 施蛰存:《词籍序跋萃编》,中国社会科学出版社1994年版,第302页。
④ 岳珍:《碧鸡漫志校正》,巴蜀书社2000年版,第26页。

　　盖自唐、宋以迄前明,国制不废女乐。公卿入直,则有翠袖熏炉;官司供张,每见红裙侑(陪侍)酒。梧桐金井,驿亭有秋感之缘;兰麝天香,曲江有春明之誓,见于纪载,盖亦详矣。又前朝虐政,凡缙绅籍没,波及妻孥,以致诗礼大家,多沦北里。其有妙兼色艺,慧擅声诗。都士大夫,从而酬唱,大抵情绵春草,思远秋枫,投赠类于交游,殷勤通于燕婉;诗情阔达,不复嫌疑,闺阁之篇,鼓钟阃外,其道固当然耳。……夫倾城名妓,屡接名流,酬答诗章,其命意也,兼具夫妻朋友,可谓善藉辞矣。而古人思君怀友,多托男女殷情。……名妓工诗,亦通古义,转以男女慕悦之实,托于诗人温厚之辞;故其遣言,雅而有则,真而不秽,流传千载,得耀简编,不能出人废也。

　　对于词场域的规则,即由于词的应歌功能和女音演唱的特点,决定了词要采取男子作闺音的方式,学界多有论述,恕不重复。这里,我们还要关注另外一个层面的问题。同为男子作闺音,又有雅与俗的二级区隔。

四、雅俗之辨:趣味的区隔

　　在中国古代审美文化中,雅与俗是一对重要的美学概念。《论语》有"雅乐"与"郑声"之分;宋玉《对楚王问》里有《阳春》、《白雪》与《下里》、《巴人》之别;唐人殷璠《河岳英灵集叙》有雅体、俗体之说。可以说,雅俗之辨是历代批评者审美意识与审美趣味所关注的一个核心。雅与俗的对立与嬗变贯穿着整个古代艺术史,经过了一个漫长的文化积淀过程,涵盖、辐射了所有文学艺术领域。审美趣味[①]的雅俗之争在宋代词坛得到了典型的反映。徐度在《却扫编》中说:

　　(柳)词虽极工致,然多杂以鄙语,故流俗人尤喜道之。其后欧、

---

　　① 布迪厄在《区隔》一书中也讨论到趣味的问题。他把趣味分为三类:合法趣味,主要是统治阶级所分享的具有支配地位的趣味;大众趣味,主要是被统治阶级所分享的居被支配地位的趣味;中等品位趣味,主要是介乎这两者之间的中产阶级的趣味。参见朱国华:《合法趣味、美学性情与阶级区隔》,《读书》2004 年第 7 期。

> 苏诸公继出,文格一变,至为歌词,体制高雅,柳氏之作,殆不复称于
> 文士之口,然流俗好之自若也。

也就是说,苏轼是雅词的代表,而柳永则是俗词的典型。苏轼代表的雅词的趣味就是合法的、高级的;柳永代表的俗词的趣味就是庸俗的、低级的。就像布迪厄所言:"文学价值的等级每一级都相当于精神生活的等级。"①按照布氏的观点,代表俗文化的市民阶层就是"一个文化素养比贵族文人低,社会见识比山野农民广的社会阶层。他们的生活环境,不是精巧雅致的书斋,也不是静穆寥远的山川田园,而是熙熙攘攘、风波丛生的都市生活。在这种生活中,招徕、竞争、炫耀、斗胜、哄笑、人头攒动、声嘶力竭,无所不有。在较快的生活节奏与情感节奏中,市民们无意于追求典雅的意境、浓郁而迷茫的诗情,无心于细细品味那种空灵、含蓄、主观性强烈的美学形态与艺术形式。他们所醉心的,是具有容量、具有情节的绵密的故事,是能直接地并情调热烈地满足感官享受的紧锣密鼓。"②而文人雅词表现闺情恰恰相反,他们认同的是一种符合伦理规范的"纯情"。布迪厄说道:

> 否定一般人低俗的、肉体的、依赖的乐趣,也就是否定自然的乐趣,这无非是为了显示一种与此有区别的优越趣味。对低级的、粗鄙的、庸俗的、腐化的、卑下的——一言以蔽之,自然的——快乐的否定,建构了文化的神圣空间(sphere),这一否定意味着确认某些人的优越性,这些人能够满足于永远将粗俗拒之门外的升华的、精致的、非功利的、无偿的、高贵的快感。这就是为什么艺术和文化消费总被预先安排好——且不论是否是有心和故意为之——要去实现让社会差异合法化的这种社会功能。

对于上层文人来讲,虽然他们也嗜好歌台舞榭、酒色歌舞的物质享受生

---

① [法]丹纳:《艺术哲学》,傅雷译,人民文学出版社1963年版,第358页。
② 冯天瑜、何晓明、周积明:《中华文化史》,上海人民出版社1990年版,第698页。

活,但他们对于民间词的鄙俚庸俗不屑一顾,而有意与之保持距离,划清界限。词原本的世俗特性只是提供给他们抒发闲情雅趣的机缘,他们在词中显露的是雅文化教养下的精神品格。① 布迪厄精辟地总结道:"趣味进行区分,并区分了区分者。社会主体由其所属的类别而被分类,因他们自己所制造的区隔区别了自身,如区别为美和丑、雅和俗;在这些区隔中,他们在客观区分之中所处的位置被明白表达或暗暗泄漏出来。"②

因此,在北宋的娱乐土壤上,就包含着民间与文人两个词坛。而在文人词内部,由于审美趣位的不同又分两类:文人俗词与文人雅词。③ 下面分别进行简单的阐述:

1. 民间俗词

民间俗词的创作是迎合妓馆酒楼茶肆的演唱需要而繁荣起来的,其作者多是处于社会底层的市民阶层,如谙熟曲调又了解市民需要的民间艺人、乐工、歌伎等。由于听众只是那些文化水平较低的市民,而"演员"也是审美趣味不高的下层歌伎,因此,这些俗词最明显的特点就是用语浅俗直露,毫无隐讳。如清人沈雄所说:"闺闱好语,吐属易尽,率露之多,秽亵随之矣。"(《古今词话》)对于民间俗词来说,只要词和曲调融合无间,其内容是否具有艺术性、趣味是否高雅,甚至语意是否通顺都可置之不顾。沈义父在《乐府指迷》说:

---

① 当然也有另外一些中下层文人则又表现为在雅俗之间的摇摆不定,或者趋雅而不避俗词,或者趋俗而偶为雅词。

② 转引自朱国华:《区隔:趣味判断的社会批判》"引言",《文化研究》2003 年第 4 辑。中央编译出版社,第 12 页。

③ 施蛰存在《词学名词释义》中对雅词概念做了较为详细的界定。《宋史·乐志》云:"政和三年,以大晟府乐插之教坊,颁于天下。其旧乐悉禁。"这是词从俗曲正式上升而为燕乐的时候,"雅词"这个名词,大约也正是成立于此时。王灼的《碧鸡漫志》云:"万俟咏初自编其集,分为两体,曰雅词,曰侧艳,总名曰《胜萱丽藻》。后召试入官,以侧艳体无赖太甚,削去之。再编成集,周美成目之曰《大声》。"从这一记录,我们可以证明,"雅词"这个名词出现于此时。又可以知道,"雅词"的对立名词是"侧艳词"或曰"艳词",曾慥的《乐府雅词》序于绍人十六年,接着又有署名鲖阳居十编的《复雅歌词》,亦标榜词的风格复于雅。此后就有许多人的词集名自诩为雅词,如张孝祥的《紫薇雅词》、赵彦端的《介庵雅词》、程正伯的《书舟雅词》、宋谦父的《壶山雅词》,差不多在同一个时候,蔚成风气,从此以后,词离开民间俗曲越远,而与诗日近,成为诗的一种别体。"诗余"这个名词,也很可能是由于这个观念而产生了。

知秦楼楚馆所歌之词,多是教坊乐工及市井做赚人所作,只缘音律不差,故多唱之,求其下语用字,全不可读。甚至咏月却说雨,咏春却说秋。如花心动一词,人目之为一年景,又一词之中,颠倒重复,如曲游春云:"脸薄难藏泪。"过云:"哭得浑无气力。"结又云:'满袖啼红'如此甚多,乃大病也。

随着民间俗词创作的兴盛,一批与民间较为接近的文人也开始涉足俗词创作,这类创作即为文人俗词。文人一旦介入词的创作,必然带来两种结果:一种是去俗趋雅,自觉不自觉地将自己的艺术修养体现到歌词创作之中,作品显示出"文人化"的浓厚倾向;一种是以雅就俗,风格俚俗,坦白直露。因此,文人曲子词的创作就分为两大阵营:一是文人俗词,二是文人雅词。

2. 文人俗词:柳永型

文人俗词,是文人站在市民阶层的立场上,受他们思想意识和接受水平的影响,为迎合市民大众口味而创作的以俚俗、浅显为特点的"淫冶讴歌之曲"。柳永是文人俗词创作的典型。他频繁出入秦楼楚馆,歌酒交欢,偎红依翠,对歌姬的内心世界比较了解。因此,他创作了大量代妓言心声的作品,比如,《迷仙引》"永弃却烟花伴侣"、《栏花令》"风流肠肚不坚牢,只恐被伊牵引断"、《昼夜乐》"算前言,总轻负。早知恁地难拼,悔不当时留住"、《女冠子》"因循忍便睽阻,相思不得长相聚。好天良夜,无端惹起,千愁万绪"、《慢卷绸》"细屈指寻思,旧事前欢,都来未尽,平生深意。到得如今,万般追悔,空只添憔悴"、《击梧桐》"近日书来,寒暄而已,苦没切切言语"、《少年游》"一生赢得是凄凉,追前事,暗心伤"、《望汉月》"千里清光又依旧,奈夜永、厌厌人绝"、《忆帝京》"万种思量,多方开解,只恁寂寞厌厌地。系我一生心,负你千行泪"等。虽然这些词被讥为"词语尘下","多杂以鄙语"(徐度《却扫编》)但却从不同的角度不同的侧面反映了歌伎们的内心情感以及对生活的追求,代表了市民阶层的审美情调。因而能"骪骳从俗,天下咏之"。(陈师道《后山词话》)

鲷阳居士《复雅歌词序》中说:

温、李之徒,率然抒一时情致,流为淫艳猥亵不可闻之语。吾宋之兴,宗工巨儒,文力妙天下者,犹祖其遗风,荡而不知所止。脱于芒端,而四方传唱,敏若风雨,人人歆艳咀味,尊于朋游尊俎之间,以是为相乐也。其韫骚雅之趣者,百一二而已。

很明显这段话是对北宋词风的批判,但同时也表明,在市民俗气对士大夫雅趣的冲击下,曾经染指文人俗词创作的大有人在。尤其是北宋徽宗年间,世风大变,为俚俗词的创作提供了环境和土壤,黄庭坚、秦观、晁端礼都是元祐间俗词创作的代表人物。秦观被苏轼斥责"不意别后,公却学柳七",而苏门四学士之一的黄庭坚前期也作了颇多迎合时人口味的俚俗词曲。比如,他的《归田乐引·归田乐》①、《丑奴儿》②就充满了小市民情调。

3. 文人雅词③

施蛰存先生说:"唐五代人为词,初无比兴之义,大多赋叙闺情而已。读词者亦不求其言外之意。"④然而,对于文人雅词来说,就不可作如是观了。在文人雅词中,抒情女主人公或者是士大夫雅正情思的艺术载体,温柔敦厚的伦理规范的体现者;或者是"身世之于艳情,遂交相纠缠相将而出,你中有我,我

---

① 词曰:"对景还销瘦。被个人、把人调戏,我也心儿有。忆我又唤我,见我嗔我,天生教人怎生受。看承幸厮勾。又是尊前眉峰皱。是人惊怪,冤我忒撋就。拼了又舍了,定是这回休了,及至相逢又依旧。"

② 词曰:"济楚好得些。憔悴损、都是因它。那回得句闲言语,傍人尽道,你管又还鬼那人吵。得过口儿嘛。直勾得、风了自家。是即好意也毒害,你还甜杀人了,怎生申报孩儿。"

③ 以词人身份和审美趣味来对男子作闺音进行分类,还不是很严密。实际上,同一个人的作品,可能娼妓与淑女并存。柳永有格调高雅内涵深厚之作,而欧公少游也有尘俗淫靡之词。但是,也恰如陈廷焯《白雨斋词话》中所言:读古人词,贵取其精华,遗其糟粕。且如少游之词,几夺温、韦之席,而亦未尝无纤俚之语。读淮海集,取其大者高者可矣。若徒赏其"怎奈香香深处,作个蜂儿抱"等句(此语彭羡门亦赏之,以为近似柳七语。尊柳抑秦,匪独不知秦,并不知柳。可发大噱),则与山谷之"女边著子,门里安心,其鄙俚纤俗,相去亦不远矣。少游真面目何由见乎。东坡、稼轩、白石、玉田高者易见。少游、美成、梅溪、碧山高者难见。而少游、美成尤难见。美成意余言外,而痕迹消融,人苦不能领略。少游则义蕴言中,韵流弦外。得其貌者,如鼹鼠之饮河,以为果腹矣。而不知沧海之外,更有河源也。乔笙巢谓他人之词词才也,少游词心也。可谓卓识"。

④ 施蛰存:《读温飞卿词札记》,《词学研究论文集》,上海古籍出版社1988年版。

中有你"①;或者是借女子之口寄托邦国兴衰的隐忧幽恨、个人志节的摧抑坎坷。我们将之概括为晏殊型、秦观型和辛弃疾型三种。

（1）晏殊型

如果说文人俗词是披风抹月、肆意畅情、着艳语、写私欢的话，那么，文人雅词中的晏殊型则是即使纸醉金迷，亦复令人意远②的闲雅温厚。词中的抒情女主人公表现出的是一种有别于市井女子轻佻冶荡的高贵雍容，浅笑轻颦，她们的情感往往是欲露不露、反复缠绵。以晏殊为例证之：

作为"北宋倚声家之祖"的晏殊，少年得志，大器早成，一生腾达，备极荣耀。《古今词话》载：晏殊少得志，历经显赫，虽极享乐，却酷书笃学，所谓"至其病亟，犹手不释卷"。虽然勤奋如此，但晏殊也并不遗世独立，他也同样留恋歌舞，通宵达旦。叶梦得《避暑录话》卷上记载：

> 晏元献公虽早富贵，而奉养极约。惟喜宾客，未尝一日不宴饮，而盘馔皆不预办，客至旋营之。顷见苏丞相子容尝在公幕府，见每有佳客必留，但人设一空案一杯。既命酒，果实蔬茹渐至，亦必以歌乐相佐，谈笑杂出。数行之后，案上已粲然矣。稍阑即罢，遣歌乐曰："汝曹呈艺已遍，合当呈艺。"乃具笔札，相与赋诗，率以为常。前辈风流，未之有此。

晏殊富贵荣华的生活与深厚的文化底蕴使得他的男子作闺音作品符合他的身份趣味——高雅而不浅俗。其词虽也多写伤花惜春、相思怨别，但与柳词相比，晏词则符合"风流蕴藉"、"温润秀洁"的文人雅士的审美情趣，包蕴了文人士大夫的修养和操守。他不是"未尝作妇人语"（晏几道语），而是将"妇人语"作得情深而有节制。他笔下的女性重情而弃欲，追求心灵的感受而不是感官的满足，是富贵闲雅而不是低俗浅薄，他的雅是市民生活的文人化，是高

---

① 张惠民：《宋代词学的审美理想》，人民文学出版社 1995 年版，第 73 页。

② （清）谢章铤：《赌棋山庄词话》卷二，唐圭璋：《词话丛编》，中华书局 1986 年版，第 3335 页。

雅情趣的文学化。比如《玉楼春》以思妇口吻写离别相思之苦。恋人弃之而去,闺中女子无语凝噎,辗转反侧,默默消受钟声残梦,花底离情。晏殊将一份怀人之情写得"婉转缠绵,深情一往,丽而有则,耐人寻味"(陈廷焯《白雨斋词话》)。词作将闺中女子由无尽的相思而受到的精神折磨写得情调凄切,含意深婉。《蓼园词选》赞曰:"末二句总见多情之苦耳。妙在意思忠厚,无怨怼口角。"此外,他的《蝶恋花》(槛菊愁烟兰泣露)①、《踏莎行》②(碧海无波)、《木兰花》③(红绦约束琼肌稳)《破阵子》④(燕子欲归时节)等词都写得媚婉摇曳,情韵动人。

(2)秦观型

在闺情中淡化风月,而将身世之感打入艳词,使其词"情兼雅怨",秦观和晏几道可谓此类雅词的典型代表。冯煦《蒿庵论词》:"淮海、小山,真古之伤心人也。其淡语皆有味,浅语皆有致,求之两宋词人,实罕其匹。"⑤这类

---

① 词曰:"槛菊愁烟兰泣露,罗幕轻寒,燕子双飞去。明月不谙离恨苦,斜光到晓穿朱户。昨夜西风凋碧树,独上高楼,望尽天涯路。欲寄彩笺兼尺素,山长水阔知何处?"

② 词曰:"碧海无波,瑶台有路,思量便合双飞去。当时轻别意中人,山长水远知何处?绮席凝尘,香闺掩雾,红笺小字凭谁附?高楼日尽欲黄昏,梧桐叶上潇潇雨。"

③ "红绦约束琼肌稳。拍碎香檀催急衮。珑头鸣咽水声繁,叶下间关莺语近。美人才子传芳信。明月清风伤别恨。未知何处有知音。长为此情言不尽。"

④ 词曰:"燕子欲归时节,高楼昨夜西风。求得人间成小会,试把金樽傍菊丛,歌长粉面红。斜日更穿帘幕,微凉渐入梧桐。多少襟怀言不尽,写向蛮笺曲调中,此情千万重。"

⑤ 张璋等:《历代词话续编》,大象出版社2005年版,第9页。

雅词,同样是士大夫代歌女抒情,但表层是女子抒发凄婉悲凉的情思,深层却是士大夫借他人之酒杯浇自家之块垒。"寄遥情于婉娈,结深怨于蹇修。"清人冯煦《蒿庵论词》中说:

> 少游以绝尘之才,早与胜流,不可一世,而一谪南荒,遽丧灵宝。故所为词,寄慨身世,闲雅有情思,酒边花下,一往而深,而怨悱不乱,悄乎得小雅之遗,后主而后,一人而已。昔张天如论相如之赋云:"他人之赋,赋才也,长卿,赋心也。"予于少游之词亦云。他人之词,词才也,少游,词心也。得之于内,不可以传,虽子瞻之明隽,耆卿之幽秀,犹若有瞠乎后者,况其下邪。

秦观的《桃源忆故人》(碧纱影弄东风晓),《蓼园词评》引沈际飞曰:

> "海棠开了"下,转出"啼鸟"妆点,趣溢不窘。奇笔。按第一阕言春色明艳,动闺中春思耳。次阕言抑郁无聊,青春已老,羞望恩泽耳。托兴自娟秀。

《踏莎行》(雾失楼台)文情郁勃,意臻沈深。《冷斋夜话》评价此词"语意凄切,亦自蕴藉,玩味不尽。雾失月迷,总是被谗写照。寇平仲春色将阑郁纡之思,无所发泄,惟借闺情以抒写"。《八六子》①(倚危亭),《蓼园词评》引沈际飞曰:

> 长短句偏入四六,何满子之外,复见此而已。寄托耶,怀人耶,词旨缠绵,音调凄婉如此。

---

① 词曰:"倚危亭、恨如芳草,萋萋铲尽还生。念柳外青骢别后,水边红袂公时,怆然暗惊。无端天与娉婷,夜月一帘幽梦,春风十里柔情。怎奈向、欢娱渐随流水,素弦声断,翠绡香减。那堪片片飞花弄晚,蒙蒙残雨笼晴。正销凝,黄鹂又啼数声。"

再看晏几道。刘永济先生评小晏词说:"叔原可谓能收拾光芒入小词者。"晏几道一生仕路坎坷。黄庭坚《小山词序》说:

> 晏叔原,临淄公子之幕子也。磊隗权奇,疏于顾忌,……诸公虽称爱之,而又以小谨望之,遂陆沉下位……乃独嬉弄于乐府之余,而商以诗人之句法,清壮顿挫,能支援人心。

小山为一时人英,又是贵相之子,本应大有所作为,但仅以"小谨"获罪于当权诸公,一生沉沦落拓。因此,他的词大多借歌女之口抒发其"如幻如电,如昨梦前尘"的惆怅、"光阴易逝,境缘无实"的感慨。如他的《蝶恋花》"照影弄妆娇欲语,西风岂是繁华主"、"朝落暮开空自许,竟无人解知心苦",都是借闺情寄寓词人的抑郁情怀。王铚说的"叔原妙在得于妇人",正是指其闺情词寄慨遥深的特点。清代况周颐在《词学讲义》中说:"所贵乎寄托者,触发于弗克自己,流露于不自知,吾为是词而所寄托者出焉,非因寄托而为是词也。"用来评价小山词也为的论。

(3)辛弃疾型

文学创作"雅"之标准有两层含义:一是作品的内容必须具有一定的社会效用,"依违讽谏",表现一定的社会伦理道德,所谓"尽善";二是表现时须含蓄温柔、中和得体,所谓"尽美"。① 依此标准,秦观型雅词为尽美,而辛弃疾型则为尽善。

时代发展到南宋,随着词的娱乐功能和燕乐环境的变化,再加上国家蒙难,人们对词所承担的功能也呈现了新的期待视野。这就形成了词的题材偏于闺情而语意多有寄托的特点,士大夫在描写妇女不幸命运的同时,往往也流露他自身在政治集团内部被排挤被冷落的不平。黄庭坚的《小山词序》认为寄托要符合几条标准:词之寄托产生的根本原因,在于作者须有难以直言的怨恨和不能直吐的愤懑,而又必须言之吐之,故只能运用寄言托意的表现方法;词之寄言托意的方式,一般采用诗骚以来具有比兴传统的香草美人题材;判断

---

① 诸葛忆兵:《徽宗词坛研究》,北京出版社 2001 年版,第 57 页。

词有无寄托的标准,在于词之所寄托者是否为有关君国的忠爱之情,是否包含有深刻的社会政治内容。辛弃疾是南宋寄托一派的代表。一个"抒情女子的士"①的形象是他男子作闺音之作的典型特征。其《祝英台·晚春》(宝钗分)通过深闺思妇对春光虚度、游子不归的怨恨,表现他对南宋时局的忧伤。他的《摸鱼儿》(更能消几番风雨)假托一个多情的宫女惜春而又怨春的情思,表现他对南宋王朝"爱深恨亦深"的矛盾心情。下半阕以多情而又不幸的妇女的倾诉寄托政治的愤慨。

宋代词坛之所以有这种"美声"与"通俗"的趣味差异,从创作者的角度着眼,固然是由于词人审美趣味的不同所致。但是换个角度,从抒情主体的身份来考量,由于歌姬的身份、教养、生活环境的差异,当文人士大夫戴上文化性格品格的市井歌姬、官妓、家妓的不同面具作词时自然也会使格调、内涵迥异,而有贵妇、淑女、妓女的区别。

在文人俗词中,抒情主体基本上是下层妓女。她们生于北里,扇于娼风,受生活环境和所接受的文化教养方式的影响,受封建礼教的束缚和正统文化的熏陶浸染都较少,这就使她们具有敢爱敢恨敢妒、直率泼辣、外露甚至不免轻狂浅薄的性格特点。李渔在《窥词管见》中如是评价文人俗词:

> 《菩萨蛮》云:"牡丹滴露真珠颗,佳人折向庭前过。含笑问檀郎,花强妾貌强。檀郎故相恼,只道花枝好。一面发娇嗔,碎挼花打人。"此词脍炙人口素矣,予谓此戏场花面之态,非绣阁丽人之容,从来尤物美不自知,知亦不肯自形于口,未有直夸其美而谓我胜于花者,况揉碎花枝是何等不韵之事,接花打人是何等暴戾之形,幽闲之义何居,温柔二字安在! ……李后主《一斛珠》之结句云:"绣斜倚娇

---

① 张法认为,屈原实际上把春秋以来的士臣角色又转回到三代时的家臣角色上去了。但又因为士臣已经不是家臣。君臣关系不是固定性的父子关系,而是因缘性的恋爱关系,只是在中国这样的男女不平等的文化中,帝王是男,占有主动地位,臣子是女,处于被动地位。因此,当屈原把士变成一个痴情女子的时候,一种复杂丰富的情感模式产生了,一种独有的美学形态出现了。建立在文化基本矛盾上的作为"痴情女子的士",就是楚骚美学的主题。参见张法《中国美学史》,上海人民出版社 2000 年版,第86—87 页。

无那。烂嚼红绒,笑向檀郎唾。此词亦为人所竞赏。"予曰:"此娼妇
倚门腔,梨园献丑态也。嚼红绒以唾郎,与倚市门而大嚼,唾枣核瓜
子以调路人者,其间不能以寸。"

　　虽然李渔的论述不免道学家的迂腐,但词中女子的斜倚绣床、烂嚼红绒、
唾人调笑也确似流为轻佻与冶荡。而文人雅词中,抒情主体则多为官妓和家
妓,她们的文化性格迥异于市井歌姬,自然也不会出现这样的大不雅之举。文
人雅词中的女子,总是表现的有教养有风度,温婉内向,文静贞洁,深情庄重。
即使她们备受情感的煎熬,也往往会主动压抑自己,发乎情止乎礼义。她们
的感情表达往往都是婉转缠绵,情深一往,丽而有则,耐人玩味,因而是温
柔敦厚的伦理规范的体现者,是士大夫雅正的情思、高雅的美学情趣的代
言人。

第四节　士大夫心理场:双性情感·双重态度

　　通过前几节的论述,我们看到,北宋的政治场域如何型塑着士大夫的习
性,士大夫基于文学场的规则戴上女子的面具作词时,由于习性的不同又作出
了什么样的什么审美选择,表现出什么样的审美趣味。但是,行文至此尚不是
"图穷匕现",还有两个问题需要回答:其一,词创作中这种性别处理上的"越
位"基于一种什么样的创作心理? 换句话说,男子作闺音何以可能? 其二,该
如何解释"宋人有词,宋人自小之"的矛盾态度? 回答这两个问题,我们又需
要探究士大夫的心理世界。

一、男子作闺音何以可能

　　对于第一个问题的回答,古今中外的学者几乎都把问题的答案指向了凝
聚着超性别的文化原型,积淀着人类古老的文明和心理的"双性同体"(an-
drogyny)概念。我们希望在此论述的基础上,探讨其深层的心理机制。
　　双性同体(androgyny)又译雌雄同体,阴阳同体。该词由希腊文词根男

(andro)和女(gyn)组合而成,在使用中并不实指身体上的阴阳人,而是意指某种境界:其中男人即是女人,女人即是男人。① 从发生学角度,有人认为双性同体起源于远古神话中无性别之分的混沌开天说时代,也有人认为它产生在父系取代母系的性别权力交接时期。人类学家索洛维又将双性同体作为人类学的基础。神秘主义思想家冯·巴德尔把人的真正命运表现为对失去的两性同体性的寻求。

中国古代生理学认为,人禀气而生,气分阴阳,人各有偏受而别为男女。男为阳,阳主刚;女为阴,阴主柔。《黄帝内经·素问》卷二云:"阴阳者,血气之男女也。"张隐庵注:"阴阳之道,其在人则为男为女,在体则为气为血。"而就每个人来说,生理机制又由阴阳两极构成。气为阳,主刚;血为阴,主柔。这就是说,每个人身上都存在着阳刚、阴柔这两种对立的基因。如果把阳刚作为男性气质特征,阴柔作为女性气质特征,那么,就可以说每个人身上都具有男女、阴阳双重气质。

而在心理学领域,双性同体指同一个体既有明显的男性人格特征,又具有明显的女性人格特征。比如,巴什拉说"无论是在男人身上抑或在女人身上,和谐的阴阳同体性都保留其功能"②。心理学家唐迪克在《女人》一书中甚至言之凿凿地说正常男人阳性占51%,正常女人阴性占49%。③

最给人启发的似乎是精神分析学家荣格的见解,他把男性与女性的心理成分比喻为存放在某种储藏器中的两种物质(或者说两种原型)。即阿尼玛(anima)和阿尼姆斯(animus)。只是因为"阿尼玛"和"阿尼姆斯"的主次强弱不同,才有了现实中男人、女人之别。阿尼玛是男人的灵魂,它是男

---

① 黑格尔在《美学》第三卷第二章曾谈到希腊神像雕刻中存在的男女性格不那么严格区分的现象:如年轻的酒神狄俄尼索斯和太阳神阿波罗,其形体往往被艺术家塑得很细腻,显示出某种女性的柔和;甚至像赫库勒斯这样的英雄人物,有时也被塑造得跟大姑娘似的,以至被观者误认为是其所爱的女郎而非他本人。批评家汤玛斯·罗森梅尔(Thomas Rosenmeyer)在其《悲剧与宗教》(Tragedy and Religion)一书中认为希腊神话中的酒神戴奥尼萨斯(dionysus)既非女性亦非男性。中国古代老子在《道德经》中也曾提出"知其雄,守其雌"的说法。

② 加斯东·巴什拉:《梦想的诗学》,刘自强译,三联书店1996年版,第75页。转引自蒋寅《古典诗学的现代阐释》,中华书局2003年版,第174页。

③ 转引自蒋寅《古典诗学的现代阐释》,中华书局2003年版,第175页。

性的女性特征,是男性无意识中的女性补偿因素。他常把她"投射到女人身上";而阿尼姆斯,指女性的男性特征。正因为每个人的潜意识里都存在着一种异性的原型意象,该原型意象可能成为一种起均衡作用的灵感来源和获得对异性了解的知识来源,也就是说,它们分别给男女双方提供着同异性交往的参照系。他说:"每个人都天生具有异性的某些性质,这倒不仅仅因为从生物学角度考察,男人和女人都同样既分泌男性激素也分泌女性激素,而且也因为,从心理学角度考察,人的情感和心态总是同时兼有两性倾向"①。每个男子身上都存在着潜意识的女性倾向即"阿尼玛",每个女性身上都存在着潜意识的男性倾向即"阿尼姆斯",犹如其他原型意象,二者是从物种的原始历史中产生的,具有人类学的普遍意义。无论在男性还是"在女性身上,都伏居着一个异性形象,从生物学的角度来说,仅仅是因为有更多的男性基因才使局面向男性的一方发展"②;反之亦然。

西方学者弗洛姆也对这个问题作了较为明确的回答。他说:"我们必须永远记着,在每个个人身上都混合着两类特征,只不过与'他'或她的性别相一致的性格特征更占多数而已。"③他指出:"男性与女性之间截然相反的原则也存在于每一男子和每一女子之中。正像在生理上,每一男子和女子都具有相反的性激素一样,它们在心理上也是两性的。他们自身带有接受和渗入的本性、肉体和精神的性能。男子——女子也是如此——只有在他的女性和男性的两极融合中才能找到其自身的融合。"④

荣格等人的命题如何从生理学和心理学上获得更深入、更确切的科学验证,我们暂不讨论,但必须承认,他们的理论对于解释士大夫何以可能作闺音是有积极意义的。

当双性同体概念体现在文学创作中时,它又为我们解释男子作闺音提供了文艺心理学的基础。引人注目的是伍尔芙的观点。在其代表作《一间自己

---

① ［美］霍尔:《荣格心理学入门》,冯川等译,三联书店1987年版,第53页。
② ［瑞士］荣格:《心理学与文学》,冯川等译,三联书店1983年版,第78页。
③ ［美］弗洛姆:《为自己的人》,三联书店1988年版,第259页。
④ ［美］弗洛姆:《为自己的人》,孙依依译,三联书店1988年版,第256—257页。

的屋子》里,她把这个概念发挥得淋漓尽致。① 她认为,在人的头脑中也像在人的身体里一样具有两性,二者同样需要融合起来。她指出:

> 在我们之中每个人有两个力量支配一切,一个男性的力量,一个女性的力量。在男人的脑子里男性胜过女性,在女人的脑子里女人胜过男性。最正常、最适宜的境况就是这两个力量结合在一起和谐地生活、精神合作的时候,只有在这种融洽的时候,脑子变得非常肥沃而能充分运用所有的官能,也许一个纯男性和纯女性的脑子都一样不能创作,任何无愧于艺术家称号的艺术家是或多或少的两性人。②

"任何人若想写作而想到自己的性别就无救了。"③通常,作家是以或男或女的单向性别经验说话,但是,如果其写作过程中在使用脑子里男性一面的同时也使用女性一面,精神或心理上的双性同体就能实现,那是进行创作的最佳状态。在伍尔芙看来,伟大的作家都是双性同体的,"莎士比亚是半雌半雄的;济慈、斯科恩、考伯、兰姆、柯勒律治都是"④。因此,至少在理论上,一种理想的写作状态的确必须由男女两性自我像爱侣一样亲密无间地融为一体才能马斯洛所说的那种"整合的创造力"⑤。

----

① 弗吉尼亚·伍尔芙把"双性同体"引入女权批评来批判传统的诗学,认为传统诗学归根结底是女性话语缺席的男性诗学。而同样由弗吉尼亚·伍尔芙最先提出了双性同体诗学理论,侧重于从一个独特的角度揭示艺术家的双性化与艺术创造力之间的关系,具有不可忽视的价值。但国内女性主义批评圈和文艺理论界由于过分强调伍尔夫的女性主义立场而忽略了她在文艺心理学方面的杰出贡献。详见李祥林:《心理分析·双性同体·女权批评》,《新余高专学报》2003年第4期。

② [英]弗吉尼亚·伍尔芙:《一间自己的屋子》,王环译,沈阳出版社1999年版,第93页。

③ [英]弗吉尼亚·伍尔芙:《一间自己的屋子》,王环译,沈阳出版社1999年版,第93—98页。

④ [英]弗吉尼亚·伍尔芙:《一间自己的屋子》,王环译,沈阳出版社1999年版,第98页。

⑤ 马斯洛曾经将那种能以良好融合或良好交替的方式,自如而完美地运用两种过程的创造力称之为"整合的创造力"。他认为伟大的艺术、哲学、科学产品的出现,正是来自这种整合的创造力。参见马斯洛《存在心理学探索》,云南人民出版社1987年版,第128—130页。

"双性人格"表现在文学中，可以发挥文人最佳的创作状态。在宋代的社会条件下，士大夫自身的"女性原则"被极大地唤醒和激发，并显示了其独特的价值和意义。他们为女人代言，模仿女人的心态写情爱、写绮粉香罗。在外国一些学者眼中，"古代士人的各种情绪，包括阳刚和阴柔的，都可以透过诗词，得到正常的宣泄。不比在西方的一些传统之中，男子必须压抑他感性的一面"①，此言极是。正如张耒《东山词序》中说："世之言雄暴唬武者，莫如刘季、项籍，此两人者，岂有儿女之情哉？至其过故乡而感慨，别美人而涕泣，情发于言，流于歌词，含思凄婉，闻者动心。"可是，在宋代，这种双性情感为什么不表现（或极少表现）在诗中，却独独表现在词中呢？清代学者焦循《雕菰楼词话》对此作了一番评论：

> 谈者多谓词不可学，以其妨诗、古文，尤非说经尚古者所宜，余谓非也。人禀阴阳之气以生，性情中所寓之柔气，有时感发，每不可遏。有词曲一途分泄之，则使清纯之气，长流行于诗、古文。且经学须深思默会，或至抑塞沉困，机不可转。诗词是以豁其情而移其趣，则有益于经学者正不浅。古人一室潜修，不废啸歌，其旨深微，非得阴阳之理未得与知也。

也就是说，是词场域的创作环境，为宋代士人的女性化情感的宣泄提供了合适的途径。正如梅洛-庞蒂（MauriceMerleau-Ponty）批评的那样："之所以我能通过身体本身理解他人的身体和存在，之所以我的意识和我的身体的共在延伸到他人和我的共在，是因为'我能'和'另一个人存在'从此以后属于同一个世界，是因为身体本身是他人的先兆，移情作用，我的具体化的回声，是因为感官的启动在起源的绝对呈现中使之成为可替代的。"

二、"宋人有词，宋人自小之"：士大夫的双重态度

胡寅在《题〈酒边集〉序》中有一段关于宋词的论述，他说："（按：词）方之

---

① 　钟玲：《文学评论集》，转引自蒋寅《古典诗学的现代诠释》，中华书局 2003 年版，第 177 页。

曲艺,犹不逮焉;其去《曲礼》则益远矣。然文章豪放之士,鲜不寄意于此者。随亦自扫其迹,曰谑浪游戏而已也。"这段话包含了以下几个层次的意思:一是宋词"方之曲艺,犹不逮焉"的厥卑地位;二是宋人"鲜不寄意于此"的创作行为;三是词人"谑浪游戏"的创作态度;四是文人士大夫"自扫其迹"的价值指认。它揭示了"宋人有词,宋人自小之"矛盾态度。①

首先是宋人对词的轻视。南宋赵以夫在《虚斋乐府自序》中说:"文章小技耳,况长短句哉。"如赵之言,重道轻文,重文轻词是两宋士人的共识。他们视填词作曲,"特文人余事耳"(赵与时:《白石道人歌曲跋》)认为"镂玉雕琼,裁花剪叶,粉泽之工,反累正气"(汤衡:《张紫微雅词序》)视词为小道末造,是不登正途的诗之余绪②,是文人公余之时的笔墨游戏之作。这从宋人词集的别名词、曲、歌词、歌曲、诗余、长短句、乐府以至"琴趣"、"鼓吹"、"樵歌"、"语业"等就可窥一斑。词被卑视,一方面自然是由于词不承担言志载道的政教功能;另一方面也缘于宋代的道学家们认为作词害道,认为"情之溺人也甚于水",对词采取拒斥的态度。由于中国古代强大的政教功利的文学观念的影响,词的命运在宋代以降也并无多大转机。比如清人刘熙载《艺概·词曲概》云:"流俗误以欲为情,欲长情消,患在世道。倚声一事,其小焉者也。"近人刘永济《词论》(卷下)亦云:"若徒作侧艳之体,淫哇之音,则谓之小也亦宜。"然而,毋庸置疑的是,权力对文学场的这种区隔又内化为文人士大夫习性的一部分。"主流的文学话语,一方面,它固然是统治性意识形态的一个结果;另一方面,它本身也参与了权力的构成,它自己也是意识形态的不可或缺的一个构成因素。当文学的真理为主流意识形态提供一种迂曲的合法化辩护时,它也为自己的合理性存在提供了条件和可能。"③也就是说,士大夫自觉选择崇奉这种文体的价值观,往往并不是被迫的,而是经由了士大夫主动、积极的选择。

---

① (明)胡震亨:《宋名家词叙》,施蛰存主编,《词籍序跋萃编》,中国社会科学出版社 1994 年版,第 717 页。

② 清代吴衡照的《莲子居词话》卷二介绍诗余缘起:诗余名义缘起,始见宋王灼《碧鸡漫志》。至明杨慎《丹铅录》、都穆《南濠诗话》、毛先舒《填词名解》,因而附益之。

③ 朱国华:《古典时代的政治权力与文学》,《天津社会科学》2003 年第 6 期。

王夫之的《姜斋词话》中有如下记载:

艳诗有述欢好者,有述怨情者,《三百篇》亦所不废;顾皆流览而达其定情,非沉迷不反,以身为妖冶之媒也。嗣是作者,如"荷叶罗裙一色裁","昨夜风开露井桃",皆艳极而有所止。至如太白《乌栖曲》诸篇,则又寓意高远,尤为雅奏。其述怨情者,在汉人则有"青青河畔草,郁郁园中柳",唐人则"闺中少妇不知愁"、"西宫夜静百花香",婉娈中自矜风轨。迨元、白起,而后将身化作妖冶女子,备述衾裯中丑态。杜牧之恶其蛊人心,败风俗,欲施以典刑,非已甚也。近则汤义仍屡为泚笔,而固不失雅步。唯谭友夏浑作青楼淫咬,须眉尽丧;潘之恒辈又无论已。《清商曲》起自晋、宋,盖里巷淫哇,初非文人所作,犹今之《劈破玉》、《银纽丝》耳。操觚者即不惜廉隅,亦何至作《懊侬歌》、《子夜》、《读曲》?

这段记录明显对历代文人的作妇人语与妮子态颇为不满,认为这种作品于世无补,伤风败俗,甚或应该"施以典刑"。在宋代,文人士大夫这种价值取向更为明显。因为,在宋代特殊的语境下,知识分子一般都是政治精英,"觉悟"自然就更高些。下面几则材料是士大夫文学价值观的一个证明:

王安石对晏殊的享誉盛名的词作是不屑一顾的,他曾经笑对人曰:"为宰相而作小词,可乎?"平甫曰:"彼亦偶然自喜为尔,顾其事业岂止如是耶?"时吕惠卿为馆职,亦在坐,遽曰:"为政必先放郑声,况自为之乎!"平甫正色曰:"放郑声不若远佞人。"(吕大渐、魏泰:《东轩笔录》)

我们可以看出,王安石是睥睨诗余的,他认为朝廷重臣,应当作文以明道,作诗以言志,作小词而沉溺于一己之情是不可理喻的。

欧阳修《采桑子·西湖念语》中说:"因翻旧阅之辞,写以新声之调,敢陈薄伎,聊佐清欢。"也明确地反映出他创作时的游戏态度和对于小词功能的认识。他的《归田录》卷二还记载了钱惟演的一段话："平生唯好读书,坐则读经史,卧则读小说,上厕则阅小词。"①足以说明,宋词在士大夫心目中被置于什么样的位置。清人周济在《宋四家词选目录序论》中概括道:"文人卑填词小道,未有以全力注之者。其实专精一二年,便可卓然成家。若厌难取易,虽毕生驰逐,费烟楮耳。"

吊诡的是宋人在创作行为和意识观念上的巨大反差。一方面,人们以"小词"来对词体进行价值定位,常常把作艳词看做有损于道德与政事;另一方面,宋人又对于这种小词有着特别的爱好,宋人黄升在其《花庵词选序》曰:"古乐府不作而后长短句出焉。我朝巨公胜士,娱戏文章,亦多及此。"终宋之世,几乎所有阶层都参与了小词的创作、评价与消费②,使得小词又呈大盛的局面。

引起我们兴趣的还有宋人的创作心态。词的创作环境与传播机制决定了文人士大夫们在宴集游冶时要模拟歌姬的声口作词,绮筵宴乐之间供歌伎们演唱,助其娇娆之态,达到娱宾遣兴的目的。因此,在大多数人心中,词只是一种"谑浪游戏"之作。从这个意义上说,词有异于诗文的创作环境和创作目的给士大夫们游戏翰墨提供了一个庇护所。当此际,他们可以摘下立朝刚正的骨鲠之士的"面具",戴上锦绣丛中风流才子的另一幅"面具",徜徉酒色之娱、纵情裙裾之乐,挥洒文人的翰墨风流,放肆地写正道之外的风花雪月、帐帷之中的艳情绮思。就此,郑振铎在其《插图本中国文学史》中有过这样的论述:

---

① (宋)欧阳修:《欧阳修全集》,中国书店 1986 年版,第 1026 页。

② 举几例证之:欧阳修《六一诗话》载:"天圣二年省试《采侯诗》,宋尚书祁最擅场,其句有'色映缃云烂,声迎羽月迟',尤为京师传诵,当时举子目公为'宋采侯'。"又,清人沈雄《古今词话》引《乐府纪闻》:"客谓子野曰,人咸目公为'张三中',心中事,眼中泪,意中人也。子野曰:何不谓之'张三影',客不喻。子野曰:'云破月来花弄影''娇柔懒起,帘压卷花影'、'柳径无人,坠飞絮无影'。此平生得意者。"又,胡仔《苕溪渔隐丛话》卷三引《遁斋闲览》云:"张子野郎中,以乐查擅名一时。宋子京尚书奇其才,先往见之,遣将命者,谓曰:'尚书欲见云破月来花弄影郎中乎?'子野屏后呼曰:'得非红杏枝头春意闹尚书邪?'遂出,置酒尽欢。盖二人所举,皆其警策也。"《古今诗话》云:子野尝作《天仙子》词云:"云破月来花弄影",士大夫多称之。张初谒见欧公,迎谓曰:"好!云破月来花弄影。恨相见之晚也。"二说未知孰是。参见张璋等编《历代词话》,大象出版社 2002 年版,第 89 页。

作家一做好了词,他便可以授之歌伎当筵歌唱,十七八女郎执红牙柏板歌杨柳岸晓风残月,这个情景岂不是每个文人最美羡的? 凡能做词的无论文士武夫,小官大臣,便无不喜做词。像秦七,像柳三变,像周清真诸人,且以词为专习。柳三变更沉醉于妓寮歌院之中,以作词给她们唱为喜乐。所以我们可以说一句,在词的黄金时代中,词乃是文人学士最喜用之文体,词乃是与文人学士相依傍的歌伎舞女的最爱唱的歌曲。①

钱锺书则就这种心态从另一角度作过一段精辟地论述:

在宋人的心目中,词从民间文学里兴起的时间还不很长,只能算文体中的暴发户,不像诗是历史悠久的旧家世阀,因此也不必像诗那样讲究身份。有些情事似乎在诗里很难出口,有失尊严,但不妨在词里描述。假如宋代作家在散文里表现的态度是拘谨的,那么在诗里就比较自在,而在词里则简直放任和放肆了。……宋人的创作实践充分表示他们认为词比诗"稍近乎情",更宜于"簸弄风月"(张炎《词源》卷下《赋情》)。这样,产生了一个现象:唐代像温庭筠或韦庄的词的意境总和他们的一部分诗的意境相同或互相印证,而宋代同一作家的诗和词常常取材于绝然不同的生活,表达了绝然不同的心灵,仿佛出于两个人或一个具有两重人格的人的手笔。②

钱先生注意到宋代作家的"双重人格":同一个人诗和词面貌迥异,判若两人。钱先生在《宋诗选注·序》的另一段论述恰恰揭示了其原因:

宋人在恋爱生活里的悲欢离合不反映在他们的诗里,而常常出

① 郑振铎:《插图本中国文学史》(上册),上海人民出版社 2005 年版,第 500 页。
② 中国科学院文学研究所编:《中国文学史》第一卷,人民文学出版社 1962 年版,第 545—546 页。《宋代文学的承先与启后》一章由钱锺书执笔。

现在他们的词里。如范仲淹的诗里一字不涉及儿女私情,而他的《御街行》词里就有"残灯明灭枕头欹,谙尽孤眠滋味;都来此事,眉间心上,无计相回避"这样悱恻缠绵的情调,措词婉约,胜过李清照《一剪梅》词"此情无计可消除,才下眉头,却上心头"。①

实际上,这种看似矛盾的现象在晏殊、欧阳修、韩琦、司马光、王安石、黄庭坚、苏轼等人身上都有体现。在词里,文人士大夫们尽显其性格中"柔"的一面。他们用诗文来表现有关政治、社会的严肃内容,词则用来抒写纯属个人私生活的幽约情愫。这样,诗文和词就有了明确的分工:诗文主要用来述志,词则用来娱情。即使遇到道德指摘也聊有一辩:或者自解为逢场作戏,如苏轼在杭州偕妓游湖且去拜访大通禅师,大通愠形于色,苏即作《南歌子》辩曰:"借君拍板与门槌,我也逢场作戏,莫相猜。"或者自嘲为"空中传恨"②。如《冷斋夜话》曾载:"法云师尝谓鲁直曰:'诗多作无害,艳歌小词可罢之。'鲁直曰:'空中语耳,非杀非偷,终不坐此堕恶道。'"

但是,曲子词"先天"所带上的都市文化露骨的性爱内容和冶荡绮靡风格,与士大夫所尊崇的诗教中所谓"好色而不淫"、"发乎情止乎礼义"及"温柔敦厚"等理念和主张毕竟是格格不入的。仅仅用"正人君子未免有情"和"亦有艳丽之辞"这样的辩解,实在是显得苍白。于是,我们看到,士大夫们一方面群起作词,以至"文章豪放之士,鲜不寄意于此",而另一方面又轻视自己的词作,"随亦自扫其迹"。

陆游《长短句自序》亦云:

乃有倚声制辞,起于唐之季世。则其变愈薄,可胜叹哉!予少时汨于世俗,颇有所为,晚而悔之。然渔歌菱唱犹不能止。今绝笔已数年,念旧作终不可掩,因书其首,以识吾过。

---

① 钱锺书:《宋诗选注》,人民文学出版社1979年版,第10页。
② 朱彝尊:《解佩令·自题词集》:"老去填词,一半是空中传恨,几曾围燕钗蝉鬓?"

赵以夫《虚斋乐府自序》曰:

> 今老矣,不能为(词)也。因书其后,以志吾过。陆游、赵以夫晚
> 年都认为,自己年轻时作小词是有"过"的,故而他们在为自己的词
> 结集时,在自序向人们特别提示:以识吾过。

一代文宗兼著名词家欧阳修在《答孙正之侔第二书(宝元二年)》中曾经
这样总结自己:

> 仆知道晚,三十以前尚好文华,嗜酒歌呼,知以为乐而不知其非
> 也,及后稍识圣人之道,而悔其往咎。则已布出而不可追矣。圣人曰
> "勿谓小恶为无伤",言之可慎也如此。为仆计者,已无奈何,惟有力
> 为善以自赎尔。《书》曰:"改过不吝。"《书》不讥成汤之过,而称其
> 能改,则所以容后世之能自新者。圣人尚尔,则仆之改过而自赎,其
> 不晚也。吾子以谓如此可乎? 尚为未可,则愿有可进可赎之说
> 见教。①

黄庭坚乃是一位以"治心养性为宗本"的人,而其《小山集序》尝曰:

> 余少时间作乐府,以使酒玩世。道人法秀独罪余以笔墨劝淫,于
> 我法中,当下犁舌之狱。特未见叔原之作耶! 虽然,彼富贵得意,室
> 有请盼慧女,而主人好文,必当市购千金,家求善本,曰:独不得与叔
> 原同时耶! 若乃妙年美士,近知酒色之娱,苦节臞儒,晚悟裙裾之乐,
> 鼓之至之,使宴安鸩毒而不悔,是则叔原之罪也哉?

这种自娱自乐的创作和自悔自责的"销赃"行为在宋代并不罕见,其自我
矛盾的价值观贯穿在宋代词学的各个方面和各个阶段。这种现象表面看来是

---

① (宋)欧阳修:《欧阳修集》,《居士外集》卷十八,中国书店1986年版,第496页。

士大夫情与理的冲突,实际上反映的是宋代历史语境下"精英文化"与"市民文化"的冲突,或者换句话说"伦理型文化"与"消费型文化"的冲突。一方面,词创作主体作为统治阶级中的"精英阶层",以儒教为立身的根本,因而本能地或被动地排斥足以使人惑溺丧志的"小词";另一方面,作为现实社会生活中的文人,小词又是继诗体之后使他们得以体现才华、自我欣赏、抒发情志、倾吐幽愤、进行必要的社会活动的为数不多的工具。一方面,他们难以摆脱"发乎情,止乎礼义"的诗教标准,对小词轻之贱之;另一方面,最高统治者为了巩固其自身统治的需要,又着意为他的士大夫营造了一个安逸奢侈、享乐成风的社会氛围,小词给他们提供了情之所感、意之所郁的宣泄渠道,使他们得以在词中抒发内心的幽约情愫。一方面,统治者为了维持长治久安,就不能光是纵容享乐之风与声色之好,还须扶持儒学来作为治国平天下的精神支柱和统治思想;另一方面精英文学要求文学要承担政治教化的功能、温柔敦厚的风格,要有利于现存的统治秩序,有益于世道人心;而市民文学在创作上是随意为之,在风格上是淫俗艳丽,在功能上是应歌应酬,满足的主要是"声色"之娱,不具备诗教的价值功能。情欲萌发与理性制约,就这样纠缠夹结在同一个统一体身上。如何既不违背儒家传统伦理道德标准,同时又能够满足声色娱乐等个人情欲的需要,这就使文人士大夫们陷入了一个两难境地。① 对于这个问题,村上哲见的论述鞭辟入里:

> 写作诗文对于判断一个人是否适于士大夫阶层或者至少是否具有那种基本资格,几乎具有决定性的作用。所以这种能力的优劣,也会影响到该人在士大夫一阶层内部的地位。……诗乃是士大夫文学教养的极其重要的一部分,从功利的角度来说,可以说这是证明自己成了士大夫的必不可少的文学样式之一。另一方面,对于词却没有赋予这样的地位。该样式的基本性质产生了巨大的影响。就是说,

---

① (清)潘永因:《宋稗类钞》记载的一件事可做一旁证:赵清献帅蜀日,有妓戴杏花,公喜之,戏谓曰:"髻上杏花真可幸。"妓应声曰:"枝头梅子岂无媒?"赵益惑之,谓直宿老兵曰:"汝识某妓所居乎?"曰:"识之。"曰:"为我呼来。"去已二鼓,不至,复令人速之,旋又令止。老兵忽自幕后出,公怪问之。兵曰:"某度相公不过一个时辰,此念息矣。虽承命,实未尝往也。"

诗是具体体现士君子理念的基础条件之一,而且正因为它是具体的,所以是极重要的条件之一,并被给予了应有的地位,因此,在该样式的基本性质上,便不能脱离士君子的理念。但是在词的方面则并非如此。当然在词来说,如果作者是属于士大夫阶层的人,当他作词之际,士大夫的道德意识在起作用是理所当然的,但那并非该样式所具有的性质,并非词本身的性质是那样。正如前一章已经谈到的;在南宋或清朝的文人们说来,词也成了具体体现他们的高尚趣味感的文学样式,但是即使如此,那也不是与士君子的理念有关的。[①]

词作以叙写女子的柔婉情感为主,而这种伤春怨别的男女之情,则显然不合乎传统诗文的言志与载道的标准。作诗和填词作为文学场的两个子场域,相应地服从各自场域的规则,如果拿作诗的标准去衡量单是承担娱宾遣兴功能的词,那么就会出现布迪厄所说的"不吻合"现象。他说:"这些小世界自身特有的逻辑和必然性也不可化约成支配其他场域运作的那些逻辑和必然性。"[②]明乎此,宋人对待词的矛盾态度也就不难理解了。

第五节　柳永:"未为尧舜用,且向裙钗托"

胡适在他的《词选》序里说,唐末至元初的词可以分成三个段落:苏东坡以前,是教坊乐工与娼家妓女歌唱的词;东坡到稼轩、后村,是诗人的词;白石以后,直到宋末元初,是词匠的词。按照这种历史分期,胡适把唐五代两宋的词分为三种类型:歌者的词、诗人的词以及词匠的词。[③] 叶嘉莹先生也将这个过程分为歌辞之词、诗话之词、赋化之词。以此标准观之,柳永当是北宋词坛歌者之词的杰出代表。

柳永(987?—1053?),字景庄,一字耆卿,初名三变,因其词名,仕途多

---

① 　[日]村上哲见:《唐五代北宋词研究》,杨铁婴译,陕西人民出版社 1987 年版,第 40 页。
② 　[法]皮埃尔·布迪厄、[美]华康德:《实践与反思:反思社会学导引》,李猛、李康译,中央编译出版社 2004 年版,第 134 页。
③ 　胡适:《胡适古典文学研究论集》,上海古籍出版社 1988 年版,第 552 页。

舛,后改名为永,始得"磨勘转一官"。作为无人能出其右的词坛"霸主",柳永因其词引起仁宗皇帝的关注,遭到晏殊宰相的面斥,与文坛大腕儿苏轼对峙等。他因词而名满天下,也因词而进身不能。柳永的词名和功名在其生前身后都是人们议论的焦点。

一、"醉入花间":柳永词作的男子作闺音

柳永是北宋时期炙手可热的词坛"巨星",其"人气指数"一直高居榜首,他在词坛上掀起的"柳永热",至今仍为人津津乐道。在其留存下来的 213 首词作中,大约 130—140 首写男女情事。有 20 余首男子作闺音之作。像《定风波》(自春来)、《锦堂春》(坠髻慵梳)、《玉女摇仙佩》(飞琼伴侣)、《菊花新》(欲掩香帏论缱绻)等都很有代表性。我们选鉴其中几首:

> 坠髻慵梳,愁蛾懒画,心绪是事阑珊。觉新来憔悴,金缕衣宽。认得这疏狂意下,向人诮譬如闲。把芳容整顿,怎地轻孤,争忍心安。
>
> 依前过了旧约,甚当初赚我,偷剪云鬟。几时得归来,香阁深关。待伊要、尤云殢雨,缠绣衾、不与同欢。尽更深、款款问伊,今后敢更无端?(《锦堂春》)

《锦堂春》是一首典型的俗词,以男子作闺音的方式塑造了一位泼辣、傲气、不拘礼法的市井女性。这个女子不甘心被人冷露轻薄,对负心不归的男子埋怨数落,并盘算等他回来如何赌气、如何报复、如何逼其表态。她设计好了软硬兼施的三部曲:先是不许他进门:"几时得归来,香阁深关";然后在他哀求下放他进门,等他求欢时断然拒绝:"待伊要、尤云殢雨,缠绣衾、不与同欢";待他晓得自己的利害后,再温柔相待:"尽更深、款款问伊,今后敢更无端"。这是一位与文人雅词中逆来顺受、自怨自艾、内心愿望含而不露的女性截然不同的市井女子,她大胆而主动地追求爱情,无所顾忌地坦陈心中对平等自由爱情的渴望。整首词语言俚俗,口吻直白大胆,泼辣尖诮,柳永将其对恋人思浓怨急、爱深恨重的复杂心理刻画得曲折细致、声情毕肖,充满了市民生活的气息。但也正因为这种不合封建社会道德和正统文人的审美趣味而被称之为"淫冶讴歌之曲"。

> 洞房记得初相遇。便只合、长相聚。何期小会幽欢，变作离情别
> 绪。况值阑珊春色暮。对满目、乱花狂絮。直恐好风光，尽随伊归
> 去。一场寂寞凭谁诉。算前言，总轻负。早知恁地难拚，悔不当时留
> 住。其奈风流端正外，更别有、系人心处。一日不思量，也攒眉千度。
> （《昼夜乐》）

　　抒情主体是一个独居索寞的女子，她娓娓叙述短暂而难忘的爱情经历，回忆与心上人往昔欢聚的情景。她与情人小会幽欢，两情缱绻，一心认为"便只合，长相聚"，没想到很快就面临着分离的痛苦。暮春时节的"乱花狂絮"触动了女子对往日幸福的回忆：他不仅举止风流潇洒，而且还品貌端正，"更别有、系人心处"，而自己当初却不懂得珍惜，"算前言，总轻负"；她懊悔当初未考虑到离别后在情感上竟如此难以割舍，"早知恁地难拚，悔不当时留住"。到如今，自己终朝永日孤独地品味刻骨的相思。词作将女主人公细腻深婉的内心世界表现得回环往复。

　　《驻马听》[①]展现的也是温柔多情而非大胆泼辣的市民女子。她与丈夫有过两三载"如鱼似水"、"深怜多爱"的甜蜜生活，可是，由于男方"恣性灵"，夫妻感情出现裂痕，她委曲求全、百般迁就，"无非尽意依随"，可是这并能改变分离的结局。女子被弃后仍免不了对离人的眷恋，情感上难以割舍，"万回千度"、苦闷异常。

　　在词史上，柳永也许是第一次将笔端伸向平民妇女的内心世界，为她们诉说心中的苦闷幽怨。看下面这首《迷仙引》：

> 才过笄年，初绾云鬟，便学歌舞。席上尊前，王孙随分相许。算

---

　　① 词曰："凤枕鸾帷。二三载，如鱼似水相知。良天好景，深怜多爱，无非尽意依随。奈何伊。恣性灵、忒煞些儿。无事孜煎，万回千度，怎忍分离。而今渐行渐远，渐觉虽悔难追。漫寄消寄息，终久奚为。也拟重论缱绻，争奈翻覆思维。纵再会，只恐恩情，难似当时。"

等闲、酬一笑,便千金慵觑。常只恐、容易韶华偷换,光阴虚度。

　　已受君恩顾,好与花为主。万里丹霄,何妨携手同归去。永弃却、烟花伴侣。免教人见妾,朝云暮雨。

这首词模拟一个生活在社会底层歌伎的口吻,道出她厌倦风尘、追求真诚爱情的心理。词中歌伎自述自己的卖笑生涯,她身隶娼籍,及笄之年便开始在华灯歌筵间应酬娱宾,为王孙公子们歌舞侑觞。由于色艺双绝,常常是一曲千金。但是,这个歌伎又清楚地知道,歌舞场中的女子,青春美貌会如韶华一样朝开暮落,而且她也厌倦了这种朝云暮雨的生活。她终于在赏识者中找到一个可以托付终身的男子,她于是期盼"永弃却、烟花伴侣"与心上人"何妨携手同归去",过正常的家庭生活。

柳永长期流连坊曲,与歌伎交往频繁,他虽然有时也不免狎戏玩弄歌伎,但更多的是以平等的身份和相知的态度对待她们。认为她们"心性温柔,品流详雅,不称在风尘"(《少年游》);欣赏她们"丰肌清骨,容态尽天真"(《少年游》)的天然风韵;赞美她们"自小能歌舞"、"唱出新声群艳伏"(《木兰花》)的高超技艺;关心同情她们"一生赢得是凄凉。追前事、暗心伤"(《少年游》)的不幸和痛苦;也常常替她们表白独立自尊的人格和脱离娼籍的愿望。柳永的这类词作真切地表现了她们的命运。

柳永从在词坛上崭露头角起,就一直是人们评价和关注的焦点。词坛上这股"柳永热",从时间来看,不仅北宋时期,他的词就四方传唱、敏若风雨,甚至直到南宋末年,还有"儿女多知柳七名"(刘克庄:《哭孙季蕃》)的盛况。从空间上来看,"柳三变好为淫冶讴歌之曲,传播四方"①。柳词所及,西至西夏国,东达高丽(明·郑麟趾:《高丽史·乐志》),北到金源,南迄粤闽。可以说"凡有井水饮处,即能歌柳词"(宋·叶梦得:《避暑录话》卷下)。从传播范围来看,上至王侯将相,中至和尚太监,下至平民百姓,无论皇家贵族抑或市井百姓,无论高雅文士抑或凡俗等辈都是他的"追星族"。

宋仁宗本是一位"务本理道,留意儒雅"的君子,他也多次下诏斥逐浮华

---

① (宋)吴曾:《能改斋漫录》卷一,见唐圭璋《词话丛编》,中华书局1986年版,第135页。

艳冶之文风,但对柳词却情有独钟。陈师道《后山诗话》中记载:"柳三变游东都南、北二巷,作新乐府,骫骳从俗,天下咏之,遂传禁中。仁宗颇好其词,每对酒,必使侍从歌之再三。"叶梦得《避暑录话》又云:"永初为上元辞有'乐府两籍神仙,梨园四部弦管'之句传禁中,多称之。"

哲宗朝中丞相何粟也是柳永的"铁杆歌迷"。在金兵围攻汴京的危急时刻,仍然"时一复讴柳词"①,韩少帅则是"每酒后好讴柳三变一曲"。

徐度《却扫篇》记述了一个非常有趣的故事:

> 刘季高侍郎宣和间尝饭于相国寺之智海院,因谈歌词,力诋柳氏,旁若无人者。有老宦者闻之,默然而起,徐取纸笔,跪于季高之前请曰:"子以柳词为不佳,盍自为一篇示我乎?"刘默然无以应。

在教坊乐工中,柳词自然更是备受青睐。宋人罗烨《醉翁谈录》云,柳永"花前月下,随意遣词,移宫换羽,一经品题,声价十倍。妓者多以金物资给之"。叶梦得《避暑录话》也有"教坊乐工每得新腔,必求永为词"的记载。虽然终宋之世名家辈出,但其他词人跟柳永比较起来都有点小巫见大巫,用胡寅《酒边词序》中的话来表述:"柳耆卿后出,掩众制而尽其妙,好之者以谓不可复加。"

柳永的红极一时,很快受到评论家的重视。甚至可以说,从柳词开始传播的那一天起,就成了评论家们的热门话题。柳词之俗遭到各种"势力"一致的口诛笔伐。王灼批评柳词"浅近卑俗","比都下富儿,虽脱村野,而声态可憎"②。宋人黄昇《花庵词选》说:"耆卿长于纤艳之词,然多近俚俗。"宋人张端义说:"柳词无表德,只是实说。"③同时的陈师道、叶梦得、吴曾等人都深以为然。用严有翼《艺苑雌黄》中的话说,就是:"彼其所以传名者,直以言多近俗,俗子易悦故也","虽颇以俗为病,然好之者终不绝也"。但这也恰恰是柳

① （宋）徐梦莘:《三朝北盟会编》卷六八,上海古籍出版社1987年版。
② （宋）王灼:《碧鸡漫志》卷二,见唐圭璋《词话丛编》,中华书局1986年版,第84页。
③ （宋）张端义:《贵耳集》卷上,中华书局1985年版,第16页。

永热出现的第三个原因。

在评价柳永的诸多宋人中,李清照的评价与其他人比较起来,显客观公正,且更有历史的穿透力。她在《论词》中说:"逮至本朝,礼乐文武大备,又涵养百余年,始有柳屯田永者,变旧声作新声,出《乐章集》,大得声称于世。……虽协音律,而词语尘下。"这段话提供了丰富的信息,概括起来有三点:首先,李清照将"柳永现象"置于宋代大的社会历史境遇中,指出了柳永词大得声称于世本于北宋承平日久,朝野多欢的社会环境的孕育;其次,柳永热的出现还在于他变旧曲作新声,又力求"旖旎近情",易唱易懂;复次,其吐属香艳,多涉闺襜为李清照所诟病。

二、"晏柳之争":趣味与身份的表征

张舜民《画墁录》记载:

> 柳三变既以词忤仁庙,吏部不放改官,三变不能堪,诣公府。晏公曰:"贤俊作曲子么?"三变曰:"只如相公亦作曲子。"公曰:"殊虽作曲子,不曾道:'彩线慵拈伴伊坐。'"柳遂退。①

这次"对话"发生的时间大约在晏殊53岁左右。此时柳永中进士差不多10年了,但因其词名"吏部不放改官"。柳永想不通,于是谒见晏殊,想跟同样颇有词名的宰相发发牢骚,寻求理解与通融,不想被晏殊拈出俚俗之句斥退。这则大家都很熟悉的词林公案颇为耐人寻味。它揭示了宋代文坛上普遍存在

---

① "彩线慵拈伴伊坐"柳永《定风波》实应为"针线闲拈伴伊坐":"自春来、惨红愁绿,芳心是事可可。日上花梢,莺穿柳带,犹压香衾卧。暖酥消,腻云嚲(duǒ),终日恹恹倦梳裹。无那,恨薄情一去,锦书无个。早知恁么,悔当初、不把雕鞍锁。向鸡窗、只与蛮笺象管,拘束教吟课。镇相随,莫抛躲,针线闲拈伴伊坐。和我,免使年少,光阴虚过。"柳永以"男子作闺音"的女性第一人称手法,写了一个因爱人远行、音信杳无而无绪梳妆、忧愁苦闷的普通市井女子。词中女子表达自己的感情和欲望的语言大胆而直率,主人公的理想就是让心上人安安稳稳地吟诗诵书,自己在一旁温存相伴,过一份静谧、温馨的正常人的生活。在她看来,青春年少、男女爱爱,才是人间最可宝贵的,至于什么功名富贵、仕途经济,都无足轻重。这里所显露出来的生活理想和生活愿望任情放露,带有明显的市民意识,在晏殊等正统士大夫文人看来,这自然是"俗不可耐"和"离经叛道"的。

的一种现象:雅与俗的对立,士大夫趣味与市民趣味的对立,或者换句话说,精英文化与"大众文化"的对立。

柳永词作中语言之"丽以淫"(黄昇:《唐宋诸贤绝妙词选》卷五)向来为正统文人所不齿。因长期沉沦于市井生活阶层的语言圈子中,柳永习染了当时"不知书者"的俚俗言语,如"总知颠倒"、"可惜许老了"、"道知张陈赵"、"愿奶奶、兰心蕙性"之类,至于那些如"似恁偎香倚暖,抱着日高犹睡","再三偎着,再三香滑"之类描写女性体态容貌、床笫欢愉的恣情淫艳的句子,则更是"格固不高"、"风期未上"。此种闺门嫚亵之语晏殊是万万不肯做的。只要把《乐章集》和《珠玉词》进行对比,就会看出晏殊和柳永在写什么和怎么写方面都有明显分歧。晏殊《珠玉词》绝大部分也是抒写男女之间的相思爱恋和离愁别恨。然而,晏殊词将男女恋情写得温润秀洁、纯净雅致,语言也毫无柳永的脂粉气和香艳色彩,而是清丽淡雅、雍容和缓。柳词中的女性主要是秦楼楚馆、烟花巷陌中的女性,她们大胆、主动、毫不顾忌;晏词中的女性主要是豪门华筵上的官妓或家妓,她们典雅、含蓄、优美;晏词中的男女之情仅限于相思幽怨,而且写得委婉含蓄,柳词中则多写两性的云雨欢合。即使是写相思或回忆往事,或向往未来,柳词也常涉及两性间的床笫之欢;晏词笔下的女性大多不是现实生活中可以确指的人物。而柳永则多描写他生活中遇到的某个市井女子或者歌姬;晏殊多写"高贵者"的生活,雍容、典雅、闲适;柳永多些"卑贱者"的生活,平凡、琐细、狎昵;晏殊追求正统文人的情趣,虽然生活已经有市民化的倾向,却仍然保持自己高雅的身份,使自己的情欲表现限制在一定的范围之内。柳永追求的则是风流浪子的情趣。作为市民意识和趣味的代言人,柳永与晏殊在创作上的分歧,实质上体现的是封建士大夫阶层同一般的市民阶层之间的审美趣味上的冲突和矛盾。布迪厄写道:"纯粹愉悦与感官愉悦的对立,反思、静观式的鉴赏与感官鉴赏(tasteofsense)的对立成为文化等级的内在标准,将高雅文化与俗文化区分开来,并为社会等级结构——精英与俗众的对立——提供神圣的参照。"[1]比起晏、欧、少游借女性口吻以表雅正之思或寄身世之感,甚至借以表政治性的忠爱之情,柳永却用"细密而妥溜,明白而

---

[1]　bourdieu,distinctionp.6.

家常"的俚言俗语淋漓尽致地描写男欢女爱;前者超越风月,后者却为风月所使。柳永从俗的书写姿态无疑站在了雅的对立面。正因为晏柳词风的雅俗之分,才使与柳永一样作闺音的晏殊斥责起柳永来理直气壮。

其次,上面这则词话也反映出以晏殊为代表的精英文化阶层和以柳永为代表的市民阶层审美趣味的截然对立。儒家的正统诗教观念严厉排斥俚词欲语,视一切过分的发泄为"淫荡",把一切跟情欲有关的词言都视为"粗俗"。张炎就此发表过自己的看法:词欲雅而正,志之所之,一为情役,则失其雅正之音"。在张炎们看来,一个正统文人,可以以写词自娱,发挥风月,但不能为风月所使。因而,柳永的"待遇"自然也就可想而知。实际上,不仅仅是晏殊,柳永在宋代遭到了文人士大夫一致的排斥和攻击,对耆卿的非难谴责和不宽容的态度简直可以说是空前绝后。这不仅仅是因为"柳词格不高"(沈雄:《古今词话》)、"语纤而气雌下"①,更重要的是因为柳永的"薄于操行","日与子纵游娼馆酒楼间,无复检约"(严有翼:《艺苑雌黄》)的行为同士大夫阶层的雅正谨慎是格格不入的。正如苏轼在《于潜僧绿筠轩》云:"人瘦尚可肥,士俗不可医。"可是,为什么在宋代雅俗之争竟如此紧张,对柳永之俗如此不能宽容呢?柳词之所以受到士大夫的阶层的一致严厉批评,问题就在于他出身儒门却混迹市民阶层。这就涉及宋代文人士大夫特殊的身份意识问题了。

宋代的士大夫文人同以往的封建文人最大的不同就在于,他们中的大多数都是来自民间贫寒的庶族,是科举制度的完善使他们得到了进身于仕宦之路的机会。"作为士大夫阶层的应有状态,个人人格上资格的有无,较之家族系统和血统更为重要,已经变得具有决定性意义。"②"尽管出身于农家,但只要被确认具有资格,就可以列为士大夫;即使是士大夫的子弟,也必须确认其本人是只有资格的人。""就这样,在宋代,随着中国式官僚制的完成,作为其根据的士大夫的理念也以进一步明确的姿态在人们的认识中固定下来。而在那理念中,毫无疑问,'雅'是重要的属性之一。敏锐地区别'雅俗之见'、雅与俗,爱雅而排俗,这是要求士大夫具备的最起码的资格。……这样一想,宋代

---

① (清)张德瀛:《词徵》卷五,《词话丛编》第五册,中华书局 1986 年版,第 239 页。
② [日]村上哲见:《唐五代北宋词研究》,杨铁婴译,陕西人民出版社 1987 年版,第 41 页。

文人排俗之严苛之所以同唐代以前格外不同,不能不说是当然的事。这本身就是特权阶级的最重要的证明之一,虽然不能说是唯一的证明。"①也就是说,趣味的区隔本身就充当了将阶级的区隔加以合法化的功能。考虑到这一点,问题就明朗多了:从柳永出身来看,他应该是士大夫中的一员,然而他的性格与言行②却公然向士大夫的理念进行了挑战和叛逆,"对于同营垒内部的背叛行为所进行的谴责,同对对立者的谴责相比,具有本质不同的酷烈性,这乃是

---

①　[日]村上哲见:《唐五代北宋词研究》,杨铁婴译,陕西人民出版社 1987 年版,第 226 页。

②　柳永风流放荡、恃才傲物的性格与士大夫阶层应该有的雅正谨慎是格格不入的。柳永暇日遍游烟花巷陌,欢饮狂歌,纵情享乐为歌姬填词。其沉溺而不知振拔、疏放而不知检约的个性在他的词中有很典型的体现。日本学者宇野直人曾经做过精细的统计,与其他词人比,柳永使用"狂"字特别频繁。宇氏据《全宋词》统计出(含有"狂"字的句数与作品总数之比):柳永 24/213,张先 2/165,晏殊 2/137,欧阳修 8/241,晏几道 9/270,苏轼 13/362,黄庭坚 4/190,秦观 1/90,周邦彦 3/186,姜夔 0/87。他在许多场合用"狂"字作为自己心情意绪的表征,特别是常用这个字表现自己耽于玩乐的心理状态:"无限狂心乘酒兴,这欢娱,渐入佳境"(《昼夜乐》其二)"未更阑,已尽狂醉。其中有个风流,暗向灯光底。"(《金蕉叶》)(宇野直人:《柳永论稿》,上海古籍出版社 1998 年版,第 43 页)他的这种狂狷性格不仅不见容于权贵阶层,而且也必然会为此付出代价。冯梦龙《喻世明言》第十二卷"众名姬春风吊柳七"一节记载:吕夷简 60 寿辰,派人向柳永讨词,柳写了一首,一首为《千秋岁》,一首为《西江月》。吕先读了《千秋岁》词,"倒也喜欢"。但等他"又见《西江月》之调,少不得也念一遍,念到'纵教走捎字难偿,不屑与人称量',笑道:'当初裴晋公修福光寺,求文于皇甫,每字索绢三匹。此子嫌吾酬仪太薄耳。'又念到'我不求人富贵,人须求我文章',大怒道:'小子轻薄,我何求汝耶?'从此衔恨在心"。又过了数日,恰值翰林员缺,吏部开荐柳永名字,仁宗曾见他增定大晨乐府,亦慕其才,问宰相吕夷简道:"朕欲用柳永为翰林,卿可识此人否"吕夷简道:"此人虽有才华,然恃才高傲,全不以功名为念。见任屯田员外郎,日夜留连妓馆,大失官箴。若重用之,恐士习由此而变。"遂把着卿所作《西江月》词诵了一遍。仁宗皇帝点头。早有知谏院官,打听得吕丞相衔恨柳永,欲得逢迎其意,连章参劾。仁宗御笔批着四句道:"柳永不求富贵,谁将富贵求之? 任作白衣卿相,风前月下填词。"此则记载虽然不免有杜撰之嫌,却也与其时常理不悖。而精英阶层虽也偶有文章放荡,但立身却皆谨慎,既风流又儒雅。仁宗本身就是个"务本向道"的正统帝王。据邵伯温《邵氏闻见录》卷二记载,仁宗有一次夜间观看众僧做道场,遂"各赐紫罗一疋"。众僧致谢时,他嘱咐说:"来日出东华门,以罗置怀中,勿令人见,恐台谏有文字论列。"还有一次,他在很受宠的张贵妃那里见到一个定州红瓷器,就追问"安得此物"? 贵妃说是大臣王拱辰进献的。仁宗训斥贵妃不该与臣僚通馈赠,并用柱斧打碎了瓷器。后来他又发现贵妃身着灯笼锦,问清是潞国公文彦博送的,很不高兴。后来文彦博任宰相,台官唐介弹劾他,涉及送灯笼锦的事。仁宗以对上失礼的罪名把唐介贬谪到边远地方,同时也降了文彦博的职,命他出判许州。晏殊同样是正统文人。他 14 岁就以"神童"身份被宋真宗接见,15 岁受赐同进士出身,擢秘书省正字,42 岁任参知政事。虽然其间也是宦海沉浮,但基本是身居高官,这都归功于其生性谨慎、行为规范。

常情。对于当时的士大夫阶层来说,容忍他,就会同否定自己为特权阶级的原因联系起来。所以,必须抛弃他以捍卫自己的地位"①。

然而,这场雅俗之争的吊诡之处在于:其一,考察有宋一代词史,虽然"尚雅"之论此起彼伏,但是,词坛却并没有"东风压倒西风",柳永词的"流俗者好之自若"就是有力的证明。其二,"俗气的标准是随社会阶级变换而变换的:下等社会认为美的,中等社会认为美的,上等社会认为俗不可耐"②。柳永的词"流俗好之自若"、"不知书者尤好之",却"不称于文士之口"就是明证。而且,"不称于文士之口"与文士不读柳词毕竟不是一码事。可以肯定地说,晏殊是熟谙柳词的,不然就不会随口吟出柳永的词句。"文格一变"、"体制高雅"的苏轼是熟悉柳词的。这从以下的几个大家都很熟悉的材料中可以得到确认:

> 少游自会稽入都见东坡。东坡曰:"不意别后,公却学柳七作词!"少游曰:"某虽无学,亦不如是。"东坡曰:"'消魂。当此际',非柳七语乎?"③

秦观因有模仿柳词之嫌而遭到苏轼的训斥,但是苏轼毕竟要在熟知柳词的基础上才能敏锐地发现秦柳二人的酷似之处。

> 近却颇作小词,虽无柳七郎风味,亦自是一家呵! 数日前猎于郊外,所获颇多,作得一阕,令东州壮士抵掌顿足而歌之,吹笛击鼓以为节,颇壮观也。(苏轼:《与鲜于子骏》)

柳永在中国词史上的影响以及他所引起的争论,大概只有后来的苏轼能够与其竞争。王易《词曲史》指出的:"自有柳耆卿而词情始尽缠绵,自有苏子

---

① [日]村上哲见:《唐五代北宋词研究》,杨铁婴译,陕西人民出版社 1987 年版,第 225—227 页。
② 钱锺书《论俗气》一文中转引的赫胥黎的话,见 1933 年 11 月 4 日《大公报》。
③ (清)沈辰恒:《历代诗余》卷五,引曾慥《高斋词话》,上海书店 1985 年版。

瞻而词始极畅旺。柳词足以充词之质,苏词足以入词之流。非柳无以发儿女之情,非苏无以见名士之气。"①但是苏轼这种"自成一家"的评价多少有点莫可奈何,其前提是必须坦言承认柳永是"一家",而且是当行本色的一家,自己的词难及"柳七风味"。此外,他风格的"摆脱婉转绸缪之度"也多少有点被动的意味,就如学者吴熊和指出的:"苏轼作词时,正当柳永词风靡一世之际。他改变词风,就以柳永为对手,从力辟柳词开始。"②

在词的创作与影响方面,苏轼始终摆脱不了来自柳永的"影响的焦虑",俞文豹《吹剑续录》中的一则材料透露了这方面的信息:

> 东坡在玉堂,有幕士善讴,因问:"我词比柳七词如何?"对曰:"柳郎中词,只好十七八岁女孩儿,执红牙板,唱'杨柳岸晓风残月';学士之词,须使关西大汉,执铁板,唱'大江东去'。"公为之绝倒。

这段记载我们应该着重注意的是"我词比柳七词如何?"一句,苏轼是将柳永作为一个强劲的对手看待的。如果他认为柳词不值一提,也就不会将己词与柳词比肩了。实际上,柳永在生前和身后都有着庞大的阅读、欣赏群体:在歌词创作领域,无论是庙堂公卿还是落地文士,于吟唱柳词的同时,也在不同程度地摹学柳词。迫于士大夫阵营内部的雅俗区隔的强大压力,众多的词人只能阳讳其名而阴奉其实罢了。这一点南北宋之交的王灼早有公断:"今少年""十有八九不学柳耆卿,则学曹元宠(组)"。③

三、柳永缘何迁擢无门

封建时代,特别是像宋代这样一个抑武崇文、文官待遇空前优厚的时代,文人立身扬名的唯一出路即是读书中举,进入仕途。"士之潦倒不第者,皆觊觎一官,老列不止。"(宋·王栐:《燕翼贻谋录》卷一)科举制度这只掌控士子

① 王易:《词曲史》,东方出版社1996年版,第155页。
② 吴熊和:《唐宋词通论》,浙江古籍出版社1989年版,第207页。
③ (宋)王灼:《碧鸡漫志》卷二,见唐圭璋《词话丛编》,中华书局1986年版,第85页。

命运的手在潜移默化中规定着士人的价值判断,模塑着士人的文化心态,并将之内化为士人的自我评价尺度,成为一种自觉的追求。柳永虽狎邪放荡,但出身世代奉儒守礼之家,少时也曾"男儿欲遂生平志,六经勤向窗前读"(宋真宗:《劝学诗》),梦寐以求金榜题名。他曾在其《劝学文》中写道:"学则庶人之子为公卿,不学则公卿之子为庶人"。但是他一生却仕路蹒跚,屡屡受挫。仁宗先是在柳永进士考试成绩"上线"后"特落之",其后当柳永晚年蹭蹬于仕途时,不予升擢,甚至当柳永合乎正常改官条件,依然"不放改官",柳永的一生都没有走出他自己和社会为之设置的科仕"彀中"。

仁宗有意跟柳永"过不去"起因于柳永第一次科举考试落榜后写的一首《鹤冲天》:

> 黄金榜上,偶失龙头望。明代暂遗贤,如何向? 未遂风云便,争不恣狂荡。何须论得丧? 才子词人,自是白衣卿相。
>
> 烟花巷陌,依约丹青屏障。幸有意中人,堪寻访。且恁偎红翠,风流事,平生畅。青春都一饷。忍把浮名,换了浅斟低唱。

在这首词里,柳永恃才傲物,不仅公然声称,才子词人乃"白衣卿相",而且还扬言以到烟花陌巷寻访流连、依红偎翠、浅斟低唱为价值旨归。不管柳永是否只是因榜上无名而发泄一时的不满和牢骚,还是年少轻狂、书生意气的自我解嘲。他的这首词都如一封拒绝朱紫显达的叛逆书忤逆了龙颜。果然,柳三变第二次考试,"及临轩放榜",仁宗皇帝曰:"且去'浅斟低唱',何要浮名?"①胡仔《苕溪渔引丛话》引《艺苑雌黄》也有类似记载:"柳三变喜作小词,薄于操行,当时有荐其才者,上曰:'得非填词柳三变乎? 曰:'然。'上曰:'且去填词。'"就因为这一句词,柳永"至景祐元年方及第",后改名永,方得磨勘转官。

第二次是在其晚年好容易从地方官转为京官前后。据《后山词话》记载:

---

① (宋)吴曾:《能改斋漫录》卷十六,见唐圭璋《词话丛编》,中华书局1986年版,第135页。

柳三变游东都南北二巷,作新乐府,骩骳从俗,天下咏之。遂传禁中。宋仁宗颇好其词,每对酒,必使侍妓歌之再三。三变闻之,作宫词号《醉蓬莱》,因内官达后宫,且求其助。[后]仁宗闻而觉之,自是不复歌其(此)词矣。会改京官,乃以无行黜之。①

柳永"投帝所好",让仁宗皇帝警觉地意识到自己的"隐私"已经暴露,在公开场合一再表明自己"留意儒雅,务本理道,深斥浮艳虚华之文"的皇帝以"无行"为由黜之。可怜三变执迷不悟,以为皇帝喜欢自己的词作就可借此升迁,结果反而因揭皇帝的短儿遭受又一次打击。

第三次可见于叶梦得《石林避暑录话》卷三的一段记载:

(永)初举进士登科,为睦州掾官,旧初任荐举法,不限成考。永到官,郡将知其名,与监司连荐之。物议喧然。及代还至铨,有摘以言者,遂不得调。自是诏初任官须满考乃得荐举,自永始。

就是说,耆卿进士及第去睦州赴任时,郡将想在柳永任期未满时就破格提拔他,没想到却"物议喧然",引起纷纷非难,被当时的士大夫文人联手摈斥。这时柳永才"始悔(词名)为己累"②。柳永虽然少负词名,却功名蹭蹬。他科第入仕之后,长期担任地方州郡的掾吏、判官等小官,辗转宦游各地,很不得志。柳永的仕途坎坷,我们自然会归罪于他"薄于操行"。但是,翻阅宋时各类文献资料,有一点很清楚:柳永之时,宋代冶游之风盛行,上至皇帝、士大夫,下至各级官吏都曾纵情声色。社会舆论并不加苛责,出入风化场也不是多么严重的道德问题。在"百年无事"的太平盛世里,社会朝野都弥漫着享乐习气。整个社会风气如此,柳永的行为与一般士子一样,并没有什么特别。那么,仁宗皇帝经由一种什么样的逻辑将已经榜上有名的柳永"合理地"打入另册? 为什么柳永升职会惹得"物议哗然"呢?

---

①　见(清)何文焕:《历代诗话》上册,中华书局 1981 年版,第 311 页。
②　(宋)叶梦得:《避暑录话》卷三,上海书店 1990 年影印本。

我们先来看第一个问题。这涉及一个词品与人品的关系问题。有宋一代,词虽被时人视为"小道","文艺之下者"。但是,上自王侯官吏、下自贩夫走卒,对歌词并不排斥。一般情况下,作词也不会和"无行"画等号。然而"黜淫哇,以崇雅制"却是权力阶层为了维护统治秩序所一贯奉行的政策。"故艳词可作,唯万不可作僩薄语"①,若为此语,便会被认定是"凉薄无行"之人。如许宗彦为清人吴衡照《莲子居词话》序言中所说:"故览一篇之词,而品之纯驳,学之浅深,如或贡之。命意幽远,用情温厚,上也。辞旨僩薄,冶荡而忘反,醻其性命之理,则大雅君子弗为也。"也就是说,淫俗之词不符合士大夫的身份,因而是"雅人修士、相戒不为"的。陆蓥《问花楼词话》认为欧阳修、司马光等大儒巨公,不会填写品格低下的艳词,他们集中出现的艳词乃"一时忌公者,藉口以兴大狱。司马温公,儿童走卒,咸共尊仰。轻薄子捏造艳词,以为公作。"将词品与人品联系起来,以词观人,宋代诗话词话中并不少见。邵博《邵氏闻见后录》有一条记载:

> 晏叔原监颍昌府许田镇时,手写自作长短句上府帅韩少师。少师报书云:"得新词盈卷,盖寸有余而德不足者。愿郎君损有余之才,补不足之德,不胜门下老吏之望。"

陈廷焯《白雨斋词话》卷二谈到人品与词品时,也因美成、少游"好作艳语,不免于俚耳",认为其人品不高。这可以说是"笔性墨情,皆以其人之性情为本"(《艺概》)、"每观其文,想其人德"(钟嵘《诗品》)的传统评价标准在词的领域的运用。

词之格调卑下可以影响到人的声誉,为正统士大夫所不齿,进而影响仕途,投弃终身。仁宗在进士榜上除去柳名就是经过了这样一个三级转换:他将雅与俗审美命题转换为道德高下的伦理命题,然后再将道德命题转换为一个政治命题。以一句"且去填词"否定了柳永的"俗",将他排斥在统治阶层之外,再以"无行"为借口扼杀了他博取功名的权利。所以叶梦得《避暑录话》卷

---

① 王国维:《人间词话》,自《王国维文集》,北京燕山出版社 1997 年版,第 32 页。

下记柳永因谱写歌词而仕途坎坷之故事,并慨然论之曰:"永亦善他文辞,而偶先以是得名,始悔为己累,……而终不能救。择术不可不慎。"柳永的悔词名为己累,叶梦得择术必慎的评价,恰恰揭示了柳永的仕禄悲剧在于他做了以词论人的牺牲品。

其次,柳永在进官之前就以俗艳词名广被于世是柳永功名不扬的第二个原因。如果柳永在进阶之前没有在艳词方面久负盛名,那么,他可能就已经进阶。在为官之后再写艳词,恐怕就不会引起统治阶层的特别关注,这恐怕是柳永始料不及的。①

词在北宋还是一种没有政治地位的文体,真宗时代是"进士之学者,经、史、子、集也;有司之取者,诗、赋、策论也"②。仁宗时代则是"比进士以诗、赋定去留;学者或病声律而不得骋其才,甚以策论兼考之"。而词在诞生之日起就被称为曲子词,所依之曲调,不是中夏之正声雅乐,而是胡夷里巷之曲。倚声填词被视为"小道",被排斥于精英文化之外。宋正史及官藏书目里不列词集,就足以表明有宋一代对词的轻视。柳永诗文据今天保存下来的资料看,除一首《煮海歌》还算正统外,诗文创作数量极其有限。他不仅专力写词,又词品甚卑,词作中反复吟咏的是刻骨的相思、佳人的巧笑、情欲的张扬与发泄。柳永这种语言的狂欢化,不以道德文章为立身根本和人生旨归,无意中和主流的意识形态形成了一种潜在的紧张。对统治阶级维持日常的生活秩序、伦理观念构成了潜在的价值解构,因而在客观上背离了整个士人集团。所以,从这一个角度看,与其说是柳永被当时的上流社会所排斥,还不如说是柳永的主动放弃。王水照先生曾指出:"宋代'士人'从其政治心态而言,则大都富有对政治、社会的关注热情,怀有'以天下为己任'的责任感和使命感,努力于经世济时的功业建树中,实现自我的生命价值。这是宋代士人,尤其是杰出精英们的

---

① 对于这种因词遭难的情况,柳永也始料未及,以至于后悔不迭。叶梦得《避暑录话》载,柳永词传禁中,"多称之,后因秋晚张乐,有使作《醉蓬莱》辞以献,语不称旨,仁宗亦疑有为之地者,因置不问。永亦善为他文辞,而偶先以是得名,始悔为己累。后改名三变,而终不能救。"(叶梦得:《石林避暑录话》卷三,上海书店1990年影印本。)

② (宋)李焘:《续资治通鉴长编》,《真宗咸平5年,河阳节度判官张知白上疏》,中华书局1986年版,第452页。

一致追求。"①词在当时是俗文化的一个代表,而柳词偏又以歌咏缠绵声色而著名,于是柳词就似乎成了俗艳文化的宣言,而柳永则不自觉地成了俗艳文化的代表人物,俗艳文化的代言人。很显然,代表主流文化(雅文化)的统治阶层是不可能让一个相当有影响的俗艳词的代表进入他们的阶层的,如果他们的阶层接纳了柳永,就无疑承认了俗艳文化的官方地位。这样就势必会威胁到士大夫阶层的文化阵地的巩固,动摇他们所固守的传统文化基础,从而,也势必削弱最高统治者意欲加强的思想控制。柳词"作为一种与传统的文艺创作异质的都市文化产品,对于士人夫的伦理道德体系有很大的对抗、渗透和腐蚀、分解作用,因而必然遭到意欲通过建立理学来维系传统儒家的主体地位的统治集团的抵制和围攻。"②所以,柳永和统治阶层的不融合便转化成了一种文化对抗,这种文化对抗是以统治阶层为代表的主流文化,即雅文化和以柳永为代表的支流文化,即俗艳文化的对抗。因此,我们只要站在当时的上层文人的角度,从当时的主流意识形态的立场来看柳永,就能理解柳永被无情地摈弃出上流社会的原因了。

四、功名与词名:柳永的价值冲突

柳永是宋代词坛的特殊人物。他是一个深受儒家文化涵养的文人,但是他却表现出浓重的市井色彩。宋代旖旎靡丽的城市文化环境,自上而下的耽乐之风,给柳永"浩歌纵饮任天机,莫使欢娱与性违"(司马光:《陪诸君北园乐饮》)的狂放性格提供了很好的表现场地。他终日混迹秦楼楚馆、流连歌舞柔情,使"他的人格类型比较接近于商业经济所孵化出的市民阶层的人格"③。他的很多词作都暴露了他价值观中与市民阶层一致的享乐意识。如《传花枝》中"遇良辰,当美景,追欢买笑。剩活取百十年,只恁厮好";《看花回》中"笑筵歌席连昏昼,任旗亭,斗酒十千,赏心何处好,唯有尊前";《长寿乐》中"少年时,忍把韶光轻弃。况有红妆,楚腰越艳,一笑千金何啻。……任好从

① 王水照:《王水照自选集》,上海教育出版社 2000 年版,第 14 页。
② 刘扬忠:《唐宋词流派史》,福建人民出版社 1999 年版,第 174 页。
③ 杨海明:《唐宋词与人生》,河北人民出版社 2002 年版,第 77—78 页。

容痛饮,谁能惜醉";《如鱼水》中"浮名利,拟拼休,是非莫挂心头。一共绿蚁、红粉相尤。向绣帏、醉倚芳姿睡,算除此外何求"……都反映了他人生苦短、及时行乐的思想。而且柳永在其词中多处表露了他对封建社会一般文人所仰慕和追求的功名利禄和高官显爵的厌弃甚或蔑视:《殢人娇》中"良辰好景,恨浮名牵系。无分得、与你恣情浓睡";《如鱼水》中"浮名利,拟拚休。是非莫挂心头";《二郎神》中"愿天上人间,占得欢娱,年年今夜";《六么令》中"都为深情密爱,不忍轻离拆";《红窗听》中"如何向、名牵利役,归期未定"等都是这种心理的反映。但是,综观他的全部作品和一生的行为,事情又并非那样简单。柳永沉迷现世生活的享乐,但沉落下寮、醉入花间绝非柳永的人生理想,儒家济世思想与家庭的官宦出身使柳永同样热烈地追求功名。这同样可以从他的词作和行为中找到"论据"。柳永对功名充满了憧憬:《长寿乐》中"对天颜咫尺,定然魁甲登高第,待恁时,等着回来贺喜"。《征部乐》"况渐逢春色。便是有、举场消息"。在屡战屡败、百般受阻之后,柳永还想方设法干谒权贵,写颂歌献词,希望以词得到晋升。柳永的《乐章集》现存的 212 首词作中,干谒词就有 20 首,占其全部的 1/10。他一生念念功名,几乎从未放弃过入仕的努力,他甚至在万般无奈之中易名再试,想最终捞到一张能进入权力阶层的门票。这充分地表明了一个事实:他不可能摆脱传统文化强加给自己的信条和集体信仰,他更不可能涤除自身携带的传统的价值基因。在他生活的时代,评价文人并不以文学成就而是以官宦沉浮和地位高低为主要标准,深受传统士大夫意识熏染的柳永,内心并不认同他在流行乐坛的地位,他也不是主动去扮演一个俗文化代表的角色。市井文化只能为柳永提供了暂时的快乐与超脱,却难以提供永久的价值支撑。他既想要功名又不想放弃词名,他的功名意识与享乐意识同样强烈,这使柳永面临着心理上的"双趋冲突"。①

　　这种冲突的外显形式就是言与言乖、言与行悖。他科举落第、壮志难酬,就作词表明:"才子词人,自是白衣卿相"、"且恁偎红翠,风流事、平生畅。青

---

　　①　心理学上的冲突概念是指当一个人同时有两个动机,却无法兼顾时,心中就会产生冲突。心理冲突可以分为双趋冲突、双避冲突、趋避冲突等。其中,双趋冲突是指一个人以同样的强度追求同时并存的两个目标,这两个目标具有大致相同的吸引力,而其指向又恰恰相反,两者不可得兼,必须从两所爱或两趋向中仅能选择其一的矛盾心理状态。

春都一饷。忍把浮名,换了浅斟低唱"。可是,第二年,他照样心甘情愿地进入科考"彀中"。我们在这里看不到任何拒绝收编、志在突围的社会实践。"任何否定,如果超乎它本身之外,在作为走向它及它逃向的可能性的未来中,没有任何干预的意义,它也就失去了其一切否定的意义。"①这就使他的反抗性的叛逆语言不无赌气、作秀与矫情之嫌。

当仁宗皇帝让他"且去填词"时,他没有选择明火执仗地公开向官方挑战。他只是通过推行他的欲望哲学,放肆地追求感官享受来表达对权力话语的含蓄不满;他"拒绝正心诚意治国平天下的入世关怀,也拒绝栖心玄远的遁世逍遥,也就是拒绝了全部士绅阶层的人生设计,他们要将目标转移到作为个体的自身,要将过剩的人情人欲,尤其是不能见容于礼教社会甚至任何社会的另类的男欢女爱升格诗"②。他自我解嘲"奉旨填词",用词这种在符号秩序中叨陪末座的文体来宣泄自己的郁闷与无奈。他利用俗艳柔靡的语言狂欢,对他向往追求而不得的统治阶层的规范、道德、趣味进行"仪式化地"颠覆。对进入这个阶层所必需有的高雅、脱俗、与市民生活所保持的距离进行象征性地嘲弄与质疑。"这些向下运动的形象,这些降格的丑剧表演。就其本质而言,它所试图建构的东西是一种解构的精神或纯粹颠覆意识,是一种文学无政府主义。"③他的颠覆与拒绝,他的叛逆与挑战在于自我贬低化、自我欲望化、自我物质化。他在不自觉中将自己抛离到统治阶层的对立面,在不自觉中暗合了市民文化中的"狂欢精神",而被不知书者"黄袍加身",推奉为文化代言人。"另一方面,正因为他成了象征性的人物,所以就把士大夫阶层的谴责引到了自己一个人的身上。这恐怕不是他自己的本意,而当他注意到事态的发展已经超乎他的思考范围的时候,已经无能为力了。"④这一点,我们从他大量的羁旅词中的忧郁与悔恨中不难读出个中况味。他后悔,"追往事、空惨愁颜",慨叹自己"未名未禄,绮陌红楼,往往经岁迁延"(《戚氏》);他忧郁,"狎兴生疏,酒徒萧索"(《少年游》),他伤感,"一生赢得是凄凉,追往事、暗心伤"

① [法]萨特:《存在与虚无》,陈宣良等译,三联书店 1987 年版,第 263 页。
② 朱国华:《古典时代的政治权力与文学:区隔的逻辑》,《天津社会科学》2003 年第 6 期。
③ 朱国华:《古典时代的政治权力与文学:区隔的逻辑》,《天津社会科学》2003 年第 6 期。
④ [日]村上哲见:《唐五代北宋词研究》,杨铁婴译,陕西人民出版社 1987 年版,第 230 页。

(《少年游》),"物情人意,向此触目,无处不凄然"(《临江仙引》)。

没做官时,他千方百计做官,做了官后,他又觉得"名宦拘检,年来减尽风情"(《长相思》)。他是叛逆的,但他叛逆得不彻底;他是词坛耀眼的新星,但他又缺乏身份上的认同;男子作闺音成就了他,男子作闺音也毁灭了他。因而,他的一生都陷入享乐意识与功名意识不可得兼的矛盾冲突之中。而这种冲突从更深的意义上说,是市民文化与精英文化的冲突,是尊雅还是从俗的冲突。

文化的"双性同体"：
男扮女装与女越男界

　　孔子在《论语·为政》篇中说："视其所以，观其所由，察其所安，人焉廋哉？人焉廋哉？"孔子认为，想达到对于人的理解，要经过三个步骤：他首先让我们观察一个人行为的样态（"其所以"），然后考虑行为的动机或具体起因（"其所由"），最后再推断行为的发出者会安于什么样的状态（"其所安"）。宇文所安认为，孔子的这种意在揭示人的言行的种种复杂前提的解释学，强调的是"显现"与"内在"的关系，中国的文学思想就建基于这种思想。由此发展而来的对文学艺术的认识，就不再是局限于读者与文本之间的封闭关系，而是在主体与其历史、语境的关系中构成理解的有效性。① 本书前面几章就是沿着"视其所以、观其所由、察其所安"的思路，对古典诗歌创作中的男子作闺音现象作出梳理、阐释与反思的。巴赫金批判俄国形式主义"艺术结构本身的非社会性"立场，主张透过艺术形式，剖析其中所包含的历史、文化及意识形态的内涵，开创了独树一帜的文化诗学，并在对陀思妥耶夫斯基和拉伯雷的研究中取得了举世瞩目的成就。我们看到，男子作闺音这种艺术形式本身也必然地包容着文本存在的历史厚度，通过对文本的分析，通过对作品存在的历史语境的重建，我们可以看到这种抒情方式本身所包孕的诗学的和文化的内涵。

　　亚里士多德从"艺术是生活的模仿"这一观念出发，对文学进行了分类。他认为，"像叙述与自己无关的事那样去叙事"就是叙事文学，"模仿者不改变

---

　　① 参见［美］宇文所安：《中国文论：英译及评论》，上海社会科学院出版社 2003 年版，第 17—37 页。

自己的身份,亲自出场来叙述"就是抒情文学。① 然而,让亚氏尴尬的是,幽人怀抱,别有寄托,借口代言的男子作闺音的抒情手法乃是中国古代文人常用的手法。翻开文人的诗集词卷,抒情女主人公们或青春曼妙,或布裙荆钗,或红巾翠袖,或华贵雍容。她们于乡间陌上、庭院楼阁、舞榭歌台中抒发着自己的相思之情,离别之恨,遭弃之怨,寡居之悲。或情志殷切,意态缠绵;或忧郁感伤,幽怨悲慨。通过性别的置换与移情,相对于不同的地位与身份,她们分别代表着文人不同的情感符号:或者表达诗人对于女子的同情;或者单纯出于对前人闺怨相思题材之内容、表现方式、艺术风格的仿效与师法;或者是男性阴柔心态的一种宣泄与补偿;或者发泄士人壮志未酬的感慨、才高命薄的怨愤;或者表达士人如履薄冰的隐忧、感怀不遇的无奈;等等。

富有吊诡意味的是,在中国古代男性作者代替女性抒情或盗用女性声音达意的同时,很多女性创作者(尤以明、清两代为盛)笔下的主人公们也冲破闺阃、换上男装,模仿男性声音,表明自己不甘操井臼、事针黹、米盐琐屑的生活,通过"女越男界"的文本行为表达对"他者"的无限向往。她们一改平常女子"卑弱"、"敬顺"、"专心"、"曲从"的身份"定势",或者成为有如男子般叱咤风云、建功立业的"巾帼英雄",或者是胆略和见识在男子之上的"女丈夫"。

一、女越男界的历史考索

古人认为,"夫衣裳之制,所以定上下、殊内外也"。女子男装,便意味着对男权秩序的僭越。但披览典籍文献,女扮男装的史事却也不乏其例。早在殷商甲骨文中就有女性作战的记载。据《史记·项羽本纪》载,刘邦与项羽交战时曾以女军"被甲"两千人以诱惑楚军。到了"精神上极自由、极解放,最富于智慧、最浓于热情的"②魏晋南北朝,束缚妇女的种种礼教规范,都在不同程度上得到突破。《颜氏家训·治家》中载:"邺下风俗,专以妇持门户。争讼曲

---

① 〔希〕亚里士多德:《诗学》,商务印书馆1935年版,第18页。
② 宗白华:《论〈世说新语〉和晋人的美》,见《美学散步》,上海人民出版社1981年版,第177页。

直,造请逢迎。车乘填街衢,绮罗盈府寺。代子求官,为夫诉屈。"①此时的习俗是接纳女子抛头露面参与各种经济与社会活动的。《南史》也有女扮男装参与政治生活的记载:"东阳女子娄逞,变服诈为丈夫,粗知围棋,解文义,遍游公卿,仕至扬州议曹从事。事发,明帝驱令还东。逞始作妇人服而去,叹曰:'如此之伎,还为老妪,岂不惜哉?'"②北朝游牧民族长于骑射,贵族妇女喜着戎装且弓马娴熟。《南齐书·魏虏传》中,北魏宫廷"太后出,则妇女著铠骑马近辇左右"。《古今图书集成·明伦汇编·闺媛典》三百四十一卷"闺奇部"载云:"按《凤阳府志》:隋木兰魏氏亳城东魏村人。隋恭帝时,北方可汗多事,朝廷葬兵,策书十二道,且坐以名。木兰以父当往而老羸,弟妹俱稚,即市鞍马,整甲胄,请于父代戍,历十二年,身接十有八阵,树殊勋,人终不知其女。后凯还,天子嘉其功,除尚书不受,恳奏省规。及还,释戎服,衣旧裳,同行者骇之,遂以享闻于朝,召赴阙,欲纳之宫中,曰:'臣无媲君之礼',以死拒之,帝惊悯,赠将军,谥孝烈,昔乡人岁以四月八日致祭,盖孝烈生辰云。"实际上,花木兰替父从军,若不是屡建奇功、战绩辉煌、忠孝勇烈,其举本身在当时也绝对算不上什么旷世奇闻。

如果说木兰故事反映的是北方人民矫健尚武的精神,那么梁祝故事则带有南方文化特有的柔婉凄艳的色彩。相传梁祝为东晋永和时人,"祝英台,小字九娘,上虞富家女,生尤兄弟,才貌双绝,父母欲为择偶,英台曰:'儿当出外游学,得贤士事之耳。'"因当时女子无受教育机会,不得不"易男装改称九官。遇会稽梁山伯亦游学,遂与偕之宜兴善权山之碧鲜岩,筑庵读书。同居同宿三年,而梁不知为女子。临别,约梁曰:'某月日可相访,将告父母,以妹妻君。'实则以身许之也"③。山伯因家贫而愆期,英台被许马氏子,山伯得知真相,悔念成疾卒。第二年英台出嫁,过梁墓哭悼,地忽裂开,英台纵身跃入,衣片化蝶飞去。英台"女扮男装"的事迹传为佳话,梁祝爱情的凄迷哀怨成为历代梁祝故事的蓝本。

---

① (北齐)颜之推:《颜氏家训》,上海古籍出版社 1992 年版。
② (唐)李延寿:《南史》,中华书局 1983 年版,第 1143 页。
③ 邵金彪:《祝英台小传》,见蒋瑞藻《小说考证·卷九·梁山伯第一百九十七》,上海古籍出版社 1984 年版。

　　唐代社会风气比较开放，礼教松弛，妇女喜欢着胡服，女着男装的风俗在宫廷一度成为时尚的象征。《新唐书·五行志》中曾记载，一次唐高宗和武则天举行家宴，太平公主赴宴时便是一身男性装束；《旧唐书·舆服志》也记载唐玄宗时宫中妇人，"或有著丈夫衣服靴衫"；《新唐书·后妃传》载，武宗妃子王氏，修长纤瘦，与武宗的体型很相似，当武宗狩猎时，她穿着男服陪同，并骑而行，难辨何者为帝，何者为妃。晚唐诗人韦庄《秦妇吟》中有"衣裳颠倒语言异，面上夸功雕作字"的诗句，描写的就是黄巢军中妇女男装刺面杀敌的传奇事迹。《十国春秋·前蜀》载临邛女子黄崇嘏，"居恒为男子装，游历两川"，以诗才"称乡贡进士"。《玉溪编字》中亦载蜀人黄崇嘏，幼失覆阴，作男装年三十许为乡贡进士，后被荐为府司户参军，晋吏畏伏，案牍丽明。伪相周庠欲以女妻之，方不得不自明女身。

　　明清时期启蒙思潮萌芽，一些有文化素养、有胆识抱负的女子开始觉醒并努力体现自身存在的价值，渴望与男子一样可以建功立业，名垂千秋。如明代四川女将秦良玉，幼时通经史，习词翰，与诸兄弟"同心骑射，究心韬略"，后应诏北上勤王，训练五百名健妇以为亲兵，行则男装，止则女装，霜刀雪剑，强于须眉。更有风流放诞柳如是，"善吟咏，工书画"，"生平雅好谈兵"，工吟善谑，往来飘忽，是"儒士而兼侠女"；又具有"天下兴亡'匹妇'有责之观念"，"心怀复楚报韩之志业"，实乃"罕见之独立女子"。① 她写过一篇《男洛神赋》，自比"女曹子建"，虽是"雅谑之文"，却实发历代女子之所未发。顾苓《河东君小传》言崇祯十三年十一月，柳如是心慕钱谦益的才学名望，在友人汪汝谦引荐之下，径自买舟造访，"幅巾弓鞋，著男子服，口便给，神情洒落，有林下风"。柳如是传记的不同版本皆记载，柳如是常常参加几社的南园游宴。几社成员多负经世之才、怀救世之术，以执信守正、匡时救世为人生的最高追求。柳如是以"弟"自居参与他们的集会，纵论天下大事，慷慨激昂，绝不类寻常女子。几社名士为其才志、美貌所倾倒，亦以"弟"视之。这从柳如是致汪汝谦的书

---

　　①　陈寅恪：《柳如是别传》上册，上海古籍出版社1980年版，第5、75、166、144、282、849、144页。

简《尺牍》中可以找到证据。① 林雪对《尺牍》评价极高:"琅琅数千言。艳过六朝,情深班(婕妤)蔡(文姬),人多奇之。"她的词作也同样是气节高昂,胸襟开阔,卓荦超群,放诞风流,"绝不类闺房语"。

清代女子吴藻,字苹香,号玉岑子,仁和(今浙江杭州)人,生于嘉庆四年(1799 年),卒于咸丰十一年(1861 年)。她虽然出生在一个商人家庭,但却不染半点尘俗之气,钟爱绘画、弹琴、诗词,在文学、艺术方面造诣颇深,誉满江南。除杂剧《乔影》外,她的作品有《花帘词》、《香南雪北词》、《花帘书屋诗》和少量散曲。其中以词的成就最高,论者称之为"比肩《漱玉》"②、"《断肠》嗣响"。吴藻自幼志怀高远,希望像男子一样介入历史与社会事务,获得政治上的平等权,全面发挥女子的社会作用。由此,她无视封建礼俗,经常着男子装,颇具"名士"风度。梁绍壬《两般秋雨庵随笔》卷二"花帘词"条载:"(吴藻)又常(尝)作引酒读《骚》长曲一套,因绘为图,己作文士装束,盖寓'速变男儿'之意"。在她的创作中也同样寄寓了这种理想,例如《金缕曲》:"身本青莲界,自翻来,几重愁案,替谁交代? 愿掬银河三千丈,一洗女儿故态。收拾起,断脂零黛。莫学兰台悲秋语,但大言打破乾坤隘。拔长剑,倚天外……",词句之胸襟抱负,眼界气度都不像寻常女子的呢喃之语。吴藻又有着强烈的政治责任感和民族使命意识,这在其词作中也多有体现。如《忆江南》:"江南忆,最忆绿阴浓。东阁引杯看宝剑,西园联袂控花骢。儿女亦英雄。"词人把自己幻想成一位英姿飒爽的巾帼女英雄,一个"最"字表明词人追求与男子一样的参与社会生活的平等权的热切愿望。

从行为规范、价值观念、文学的创作风格和抒情方式几个方面,做得最彻底、最干脆利落的当非晚清的秋瑾莫属。秋瑾的一生颇具传奇性:少年时,随

---

① 如第 4 通:"接教并诸台觇,始知昨宵春去矣。天涯荡子,关心殊甚,紫燕香泥,落花犹重。未知尚有殷勤启金屋者否? 感甚感甚。刘晋翁云霄之谊,使人一往情深。应是江郎所谓神交者耳。某翁愿作交甫,正恐弟仍是濯缨人耳。一笑。"第 7 通:"鹃声雨梦,遂若与先生为隔世游矣。至归途黯瑟,惟有轻浪萍花,与断魂杨柳耳。回想先生种种深情,应如铜台高揭,汉水西流。岂止桃花千尺也。但离别微茫,非若麻姑方平,则为刘阮重来耳。秋间之约,尚怀渺渺。所望于先生维持之矣。便羽即当续及,昔人相思字,每付之断鸿声里。弟于先生亦正如是,书次惘然。"

② 《花帘词》陈文述序。《漱玉》,指李清照《漱玉词》。

父亲调任,游览多处;成年后,婚姻受挫,抛夫弃子赴异邦;归国后,身着男装,组织武装革命;30 岁便慨然赴死,芳颜早逝。秋瑾早年即"喜酒善剑",酷好习武,言行举止都刻意模仿男子,并有意无意之间把自己想象成大侠、英雄。她在诗作中屡屡表达身为女性的悲哀:"漆室空怀忧国恨,难将巾帼易兜鍪"(《杞人忧》)、"道韫清芬怜作女,木兰豪侠未终男"(《偶有所感用鱼玄机步光威衰三女子韵》)。秋瑾"生平爽明决,意气自雄。为文章奇警雄健如其人。尤好剑侠传,慕朱家、郭解为人"①;"明媚倜傥,俨然花木兰、秦良玉之伦也"②。徐双韵说:"秋瑾在学习经史诗词以外,特别爱读《芝龛记》等小说,对秦良玉、沈云英备极推崇。"③据徐自华《炉边琐忆》载,1903 年中秋之夜,秋瑾因丈夫王廷钧去吃花酒,愤而穿上男装去了戏院。在当晚所作的《满江红·小住京华》中她写道:"身不得,男儿列,心却比,男儿烈。算平生肝胆,因人常热。俗子胸襟谁识我? 英雄末路当磨折。莽红尘何处觅知音? 青衫湿!"倾诉了自己的不甘"娥眉"身份。之后,秋瑾藐视传统习俗对女性的约束,果敢而执著地与男性比肩并列,参与社会事务,并逐渐在公开场合亮出自己着男装的女性身份:"计过从可一年,女士首髻而足靴,青布之袍,略无脂粉,雇乘街车,跨车辕坐,与车夫并,手一卷书。"④留日归来后,"制月白色竹布衫一袭,梳辫着革履,盖俨然须眉焉。此种装束,直至就义之日,迄未更易。"⑤在绍兴大通学堂,"时常梳一条辫子,着一件鱼肚白竹布长衫。脚虽缠过,但着一双黑色皮鞋。所以有人说她是男装到底的,但是头是不剃的。她自己起了个别号叫竞雄,因为她愤激于当时男女不平权,她的装束也含有这种意义。"⑥秋瑾要"从外貌上像个男人,再从心里也成为男人"⑦。在封建社会,女子的责任是生儿育女,织布做饭,而当兵作战,立功沙场则是男子的天职。秋瑾对此很不以

---

① 秋瑾:《秋瑾集》,上海古籍出版社 1979 年版,第 60、73、188 页。
② 周苾棠、秋仲英、陈德和:《秋瑾史料》,湖南人民出版社 1981 年版,第 17 页。
③ 周苾棠、秋仲英、陈德和:《秋瑾史料》,湖南人民出版社 1981 年版,第 23 页。
④ 王去病、陈德和:《秋瑾史集》,华文出版社 1989 年版,第 177 页。
⑤ 王去病、陈德和:《秋瑾史集》,华文出版社 1989 年版,第 38 页。
⑥ 周苾棠、秋仲英、陈德和:《秋瑾史集》,湖南人民出版社 1981 年版,第 133 页。
⑦ 服部繁子:《回忆秋瑾女士》,见郭廷礼《秋瑾研究资料》,山东教育出版社 1987 年版,第 173 页。

为然,"人生处世,当匡济艰危,以吐抱负,宁能来盐琐屑终其身乎?"少女时期,秋瑾就萌生了扮演男性社会角色的渴望,她赞颂那些突破传统性别角色定位、参与公共事务的女性:"莫重男儿薄女儿,平台诗句赐蛾眉。吾侪得此添生色,始信英雄亦有雌。"(《题芝龛记八章》其三)她希望驰骋于公共空间,通过参与政治事务,验证生命的意义和价值。她写了很多诗作表达这种愿望:"仁乎壮哉赤十字!女子从军卫战士","漫云女子不英雄,万里乘风独向东","我欲期君为女杰,莫抛心力苦吟诗","当年红玉真英杰,破虏亲将战鼓挝"①,"忠孝而今归女子,千秋羞说左宁南","肉食朝臣尽素餐,精忠报国赖红颜"。"大好时光一刹过,雄心未遂恨如何?投鞭沧海横流断,倚剑重霄对月磨。函谷无泥累铁马,洛阳有泪泣铜驼。粉身碎骨寻常事,但愿牺牲保家国。"②(《失题》)诗作中,抒情主人公完全超越了创作主体的性别,以政治、革命精英的身份,表达功业不就、壮志未酬、家国难保的遗恨,满含着忧患意识,充溢着理想主义精神。

正是历史上这些有才能、有抱负,敢于女扮男装走出家门,以男性面目参与社会活动的生活"原型",才使得中国古代文学中出现了众多描写女子借助易装或沙场建功立业、或科场一举夺魁、或勇敢突破封建礼教的藩篱而大胆追求理想爱情的作品。从北朝民歌到唐传奇,从宋元话本到明清小说、戏曲,女扮男装文本以其独具特色的表达方式遍布各种文学体裁,并在明清时期的传奇、杂剧、弹词等文体中臻于极盛。

二、女越男界的文本类型

女扮男装文本,或出自男性作家之手,或出自女性作家之手。历览男作家的创作情况,他们不仅塑造了"武堪陷阵"的女英雄群像,还塑造了"文堪华国"的女状元群像,从文武两方面表现了女子不甘雌伏,走出家庭,走上社会的奇事伟迹。徐渭《雌木兰》中的花木兰脱下红妆,换上戎装,替父从军,在战

---

① 秋瑾:《秋瑾集》,上海古籍出版社 1979 年版,第 122、83、88 页。
② 同上书,第 92 页。

场上拼搏厮杀,立下了赫赫战功;《女状元》中的黄崇嘏女扮男装,走出闺房,上京应试,在科场上斗智斗勇,力拔头筹。冯梦龙的《李秀卿义结黄贞女》、《刘小官雌雄兄弟》描写了黄善聪和刘方两位女扮男装的女子在外经商的经历,表现了她们出众的经济头脑和经营能力。凌蒙初在《二刻拍案惊奇》第十七卷《同窗友认假作真,女秀才移花接木》中赞美了文武双全、颇有心机的闻俊卿:"世上夸称女丈夫,不闻巾帼竟为儒。朝廷若也开科取,未必无人待贾沽。"王夫之的《龙舟会》、李渔的《意中缘》、龙燮的《红花梦》、《聊斋》中的《颜氏》、《商三官》也都是极具代表性的作品。需要特别指出的是李汝珍的《镜花缘》。书中女性奔赴沙场建功立业,刚勇尚武赛过须眉;走出闺阁干预政治,凭借胆识智慧济世安邦。"她们博学广闻,多才多艺,竟使须眉男子都觉得相形见绌,自惭形秽。"①在作者建构的女儿国中,"男子反穿衣裙,作为妇人,以治内事;女子反穿靴帽,作为男人,以治外事"②。女人不仅可以读书受教育,而且有机会像男人一样科考成名、封官荣家、辅政参政。在男作家的笔下,几乎所有女子"弃脂粉于妆台,拾衣冠于廊庙"后,都会很快出人头地,一鸣惊人。她们或凭才学在科举中夺魁,或借武功在沙场上扬名。由于这些作品的作者多是科场仕途的失意者,因而从某种意义上说,这些女子便是他们"仕第情结"的升华和转移,曲折地反映了他们渴望实现理想抱负的潜在心理和内心深处自我价值不能实现的苦闷。他们的创作意图,正如天花藏主人在《平山冷燕序》中所自道的:这是一群"徒以贫而在下,无一人知己之怜,不幸憔悴以死,抱九原埋没之痛"的落拓江湖、运交华盖的才士。他们"计无所之,不得已而借乌有先生,以发泄其黄粱事业。有时色香援引,儿女相怜,有时针芥关投,友朋爱敬,有时影动龙蛇而大臣变色,有时气冲斗牛而天子改容。凡纸上之可喜可惊,皆胸中之欲歌欲哭"。还拿徐渭《雌木兰》来做例子。《雌木兰》是现存木兰故事最早的戏剧版本,也是"古代版"木兰故事中留下创作者姓名的为数不多的版本之一。《雌木兰》作为文人书写的版本,总是能让我们发现其中更为复杂的因素。

---

① 李汝珍:《镜花缘》第二十三回,人民文学出版社1982年版。
② 李汝珍:《镜花缘》第三十二回,人民文学出版社1982年版。

首先，和其他的木兰叙事版本相比，该剧冠以的"雌"字，以及剧中木兰的言语行动，于文本内外都渗透着强烈的性别意识，这很容易让我们把它理解成为明代语境下文化成规对于女性角色的特定看待方式。替父从军，保家卫国的花木兰念念不忘的是如何保住女儿家的清白，父母担心的也不是木兰家将背上欺君罔上的滔天罪名，而是木兰如何"巧花枝稳躲过蝴蝶恋"，母亲对木兰此行忧心忡忡："千乡万里，同行搭伴，朝餐暮宿，你保得不露出那话儿么？"而木兰也做好了"只愁这水火熬煎，这些儿要使机关"的心理准备。木兰离家前答允母亲"还你一个闺女儿回来"，战后回来又赶紧给母亲吃下定心丸："我紧牢拴几年夜雨梨花馆，交还你依旧春风豆蔻函。"在《雌》剧中，木兰的贞操问题代替"孝行"成了故事的中心，一场替父从军的行动转化为保住女儿家贞节的历险。如果说《木兰诗》中有关兔子雌雄难辨的比喻稍微带些"性"的意味的话，在《雌》剧中，这种欲望的表达变得"明目张胆"："我对你呵，似火烈柴干怎不瞒。鸳鸯般雪隐飞才见。算将来十年相伴，也当个一半姻缘。"已明显将自己化为伙伴欲望的对象。结尾木兰喜嫁王郎的结局更是意味深长。黑山一战"论功花弧居多半"，而这功劳"来得不费星儿汗"，充分显示了木兰不让须眉的优秀素质。可是当天子授以尚书郎，给她三个月"探亲假"，让她暂时还乡省亲时，这个当初"丢下针尖，挂上弓弦"，向往"万山中活捉个猢狲伴，一磕头平踹了狐狸堑。到门庭才显出女多娇，坐鞍轿谁不夸俺英雄汉"的踌躇满志的木兰，此时却感觉"万般想来都是幻"。在中上贤良、文学那两等科名，即将成为自己丈夫的王郎面前，战功赫赫的木兰却"久知你文学朝中贵，自愧我干戈阵里还"，"莫猜疑妹子像孙权"般自愧弗如起来。"杀贼将王擒，是女将男换"，作为男性角色的任务完成以后，木兰要做的是回到闺阁，重新做男性的附属，守女儿的本分。这一点该剧在木兰的"金莲脚"上做足了文章。与《木兰诗》开头忙于买骏马、长鞭、辔头、鞍鞯的紧张备战场面不同，《雌》剧在第一出先安排木兰为了舞弄刀枪，要"生脱下半折凌波袜一弯"，放掉双脚时，"换鞋作痛楚状"的情节。当"金莲"被"抹做航儿泛"，木兰"必须用楦头将鞋填得满满的"。"放脚"行为本身预示着木兰得以走出家门获得人性自由与解放的契机，暗喻着对父权秩序的某种反抗。但此举带给木兰的不是兴奋和激动，而是对"几年前才收拾的凤头尖"的惋惜与家中幸好有个将来能恢复小脚

"原形"的金莲方子的庆幸。对于木兰来讲,保住"金莲"就是维持女儿家的贞洁,木兰不仅要做孝女,还要做贞妇,这已经内化为一种深层心理结构,变为木兰自觉的意识和行动,这似乎非常典型地体现了封建正统思想产生的巨大社会效力。就像阿尔都塞所说的意识形态的自动臣服性:"个体被询唤为(自由的)主体,以后他将(自由地)屈从主体的诚命,也就是说,他将自由地接受他的臣服地位,即他将完全自动做俯首帖耳的仪态和行为。"①如果是这样,以徐文长"疏纵不为儒缚"的狂傲个性断言木兰也是扛起反抗封建礼教大旗的"时代先锋"就难免过于轻率。

但是仅把这个文本视为以话语形式直接重构社会结构和意识形态的关系世界显然是对文本在审美意义上的某种否定。作为文学文本,这种直接和社会关系相对应的解读方式显然忽略了叙事文本的重要因素,那就是文本是被如何讲述出来的,是怎样的叙事人以及怎样的叙事口吻,才能更为充分地体现文本的色彩与意旨所向。而在叙事分析之始,作为传统文化"互文性"特征的说明,我们沿着"知人论世"的方式也不难从相关文本的考索中找到其中的歧义所在。

《雌木兰》与另外三出短剧合称《四声猿》,《四声猿》这个题目的来历,据徐湘麟《〈四声猿〉本事考补》所考有三:

一为古代文献。郦道元《水经注·江水》及杜甫《秋兴》八首之三中都有"猿"的描写,莫不体现出"猿鸣三声"之凄清而悲怨之情。另有人把这种高峡猿啸的悲凉之感,加以渲染:"盖猿丧子,涕四声而断肠。"这样看来,戏集之命名必定蕴涵着有甚于"猿鸣三声"的哀痛与悲凉。二为徐渭的好友知音,袁宏道的《徐文长传》所云:"其胸中又有勃然不可磨灭之气,英雄失落,托足无门之悲,故其为诗,如嗔,如笑,如水鸣峡,如种出土,如寡妇之夜哭,羁人之寒起。"由徐渭的生平探索其有感而发的不平之气。三为徐渭自道。针对邻友倪君作诗讽刺"四声猿"之意为"妄喧妄叫",徐渭赋绝句反驳:"桃李成蹊不待言,鸟言人昧枉啾喧。要知猿叫肠堪断,除是侬身自做猿。"刺其不解妄言。②

---

① 〔法〕阿尔都塞:《列宁与哲学》,远流出版公司1990年版,第199页。
② 徐湘霖:《四声猿》本事考补,《天府新论》2000年第3期。

由此看来,徐渭取"猿鸣三声泪沾裳"和"涕四声而断肠"的诗意,显然强调了剧情浓重的悲剧色彩。就《雌木兰》一出来看,这显然和那种肯定意识形态的大团圆式的认识相出入,木兰的征战及其归宿也远非那种简单的社会形式合理化的证明,而是有其更为复杂的蕴涵。尤其是以徐渭这样的怀才不遇的文人身份介入其中,就在文本内外制造出文人特有的"看"与"感"的诸种形式,这可以从两个方面加以说明。

一是作为剧作的"旁观"视野来看,其中几个情节很能张扬文人的自我中心意识。首先是木兰那得来毫不费功夫的功劳,这种对于战争空白的填补显然与《木兰辞》中艰苦漫长的概括有极大的距离,这种距离就意味着内在主题的悄然变迁。如果说《木兰辞》中对于战争的略写更多的是体现了伦理文化温情的面相,那么此处显然就隐埋着一个文人如何看待女性以及由女性来凸显自我的欲求。因此,文本之再三强调木兰的女性身份,以及不惜以压制的方式来完成木兰那轻而易举的战功,事实上也就变相地成为文人对于自我的肯定方式,所谓女性尚且如此,我辈又当如何?假如这个情节还具有更多的暗示与想象色彩,那么最终嫁与王郎则是赤裸裸的"臣服"的书写!我们知道,《木兰辞》中并没有交代木兰最后的归宿,而《雌木兰》中非但做了安排,而且安排得颇为突兀,木兰与战友之间的情谊以及性的想象突然消失在优越的"文人"面前,而木兰的自惭也正从反面证实了文人所具有的社会中心的想象性幻觉。

如果只是彰显木兰的性别意识,那么这个文人自我则很容易和意识形态之间达成某种共谋的关系,但幻觉毕竟是幻觉,徐渭自身怀才不遇的遭际使他在由木兰形象身上张扬了自我的同时,也蕴涵着另一层面的"置入"式的感怀甚至感伤的书写形式。木兰作为剧作中的人物,始终有一个面向自我以及讲述自我的过程,与《木兰辞》中那矫健畅快的节奏相比,"雌"木兰的讲述始终充满了警惕以及压抑的口吻,因为她始终要在某个"他者"身上辨识出自身的意义,这比如父亲、将军、丈夫等系列角色,不但成为她行为的引导力量,而且成为其最终认同与归属的需要。因此,这个木兰并不带给我们张扬的快感,而更多地具有某种陷入社会网络之中的虚无性。如果我们把她的这种意义加以放大,毋宁说其中也承载着徐渭这样的文人对于社会的无力之感。

综合来看,体现在这个文本当中的这种复杂性就成为现实中不遇文人的某种心理的投射。他们在儒家的传统中秉承着经世济民的抱负，并在木兰这个女性的规定中变相地凸显出来，但同时也陷入社会的网络之中，在意识形态的力量面前无能为力。这就使得他们与意识形态之间构成了奇特的吊诡的关系，使命与身份之间、自我与社会之间，时时充斥着深刻的裂痕以及由此而来的心理创伤。

女性作者的创作则如高颜颐指出："尽管不能改写框定她们生活的这些规则，但在占统治地位的社会性别系统内，她们却极有创造性地开辟了一个生存空间。她们有着大量的令人难忘的策略，从通过文字作品对格言进行再阐释，到在生活实践中翻新格言的含义，再到寻找道德与写作实践间的缝隙。"① 她们塑造的女性人物大多是才高貌美，"厌为红粉，特换乌巾"，"弱女能为豪杰事"，应试任官，治乱除奸，或金榜题名，或沙场建勋，或喜结连理。表现了女性对人格独立、人身自由、男女平等、建功立业等方面的渴望。从艺术形象塑造角度看，花木兰、黄崇嘏和祝英台则是文学史上三位具有原创性、神圣性和感召力的"卡里斯马人物"。花木兰从军、黄崇嘏从政、祝英台求学都成为经典的文学叙事范本，被不断演绎，成了女扮男装文本创作灵感的源泉。按照女扮男装自身条件的不同，我们可将其分为"文扮"和"武扮"两类。文扮的目的是高中榜首，经邦济世、武扮的目的是立功边陲，卫家保国。她们或凭才学在科举中夺魁，或借武功在沙场上扬名，许多作品都表现了她们"春风独占上林枝"的喜悦与骄傲。按照女扮男装动机的不同，可将之分为三种类型：梁祝型，木兰型，崇嘏型。大凡女才子、女学士科归入"梁祝型"；大凡女将军、女侠客、女豪杰、女英雄等都可归入"木兰型"；大凡女状元、女进士、女驸马等都可归入"崇嘏型"。下面，我们逐一作简要分析：

木 兰 型

作　者	作　品	主人公
无名氏	《金花记》	娄金花
无名氏	《合欢殿》	陈双娘

---

① ［美］高颜颐：《闺塾师：明末清初江南的少女文化》，江苏人民出版社 2005 年版，第 9 页。

作　者	作　品	主人公
古娥川主人	《生花梦》	冯玉如
佚名	《三门街全传》	楚云
吟梅山人	《兰花梦奇传》	松宝珠
佚名	《十粒金丹》	高梦鸾
咏兰	《侠女群英史》	庆顺馨
彭靓娟	《四云亭》	李云素
刘清韵	《英雄配》	杜宪英
阮丽珍	《梦虎缘》	梁红玉

　　本来，跃马征战、驰骋疆场是古代男子的人生追求，而木兰型故事则是对传统的"男主外，女主内"等关于女性职责观念的一种突破。木兰代父从军的故事"事奇诗奇"（沈德潜《古诗源》），广为传布。仅就形式看，就有古典的诗、曲、剧、小说以至现代的电影、电视剧的不同版本。在这个过程中，木兰故事也就成了那种经典的叙事符码，在不同的历史语境与相应叙事原则下呈现着不同的文本形态。但是，有一点是相同的，传统中国的父权秩序实在难以想象一介出身草芥的女子可以僭位为官，木兰只有一种选择：以她的无意功名来"将功抵过"。木兰故事叙事线条得以完成是以木兰压抑自己的性欲（去性）、名利欲（去欲）为前提的。这在后代的木兰叙事流变中愈演愈烈，到清代的《忠孝勇烈奇女传》，已经演化为一个三十二集的传奇故事。《传》中写木兰从军十二载，转战千里，备觉艰辛，后因屡建奇功而被封为将军，然最后竟蒙冤涉进武则天乱国案中，不得已剖心自杀以表对朝廷的忠诚。此传中的木兰诚如其序言所赞：观其代父从军，可谓孝矣；立功绝塞，可谓忠矣。……姻弓马，谙韬略，转战沙漠，累大功十二，何其勇也。筮者谓致乱必由武姓，……木兰具表陈情，掣剑剜心出胸，何其烈也。木兰能尽人所当尽，亦尽人所难尽，其人奇、行奇、事奇、文奇，读者莫不惊奇叫绝。

　　明代《金花记》以写女主人公娄金花事而得名。娄夫周云上京赶考，一去两年,周母盼子不归,郁郁而逝。娄遭恶少抢亲不从,女扮男装,上京寻夫,不意考取进士,金殿对策又深切帝心,高中状元,为宰相陶鼎招为女婿。夫妻相认后,娄金花恢复女身,将功劳全部并归其夫。

《合欢殿》中,占城国王孟天雄杀奔关中,陈双娘怜父年迈力衰,自愿代父从军。因其武艺高强被选为队长,后又为郑总兵解围,升为副将,屡败敌兵。双娘未婚夫樊鼎因献《平蛮策论》中探花,被朝廷任为镇天关参谋,与总兵共同主持军中事务。后利用宾童王妃对樊鼎美貌的倾慕,擒获孟天雄,结束战事。

《生花梦》塑造了一位出众的男装巾帼冯玉如。她主动请缨杀沈昌国、凌知生为父报仇;为了阻止贡小姐与康梦庚的姻缘,掳贡劫康。

《三门街全传》中的楚云相貌出众,自幼男装、与兄同学,又得仙人传授武艺,"靴尖一挑,已将蒲球踢倒尘埃"。她最不愿接受的就是循规蹈矩地做一个遵守妇容、妇言、妇功、妇德的女子。"千不恨,万不恨,只恨出娘胎时,何生着个女身?"元宵之夜,她拼死保定圣驾,被封为忠勇侯,后又以平蛮副元帅之职出兵广州,回来后更被加封为忠勇王。楚云因为"现在已经封王位,如果说出乔装事来,只错乱阴阳,欺君大罪,虽粉身碎骨,不足以蔽其辜",故不愿吐露扮装真相。云母见楚云,疑其为己女,命其兄璧人请之至家,迫使其醉后脱靴露真,母女兄妹相认。但她对"归位"耿耿于怀:"你叫我将这些玉带牙笏、蟒服金冠,一时怎抛舍得去? 何况我平时惯习乌靴,忽然改着云鞋,叫我两只脚如何站得牢稳! 这还罢了,最难不过衣服要两截穿,每日还要梳头掠鬓。"

《兰花梦奇传》主角松宝珠,也是自小女充男养,家中婢仆,好友亲朋多不知其为女。13 岁时赴乡试,中经魁。后来父亲去世,兄弟幼小,只好仍以男装,同姐姐宝林一外一内,支撑家事。后会试连捷,探花及第,受职翰林。她的乔装几次三番"露馅儿"。先是刘三公子的调戏挑逗,后是许文卿的逼定婚姻。尤其是许文卿,订婚后,从先前的温柔亲热一变为一本正经,宝珠忍气吞声,甚至"不自觉的有些怕他"。后来海疆不宁,苗民作乱,宝珠统兵十万,前去平乱。她充分发挥了自己的聪明才智,大获全胜。也正是在这次行军胜利归来的旅途中,宝珠充分享受到了身为男子,建功立业所带来的赞誉成就与奢华排场。因此,凯旋之后,面对许家的奏明实情、皇上的赦罪赐婚,她不再有摆脱男装的欣慰,而是发出了"固一世之雄也,而今安在哉?"的喟叹,最后悲伤郁结于中,身染重病,一朝而亡。

崇 嘏 型

作 者	作 品	主人公
陈端生	《再生缘》	孟丽君
吟梅山人	《兰花梦奇传》	松宝珠
王筠	《繁华梦》	王氏
	《全福记》	沈蕙兰
邱心如	《笔生花》	姜德华
何佩珠	《梨花梦》	杜兰仙
梁小玉	《合元记》	黄崇嘏
张令仪	《乾坤圈》	黄崇嘏
张彝宣	《吉祥兆》	尹贞贞
范希哲	《四元记》	小姐和侍女
无名氏	《锦绣旗》	钱氏
博陵 崔象川	《白圭志》	张庭瑞、杨菊英、刘秀英、武建章、张兰英
佚名	《蜜蜂计》	苗凤英
孙德英	《金鱼缘》	钱淑容
佚名	《昼锦堂记》	尹湘卿
李桂玉	《榴花梦》	桂恒魁
吴藻	《乔影》(《饮酒读骚图》)	谢絮才
周坦纶	《玉鸳鸯》	文小姐

　　黄崇嘏是五代前蜀临邛一位易钗而弁、女扮男装、进入仕途并作出良好政绩的奇女子。金院本《春桃记》写的就是她的故事。徐渭的《女状元》中的黄崇嘏原名黄春桃,因父母双亡,无依无靠,而女扮男装参加科考,作乐府,一举得魁,考官周庠激赏其才华,非把自己的女儿嫁给"他",得知"他"为女子后,又迫不及待娶作儿媳妇,于是男女状元成婚,皆大欢喜。

　　《再生缘》中的女主人公孟丽君是元代龙图阁大学士孟士元的女儿。自幼才华出众,聪颖过人,才高气傲。她最崇拜宋朝宁宗帝时候两位巾帼女英"落蕊奇才谢氏女"与"广南闺秀柳卿云"。这两个女性都是因事急中生智,女扮男装上了京城,最后金榜题名做了官。16岁时,孟丽君因婚变被迫女扮男装出逃,改名郦君玉。凭着才学和胆识,考中了状元,18岁便官至宰相。奇迹般实现了她"愿教螺髻换乌纱"的志向。第三十一回孟丽君被封为相国,喜悦溢于言表,她得意地想:"咳!我乃深闺女子,怎么奇奇巧巧忽有今日之荣。连中三元入翰林,飞升兵部到槐厅。胞兄草诏余为相,会榜同年尚未升。况又我身还是女,这一番,惊人事业算奇闻。"这进一步促使孟丽君产生了"从今索性不言明,蟒玉威风过一生"的思想。她对苏映雪坦言自己不愿婚嫁,并且反问:"为什么,弃却金貂与玉帛?为什么,换将翠鬓与红裙?别人识破无可奈何,自己如何反说明?"当她得知未婚夫皇甫少华娶了刘燕玉,愈发坚定了独身的信念,"何须嫁夫方为要,就做个,一朝贤相也传名"。当十七卷行将结束时,丽君玉被逼得口吐鲜血:"喷出朱唇似涌潮",但仍死不承认女儿身。孟丽君的叛逆和独立正如郭沫若所言,她是"挟封建道德以反封建秩序,挟爵禄名位以反男尊女卑,挟君威而不从父母,挟师道而不从丈夫,挟贞操节烈而违抗朝廷,挟孝悌力行而犯上作乱。"[①]

《笔生花》中的姜德华好像是故意和孟丽君唱对台戏。剧中女主人公姜德华玉骨冰肌,悠闲贞静,满腹才华,兰心蕙质。为了逃避入宫选秀,姜德华男装出逃,改名姜峡璧应试。高中状元,又杀场立功,尽显忠心。恢复女装后,知丈夫薄情好色、忘恩负义,仍毫无怨言地嫁入文家。在文家为了博得"贤惠"美名,不但积极为丈夫广置女色,而且热衷于为夫兄、姐夫甚至父亲娶妾。真的是"此身乃系闺中女,虽作乔装本岂望"!

《玉钏缘》中的谢湘娥易装应试,是为了帮助哥哥谢玉辉追求美女薛美英,同时避免被选秀女。中了状元以后她时时盼望"复位",婚后更是以"不妒"为美德,屡次为丈夫纳妾,过着"夫唱妇随"的"幸福"生活。

《梨花梦》中的少妇杜兰仙于随夫北上途中,戏为男装小坐,梦见一位丽人,手持梨花一枝向她索题诗句,醒来后颇索情思,常忆梦境,遂画成丽人小

---

① 《郭沫若古典文学论文集》,上海古籍出版社1985年版,第872页。

影,以慰感伤。后值深秋月夕,不胜忆念,几成愁病。而后又梦见梨花、藕花二仙子,姐妹三人于此聚首同游。最后由晓钟惊醒,倍觉凄凉。

传奇《吉祥兆》中尹贞贞女扮男装代夫应考,高中状元;范希哲的传奇《四元记》中的小姐和侍女女扮男装参加科举考试,分中榜眼和探花;无名氏的传奇《锦绣旗》中的钱氏为救夫认女,女扮男装上京应试,高中状元。

《繁华梦》中的王氏自幼才华出众,常恨自己非男儿身,既"不能耀祖光宗"又"无路扬名显姓",烦闷成梦,梦中变成男子,高中解元,游西湖,寻访美人作伴,后又状元及第,官御史,一妻二妾和睦相处,尽享荣华富贵,及至梦醒,悲伤更切,这时神仙麻姑前来点化,指出她本是"平生不忿身为女子,每每自愁自恨,一点痴心,参成世界。"遂顿时醒悟,随麻姑成仙而去,遁入空门。

《全福记》传奇亦写"沈女才名独搜,扮男装金榜名传。"河东太守女沈蕙兰男扮女装考中进士,在朝为官展示才华、建功立业。《金鱼缘》中的钱淑容,许字梅兰雪,却被土猫封若金趁火乱抢走,欲逼为妾。封妻水氏暗使其男装逃走。淑容改名竺云屏中解元,娶左副都御使李荣章女玉娥。玉娥察破其女子身份,二人立誓终身为假夫妇。后云屏上京赴试中状元,授翰林侍读学士,为太子师。梅兰雪则以平番有功,封为定国武宁亲王,并以为淑容已死,誓不复娶。云屏却托人为媒,以妹许之。后来众人疑云屏即淑容,请帝、后明辨,帝、后赐云屏宫女,云不辞,从此理宗不许有人疑其为女。最后云屏设计使玉娥拜己父母为义父母,自己则以义婿的名义得以与亲生父母叙天伦之乐。最后,云屏乃与玉娥退居西湖终老。

《昼锦堂记》中的尹湘卿易装后中探花,被清华郡主的绣球抛中,入赘王府。《榴花梦》中的桂恒魁"生居绮阁,长出名门。仕女班头,文章魁首。抱经天纬地之才,旋乾转坤之力,负救时之略,济世着谋,机筹权术,萃于一身,可谓女中英杰,绝代枭雄,千古奇人,仅闻仅见。当其深闺雌伏,不飞不鸣。一经骇浪惊涛,兴起百年事业。"(《自序》)桂恒魁闺名桂碧芳,自幼习得文武双全,一日在花园得到仙书,习练剑法。表哥桓斌玉夜遇碧芳,求婚,应允。后在一次家船遭劫中,碧芳因不敌强人,投江自尽,被仙女救至龙家花园,与龙雅玉结为金兰。从此扮为书生,改名为桂恒魁,帮助斌玉解除史家逼婚的危机。赴考中状元,被张小姐彩楼招亲,入赘为婿。是时桓斌玉又与梅媚仙订婚,媚仙被逼和番,跳水自尽,被桂恒魁救起,结拜金兰,改名恒超,并易男装,中武状元。二人挂帅赴北番救出桓斌玉,桓斌玉认出媚仙,并从她口中得知恒魁真相。凯旋回京后,恒超复女妆,嫁斌玉。恒魁却不愿易装,向君王讨到丹书铁券,并受册封为南楚国的藩王。就在她满怀欢喜,准备离京上任的时候,斌玉与恒超设计盗取了丹书铁券,向皇帝奏明桂恒魁的女性身份。桂恒魁丢了爵位,气得大病一场,有心立即弃世学道,但考虑到父母恩情以及与媚仙的姐妹情谊,强忍悲愤,继续她未竟的事业。此后她做中宫,为国母,辅佐斌玉治理藩国,解除朝廷危难。后"明心悟性,入圣超凡",梵修八年后羽化升仙。桂恒魁可谓是集"英主、哲后、名将、贤臣"于一身的"女中豪杰,绝代枭雄":"尤难者,处千军万马之中,谈笑自若;际恶怪奇妖之队,锋刃莫撄。情钟姐妹,何辞割股伤身;义重弟兄,不惮开疆拓土。驭兵料敌,别具心裁;履险临危,不形声色。为千百代红裙巾帼,增色生新。"她刚强、豪爽、有心计、尚权谋,堪称女中丈夫。更令人赞叹的是她勇于献身的精神,当"唐室颠连,干戈扰攘。外而藩镇拥兵虎视,内而宰臣擅政枭图。妇寺专权,后妃生乱。正国家凌替之秋,草野分崩之际",女扮男装,武装上阵,出生入死于沙场;然又不愚忠于君王,不贪享荣华富贵,"众人皆醉,而彼独醒",始以大智大勇,终以大彻大悟。

《聊斋志异》中的《颜氏》中孤女颜氏自幼饱读诗书,尤其擅长八股文。嫁给某生后,朝夕劝夫研读,俨如诗友。但其夫几次赴考都名落孙山,她不满地说:"君非丈夫,负此弁耳!使我易髻而冠,青紫直芥视之!"后来女扮男装,果然连中秋、春两试,从县令一直做到御史,吏治卓著,富埒王侯,荣耀非常地衣锦还乡。另一篇《商三官》中,商三官的父亲为邑中豪者所害,商三官本来已经许配人家,并且婚期在即,因为父亲冤死,官司未了,商三官不肯出嫁,欲为父伸冤。后女扮男装,假作戏子,到豪家演戏,因为善于应对,深得主人喜爱,留之同寝,商三官伺机杀死豪者,自己悬梁自尽。

吴藻的抒情短剧《乔影》(又名《饮酒读骚图》)谢絮才出场就表明了对"他者"世界的向往,悲叹自己空有男儿壮志却身为女儿:"百炼钢成绕指柔,男儿壮志女儿愁;今朝并入伤心曲,一洗人间粉黛羞。我谢絮才生长闺门,性耽书史;自惭巾帼,不爱铅华。敢夸紫石镌文,却喜黄衫说剑。若论襟怀可放,何殊绝云表之飞鹏;无奈身世不谐,竟似闭樊笼之病鹤。咳!这也是束缚形骸,只索自悲自叹罢了。"她不甘心屈服于造化的安排,要做自己的主宰,渴望着身心获得自由,像男儿一样无所羁绊。自画一幅男装饮酒读骚小影,一日脱去闺装,扮为男儿,到书斋中面对画像豪饮痛哭,在自设的虚幻情景中宣泄胸中长期积蓄的郁闷,在击节悲歌中抒发豪雄之气。

梁 祝 型

作 者	作 品	主人公
凌濛初	《同窗友认假作真,女秀才移花接木》	闻蜚蛾
荻岸散人	《玉娇梨》	卢梦梨
南北鹖冠史者	《春柳莺》	毕临莺
惜花主人	《宛如约》	白非玉
田芝衡	《人间乐》	居掌珠
不题撰人	《麟儿报》	幸昭华
惠水安阳酒民	《情梦柝》	胡梦卿
苏庵主人	《归莲梦》	白莲岸
烟霞散人	《凤凰池》	文若霞
云封山人	《铁花仙史》	蔡若兰

封建礼教强调谈婚论嫁必须遵从"父母之命,媒妁之言",而梁祝型的故事大都讲女主角女扮男装争取恋爱自由、婚姻自主、把握自己命运的故事。祝英台女扮男装,求学过程中结识了同窗好友梁山伯,与梁山伯情投意合,却不为封建礼法所容,梁祝二人最终只得以死来捍卫自己的爱情理想。凌濛初《二刻拍案惊奇》中《同窗友认假作真,女秀才移花接木》中能文能武、才貌兼备、智勇双全的闻蜚蛾,女扮男装,借与男子在学堂面对面接触的机会,为自己暗择佳婿。她对爱情的追求主动果断,在选定心上人后,不待父母之命,媒妁之言,不选什么良辰吉日,便以身相许,自成夫妻。

此外,像《玉娇梨》中的女主角卢梦梨,清醒地认识到古今绝色佳人"或制于父母,或误于媒妁,不能一当风流才婿而饮恨深闺者不少",自己"若是株守常训,岂不自误?"于是假言代妹订约,女扮男装,大胆追求自己所倾慕的才子苏友白,向他私许终身。《宛如约》中的孤女如子,为择佳婿改名白非玉男装出游,爱慕司空学士之子司空约,于是留诗司空约书房,毛遂自荐。又如《凤凰池》中的文若霞,因羡云剑诗才,改扮男装与云剑结拜,最后也得成眷属。《麟儿报》中幸昭华不满母亲和舅舅嫌贫爱富,毅然地女扮男装逃婚,与自幼定下婚姻的廉清结为伉俪;《情梦柝》中的沈若素,与改名易装卖入府中当书僮的胡梦卿暗生情愫,后因舅父醉中将之许配官宦之子,女扮男装逃离舅家;《铁花仙史》中的蔡若兰不满父母悔婚另许,也是女扮男装逃出家门。《春柳莺》中的毕临莺与石池斋相爱,为成全石所爱慕的梅凌春与石的婚姻,女扮男装前往梅府,深得梅家父女赏识,同梅小姐缔结婚姻。新婚之夜,吐露真情,于是二女同嫁石池斋。

在弗洛伊德看来,文学作品总是表现作家的幻想,是"内心生活的外表化"。他说:"我们可以说,幸福的人从不幻想,只有感到不满意的人才幻想。未能满足的愿望,是幻想产生的动力;每个幻想包含着一个愿望的实现。"①这种愿望分为两大类:性幻想与成功幻想。作家"自我"就是"每一场白日梦和每一篇故事的主角"。她们在自己虚构的艺术世界中实现梦想、荣誉和权力。因此,艺术家犹如白日梦者,艺术创作仿佛是白日做梦。作家通过自我观察,将他自己精神生活中冲突的思想在几个主角身上得到体现。② 按照弗洛伊德的理论,如果将文本中这些武能安邦建勋、文能状元及第的女子与创作她们的主人公之身世联系起来,我们便不难发现,文本中的女子和作者在共同出演一幕幕"双簧"戏。比如,王筠少年遍览其父藏书,过目成诵。且性情慷慨豪爽,披阅书卷常"以身列巾帼为恨"。青年时期,她女扮男装穿儒生服,游历蜀地。后被蜀相周庠任命为司户参军,因年轻有为,才华出众,办事干练,周庠欲招其为东床。在焦急中她写了首《辞蜀相妻女诗》奉与周庠。但才华满腹的王筠婚姻并不如意,嫁一王姓穷书生,不幸丈夫早逝,与独生子相依为命。作者渴望同男子一样得到平等展示自己,实现人生价值的愿望都倾注在其所作传奇《繁华梦》(参见《古本戏曲剧目提要》)。其父王元常在《繁华梦后序》中称"女筠,幼察异质,书史过目即解。每以身列巾帼为恨,因撰《繁华梦》一剧,以

---

① ［奥］弗洛伊德:《论创造力与无意识》,中国展望出版社1987年版,第44—45页。
② 弗洛伊德:《创作家与白日梦》,见伍蠡甫主编《现代西方文论选》,上海译文出版社1983年版,第145页。

自抒其胸臆。"卷首《鹧鸪天》是主人公闺阁沉埋的沉郁顿挫,也是作者内心世界的真实写照:闺阁沉埋十数年,不能身贵不能仙。读书每羡班超志,把酒长吟李白篇。怀壮志,欲冲天,木兰崇嘏事无缘。玉堂金马身无份,好把心情付梦诠。而剧中的《满江红》则表达了她不能同班超一样投笔从戎,像李白一样浪迹神州的悲愤:骚首呼天,呼不应,茫茫一片。嗟颠倒,弄权造化,故生缺陷。红粉飘零今古恨,才人老大千秋怨。问乾坤,心剑倩谁磨,挥愁断。论万事,从公判;安时命,达人见。叹河阳鬓改,隐侯腰倦。孽梦徒尝人造福,痴文妄夺天成案。青衫,咄咄日出空,沉吟遍。《鸳鸯梦》也是一部自抒情怀的剧作,叶小纨写作此剧是为了追悼已逝的两位姐妹。剧中三位仙子是叶氏三姊妹的写照。但是三个结义兄弟并没有凭借才华和身份追求功名利禄,而是看破功名,寄情山水,这恰恰暗合了女剧作家叶小纨怀才不遇的心理。当最后唯一活着的男主人公唱出"哥哥,我想半生遭际,真堪叹也。抵多少贾谊远窜,李广难封,可怜英雄拨尽冷炉灰"时,我们可以感受到女剧作家叶小纨确是借用男性角色来作自我抒情,抒发胸中郁郁不平之气。

再如《天雨花》的作者陶贞怀,才高命蹇,"寄秦嘉之札,远道参军,悼损棍之疡,危楼思子"。女作家幼子夭折,丈夫因边旅之事未归,自己是"五载药炉,一宵蕉雨",自叹"春蚕之丝尽"。作者在这种极度的哀伤与思念之中,还要强拖着病体"爱取丛残旧稿,补缀成书"。她在作品中塑造出的左仪贞俨然就是作者的影子。

《笔生花》的作者邱心如家贫入洗,病魔缠身:"所谓最苦者,儿女娇痴不解事,有时还,咿哇绕膝索钱来。"(第六回)"愁的是,朝朝欲断灶中烟……"(第十二回)"原也知,破垣败壁堪容膝,怎奈何,冷灶荒厨欲禁烟。"(第二十回)自己满腹经文,却因为生得女儿身,"才高八斗成何用","位列三台被所排";丈夫平庸猥琐,才疏学浅,因此,心如"止落得,牛衣对泣叹声惜"(第六回),"搔首呼天欲问天!"(第十二回)女主角姜德华改扮男袭,位居台辅,为人识破后气恼道:"老父既产我英才,为什么,不作男儿作女孩"(第二十二回)寄托的就是作者的人生体验和感受。

《凤双飞》的作者程惠英,"系出名门,性耽翰墨"(瑞芝室主人《序》)才气非凡。尽管《凤双飞》卷末结束语称:"文词大抵无凭据,海市蜃楼尽妄谈",然而又是有寄托的："意中人物心中事，游戏文章聊寓言。"①尽管作品开卷第一回首的《西江月》看似放达洒脱："试检古今奇事，编为花月新歌。狂呼自遣快如何！莫管旁人笑我。"但她也有难言之痛，在《自题凤双飞后寄杨香畹》抒发了自己的不平与哀怨："半生心迹向谁论。愿借霜毫说与君。未必笑啼皆中节，敢言怒骂亦成文。惊天事业三秋梦，动地悲欢一片云。"女主人公正是她"半生心迹"的表露。

陈端生塑造的孟丽君这样一个形象，也显然寄托着自己的身世之感。陈端生的"不愿付刊惊俗眼，惟将存稿见闺仪"（第九回）便是最好的注脚。她通过女扮男装的郦相形象传达自己要求男女平等的愿望。端生 23 岁时嫁给了会稽范秋塘，范秋塘应顺天乡试，请人代笔获罪，结果被发配伊犁，给种地兵丁为奴。丈夫应考无才而作弊，更使她深深感到自己的绝世才华无用武之地。于是发出"我父既产我英才，为什么，不作男儿作女孩"、"临上轿时如死了，算来还是半便宜"等慨叹。作品中孟丽君叛逆奋斗以至身居相位，只不过是作者的理想，是端生不满于现状的一次发泄。

《榴花梦》桂恒魁的身上，同样寄托着李桂玉毕生的志向，浣梅女史在《榴花梦》题词中写道："无端屈作女儿身，生未逢时志莫伸。满纸云烟随笔起，不知谁是个中人。"《玉钏缘》的作者写道："人将诗集传于世，我以弹词托付心。岂是琵琶邀欲赏，愿为闺阁供清听。"

吴藻的《乔影》令男性作家们发出了"须眉未免儿女肠，巾帼翻多丈夫气"②的赞叹。在《乔影》卷首附载题辞中，陈文述曾称她是"金粉难消才子气"，"旷世婵娟第一流"；许乃济称她"若教应举真崇娖，镜许从军定木兰"；陈文述儿媳汪端则称她为"江潭写秋怨，憔悴楚灵均"。刊印者吴载功跋云"以是出授之广场演剧，曼声徐引，或歌或泣，靡不曲尽意态，见者击节，闻者传抄，一时纸贵"。

弗洛伊德认为作家与白日梦之间存在着天然的联系，所谓白日梦就是一种幻想，而幻想产生的动力恰恰是人们未能满足、未能实现的愿望。这种愿望

---

① （清）程蕙英：《凤双飞》，人民文学出版社 1996 年版，第 2495 页。
② 《乔影》许乃谷题辞，据清道光五年莱山吴载功刻本。

或幻想依想象者的性别、性格和环境的变化而变化。弗洛伊德发现,白日梦者的幻想与艺术家的艺术创作有许多相似之处:首先,艺术家与白日梦者一样都不是乐天派;其次,白日梦者的幻想起于现实中不能获得满足的愿望,每一次幻想就是一个愿望的满足,而艺术创作起于艺术家无意识领域种种受到压抑的欲望冲动,艺术活动是这种种欲望的替代性满足;再次,白日梦者的幻想与时间有着极密切的关系,它游移于过去、现在和未来之间,也就是"利用目前的一个场合,按照过去的格式,来设计出一幅将来的画面。"①我们看到,上述女作家们的创作就是一种典型的白日梦表现,她们渴望能和男性一样施展才华,建功立业,把握爱情婚姻,主宰自己的命运,但是囿于现实的逼迫和传统的约束,只能在闺阁中以白日梦的形式抒发内心的意愿。作者把满腹的心事都转移到了主人公的身上,通过主人公形象的塑造来表现作者内心的幻想和渴望。她们笔下的人物有的入京应试,中了状元;有的在战场上建立奇功,成为一国之栋梁;有的被封侯拜相,位居高官。至于为什么这些女作家们只有冲动,没有行动,用弗洛伊德来说,即是因为:"艺术家的创造物——艺术作品——恰如梦一般,是无意识愿望在想象中的满足;艺术作品像梦一样,具有调和的性质,因为它们也不得不避免与压抑的力量发生任何公开的冲突。"②作为精神流传物,艺术作品必须接受社会规范——道德、法律等的约束,因此"作家通过变化及伪装,使白昼梦的自我中心的特点不那么明显、突出,与此同时,提供了纯粹形式的(即美学的)乐趣,以此使我们买他的账。……对文学的真正欣赏,来自我们脑子里的紧张状态的松弛。也许,产生这样的结果在很大程度上在于作家将我们置于这样一种境地:我们可以不感到自责或自愧地欣赏我们自己的白昼梦。"

三、换装:女性身份的焦虑

作为一种写作题材,女扮男装有着深远的文学叙事传统,同时又与具体时

---

① [奥]弗洛伊德:《创作家与白日梦》,见伍蠡甫主编《现代西方文论选》,上海译文出版社,1983年版,第143页。

② 何仲生等编著:《弗洛伊德:文明的代价》,辽海出版社1999年版,第242页。

空范围内的社会文化、文学思潮、审美风尚等因素的影响分不开。在"女扮男装"模式中,一方面是对女子无才便是德的社会习俗的挑战,另一方面,也是对女子不能建功立业的禁区的突破。但是,我们也遗憾地看到,女扮男装文本无论其动机是为寻情,为施才华,为立功,这些饱具慧识和胆略的女子仍然逃脱不了处在男权社会的边缘位置与状态的命运,她们的创作行为并没有实际的颠覆与重构性别的社会、文化意义,女性越界的书写在仪式上的颠覆和反抗下面遮蔽的是女子们对男权规范的认同机制。这不仅表现在其作品形式上对男性创作风格的模仿和认同,也表现在内容上对男权秩序的妥协。首先,女作家要保证自己的作品得以流传,就要获得由男性统治的文坛规则的认可,这使得女写手们清醒地意识到,要想符合文学批评的常规,她们不仅要让自己的主人公戴上男性的面具,而且还要模仿男性的声音。她们要放弃自己的价值,遮蔽女性的自我,否认自己的风格,采用男权社会的主流话语来作自我表白。就像拉康的镜像理论中的幼儿,当她们偶然在镜子中看到自己的形象时,往往会把它看做"理想自我"的形象,而这个理想自我的最切近的人只能是男人。拉康认为孩童若要在社会上获得正常发展,就必须经由语言来内化由父法秩序构造的象征秩序,一旦她掌握了语言,便不得不说着父亲的语言。而她们越是臣服于社会的语言规范(亦即象征秩序),这些规范就越会铭刻于她们的潜意识里。叶小纨撰写《鸳鸯梦》就是因为模拟男性的创作风格,从而获得男性文人的高度评价。沈自征为《鸳鸯梦》作序有云:"词曲盛于元,未闻擅能闺秀者。蕙绸出其俊才,补从来闺秀所未有。"并谓"其俊语韵脚,不让贯酸斋、乔梦符,即其下里,犹是周宪王金桥下之声"。吴藻的杂剧也因为其"丈夫气"而饱餍赞誉:"扫眉才子吴□香,放眼直欲空八荒。弹琴未尽纾激越,新词每觉多苍凉……满堂主客皆嘘唏,鲰生自顾惭无地。须眉未免儿女肠,巾帼翻多丈夫气。"陈文述曾称她是"金粉难消才子气","旷世婵娟第一流"。乐黛云评价《孟丽君》时也指出:陈端生在利用弹词形式的创作中,不可能使用一套属于女性自己的话语来表达女性的声音,而只能通过对儒家意识形态和文化传统的巧妙利用来间接地传达女性的声音,所以她安排孟丽君以女扮男装的方式进入到男性领地,这样一来,她就可以使用、操纵男性的公共话语。因此,女人们只能在文本中发发"常拟雄心似丈夫"的牢骚,描摹幻想一些男人们有的、能做的、快意的事。① 而在实质上并不与男性统治的文化秩序相悖,她们换上男装进入男性秩序,对秩序本身并不构成颠覆和瓦解的威胁。

其次,女作家们不满于男权中心的种种社会现实,但是她们笔下的主人公又是按照好男人的"模板"制作的,是对男性角色规范和价值观念的认同。当其试图借助"女扮男装"题材,采用男权社会的主流话语来进行创作,为自身的命运鸣不平时,她们只不过是以男性为坐标来建构自己的存在意义。在此模式中,女性隐去了自身固有的,被僵硬化、空洞化和虚无化为除了做与男人同样的人之外别无其他的空洞能指。被作者所理想化的"女性主体"在想象中被实现了的换装以求功名的理想,无非是她们对于专属男人的权力的觊觎。王筠笔下的王氏在梦中寻访美人作伴,最后得到娇妻美妾,俨然一派男子金榜题名,洞房花烛,志得意满的自足。吴藻笔下的谢絮才也表达了对携妓的向往:"似这等开樽把卷,颇可消愁,怎生再得几个舞袖歌喉,风裙月扇,岂不更是文人韵事?呀!至少个伴添香红袖呵相对坐春宵,少不得忍寒半臂一起抛,定忘却黛螺十斛旧曾调。把乌阑细抄,更红牙漫敲,才显得美人名士最魂销。"也完全是典型的士人价值观。女性作家并没有"改写所有由男性文化体系衍生出来的种种规范、典律","揭开久经压抑、掩藏的躯体、无意识以及文化、语言中的深层欲望"。

更为重要的是,从她们换上男装的那一刻起,就面临着难以消除的身份焦虑。按照弗洛伊德的说法,焦虑可以分为三种:其一是现实的焦虑。它来源于人们对外部世界中真实的、客观的危险的感受,只要采取一些必要的措施或行动,就可以从客观方面解决这种焦虑。其二是神经性焦虑。弗洛伊德认为,人格可分为三层结构:本我、自我和超我。"本我"代表人的生物本能,遵循"享乐主义"原则。"超我"代表的是心理功能中的道德分支,控制本我,使人的行为符合社会规则。"自我"则在本我、超我和现实中间起着协调作用。一些不为社会所允许的本我冲动被压抑到潜意识中。神经性焦虑正是由于这些不受欢迎的、被压抑的本我冲动快要侵入意识引起的。其三是道德的焦虑。自我的行为受到超我惩罚的威胁时,所产生的情绪反映即是道德的焦虑。如果自

---

① 严敦易:《元明清戏曲论集》,中州书画社 1982 年版,第 303—304 页。

我的行为不符合超我的要求,超我就会对自我进行惩罚,从而产生道德上的焦虑。消除焦虑的防御机制有压抑,反向形成,取消,投射,合理化,否认,认同,转移,固结,回归等方式。对于易装的女主人公们来说,从她们披甲佩剑、执笏上朝,驰骋男儿世界,超越了现实社会为妇女设定的一切障碍,安邦定国,封王封侯之时起,就同时受到这三种焦虑的折磨。首先是现实的焦虑。她们生活在男儿群中,时时担心暴露自己的女儿身份,只要一天不复装,焦虑源不消除,现实焦虑就会持续存在。比如,当"常伴绿窗同刺绣,恒随芳径共闲吟"的千金小姐孟丽君实现了自己的理想之后,她也同时面临着来自于君、父、夫三方的逼迫。在她至亲的父母面前、在她的准夫君面前,以至在天子百官面前,她都得强作堂堂宰相,扮演男人。她们也同时面临着神经性焦虑和道德焦虑。她们当然有强烈的冲出闺阁的冲动:"上天不令为男子,苦海迷漫陷此身。志欲凌云难上达,实不甘心做女人。"①但是,当她们如愿以偿地成为"他们"之后,她们只能用假装的男性身份来存活,她只能用男性的名、称谓和话语来构筑自己的梦。其尴尬在于,如果恢复女性本来面目,在"男主外,女主内"分工严格的社会现实面前,就意味着必须放弃位列朝班封王封侯的资格;否则就是"搅乱阴阳","有亏名教"。

这样,创作者和主人公之间就面临着一种奇妙的吊诡。文本外的女作家为了缓解和消除焦虑采取了内摄、投射和升华等多种机制。首先是内摄或认同。由于女性规范在传统父权体制下的缺席,导致男性规范顺理成章的成为唯一被顶礼膜拜的规范,她们只能用男性社会的价值标准和道德标准来衡量、评判、塑造自己的理想人生。她们实现自己的才情抱负的目的,只不过是欲望着男性的欲望:"孝心未尽上忠心。调和鼎鼐君臣职,燮理阴阳佐圣君。"这正如肖尔瓦特(Elaine Showalter)所说的,女性之所以看不到自己的形象与真实性,部分原因在于她们在文学中见不到女性的影子,只能被迫认同作为人类经历的男性经历。其次是投射。她们把社会所不能接受的冲动和欲望转嫁到女主人公身上,说成是她有此欲望和冲动,以此降低自身焦虑;最后是升华。即把原有的能量与愿望转移到另外的、社会能接受的对象上——文学创作上。

---

① 邱心如:《笔生花》,中州古籍出版社 1985 年版,第 1020 页。

然而,她们所塑造的文本形象却无法反转回来,将发泄口对准焦虑的制造者。因此,文本的主人公们的拼搏到头来只能是竹篮打水一场空:《笔生花》中的姜德华说:"咳,好恼恨人也! 老父既产我英才,为什么,不作男儿作女孩。这一向,费尽辛勤成事业。又谁知,依然富贵弃尘埃。枉枉的,才高八斗成何用。枉枉的,位列三台被所排。"冯仙珠一旦行藏暴露,就一下子一无所有:"今朝如梦方觉醒,一番事业化为尘。"①"空中楼阁一时残。堂堂相国归乌有,赫赫功名赴海澜。"②这从文本中女子的最后归宿上可以看得更清楚。一部分女子在易装后,虽然是一洗人间粉黛羞,但却由于无力摆脱身份的困境,只好热切地盼望恢复女儿面目。如《玉娇梨》中卢梦梨在等待苏友白迎娶的过程当中,处处维护她和苏友白之间的婚约,甚至可以说是处心积虑,苦心经营。她先来到已和苏友白有婚姻之约的表姐白红玉家中借住,慢慢取得白红玉的好感,然后再吐露改扮男装、和苏生订立百年之好的秘密。在富有戏剧性的卢梦梨和苏友白成亲的晚上,苏友白问她:"向日石上所遇之人,难道就是夫人?"卢小姐笑道:"是与不是,郎君请自辨,贱妾不知也。"赵如子在相中司空约之后,时时在诗中透露自己女性的身份,并暗示缔结婚姻的愿望,甚至和伯娘设计,让司空约偷窥到自己的容貌,以明己意。这类作品中,乔装往往被写成一时的权宜之计,成为走出闺房、跨进社会的一种手段。当目标实现、真相大白、重新着我旧时裳时,她们才觉得是找回了自我,于是又心甘情愿地回到了闺房。

《榴花梦》中,尽管桂恒魁文场高中魁首,征辽官拜元戎,皇帝夸她"旋转乾坤功不浅,兼文带武占千秋。"(第 69 卷)但是这位叱咤风云的女英雄,在男性社会中作了一番淋漓尽致的表演之后,最终都得返回女性世界:"此心本有冲天志,誓愿登台拜帅荣。腰金蟒玉朝天子,定列金钗十二妃。可恨苍天无遂愿,把吾屈作女裙钗。涂脂抹粉心何愿,纵作男装怎久长?"(第 28 卷)也如她的母亲、舅父逼迫她脱下男装时说的:"有谁受聘轻放弃? 有谁一世为男儿?""宜室宜家原正理,长负青春岂是情"(第 68 卷)。因此,故事只能让所谓的

---

① 佚名:《昼锦堂记》,黑龙江人民出版社 1989 年版,第 390 页。
② 佚名:《昼锦堂记》,黑龙江人民出版社 1989 年版,第 400 页。

"百花仙子"趁桂恒魁意识模糊的时候,给她灌下了"种情丹",使这位百万军中任纵横的女帅,无端滋长出万种儿女柔情,答应了和桓斌玉的婚事,使她的焦虑象征性地得到解决。

谢湘娥、松宝珠们中了状元之后,忧虑的头等大事仍然是自己的终身,做官为政让她们如坐针毡。她们改变了装束,然而改变不了陈旧的心态——"以夫为天",以婚姻为最终幸福和价值实现;她们虽然变成了"他们",但仍然时刻自觉以女性规范约束自己,她们甚至为自己的"僭越"有一种犯罪感,一心盼望卸装回家。

另一部分女性则是在复装与不复装之间权衡、挣扎、徘徊之后,或者忧病而终,或者身归仙界。孟丽君为了"避世全贞"而易装出逃,离家前,曾留下"愿教螺髻换乌纱"的豪言壮语。后来连中三元,位及人臣。她的绝世才华得到了充分的发挥和最高的认可,从此不愿恢复女装。当父母逼她复装嫁人时,她表白道:丽君虽则是裙钗,现在而今立赤阶。浩荡深恩重万代,惟我爵位列三台。何须必要归夫婿,就是这,正室王妃岂我怀?况有那,宰臣官俸鬼鬼在,自身可养自身来。(第四十四回)由于所处的社会文化的限制,孟丽君采取女扮男装的形式施展才华,却挣脱不了周围封建势力的强大罗网,因此,孟丽君的结局必然是悲剧性的:"在男性规定着一切女性规范的男权社会……吐血而亡正是这位才华绝世的美丽少女坚持自由理想,不愿回归男性规定的生活范式所必然付出的代价。"[①]

李公佐和蒲松龄努力表白谢小娥和商三官的贞节,正是因为两人都和丈夫以外的男性有过频繁、亲密的接触,两个女子必须出家或者自尽。《梦影缘》中的莲清幼时被人骗卖入戏班,以男装得保清白,弟弟为她赎身后,她仍为男装。另一易装女子珠英不愿得到皇帝赦免、复装,撞死于金阶。《子虚记》中的赵湘仙身份暴露后不愿换装,三天之内,郁郁而逝。并在临死前奏明皇帝,与未婚夫解除了婚约。王筠的《繁华梦》中的王氏在梦中实现了封官荫子的梦想,觉来无限凄凉,遁入空门。

---

① 乐黛云:《无名、失语中的女性梦幻——十八世纪中国女作家陈端生和她对女性的看法》,《中国文化》1994 年第 8 期。

更有一部分女子虽然没有易装,她们的生活却又驶入了另一个颇为不同寻常的轨道——同性恋:《金鱼缘》中竺云屏与玉娥假夫妻而终其生;李玉娥明知自己嫁的是一个"中看不中用"的假君子,却是唯一心甘情愿与之相守,侍奉终身的女子;何佩珠《梨花梦》中,少妇杜兰仙于偕婿北上途中,戏为男装小坐,"回忆邢江与东邻诸女伴。斗草评花,修云醉月,曾有愿余为男子身,当作添香捧砚者"。想起当日,"抵无限碧莲,红豆种情窦。一味价似醉如痴,望浣纱人入梦。多问东风心事知么?秦楼弄玉,月窟嫦娥,艳质芳姿,只落得睹影闻声唤奈何。"后因"春色阑珊,余情倦情"(《赠花》),倦而入睡。梦一丽人,手持梨花一枝,索题诗句,遂颇萦情思。后写成小影,以供慰藉。《昼锦堂记》描述了两位女性新婚的情景:"探花曲尽殷勤意,笑扶仙子入鸾衾。和衣同睡销金帐,扯将绣被盖娇身。珊瑚枕上多相爱,两朵莲花并蒂生。……探花看至销魂处,自身忘却是裙钗。虽然不是真男子,逢花引酒强寻春……红罗帐里春风暖,凤鸾枕上梦沉沉。来日天明休细表,夫妻相爱又相亲……"两位女性犹如真夫妻一般融洽。新婚过后,两人的情感交流进一步加深:"桃红柳绿花如锦,人在蓬莱第一春。少年夫妇神仙眷,密意恩情海样深。探花识得佳人意,日弄琼箫与风筝。闲来便把丝桐理,频将音律悦娇心。少年郡主心欢悦,郡马聪明件件能。"她们有相守的温馨,也有分离的愁绪。湘卿出征在外,"又思美貌平阳主,别时眷恋意难分。一别到今将四月,空教怨女忆征人。"清华郡主"自从郡马分离后,深宫无伴寂寥生。丝竹管弦声不举,琵琶琴瑟受灰尘。画眉人去天涯远,傅粉郎行万里程。最快月入斜窗后,晓寺钟声送断魂。怨衾独枕情慵懒,罗帐清眠叹寂岑。晓来怕照菱花镜,消却花容减却神……多情多意平阳主,芳芳切切忆东君。微风吹动珠帘子,几疑郡马进宫门。身在王宫深院里,梦魂夜夜绕边城。"湘卿远在边城,日日望乡,心系郡主。清华深宫寂寥,夜夜思夫,魂绕边城。尽管家人将湘卿的真实身份告知了清华郡主,但仍无法劝慰她,湘卿的诀别使她陷入了无尽的痛苦:"今生可得重相见,再逢一面死甘心。事夫誓拟同生死,独自为人不愿生。由他女子乔装体,惟愿相依永不分……"对湘卿刻骨铭心的思念使清华郡主不思饮食,万念俱灰:"萧郎一去无音耗,弄玉楼头不忍登。蛛网凤箫抛旧曲,尘生鸾镜懒新妆……鸳鸯枕冷春风淡,翡翠衾寒谁与温。挑尽孤灯难止泪,鸾衾独卧梦魂惊。本是细腰才一捻,自别潘郎更瘦生。追思昔日绸缪意,东君岂是薄情人……相思深重情难解,人比黄花瘦几分。"性心理学家潘光旦就曾指出:"大抵木兰、祝英台一类的故事多少都建筑在戾换状态之上,在以前男女之别极严的时代,少数女子居然甘冒了大不韪,以男子自居,而居之到数年或数十年之久,其间必有强烈的心理倾向在后面策动,是可以无疑的。代父从军,为父兄复仇(如谢小娥之列),以及易于在乱离之世混迹等身外的原因,似乎都不足以完全加以解释。"

通过上面的论述,我们可以看到女扮男装是女作家借助文本想象来满足自身愿望的一种符号性的虚拟游戏。在游戏中,女作家们创造了一个自己的代言人,"或者更确切地说,他按照使他中意的新方式,重新安排他的天地里的一切。"①弗洛伊德说:"作家正像做游戏的儿童一样,他创造出一个幻想的世界,并认真对待之。这便是说,他倾注了丰富的情感,同时,明确地把想象的世界同现实分离开来。语言保持了儿童的游戏同诗人的创造的这种关系,它把某种与可触知的物体有关、能够表达出来的想象性创造称之为'游戏',而做游戏的人则叫做'游戏者'。"②这个游戏的道具就是文字,规则是社会认可的男权秩序,方式是换装。在这其中,女作家们获得一种满足和弗洛伊德的所说的"乐趣"。弗氏所说的这种成人游戏和儿童游戏的表现形态是有差异的:成人幻想这种游戏是纯粹精神性的,而儿童游戏则通常是身心统一的(儿童精神内部的想象活动通常会通过相应的身体活动表现出来)。至于成人为何通常采用纯粹精神性的游戏方式而不像儿童那样采用身心统一的游戏方式,其原因是容易理解的:"他为自己的幻想是孩子气、是某种应该禁止的东西而感到羞愧。"③具体一点说:成人游戏通常以精神游戏的方式出现的原因主要有二:一是成人羞于从事与自身年龄和社会角色不相称的"儿戏";二是成人的幻想若表现为实际(的身体)行为则往往会被社会(的道德与法律)所不容。女作家们的换装游戏也就只能归于"一种囚禁在深闺洞穴中的女性梦幻"④,是经过改装并符号化了的可供社会成员共享的白日梦。

① [奥]弗洛伊德:《论创造力与无意识》,中国展望出版社1987年版,第42页。
② [奥]弗洛伊德:《弗洛伊德后期著作选》,上海译文出版社1986年版,第21页。
③ [奥]弗洛伊德:《论创造力与无意识》,中国展望出版社1987年版,第44页。
④ 乐黛云:《无名、失语中的女性梦幻》,见《中国文化》1994年第8期,第162页。

　　在男子发出阴性声音的同时,妇女却在向阳性趋近,两性都试图在异性角色中寻找另一个自己,孙康宜将之称为"文化的男女双性"(cultural androgyny)。① 文学史上这种纷纭错杂的"拉锯"现象乃是传统中国文化及历史的产物,如何擘肌入理地揭示这些现象折射出的文学与文化意蕴,是今后我们研读古典文学所需进一步探讨的重要课题。

---

　　① 参见孙康宜:《文学经典的挑战》,百花洲文艺出版社 2002 年版,第 253 页。

参考文献

一、基础文献部分：

刘向辑录：《战国策》，上海古籍出版社 1978 年版。

班固：《汉书》，唐颜师古注，中华书局 1962 年版。

范晔：《后汉书》，李贤注，中华书局 1965 年版。

陈寿：《三国志》，中华书局 1959 年版。

魏收：《魏书》，中华书局 1974 年版。

萧子显：《南齐书》，中华书局 1972 年版。

沈约：《宋书》，中华书局 1974 年版。

姚思廉：《梁书》，中华书局 1973 年版。

李延寿：《南史》，中华书局 1975 年版。

欧阳修：《新五代史》，中华书局 1974 年版。

刘昫：《旧唐书》，中华书局 1975 年版。

欧阳修、宋祁撰：《新唐书》，中华书局 2000 年版。

司马光：《资治通鉴》，中华书局 1956 年版。

李焘：《续资治通鉴长编》，中华书局 1986 年版。

脱脱：《宋史》，中华书局 1977 年版。

赵翼：《廿二史札记》，中国书店 1987 年版。

刘宝楠：《诸子集成》，上海书店 1986 年版。

朱熹：《诗集传》，中华书局 1960 年版。

陈邦瞻：《宋史记事本末》，中华书局 1997 年版。

王夫之：《宋论》，中华书局 1995 年版。

李景星：《四史评议》，济南精艺公司刊印 1932 年。

吴处厚:《青箱杂记》,中华书局 1985 年版。

阮葵生:《茶余客话》,中华书局上海编辑所 1959 年版。

陈用光:《太乙舟文集》,道光二十三年孝友堂刊本。

俞文鏊:《考田诗话》,道光四年掣笔山房刊本。

朱克敬:《瞑庵杂识》,岳麓书社 1983 年版。

柳开:《河东集》,台北商务印书馆 1965 年版。

张端义:《贵耳集》,中华书局 1985 年版。

陈沆:《诗比兴笺》,上海古籍出版社 1981 年版。

陈廷焯:《白雨斋词话》,人民文学出版社 1959 年版。

徐士銮:《宋艳》,浙江古籍出版社 1987 年版。

谢和耐:《中国社会史》,江苏人民出版社 1997 年版。

岳珍:《碧鸡漫志校正》,巴蜀书社 2000 年版。

王夫之:《清诗话》,上海古籍出版社 1978 年版。

郭绍虞:《清诗话续编》,上海古籍出版社 1983 年版。

萧统:《文选》,山东画报出版社 2004 年版。

郭茂倩:《乐府诗集》,上海古籍出版社 1983 年版。

潘永因:《宋稗类钞》,书目文献出版社 1985 年版。

詹瑛:《文心雕龙义证》,上海古籍出版社 1989 年版。

唐圭璋:《词话丛编》,中华书局 1986 年版。

刘熙载:《艺概》,上海古籍出版社 1978 年版。

刘过:《龙洲集》,上海古籍出版社 1978 年版。

唐圭璋:《唐宋词鉴赏辞典》,上海辞书出版社 1988 年版。

金启华:《唐宋词集序跋汇编》,江苏教育出版社 1990 年版。

冯浩:《玉生诗笺注》,上海古籍出版社 1979 年版。

王逸:《楚辞章句》,中华书局 1957 年版。

顾颉刚:《古史辨》,上海书局《民国丛书》影印本。

徐复观:《中国人性史论》,台北商务印书馆 1969 年版。

汪师韩:《诗学纂闻》,清光绪刻本。

王国维:《王国维文集》,燕山出版社 1997 年版。

许学夷:《诗源辩体》,人民文学出版社 1987 年版。

余嘉锡:《世说新语笺疏》,上海古籍出版社 1993 年版。

张溥:《汉魏六朝百三名家集》,江苏古籍出版社 2002 年版。

何文焕:《历代诗话》,中华书局 1981 年版。

丁福保:《历代诗话续编》,中华书局 1983 年版。

陈祚明:《采菽堂古诗选》,上海古籍出版社 1995 年版。

程颐、程颢:《二程集》,中华书局 1981 年版。

程颢、程颐:《二程遗书》,上海古籍出版社 2000 年版。

吴则虞校点:《清真集》,中华书局 1981 年版。

欧阳修:《欧阳修全集》,中国书店 1986 年版。

徐梦莘:《三朝北盟会编》,上海古籍出版社 1987 年版。

沈辰恒:《历代诗余》,上海书店 1985 年版。

皮锡瑞:《经学通论》,中华书局 1954 年版。

葛兆光:《中国思想史》,复旦大学出版社 2001 年版。

钱穆:《国史大纲》,商务印书馆 1996 年版。

胡震亨:《唐音癸签》,上海古籍出版社 1981 年版。

逯钦立:《先秦汉魏晋南北朝诗》,中华书局 1983 年版。

陆机:《陆机集》,中华书局 1982 年版。

陆云:《陆云集》,中华书局 1988 年版。

《全唐诗》,中华书局 1960 年版。

《全唐文》,中华书局 1982 年影印本。

唐圭璋:《全宋词》,中华书局 1999 年版。

赵幼文:《曹植集校注》,人民文学出版社 1984 年版。

丁晏:《曹集诠评》,台北商务印书馆 1978 年版。

柳永:《乐章集》,高建中校点,上海古籍出版社 1989 年版。

傅玄:《傅子》,台北商务印书馆 1983 年影印本。

傅玄:《傅鹑觚集》,光绪十八年长沙谢氏翰墨山房刻本。

严可均:《全晋文》,商务印书馆 1999 年版。

严可均:《全三国文》,商务印书馆 1999 年版。

严可均:《全宋文》,商务印书馆 1999 年版。

严可均:《全梁文》,商务印书馆 1999 年版。

朱熹:《朱子语类》,岳麓书社 1997 年版。

颜之推:《颜氏家训》,上海古籍出版社 1992 年版。

秋瑾:《秋瑾集》,上海古籍出版社 1979 年版。

周苇棠、秋仲英、陈德和:《秋瑾史料》,湖南人民出版社 1981 年版。

李汝珍:《镜花缘》,人民文学出版社 1982 年版。

程蕙英:《凤双飞后传》,中州古籍出版社 1988 年版。

邱心如:《笔生花》,中州古籍出版社 1985 年版。

佚名:《昼锦堂记》,黑龙江人民出版社 1989 年版。

《十三经注疏》,中华书局 1980 年版。

《四部丛刊初编》,上海商务印书馆 1919 年影印本。

《四部丛刊续编》,上海书店 1984 年影印本。

二、研究文献部分:

韩婴撰、许维遹校释:《韩诗外传集释》,中华书局 1980 年版。

姜亮夫:《楚辞今译讲录》,北京出版社 1981 年版。

徐公持:《魏晋文学史》,人民文学出版社 1999 年版。

钱锺书:《宋诗选注》,人民文学出版社 1979 年版。

钱锺书:《钱锺书集》,北京三联书店 2001 年版。

钱锺书:《管锥编》,三联书店 2001 年版。

李泽厚:《美的历程》,文物出版社 1981 年版。

张采田:《玉溪生年谱会笺》,上海古籍出版社 1983 年版。

陈寅恪:《柳如是别传》,上海古籍出版社 1980 年版。

萧涤非:《汉魏六朝乐府文学史》,人民文学出版社 1998 年版。

王瑶:《中古文学史论》,北京大学出版社 1986 年版。

冯友兰:《三松堂全集》,河南人民出版社 2000 年版。

游国恩等:《中国文学史》,人民文学出版社 1991 年版。

郁沅、张明高:《魏晋南北朝文论选》,人民文学出版社 1996 年版。

刘大杰:《魏晋思想论》,上海古籍出版社 1998 年版。

刘师培:《中国中古文学史讲义》,上海古籍出版社2000年版。

郑振铎:《插图本中国文学史》,上海人民出版社2005年版。

朱光潜:《诗论》,安徽教育出版社1997年版。

钱锺书:《七缀集》,三联书店2002年版。

张世英:《哲学导论》,北京大学出版社2002年版。

余英时:《士与中国文化》,上海人民出版社2003年版。

童庆炳:《中国古代文论的现代意义》,北京师范大学出版社2001年版。

李春青:《在文本与历史之间:中国古代诗学意义生成模式探微》,北京大学出版社2005年版。

李春青:《诗与意识形态》,北京大学出版社2005年版。

李春青:《宋学与宋代文学观念》,北京师范大学出版社2001年版。

季广茂:《隐喻理论与文学传统》,北京师范大学出版社2002年版。

杨义:《李杜诗学》,北京出版社2001年版。

杨义:《杨义文存》,人民出版社1998年版。

王一川:《语言乌托邦》,云南人民出版社1994年版。

罗宗强:《魏晋南北朝文学思想史》,中华书局2004年版。

罗宗强:《玄学与魏晋士人心态》,浙江人民出版社1991年版。

叶嘉莹:《迦陵论词丛稿》,河北教育出版社1997年版。

叶嘉莹:《中国古典诗歌评论集》,广州人民出版社1982年版。

叶嘉莹:《唐宋词名家论稿》,河北教育出版社1997年版。

蒋寅:《中国诗学的理论与实践》,广西师大出版社2001年版。

蒋寅:《中国古典诗学的现代阐释》,中华书局2003年版。

张晓虹:《性别越界:女性主义文学理论与批评》,台北联合文学出版社1995年版。

张惠民:《宋代词学的审美理想》,人民文学出版社1995年版。

孟悦、戴锦华:《浮出历史地表:现代妇女文学研究》,中国人民大学出版社2004年版。

王晓路:《西方汉学界的中国文论研究》,巴蜀书社2003年版。

叶维廉:《寻求跨中西文化的共同文学规律》,北京大学出版社1987

年版。

孙康宜:《文学经典的挑战》,百花洲文艺出版社2002年版。

梅家玲:《汉魏六朝文学新论——拟代与赠答篇》,北京大学出版社2004年版。

黄振民:《诗经研究》,台北正中书局1982年版。

康正果:《风骚与艳情》,上海文艺出版社2001年版。

熊良智:《楚辞文化研究》,巴蜀书社2002年版。

马茂元:《古诗十九首初探》,陕西人民出版社1981年版。

钱锺书:《谈艺录》,中华书局1999年版。

朱自清:《朱自清选集》,河北教育出版社1989年版。

叶舒宪:《性别诗学》,社会科学文献出版社1999年版。

叶舒宪:《高唐神女与维纳斯》,中国社会科学出版社1997年版。

胡晓明:《中国诗学之精神》,江西人民出版社2001年版。

刘光义:《汉武帝之用儒及汉儒之说诗》,台北商务印书馆1968年版。

龚鹏程:《文化符号学导论》,北京大学出版社2005年版。

郝志达:《国风诗旨纂解》,南开大学出版社1990年版。

申荷永:《心理分析:理解与体验》,三联书店2004年版。

赵以武:《傅玄评传》,南京大学出版社1996年版。

萧华荣:《中国诗学思想史》,华东师范大学出版社1995年版。

阎步克:《士大夫政治演生史稿》,北京大学出版社1996年版。

冯必扬、孙霞:《士思维》,上海人民出版社1991年版。

薛砺若:《宋词通论》,上海书店1985年版。

吴熊和:《唐宋词通论》,浙江古籍出版社1989年版。

施蛰存:《词籍序跋萃编》,中国社会科学出版社1994年版。

冯天瑜、何晓明、周积明:《中华文化史》,上海人民出版社1990年版。

胡适:《胡适古典文学研究论集》,上海古籍出版社1988年版。

王易:《词曲史》,东方出版社1996年版。

吴熊和:《唐宋词通论》,浙江古籍出版社1989年版。

陈伯海:《唐诗汇评》,浙江教育出版社1995年版。

刘永济:《唐人绝句精华》,人民文学出版社 1981 年版。

穆克宏:《玉台新咏笺注》,中华书局 1985 年版。

郑华达:《唐代宫怨诗研究》,台北文津出版社 2000 年版。

田耕宇:《晚唐诗研究》,巴蜀书社 2000 年版。

杨海明:《唐宋词论稿》,浙江古籍出版社 1988 年版。

詹安泰:《詹安泰词学论稿》,广东人民出版社 1984 年版

刘扬忠:《唐宋词流派史》,福建人民出版社 1999 年版。

孙克强:《唐宋人词话》,河南文艺出版社 1999 年版。

沈松勤:《北宋文人与党争》,人民出版社 1998 年版。

王兆鹏:《唐宋词史论》,人民文学出版社 2000 年版。

吕正惠编:《文学的后设思考》,台北正中书局 1991 年版。

胡邦炜、冈崎由美:《古老心灵的回音》,四川文艺出版社 1991 年版。

钱志熙:《魏晋诗歌艺术原论》,北京大学出版社 1993 年版。

孙维城:《宋韵——宋词人文精神与审美形态探论》,安徽大学出版社 2002 年版。

胡适:《胡适古典文学研究论集》,上海古籍出版社 1988 年版。

沈雄:《古今词话词评》卷上引,上海书店 1987 年版。

许总:《理学与中国文学》,百花洲文艺出版社 1999 年版。

赵士林:《心学与美学》,中国社会科学出版社 1992 年版。

张法:《中西美学与文化精神》,高等教育出版社 2004 年版。

严敦易:《元明清戏曲论集》,中州书画社 1982 年版。

于迎春:《秦汉士史》引言,北京大学出版社 2000 年版。

闵家胤:《阳刚与阴柔的变奏》,中国社会科学出版社 1995 年版。

张京媛:《当代女性主义文学批评》,北京大学出版社 1992 年版。

三、理论文献译著部分:

[日]今村仁司:《阿尔都塞:认识论的断裂》,河北教育出版社 2001 年版。

[日]吉川幸次郎:《中国诗史》,张培恒译,复旦大学出版社 2001 年版。

[日]村上哲见:《唐五代北宋词研究》,杨铁婴译,陕西人民出版社 1987 年版。

〔法〕路易·阿尔都塞、艾蒂安·巴里巴尔:《读〈资本论〉》,李其庆、冯文光译,中央编译出版社 2001 年版。

〔法〕阿尔都塞:《列宁与哲学》,台北远流出版公司 1990 年版。

〔法〕皮埃尔·布迪厄、〔美〕华康德:《实践与反思:反思社会学导引》,李猛、李康译,中央编译出版社 2004 年版。

〔法〕丹纳:《艺术哲学》,傅雷译,人民文学出版社 1963 年版。

〔法〕拉康:《拉康选集》,上海三联书店 2001 年版。

〔法〕萨特:《存在与虚无》,陈宣良等译,三联书店 1987 年版。

〔法〕西蒙娜·德·波伏娃:《第二性》,陶铁柱译,中国书籍出版社 1998 年版。

〔法〕于连:《迂回与进入》,杜小真译,三联书店 1998 年版。

〔法〕罗兰·巴特:《文之悦》,屠友祥译,上海人民出版社 2002 年版。

〔德〕伽达默尔:《真理与方法》,洪汉鼎译,上海译文出版社 1999 年版。

〔德〕卡西尔:《人论》,甘阳译,上海译文出版社 1985 年版。

〔德〕黑格尔:《美学》,朱光潜译,商务印书馆 1981 年版。

〔德〕黑格尔:《历史哲学》,王造时译,三联书店 1956 年版。

〔德〕姚斯:《接受美学与接受理论》,辽宁人民出版社 1987 年版。

〔美〕布鲁姆:《影响的焦虑》,徐文博译,三联书店 1992 年版。

〔美〕詹姆逊:《政治无意识》,中国社会科学出版社 1999 年版。

〔美〕霍尔:《荣格心理学入门》,三联书店 1987 年版。

〔美〕苏珊·朗格:《艺术问题》,滕守尧译,中国社会科学出版 1983 年版。

〔美〕科林伍德:《历史的观念》,中国社会科学出版社 1986 年版。

〔美〕宇文所安:《中国文论:英译及评论》,上海社会科学院出版社 2003 年版。

〔美〕高彦颐:《闺塾师:明末清初江南的少女文化》,江苏人民出版社 2005 年版。

〔希〕亚里士多德:《诗学》,商务印书馆 2003 年版。

〔瑞士〕卡尔·荣格:《心理学与文学》,冯川等译,三联书店 1983 年版。

〔瑞士〕卡尔·荣格等:《人类及其象征》,张举文等译,辽宁教育出版社

1988 年版。

　　[英]弗吉尼亚·伍尔芙:《一间自己的屋子》,王环译,三联书店 1989 版。

　　[英]柯林尼可斯:《阿尔都塞的马克思主义》,台北远流出版公司 1990 年版。

　　[奥]弗洛伊德:《论创造力与无意识》,中国展望出版社 1987 年版。

后　记

独坐书斋文海游,柳絮缭乱似春愁。不知筋力衰多少,但觉新来懒下楼。孤灯、清茶、旧卷、键盘伴着我走过这部书稿写作的每一个阶段:迷茫、困惑、焦虑、喜悦。

我首先要感谢博士导师李春青先生。若不是李老师不嫌弃我的愚钝浅薄,让我忝列师门,我想,我的人生旅程将错过一段美丽的风景。老师稳重笃实、温和宽厚。他总是在你最需要的时候扶持你,但他从来不许诺、更不表达。我的书稿,小到语句标点,大到谋篇布局,都凝聚了先生的心血。

我还要感谢我的博士后合作导师胡明先生。先生博学内敛、豁达真诚。先生前不久心脏动了手术,所里又事务繁忙,难得休养。但他还是在暑期仔细阅读了我几十万字的初稿,并提出了很多中肯精辟的意见。每当我翻及纸稿上密密麻麻的批注,都会有一种难以言说的感动。

我要特别向我敬爱的童庆炳先生表达我的感激。先生正直深沉、睿智执著、不语而威。他对我说,我衡量一个学生,看两个方面:一是治学,二是为人。对于德之不修、学之不广的我来说,四字千钧,是标准,更是压力,让我好立新说,浮躁功利的心潜静下来。

感谢程正民先生,先生平易近人、世事洞明,他给人指点,总是一针见血;给人帮助,总是竭尽全力;给人关怀,总是润物无声。

感谢陶东风教授,他委托美国的朋友给我查阅外文资料,文件传送过程费尽周折,陶老师只好反复发信给他的朋友,请求对方重新发送。

感谢曹卫东教授,他从台湾给我查阅复印了大量珍贵的资料,我几次想表示谢意,都被他婉言谢绝。

感谢朱国华教授。反思社会学家布迪厄一直是他的研究兴趣所在,他的研究论著晓畅厚实,独到精辟。他给我寄来厚厚的出站报告,对我的论文提出了许多宝贵中肯的意见。

感谢责任编辑夏青女士。春节期间,夏老师牺牲自己的休息时间审阅我的书稿,这让我内心深为不安。夏女士真诚爽朗的性格,认真负责的态度给我留下了很深的印象。

感谢好友李土生先生在百忙之中为拙著封面挥毫赐字。他的书法超逸散淡,风格独具,引笔奋力,邂邂翩翩,使书稿平添几分韵味。

最后,我要向我的家人表达我深深地愧疚。在北京读书的这几年,他们给予我的是亲人才有的理解、关爱与默默的行动。

拙著出版在即,百感中来,以诗为记:

八载漂泊羁京城,几番风雨浣衫青。

飞扬文字北国雪,悠歌迷梦为学情。

幸有诗书消冗日,莫论清苦与功名。

愿把痴心深相许,暗香丛里沐春风。

戊子年初春于北京威尔夏大道新居

责任编辑:夏 青
版式设计:陈 岩

图书在版编目(CIP)数据

男子作闺音——中国古典文学中的男扮女装现象研究/张晓梅 著.
-北京:人民出版社,2008.4
ISBN 978－7－01－006949－4

Ⅰ.男… Ⅱ.张… Ⅲ.古典文学-人物形象-文学研究-中国 Ⅳ.I206.2

中国版本图书馆 CIP 数据核字(2008)第 033615 号

男子作闺音
NANZI ZUO GUIYIN
——中国古典文学中的男扮女装现象研究

张晓梅 著

人民出版社 出版发行
(100706 北京朝阳门内大街166号)

北京市文林印务有限公司印刷 新华书店经销

2008年4月第1版 2008年4月北京第1次印刷
开本:710毫米×1000毫米 1/16 印张:25
字数:380千字 印数:0,001－4,000册

ISBN 978－7－01－006949－4 定价:48.00元

邮购地址 100706 北京朝阳门内大街166号
人民东方图书销售中心 电话 (010)65250042 65289539